윤이상 평전

윤이상 평전

2017년 1월 25일 초판 1쇄 펴냄
2021년 4월 15일 초판 3쇄 펴냄

지은이 박선욱
펴낸이 신길순

펴낸곳 도서출판 삼인
등록 1996.9.16 제25100-2012-000046호
주소 03716 서울시 서대문구 성산로 312 북산빌딩 1층

전화 (02) 322-1845
팩스 (02) 322-1846
전자우편 saminbooks@naver.com

디자인 디자인 지폴리
인쇄 수이북스
제책 은정제책

ISBN 978-89-6436-123-8 03810

값 30,000원

거장의 귀환

윤이상 평전

박선욱 지음

삼인

프롤로그

윤이상의 귀환

2005년 11월 3일 오후 네 시, 서울 조계사 입구에는 '윤이상의 귀환'이라고 적힌 커다란 걸개그림이 바람에 펄럭이고 있었다. 그날, 같은 시각에 북한 묘향산 보현사에서도 비슷한 내용의 추모 집회가 열렸다. 윤이상 10주기를 기리는 행사였다. 비록 몸은 떨어져 있으나 우리 민족이 배출한 세계적인 음악가 윤이상을 가슴속 깊이 아로새기려는 마음만은 동일한 '남북 공동 추모 법회'였다.

조계사 대웅전에는 윤이상의 넋을 기리는 향촉불이 타오르고 있었다. 『반야심경』 봉독과 이종수 KBS 이사장의 약력 보고가 끝나자, 연단에선 윤이상평화재단 박재규 이사장이 추모 법회의 인사말을 시작했다.

"이곳 남한의 심장부인 서울 조계사에서 피어오르는 향불과 북녘 보현사의 향불이 아름다운 가을 하늘을 타올라가 구천에서 같이 만날 것입니다. 윤이상은 남쪽과 북쪽 그리고 유럽과 아시아를 포괄하는 우리 민족의 문화 자존심입니다. 윤이상은 특정 지역이나 특정 양식에 갇히지 않는 '열린 윤이상'이 될 것이며 바로 이 점을 이번 범세계적인 10주기 행사가 보여주었습니다."

불교계를 대표해 연단에 선 조계종 중앙종회 부회장 원택 스님이 추도사를 읽었다.

"오늘 이 추모제는 선생의 불행했던 영혼을 이제 우리 겨레의 품에 모시는 '윤이상 귀환'의 의미가 있습니다. 이미 많은 국민들의 정서에 선생은 명예 회복이 된 것이나 다름없습니다. 예술가로서뿐만 아니라 민족의 화해와 통일을 위한 민족 지도자로서 삶을 사셨던 선생의 생애가 이제부터라도 마음껏 기려지고 현창되기를 바라마지않습니다. 우리 곁에 왔던 위대한 예술가에게 불행한 삶을 살게 했던 지난 시대의 과오를 국민의 한 사람으로서 참회합니다."

원택 스님에 이어 연단에 오른 박형규 목사는 추도사 말미에 부인 이수자 여사를 비롯한 유족들에게 당부의 말을 전했다. "그간 선생에게 배운 후학들이 많았으나 조국에 돌아와서는 '윤이상에게 배웠다'고 떳떳하게 말하는 이가 없었습니다. 윤이상의 제자임을 떳떳하게 밝히는 날이 하루빨리 오기 바랍니다. 윤이상은 살아 있습니다. 전보다 더 확실하게 아름답게 살아 있는 걸 알고 슬픔을 거두어주시길 바랍니다." 유족 가운데 장녀로서 유일하게 이 자리에 참석한 윤정 윤이상평화재단 이사가 지그시 눈을 감고 박 목사의 당부를 경청했다.

10주기 추모 법회에는 문익환 목사의 부인 박용길 장로, 생전에 윤이상을 높이 평가했던 독일 정부를 대표해 미하엘 가이어 주한 독일

대사, 이부영 전 열린우리당 의장, 신낙균 전 의원, 열린우리당 신계륜 의원, 한나라당 박계동 의원, 민주노동당 노회찬 의원, 현정은 현대아산 회장을 비롯해 150여 명의 정관계 및 문화계 인사들과 일반 시민들이 참여해 풍성함마저 느껴졌다. "10년 전 그의 장례식은 가까운 독일 친구와 가족, 그리고 자신이 사랑한 플루트 곡의 연주와 스님의 독경 외에는 아무것도 없는 무언의 영결식이었다. 10주기를 맞는 오늘 강산이 변한 것 말고도 참으로 많은 변화가 있었다." 이수자 여사의 서면 인사말이 10년 전과 후를 극명하게 대비한 탓에, 10주기 행사가 오히려 따뜻하게 여겨질 정도였다.

"똑 똑 똑 똑 똑……." 스님의 독경과 목탁 소리가 경내에 울려 퍼졌다. 넓은 마루를 가득 채운 참가자들이 일제히 머리를 숙여 예를 표했다. 그때, 기자들의 카메라 플래시가 사방에서 연신 터져 나왔다. 빛의 물결이 경내를 가득 채웠다. 1부 추모 법회가 끝나자 높다란 대웅전 천장에 훈기가 감돌았다. 그토록 오고 싶었던 조국의 품에 윤이상이 비로소 영혼으로나마 찾아온 느낌이었다.

2부에서는 명창 안숙선의 〈회심곡〉에 이어 '베를린 윤이상 앙상블'의 공연 무대가 펼쳐졌다. 1995년 11월 3일 윤이상이 세상을 떠난 뒤, 유럽에 있는 그의 친구들과 제자들은 윤이상의 음악 세계를 이어가고자 '국제윤이상협회'를 발족했다. 이 협회를 기반으로 하여 생겨난 전문 연주단체가 '베를린 윤이상 앙상블'이다. 1997년 독일의 오보에 연주자 부르크하르트 글래츠너Burkhard Glaetzner가 앙상블의 설립을 제안하자, 이에 뜻을 같이한 연주자들이 모여 그해 초연을 열었다. 당시에는 윤이상의 음악뿐 아니라 마코토 시노하라, 요지 유아사, 도시오 호소카와를 비롯한 일본 작곡가의 음악도 같이 연주했고, 베를린 라디오방송국에서는 이 연주회를 방영하기도 했다. 국제윤이상협회와 비슷한 동기와 목적으로 설립된 실내악단 '베를린 윤이상 앙상블'은 윤이상의 작품들을 꾸준히 연주하고 그의 위대한 음악 세계를 보존하자는 취지로 매년 수차례의 연주활동을 벌여왔다.

윤이상 10주기에 맞춰 한국 땅을 밟은 '베를린 윤이상 앙상블'은 그해 가을에 열린 윤이상 관련 음악회를 국제적인 음악제전으로 승화시키는 데 큰 역할을 했다. 10월 27일 평양 윤이상음악당, 10월 30일 베이징 진판음악청, 11월 1일 파주 헤이리 커뮤니티하우스 다목적홀에서 선보인 윤이상의 작품은 청중들에게 친숙한 공감을 불러일으켰다. 그리고 11월 3일, 조계사 대웅전에서 펼쳐진 무대는 이러한 순회공연의 하이라이트였다.

'베를린 윤이상 앙상블'은 윤이상이 작곡한 소품 위주의 곡을 연주목록에 넣었다. 첫 번째로 나선 플루트 연주자 로즈비타 슈테게Roswitha Staege가 알토플루트 독주를 위한 〈솔로몬〉의 연주를 끝내자, 뒤이어 무대에 오른 바이올리니스트 다니엘라 융Daniela Jung이 〈리나가 정원에서〉(1984~1985) 가운데 제5곡인 〈작은 새〉를 연주했다. 이 곡은 윤이상이 외손녀 리나 첸Lina 陳을 위해 작곡한 바이올린 독주곡이었다. 초기 작품에 비해 훨씬 쉬운 이 곡에서는 마치 만년의 추사가 동체童體의 경지에 도달한 것과 같은 극도의 단순미가 느껴졌다. 그때, 마침 대웅전 안으로 한 떼의 참새들이 날아 들어와 울어댔다. 청아하고 귀여운 바이올린의 선율에 새들의 맑고 고운 노래가 실리자, 신비롭고 영성 깊은 천상의 음악이 펼쳐졌다.

'윤이상의 귀환'이라는 이날 추모집회의 제목은 격변의 한국 현대사를 통시적으로 꿰뚫는 상징 언어였다. 평소 "슬픔과 억압이 있는 곳에

2005년 11월 3일 서울 조계사 대웅전에서 열린 '윤이상 10주기 추모식 및 음악제'에서 '베를린 윤이상 앙상블'의 다니엘라 융(Daniela Jung)이 바이올린 독주를 하고 있다. ©연합뉴스

서 음악으로 말하고 싶다"고 했던 윤이상의 삶은 '언제나 분단의 경계 위에 선 것'이었다. 그가 진정을 다해 열망했던 것은 조국의 민주화와 통일이었고, 그것을 뛰어넘는 화해와 평화의 세계였다.

10주기로부터 다시 10년이 넘는 세월이 흐르는 동안 세상은 무서울 정도로 빠르게 변해갔다. 민주화의 푸른 초원은 언제부터인지 짙은 안개 속에 묻혔고, 한때 불었던 뜨거운 통일의 바람도 다시 차디찬 늪 속에 가라앉았다. 화해와 평화의 존엄한 기류는 아직도 먼 하늘에 박힌 별빛처럼 가물거리고 있다. 과연 윤이상의 귀환은 이루어졌는가? 해답을 찾으려 하면 할수록 목구멍 깊은 곳에서 각혈 같은 질문이 저절로 터져 나온다.

문득, 2005년 늦여름에 찾았던 통영에서의 기억이 하나 떠올랐다. 윤이상이 살았던 도천동의 생가 터를 찾기 위해 한 남자에게 길을 물었는데, 60대 정도 된 초로의 남자는 잔뜩 찌푸린 인상으로 신경질적인 반응을 보였다.

"아니, 왜 하필 그런 빨갱이 집을 찾소? 가르쳐주기 싫소. 나도 윤씨 친척이지만, 그 사람 때문에 우리가 얼마나 많은 피해를 입었는데……. 경찰들은 걸핏하면 우리 친척들에게까지 빨갱이라고 패악을 부려대곤 했다니까, 글쎄."

그는 욕설과 함께 땅바닥에 침을 '퉤' 뱉고는 등을 돌리고 서둘러 가버렸다. 그의 말이 가시처럼 귀를 찔렀다. 그는 정말로 윤이상을 빨갱이라고 생각했을까? 아니면 그의 행동은 국가라는 이름으로 가해진 제도적 폭력으로부터 벗어나기 위해 은연중 터득한 자기 보호색의 일종이었을까? 내가 만난 남자가 연좌제의 희생자였다는 사실은 어렵지 않게 짐작이 갔다. 분단 이후 이 땅에 고착된 매카시즘McCarthyism이라는 괴물이 한 인생을 짓밟고도 모자라 일가친척까지 형극의 길로 내몰았다고 생각하니 가슴이 시려왔다.

오랜 시간 금제의 사슬에 묶여 있던 윤이상은 과연 어떤 사람인가? 그가 꿈꾸었던 세상은 무엇이었는가? 그의 머릿속에서 무수히 꿈틀거리며 춤을 추던 악상과 음표 들은 어디에서 나왔는가? 그가 빚어낸 음악의 신전에서는 어떤 가락이 울려 퍼지고 있었는가? 이러한 숙제를 풀어야만 우리는 시대와 불화했던 한 인간의 고뇌와 진정으로 만날 수 있다.

분명한 것은, 그는 결코 단 한 번도 조국을 반쪽으로 나눠 생각하지 않았다는 사실이다. 그는 대한민국을 완전한 조국으로 보았다. 식민지로부터 해방되어 남북이 분단되기 이전의 상태인 '조선'으로 인식했다. 왕조 500년의 조선이 아니다. 일제의 사슬을 끊고 해방의 기쁨을 맛보았을 때, 폐결핵으로 쓰러져 입원했던 죽음 직전의 병상을 떨치고 만났던 그 조선이다. 흰옷 입은 백성들과 더불어 온 거리를 미친 사람처럼 헤집고 다니며 감격에 겨워 "대한 독립 만세!", "해방 조선 만세!" 하고 목 놓아 외쳤던, 바로 그 조선이다.

윤이상에게 조국은 늘 완전한 하나로 존재했다. 다산 정약용이 "나는 조선 사람이다. 그러므로 나는 조선의 시를 쓰겠다"고 할 때의 그 조선이다. 벽초 홍명희가 "『임꺽정』만은 사건이나 인물이나 묘사로나 정조로나 모두 남에게서는 옷 한 벌 빌려 입지 않고 순純 조선 거로 만들려고 하였습니다. '조선 정조情調에 일관된 작품' 이것이 나의 목표였습니다"[1]라고 밝힌 바와 같이 '조선 문학의 산(生) 길', 즉 '조선 정조'를 가리킬 때의 조선이다. 조선 문학의 '살아 있는 길', 장차 '살아갈 길'은 무엇인가. 그것은 벽초의 기백과 맞닿아 있는 '순 조선' 것으로서의 혼魂과 한 치도 다를 바 없는 헌걸찬 정신이다. 꽉 차 있으면서도 다른 것마저 너끈히 품어낼 수 있는 넉넉함과도 통하는 마음이다.

윤이상은 우리 나이로 마흔에 유럽 유학을 떠났다. 낯선 세계에 발디딘 뒤 1960년대 후반에 들어서부터 고전과 현대, 동양의 정신과 서양의 음악 기법을 한데 아우르는 경지를 독창적으로 창안해내는 데 주력했다. 그러나 그가 한창 유럽 음악계의 주목을 받기 시작할 무렵 심

---

1) 홍명희, 「『임꺽정전』을 쓰면서」, 『삼천리』, 1933년 9월 호.

각한 위협에 직면했다. 그에게 불행의 그림자를 던진 것은 조국의 자유를 총칼로 강탈해간 독재자의 그릇된 야욕이었다. 결국 그는 사형선고를 받고 감옥에 갇히는 운명이 되었다. 전 세계 음악인들과 문화예술계 인사들은 그를 위해 곧 대대적인 석방운동을 벌였다. 그는 이들의 격렬한 운동에 힘입어 풀려났으나 조국으로부터 추방된 뒤 낯선 타국에서 평생의 삶을 마감했다.

유럽에서 피워 올린 음악의 향기는 전 세계를 휘감고 돌아 국내에 흘러들었다. 닫힌 사회의 벽도 그의 음악만큼은 막지 못했으니, 불행 중 다행이 아닐 수 없다. 얼음장 밑으로 흐르는 물처럼 그가 작곡한 음악은 사람들의 귀에서 가슴으로 꾸준히 울려 퍼졌다. 지난 시절의 악령들이 그의 이미지를 함부로 덧칠하여 훼손했지만 그의 생애를 올곧게 이해하려는 움직임은 오래전부터 계속되어왔다. 그럼에도 안개가 아직도 다 걷히지 않았기에 '윤이상은 과연 귀환했는가?'라는 물음은 여전히 현재형을 띨 수밖에 없다. 필자는 이 질문을 등불 삼아 윤이상의 생애와 음악, 그가 걸어왔던 길을 조심스레 되짚어보았다. 그의 삶에 찍힌 고난과 역경의 의미를 반추하는 일인 만큼 기껍고 벅찬 여정일 수밖에 없었다. 가다가 돌부리에 걸려 넘어질 때마다 필자는 처음 질문을 화두 삼아 던지곤 했다.

'윤이상은 과연 귀환했는가?'

하지만 필자의 질문은 여전히 허허로운 벌판 위로 흩어지고 만다. 아직은 우리 시대가 이 질문에 답하는 것을 허용하지 않는 탓이다. 이제 거친 글월을 닫는 지금, 이 물음은 필자의 목울대를 벗어났다. 어느 좋은 시절이 천둥처럼 열려서 필자의 물음을 갈무리해준다면, 그리하여 윤이상이 우리 곁에 벌써 살뜰히 다가와 있노라고 말해준다면 더는 바랄 나위가 없겠다.

필자는 이 원고를 집필하면서 많은 이들로부터 도움을 받았다. 일일이 다 거론할 수 없어서 몇 분에 대해서만 언급할까 한다.

10여 년 전, 서울 예술의전당 서예관에서 강좌를 열어 윤이상의 음악과 인생을 들려준 음악학자 홍은미 선생님에게 마음을 다해 감사를 표하고 싶다.

필자가 2005년 강원도 인제군 만해마을 집필실에 들었을 때, 옆방의 지기로서 아침 산책에 동행해주며 독일에서 만났던 윤이상에 대한 추억 한 토막을 들려주셨던 한국예술종합학교 전 총장 이강숙 선생님께도 깊은 고마움을 전한다.

또한 1990년 평양에서 열린 〈범민족통일음악회〉에 서울전통음악연주단 단장으로 참여했던 경험을 비롯해 윤이상과 만났던 일화를 들려주신 황병기 선생님께도 크나큰 마음의 빚을 졌음을 고백하며 머리 숙여 감사드린다. 장편소설 『나비의 꿈』을 통해 윤이상의 삶을 총체적으로 조망하게 해주신 선배 작가 윤정모 누님께도 감사드린다.

특히 필자가 어린이를 위한 『윤이상, 끝없는 음악의 길』과 청소년을 위한 『윤이상: 세계 현대음악의 거장』을 썼을 때 흔쾌히 원고를 봐주시고 원고의 오류를 지적해주신 이수자 여사님께 큰절을 올린다. 그 원고를 중간에서 전달해주시고 늘 응원을 아끼지 않으셨던 윤이상평화재단 장용철 상임이사님께도 심심한 감사를 표한다.

이수자 여사님이 공들여 집필하신 역작 『내 남편 윤이상』, 루이제 린저와 윤이상이 공동으로 내놓은 역사적인 저작물 『윤이상, 상처 입은 용』이 없었다면 이 원고는 한 발짝도 나아갈 수 없었을 것임을 밝히며 그 점을 매우 감사하게 생각한다. 이 원고를 집필하기 위해 부단히 기웃거리며 들춰보았던, 노동은 선생님, 김용환 선생님, 윤신향 선생님을 비롯한 여러 훌륭한 선생님들의 저작물과 논문, 신문기사 등 각종 참고문헌이 없었다면 필자의 지난한 작업은 결코 한 줄로 꿰어지지 않았을 것이다. 이 점 매우 고맙게 여기며 마음으로 절을 올린다.

끝으로, 거칠고 성마른 원고를 거두어 책으로 펴내주시는 삼인출판사의 홍승권 부사장님, 긴 원고의 교정을 위해 수고해주신 편집자 김하얀 님께 진심으로 감사를 드린다. 부족한 원고인지라 곳곳에서 허점이 발견되면 부디 꾸짖어 바로잡아 주시기를 바란다.

2017년 1월

박선욱

차례

제2부 젊은 날

제3부 유럽에서

제4부 동백림 사건

제5부 불멸의 여정

첫 단추

제1장

—

경계에서 큰 평안으로

1995년 11월 2일 자정 무렵, 한 남자가 어디론가 전화를 걸었다. 반백이 넘은 그의 이마는 불덩이였다. 가슴은 바윗덩이가 짓누르는 듯 묵직하기 짝이 없었다. 수화기를 든 손이 가느다랗게 떨렸다.

"여보세요……."

목소리가 갈라지고 쉬어서 들릴락 말락 했다. 잘 안 들린다는 듯 더 크게 얘기하라는 소리가 수화기 저편에서 들려왔다.

"가슴이 답답하오…… 열도 심하고…… 어찌, 해야 하오?"

힘겹게 말을 마친 그가 곁에 선 아내에게 수화기를 건네주었다. 아내가 다급히 말했다.

"저예요, 주치의 선생님. 아무래도 병원에 가야겠지요?"

"아, 이 여사님. 윤 선생님 말씀을 듣고 보니 폐렴인 것 같군요. 그대로 댁에 계시면 새벽을 넘기지 못하실 겁니다. 구급차를 불러서 갈 테니 빨리 병원으로 모셔갑시다."

잠시 후, 사이렌 소리와 함께 구급차가 도착했다. 구급차에서 내린 주치의가 병원에 가자고 재촉했다.

"난, 병원 가는 것이 싫소……."

남자가 어린아이처럼 고개를 도리질하며 병원 가는 것을 거부했다. 아내는 남편을 몇 번이나 타이른 뒤, 겨우 구급차에 실어 보냈다. 그러고는 주치의와 함께 차를 몰아 병원으로 향했다.

3일 새벽, 베를린 발트 병원 응급실에 이름표가 붙었다. 'Isang Yun', 작곡가 윤이상의 이름이었다. 병원 측에서는 원래의 규정과는 달리 여분의 침대를 하나 더 놓아주었다. 아내 이수자가 남편을 돌보기 편하도록 한 배려였다. 누이동생과 조카딸까지 곁에 있었던 까닭에 윤이상은 마음의 안정을 되찾았다.

"아버지!"

급히 달려온 딸이 응급실에 들어와 병상에 누운 윤이상의 손을 잡았다. 마흔여섯 살 된 큰딸이었다. 그가 희미하게 웃었다. 아들 우경이는 오지 못했다. 미국 영주권을 막 신청해놓은 터라, 처리할 일이 많아서였다.

"정이 왔구나, 내 딸."

"아버지, 엄마. 우경이도 오고 싶어 했는데……."

윤이상이 고개를 끄덕였다. 괜찮으니 걱정하지 말라는 표정이었다. 이수자는 눈가를 훔쳤다.

"그래, 엄마도 우경이랑 방금 전에 통화했어."

그때, 응급실 문이 열리며 귄터 프로이덴베르크Günter Freudenberg 교수가 들어왔다.

"윤 선생, 좀 어떠신가?"

그는 독일 땅에서 가장 마음이 통했던 윤이상의 친구였다. 벗 윤이상이 어려움에 닥칠 때마다 늘 함께 있어준 든든한 버팀목이기도 했다. 프로이덴베르크 교수는 이수자와 교대로 병상을 지키면서 윤이상의 손을 꼭 잡아주었다. 윤이상이 간신히 입술을 달싹이며 말했다.

"나는…… 괜찮네. 여보게, 프로이덴베르크. 지난번 연주회 참석이 아마도 내 마지막 나들이가 되겠지?"

"베를린 필 연주회 말인가?"

"그렇다네. 내가 이렇게 누워 있으니, 그때 생각이 나는군."

베를린의 축제 주간이었던 그해 9월 26일, 핀란드의 시벨리우스 현악 4중주단은 윤이상이 작곡한 〈클라리넷과 현악 4중주를 위한 5중주 2〉를 초연했다. 이 곡은 20대 청년 시절의 윤이상이 오사카 음악학원에 다닐 때의 기억을 더듬어 쓴 곡이다. 기타큐슈의 철길을 따라 울긋불긋 늘어선 단풍을 떠올리며 작곡한 곡이기에 초연은 기타큐슈의 페스티벌에서 할 작정이었다. 하지만 시벨리우스 현악 4중주단은 베를린 초연을 열망했다. 클라리넷 주자인 에두아르트 브루너Eduard Brunner가 이 뜻을 전하자 주최 측에서는 크게 기뻐하며 베를린 초연을 강행했다. 이 때문에 곡의 초연 장소가 바뀌게 되었다.

연주회가 열리던 날은 가을 날씨치고는 제법 쌀쌀했다. 하늘이 낮게 드리워져 있어 어두운 데다가 습기 차고 스산했다. 몸이 으슬으슬하더니 점심 무렵에는 심장이 요동을 쳤다. 윤이상이 음악회에 참석하기 어렵다고 전화하자, 출판사에서는 난색을 표했다.

"윤이상 선생님. 꼭 좀 참석해주십시오. 부탁입니다."

저녁이 되자 이수자가 윤이상에게 외투를 입혀준 뒤 자동차에 태워 연주회장으로 향했다. 윤이상이 무거운 몸을 간신히 움직여 행사장에 도착하니 베를린 시 축제위원장 울리히 에카르트 박사와 그 부인이 윤이상을 반겨 맞았다.

이윽고 연주회가 시작되었다. 에두아르트 브루너의 현란한 클라리넷 연주와 시벨리우스 현악 4중주단의 섬세한 화음이 허공중에 아름답고 멋진 씨줄과 날줄로 얽혀 뛰어난 앙상블을 표현해냈다. 열정 넘치는 클라리넷의 화려한 가락은 브루너와 한 몸이 되었고, 세련되고 멋진 시벨리우스 현악 4중주단의 연주는 브루너의 독주를 더욱 돋보이게 했다.

"브라보!"

연주가 끝나자 장내는 일순 환호와 박수로 뒤덮였다. 윤이상이 천천히 자리에서 일어났다. 청중을 향해 두 팔을 치켜들어 답례를 하자 더욱 열화와 같은 박수가 쏟아져 나왔다. 나중에는 발까지 구르는 사람들도 있었다. 우레 같은 박수 소리와 발을 구르는 소리가 합해져 장내는 마치 온 세상의 웅장한 타악기가 한꺼번에 울리는 듯한 감동으로 물결쳤다. 윤이상은 기쁜 마음을 진정하느라 지그시 눈을 감아야 했다. 약한 심장인지라 너무 기뻐해도, 너무 슬퍼해도 안 되기 때문이었다. 윤이상의 가슴 밑바닥에서 뜨거운 기운이 솟아올랐다. 자리에 앉은 뒤에도 가슴이 두근거렸다. 파도처럼 세차게 밀려오는 함성과 박수 소리가 장내를 가득 채웠다. 열광과 호의를 담뿍 담은 눈길들이 윤이상에게 쏟아졌다.

음악은 감동이다. 감동에서 출발해야 한다. 창작의 감동이 없다면 그 누구의 마음을 울리겠는가. 최초의 악상, 최초로 시작되는 곡의 마디, 최초로 꿈틀대는 음표에 감동이 스며들지 않는다면 결코 단 한 사람의 마음도 얻지 못할 것이다. 윤이상은 작곡에 임하는 순간마다 이러한 다짐을 마음속으로 늘 되뇌곤 했다. 수없이 일렁이는 마음의 결마다 똑같은 생각들을 새겨 넣곤 했다. 이 같은 다짐은 시시각각 수면 위로 올라와 이마를 서늘하게 했다. 누구를 위한 감동이어야 하는가? 무엇을 위한 감동이어야 하는가? 어떤 내용의 감동이어야 하는가? 다짐 한편에는 무수한 의문이 늘 죽순처럼 솟아 나왔다. 관객의 갈채를 받는 순간에도 그 생각은 끝없이 맴돌고 회오리를 일으켰다. 기분 좋은 어지럼증이 온몸을 휘감았다.

연주회 이후 윤이상의 몸은 급격히 쇠잔해져 갔다. 춥고 음산한 날씨를 무릅쓰고 연주회에 참석한 데다 한자리에 오래 앉아 있어서 병세가 갑자기 악화되었다. 연주회 이후 한 달 넘게 병석에서 지내야 했다.

입원 소식을 들은 플루트 주자 로즈비타 슈테게Roswitha Staege 교수 부부가 문병을 와주었다. 윤이상은 시름시름 앓다가도 음악 이야기만 나오면 되살아나는 듯했다. 방금 전까지 고통에 겨워하던 사람이라고는 믿기지 않을 만큼 초롱초롱하게 빛나는 눈빛으로 즐겁게 환담을 나눴다. 그렇게 한 시간 동안 정열적으로 이야기를 나눈 뒤, 그들과 작별하고는 다시 환자로 돌아갔다. 쓰러지기 며칠 전에는, 한동안 작곡에 대한 영감이 떠올랐는지 책상 위 고무판 밑에 눌러놓았던 오선지를 꺼내 보여주었다. 그러고는 전에 없이 활기찬 어조로 이수자에게 이야기했다.

"여보, 오늘은 좀 나아졌어. 기분도 좋고 말이오. 작품을 쓰고 싶구려."

물고기가 물을 떠나 살 수 없듯이 윤이상은 음악을 떠나 살 수 없었다. 그의 행동이 이러한 사실을 환기해주었다. 그는 연주회장에서 자신의 곡이 연주되는 것을 바라보는 것만으로도 모든 시름을 잊을 수 있었다. 작품을 쓰는 동안에는 고통의 심연을 수도 없이 거닐었지만 완성한 뒤에는 오롯한 환희와 만났다. 설명해줄 수도, 만질 수도 없는 오직 그만의 희열이었다. 음악이 있는 곳, 연주회장, 관객들의 박수, 그들의 뜨거운 호응을 온몸으로 느끼는 것은 행복이었다. 이처럼 행복했던 기억이 몇 번이나 있었던가? 그런 생각을 하니 아득해졌다.

윤이상에게도 분명 행복한 기억들이 있었다. 아내 이수자와 만난 일, 다름슈타트와 빌토벤에서 최초로 성공을 거둔 일, 도나우에싱겐 음악제에서 입지를 굳힌 일 등은 늘 새로운 힘을 갖게 해준 원천이었다. 유럽에서 작곡가로 인정받은 뒤부터 비로소 궁핍을 극복하고 명성도 얻었다. 그러나 탄탄대로가 시작된 곳에서 만난 늪은 참으로 고약했다. 비상의 순간에 날개가 꺾이고 보니, 그 상처는 실로 크고도 깊었다. 되돌아보니 지나온 길은 온통 가시밭길이었다. 어디서부터 잘못된 것인가? 윤이상은 등허리를 받친 베개 위에 비스듬히 누운 채로 허공중에 오른손을 내밀었다. 그의 입술에서 나직한 음성이 새어 나왔다.

"내 장례식에는 아무도 부르지 마시오. 가장 친한 독일 친구 몇 사람만 있으면 돼. 스님 모시고 간소하게 불교식으로 해요."

담담한 유언이었다. 프로이덴베르크 교수는 서서 묵묵히 들었고, 이수자는 입술을 깨물며 고개를 끄덕였다. 맞잡은 손을 통해 느껴지는 온기를, 할 수만 있다면 영원히 붙들고 싶었다.

"여보, 당신은 민족과 조국을 위해 최선을 다했어요. 예술을 통해 지극한 정성으로 자유와 평화와 정의를 표현했어요. 당신은 한 사람이 감당하기에는 너무나 많은 일을 해냈어요. 이제 이 세상에 맺힌 한을 다 풀고 마음 편안하게 가세요."

이수자가 남편의 이마에 맺힌 땀방울을 수건으로 닦으며 부드럽게 말했다. 윤이상의 입술은 바짝 말라갔다. 문득, 눈앞에 깊은 산이 펼쳐지며 첼로 소리가 들려왔다. 민족의 영산으로 불리는 지리산이었다. 지리산 위로 거대한 몸을 뒤척이며 용 한 마리가 날아오르려 했다. 용은 상처를 입은 채 피를 흘리고 있었다. 하늘로 날아오르려 안간힘을 쓰는 용의 모습에 첼로의 G(솔)#음이 겹쳐졌다. 굽이굽이 이어진 산자락 위에서 목탁 소리가 들려왔다. 그 소리는 가락을 분절시켰다. 용이 날아오르려 할 때마다 어김없이 목탁 소리가 들렸다. 오래전, 루이제 린저Luise Rinser가 대담 도중에 했던 말이 떠올랐다.

"미스터 윤! 당신은, 당신의 어머니가 꿈속에서 보았던 상처 입은 용이 맞을 거예요. 당신의 음악에는 A(라)음을 추구하려는 노력이 곳곳에 깃들어 있어요. 하지만 A음에는 결코 도달하지 못하지요. 어쩌면, 당신은 그 빛나는 A음을 추구하는 G#음이 틀림없을 거예요."

윤이상은 자신의 음악적 분신인 첼로를 통해 끝없이 A음에 도달하려 했다. 윤이상이 추구한 세계는 A음 속에 담겨 있었다. 중저음부를 벗어난 음은 점차 가늘어지며 현 위로 미끄러지듯 올라갔다. 글리산도glissando, 가쁜 숨결을 토하는 선율 사이를 목탁 소리가 가로질렀다. 글리산도로 활주하던 첼로는 끝내 A음에 다다르지 못한 채 G음에 머무르고 만다.

11월 3일 오후 4시 20분, 윤이상의 귀에 트럼펫 소리가 들렸다. 첼로가 G#음에서 비틀거릴 때 트럼펫의 힘차고 고운 소리가 A음으로 뻗어나갔다. A음을 통해 표현되는 것은 천상의 세계였다. 윤이상은 자신의 기나긴 여정에서 비록 실족하거나 길을 잃는다 해도 늘 맑게 뻗어나가는 트럼펫 소리를 찾아가고자 했다. 그 속에서 우리 민족의 과거와 현재, 그리고 미래의 무늬를 발견하고 싶었다.

첼로가 다다르고자 했던 곳은 트럼펫의 깨끗한 A음의 세계였다. 첼로의 G음이 두 발 붙이고 사는 현실이라면 트럼펫의 A음은 탈속의 경지였다. 반음계 하나 차이일 뿐인데 이쪽은 홍진紅塵이고 저쪽은 이슬

통영의 '윤이상 기념관'에 전시된, 윤이상이 생전에 연주했던 첼로.

에 매달린 선계였다. 미세한 현의 경계 너머에 자신의 지친 영혼을 쉬게 해줄 푸른 언덕이 숨어 있었다.

트럼펫 소리를 듣고 나서야 윤이상의 얼굴이 평안해졌다. 이 세상과 화해하고자 했으나 평생 불화의 가시덤불 속을 거닐어야 했던 나그네. 동과 서를 잇는 가교로서 기나긴 길을 걸어갔던 순례자. 그는 이제 희미한 오후의 햇살을 마저 거두어들이고 있었다. 마지막 날숨을 뱉어낸 윤이상은 더는 들숨을 허락하지 않았다. 날이 저물기에는 아직 이른 때, 밝은 눈부신 햇살 속으로 초겨울 비바람과 우박이 뒤섞인 뒤 축복과도 같은 첫눈이 내리고 있었다. 의사가 기록한 사인은 폐렴이었다.

"살아생전에 이미 세계 5대 작곡가로 꼽혔던 윤이상, 만 78세로 타계하다."

이튿날, 윤이상의 죽음을 애도하는 소식이 전 세계 주요 매스컴을 장식했다. 윤이상의 음악과 그의 파란만장한 생애를 다룬 기사 또한 시시각각 전파를 탔다.

제2장

—

상처 입은 용

통영은 윤이상의 삶이 시작되고 뻗어 나간 그리움의 땅, 생령의 땅이다. 한반도의 등뼈인 백두대간의 끝자락에서 고성반도로 이어지는 지맥은 통영에서 가장 높은 벽방산으로 우뚝 솟았고, 바다를 사이에 두고 제석봉과 여황산을 세웠다. 대륙을 향해 포효하는 한반도 형상의 호랑이, 그 억센 뒷다리를 지탱하고 있는 땅 통영에는 팽팽한 힘줄이 불끈 돋아 있었다.

통영은 우리나라 최남단에 있는 지정학적 위치로 인해 바닷길이 시원히 뚫려 있다. 이곳은 수산자원이 풍부하여 아득한 옛날부터 인류가 정착해 살기 알맞은 곳이었다. 리아스식 해안에 봉곳한 꽃봉오리를 열어 바다를 품고 있기에 이 고장에는 늘 넉넉함이 감돌았다. 더불어 이 아름다운 항구도시에는 늘 동양의 나폴리라는 수식이 따라다녔다.

통제영 시대부터 삼남 물류의 중심지가 되었던 통영. 이곳에서는 자연히 전통문화가 꽃을 피웠다. 통영오광대, 남해안별신굿, 통영북춤과

통영 옛 지도. 전통문화가 온전하게 남아 있던 통영에서 자라난 윤이상은 어릴 적부터 음악가의 꿈을 키워나갔다.

통영검무로 이루어진 승전무, 소목장小木匠과 대목장大木匠, 두석장豆錫匠에 이르기까지 통영의 무형문화재는 실로 다양하다. 통제영 시대 때부터 유래된 취타악吹打樂은 통영을 대표하는 전통음악으로 자리 잡았다. 용이 되지 못한 이무기의 설화에서 유래된 두레패와 이무기 놀이는 통영의 오래된 민간 연희로 전승되어왔다.

통영의 농악 역시 다른 지방과 마찬가지로 민중들의 생활 깊숙이 자리 잡고 있다. 마을굿인 당굿, 액막이의 일종인 지신밟기, 두레패의 농악인 두레굿 등 농사와 관련된 민속음악이 발전했다. 무속에서 전래된 통영삼현육각, 시나위에 연원을 둔 민간 제례악은 일제의 탄압 속에서도 명맥을 이어온 통영 전통문화의 뿌리에 속한다. 조선조 후기 삼도수군통제영의 12공방工房에서 비롯된 통영소반統營小盤도 나전칠기와 더불어 통영의 명산물로 이름이 높다. 윤이상이 이처럼 유서 깊은 고장에서 태어난 것은 그의 음악과 관련해 생각한다면 매우 다행스러운 일이다.

윤이상의 아버지 윤기현尹基鉉은 구한말의 선비였다. 글공부를 많이 하고 시문詩文에 능했다. 양반이란 겉치레 때문에 농사일을 할 마음은 아예 없었다. 장사를 하자니 사농공상士農工商이란 고루한 인식 탓에 선뜻 발을 들여놓기가 어려웠다. 중인들의 전유물이던 한의학 공부를 시작한 것은 그나마 체면이 덜 깎인다고 믿어서였다. 하지만 그것마저도 오래가지는 않았다.

윤기현은 통영 장롱을 잘 만드는 부유한 목수 집안 출신의 규수 추부규秋富圭를 아내로 맞아 일찍 장가를 들었다. 그러나 부인이 홍선, 두례 두 딸만 낳은 뒤 아이를 더는 낳지 못하자 가문의 대를 잇는 데 늘 마음을 썼다. 윤기현도 생부가 있었으나 자식이 없는 큰아버지에게 양자로 가 호적에 오른 터였다. 당시에는 어느 고을이건 인척간에 양자를 삼는 일이 흔했다. 집안의 대를 잇지 못하는 것은 조상들에 대한 불경으로 여겼다. 이것은 유교적 인식에서 비롯되었다.

윤이상의 아버지 윤기현. 윤기현은 한미한 가정의 양반으로, 한학에 조예가 깊고 서예를 잘하던 선비 시인이었다.

윤기현은 후사를 위해 새장가를 들기로 결심했다. 어느 날, 경남 산청군에 목재를 구하러 갔던 윤기현은 그곳에 살고 있는 친구에게 자신의 마음을 털어놓았다. 친구는 좋은 자리가 하나 있다며 침이 마를 정도로 칭찬을 늘어놓더니, 자신이 다리를 놓아보겠노라고 말했다.

"덕산면에 김순달金順達이라는

참한 처녀가 있다네. 부친이 병환 중이라서 생활이 곤궁하긴 하네만."

의롭고 용감한 농민인 김순달의 아버지는 동학농민군이었다. 갑오농민전쟁이 패배한 뒤 관군에게 잡혀간 김순달의 아버지는 감옥에서 무서운 고문을 당했다. 가까스로 풀려났으나 평생 일을 못 하는 병자가 되어버렸다. 김순달의 어머니는 얼마 안 되는 논밭을 팔아 남편 옥바라지와 병구완을 하며 힘겨운 나날을 이어갔다.

스물이 넘은 처녀 김순달은 궁핍한 삶을 원망하지 않고 어머니를 도와 집안일을 알뜰히 거들었다. 가난하지만 서로 의지하며 살아가는 세 식구의 모습이 윤기현의 가슴을 뭉클하게 했다. 윤기현은 친구의 중신으로 두 번째 결혼을 했다. 관습에 따라 신부가 살던 경상남도 산청군 덕산면에 신혼살림을 차렸다.

김순달은 얼마 지나지 않아 임신을 했다. 배가 불러오던 어느 날 밤, 꿈을 꾸었다. 꿈속에서 커다란 용 한 마리가 보였다. 용은 꿈틀거리며 지리산 등성이로 날아오르려 했다. 하지만 하늘 높이 날아오르지 못하고 구름 속에서 몸부림쳤다. 괴롭게 뒤척이는 용은 몸에서 피를 흘리고 있었다.

'아, 어쩌지?'

김순달은 깜짝 놀라 자리에서 벌떡 일어났다. 목덜미와 이마에서 식은땀이 흘러내렸다. 우리나라 사람들은 용꿈의 주인공이 범상치 않은 운명을 갖게 된다고 믿었다. 하지만 피 흘리는 용은 왠지 불안했다. 김순달은 태어날 아이에게 혹여 나쁜 일이라도 미칠까 두려워 꿈 이야기를 혼자만 간직하기로 마음먹었다. 몸을 삼가 조심하는 가운데 출산날이 다가왔다.

1917년 9월 17일, 산청군 덕산면의 고요를 깨는 우렁찬 울음소리가 들렸다. 윤기현과 김순달 사이에서 칠원 윤씨 가문의 6대 종손이 된 첫 번째 사내아이가 태어난 것이다. 윤기현은 집안의 대를 이을 장남의 출생에 뛸 듯이 기뻐했다. 그는 이름을 무어라 지을까 고민하다가 중국 고사의 이윤伊尹을 떠올렸다.

윤기현은 이 고사에서 착안하여 무엇을 가리킨다는 뜻의 어조사 이伊, 뽕나무 상桑을 써서 아들 이름을 이상이라고 지었다. 윤尹은 '다스리다', '벼슬아치', '지도자'라는 뜻이 있으므로 뽕나무 아래의 도인에서 일국의 재상이 된 이윤을 연상케 하는 작명이었다.

윤이상尹伊桑을 거꾸로 읽으면 '뽕나무 위의 벼슬아치 혹은 지도자'라는 뜻이다. 중국 역사와 문학에 조예가 깊던 선비 윤기현의 소망은 여러 면에서 기묘하게 맞아떨어진다. 실제로 윤이상은 전 세계에 명성을 떨친 작곡가가 되었고, 조국통일범민족연합 해외본부 의장으로서 조국의 통일과 민주화를 위해 노력한 재야 지도자가 되었기 때문이다.

윤이상이 네 살 되던 해에 윤기현은 아내와 아이를 데리고 통영을 향해 떠났다. 막상 시집을 향해 길을 나서자 김순달의 마음은 착잡해졌다. 두루마기 자락을 펄럭이며 앞장서는 남편을 따라 눈에 익은 마을 언덕을 걷다 보니, 마음이 무거워 발길이 쉬 떨어지지 않았다. 두레박으로 시원한 물을 퍼 올리던 우물가, 이웃 아낙들과 함께 김을 매며 구성지게 〈농부가〉를 부르던 논둑길, 여름날 어린 아들을 업고 땀을 식히던 느티나무가 자꾸 눈에 밟혔다. 정든 고향과 작별한다는 게 못내 서운했다.

김순달은 통영의 시댁에서 살면서 윤기현의 본처인 추부규를 형님이라고 불렀다. 하지만 늘 어렵기만 한 상대였다. 윤이상은 양모養母인 추부규를 큰어머니라 불렀다. 얼굴에 약간 얽은 자국이 있어서 곰보

어머니로 불린 추부규는 윤이상을 친아들처럼 여겨주었다. 홍선과 두례 또한 윤이상에게는 자상한 누나였다. 추부규는 너그럽고 시원시원한 성품의 소유자였다. 이웃 아낙네들은 마음 상한 일이 있을 때면 추부규와 상의하곤 했다. 그럴 때마다 추부규는 아낙네들의 하소연을 조용히 들어주었고 함께 마음 아파해주었다. 때로는 문제 해결의 실마리를 제공해주기도 했다. 이 때문에 자연히 사람들은 추부규를 인격자로 존경했고, 주위에는 항상 많은 사람들이 따랐다.

가세가 기울고는 있었지만 윤기현의 집안에 양반가의 자부심만큼은 돌올突兀했다. 자연, 집안의 대소사는 유교적인 예법에 따라 진행되었다. 그중에서 가장 엄격히 진행되는 것은 제례祭禮였다. 집안의 각종 제사가 있을 때마다 김순달은 늘 힘겨워했다.

양반가와 농민 집안 간에는 여러 모로 먼 거리가 가로놓여 있었다. 유교적인 가부장 제도는 엄격했고 집안 분위기도 답답했다. 틀에 박힌 관습은 행동 하나하나를 규제했다. 농민의 딸로 태어난 것은 숙명이자 굴레였다. 그것들이 때때로 가시가 되어 김순달의 마음을 찔러댔다. 무엇보다도 자신이 둘째 부인이라는 사실이 가슴 아팠다. 실제로 윤이상의 생모 김순달은 호적에 오르지 못했다. 윤이상의 호적상 어머니는 큰어머니인 추부규였다.

괴로운 마음을 남몰래 삭이던 김순달은 어느 날 홀연히 집을 나와버렸다. 이른 아침, 어린 아들을 업고는 누가 볼세라 문을 살그머니 열고 시댁을 빠져나간 것이다. 몇 시간을 걷다가 운 좋게 소달구지를 만나 얻어 탔다. 기진맥진한 몸으로 고향집 부근 강에 이르렀으나 장마철에 물이 불어나 있었다. 다리는 휩쓸려갔고 논마저 물에 잠겨 있었다. 김순달은 아들을 등에 업은 채 강을 건너기 시작했다. 그러다가 발을 헛

디뎌 물에 떠내려갔다. 이 순간 윤이상도 어머니 등에서 떨어지고 말았다. 김순달은 재빨리 아들 손을 붙잡고는 허우적거리면서 외쳤다.

"살려주세요, 살려주세요!"

때마침 그 앞을 지나던 농부가 급히 물에 뛰어들어 모자를 구해주었다. 천신만고 끝에 친정집에 도착했지만 김순달은 출가외인이었다. 친정어머니는 반가운 눈치였음에도 빨리 시댁으로 돌아가야 한다고 말했다. 몇 개월 뒤, 윤기현이 아내와 아들을 데리러 덕산면에 왔다. 김순달은 하는 수 없이 남편을 따라 통영으로 다시 갔다.

다시 시댁에 돌아온 뒤로 김순달은 모든 것을 참고 견디기로 했다. 괴로운 마음이 들면 빨래를 했다. 슬픈 생각이 들면 마당을 쓸었다. 그마저도 잘 안될 땐 시퍼렇게 녹이 슨 놋그릇을 우물가로 가져가 수세미로 닦고 또 닦았다. 팔을 걷어붙이고 집안 살림을 꾸려가는 동안 답답한 마음이 서서히 누그러졌다. 김순달은 윤기현과의 사이에 둘째 아들 길상을 낳았고, 명애, 경애, 동화까지 딸 셋을 낳았다. 이 무렵 윤이상의 큰어머니는 친정에 오래 머물거나, 시집간 딸과 아들네 집으로 다니는 일이 잦았다. 김순달이 마음 놓고 살림을 할 수 있게 한 배려였다.

윤이상의 아버지는 종일 집 안에 틀어박혀 시를 지었다. 책을 읽는 것으로 소일하면서도 집안을 일으키는 데는 큰 관심이 없었다. 아버지가 어장을 시작한 것은 순전히 생계 때문이었다. 하지만 경험이 부족했던 그의 어장은 곧 망하고 말았다. 아버지는 바닷가와 가깝던 집을 팔고 뒤곁에 대나무밭이 있는 집으로 이사를 했다. 전에 살던 곳보다 좋지 않은 집이었다.

아버지는 이내 가구공장을 차렸다. 직공 여덟 명을 두고 골고루 무늬가 놓인 책상, 질 좋은 나무로 꾸민 장롱 따위를 만들어 팔았다. 윤이상은 아버지가 운영하는 일터에 자주 놀러갔다. 그곳에는 잘 다듬어 놓은 목재가 가지런히 놓여 있었다. 한창 만들고 있는 가구도 볼 수 있었다. 톱질과 대패질하는 소리, 망치질하는 소리가 쉼 없이 울려 나왔다. 그 소리를 듣다 보면 코끝에 은은히 나무 향이 스며들어 왔다. 언제 맡아도 좋은 냄새였다.

아버지는 힘들여 물건을 만든 뒤에도 팔 생각은 별로 하지 않았다. 장사가 잘 안되어도 크게 신경 쓰지 않았다. 생활이 어려워지면 집안에 내려오던 논밭을 조금씩 떼어 팔았다. 아버지의 유일한 낙은 시회詩會에 나가서 유생들과 더불어 음풍농월吟風弄月하는 것이었다. 유생들의 모임에서는 늘 중심적인 역할을 했다.

뜻 맞는 유생들과 함께 운에 맞춰 시를 지었고, 계곡물 앞에서 낭랑한 소리로 시조를 읊었다. 집에서도 도도한 시흥에 취하면 붓으로 아무 종이에나 시를 쓰곤 했다. 어머니는 그 종이로 문을 바르거나 아궁이에 넣어 불쏘시개로 사용하곤 했다. 윤기현은 시가 적힌 종이가 어떻게 되든 관여치 않았다. 필체가 좋았던 아버지는 제사 때마다 조문 쓰는 일을 도맡았다. 스님들도 아버지께 현판 글씨를 써달라고 부탁을 할 정도였다. 이 때문에 통영 인근의 크고 작은 절에는 윤기현이 쓴 현판이 많이 붙어 있었다.

윤기현은 윤이상을 데리고 가끔 절에 다녔다. 절에는 돋을새김으로 색깔이 칠해진 현판이 붙어 있었다. 아버지는 그 글씨를 가리키며 말했다.

"아버지가 쓴 글씨가 여기 있구나."

윤이상은 그럴 때 아버지가 무척 자랑스러웠다.

제3장

음악의 근원

윤이상이 살던 통영의 도천동 집은 조금만 나가면 바로 바다였다. 돌담 밑을 흐르는 물결은 먼 고장의 아련함을 쉼 없이 실어 날랐다. 밤이면 파도가 꿈결을 타고 부서졌다. 낮에는 파란 물이랑이 끝도 없이 출렁였다. 바다는 윤이상의 가슴에 넘실거렸다. 파도 소리는 맥박을 타고 흘렀다.

아침이면 남해 위로 햇살이 쏟아졌다. 그때, 항구도 함께 깨어났다. 점점이 뿌려진 섬들도 햇살을 받아 기지개를 켰다. 모래사장 위로 몰려온 멸치 떼가 햇빛을 받아 반짝였다. 그 모양을 바라보던 사람들은 눈이 부셔 손차양을 했다. 은빛 파편들이 손 그늘을 파고들 때, 동네 아낙네들은 광주리에 멸치를 퍼 올리느라 바빴다. 아이들은 아이들대로 작은 광주리와 망태에 멸치를 잔뜩 주워 담았다. 항구의 아침 풍경은 늘 활기찼다.

일제강점기의 통영은 인구 4만의 읍 단위 마을로서 수산업이 활기

를 띠고 있었다. 마을 어시장에는 방금 배에서 실어내린 상자마다 물고기가 가득 넘쳤다. 좁은 길 곳곳에는 고기를 사러 나온 사람들로 붐볐다. 물고기는 늘 상자 밖으로 튀어나와 몸을 뒤척였다. 부둣가에서 흥정하는 목소리는 점점 더 커졌다. 아이들은 어른들의 허리춤과 상자 밖으로 넘쳐 나온 물고기 사이를 요리조리 헤집고 다니면서 깔깔거리며 장난을 쳤다. 장 보러 나온 아낙네들에게는 통영 앞바다에서 잡힌 대구가 귀한 몸이었다. 특별 취급을 해도 될 만큼 그 맛이 일품인 대구는 뱃사람들과 시장 상인들의 호주머니를 두둑하게 해주었다.

윤이상의 어릴 적 별명은 '울보'였다. 아파서 운 것이 아니라 예민해서 자주 울었다. 밤에 울음을 그치지 않을 때면 작은누나가 업고 재울 때도 있었다. 낮에는 어머니가 아이를 달래며 냉이와 쑥을 캤고 민요를 불렀다. 신기하게도 민요 소리에 울음이 잦아들었다. 어머니의 목소리는 유난히 맑고 고왔으며, 멀리까지 울려 퍼졌다. 마을 아낙네들은 칭찬을 늘어놓기 바빴다.

"덕산댁 목소리는 꾀꼬리에 비단결이야. 어쩜 그리도 노래를 잘할까?"

크고 작은 섬들이 점점이 떠 있는 통영 앞바다의 평화로운 모습. 소년 시절부터 무한한 꿈과 영감을 불러 일으킨 이곳은 윤이상의 가슴에서 평생 동안 떠나지 않았던 그리움의 근원이었다.

아낙네들은 김순달을 덕산댁이라고 불렀다. 산청군 덕산면에서 시집왔다는 뜻이다. 모를 심는 봄날이면 어머니의 노래 실력이 유감없이 발휘되곤 했다. 어머니가 선소리를 하면, 아낙네들은 그 선소리에 맞춰 모를 심으며 노래를 불렀다. 봄볕 따사로운 논두렁에는 기운차게 후렴을 합창하는 아낙네들의 목소리로 넘쳐났다. 그중에서도 특히 어머니의 목소리는 논두렁 너머 신작로에서도 들릴 만큼 빼어났다. 그런 어머니를 닮아서 윤이상도 노래를 아주 잘했다. 어려서 잘 울었던 까닭인지, 또래 아이들보다 목청도 좋았다. 윤이상이 부르는 노래는 힘차고 아름다웠다. 동네 사람들이 목소리만 듣고도 누군지 알아차릴 정도였다.

어릴 적 윤이상은 동네 개구쟁이들과 바닷가로 우르르 몰려가 놀다 오곤 했다. 바닷물이 밀려난 모래밭에는 가재가 지나간 길이 보인다. 그 근처 모래를 파내면 구멍이 나타나고, 구멍 속에 된장을 밀어 넣으면 수컷이 나온다. 아이들은 수컷 가재 다리에 실을 매달아 구멍에 집어넣고 기다렸다. 인내심 있게 기다리면 그놈이 암컷 가재를 데리고 나온다. 가재 한 마리로 두 마리를 잡는 짜릿함이다. 또한 모래밭에서 빨빨거리는 게를 잡는 재미도 쏠쏠했다. 윤이상은 썰물 때마다 갯가재 잡이에 맛이 들려 해지는 줄 몰랐다.

아이들은 모든 것을 장난감으로 만들어 놀 줄 안다. 그런 면에서 아이들은 천재적인 창조자다. 그 무렵 통영의 아이들은 복어를 가지고 놀았다. 어른들이 갓 잡아온 복어는 배가 부풀어 있게 마련이었다. 바짝 약이 오르면 배는 곧 터질 것처럼 팽팽해진다. 운 좋게 복어를 얻게 되면 개구쟁이들은 그것을 가지고 공놀이를 했다. 아이들이 불쌍한 복어를 발로 찰 때마다 "끼이, 끼이" 하는 소리가 났다. 아이들은 복어가 이를 가는 소리라고 여겼다. 그 소리가 거슬리면 복어를 더욱 세게 걷어찼다. 핏물이 고이고 흙투성이가 된 복어는 곧 바람이 빠졌다. 아이들은 금세 싫증을 느끼고 다른 놀이를 찾았다.

윤이상은 집 안에서는 조용하고 말수 적은 아이였다. 아버지는 세 살 아래 동생 길상을 더 귀여워했다. 반면, 윤이상에게는 자주 꾸지람을 했다. 아버지와 닮은 성격 때문이라고 어머니가 설명해주었지만, 납득할 수 없었다. 유년 시절, 윤이상의 성격은 소심했다. 기질 때문일 수도 있겠지만 집안 분위기 탓도 무시할 수는 없었다. 아들을 엄하게 키워야 한다는 유교식 교육방식을 고수한 아버지의 영향은 청소년기에도 계속되었다.

바닷가에서는 삶과 죽음이 늘 교차된다. 남자들은 바다에 나가 어업을 하다가 풍랑을 만나면 자칫 불귀의 객이 되었다. 통영의 어민들은 그때마다 무당굿을 통해 해원풀이를 했다. 무당의 옷은 화려했고, 일렁이는 촛불을 따라 길게 이어지는 진혼의 사설은 무섭기도 하고 슬프기도 했다. 맨발로 작두를 타며 요령을 흔드는 무당의 신들린 모습은 손에 땀을 쥐게 했다.

윤이상은 어머니를 따라 친척집에 가서 무당굿을 본 일이 있었다. 굿은 아무리 봐도 신물이 나지 않았다. 모여 선 사람들은 단순한 구경꾼이 아니었다. 무당의 축수와 점복, 주술이 있을 때마다 놀람과 기쁨을 나타내거나, 울거나 혹은 탄식하거나 안도의 한숨을 내쉬는 참여자였다. 무당굿이 벌어지는 굿판은 행위자와 관객이 하나로 연결된 무대나 다름없었다. 길게 늘어뜨린 천, 종이로 만든 꽃, 강렬한 색깔로 장식된 부채, 깃털이 꽂힌 무당의 모자는 설치미술의 원형이라 할 만했다. 춤추고 노래하고 사설을 늘어놓는 모든 과정은 무용과 음악, 연극의 요소를 종합적으로 지닌 예술의 총화인 셈이었다.

무당굿은 한번 시작하면 대개 사흘 동안 계속되었다. 이 모습을 처음부터 끝까지 지켜보는 일은 흥미로웠다. 소년의 눈과 귀는 인류의 가장 오래된 샤머니즘 의식을 모두 빨아들일 것 같았다. 이때 보았던 무당굿은 나중에 그가 쓴 세 명의 소프라노와 관현악을 위한 〈나모(南無)〉를 통해 되살아났다. 불교의 전통음악인 범패의 세계를 펼쳐 보인 이 곡은 1971년 5월 4일 베를린 방송국 대연주홀에서 베를린 라디오 방송 교향악단의 연주로 초연되었다.

통영읍에는 가끔 울긋불긋한 옷을 입은 중국인들이 들어와 원숭이 앞에서 음악을 연주했다. 사람들은 이것을 '원숭이 음악'이라고 불렀다. 그러면 원숭이는 곧장 중국 음악에 맞춰 춤을 추었다. 어린 윤이상은 이 모습이 신기해서 원숭이 놀이판 앞을 떠날 줄 모르고 지켜보곤 했다.

통영의 풍속과 문화는 윤이상의 유년기를 다채롭고 풍부하게 해준 자양분이었다. 정월 대보름날 밤에는 답교踏橋를 했다. 휘영청 밝은 보름달 아래에서 좁은 다리 위를 걷는 사람들은 일절 말이 없었다. 이날

다리밟기를 하면 한 해 동안 다리 병이 없어진다는 속설이 있었다. 다리를 백 번 건너면 원하는 바가 이루어진다는 믿음 때문인지 사람들은 다리 위를 지나면서 누구와 마주쳐도 침묵으로 일관한 채 마음속으로 소원을 빌었다.

마을 사람들은 대보름 무렵에 탈놀이를 하며 즐겼다. 통영오광대로 불리는 탈놀이는 다섯 명의 광대가 탈을 쓰고 등장하여 노는 연희라는 데서 붙은 명칭이다. 태평소, 북, 장구, 꽹과리, 징과 같은 민속악기의 반주에 맞춰 춤을 추면서 대사를 주고받는 전통연희다. 임진왜란이 끝난 뒤 한산도에 삼도수군통제영이 설치된 뒤부터 민초들 사이에서는 왜적을 비롯해 사악한 기운을 쫓는 의식을 행하는 벽사辟邪 행사를 치르기 시작했다. 이때 탈놀이가 곁들여지면서부터 통영오광대가 연희 형태로 발전해왔다.

일종의 음악극 형태로 진행되는 오광대놀이는 민초들의 애환과 꿈이 반영되게 마련이어서 풍자극 또는 저항극의 요소를 띠는 게 일반적이었다. 어민, 농민, 상인, 마름과 같은 하층 계급이 주류를 이루고 있는 가운데 양반 계층 혹은 순사가 등장하여 이들을 억압하는 대립구조로 극이 구성되는 경우가 많았다.

양반과 하층 계급이 대립하고 반목하거나, 양반을 풍자하고 조롱하고 질타하는 내용이 많기 때문에 일반 서민들은 오광대놀이를 보면서 분노를 함께 표출하는 마당으로 삼았다. 때에 따라서는 독립운동의 의지까지 밑바닥에 감추고 있어 오광대놀이가 진행되는 잠시 동안이나마 대동세상의 물결을 이루기도 했다. 오광대놀이를 벌이는 사람들은 외부에서 온 전문 연희패인 경우도 있었다. 그렇지만 마을에서 하던 탈놀이에는 윤이상이 매일 마주치곤 하던 평범한 농부들이나 어부들이 각자 배역을 맡아 참여하곤 했다.

음력 1월에 벌어지던 연날리기는 장관이었다. 어른들은 이날을 위해 사람 키만 한 방패연과 가오리연 혹은 키를 훌쩍 넘는 커다란 연 등 온갖 멋진 연을 만들어두었다. 연날리기 대회는 일종의 전쟁이나 다름없었다. 유리 가루를 입힌 연실은 다른 연줄을 끊는 데 사용되었다. 논벌에 각각 서 있던 사람들은 연을 하늘 높이 날린 뒤 얼레를 이리 감고 저리 풀면서 다른 사람의 연에 접근하여 요령껏 남의 연줄을 끊기 위해 안간힘을 썼다. 논벌에 서 있는 어른들의 표정에는 하나같이 팽팽한 긴장감이 감돌았으며, 마지막 하나 남은 연의 임자가 최종 승자가 되었다.

미륵산 기슭에는 신라 선덕여왕 때 세워진 용화사龍華寺라는 천년 고찰이 있었다. 맨 처음 은점恩霑이 창건할 때는 정수사淨水寺였다. 고려 때인 1260년(원종 1년) 산사태가 나서 허물어지자 자윤自允, 성화性和 화상이 그보다 아래로 자리를 옮겨 지은 뒤 천택사天澤寺로 절 이름을 고쳤다. 1628년(인조 6년)에 화재로 소실된 뒤 124년 만인 1752년(영조 28년)에 벽담碧潭 화상이 다시 지어 용화사라 개명했다.

이 절에서는 해마다 4월 초파일이면 연등 행렬이 벌어지곤 했다. 아버지를 따라 용화사에 자주 갔던 윤이상은 절 경내에 걸린 수천 개의 아름다운 연등을 홀린 듯 바라보곤 했다. 해 질 녘이면 스님들이 목어木魚를 두드리고 운판雲版을 쳤다. 목어가 "두두둑, 두두둑" 하면서 낮게 울면 운판은 그보다 높은 음으로 "쩌으응, 쩌으응" 하면서 목어 소리를 데리고 절 마당을 한 바퀴 돌았다.

목어와 운판의 소리가 잦아들 무렵엔 범종 소리가 "데엥" 하고 울렸다. 장엄한 범종 소리는 법당을 지탱하는 아름드리 기둥과 법당 뒤쪽 벽에 그려진 탱화를 어루만지며 건너편 골짜기로 스며들었다. 범종 소리가 깊은 울림을 끌면서 흩어지면 어둠이 내렸다.

저녁 예불 시간이 되면, 법당에서는 스님들의 목탁 소리와 독경 소리가 끊이지 않았다. 불공이 끝나면 사람들은 스님들을 따라 탑을 돌고 절 마당을 맴돌며 소원 기도를 올렸다. 미륵불을 모신 용화전, 아미타삼존불을 모신 보광전, 명부전 등의 처마와 기둥에 길게 늘어진 줄에는 색색의 연등이 밤새 밝혀져 있었다.

단옷날이 되면 여인들은 창포물에 머리를 감고 그네를 타거나 널을 뛰며 놀았다. 이날 마을 사람들은 깨끗하고 좋은 옷으로 갈아입고 논밭 가에 연분홍빛으로 피어난 복숭아꽃과 벚꽃 만개한 언덕을 지나 미륵산 중턱으로 향했다. 고려 때인 943년(태조 26년) 도솔선사가 용화사의 산내 암자로 창건한 도솔암, 조선 영조 때 창건된 관음사가 있는 미륵산 자락은 유서 깊은 가람을 품고 있었다. 풍수지리학적으로 보자면 금계포란金鷄抱卵형에 해당하는 명당 자리였다.

미륵산에는 산자락을 타고 미래의 부처인 미륵존불이 내려온다는 전설이 깃들어 있다. 토착화된 불교와 민간신앙이 버무려진 미륵산 자락을 걷는 사람들은 소풍이라도 가는 듯 발걸음이 가벼웠다. 아낙네들과 어린 여자아이들은 머리에 꽃을 꽂아 멋을 부렸다. 어른들은 장구를 치면서 흥을 돋우었다. 길가에는 아담한 술집들이 늘어서 있어서 목을 축일 겸 막걸리를 마시는 사람도 있었다.

일제는 우리나라 사람들이 축제로 여기는 단옷날의 전통놀이를 금지하기 위해 여러 구실을 붙여 방해했다. 하지만 온갖 방해를 무릅쓰고 마을 사람들은 꿋꿋하게 이날을 즐겼다. 우리나라를 강점한 일제는 우리의 가장 큰 명절인 설을 구정으로 치부하면서 신정 쇠기를 강요했다. 이는 우리의 민속 명절과 세시풍속을 폄하함으로써 민족말살정책을 펴려던 검은 흉계에서 비롯된 것이다.

그것은 또한 한韓민족의 동질성과 정체성을 훼손하여 황민화정책을 펴기 위한 수단이었다. 이에 따라 우리의 풍습과 그 속에 담긴 뜻을 짓밟으려는 일제의 획책이 거듭 되풀이되었다. 1930년대에 접어들면서부터는 단옷날에 벌어지던 축제 분위기가 심히 위축될 지경에 이르렀다.

연등 행사와 더불어 빼놓을 수 없는 것은 서당에서 벌어지던 제등 행사였다. 가을걷이가 끝난 논은 그야말로 너른 벌판이었다. 바로 그 논벌에 작은 아이들과 큰 아이들이 제각기 작고 커다란 등을 들고서 밤새 걸어 다니면 들판에 꽃불이 켜진 것처럼 보였다. 윤이상도 수박만 한 크기의 등을 들고 동네 친구들과 함께 들판을 거닐었다. 크고 작은 등불이 온 들판을 수놓을 때면 마치 밤하늘의 별빛이 내려온 것처럼 황홀했다. 이윽고 그 빛들이 하나씩 꺼지면 밤의 주인인 어둠이 그 자리를 서서히 채워나갔다.

마을에는 가끔 유랑극단이 들어와 공연을 했다. 광대들은 유랑극단의 공연을 알리기 위해 마을 곳곳을 다니며 북이나 장구, 꽹과리를 치면서 한바탕 흥을 돋우었다. 알록달록한 옷으로 요란하게 치장을 한 광대들이 어깨에 멘 북과 장구를 치고 다니면 마을 사람들은 공연히 들뜨게 마련이었다. 동네 조무래기들은 신나게 그 뒤를 따라다녔다. 장기를 두던 마을 어른들도, 빨래를 널던 아낙네들도 저녁에 있을 공연을 떠올리면 마음이 설레었다.

공연은 대개 밤중에 이루어졌다. 막이 오르면 마을의 공터에 꾸민 가설무대가 환상의 공간으로 바뀌었다. 가설무대 주위에 등잔불을 켜고 관솔불을 태우면 일렁이는 불빛을 받은 관객들은 곧장 노래와 연극에 빠져들어 갔다. 머리를 땋아 내린 윤이상도 마을 사람들 속에 섞여 앉아 구경하느라 한눈팔 새가 없었다.

날이 궂을 때면 공연도 쉬어야 했다. 수십 명의 단원들로 이루어진 유랑극단이 공연을 못하게 되면 적자를 면치 못했다. 밥값과 여관비를 낼 돈마저 떨어지면 단원들 가운데 가수나 여배우를 담보 비슷하게 남겨놓고 이웃마을로 가서 공연을 새로 해야 했다. 거기서 생긴 수입으로 밀린 식대며 숙박비를 갚고는 단원들을 데려갔다. 그 무렵의 가난한 유랑극단으로서는 흔한 일이었다.

유랑극단이 이웃마을로 떠나면 윤이상도 이들을 따라갔다. 유랑극단의 공연은 아무리 많이 봐도 물리지 않았다. 칡뿌리를 씹을수록 단물이 나는 것과 같았다. 이웃마을에서 펼치는 공연은 또 다른 맛과 새로움이 있었다.

어느 날, 한참을 기다려도 윤이상이 오지 않자 집에서는 난리가 났다. 아버지는 아이를 찾기 위해 대문을 박차고 뛰어나갔다. 어머니와 온 집안 식구들도 안절부절 못한 채 마을을 샅샅이 뒤졌다.

"상아, 상아!"

"이상아, 어디 있니?"

결국 온 가족은 이웃마을까지 가야 했다. 사람들을 붙잡고 몇 번이고 물으며 행방을 좇았다.

"우리 아이 못 보셨어요? 머리를 길게 땋은 우리 아이 말이에요."

아무나 붙들고 여러 차례 물은 뒤, 골목과 공터를 샅샅이 뒤지고 다녔다. 늦은 밤, 아랫마을로 옮겨간 유랑극단은 환한 등잔 불빛 속에서 악극을 공연하고 있었다. 사람들 사이를 헤집고 다니던 가족들은 마침내 낯익은 아이의 얼굴을 발견했다. 무대 바로 밑 앞줄에 앉아 넋을 놓고 공연을 감상하고 있던 윤이상이 거기 있었다. 가족들은 비로소 안도의 숨을 내쉬었다.

평소의 아버지는 윤이상에게 엄격하기만 했다. 그렇지만 가끔은 자상하게 대할 때도 있었다.

"낚시하러 가자."

윤이상은 그럴 때의 아버지가 가장 좋았다. 아버지는 작은 배에 윤이상을 태우고 바다 한가운데로 나아갔다. 낚싯줄을 드리운 뒤 아버지와 아들은 말없이 밤바다를 바라보았다. 바다에는 수많은 소리가 떠다녔다. 물고기들이 헤엄치는 바다 저편으로 환히 불 밝힌 배가 여러 척 보였다. 오징어나 갈치, 멸치를 잡는 배였다. 배에서는 어부들이 노래를 부르곤 했다. 어부들의 뱃노래는 배를 다리 삼아 이 배에서 저 배로 옮겨갔다.

밤하늘에는 별들이 쏟아질 것처럼 총총히 박혀 있었다. 애조 띤 남도창은 듣는 이에게 알 수 없는 서글픔을 전해주었다. 바다 저편에는 일본인들의 노랫소리도 섞여 있었다. 그 무렵 통영은 조선총독부에 의해 수산업 전진기지로 탈바꿈하고 있었다. 벌써부터 통영에는 많은 일본인들이 진출해 있었다.

일본인들은 따로 한 마을을 이루어 살아가고 있었다. 그들은 어장을 경영하는 한편 배를 타고 바다로 나와 물고기를 잡았다. 그들은 어느덧 통영의 중심부를 차지하게 되었다. 통영 사람들은 점차 변두리로 밀려났다. 일본인들의 뱃노래는 우리나라 어부들의 노래와는 색다른 가락과 박자를 갖추고 있었다. 두 개의 사뭇 다른 뱃노래가 바다를 공명판 삼아 어우러졌다. 그 소리는 너울거리는 파도 사이로 새로운 가락을 짜면서 멀리까지 울려 퍼졌다.

흐드러진 별들 사이로 뱃노래가 윤이상의 가슴을 가득 채웠다. 아버지와 낚시하러 갔던 일들은 윤이상의 기억 속에 소중한 무늬를 아로새겼다. 밤바다 위에서 들었던 어부들의 뱃노래는 윤이상의 음악적 영감을 이루는 원천이 되었다.

윤이상은 밤낚시에 매료되었다. 혼자 밤낚시를 가는 일도 생겼다. 이 사실을 알게 된 아버지는 엄명을 내렸다.

"위험하니 혼자서는 밤낚시를 가지 마라."

하지만 윤이상은 아버지 몰래 홀로 밤길을 걸어 바닷가에 갔다. 어롱魚籠을 등에 짊어진 채 낚싯대를 들고 가는 밤길은 고즈넉했다. 바닷가 솔숲에서 부엉이가 울었다. 가까운 데는 오 리 길이었고, 좀 더 마음에 드는 곳으로 가려면 십 리는 가야 했다. 더 멀리 가서 도착한 곳은 가파른 벼랑이었다.

윤이상은 깎아지른 절벽을 기어 내려갔다. 바위틈에 디딘 발이 미끄러져 아슬아슬한 순간을 맞기도 했다. 가까스로 절벽을 타고 내려간 윤이상은 바위를 건너뛰어 평평하고 너른 바위에 자리를 잡았다. 낚싯줄을 바다에 던지고 나자 가슴이 시원하게 뚫리는 기분이었다. 고기를 낚지 못해도 상관없었다. 밤바다를 바라보는 것만으로도 좋았다.

바다와 하늘을 분간할 수 없는 이 순간, 고요가 모든 것을 집어삼켰다. 가끔 물고기가 수면을 박차고 튀어 올랐다. 그때 고요가 천 갈래 만 갈래로 깨지는 소리가 들렸다. 고요가 깨지는 소리는 마음의 귀를 통해서만 들을 수 있었다. 물고기가 다시금 물속 깊숙이 들어가면 흩어졌던 소리들이 정돈되어 정적을 이루었다. 이 고요함은 청정함으로 이어졌다. 고요함, 그것은 모든 소리들이 도달할 수 있는 최상의 영역이었다.

바다는 늘 철썩이게 마련이다. 바다가 철썩인다는 것은 생명이 꿈틀거린다는 증거다. 파도치는 것, 철썩이는 것은 모두 지상의 언어다. 그것은 삼라만상을 의미한다. 밤바다를 순식간에 집어삼키는 뇌성, 집채만 한 너울, 무덤 속처럼 골이 깊은 파랑은 모두 움직임 속에서 일어나는 변화다. 그럼에도 그 움직임은 궁극적으로 천상의 경지에 도달하고자 애쓴다. 그것은 갈망과 이상理想의 얽힘이다. 갈망은 세상의 언어다. 그 언어는 음악에서 동動으로 번역되어 악보에 표기된다. 플라톤이 최고선으로 지칭한 이데아Idea는 천상의 언어다. 윤이상의 음악에서 그것은 정靜이다. 그것은 동의 온갖 질곡과 고난을 훌쩍 뛰어넘어야만 도달할 수 있는 영역이다. 갈망과 이데아는 부조화와 조화의 대립이며, 그 둘은 어지러운 음표 속에서 뒤섞인다.

인류사를 통시적으로 보자면, 갈망과 이데아는 진리의 구현을 위해 수많은 난관을 뚫고 행군하던 인간 군상이 빚어내는 존재의 표상이다. 통시성의 단면에 인간을 대입해놓고 보자면, 그것은 한 인간의 지난한 연대기 안에 표출되는 꿈과 희망의 하모니다.

윤이상의 음악은 동에서 정으로 전환하거나, 정에서 동으로 도약하며 극적인 악절(phrase)을 펼치는 경우가 많다. 그럼에도 윤이상의 음악은 움직임과 고요함이 하나로 맞물려 있다. 그 유기적 공존은 곧 정중동靜中動의 세계다. 그러므로 동은 무조건 뛰어넘어야 하는 질곡으로 존재하는 것이 아니라, 그 속에 인간의 애환이 깃들어 있는 연민의 세계다. 동은 그러므로 극복의 대상이 아니다. 오히려 감싸 안아야 할 존재다. 움직임과 고요함이 교차하는 지점에 윤이상 음악의 비경秘境

이 숨겨져 있다.

정이라 할지라도 세상과 유리된 채 독립적으로 존재하는 절대적인 영역이라고만 할 수는 없다. 동과 정은 상보적인 관계다. 태극의 음과 양처럼 서로 같이 있음으로써 하나를 이루는 결합체라고 할 수 있다. 동이 있음으로써 정의 청정함이 더욱 빛난다. 정이 있음으로써 동의 고뇌가 깊어진다. 그 둘은 제각기 하나이면서 둘이 모이면 전체가 된다.

윤이상은 훗날 강서대묘의 고분벽화를 보고 이 같은 사실을 확인한다. 북쪽 벽에 그려진 현무가 그 실마리를 제공해주었다. 거북과 뱀의 유연한 몸놀림과 팽팽한 긴장감, 둘이면서도 하나인 절묘한 일체감이 입체적인 질감을 전해주었다. 동쪽 벽의 청룡, 서쪽 벽의 백호, 남쪽 벽의 주작, 천장의 황룡까지 모든 것이 개별적으로 존재하면서도 유기적으로 연결되어 있었다. 여기서 받은 영감은 강렬한 것이었다. 윤이상은 뒷날 서대문형무소에 수감되었다가 건강이 악화되어 서울대학병원에 입원했을 때 사신도四神圖에서 영감을 떠올린 두 개의 곡을 썼다. 클라리넷과 피아노를 위한 〈율〉, 플루트와 오보에와 바이올린과 첼로를 위한 〈영상〉이 그것이다.

하늘 위에는 헤아릴 수 없이 많은 별들이 반짝이고 있었다. 별들은 저마다 무슨 말을 하는 듯싶었다. 자세히 들어보면 그것은 노래였다. 별들은 가만가만 속삭이며 제각기 다른 빛깔로 노래를 부르고 있었다. 캄캄한 밤바다는 별들의 노래로 가득 차고 넘쳤다. 윤이상의 가슴속에는 알 수 없는 음표가 차오르기 시작했다.

때때로 긴 궤적을 그리며 별똥별이 떨어졌다. 짧은 순간, 밤하늘이 사선으로 베어졌다. 황홀한 상처에서 금빛 곡조가 흘러나왔다. 하늘과 바다에는 여러 빛깔의 가락이 떠다녔다. 캄캄한 밤하늘에 초롱초롱 떠 있는 별빛, 끝없이 부서지는 파도마다 미세한 선율이 실려 있었다. 윤이상은 그것들을 눈으로 보고 귀로 들으며 폐부 깊숙이 호흡했다. 그것들은 모두 음악이었다. 윤이상이 작곡을 통해 표현하는 아름다운 소리는 유년 시절에 바라보았던 밤바다의 출렁임과 고요 속에서 싹이 텄다. 그것은 곧 동과 정의 세계였다.

봄에는 논에서 개구리 울음소리가 많이 들렸다. 논에 물을 댈 때면 먹잇감이 풍부해져서 개구리가 논에 가득 찼다. 한 마리가 울기 시작하면 이내 무논에는 개구리 울음 천지가 되었다. 얼핏 들으면 귀가 따가울 정도로 시끄럽게 울어대는 개구리 울음소리일 뿐이다. 그렇지만 자세히 들어보면 그 속에 높은 음과 중간 음, 낮은 음이 존재했다. 모든 개구리가 일제히 울어대며 합창을 하다가 갑자기 뚝 끊길 때도 있었다. 정적의 순간이 지나면 또 여기저기서 개구리가 울어댔다. 때때로 개구리 울음소리는 윤이상의 꿈속에서도 들렸다.

조상들에게 제사를 지내는 날에는 아버지가 목욕재계를 했다. 어머니와 누나들은 부엌에서 전을 부치는 등 음식을 만들었다. 제삿날에는 모두가 정갈하게 차려입고 말과 행동을 조심했다. 저녁에는 촛대에 불을 켜고 한자리에 둘러앉아 밥을 먹었다. 여자들은 부엌에서 따로 먹었다.

친척집에서 제사를 지낼 때는 윤이상도 어머니를 따라갔다. 밤길은 항상 무서웠다. 한밤중에 친척집에서 소변이 마려울 때면 어머니 손을 잡고 뒷간에 가야 안심이 되었다. 만주에서 살다가 큰 부자가 되어 돌아온 친척의 집에서는 잔치도 자주 벌였다. 가장 기억나는 것은 기생들이 벌이는 연희였다. 열두어 명의 기생들은 제각기 거문고나 몽고의 호금胡琴을 연주하면서 민요를 부르곤 했다.

기생들의 노랫소리도 듣기 좋았지만, 윤이상의 가슴에 오래도록 남아 있는 것은 현악기가 내는 맑고 투명한 울림이었다. 그날 밤, 어머니와 친척집에 누워 잠을 청하려 할 때 뒷산 어디쯤에서 한 남자의 노랫소리가 들려왔다. 처음 들어보는 남자의 노래였다. 사람의 마음을 움직이게 하는 소리였다.

'누가 부르는 노래일까?'

남자가 부르는 노래는 인간의 것이라고는 믿기 힘들 정도로 구성지고 아름다웠다. 그것이 지상의 것인지, 혹은 몽환이나 마음에서 울려 퍼지는 것인지는 잘 몰랐다. 하지만 윤이상의 귀에는 말로 표현할 수 없는 아름다운 노랫소리가 끊임없이 들려왔다. 돌이켜보면, 그것은 윤이상의 마음 깊은 곳에서 울려 나오는 노랫소리였다.

윤이상에게는 이와 유사하게 인상적인 기억이 또 하나 있다.

어떤 마을에 살던 유복한 쌀집 주인이 하루는 바닷가에 위치한 여관에 머물고 있었다. 중년에 이른 그는 아마 부두에 들어오는 배에서 쌀을 도매로 사거나, 아니면 자신의 쌀집 창고에 있던 쌀가마를 팔기 위해 그곳에 갔을 것이다.

그날 밤, 눈부신 달빛이 창호지에 어리자 그는 잠을 이루지 못했다. 그때, 먼 데서 어떤 남자의 노랫소리가 들려왔다. 남자의 노래는 빼어나게 아름다웠다. '누가 〈보렴報念〉을 이리도 잘 부르는가?' 하는 탄식이 절로 나올 정도였다.

상래소수上來所修 공덕해功德海요,

회향삼처回向三處 실원만悉圓滿을

봉위奉位 주상전하 수만세壽萬歲요

불교 아함경에서 유래된 〈보렴〉은 보시염불報施念佛의 약어로서 남도창의 한 종류였다. 예전에 전라도의 절에서 불사를 일으킬 때 보시금을 모으려고 전문 소리꾼들을 시켜 이 마을 저 마을로 다니며 노래를 부르게 했다는 유래도 있다. 한문 사설로 이루어진 이 노래는 예로부터 사당패가 주로 부르던 남도잡가 가운데 하나로 선소리(立唱)에 해당한다. 멀리서 들려오는 한 남자의 아름다운 노랫소리를 듣고 있던 쌀집 주인은 자기도 모르게 방문 밖으로 나가, 그 남자가 미처 부르지 않은 소절을 불렀다.

그러자 그 남자는 중모리장단으로 쌀집 주인이 부른 다음 소절을 이어 불렀다. 쌀집 주인은 그에 화답하여 대구對句에 해당하는 소절을 굿거리장단으로 불렀다. 그는 노래를 부르면서 소리가 들리는 쪽으로 걸어갔다. 쌀집 주인이 자진모리로 그다음 소절을 부르면서 걸음을 빨리 걷다 보니 모래언덕 쪽에 한 청년이 서 있는 게 보였다. 소리의 주인공은 의외로 허름한 옷차림을 하고 있었다. 반가운 마음이 들었던 쌀집 주인이 청년에게 말을 걸었다.

"아까부터 자네 노래를 들었는데, 너무나 아름다웠다네. 자네는 대체 어디서 온 누구인가?"

"저는 전라도에서 소작인으로 일하고 있습니다. 논배미가 워낙 작아서 가을걷이 때 그리 재미를 보지 못한답니다. 궁여지책으로 여름철이면 여기에 돈을 벌러 오곤 합니다."

"허, 그런가? 아무튼 자네를 만나서 반갑고 기쁘이. 오늘 밤에는 나랑 같이 술이나 한잔하세."

쌀집 주인은 자신이 묵고 있는 여관으로 청년을 데리고 갔다. 그러고는 여관 옆 주막집 주모에게 술상을 가져오라고 하여 밤새 술잔을 기울이며 이야기꽃을 피웠다. 그날 이후 쌀집 주인과 가난한 청년은 오랜 지기처럼 지내게 되었다.

윤이상은 이 이야기를 마을 사람들에게서 들었다. 그렇지만 마치 자신이 한밤중에 청년의 노래를 들었던 쌀집 주인이라도 된 것처럼 〈보렴〉의 구성진 가락을 마디마디 기억하고 있었다. 전라도 민요가 항용 그렇듯, 3음의 계면조로 된 〈보렴〉은 각 구句의 끝을 위로 치켜올려 여미는 특징적인 음률로 이루어져 있었다.

"유세차……."

깊은 밤, 친척집에서 제사를 지낼 때 아버지는 축문을 읽었다. 수많은 친척들이 모인 가운데 아버지가 중심이 되어 제사를 드리는 모습을 지켜보는 것은 기분 좋은 일이었다. 왠지 으쓱해졌고, 까닭 없이 흐뭇해졌다. 아버지가 중요한 인물이라는 것을 모두가 인정하고 있다는 사실이 뿌듯하게 여겨져서일 것이다. 축문이 이어지면 사람들은 습관적으로 놋그릇을 쳐다보았다.

"혼백이 와서 제상에 차려진 음식을 맛보게 되면, 잘 먹었다는 뜻으로 놋그릇을 울리고 가지."

단순히 미신이라고 치부하기에는 민간신앙에 대한 어른들의 믿음은 경건할 정도였다. 물끄러미 쳐다보면 "지잉" 하고 놋그릇 울리는 소리가 들렸다. 놋그릇이 정말 우는지, 마음에서 울려 나오는 소리인지는 확인할 길이 없었다.

아버지는 시회詩會의 모임을 주도했다. 주로 물 흐르는 계곡에 마련된 정자에 앉아 운을 맞추고 시로 화답했다. 조선의 마지막 유생들인 그들은 식민지 조선을 일으킬 힘이 없었다. 일본인을 극도로 미워했던 아버지는 조선총독부에서 세운 보통학교에 아들을 보낼 생각을 하지 않았다.

아버지는 윤이상의 나이가 다섯 살이 되자 근처 서당인 호상서재湖上書齋에 보냈다. 호상서재는 1875년부터 이 충무공의 10세손인 이규석 통제사가 지방민 자제를 교육시킨 서당이었다. 호상서재에서 공자와 노장老莊에 관련된 공부를 3년간 계속했다. 특히, 공자와 장자에 관한 공부는 호상서재에서만 그치지 않고 이후에도 계속 정진했다.[1)]

윤이상은 동문수학한 서당의 동기들에 비해 명민한 구석이 있었다. 『천자문』과 『소학』을 남들보다 일찍 떼었고, 일곱 살 때부터는 더 어려운 책들을 공부했다. 『논어』와 『장자』를 읽으며 학문의 깊이를 쌓기 시작한 뒤, 두보와 이백의 시를 옮겨 적거나 자신이 직접 시를 지어 낭송하기도 하는 윤이상에게 훈장은 매번 칭찬을 아끼지 않았다.

루이제 린저와의 대담에서 윤이상은 그 당시를 다음과 같이 회상했다.

"나는 어릴 때부터 기억력이 좋은 편이었습니다. 여덟 살 때에도 공자나 장자와 같은 중국의 고전을 읽었지요. 그 속에 담긴 심오한 뜻은 파악하기 힘들었지만, 그래도 꾸준히 읽기를 멈추지 않았습니다. 아버지는 나에게 서예를 가르치셨지요. 한자를 붓으로 쓰는 일이 참 좋았습니다. 또래의 다른 애들에 비해 서예를 잘하자, 아버지와 여러 어른들로부터 칭찬을 자주 들었습니다. 두보나 이백의 시를

---

1) 노동은, 「한국에서 윤이상의 삶과 예술」, 『음악과 민족』 17호, 민족음악학회, 1999, 12~13쪽.

한자로 옮겨 적기도 했고, 그러다가 내가 직접 한시를 지어 붓으로 쓰기도 했지요."

그 무렵, 어머니는 꿈 이야기를 들려주었다.

"네가 배 속에 생겼을 때, 엄마는 용꿈을 꾸었지."

어머니 꿈속에 나타난 용은 몸에 난 상처 때문에 피를 흘리고 있었다. 신령스러운 지리산 위로 휘돌면서도 구름을 뚫고 힘차게 하늘로 날아갈 수 없는 용이었다. 어머니 태몽 속의 상처 입은 용은 윤이상의 일생을 상징하는 인생의 복선이었다.

훗날 동백림 사건에 연루되어 옥고를 치른 윤이상은 상처 입은 용과 같았다. 그러나 그는 절망하지 않았다. 감옥 안에서도 희가극을 쓸 만큼 투지를 빛냈다. 상처를 입고서 구름 속을 뚫고 하늘로 치솟아 오르려는 몸부림, 그것은 그의 인생을 관류貫流하는 언어였다. 승천해야만 할 하늘은 항상 높게, 멀리 있었다. 어머니는 아들이 혹시 잘못될까 봐서 놀랐다는 얘기는 차마 하지 않았다. 그저 아들의 머리를 오래오래 쓰다듬을 뿐이었다.

집 뒤 대나무밭 옆에 흐르는 개천을 지나면 논이 있었다. 장마철이면 작은 개천에 물이 불어나 콸콸 흐르곤 했다. 그럴 때는 아버지가 급히 뛰어나가 집 안으로 물이 들어오지 않도록 물길을 막았다. 늘 시만 짓던 아버지가 바짓가랑이를 걷어붙이고 분주히 움직이는 모습을 보이자 윤이상은 신기하고 기쁜 마음이 들었다.

아버지는 집에 있을 때면 늘 시를 지었다. 먹을 갈아 한지에 시를 옮겨 적거나 동양 고전에 나오는 좋은 글귀를 쓰기도 했다. 이 때문에 집에서는 그윽한 묵향이 은은히 배어 나왔다. 아버지 서재에는 시를 적어놓은 한지가 아무데나 쌓여 있었다. 어머니는 불을 지필 때 한지 뭉치를 손에 잡히는 대로 가져다가 불쏘시개로 아궁이에 집어던져 넣었다. 벽지가 바래거나 해어져 흙이 보이게 되면 어머니는 그 종이 뭉치에 풀을 발라 벽에 붙였다. 하지만 아버지는 자신의 시가 어떻게 되든 아무런 내색도 하지 않았다.

제4장

—

풍금

서당에 다닌 지 3년이 지나자 윤이상은 여덟 살이 되었다. 아버지 입장에서는, 비록 식민지 시절이긴 했지만 밀려오는 근대 문물을 마냥 외면할 수는 없었다. 아들의 교육 문제를 서당에만 의존하기는 어렵다는 자각이 들었다. 신식 학문을 가르친다고는 하지만, 일본인들이 세운 학교에는 보내고 싶지 않았다. 아버지는 여러 날 동안 고심한 뒤, 세병관에 마련된 보통학교에 아들을 보내기로 결심했다. 그곳에서는 조선인 교사들이 조선말로 학생들을 가르쳤다.

어느 봄날, 아버지는 윤이상을 데리고 세병관을 찾았다. 길섶마다 개나리가 무리를 이루었고, 진달래가 붉게 피어 있었다. 마당에 심어진 나무마다 연초록 잎이 돋아나고, 산수유꽃이 노랗게 얼굴을 내밀고 있었다.

당시 세병관은 통영공립보통학교로 쓰이고 있었다. 조선인 선생님들은 우리 역사와 문화를 알려주면서 은연중 항일의식을 고취시키고 있었다. 이러한 까닭에, 그곳 학생들은 민족의식이 높았고 자부심도 강했다. 한복 차림에 댕기머리를 한 윤이상은 세병관의 커다란 규모를 보고 입이 딱 벌어졌다. 아버지는 잠시 세병관에 대해 설명해주었다.

"여기 세병관이란 글자는 병장기를 씻어 평화로운 세상을 열겠다는 뜻이다. 당나라 때 시인 두보의 시에 나오는 말이란다."

임진왜란이 한창이던 선조 26년(1593년) 8월, 당시 전라좌수사였던 충무공 이순신 장군은 한산도에서 왜군을 크게 무찔렀다. 선조는 한산도 대첩에서 큰 공을 세운 이 충무공에게 교서를 내려 통제사에 제수했다. 통제사의 정식 명칭은 삼도수군통제사 겸 경상우도 수군절도사였다. 충무공은 통제사가 된 뒤 한산도에 통제영을 두었으나, 훗날 제6대 통제사인 이경준이 선조 37년(1604년) 통제영을 두룡포로 옮겼다. 충무공의 업적을 기리기 위해 지은 세병관은 이때부터 조선 삼도 수군 통제영 본영의 중심 건물이 되었다.

어찌하면 힘센 장사를 얻어 은하수를 끌어다가
安得壯士挽天河
갑옷과 무기를 깨끗이 씻어 영원히 쓰지 못하게 한단 말인가
淨洗甲兵長不用

세병관은 두보가 쓴 「세병마행洗兵馬行」이라는 시의 마지막 구절에서 따와 지어진 이름이다. '은하수를 끌어와 병장기를 씻는다'는 뜻을 지니고 있다. 안녹산의 난이 일어날 당시 40대 중반이던 두보는 한때 적군의 포로로 잡혀 생사의 기로에 섰던 적이 있었다. 두보는 전란으로 인해 어지러운 시대를 살아가면서 전쟁을 피하고 평화를 바라는 시

를 많이 남겼다. 세병관은 경복궁 경회루, 여수 진남관과 함께 지금까지 남아 있는 조선시대의 오래된 목조 건축물 가운데 평면 면적이 가장 넓은 건물 가운데 하나로 꼽힌다.

"선생님과 얘기 좀 나눌 테니 이 방에 있어라."

아버지가 교장 선생님과 이야기를 나누는 동안 윤이상은 혼자 남겨졌다. 방에는 여태 본 적이 없는 가구가 놓여 있었다. 그때, 어떤 교사가 들어와 그 가구 뚜껑을 열고는 희고 검은 판을 손가락으로 눌렀다. 그러자 그 안에서 이상한 소리가 한꺼번에 났다. 처음 들어보는 소리였다. 신기했다. 선생님이 나간 뒤, 윤이상은 호기심에 끌려 가구 뚜껑을 열고 판을 눌러보았다. 아무 소리도 나지 않았다. 악기 이름이 풍금이고, 페달을 밟은 상태에서 건반을 눌러야 소리가 난다는 것은 나중에야 알게 되었다. 서양악기와의 첫 만남이었다.

육자배기나 판소리, 민요 가락만 듣고 자란 윤이상에게 음악이란 단음單音의 세계였다. 아버지가 즐겨 부르던 시조창만 해도 하나의 음이 길게 이어지는 조용한 세계였다. 여러 전통악기로 합주를 할 때도 단조로운 음이 따로따로 펼쳐져 처음과 끝을 이루고 있었다. 그것은 모든 조선 음악의 특징이었다. 이에 비해 풍금의 화음和音은 다성음악의 세계였다. 그 새로움, 설명할 수 없는 무언가가 윤이상을 단박에 사로잡았다.

근대 교육을 받게 된 윤이상은 그런대로 잘 적응해나갔다. 3학년이 되자 사범학교를 갓 졸업한 음악 선생님이 오셨다. 그 선생님은 악보 보는 법을 가르쳐주었다. 윤이상은 선생님의 설명을 주의 깊게 들었다. 선생님은 노래를 알려주기 전에 칠판에다 악보부터 그렸다. 오선지가 그려진 칠판에 음표를 쓱쓱 그리면 멋진 악보가 되었다. 선생님이 노래를 알려주면, 묘하게도 머릿속 깊숙이 노랫가락이 새겨지곤 했다. 마치 오래전부터 알았던 것처럼 그 선율이 낯설지 않았다.

"계이름 읽어볼 사람?"

그때, 윤이상이 가장 먼저 손을 들었다. 선생님이 지목하자 윤이상은 거침없이 "도, 레, 미, 파" 하고 끝까지 읽었다. 선생님은 제자가 기특했다.

"자, 오늘은 새로운 노래를 배워봅시다. 누가 이 악보대로 노래를 불러볼 건가?"

이번에도 번쩍 손을 든 윤이상이 악보대로 정확히 노래를 불렀다. 일흔 명가량 되는 같은 반 학우들 가운데 악보를 제대로 읽는 사람은 윤이상뿐이었다. 선생님은 놀라서 칭찬을 거듭했다. 그때부터 선생님은 새로운 노래를 가르쳐줄 때마다 늘 윤이상을 지목하여 노래를 부르게 했다.

유럽풍의 명확한 음계로 이루어진 노래는 윤이상의 마음에 쏙 들었다. 윤이상의 목소리는 맑고 고와서 학예회 때는 독창을 도맡아 했다. 윤이상이 노래를 잘한다는 사실은 학교에서 모르는 사람이 없을 정도였다. 윤이상은 그때부터 음악 시간을 제일 좋아하게 되었다.

학교에서 집으로 돌아오는 길목에는 예배당이 있었다. 윤이상은 주말마다 예배당에 가서 곧잘 풍금을 쳤다. 서양 노래인 찬송가도 불렀다. 이때부터 자신도 모르게 음악에 대한 꿈이 무럭무럭 커지기 시작했다. 그 무렵 많은 서양 선교사들은 조선을 식민지로 삼은 일본의 제국주의적 야심을 탐탁지 않게 여겼다. 선교사들은 일본인들에게 협력하는 것을 거부했으며, 억압받는 조선인 편에 서서 비밀리에 항일운동을 도와주었다.

아버지의 가구공장은 신통치 않았다. 아버지는 얼마 남지 않은 논밭을 팔아 근근이 생계를 이어나갔다. 형편이 곤궁해지자 밥상에서 쌀밥 구경하기가 어려워졌다. 하루는 어머니가 보리밥을 지어 도시락을 싸 주었다. 윤이상은 실망한 표정을 짓더니, 도시락을 그냥 두고 갔다. 어머니는 아들에게 따뜻한 밥을 먹이려고 앞가슴에 도시락을 넣고서 학교로 갔다. 교실에서 아들을 불러낸 어머니는 학교 모퉁이에서 도시락을 먹게 했다. 윤이상은 밥을 먹는 동안 부끄러운 마음이 들었다.

3학년에 올라갔을 때, 어느 날 사람들이 갑자기 술렁였다.

"우리 마을에 조선 명창 이화중선이 온대!"

"평생 볼까 말까 한 명창 이화중선이 온다고? 어허, 마을의 경사로세."

사람들의 말은 삽시에 온 마을로 퍼졌다. 윤이상은 공연히 가슴이

윤이상은 소학교 3학년 때 통영 봉래극장에서 공연하던 이화중선의 모습을 처음 보고 큰 감동을 받았다. 끊어질 듯 이어지는 〈육자배기〉 가락은 검실거리는 계곡물이 너럭바위를 후려치는 것처럼 들렸다.

설렜다. "평생 볼까 말까 한 명창 이화중선"이란 말이 신비롭게 들렸다. 공연 하루 전날이 되자 읍내 사람들은 조선 최고의 명창을 본다는 기쁨에 들떠 있었다. 통영 인근의 섬인 욕지도, 사량도, 소매물도, 한산도에서도 돛배를 타고 사람들이 모여들었다.

공연 당일 밤이 되었다. 봉래극장 옆의 너른 터에는 이미 가설무대가 꾸며져 있었다. 가설무대 위에 켜놓은 가스 등불로 주위는 대낮처럼 밝았다. 무대 맨 앞자리에는 고수가 있었다. 그 뒤로는 장구, 대금, 태평소, 아쟁, 가야금 등 민속악단이 자리를 잡았다.

가설무대 주변에는 구름처럼 몰려온 사람들로 발 디딜 틈이 없었다. 사람들은 저마다 가지고 온 멍석을 깔고 그 위에 앉았다. 흰옷을 입은 관중들이 광장 멀리까지 가득 들어차 있는 모습은 그 자체로 장관이었다.

막이 올라가자 출연자 몇 사람이 나와 우리 민요를 불렀다. 관중들이 흥에 겨워했다. 첫 순서가 끝나자 이화중선이 무대에 나왔다. 모여 앉은 사람들이 열광하기 시작했다. 그때, 윤이상의 머릿속에 얼마 전 어른들이 했던 말이 떠올랐다.

"이화중선이 아편 중독이라던데, 괜찮을까?"

"그러게. 아편을 많이 피워서 몸이 약해졌다는군."

윤이상도 은근히 걱정하는 마음이 들었다. 하지만 무대에서 멀리 떨어져 앉은 까닭에 이화중선의 얼굴이 창백한지 어떤지 알 길이 없었다. 이윽고, 이화중선이 〈육자배기〉를 부르기 시작했다.

사람이 살려면 몇 백 년이나 살으란 말이냐
죽음에 들어서 남녀노소 있느냐
살아생전 시에 각기 맘대로 놀거나 헤

남도창 특유의 길게 이어지는 노래에는 슬픔과 한이 서려 있었다. 가슴 깊숙한 곳에서 꾸밈없이 토해져 나오는 가락이었다. 유려하게 흐르다가 절절하게 휘어지는 대목에 이르면 청중은 "얼쑤!" 하며 장단을 맞췄다. 음의 흐름이 오르막을 향해 치달아가거나 급격히 꺾일 때마다 사람들은 어깨와 고개를 좌우로 흔들며 "좋다!"를 연발했다. 밤이 깊어갈수록 청중들은 이화중선의 노래에 추임새를 넣으며 온통 하나가 되어갔다. 윤이상은 이때의 기억을 더듬어 『한양』지에 「명창 이화중선」이라는 제목의 글을 썼다.

> 그 목소리는 만들어내는 소리가 아니라 저절로 울려 나오는 소리였다. 그리고 조금도 과장이 없이 마치 계곡의 청수清水가 바윗둑을 넘쳐서 흘러내리는 것 같았다.[2)]

통영의 문화동에는 봉래좌蓬萊座라는 극장이 있었다. 1914년 통영에 거주하던 일본인 40여 명이 십시일반으로 모은 5000원으로 세운 곳이었다. 통영에서 가장 오래된 극장이었던 봉래좌는 처음에는 일본인들이 조합 형태로 운영하며 가부키 공연을 무대에 올리거나 종합오락장으로 이용했다. 나중에는 브나로드운동을 위한 강연회가 열렸고, 여성 국극단이나 악극단의 순회공연이 펼쳐지기도 했다.

봉래좌는 입구와 길이가 각각 여덟 칸과 열여덟 칸이었고, 총 380명을 수용할 수 있는 2층 규모의 현대식 시설이었다. 가부키 관람을 용이하게 하기 위해 무대는 관객석보다 한 단 높게 만들어졌다. 객석은

---

2) 이수자, 『내 남편 윤이상』 상권, 창작과비평사, 1998, 101쪽.

계단식 의자 대신 방석을 놓고 앉아서 관람하는 구조로 되어 있었다. 귀빈석은 난간 형태로 만들어놓았다. 돈 많은 관객이 좀 더 높은 곳에서 공연을 관람할 수 있도록 하기 위해서였다.

1926년경 부산을 포함한 경남 일대에 있는 극장은 마산의 앵관, 공락관, 수좌壽座와 통영의 봉래좌 네 곳뿐이었다. 이것은 그만큼 당시 통영의 경제력이 컸음을 뜻한다. 문화적인 저력 또한 만만치 않았음을 말해주는 지표이기도 하다. 봉래좌는 서울의 원각사와 더불어 신극新劇운동의 거점 역할을 했다. 뒷날 봉래극장으로 이름이 바뀐 뒤에도 오랫동안 통영을 비롯한 경남 지역 문화의 중심지로 자리 잡았다.

봉래극장은 활동사진(무성영화)을 상영하면서부터 영화 전용관 구실을 하게 되었다. 윤이상은 무성영화가 새로 들어올 때마다 빼놓지 않고 볼 만큼 영화광이었다. 그런 까닭에 문턱이 닳을 만큼 수없이 봉래극장을 드나들곤 했다.

부산 출생인 이화중선은 열일곱 살 때 남원시 수지면 호곡리 홈실 박씨 문중으로 시집가서 살다가, 협률사協律社의 공연을 보고 크게 감동했다. 그 길로 집을 나와 장득주에게 판소리를 배웠다. 서울에서는 송만갑과 이동백에게서 가르침을 받았다. 그녀는 비록 박색이었으나 소리만큼은 타의 추종을 불허할 만큼 뛰어나게 아름다웠다. 어려운 대목이라 해도 전혀 막힘없이 유창하게 불러 김초향과 더불어 당시 여류 창악계의 쌍벽으로 불렸다. 이화중선은 임방울과 함께 음반을 가장 많이 녹음한 명창으로도 손꼽힌다.

1943년 말, 이화중선은 임방울 등으로 꾸려진 대동가극단의 일원이 되어 징용으로 끌려간 한국인 노무자를 위한 위문공연차 일본 각지를 다니고 있었다. 그렇지만 아편 중독으로 인한 신경쇠약 증세에다가 순회공연 중 쌓인 피로와 영양부족이 겹쳐 몸 상태가 급속히 악화되었다. 뒷날, 깊은 무력감과 회생 불가능한 병세를 한탄하며 연락선 이등실에 누워 있던 마흔여섯 살의 이화중선은 홀로 갑판에 나가 바다로 뛰어들어 한 많은 일생을 마쳤다.

윤이상은 이때 보았던 이화중선에게서 커다란 인상을 받았다. 하지만 이 글 「명창 이화중선」 가운데 "그때 내 나이 열 살을 조금 넘었을까"라는 부분과 "내가 이화중선의 노래를 들은 후 몇 해 안 되어 그분은 아편으로 세상을 떠났다"라는 문장 사이에는 꽤 큰 시차가 가로놓여 있다. 윤이상의 나이 열 살 때는 1926년이니 "열 살을 조금 넘었을까"라는 대목을 후하게 쳐서 열한 살이라 해도 1927년에 지나지 않는다. 이화중선의 사망 시점인 1943년과는 무려 16~17년의 차이가 나는 것이다.

윤이상이 쓴 「명창 이화중선」의 첫 문장은 "1917년부터 1930년 사이에 나의 고향 통영에 명창 이화중선이 온 일이 있다"로 시작된다. 이 대목에서도 의문이 남는다. 만약 1930년에 이화중선이 통영에서 공연했다면 그때 윤이상의 나이는 열네 살이니 "열 살을 조금 넘었을까"라는 대목과 얼추 맞아떨어질 수 있다. 하지만 이화중선의 사망 시점까지는 아직 13년이나 남았으므로 "내가 이화중선의 노래를 들은 후 몇 해 안 되어 그분은 아편으로 세상을 떠났다"라는 문장은 여전히 성립되지 않는다. 기억은 때때로 혼란을 초래한다. 아마도 이 대목은 착오에 의한 오기誤記일 가능성이 크다.

윤이상은 이화중선의 소리가 지닌 남도창의 깊은 맛을 평생 그리워하며 살았다. 뒷날, 〈범민족통일음악회〉가 열린 평양에서 서울전통음악연주단의 일원으로 참가한 판소리 명창 오정숙이 육자배기를 불렀다. 그때 윤이상은 이수자와 함께 하염없이 눈물을 흘리며 감격했다.

소년 시절에 들었던 남도창의 감흥이 북받쳤기 때문이다.

윤이상의 이웃에는 한 청년이 살고 있었다. 도쿄에서 돌아온 그는 취미 삼아 바이올린 연주를 곧잘 하곤 했다. 윤이상은 그 청년의 집에 가끔 놀러가서 그가 켜는 바이올린 곡을 들었다. 윤이상은 부모님을 졸라 값싼 바이올린 한 대를 구입했다. 집에서 혼자 켜려니 잘되지 않았다. 할 수 없이 청년을 찾아가 바이올린 켜는 법을 배웠다. 윤이상은 이 무렵 다른 이에게서 기타도 배웠다. 바이올린과 기타로 쉬운 곡 몇 개쯤은 연주할 정도가 되었다. 일본을 통해 유입된 서양 유행가도 금세 배워 연주할 수 있었다.

신이 난 윤이상은 집에서도 바이올린 연습을 하곤 했다. 윤이상은 한번 무엇에 빠져들면 높은 집중력을 보였다. 집에서도 예외가 아니었다. 활줄로 켜다가 원하는 음을 표현하지 못하면 그 음을 정확히 연주할 때까지 반복했다. 무서운 집중력은 이때부터 싹튼 것이 분명하다. 바이올린 소리를 끔찍이도 싫어하던 아버지는 결국 폭발하고 말았다.

"복어 이 가는 소리 좀 그치지 못하겠니? 아버지는 그 소리가 정말 듣기 싫구나!"

윤이상은 아버지가 화를 내자 의기소침해졌다. 아버지는 아들이 음악에 빠져드는 것을 경계했다. 며칠이 지나자 이 미래의 음악가는 자신을 추슬렀다. 아버지의 견제를 특유의 집념과 인내심으로 밀어붙이며 연습에 몰두했다. 윤이상에게는 설명할 수 없는 열정이 있었다. 그 열정은 자신의 음악 세계를 높은 곳까지 밀어 올리는 힘이었다.

제5장

—

첫 번째 작곡

근대의 여명기에 통영으로 들어오는 서양 풍물의 유입 속도는 점점 빨라졌다. 통영은 그 급속한 흐름을 더 빨리, 더 많이 빨아들이는 호리병과도 같았다. 통영에는 기독교가 일찍부터 들어와 있었다. 이 때문에 윤이상은 외국인 선교사들에게서 서양의 찬송가를 비롯한 신식 노래를 자연스럽게 배울 수 있었다. 통영에는 또한 브라스밴드가 있었다. 읍내에서 벌어지는 각종 행사 때마다 이 밴드가 경쾌하고 신나는 음악을 도맡아 연주했다.

극장에 새로운 활동사진이 들어오는 날이면 윤이상은 좀이 쑤셔서 견딜 수 없었다. 무성영화라 해도 영사기가 돌아가는 소리, 변사의 감칠맛 나는 목소리가 주는 감흥은 남달랐다. 영화가 상영되는 도중에도 필름이 끊어질 때가 많았다. 영화는 2막짜리 연극처럼 잠시 쉬었다가 필름을 교환하고 나서 뒤편을 마저 상영하기도 했다. 그러한 막간에는 관현악단이 서양의 최신 유행가나 요한 슈트라우스의 왈츠 같은 클래식을 연주해주었다.

봉래극장에는 늘 문화의 향기가 깃털처럼 떠다니고 있었다. 사람들은 문화의 향훈을 맡고자 극장 주위로 자주 몰려들었다. 기차, 양산, 서양식 극장 등 급속도로 들어온 신문물 가운데에는 찻집도 있었다. 찻집에는 당시로서는 흔치 않았던 유성기가 있었다. 유성기를 통해 판소리를 듣거나 서양의 고전음악을 듣는 일은 신문명과 만나는 고상한 시간이었다.

윤이상은 우리나라 민요나 판소리, 서양의 클래식음악을 감상하면서 마냥 행복감에 젖어들었다. 이 무렵 마음을 끌어당긴 가장 인상 깊은 곡은 라벨의 〈현악 4중주곡〉이었다. 라벨이 1903년에 작곡하여 스승 가브리엘 포레에게 헌정한 이 실내악곡은 드뷔시와 포레의 것과 더불어 근대 프랑스를 대표하는 현악 4중주곡 가운데 하나로 꼽힌다. 이 곡의 매력은 아름답고 우아한 선율에 있다. 윤이상은 매일 똑같은 곡을 수없이 듣고 또 들으며 깊은 생각에 빠지곤 했다. 청년 시절의 윤이상은 포레와 라벨의 음악에 심취했다. 또한 드뷔시의 음악에도 관심이 많았다. 그 연원은 바로 통영의 소년 시절에서부터 비롯된 것이었다.

윤이상은 바이올린 연주하는 법을 배운 뒤부터 혼자 연습하는 데 재미를 붙였다. 아버지한테 야단을 맞으면서도 바이올린 연습을 쉬지 않았다. 바이올린과 기타를 함께 다루게 되자 작곡에 대한 욕심이 생겼다.

'나도 나만의 곡을 쓰면 어떨까?'

열세 살이 되었을 때 이런 생각이 번갯불처럼 떠올랐다. 그러자 항해사가 신항로를 발견했을 때와 같은 강렬한 흥분과 기쁨이 찾아왔다. 이때의 생각은 윤이상이 음악가로서 첫발을 내딛는 이정표가 되었다. 탐험가가 미지의 길을 조심스레 찾아가듯이, 그도 처음에는 몇 마디 소절부터 쓰기 시작했다.

취미로 하는 일이라 해도 열정이 더해진다면 그 작업에는 깊이가 생기게 마련이다. 처음에는 멜로디 위주로 노래를 만들어보았다. 다음에는 짧은 곡을 완성한 뒤 자신감이 붙었다. 그런 뒤, 점점 어렵고 복잡한 구성으로 곡을 써보았다. 그러다가 여러 악기가 앙상블을 이루는 경음악 형식의 곡 하나를 완성했다. 본격 클래식은 아니라 할지라도 화성적인 측면을 고려하여 고심 끝에 만든 곡이었다.

처음이라는 뜻을 가진 낱말은 대체로 어감이 정겹다. 첫사랑, 첫눈 같은 단어에서는 늘 신선한 느낌이 든다. 윤이상이 생애 최초로 쓴 악보에서도 아마 풋풋한 그 무엇이 피어오르고 있었을 것이다. 곡을 완성했다는 성취감은 설명할 수 없는 짜릿함을 안겨주었다. 윤이상은 이웃 청년에게 달려가 자신이 쓴 곡을 보여주었다.

"이거 괜찮은걸?"

청년은 활짝 웃으며 윤이상을 칭찬해주었다. 칭찬을 듣는 것만으로도 기뻤던 윤이상은 악보를 놔둔 채 집으로 돌아왔다. 그날 일을 잊고 지내다가, 며칠이 지난 뒤 봉래극장 앞을 지나가게 되었다. 그때, 극장 안에서 낯익은 곡이 흘러나왔다.

'어, 이건 내가 쓴 곡이잖아?'

걸음을 멈추고 들어보니, 분명 자신의 곡이 맞았다. 달라진 게 있다면, 몇 가지 화음이 덧붙었다는 것이다. 그렇지만 혼자서 며칠간 끙끙거리며 자신이 완성한 경음악 악보가 틀림없었다. 윤이상은 곧장 청년에게 내달렸다. 바이올린을 매만지고 있던 청년이 반갑게 맞아주었다.

"어서 와."

"형, 제가 쓴 곡이 극장에서 연주되는 걸 들었어요!"

어떻게 된 거냐고 묻자, 청년이 "아, 그거 말이지?" 하면서 대답했다.

"극장에서 보조 단원으로 연주하는 친구에게 네 악보를 건네주었어. 그랬더니 관현악단 지휘자가 오케스트라에 맞게 좀 고쳤나 봐."

그 말을 들은 윤이상은 왠지 구름 위에 떠 있는 기분이 들었다. 약간의 편곡을 거친 뒤 막간에 연주하는 곡으로 사용했는데, 의외로 괜찮은 반응이었다고 청년이 이야기해주었다. 이렇게 말하며 청년은 빙그레 웃었다.

윤이상은 그 뒤로도 극장에 갈 때마다 이 곡이 연주되는 것을 들었다. 하지만 사람들은 누가 작곡한 곡인지 전혀 몰랐다. 윤이상은 어른들에게 이 곡을 자신이 작곡했다고 말하기가 쑥스러웠다. 소년기의 윤이상은 이렇듯 소심한 성격이었다. 윤이상은 이 일을 아버지에게도 이야기하지 않았다. 아버지가 알면 화를 낼까 봐 두려워서였다.

맨 처음, 윤이상이 이웃 청년에게 바이올린을 배울 때만 해도 아버지는 덤덤한 편이었다. 취미 삼아 악기를 연주하는 것쯤이야 괜찮다는 식이었다. 하지만 나날이 연습에 몰두하자 불편한 기색을 보이던 아버지가 정색을 하고 물었다.

"너 정말 음악 공부를 할 거냐?"

"예."

"취미로 할 게 아니라면 당장 때려치워라. 상업학교에 진학해서 먹고살 도리를 해야지!"

소심한 윤이상이었지만 이날만은 분명하게 자신의 생각을 표현했다. 하지만 아버지는 크게 화를 내고 말았다. 음악을 직업으로 삼게 되면 딱 밥 벌어먹기 어렵게 되리라는 것이 아버지 생각이었다. 고루한 유생인 아버지의 눈에는 음악가라고 해봐야 협률사에 적을 둔 판소리

명창, 혹은 그러한 축에도 못 끼는 유랑광대가 떠오를 뿐이었다. 아들이 좋아하는 바이올린에서도 얼핏 봉래극장의 악단 연주자가 연상되었다. 유랑극단이 통영 읍내에 들어왔을 때도 맨 먼저 보이는 것은 초라한 광대들이었다. 그들은 악극의 선전을 위해 트럼펫이나 기타를 들고 북장구를 치거나 바이올린을 켜면서 마을을 돌아다녔다. 아버지의 눈에는 그들이 좋게 보일 리 없었다.

손이 귀한 집안의 장남이 비천한 유랑광대 신세가 되어 길거리를 떠돈다면 정녕 어찌할 것인가. 음악을 공부하겠다는 아들은 아직 세상의 무서움을 모르는 철부지에 불과하다. 그러니 그러한 생각이 얼마나 잘못되었는지를 알려주는 것이 중요했다. 아버지는 아들이 장성해서 번듯한 사람이 되기를 바랐다. 밝은 미래의 주인공이 되기를 염원했다. 아버지의 부성애는 그쯤에서 멈추지 않고 한발 더 나아갔다.

며칠 뒤, 아버지는 윤이상을 데리고 바이올린을 잘 켜는 한 남자에게 갔다. 그 남자는 대뜸 윤이상에게 바이올린을 연주해보라고 시켰다. 윤이상은 평소 연습한 대로 바이올린을 켰다. 그 남자는 윤이상이 연주를 끝내기가 무섭게 아버지에게 말했다.

"어르신, 아드님은 음악가로 성공하기는 어려우니 포기하는 게 낫겠습니다. 음악가란 딱 굶기 알맞은 직업이거든요."

이 말을 들은 윤이상은 뭔지 모르지만 절망적인 기분이 들었다. 그 남자와 헤어지고 집에 도착할 때까지 윤이상은 말이 없었다. 이 일은 아버지가 그 남자와 짜고 은밀히 계획한 일이었다. 당연히 그 사실을 몰랐던 윤이상은 전전긍긍했다. 며칠 동안 밥도 먹지 않고 방 안에만 틀어박혀 지냈다. 홀로 끙끙 앓으며 고민하던 윤이상은 어느 날 자기도 모르게 바이올린을 꺼내 들고 연주를 하기 시작했다. 이미 윤이상에게 음악이란, 자연스럽게 흘러나오는 숨결과도 같은 것이 되었기 때문이다. 그때, 아버지가 방문을 벌컥 열고 들어오더니 바이올린을 빼앗아 방 밖으로 힘껏 던져버렸다.

"음악 집어치우라는 말 못 들었느냐? 이 고얀 놈 같으니!"

마당에 떨어진 바이올린은 두 동강이 나서 부서지고 말았다. 윤이상은 마치 자신의 몸이 부서져 나가기라도 한 것처럼 몹시 서럽게 울었다. 음악에 대한 사랑을 몰라주는 아버지가 미웠다. 생각하면 할수록, 음악 공부를 하려는 자신의 앞길을 벽처럼 가로막고 있는 아버지가 원망스러웠다. 여러 날을 울면서 지내던 윤이상은 급기야 몸에 열이 나더니 앓아누웠다.

산이 깊으면 골도 깊은 법이다. 음악에 대한 정열이 높은 만큼, 이를 반대하는 아버지로 인해 생긴 마음의 상처가 컸다. 윤이상은 여러 날 동안 앓으면서 레코드판으로 음악을 들으며 마음을 달랬다. 임방울이나 송만갑, 이화중선 등 명창들이 부르는 〈흥부가〉, 〈춘향가〉, 〈수궁가〉, 〈견우직녀〉, 〈심청가〉, 〈적벽가〉 같은 판소리를 듣고 또 들었다. 며칠이 지나자, 마음의 상처가 조금씩 아물어갔다.

윤이상은 오페라 아리아도 좋아했다. 테너인 카루소와 최고의 가수로 명성을 날린 표도르 샬랴핀Fyodor Chaliapin의 노래를 자주 들었다. 러시아 카잔 태생인 샬랴핀은 빈민가 출신이었다. 그는 독특한 창법과 아름다운 소리, 풍부한 성량을 지닌 까닭에 오페라 가수로서 명성을 떨쳤다. 그가 부른 로시니의 〈세비야의 이발사〉, 샤를 구노Charles Gounod의 〈파우스트〉 등은 듣는 이의 심금을 울렸다. 샬랴핀은 오페라 이외에도 러시아 민요 〈볼가 강의 배를 끄는 인부들의 노래〉, 〈스텐카 라진〉을 잘 불렀다. 샬랴핀의 노래는 가히 남들이 넘볼 수 없는 경지에 이르렀다는 평가를 받았다.

이때 들었던 서양음악 또한 윤이상의 마음을 위로해주었다. 그중에서도 부드럽고 풍부한 음색과 선율의 첼로가 제일 마음에 와 닿았다. 그 소리는 찢긴 상처를 달래 주었다. 어쩌면 윤이상은 첼로를 만나기 위해 바이올린과 처절한 이별을 했는지도 모른다.

밤낮 음악만 듣고 있는 아들의 모습을 지켜보기가 안쓰러웠는지, 어느 날 어머니가 값싼 첼로를 한 대 사주었다. 이제 막 자리를 털고 일어난 윤이상은 핼쑥한 얼굴이었다. 하지만 눈매만큼은 앓기 전보다 더욱 깊어졌다. 학교 수업이 끝나면 예전과 다름없이 집 근처 예배당에 들어가 풍금을 쳤다. 집에 오면 남몰래 오선지에 악보를 그렸다. 작곡에 대한 애정은 자신의 첫 작품이 봉래극장에서 연주된 뒤부터 이미 싹이 튼 상태였다. 묘하게도 아프고 나서부터는 작곡에 대한 의지가 더욱 뜨겁게 분출되었다.

음악에 대한 그리움은 신념으로 바뀌었다. 음악은 이제 취미도, 여기餘技도 아니었다. 혹독한 추위를 견딘 매화가 이른 봄에 찬란한 꽃을 피워내듯, 윤이상의 가슴속에 자라나는 것은 음악에 대한 진지한 열정이었다. 윤이상에게 음악은 곧 자신이 살아 있음을 증명하는 것이었다. 윤이상은 음악이론을 배우고 싶었지만 그걸 가르쳐줄 만한 사람이 없었다. 그런 사람은 학교에서는 물론이고 읍내 전체를 통틀어서도 없었다. 갈증이 큰 까닭인지, 좀 더 전문적인 음악 공부를 하고 싶은 마음은 점점 커져만 갔다.

이 무렵 윤이상에게는 민족의 비참한 현실에 대한 자각이 운명처럼 찾아왔다. 가장 직접적인 경로는 아버지를 통해서였다. 일본 제국주의를 미워하던 아버지는 틈이 날 때마다 나라를 위해 외국 군대와 용감하게 싸운 조상들의 무용담과 더불어 우리나라의 유구한 역사에 대한 이야기를 들려주곤 했다. 윤이상은 아버지에게서 단편적으로나마 들은 이야기를 통해 우리나라의 얼과 역사에 대해 조금씩 깨우쳐나갔다.

경술국치 이후 총독부는 일찌감치 우리나라의 언어와 역사, 민족의 문화와 풍속에 대한 기록을 결박한 채 금지의 영역 속으로 유폐해버렸다. 음악과 미술을 비롯한 예술작품에 관해서도 마찬가지였다. 하지만 세병관의 교사들은 우리의 문자인 한글을 비롯해 우리의 문화와 역사를 몰래 가르쳐주었다. 그 옛날 우리나라에 쳐들어온 중국 군대를 물리친 장수들에 대해서도 자주 이야기해주었다. 윤이상은 투철한 민족의식을 지닌 교사들이 가르쳐주는 바에 따라, 우리나라의 역사가 반만년에 이른다는 사실을 알게 되었다. 또한 우리나라 사람들이 매우 수준 높은 문화를 누려왔다는 사실도 알게 되었다. 일본인들이 지금껏 심어놓은 인식이 그릇된 것임을 깨닫자, 윤이상의 마음속에는 반일감정이 서서히 싹트기 시작했다.

기미년 독립만세운동이 벌어진 지도 10년이 지났다. 3.1운동을 무자비하게 탄압했던 하세가와 요시미치(長谷川好道) 총독이 물러나고 일본 해군대장 출신인 사이토 마코토(齋藤實)가 3대 총독으로 부임해온 것도 그 무렵의 일이었다. 1919년 8월 17일 부임해온 사이토 총독은 문화통치를 표방했다. 강압적인 무단통치만으로 조선을 지배한다는 것이 도저히 불가능하다고 여겨진 탓이었다.

"문화통치는 무슨 개뿔? 겉으로야 부드러움을 강조하지. 하지만 조선을 잔인하게 억누르는 것은 똑같아."

"그렇고말고. 더욱 간교하게 조선 사람들을 착취하려는 가면에 지나지 않지."

"사이토 역시 군국주의 일본의 관리라는 점에서는 전임자와 하등 다를 바가 없어."

어른들은 가끔 목소리를 낮추어 이야기하곤 했다. 그런 이야기를 들을 때마다 윤이상의 가슴에는 뜨거운 것이 꿈틀거렸다.

조선의 백성들은 기미년 만세운동의 강렬한 기억을 어제의 일처럼 늘 새롭게 느꼈다. 하지만 일제는 그 기억을 서둘러 소멸시키려 애썼다. 마을 뒷산에는 만세운동 때 일경의 무자비한 총검에 의해 죽은 사람의 묘가 여럿 있었다. 무덤의 비석에는 으레 "용감한 자유투사, 일본인에 의해 학살당하다" 같은 문구가 쓰여 있게 마련이었다. 조선인이라면 그가 설사 나무꾼이라 할지라도 그 비문碑文을 읽고서 가슴 한구석이 짠해질 수밖에 없었다.

비석에 새겨진 문구는 단순한 문자가 아니었다. 우리 민족의 정체성과 동질성을 확인해주는 단서 같은 것이었다. 기미년 독립만세운동의 시퍼런 결의를 세세토록 이어주는 도도한 강물이었다. 그러한 비문을, 일제는 사람을 시켜 비밀리에 깎아 훼손하는 일을 끊임없이 저질렀다. 우리의 헌걸찬 정신과 기상을 마멸시키고 단절시키는 교활한 짓이었다.

어느 날, 수업이 끝난 뒤 뒷산에 오른 윤이상은 이상한 소리를 들었다. 소리 나는 쪽을 향해 가보니, 누군가가 실한 장도리와 끌로 비석을 연신 깎고 있었다. 인기척이 느껴지자 그 남자는 황급히 도망쳐버렸다. 그는 일경의 사주를 받아 도굴꾼처럼 우리의 의로운 넋을 파헤치는 범죄자였다. 일제는 겉으로는 문화통치를 한다면서도 실제로는 야만적인 행동을 서슴지 않았던 것이다.

"야차 같은 왜놈들! 삼일만세운동 때 죽은 사람의 비석을 쥐새끼처럼 파헤치는 일이 가당키나 한가!"

어른들이 목소리를 낮추어 수군거리던 소리가 떠올랐다. 목소리는 낮았지만 흥분한 기색이 역력했다. 가만히 생각해보니 그것은 흥분이라기보다는 분노였다. 일본인들이 두려워하는 것은 조선의 깨어 있는 민족혼이었다. 기미년 만세운동 때 조선 백성들이 보인 말과 행동은 정당한 것이었다. 그저 목이 터져라 '대한 독립 만세'를 외쳐댔던 그 행동은 비폭력 무저항 정신을 표출한 것이었다. 전혀 위협적이라 할 수 없는 행동이었다. 그러함에도 일제는 기마경찰을 대동하고 일본도를 절그렁거리면서 닥치는 대로 사람을 후려치고 베어나갔다. 심지어 총을 쏘아 사람을 마구 죽이기도 했다.

조선인들은 머리가 깨어져 붉은 피를 낭자하게 흘리면서도 '대한 독립 만세'를 외쳤다. 대검으로 사지가 잘리면서도 '대한 독립 만세'를 외쳤다. 고문당하는 옥중에서도, 마지막 숨이 붙어 있는 한 끝끝내 '대한 독립 만세'를 외쳐댔다. 일본인들은 그것이 두려웠던 것이다. 살아 있는 민족의 정기, 시퍼렇게 깨어 있는 조선의 얼이 두려웠던 것이다. 그들은 이른바 문화통치를 벌인답시고 요란을 떨면서도 한편으로는 조선의 시퍼런 넋을 지우기 위해 이름 없는 촌부의 묘비를 훼손하고, 비문을 마멸시키려 애썼다. 이 같은 교활한 책동이 암암리에 진행되는 와중에도 세병관의 교사들은 틈나는 대로 학생들에게 3.1운동의 중요성에 대해 힘주어 강조하곤 했다.

이 무렵 통영의 청년들은 조선의 독립을 이루기 위한 방법을 두고 두 갈래의 상이한 노선으로 나뉘게 되었다. 강력한 무장투쟁 노선을 지향하는 혁명적인 젊은이들이 그 하나였고, 계몽주의적 방법을 지향하는 온건 노선의 젊은이들이 그 하나였다.

급진적인 그룹에서는 비합법적인 봉기와 지하활동을 통해 전투적으로 싸워야 한다고 주장했다. 온건한 그룹에서는 교육을 통해 민족의식을 함양하고 문화적인 힘을 축적하기 위해 힘써야 한다고 맞섰다. 이들은 일경의 감시를 피해 모임을 가졌고, 금서禁書를 돌려 읽고 토론을 병행하면서 비밀리에 민족의 역량을 키워 나가는 일을 도모했다.

일본 경찰들은 기미년 독립만세운동 이후 조선 사람들이 혹시나 비밀리에 모의를 하지 않는지 늘 감시의 눈초리를 번득였다. 밀정을 곳곳에 심어놓은 뒤 조선인들이 독립운동에 가담하는지 항상 엿보았다. 하지만 그들도 아이들까지는 그다지 의심하지 않았다. 비밀모임을 이끌어가던 청년들은 아이들에게 금서를 몰래 운반하는 역할을 맡겼다.

윤이상도 그즈음 지하서고에 감춰진 금서를 비밀리에 전달하는 일을 자주 했다. 금서를 품에 안고 골목길을 걸어가다 보면 갑자기 일본 순사가 목덜미를 낚아채지 않을까 하는 조바심이 들었다. 무사히 비밀 장소에 전달하고 나면 손에 땀이 났다. 금서를 며칠 동안 집에 갖고 있게 될 때면, 윤이상은 누가 다가와도 모를 만큼 푹 빠진 채 책을 읽곤 했다.

금서의 내용 중에는 이순신 장군에 대한 것도 있었다. 왜군과의 첫 번째 전투인 옥포해전에서 적선 30여 척을 격파한 이야기, 거북선을 처음으로 사용해 적선 열세 척을 침몰시킨 사천포 해전 이야기를 읽다 보면 자신도 모르게 힘이 솟구쳤다. 한글을 발명한 세종대왕, 측우기를 발명한 장영실에 관한 이야기도 흥미진진했다. 윤이상은 한동안 금서 읽는 재미에 밥 먹는 것도 잊을 정도였다.

"지금 신에게 아직 열두 척의 전선이 있으니, 죽을힘을 다하여 막아 싸운다면 능히 대적할 방책이 있사옵니다."

이순신이 선조 임금에게 올린 장계에는 범접치 못할 기상이 넘쳤다.

이 대목을 읽을 때는 힘이 불끈 솟는 것을 느꼈다. 원균이 칠천량해전에서 왜군에게 참패한 까닭에 조선 수군은 바람만 불어도 날아갈 듯 위태로운 지경이었다. 이순신이 억울하게 모함을 받아 백의종군한 뒤라서 모든 것이 열악할 때였다. 하지만 이순신 장군은 결코 절망하지 않았다. 오히려 부서진 배 한 척을 수리해 아직 열세 척의 배가 있다며 태산처럼 버텼다.

이순신 장군은 좁은 해협을 빠져나가느라 물살이 마구 휘돌면서 사납게 울부짖는 울돌목, 명량鳴梁 앞바다에서 불과 열세 척의 배로 133척의 왜선과 맞서 싸워 전무후무한 대승을 거두었다. '필사즉생必死則生'이라는 각오로 전쟁에 임해 바다를 온전히 지배한 이순신 장군의 지략과 담대함에 관한 이야기는 소년기를 지나가는 윤이상의 가슴을 뛰게 했다.

제6장

—

도전

바이올린을 잃고 나서 얻은 악기여서일까? 여러 악기 중에서도 첼로는 특히 윤이상의 마음을 끌었다. 사람의 음색과 닮았을 뿐만 아니라 듬직한 몸체가 왠지 정이 갔다. 활줄로 현을 켜면 문득 부드럽고 그윽한 선율이 온몸을 감싸 안는 느낌이 들어 좋았다. 윤이상은 첼로를 메고 가끔 바다로 갔다. 끝없이 일렁이는 파도 앞에서 첼로를 켜면 이상하게도 마음이 편안해졌다. 보통학교를 졸업할 무렵 음악학교에 가야겠다는 뜻을 비쳤으나 아버지는 일언지하에 거절했다.

"너는 반드시 상업학교에 가야 한다."

아버지의 주장은 몹시 완고했다. 윤이상은 좌절감 속에서 통영보통학교 제22회 졸업생이 되었다. 학적부에는 "언어 명료하고 자세 태도가 훌륭하며 연구심이 풍부한 어린이"로서 "창가唱歌에서 특출한 수재로 두뇌가 뛰어나다"[3]고 기록되어 있어 소년 시절 윤이상의 음악적 재능이 비범했음을 보여준다.

아버지는 거듭 상업학교 진학을 강권했다. 윤이상의 귀에는 아무 말도 들어오지 않았다. 아무것도 하고 싶지 않았다. 방황이었다. 열다섯 살 때, 윤이상은 아버지의 강압에 못 이겨 통영협성상업학교[4]에 입학했다. 하지만 그것은 굴레였다. 학교 수업은 머리에 들어오지 않았고 마음은 음악에만 가 있었다.

한 학년이 올라가 새로운 학기가 시작되었으나 설렘 같은 게 전혀 생기지 않았다. 상업학교에서 배우는 주산이나 부기 같은 과목은 흥미가 없었다. 수업이 시작되어도 윤이상의 마음은 그저 겉돌기만 했다. 학교 쪽은 쳐다보기조차 싫었다. 그렇게 2년이 훌쩍 지났다. 의무감만으로 학교 다니는 일이 점점 무의미해지자, 윤이상은 상업학교를 2학년 때 중퇴한 뒤 포목상의 점원으로 취직했다. 하지만 열일곱 살이 된 윤이상에게는 말할 수 없는 공허감이 밀려들어 왔다. 음악에 대한 깊은 갈증이 또다시 온몸을 휘감아왔다.

음악 공부를 위한 돌파구가 절실하게 필요한 시기였다. 여러 경로로 알아보던 중에 경성에는 서양 음악이론과 화성학을 잘 아는 음악가가 많다는 사실을 알게 되었다. 시위대侍衛隊 군악대 대원으로 활약했던 백우용, 정사인 같은 음악인들이 여전히 활동 중이라는 소식이었다.

'그러면 그렇지!'

윤이상은 속으로 쾌재를 불렀다. 그들 중에서 일본 도쿄의 도요(東洋)

3) 노동은, 「한국에서 윤이상의 삶과 예술」, 『음악과 민족』 제17호, 민족음악학회, 1999, 65쪽.

4) 통영협성상업강습소 또는 협성학원이라고도 한다.

음악학교 출신인 바이올리니스트이자 작곡가 최호영의 존재는 흥미를 끌었다. 그는 일본인이 세운 경성 방송국과 오케 축음기상회에서 일하고 있었다.[5] 그가 우리 고유의 음악적 특성을 표현하기 위해 남달리 노력을 기울인다는 이야기를 듣고는 더욱 마음이 쏠렸다.[6]

윤이상은 바이올리니스트 최호영에게서 음악을 배우고 싶었다. 제멋대로 스승까지 정하고 나니, 하루빨리 경성으로 가고 싶은 마음뿐이었다. 부모님께 얘기하면 말릴 게 분명했다. 아버지는 불같이 화를 낼 것이고, 어머니는 붙들 것이다. 가출을 결행하는 수밖에 없었다. 마음먹은 것을 밀고 나가야 했다.

1933년의 어느 날, 윤이상은 몰래 대문을 나섰다. 그때, 조카가 가출한다는 것을 눈치챈 고모가 어느 틈에 다가와 차비를 쥐어줬다. 윤이상은 고맙다는 뜻으로 고개를 숙인 뒤 식구들에게 들킬까 봐 발소리를 죽여 냅다 새벽의 미명 속으로 뛰어갔다.

경성에 도착한 윤이상은 물어물어 최호영이 근무하고 있다는 남산의 경성 방송국을 찾아갔다. 최호영은 마침 쉬는 날이어서 나오지 않았다. 윤이상은 찾아온 까닭을 간략히 말하며 최호영이 어디 사는지를 알려달라고 간청했다. 다행히도 직원은 정동 집 주소를 알려주었다.[7]

정동을 향해 가던 중 담벼락에 '점원 구함'이라는 쪽지가 붙어 있는 것을 발견했다. 한 상점 주인이 붙인 구인 광고였다. 신문로를 지나 당주동에서 가게 주인을 만난 윤이상은 그곳 점원으로 취직했다. 그곳에서는 숙식을 제공해주겠다고 했다. 일자리를 얻은 기쁨에 윤이상은 뛰

---

5) 노동은, 「한국에서 윤이상의 삶과 예술」, 『음악과 민족』 제17호, 민족음악학회, 1999, 15쪽.
6) 이상만, 「인간 윤이상. 그의 인간으로서의 理想」, 〈윤이상 음악축제〉 프로그램 노트, 1994, 16쪽.
7) 윤정모, 『나비의 꿈』 상권, 한길사, 1996, 150쪽.

듯이 정동으로 갔다. 대문을 몇 번 두들기자 최호영이 나왔다. 최호영은 앳된 청년에게 미소를 지었다.

"무슨 일인가?"

"선생님께 음악이론을 배우고 싶어서 찾아왔습니다."

"어디서 왔나?"

"통영입니다."

"경성에는 아는 사람이 있는가?"

"방금 일자리를 구했습니다. 당주동 상점에서 먹고 잘 것입니다."

"좋아."

최호영은 윤이상을 흔쾌히 제자로 받아들였다. 상점에서 일이 끝나면 매일 오후 정해진 시간에 최호영을 찾아가는 것이 일과가 되었다. 최호영도 방송국 일이 끝나면 제자 만나는 일에 열성을 보였다. 윤이상은 통영 집으로 편지를 써 보냈다. 말없이 집을 떠나 부모님께 죄송하다고, 지금 당주동의 한 상점에서 숙식을 제공받아 일하고 있으며 음악 공부를 하고 있으니 안심하라는 내용이었다.

"너는 이제 우리 집안 식구가 아니다."

얼마 뒤, 아버지로부터 냉랭한 편지 한 통이 배달되었다. 윤이상은 마음이 쓰라렸지만 내색하지 않고 상점 일에 전념했다. 음악 공부 또한 게을리하지 않았다. 최호영은 제자인 윤이상에게 각별하게 대해주었다. 총보總譜를 자세히 알려주었고 화성학과 서양 음악이론도 알아듣게 설명해주었다. 최호영은 또한 우리나라에 서양음악이 언제 어떻게 들어왔는지에 대해서도 자세히 가르쳐주었다.

"프란츠 폰 에케르트Franz von Eckert라는 음악가가 경성에 왔지. 프로이센 군악대를 지휘한 장교 출신 음악가였어. 오보에 연주 실력이 빼어났고 음악이론에 정통한 분으로 유명했지."

"언제 오셨나요?"

"가만……벌써 32년 전이던가?"

에케르트는 1901년(광무 5년) 2월 19일 조선에 들어왔다. 우리나라에도 서양의 근대식 음악이 필요하다고 생각했던 고종은 독일 대사 하인리히 바이페르트Heinrich Weipert를 통해 에케르트를 초청한 것이다. 에케르트는 1879년 일본에 들어가 1880년 11월 일본 해군의 요청으로 일본 국가인 기미가요를 작곡했고 일본 군악대와 아악과雅樂課의 양악을 육성하는 데 크게 기여했다. 요양을 위해 조국에 갔던 그는 프로이센 왕립악단의 단장으로 일하던 중 고종 황제의 요청을 받아들여 대한제국에 들어왔다. 그는 조선 입국 여드레 만인 2월 27일 조선 왕실 악대장으로 정식 취임했다.

"조선에는 당시 육군 부장이던 민영환 공의 건의에 의해 이미 시위대 군악대가 창설되어 있었다네. 그 뒤 을사조약이 강제로 체결되자 민영환 공은 통절한 마음으로 자결하셨지."

1905년 당시 민영환과 조병세는 여러 대소 신료들과 함께 대궐에서 을사늑약 체결을 반대했다. 일본 헌병이 이들을 끌어내어 강제로 해산시키자 민영환은 퇴궐 후 집에서 자결했고, 전 좌의정 조병세는 표훈원表勳院(대한제국 때 표창과 상훈에 관한 업무를 담당하는 기관)에서 자결함으로써 각각 순국했다. 그 무렵의 이야기를 들려주는 최호영의 목소리는 담담했으나 눈빛만은 불꽃이 튀었다. 묵묵히 듣고 있던 윤이상의 마음에도 무언가 뜨거운 것이 치밀어 올라왔다.

민영환은 1896년 특명 전권공사로 임명되어 북미 대륙과 유럽 대륙을 거쳐 러시아 황제 니콜라이 2세 대관식에 참석한 적이 있었다. 그는 그곳 군악대의 위용에 깊은 인상을 받았다. 이듬해에는 영국에 건너가 빅토리아 여왕 즉위 60년 기념식에도 참석했다. 두 차례의 세계 일주를 경험한 민영환은 서구의 선진 문물을 목도하고 크게 깨달은 바가 있었다.

귀국한 민영환은 우리도 서구와 같은 근대식 정치와 민권 신장을 꾀하고, 경제를 부흥시켜 군건한 군사제도를 도입해야 한다고 역설했다. 그러나 민영환의 주장은 대부분 묵살되었다. 다만 조정에서는 군제 개편에 관한 의견 가운데 육군을 통솔하는 최고 기구인 원수부를 설치해야 한다는 주청과, 군의 사기를 높이기 위해 군악대가 있어야 한다는 주청만큼은 받아들였다.

대한제국은 에케르트를 초빙하기 한 해 전인 1900년(광무 4년)에 시위대 군악대를 처음으로 창설했다. 군악대는 대장과 부장, 1등 군악수가 각각 한 명씩 세 명, 2등 군악수 여섯 명, 악수樂手 스물일곱 명, 악공 열두 명, 서기 한 명으로 구성되었고, 대적(플룻), 소적(피콜로), 호적(오보에) 등 21종의 관악기와 타악기로 편성되었다. 백우용이 군악대장으로 임명되어 우리나라 사람으로는 처음으로 지휘봉을 들었다.

"에케르트 선생은 50인조 군악대의 각종 악기와 악보를 가지고 조선에 오셨지. 시위대 군악대의 음악 지도자로 있으면서 선생은 조선 군악대에 서양음악 편제와 악기를 도입하셨다네. 또한 서양 음악이론을 동양음악에 잇기 위해 노력하셨지. 그분이 일본에서 하신 것과 비슷한 활동이라네."

최호영이 들려준 이야기는 흥미로웠다. 에케르트는 처음에는 25종의 악기와 악보를 들여와 시위대 군악대 가운데 연주자 스물네 명을 훈련시켰다. 이듬해에는 그 숫자가 일흔 명으로 늘어났다. 그는 시위대 군악대를 지도한 지 6개월 만인 1901년 9월 9일(고종의 50회 탄신일)

에 첫 공연을 가졌다. 그 뒤부터는 궁중에서 왕가의 의식과 행사 때마다 연주를 맡았다. 또한 매주 목요일 오전 열 시에는 탑골공원 팔각정에서 시민 위안 음악회를 열었다. 시위대 군악대는 이곳에서 모차르트, 바그너, 요한 슈트라우스 등의 곡을 즐겨 연주했다. 당시 서양풍의 군악대는 매우 이색적이어서 음악회가 열릴 때마다 군중들로 붐볐다.

시위대 군악대의 실력은 나날이 향상되어, 이듬해 프랑스함 프리앙트 호가 왔을 때는 교환 연주를 했고, 독일 제6함대 군악대와는 탑골공원에서 경연을 벌였다. 당시 서울에 거주한 외국인들은 군악대의 연주를 감상하기 위해 탑골공원을 자주 찾았다. 이들은 군악대의 연주 솜씨에 찬사를 아끼지 않았다.

"황제는 얼마 지나지 않아 에케르트 선생에게 애국가 작곡을 의뢰했어. 1902년 7월 1일, 에케르트 선생은 민영환 대신이 작사한 〈대한제국 애국가〉를 작곡했지. 그해 8월 15일 애국가는 〈대한제국 애국가〉로 공식 공포되었다네."

상뎨上帝는 우리 황뎨皇帝를 도우사
셩슈무강聖壽無疆하사
해옥듀海屋籌를 산山갓치 쌓으시고
위권威權이 환영環瀛에 떨치사
오쳔만셰於千萬歲에 복녹福祿이
일신日新케 하소셔
상뎨上帝는 우리 황뎨皇帝를 도우소셔

하지만 이 애국가는 경술국치를 당한 뒤 일제에 의해 금지되었고,

기미가요가 그 자리를 대신 차지했다. 그 또한 치욕이었다. 두 곡 모두 에케르트에 의해 작곡된 것이었지만, 우리의 애국가는 지어진 지 불과 8년 만에 폐기되는 비운을 겪게 된 것이다.

"에케르트 선생은 많은 악보와 악기를 서양에서 도입한 뒤 여러 제자에게 음악이론과 악기 연주법 등을 가르쳤지. 그분이 길러낸 제자들은 서양음악을 배운 조선의 1세대 음악가야. 나는 에케르트 선생이 가르친 직계 제자로부터 정통 서양 음악이론과 대위법 및 화성학을 배운 2대 제자인 셈이지."

"에케르트 선생님은 그 후 어떻게 되셨어요?"

"을사조약이 있고 나서 2년 뒤, 대한제국의 군대 해산과 더불어 군악대도 해산되었어. 그분은 음악 지도와 연주단 지휘를 병행하시다가 건강이 악화되어 1916년 8월 경성에서 돌아가셨지. 그분의 유해는 지금 양화진 외국인 묘지에 안치되어 있다네."

1904년부터 에케르트와 백우용에 이어 강홍준, 김창희, 이춘근 등이 군악대를 지휘했으나 1907년(융희 1년) 대한제국 군대가 해산되면서 군악대도 함께 해산되고 말았다. 1895년 2월 국왕 호위부대로 설치되었던 시위대는 12년 만인 1907년 8월 훈련원에서 폐지되었다. 하지만 이 시위대의 군인들은 훗날 항일의병이 되어 일제와 맞서 싸움으로써 조선의 기개를 보여주었다.

시위대 군악대는 그해 11월 양악대洋樂隊라는 명칭으로 바뀌었고, 1915년 3월이 되자 그마저도 완전히 해산되었다. 뿔뿔이 흩어진 대원들은 각자 먹고살 길을 찾아 헤매야 했다. 운이 좋은 사람들은 당시 조선호텔, 조선극장, 우미관 등에 전속 악사로 고용되었다. 그것조차 여의치 않은 사람들은 학교 운동회에서 연주를 해주고 푼돈을 받으며 연명했다. 그들 가운데는 난망한 세월 속에서나마 후진 양성을 위해 고군분투하는 사람들이 더러 섞여 있었다.

최호영에게서 프란츠 에케르트와 관련된 여러 사실, 그의 제자들이 지금 경성에서 활동하고 있다는 이야기를 듣자 기쁜 마음과 서글픈 마음이 교차했다. 동시에, 더욱 열심히 음악 공부를 해야 한다는 각오가 가슴 한구석에서 새록새록 솟아 나왔다.

윤이상은 남다른 성실함으로 상점을 잘 돌보았다. 주인은 윤이상을 매우 신뢰했다. 상점 일은 주인과 교대로 했기 때문에 가끔 자투리 시간이 날 때가 있었다. 주인은 윤이상이 음악 공부를 위해 상경했다는 것을 알고 있었다. 그런 까닭에 가급적이면 시간을 효과적으로 쓸 수 있도록 윤이상에게 많은 배려를 해주었다.

서양음악에 대해 더 알고 싶었던 윤이상은 틈이 날 때마다 남산의 국립도서관을 들락거렸다. 그곳에 소장된 총보를 열람하면서 독학으로 리하르트 슈트라우스나 파울 힌데미트의 음악에 대해 공부했다. 독일에서 가장 먼저 현대음악의 길을 열어젖힌 음악가로 힌데미트를 꼽는다는 사실이 특히 눈길을 끌었다. 도서관을 나올 때쯤이면, 자신은 고전음악보다는 현대음악 쪽에 더 관심이 있음을 깨닫곤 했다.

책을 파면 팔수록, 음악가들이 작곡한 곡을 들으면 들을수록 갈증은 더욱 커졌다. 더욱 본격적이고 체계적인 음악 공부를 하고 싶었다. 2년이 지난 뒤, 최호영은 윤이상에게 일본 유학을 권했다. 작별할 시간이 온 것이다.

"윤 군, 이제 내가 더는 가르쳐줄 것이 없네. 앞으로는 더 넓은 곳으로 가보게나. 구라파로 가면 제일 좋겠지만, 형편이 여의치 않으면 일본에 가게. 거기서는 서양음악에 대해 가르쳐줄 사람이 꽤 많을 걸세."

윤이상은 다시 통영으로 돌아갔다. 아버지는 윤이상을 쳐다보지도 않았다. 두 사람은 한집 안에 있으면서도 어색하게 지냈다. 아버지가 도무지 곁을 주지 않으니 말도 붙일 수가 없었다. 그렇지만 윤이상은 용기를 내어 아버지에게 말했다.

"저, 일본으로 유학 가겠습니다."

"상업학교에 간다고 약속하면 일본에 보내주마. 그리하면 음악을 취미로 해도 상관없다."

아버지는 단도직입적으로 정곡을 파고들었다. 아버지의 비수 같은 질문에는 어떠한 타협도 통하지 않을 것 같았다.

"예, 상업학교에 입학할게요."

아버지와 더 실랑이하는 것도 힘들어서 덜컥 약속을 했다. 타협이었다. 상업학교에 입학한 뒤 틈나는 대로 음악 공부를 할 요량이었다. 그러나 속으로는 음악 공부를 첫째로 꼽고 있었다. 그 때문에 적당히 얼버무린 것 같아 마음 한구석이 편치 않았다. 아들의 대답을 확인한 아버지는 그제야 고개를 끄덕였다.

보름이 지난 뒤, 아버지는 학비로 쓰라며 20원을 주었다. 당시 경성의 쌀 한 가마 값이 16원이었으니 등록금과 방값으로 턱없이 모자란 금액이었다. 통영 집은 그만큼 형편이 어려워진 것이다. 생활비는 일본에 건너가 막일이라도 하며 벌어야만 했다.

일제는 그 무렵 '조선농지령'을 발령하여 조선인 소작인들을 더욱 가혹하게 수탈해가고 있었다. 총독부는 토지조사사업을 통해 조선인들로부터 부당하게 전답과 임야를 빼앗은 뒤 대지주가 되었다. 총독부는 조선에 들어온 일본인들에게 땅을 떼어준 뒤 지주 노릇을 할 발판을 마련해주었다. 일제는 미곡뿐 아니라 면화와 누에고치까지 약탈해갔다. 한 고비 넘으면 또 한 고비, 어려운 국면이 끝없이 이어졌다.

1935년, 부관연락선을 탄 윤이상은 시모노세키를 거쳐 오사카로 건너갈 생각이었다. 하지만 배에 타서도 마음은 심란하기만 했다. 조국의 명치끝에 사금파리처럼 꽂혀 있는 모진 운명의 배였다. 이 배의 원래 이름은 부산의 앞글자인 부釜와, 시모노세키(下關)의 뒷글자인 관關을 딴 부관연락선釜關連絡船이었다. 하지만 일본인들은 어순을 바꿔 관부연락선이라 불렀고, 그 뱃길 또한 관부항로라고 제멋대로 불렀다.

일제의 국책 해운회사인 산요기선주식회사가 1905년 9월 부관연락선을 개설한 것은 조선을 효과적으로 착취하겠다는 목적을 공공연히 드러낸 것이었다. 물론, 기회를 틈타 대륙을 침략하겠다는 음흉한 속셈도 그 속에 숨어 있었다. 처음 취항한 1680톤 급의 이키마루(壹岐丸)라는 배는 부산에서 시모노세키까지 가는 데 열한 시간 반이 걸렸다. 그 후 도쿠주마루(德壽丸), 쇼케이마루(昌慶丸) 등 3천 톤 급의 배로 바뀌었고, 대륙 진출이 본격화되던 1935년부터는 7천 톤 급의 최신예 대형 여객선 곤고마루(金剛丸), 고안마루(興安丸) 등으로 교체되어 운항 시간도 일곱 시간 반으로 줄어들었다.

일본에 도착한 윤이상은 오사카 음악학교에 가서 곧장 입학 수속을 밟았다. 원서를 제출하고 입학시험을 치르는 일은 생각만큼 까다롭지 않았다. 그곳 선생은 윤이상이 작곡한 작품을 보여달라고 했다. 그것이 입학시험인 셈이었다. 윤이상은 가방 속에서 자신이 쓴 악보 몇 개를 제출했다. 그 속에는 무조無調적인 기법으로 쓴 〈바이올린 4중주〉가 들어 있었다.[8] 선생은 곡을 유심히 들여다보더니 합격했다고 말해

8) 노동은, 「한국에서 윤이상의 삶과 예술」, 『음악과 민족』 제17호, 민족음악학회, 1999, 33쪽.

주었다. 윤이상은 오사카 시의 상업학교에도 입학 수속을 밟아 등록금을 냈다. 수중에 있던 돈은 금세 바닥을 드러냈다.

우선 방을 얻는 일이 급했다. 윤이상은 학교 주변을 돌아다니며 방을 구하려 했다. 일본인들이 사는 동네는 깨끗하고 잘 정돈되어 있었지만 셋방을 구하려 하면 냉정히 거절했다. 그런 일을 여러 번 겪고 난 뒤에야, 그것이 조선인을 얕잡아 보는 일본인의 차별의식에서 비롯된 것임을 알게 되었다. 상황이 이러했기에, 일본인 거주지역에서 방을 얻는 것은 그야말로 하늘의 별 따기였다.

오사카의 조선촌, 즉 조선인 거주지역은 외딴 동네에 따로 있었다. 조선촌이 형성된 것은 대략 1907년부터였다. 당시 일본에 건너간 조선인들은 대부분 농민 출신이어서 일본의 신흥 공장지대에 미숙련 노동자로 취업했다. 일본인들은 조선인들에게 방을 세줄 생각을 하지 않았기 때문에 조선인 노동자를 상대로 한 노동하숙이 생겨났다. 자구책으로 조선인들만의 마을이 생기면서 조선촌이 형성되었다.

노동자 생활을 하는 재일조선인들이 일본어를 잘 모른다는 것도 조선촌이 생겨난 이유 가운데 하나였다. 대부분 자유노동자인지라 조선인 밀집지역에 살면 취업에 관한 정보를 얻거나 일자리를 알선받기가 쉬웠다. 일본인에 비해 상대적으로 열악한 저임금으로는 일본인들이 거주하는 곳에 방을 얻을 수도 없었다.

일본인들이 다니는 학교에는 조선인의 입학조차 허용되지 않았다. 간신히 보통학교를 졸업하고 상급학교에 진학하려 해도 그 길이 막혀 있었다. 조선인을 개돼지 보듯 하는 일본인의 민족 차별의식은 너무 차갑고 날카로웠다. 가난이 대물림되고 배움의 열망이 늘 좌절되는 하층민의 삶이 조선촌의 일상을 이루었다.

재일조선인들은 밑바닥 생활을 하면서도 조선촌을 일종의 해방구로 여겼다. 이곳에서는 일자리에 대한 정보를 주고 받는 일뿐 아니라, 일제의 감시가 비교적 덜 미치는 까닭에 일본 제국주의의 동향을 파악하고 분석하는 일도 면밀히 이루어졌다. 아이들에게 비밀리에 민족교육을 시키기도 했다.

윤이상은 버스를 타고 조선인들이 모여 사는 이카이노(猪飼野)의 빈민촌을 찾아갔다. 조선촌의 집들은 낡고 비좁았다. 좁은 골목에는 쓰레기가 아무 데나 버려져 있었고, 구정물이 흘러 악취가 진동했다. 벽은 골판지로 얼기설기 덧대놓아 여기저기 구멍이 나 있었고, 지붕 역시 루핑roofing이나 판자를 허술하게 올려놓아 초라하기 짝이 없었다. 그것들은 바람이 불면 금세 날아갈 것처럼 위태롭게 보였다. 낮고 볼품없는 판잣집들은 언덕을 따라 산꼭대기까지 빼곡히 들어차 있었다. 해가 뉘엿뉘엿 질 즈음에야 윤이상은 하늘과 가까운 꼭대기 집에 간신히 셋방을 얻을 수 있었다.

말할 수 없이 심란한 곳에 살게 되었지만 불행하다고 생각하지는 않았다. 이제야 음악 공부를 할 수 있다는 생각에 넉넉한 마음마저 들었다. 그러나 조선인들을 거지 떼나 불온한 무리로 여기며 거만한 눈동자를 굴리는 일본인들과 비탈길 아래서 마주치는 것은 아무래도 유쾌한 일은 아니었다.

윤이상은 그때까지만 해도 서양 고전음악에 대해 거의 아는 게 없었다. 모차르트는 물론이고, 바흐나 베토벤에 대해서도 전혀 몰랐다. 그러나 바흐의 연구를 기초로 신고전주의 음악이론을 펼침으로써 낭만파 음악을 깨고 나온 부조니와 힌데미트 등의 신고전주의, 조성의 파괴를 선도하는 쇤베르크의 무조음악無調音樂에 대해서는 조금 알고 있었다. 윤이상은 그중에서도 쇤베르크의 음악에 관심을 기울였다. 하지만 그에 관한 더 자세한 자료를 얻기란 매우 어려웠다.

오사카 음악학교에서는 서양의 음악이론과 화성학, 작곡에 대해 배웠다. 고전음악에 대해서도 지식을 쌓아나갔다. 첼로를 비롯해 악기 연주하는 법도 기초부터 다시 배웠다. 모든 악기의 기본이 되는 피아노를 제대로 배우고 싶었지만 포기해야 했다. 만주 침략 이후 일본이 전쟁 준비에 더욱 열을 올리게 되면서 일본 내 경제적인 상황은 최악으로 치달았고 물자도 턱없이 부족했다.

학교 재정 상태가 바닥난 까닭인지 학교에는 피아노가 한 대도 없었다. 값싼 첼로 한 대를 구할 때까지는 통영에서 쓰던 바이올린으로 우선 즉흥곡을 많이 작곡하는 수밖에 없었다. 집에서 가지고 온 돈은 이미 다 써버린 상태였다. 윤이상은 하숙집 주인의 소개로 고철장수에게 일감을 받았다. 고철가게에서 쓸 만한 철과 폐철을 분류하는 일이었다. 학교 수업을 마치면 곧장 일터에 가서 고철을 만져야 했다. 몸은 고단했지만 이런 일감이라도 있었기에 학비와 방세를 마련할 수 있었다.

늦은 밤, 피곤한 몸으로 하숙집으로 돌아오는데 집 앞에서 누군가가 윤이상을 불렀다.

"이상아."

가로등 불빛에 드러난 것은 보통학교 동창인 최상한이었다.

"상한이구나. 정말 반갑다."

"네가 이곳에 방을 얻었다는 소식을 듣고 물어물어 찾아왔다."

둘은 윤이상의 하숙집에 들어앉아 오랫동안 얘기를 나누었다. 최상한은 어릴 적부터 윤이상과 함께 성장했고 청년단 일을 도와주었던 죽마고우였다. 고보로 진학한 후에도 늘 편지를 주고받았기 때문에 유년 시절의 우정이 더욱 끈끈하게 유지되고 있었다.

"사실은 나도 음악 공부를 하려고 왔어. 그런데 말이야. 막상 오사카에 와서 보니까 적당한 학교가 없더라. 말은 제주도로 보내고 사람은 서울로 보낸다는 옛말이 있듯이, 우리 도쿄로 가는 게 어때?"

"도쿄?"

"거기 가면 괜찮은 학교가 많잖아. 그리고 도쿄에는 쓸 만한 일자리도 많다더라."

"하긴 그래. 방금도 고철가게에서 일하고 오는 길인데, 녹슨 쇠붙이를 몇 시간씩 분류하고 받는 돈이라고 해봐야 쥐꼬리만큼도 안 돼. 내일 당장 갈까?"

"좋아."

이튿날, 날이 밝자마자 윤이상과 최상한은 도쿄로 떠났다. 통영에서도 죽이 잘 맞았던 단짝과 함께여서 무척 다행이었다. 가장 먼저 할 일은 방을 얻는 일이었다. 방세가 비싸서 쉽사리 방을 구하기가 어려웠다. '방 있음'이라고 써 붙인 일본인들의 집에는 한결같이 '조선인 사절'이라는 문구가 덧붙여져 있었다. 오사카에서 그랬던 것처럼 도쿄에서도 일본인 집주인에게는 아예 방 얻고 싶다는 말조차 꺼낼 수 없는 분위기였다. 두 사람은 아까 봐두었던 집에 미련이 갔다. 순사부장 집이라는 게 마음에 걸렸지만 깨끗하고 쓸 만한 집이었다.

"그러지 말고, 꾀를 내자."

"무슨 꾀?"

"우리가 규슈에서 온 학생이라고 하는 거야."

최상한이 말한 아이디어는 그럴 듯했다. 집주인 아주머니는 발음이

어눌한 두 사람의 말을 듣고는 규슈 발음으로 착각하고 선뜻 방을 내주었다. 마침내 방을 얻은 뒤 최상한은 윤이상을 보고 눈을 찡긋했다. 두 사람은 집주인의 낯을 피할 겸 아침 일찍 집을 나와서 음악학교를 알아보러 다녔고, 낮에는 일거리를 찾기 위해 이곳저곳을 쏘다녔다.

어느 날, 집주인이 그들을 저녁 식사에 초대했다. 순사부장은 두 사람을 규슈에서 온 가난한 고학생으로 여기며 술을 권했다. 여러 잔을 마시다 보니 긴장이 풀어진 최상한이 윤이상에게 조선말로 몇 마디 던졌다. 그러자 그의 아내는 노골적인 경멸의 눈빛으로 두 사람을 쏘아보며 입을 비쭉였다. 순사부장도 얼굴빛이 험악하게 일그러지며 쇳소리로 호통을 쳤다.

"너희들, 조센진이었나?"

'아뿔싸!'

최상한은 낭패한 표정이 되었다. 그를 쳐다보는 윤이상도 곤혹스럽기는 마찬가지였다. 화기애애했던 저녁 식사 자리는 졸지에 차디차게 식고 말았다. 이튿날, 두 사람은 짐을 싸들고 도망치듯이 그 집을 나와 버렸다. 일본인이 세놓은 집을 구하기란 애당초 글렀다고 판단한 윤이상은 최상한과 함께 조선인들이 거주하는 곳으로 갔다. 거기서도 여러 차례 발품을 판 뒤에야 겨우 허름한 방 한 칸을 구할 수 있었다.

밤이 되었다. 윤이상은 잠시 판잣집 뒤의 공터에 서서 산동네 아래를 내려다봤다. 올망졸망한 집들이 이마를 맞댄 채 비탈길을 따라 비뚤비뚤 이어져 있었다. 공터 위로도 좁고 누추한 집들의 행렬이 거듭 잇따르고 있었다. 그 위로 툭 터진 하늘 위에서는 별들이 쏟아져 내릴 것처럼 반짝였다.

문득, 어릴 적 바다낚시를 가서 망망한 바다 위를 한없이 바라보던 일들이 떠올랐다. 그때 하늘에 떠 있던 별들을 쳐다보며 무슨 생각을 했던가? 바다 멀리 무엇이 있을까, 어른이 되면 바다 건너에 무엇이 있는지 꼭 가봐야지……. 그런데 지금 자신이 정말 바다 건너 일본에 와 있다니. 생각해보니 벌써 2년이라는 시간이 흘러가고 있었다.

일본은 대륙 침략을 위해 조선을 병참기지로 만드는 데 열을 올리고 있었다. 도쿄의 재일조선인들은 일본인들로부터 짐승 같은 학대와 차별을 받고 있었다. 이미 오사카의 조선촌을 목격한 바 있는 윤이상은 가슴속에 더욱 치열한 민족의식이 죽순처럼 자라나는 것을 느꼈다. 조국의 독립을 위해 싸울 기회가 주어진다면, 음악 공부보다 차라리 그 편을 택하는 게 낫다는 자각이 생겼다. 그것은 최초의 정치의식이었다. 이때 들었던 정치의식을 바탕으로 윤이상은 얼마 후 독립운동에 투신하게 된다.

어느 날, 하숙집으로 전보가 날아왔다. 어머니가 돌아가셨다는 내용이었다. 전보의 글씨를 읽자마자 가슴이 먹먹해져 왔다. 윤이상은 곧장 짐을 싼 뒤 홀로 부관연락선에 몸을 실었다. 통영 집에 도착하니, 집에는 이미 빈소가 차려져 있었다.

"네 어머니의 몸이 많이 약해져 있었구나……. 아이를 출산하다가 그만……."

아버지는 말끝을 잇지 못했다. 아이를 낳던 어머니는 갑자기 하혈이 심해지면서 끝내 아이와 함께 사망한 것이었다. 윤이상은 향을 피우고 절을 두 번 올린 다음 무릎을 꿇고 앉았다. 멍하니 허공을 바라보았다. 어디선가 어머니가 웃으면서 다가올 것만 같았다.

"커다란 용이, 상처 입은 커다란 용이 지리산 위로 날아오르려 했는데……, 하늘 높이 날아오르려 했는데……."

문득, 어릴 적에 어머니에게서 들었던 태몽 이야기가 떠올랐다. 어머니 무릎을 베고 누우면 편안했다. 어머니는 윤이상의 머리카락을 쓸어 넘기고 이마를 어루만지곤 했다. 어머니의 손길은 늘 부드러웠다. 하지만 이제 다시는 어머니의 손길을 느낄 수 없었다. 나직한 음성도 들을 수 없었다. 평생 고생만 하다가 삶을 마감한 어머니는 이제 기억 속에서만 찾을 수 있을 것이다. 그 사실을 인정해야 한다는 것이 막막했다.

훗날 고희를 맞은 윤이상은 어머니를 그리며 2악장으로 된 교향곡 4번 〈암흑 속에서 노래하다〉를 작곡했다. 이 곡은 1986년 11월 13일 도쿄 산토리 홀에서 메트로폴리탄 관현악단의 연주로 초연되었다.

조선의 어머니들은 전쟁과 역병이 휩쓸고 간 뒤 허리도 한 번 펴지 못한 채 일을 해야 했다. 따개비처럼 웅크린 채 밭두렁과 논두렁에서 일을 하다 보면 곱던 손은 갈퀴손이 되었고, 발은 부르트기 일쑤였다. 식민지의 하늘 아래에서 살아가야 하는 것 자체가 암흑이자 질곡이었다. 시집 식구들을 위하고 남편을 보필하며 자식들을 키우다 보면 느는 것은 흰머리와 주름살이요 얻는 것은 심화心火와 요통이었다.

길쌈을 하고, 채소를 씻고, 물레를 돌리고, 빨래를 하며 살아가는 삶 자체가 어찌 보면 암흑인지도 모른다. 그러므로 〈암흑 속에서 노래하다〉는 그리움의 대상으로 존재하는 생모에 대한 헌사이자 이 땅의 수많은 어머니들에게 바치는 가슴 뭉클한 노래였던 것이다.

제7장

—

일본 유학

집안은 전보다 더 기울어져 있었다. 친어머니가 돌아가신 뒤로 큰어머니가 친정에서 돌아와 다시 살림을 도맡았다. 그 덕분에 기둥뿌리가 그나마 남아 있는 성싶었다. 하지만 윤이상이 오사카로 다시 돌아가는 일은 당분간 무망해 보였다. 이제는 연로한 아버지 대신 큰아들인 자신이 당장 돈을 벌어 식구들을 먹여 살려야 했기 때문이다.

윤이상은 부랴부랴 서울로 갔다. 생계를 책임져야 할 책무가 어깨를 짓눌렀다. 아무런 대책도 없이 상경한 터라 번듯한 직장을 잡기란 요원했다. 윤이상은 급한 대로 여관에 숙소를 정한 다음, 공사판을 찾아갔다. 마침, 벽돌 나르는 인부를 모집하고 있던 십장이 윤이상에게 그 일을 맡겼다. 윤이상은 무거운 벽돌을 등에 지고 사다리를 오르락내리락했다. 숙소에 돌아오자, 온몸이 쑤셨다. 노동일을 전혀 하지 않던 몸에 무리가 간 탓인지 밤새 잠을 자면서도 벽돌 나르는 꿈을 꾸었다.

그렇게 며칠이 흐르던 어느 날 오후, 광화문 근처를 걷다가 교회를 발견했다. 새문안교회였다. 불현듯, 그 안이 궁금해졌다. 윤이상은 열린 문으로 들어갔다. 벽면에 걸려 있는 십자가를 보니, 공연히 마음이 뜨거워졌다. 저도 모르게 눈을 감았다.

"제 마음이 지금 광야를 헤매고 있습니다. 저를 어디로 데려가시나이까?"

윤이상은 두 손을 모았다. 기도를 어떻게 하는지도 몰랐다. 마음속 소망하는 바를 비는 것이 기도라 여겼다. 처음에는 그저 웅얼거리기만 하다가, 나중에는 음악만 할 수 있다면 좋겠다는 소원을 말했다. 윤이상은 그렇게 교회와 다시 만났다. 공사판을 전전하면서도 교회를 열심히 다니던 윤이상은 1936년 11월 8일, 그곳 차재명 목사에게서 세례를 받았다. 하지만 겨울이 깊어지면서 공사판 일도 끝나고 말았다.

윤이상은 다시 통영에 내려갔다. 모처럼 한가해진 그는 일자리를 마련하기 위해 친구들에게 편지를 보냈다.

"내가 일할 만한 교사 자리가 없겠나?"

여기저기 수소문을 하다 보니 아는 사람으로부터 반가운 소식이 왔다. 통영 근처의 산양면에 있는 화양학원[9]에서 교사를 찾는다는 것이었다. 윤이상은 기쁜 마음에 얼른 짐을 싸서 산양면으로 향했다.

일제는 이미 이 시기에 민족말살정책을 극심하게 펼치고 있었다. 농촌 봉사를 간 대학생들이 농민들에게 조선 문자를 가르치는 것을 총독부령으로 금할 정도였다. 1937년 중국을 침략한 일제는 팽창주의의 노예가 되어 더욱 극악해져 갔다. 조선총독부는 학교에서 조선말 수업을 금지했다. 한반도의 모든 보통학교 교실에서 오직 일본말만 사용하

9) 화양학원은 훗날 화양초등학교가 되었다.

도록 강요했다. 만약 아이가 무심결에 조선말을 사용하면 일본인 교사는 즉시 채찍으로 후려치곤 했다.

일제는 어떠한 자비심도 없었고 어떠한 예외도 없었다. 질식할 듯한 폭압이 하루하루 이어졌다. 상식과 도리가 통하지 않는 비열하고 잔인한 타 민족 압살의 도정道程이 조선에서 펼쳐지고 있었다. 일제는 언론에 재갈을 물리는 짓도 서슴지 않았다. 1936년 『신동아』를 폐간한 것을 필두로 「동아일보」와 「조선일보」를 차례로 폐간시켰다. 일제는 작은 언로言路마저 막음으로써 조선인의 숨통을 조여나갔다.

화양학원은 산간에 있는 보통학교 과정의 작은 사립학교였지만 그곳의 교사들은 민족정신이 투철한 사람들이었다. 교사들은 비밀리에 조선말로 수업을 진행했다. 소년 시절 금서를 즐겨 읽었던 자신의 경험을 살려, 윤이상은 학생들에게 우리나라의 빛나는 역사와 문화에 대

화양학원 교사 시절의 윤이상(1937년경). 앞줄 오른쪽에서 세 번째가 윤이상이다.

해 가르쳐주었다. 아이들은 초롱초롱한 눈망울을 굴리며 윤이상의 수업을 들었다. 비로소 숨통이 트이는 듯했다. 이곳에서만큼은 일제 식민통치의 채찍이 닿지 않는 것만 같았다. 깨끗한 공기 속에서 때 묻지 않은 아이들을 가르치는 일은 잔잔한 행복을 일구는 것과 같았다.

주말이면 이따금씩 통영읍에 나가 호주에서 온 개신교 선교사의 사택을 찾았다. 그곳에는 오르간이 있어 음악을 좋아하는 친구들이 자연스레 모였다. 선교사 사택은 주말 저녁마다 음악회장으로 바뀌었다. 윤이상은 오르간 반주에 맞춰 노래를 불렀다. 그의 힘차고 맑은 목소리는 저녁 공기를 부드럽게 바꾸어놓았다.

그 무렵은 마침 윤이상이 오페라와 관련한 여러 문헌을 펼쳐놓고 연구할 때였다. 자연스럽게 오페라 아리아에도 많은 관심이 갔고, 모임에서도 아리아를 즐겨 부르곤 했다. 친구들과 더불어 연주를 끝낸 뒤에는 으레 선교사와 함께 저녁 식사를 했다.

"미스터 윤! 정말 훌륭한 노래였소. 어디서 따로 성악을 배우신 건가요?"

"과찬이십니다. 따로 배우진 않았습니다."

"따로 배우지 않았는데도 성악가처럼 멋지게 부를 수 있다니, 정말 놀랍군요."

선교사들은 윤이상의 빼어난 노래 실력을 듣고 감탄해 마지않았다. 멋지고 힘찬 목소리, 좌중을 압도하는 성량에 반했다는 표정을 지었다. 친구들도 노래를 좋아하기는 마찬가지여서, 때때로 윤이상의 반주로 합창을 하기도 했다. 덕분에 선교사 사택에서는 주말마다 행복한 음악이 가득 넘쳤다.

윤이상에게 주말은 더 없이 귀중한 휴식과 재충전을 제공해주는 시간이었다. 그는 작곡을 위해 악상을 다듬는 한편, 틈틈이 동요도 썼다.

평일에는 다른 선생들과 비슷하게 시간을 보냈다. 수업이 끝나면 한적한 시골길을 산책했다. 논두렁과 밭두렁을 걸어 다니면 머릿속에 가락이 떠올랐다. 빛나는 음률, 격렬한 멜로디, 투명하고 맑은 음표 등이 제각기 그에 걸맞은 악상을 거느리며 눈앞에서 떠다녔다. 악상은 때때로 어깨를 휘감거나 발아래 맴돌았다. 때로는 안개처럼 흩어졌다가 공중으로 솟구치기도 했다. 한참 골똘하게 생각에 잠긴 채 걷다 보면 뮤즈가 펼쳐놓은 음악이라는 그물망에 자신이 걸려 있음을 깨달았다.

'하지만 결코 서둘러서는 안 돼.'

윤이상은 마음속으로 주문을 걸었다. 음표는 높은 것이든, 낮은 것이든, 중간 것이든 할 것 없이 내버려두면 저절로 제자리를 찾는 법이었다. 그것을 꽃처럼 꺾으려 들거나 선불리 낚아채려 해서는 안 된다. 잡으려 허둥대면 음률은 손가락 사이로 빠져나갔다. 안달이 날수록 그것은 운무를 짙게 흩뿌리며 아스라이 사라져갔다.

눈앞에 음률이 있어도, 손을 뻗으면 닿을 거리에 있어도 결코 서두르지 말아야 한다. 그것은 조바심친다고 잡히는 것이 아니다. 느긋해야 한다. 차가운 이성으로 생각을 다스려도 감성적인 측면에서는 언제나 허방을 짚는 수가 많다. 그런 일들을 많이도 겪었던 터였다. 윤이상은, 작곡의 순간에는 그저 몰입하는 게 최고라는 결론을 내렸다. 몰입하되 서두르지 않는 것이다. 음률들과 자연스럽게 하나가 되기 위해 노력하는 것, 그것이 최상이다. 앞으로 이러한 노력을 평생 해야만 할 것 같았다.

산책에서 돌아올 때에도 마음속으로는 무수한 음표들과 만나는 일을 반복했다. 집에 돌아온 뒤, 근처 개울가를 흐르는 물소리를 들으며 창작을 했다. 몰입의 시간이었다. 작곡에 집중하다 보면 이 세상의 모든 것들이 다 사라지고 혼자만 남는 듯한 시간이 찾아온다. 악보 앞에서 음표와 씨름하는 순간만큼은 절대 고독 속의 주인공이 되는 것이다. 떠오르는 악상을 정리하며 음표를 써 나가는 동안 깨알 같은 기쁨이 조금씩 쌓여갔다.

솜씨 좋은 목수가 나무를 다듬어 멋진 장롱을 만들듯이, 하나하나 정성 들여 곡을 써가던 윤이상은 1937년 첫 동요집 『목동의 노래』[10]를 출간했다. 윤이상은 우선 이 책을 평소 가깝게 지내던 친구들에게 선물했다. 친구들은 매우 기뻐하며 출간을 축하해주었다. 그리고는 곧 홍난파를 비롯한 음악가들에게도 증정했다. 우체국에 가서 책을 부칠 때는 조금 설레기도 했다. 홍난파는 곧 편지를 보내왔다.

"윤 선생! 책을 보내주어서 고맙습니다. 이 동요집을 가만히 들여다 보니 훌륭한 면들이 많더군요."

긍정적인 평가였다. 열아홉 살이나 위인 대선배에게서 칭찬을 들으니 기분이 묘했다. 두둥실 허공에 뜬 것처럼 마음이 몽글몽글해지다가도, 이런 칭찬을 들어도 되나 몸 둘 바를 몰라 하기도 했다.

하지만 혹평을 서슴지 않았던 평론가도 있었다. 날카로운 비평이 비수처럼 심장을 찔렀다. 윤이상은 그 평론가의 독설에 마음이 쓰라렸다. 워낙 예민한 성격이기도 했지만 그동안 일본에서 공부하느라 심신이 쇠약해진 탓이었다.

윤이상은 몸과 마음을 쉬게 할 겸 전국 일주에 나섰다. 밤이슬을 막을 천막과 간단한 옷가지를 넣은 배낭 하나만 달랑 멘 무전여행이었다. 빈털터리로 전국을 돌아다니다 보니 별의별 일도 많이 겪었다. 산

---

10) 통영시사편찬위원회, 『통영시지(統營市誌)』 하권, 1999, 328쪽.

을 넘고 강을 건너 들판을 걸어오는 동안 여러 마을을 지나쳐왔다. 그러다가 한밤중이 되어 도착한 어느 마을에 임시로 천막을 치고 누웠다. 피곤이 겹친 끝이라 잠이 쏟아졌다.

이튿날 아침, 눈부신 햇살이 천막 위로 쏟아져 내렸다. 물을 길러 온 동네 아낙네들의 발자국 소리가 들렸다.

"에구머니나!"

"웬 거지람?"

자지러지는 소리가 들렸다. 삼삼오오 모인 아낙네들의 눈이 휘둥그레졌다.

"비렁뱅이가 우물가에 천막을 치다니, 쯧쯧."

"그러게 말이오. 원, 재수가 없으려니까."

볼멘소리였다. 천막을 쳤던 자리는 하필 그 동네의 우물 옆이었다. 아낙네들 눈에는 윤이상의 몰골이 영락없는 거지꼴이었던 것이다. 윤이상은 허둥지둥 천막을 둘둘 말아 쫓기듯 그곳을 떠났다.

정처 없이 걷던 윤이상은 한 마을에 도착했다. 그곳 농가에서 허드렛일을 해주고 밥을 겨우 얻어먹었다. 이제 하늘을 이불 삼고 땅을 안방 삼아 한뎃잠을 자는 일은 다반사가 되었다. 곡괭이로 남의 밭을 일구어주거나 김을 매주는 일도 가리지 않고 했다. 뒷마당에 널브러진 통나무를 도끼로 패서 가지런히 쌓아올리는 일 따위도 척척 해낼 만큼 늠름한 사나이가 되어 있었다.

통영에서 시작된 여행은 신의주까지 가서야 끝이 났다. 국토의 구석구석을 다니는 동안 조국에 대한 사랑이 무한정 커지는 것을 느꼈다. 물 한 바가지에 인색하지 않고 밥 한 술에 정을 듬뿍 얹어주는 조선 백성의 넉넉한 인심을 알게 된 것은 커다란 소득이었다. 조선 팔도를 무른 메주 밟듯이 밟고 다니며 우리 겨레의 푸근한 정을 살갑게 가슴에 품고서 통영으로 돌아오는 발걸음은 가볍기만 했다. 평론가의 악평 때문에 생긴 마음의 상처는 어느덧 씻은 듯이 사라졌다.

화양학원에 돌아오니 여행지에서 보았던 싱그러운 산천이 모두 음악이라는 것을 깨달았다. 달짝지근하고 텁텁한 농주 한 잔에 시름을 달래던 농부들의 순박한 모습을 생각하면 저절로 흐뭇한 미소가 떠오르곤 했다. 그러나 일본인들의 횡포에 시달리는 모습은 통영이나 신의주나 매한가지였다. 일제의 쇠사슬에 묶여 신음하는 조국의 모습을 더욱 선명하게 목격한 것은 또 다른 아픔이었다.

그것은 어쩌면 식민지가 끝나야만 아물게 될 상처일 터였다. 하지만 당장 그 상처를 없앨 방법은 없었다. 윤이상이 할 수 있는 것은 작곡이었다. 소년 시절부터 가슴속에 자리 잡은 작곡에 대한 열정은 이미 지상의 그 어떤 것으로도 제어할 수 없었다. 작곡을 하면 현실의 무력감을 이기는 힘이 솟아 나왔다. 악상을 떠올리고 음표를 기록하거나 최초의 마디부터 긴 악절에 이르기까지 악보에 적어 나갈 때면, 이상하게도 마음이 차분해졌다.

수업이 끝나면 버릇처럼 화양학원 뒷편 언덕으로 올라가곤 했다. 거기서 바다를 바라보면 헝클어졌던 마음이 풀렸다. 윤이상은 마음속으로 중얼거렸다.

'저 바다를 건너갈 것이다. 본격적인 음악 공부를 하기 위해…… 반드시.'

바다를 바라보며 남몰래 다짐을 했다. 그때 언덕 아래 자리 잡은 농가가 눈에 들어왔다. 고구마밭과 감자밭을 일구는 할머니와 할아버지, 보리밭과 옥수수밭을 일구는 농사꾼 부부와 올망졸망한 아이들이 오순도순 모여 사는 집이었다. 외양간에 누런 황소를 키우고, 그 옆에 돼지와 닭을 치면서 정직하게 농토를 가꾸면서 살아가는 그 농가는 젊은 윤이상에게 선망을 불러일으켰다.

'나도 저들처럼 살고 싶다.'

밭에서 수확한 고구마와 감자, 보리와 옥수수를 배에 싣고 나가 읍내에서 쌀과 옷감하고 바꾸어 식구들 밥을 지어 먹이고 아이들 옷을 해 입히며 알콩달콩 살아갈 생각을 하면 흐뭇한 마음이 들었다. 3대가 어울려 살아가는 농부의 농토가 작은 왕국처럼 소담스럽고 행복해 보였다. 소박한 일상을 누리는 것이야말로 윤이상이 가장 바라던 바였다. 훗날 그는 이역만리 타향인 독일에서 고향 통영을 그리며 만년을 보내게 되었으니, 이때의 소망이 평생의 그리움으로 자라났는지도 모를 일이다.

"파리 유학파 이케노치 도모지로(池內友次郎) 귀국 공연 대성공!"

이 무렵 펼쳐 든 신문기사 한 줄이 윤이상의 눈길을 강하게 잡아당겼다. 이케노치 도모지로가 귀국 작품 연주회에서 크게 성공했다는 기사였다. 이 기사 한 줄은 음악에 대한 윤이상의 정열에 다시 불을 지폈다. 당시 서른네 살의 이케노치는 프랑스 유학파로서 일본 음악계에서는 대단히 영향력이 큰 음악가로 유명했다.

국토 순례를 하는 동안에도 가슴속에서 끊임없이 들끓었던 것은 작곡에 대한 열망이었다. 그 열망이 내부에서 다시금 끓어오르는 것을 느꼈다. 그 열망은, 무전여행이 끝나는 대로 더욱 열심히 창작에 전념하리라는 다짐으로 이어지곤 했다. 화양학원으로 돌아온 뒤에도 그 다짐은 변함없이 자신을 달구질했다. 언덕 위에 올라 바다를 바라보면서, 음악 공부를 하러 다시 바다를 건너겠노라 수없이 다짐을 했다. 갈매기와 푸른 파도를 향해 던진 맹세가 북소리처럼 심장을 쿵쿵 울려댔다. 속 깊이 새겼던 다짐이 기사 한 줄로 인해 활화산처럼 터져 나온 것이다.

1939년 봄, 윤이상은 여러 번 고민을 거듭하다가 다시 일본 유학을 떠날 결심을 세웠다. 이 사실을 아버지께 맨 먼저 말씀드리기 위해 통영에 갔다. 이미 저문 해처럼 쇠잔해진 아버지는 아들의 고집을 잘 알고 있다는 듯 묵묵히 듣고 나서 고개만 끄덕일 뿐이었다.

'아버지가 선선히 찬성하시다니.'

윤이상은 속으로 놀랐다. 근력이 왕성했을 때는 바위처럼 단단했던 아버지였다. 때때로 절벽처럼 까마득해서 현기증이 날 정도였지 않은가. 그 완강함 앞에서 절망을 안겨주던 아버지는 이제 마른 검불처럼 허물어져 가고 있었다. 일본 유학을 허락받았다는 기쁨보다는 아버지가 많이 늙으셨다는 걸 깨달은 슬픔이 더 컸다. 하지만 홀가분한 마음이 드는 것도 사실이었다. 그 모순을 어찌 해결할 도리가 없었다. 기묘했다.

산양읍에 돌아온 윤이상은 얼마 전 작곡한 〈미륵산 장한 기세〉라는 제목의 동요를 교장에게 선물했다. 그동안 열과 성을 다했던 화양학원에 대한 정표였다. 교장실을 나온 윤이상은 교무실에 들러 교사들에게도 인사를 했다. 마지막으로 교실에 들어가 학생들에게도 작별을 고한 뒤 교실을 걸어 나왔다. 그때, 한 제자 아이가 뒤따라 나와 머뭇거리더니 뭔가 말할 듯 말 듯 입을 쫑긋거렸다.

"저, 선생님……."

"응?"

"어머니가 주신 거예요."

"……."

아이는 바지춤에서 말린 문어를 꺼내 건네주었다. 가슴이 뭉클해졌다. 콩 한쪽도 나눠 먹는 순박한 산골 사람들의 정이 뜨겁게 느껴졌다. 아이는 윤이상이 멀어져갈 때까지 그 자리에 꼼짝 않고 서 있었다. 윤이상은 신작로 길을 따라 한참을 걷다가 부산 가는 버스를 탔다.

부산항에 도착한 윤이상은 부관연락선에 올랐다. 두 번째 일본행이었다. 마음속 돛에 순풍이 불어준 덕분인지 배는 일본에 순조롭게 도착했다. 도쿄에 있는 도모지로를 찾아간 윤이상은 악보를 꺼내 보여주었다. 이케노치 도모지로는 일본인으로서는 최초로 파리 국립고등음악원을 수료한 작곡가로서 제2차 세계대전 이후에는 도쿄 예술대학 작곡과 교수를 지냈고 수많은 작곡가를 배출했다. 그가 남긴 작품으로는 일본 전통의 요곡謠曲인 〈유야(熊野)〉에 기초하여 쓴 소프라노와 관현악을 위한 3개의 소품이 있다.[11] 그가 유명한 작곡가였기에 내심 긴장이 되었다. 도모지로는 윤이상의 작품을 주의 깊게 살펴본 뒤 그를 흔쾌히 제자로 받아들여 주었다.

도모지로의 제자가 된 윤이상은 마음을 다잡으며 음악 공부에 전념했다. 뛰어난 음악이론가로도 유명한 그는 역시 소문대로 서양 현대음악의 흐름을 정확히 파악하고 있었다. 그의 제자가 된다는 것은 윤이상의 작품이 인정받았다는 증거였다. 윤이상은 그 사실이 무엇보다 기뻤으며, 자신감도 생겼다. 도모지로는 윤이상에게 대위법 작곡의 기초가 되는 정선율定旋律을 가르쳐주었고, 작곡가로서 어떤 목표를 갖고 살아야 하는지 그 자세에 대해서도 설명해주었다.

---

11) 홍은미, 「제대로 듣는 윤이상」, 세 번째 강좌 팸플릿, 2005, 6쪽.

하지만 모든 상황이 가파르게 변해가고 있었다. 가난한 스무 살 청년이 단지 열정 하나만으로 도쿄에서 음악 공부를 하는 것은 어쩌면 무모한 일이었는지도 모른다. 학비는 고사하고 방세를 대기도 바빴다. 날마다 품팔이처럼 일을 해야 했다. 아버지가 가끔 부쳐주는 돈은 순식간에 손가락 사이로 빠져나가곤 했다. 편지를 읽다 보면 고향 집의 가산이 허물어지고 있음을 알 수 있었다. 낯선 땅에서 친구 최상한과 함께 하숙하고 있다는 것이 유일한 위안이었다.

도모지로에게서 음악이론 수업을 듣고, 싸구려 첼로 혹은 바이올린으로 연습곡을 열심히 켜는 일련의 일들은 강행군이나 마찬가지였다. 낮에는 일터에 나가 아르바이트를 해야 했다. 밤이면 번득이는 영감에 이끌려 퀭한 눈으로 작곡을 했다. 낮이건 밤이건 쉴 틈이 없었다. 사는 일이 고되다 싶으면 윤이상은 최상한과 함께 이중창으로 오페라 아리아를 부르며 고행을 스스로 위무하곤 했다.

"그건 뭐지?"

윤이상은 아까부터 책상 위에서 무언가를 펼쳐놓고 가위로 오리고 있었다. 그것을 본 최상한이 궁금한 표정으로 질문을 던졌다.

"응, 사신도야."

"아, 강서대묘에 있는 고구려 고분벽화 말이지?"

"그래. 난 이 그림이 좋아. 보면 볼수록 음악적 영감이 무한히 샘솟는 것처럼 느껴지거든."

윤이상은 사신도를 정성껏 오린 뒤 책상 앞에 붙여놓았다. 훗날 독일에 정착한 뒤 자신의 집 책상 앞에도 똑같은 사진을 붙여놓을 만큼 사신도에 대한 윤이상의 관심과 사랑은 각별했다. 1963년 최상한을 만나러 북한에 갔을 때도 강서고분에 가서 사신도를 관람하는 것을 친구와의 상봉만큼이나 귀중하게 여길 정도였다. 윤이상은 사신도의 네 벽면에 그려진 수호신 가운데 백호 그림을 제일 좋아했다.

일제는 1937년 민족말살정책을 더욱 강화하는 단계에 들어갔다. 창씨개명을 강행하여 조선인의 이름을 모두 일본식으로 바꾸도록 강요했다. 이는 조선인에 대한 성명 말살이요, 우리의 얼을 빼앗는 무도한 짓이었다. 창씨개명을 하지 않는 아이들의 학교 입학을 금지했다. 이미 학교에 다니는 학생들일지라도 일본식 이름을 쓰지 않으면 매질을 서슴지 않았다. 창씨개명을 하지 않은 어른들은 취직도 할 수 없는 암흑기였다.

일제는 중일전쟁을 도발했다. 베이징을 점령했으며, 난징에서는 대학살극을 저질렀다. 이 만행에 분노한 중국인들은 항일 대오를 갖추어 국지전을 벌였다. 중국을 침략한 일본군은 난항에 빠졌다. 이 무렵 일본과 각을 세우던 미국이 중국에 주둔한 일본 군대의 철수를 강력히 요구함과 동시에 석유와 철광 및 지하자원 등의 일본 수출을 전면 중단했다. 경제적으로 큰 타격을 받은 일본은 전쟁물자를 확보하려는 수단으로 인도차이나를 침공했다. 일본은 여기서 한 걸음 더 나아가 동남아시아 각국을 연달아 점령했다.

한반도를 병참기지로 만든 일제는 조선의 광산자원을 마구잡이로 수탈해가고 있었다. 이 같은 상황 속에서 1939년 7월 8일에는 이른바 국민징용령이란 제도를 만들어 조선인을 끌고 갔다. 그해 조선총독부에서 발간한 『총동원 태세의 진전』이라는 자료집에는 시국時局, 즉 전시 총동원 체제에 꼭 필요한 134개 직업군이 나열되어 있다. 군수사령부에서 일하는 봉제공, 군용 납품 채소 재배자, 비행기 부품 및 제철용광로 제조자, 의료 기술자, 제지공장 기술자, 선박 수리공, 용접공,

토목 미장이, 심마니, 해녀, 땅꾼까지 실로 다양하기 이를 데 없었다. 조선의 모든 직업군에 속한 양민들을 강제로 끌고 가려는 치밀한 조사 자료집인 셈이다. 이 자료집에는 "16세 이상은 강제징용을 하고 이하는 특수요원으로 기술을 가르쳐 양성하라"는 내용이 게재되어 있다. 계획적으로 징용하겠다는 뜻이다.

처음에는 부족한 인력을 충원한다는 그럴 듯한 이유로 포장을 했다. 비록 시늉뿐일지라도 사람을 모집하는 형식을 취했다. 그러나 실적이 영 저조했다. 인력이 모자라자 나중에는 강제연행 방식으로 돌변했다. 트럭을 몰고 다니다가 눈에 띄는 대로 농촌의 젊은이들을 잡아갔다. 인간 사냥이나 다름없었다.

그렇게 잡혀간 조선 '하시마(端島)' 탄광[12]을 비롯한 일본의 여러 광산지대에 주로 배치되었다. 일본인들은 열악한 근로환경에 조선 청년들을 부려놓고 마소처럼 일을 시켰다. 대규모 토목공사 현장, 발전소, 군수공장, 전쟁터로 끌려간 이들은 변변한 도구도 없이 맨손으로 사투를 벌여야 했다. 일제는 조선인들에게 급료를 한 푼도 지불하지 않았다. 군수공장에 끌려간 조선인들의 최후는 매우 끔찍했다. 훗날, 일제는 기밀을 유지해야 한다는 구실로 군수공장에서 일했던 조선인들을 모조리 총살하는 만행을 저질렀던 것이다.

전쟁이 확대되어가자 경제 상황이 현저히 나빠졌다. 식량이 모자랐고 생필품이 귀해졌다. 호주머니에서 바람 소리만 났던 윤이상은 학업을 하기는커녕 먹고살기 위해서라도 일을 해야 했다. 당시 가난한 음

12) 일본 나가사키현 나가사키항에서 남서쪽으로 약 18km 떨어진 곳에 있는 섬. 전범 기업인 미쓰비시 그룹의 탄광 사업장인 이곳에 강제 징용된 조선인은 하루 12시간 동안 채굴 작업에 동원되었으며, '지옥섬' 혹은 '감옥섬'이라 불렸다.

대생들이 흔히 그렇듯 윤이상도 악보 베껴주는 일을 하면서 푼돈을 벌었다. 전선이 유럽으로 확대되자 일본은 전쟁 준비에 더욱 박차를 가했다.

늦은 밤, 하숙집에 돌아온 윤이상은 최상한과 마주 앉아 앞으로의 정국에 대해 이야기를 나누었다. 최상한이 윤이상을 쳐다보며 말했다.

"이 전쟁이 장차 어떻게 될 것 같아?"

"일본이 너무 기고만장하고 있던데. 도조 히데키(東條英機)가 수상이 되면서 더욱 심해졌어."

"도조는 대표적인 강경론자야. 군부 내각이 들어섰으니 앞으로 미국과 한판 붙겠지."

"미국이 일본과 통상을 파기한 뒤 수출금지정책을 펴고 있잖아. 얼마 전까지만 해도 일본이 승승장구했지만 이젠 미국한테 밀릴 수밖에 없어."

"그렇고말고. 머지않아 일본은 망하고 말 거야. 하루빨리 조선이 해방될 날이 와야 할 텐데."

전쟁을 바라보는 조선인 유학생들에게는 두려운 마음이 없지 않았다. 게다가 친일파들은 공공연히 핏대를 세우고 있었다.

"머지않아 일본이 전쟁에서 이길 것이다. 전승국이 된다면, 일본은 그 기세를 몰아 마땅히 대동아공영권을 전 세계로 확대해야 할 것이다. 이제는 명실상부한 일본의 세상이 활짝 펼쳐질 것이다."

이렇게 떠들어대는 것은 주로 악질 친일파들이었다. 그들이 조선 땅에서 활개 치는 꼴은 민망할 정도였다.

"친일파들이야 간도 쓸개도 내놓은 놈들이지. 제정신이 아닌 것들이 무슨 말인들 못하겠어?"

최상한은 주먹을 꽉 쥐며 말했다.

"이번 전쟁에서 일본은 반드시 질 거야. 기필코 일본이 져야 하고말고."

윤이상도 허공을 노려보며 눈빛을 빛냈다. 최상한과 윤이상뿐만 아니라, 정신이 제대로 박힌 조선인들은 누구나 해방을 간절히 바라고 또 바랐다.

윤이상은 그 무렵 재일조선인 유학생들이 비밀리에 만든 지하조직에 가담했다. 항일독립투쟁을 위한 비밀결사의 아지트는 도쿄 근교에 있는 무사시노 숲이었다. 여러 일로 분주하면서도 악상을 다듬던 그는 〈첼로 협주곡〉을 거의 마무리하는 단계에 이르렀다. 그 곡으로 일본의 「매일신보」 음악 콩쿠르에 참여할 작정이었다.

'조국의 해방이 더 먼저야. 어쩌면, 콩쿠르 참여를 포기해야 할지도 몰라.'

혼자만의 시간이 주어질 때면, 윤이상은 항일운동과 콩쿠르 참여를 놓고 부단히 번민했다. 하지만 답은 이미 정해져 있었다. 긴박한 상황이 거듭되는 동안 콩쿠르는 점점 멀어져 갔다.

지하조직에서는 연일 계속되는 전쟁에 대해 정세 분석을 했다. 연합군의 공격에 의해 일제가 주춤거리게 되었을 때 어떻게 움직여야 할지를 논의했다. 토론이 끝나면 늘 그렇듯이 지하조직의 리더가 열띤 목소리로 마무리 발언을 하곤 했다.

"우리도 무장투쟁을 해야 합니다. 일본과 싸우게 되면 우리도 연합군과 동등한 자격이 생깁니다. 연합군과 동등한 자격이 생기면, 전후 일본의 처리에 대한 권리가 생깁니다. 우리는 단순히 조국의 해방만을 바라서는 안 됩니다. 일본이 패망하는 것을 구경만 해서는 더더욱 안 됩니다. 우리는 우리 힘으로 당당히 일본과 싸워 전승국의 일원이 되어야 합니다."

하지만 이 비밀결사는 1941년 12월 8일 일본이 미국의 진주만을 기습하는 바람에 해산되고 말았다. 태평양전쟁이라는 미증유의 기류가 모든 것을 얼어붙게 했다. 일제가 미국이라는 거인을 깨워 전쟁의 광풍 속으로 뛰어들게 한 셈이었다. 일본 본토에 대한 미군의 공습이 임박해올 무렵, 조선인 유학생들은 모두 귀국해야 했다. 윤이상도 도모지로에게 배운 지 2년 만에 통영으로 돌아왔다.

제8장

—

항일운동

1942년 4월, 아버지가 돌아가셨다. 귀국한 지 한 해 만이었다. 한사코 음악 공부를 반대했던 아버지였지만, 이제 원망은 사라지고 없었다. 큰아들이 혹여 경제적 능력도 없는 풍각쟁이로 전락하지나 않을까 염려하여 상업학교를 권했다는 것을 잘 알고 있었기 때문이다. 시를 잘 짓고 필체가 좋아 여러 절의 현판과 편액에 글을 남겼던 아버지, 바다낚시를 가자며 보일 듯 말 듯 미소를 짓던 그 모습은 이제 추억 속에서만 만날 수 있었다. 장례를 치른 윤이상은 큰어머니를 비롯해 식구들을 돌봐야 할 가장이 되어 있었다. 아버지가 물려준 부채만큼이나 가장으로서의 책임감 또한 무거웠다.

일경의 감시는 더욱 엄중해졌다. 요시찰 재일 유학생이 귀향하면 특별고등경찰(일명 특고)은 쥐도 새도 모르게 그를 경찰서로 끌고 갔다. 그즈음 통영에서는 새로운 지하조직이 결성되었다. 윤이상은 주저 없이 이 조직에 가담했다. 가장으로서 식구들을 돌봐야 할 의무가 컸지만, 그에 못지않게 중요한 것은 조국의 광복이었다.

일제의 노예 상태로 살아가는 것은 혼백을 뺏긴 채 끌려다니는 것이므로 아무런 희망도, 의미도 없었다. 지하조직에 몸을 담는 것은 목숨을 담보로 한 위험한 일이었다. 그러나, 아무도 나서지 않는다면 조국이 해방되기란 요원한 일이었다. 가족의 행복을 추구해야 할 가장의 도리도 중요했다. 작곡의 성취에 생의 기쁨을 누려야 할 음악가의 길을 걷는 것도 소중했다. 하지만 피 끓는 젊은이로서 조국의 해방을 쟁취하는 항일독립투쟁의 길에 나서는 것은 그 무엇보다 우선시되어야 할 당대의 요구라고 확신했다.

마침 조직원 가운데 한 명이 통영 근처의 무인도를 소유하고 있어서, 그 섬에 비밀 아지트를 만들었다. 그곳에 전투훈련장과 조그마한 군수공장도 마련했다. 아지트에서는 날마다 정세 분석을 했다. 이제 앞으로는 바다에서의 전쟁이 될 테니 우리도 단단히 대비해두어야 한다는 말이 오갔다.

"미국이 일본 본토를 공격하면 일제는 조선의 해안에서 마지막 발악을 할 것이오. 우리는 그때 뭍에서 일본군을 소탕해야겠지."

"미국이 일본을 굴복시키면 조선은 해방되겠지. 그렇지만 우리 스스로 싸우는 것이 가장 중요하오."

비밀회의에서 나온 발언들이었다. 모두가 알고 있는 결론이었다. 전후 교섭에서 조선이 유리한 고지를 확보하는 것이 관건이었다. 아지트가 된 무인도에서는 엽총을 개조한 총으로 사격훈련을 했다. 폭탄을 제조했고, 실전에서 사용하기 위한 무기도 직접 만들었다. 유격훈련과 폭파훈련도 했다. 지하조직에 가담하여 독립투쟁을 위해 한 몸을 바치려는 젊은이들이 하나둘씩 무인도로 찾아왔다.

대원 가운데 한 사람은 현재의 전쟁이 어떻게 돌아가고 있는지 알기 위해 매일 단파방송을 수신했다. 그는 미국의 참전 이후 연합군이 일본을 격파하고 있다는 소식을 편지로 알렸다. 하지만 오랫동안 그를 노리고 있던 밀정이 편지를 중간에 가로채 일경에 고발하는 사태가 벌어졌다. 그 바람에 비밀결사는 와해되었다.

1944년 7월, 윤이상은 군부대의 쌀 창고에 배치되었다. 농촌의 쌀을 거둬들이는 공출이 그의 임무였다. 일제는 그 무렵 농부들이 피땀 흘려 거둔 곡식을 공출이라는 명목으로 수탈해갔다. 농부들에게서 강제로 빼앗아간 쌀은 전쟁물자로 이용되었다. 쌀을 뺏는 역할을 조선인에게 시키는 것은 일제의 상투적인 수법이었다. 만약 이를 어기면 감옥에 처넣었다.

공출 명령이 떨어진 날, 윤이상은 어떤 농가에 가서 쌀을 공출하러 왔다고 말했다. 농부는 식구들이 먹을 양식밖에 없다며 통사정을 했다. 윤이상은 난감한 마음이 들었다. 일제의 강도질에 누가 좋다면서 쌀을 거저 내놓겠는가. 쌀을 공출하러 온 자신이나 뺏기지 않겠다며 버티는 농부나 다 같이 억울한 처지이기는 마찬가지였다. 잠시 망설이고 있을 때, 윤이상의 손에 철커덕 하고 수갑이 채워졌다. 일본 경관들이 다가와 불문곡직不問曲直하고 윤이상을 체포한 것이다.

일경은 윤이상을 거제도의 장승포 경찰서로 끌고 갔다. 몹시 좁고 지저분했다. 발밑을 내려다보니 하얀 물체가 움직였다. 쌀이거니 싶어 밟아 보니 톡 터졌다. 구물구물, 기어 다니는 구더기였다. 징그러웠다. 무섭기도 했거니와, 예민한 성격 탓에 잠은 천리만리 달아나 버렸다. 그날 밤은 뜬눈으로 새웠다.

이틀이 지나자 경관은 윤이상에게 수갑을 채워 통영으로 끌고 갔다.

통영의 경찰 본부 감옥에는 항일투쟁을 하다 잡혀온 조선인 청년들이 많이 있었다. 그 가운데 무인도에서 함께 유격훈련을 했던 친구들도 있었다. 윤이상도 그들 속에 섞여 감옥에 들어갔다. 모두들 독립운동을 하다가 잡혀온 애국투사들이었다.

혹시 무인도에서 유격훈련을 받았던 것을 눈치채지 않았을까 싶어 마음 졸였다. 지하조직의 존재를 알고 있는 것은 아닌지, 무인도에서 몰래 만들었던 무기가 혹시 들통 난 것은 아닌지 몹시 불안했다.

"이게 대체 뭔가?"

취조하는 경관이 책상 위에서 서류 뭉치를 들어 올리며 으르딱딱거렸다. 얼핏 보니 그것은 윤이상이 작곡한 악보들이었다. 경관은 책상을 탕 치면서 화를 벌컥 냈다.

"똑똑히 봐! 당신 집을 가택수색해서 찾아낸 거야. 총독님은 지금 조선어를 금지하고 있다. 조선말로 노래를 부르는 것도 안 돼! 그런데도 감히 조선 가곡을 썼다는 것은 네가 불온한 사상을 가졌다는 증거다. 칙쇼ちくしょう(畜生)! 너는 지금 대일본제국을 모욕하는 중대한 반일反日 범죄를 저질렀다."

흥분한 경관이 눈을 부릅뜬 채 핏대를 세우며 욕설을 내뱉었다. 칙쇼는 '개새끼'에 버금가는 일본의 상스러운 욕설이었다. 분노가 치미는 지독한 욕설을 들었으면서도 속으로 안도의 한숨을 쉬었다. 무인도의 지하조직이 발각되지 않았음을 알았기 때문이었다. 경관은 윤이상을 감옥으로 끌고 갔다. 감옥 안에는 지하조직의 친구들이 끌려와 있었다. 윤이상은 친구들과 함께 차디찬 마룻바닥에 꼼짝도 하지 않고 앉아 있었다. 경관에게 무너지지 않겠다는 각오를 새기기 위해 스스로 선택한 자세였다. 무릎이 마비될 정도로 고통이 엄습해왔지만 꾹 참았다.

'만약 여기서 무너지면 우리는 끝이다.'

다들 이 같은 각오를 다지는 듯 말이 없었다. 부동자세로 앉아 입을 꾹 다물고 벽만 바라보고 있었다. 화두를 풀기 위해 용맹 정진하는 스님처럼 엄숙한 표정이었다. 무릎이 저려왔다. 그러나 어느 누구도 편한 자세로 앉으려 하지 않았다. 그대로 몇 시간이 지나갔다. 사위가 온통 어둠 속에 잠겨 있을 때, 경관이 한 사람씩 불러냈다. 윤이상이 불려갔을 때, 경관은 이죽거리면서 협박했다.

"네가 무슨 조직에 가담했는지 자백해라! 안 그러면 너는 죽은 목숨이다."

경관은 밑도 끝도 없이 질문을 던졌다. 머뭇거리면 불시에 몽둥이로 때리고 발로 찼다. 저절로 비명 소리가 터져 나왔다. 그렇지만 아무 말도 하지 않았다. 몽둥이가 또 사방에서 날아왔다. 장딴지가 금세 부어올랐다. 경관은 통나무로 정강이 위를 짓이겼다. 온몸에 멍이 들었다. 찢어진 옷 사이로 피가 새어 나왔다. 윤이상은 경관에게 발로 차이며 바닥을 굴렀다. 통나무가 여러 차례 몸을 짓이기며 지나갔다. 고문실 여기저기서 조선 청년들의 비명이 터져 나왔다. 지옥이 따로 없었다.

"나는 아무 조직에도 가담하지 않았소."

윤이상은 고문에 굴하지 않고 모든 혐의를 완강히 부인했다. 바닥은 자신이 흘린 피와 땀방울로 얼룩져 있었다. 비명을 지르면서 고통을 참느라 주먹을 꽉 쥔 탓에 손가락이 얼얼했다. 탈진한 것을 확인한 경관은 윤이상을 감옥에 밀어 넣었다.

윤이상의 몇몇 친구들은 기절을 했다. 경관이 날카롭게 자른 대나무로 손톱을 찔러댔기에 그만 혼절하고 만 것이다. 또 다른 친구들은 모진 물고문을 당했다. 경관은 그들의 두 손과 두 발을 기둥에 묶었다. 그 상태에서 젖은 수건을 얼굴에 덮고 물을 부었다. 친구들은 물을 먹지 않으려고 본능적으로 얼굴을 좌우로 흔들었다. 그러면 경관이 그들의 머리를 꽉 움켜잡고는 주전자로 물을 들이부었다. 그러기를 몇 차례 반복하자 친구들은 기절해서 축 늘어지고 말았다. 경관은 그들을 질질 끌어다가 다시 감옥에 처넣었다.

한밤중이었다. 고통을 참으면서 겨우 잠들었는데 누가 옆구리를 쿡 찔렀다. 깜짝 놀라 일어나 보니 경관이 철창 사이로 긴 막대기를 들이밀어 찌르는 것이었다. 경관은 다른 친구들에게도 마찬가지 행동을 했다. 막대기가 옆구리며 등이며 어깨를 찌르면 비몽사몽간에도 움찔 놀라게 된다. 반사적으로 일어났다가 다시 누워 잠이 들 만하면 또 다가와서 쿡쿡 찌르곤 했다.

"잘들 한다, 이 조센진 놈들! 지금 맘 편하게 잠이 오냐?"

경관은 눈을 부라리며 수인들을 괴롭혔다. 그 짓을 즐겨하는지 오밤중부터 새벽녘까지 몇 번이고 똑같은 행동을 되풀이했다. 이처럼 잠을 안 재우는 고문은 사나흘씩 계속되었다.

"악독한 놈들. 짐승처럼 고문을 하고도 모자라 한밤중에 잠도 못 자게 하다니."

새벽녘까지 끈질기게 이어지는 경관의 막대기질에 잠이 달아난 옆자리 친구 하나가 어둠 속에서 낮게 뇌까렸다. 잠이 달아나기는 윤이상도 마찬가지였다.

"왜애애애앵."

그때, 사이렌 소리가 요란하게 울려 퍼졌다. 그와 동시에 "쐐액!" 하고 하늘을 찢는 듯한 폭격기 소리가 들렸다. 미군의 공습이 시작된 것이다. 저공비행을 하는 폭격기가 언제 기총소사를 퍼부을지, 폭탄을 투하할지 알 수 없었다. 두려웠다. 윤이상은 감옥 벽에 기대어 웅크린 채 빨리 폭격기가 지나가기를 기다렸다.

날이 밝으면 매타작이 기다리고 있었다. 어제와 똑같은 고문, 똑같은 매질, 똑같은 질문이 반복적으로 쏟아졌다. 경관은 자백을 받아내기 위해 몽둥이질과 통나무 짓이기기를 되풀이했다. 밤중에는 잠을 깨우는 막대기가 철창을 휘저었다. 공습이 시작되면 막대기질에 열중하던 경관이 어디론가 헐레벌떡 사라졌다. 수인들은 겁에 질린 눈으로 하염없이 어둠을 응시하곤 했다. 그런 나날들 속에서 어느덧 9월 17일이 되었다.

'오늘이 나의 스물여덟 번째 생일이군. 하지만 그게 무슨 소용이란 말인가. 나는 지금 이처럼 감옥에 갇힌 몸인데.'

윤이상은 자조 섞인 한탄을 했다. 그때, 경관이 감옥 문 앞에 다가와 명령했다.

"밖으로 나와!"

면회실에 가보니, 뜻밖에도 지난번 미곡창고의 일본인 관리인이 경찰 옆에 앉아 있었다.

"이분은 식량 영단의 책임자이시다. 너의 신원보증서에 도장을 찍어 주러 오셨지. 너는 운이 좋은 편이야."

경찰이 말했다. 그가 신원보증서에 도장을 꾹 찍었다.

"됐어! 이제 나가도 좋다. 석방이다!"

경찰이 서류를 흔들어 보이더니, '석방'이라는 말을 했다. 믿어지지 않았다.

"윤 군! 고생 많았지?"

관리인이 등을 두드려주었다. 그는 윤이상을 데리고 경찰 본부 문을 나섰다. 여름에 끌려간 뒤, 암흑 속에서 두 달을 지내고 가을에야 석방된 것이다.

"고맙습니다."

윤이상은 몇 번이고 인사를 했다. 좋은 일본인도 있었구나 하는 생각이 머리를 스쳤다. 한낮의 햇살이 머리 위로 쏟아졌다. 현기증이 일었다. 윤이상은 물 먹은 솜처럼 무거운 몸을 이끌고 집으로 갔다.

아버지의 임종 이후 집안 형편은 더욱 기울어져 있었다. 동생 길상이는 근로동원에 불려가서 집에 없었다. 윤이상이 감옥에 있을 동안 과년한 경애와 명애, 두 여동생이 혼례를 치렀으나, 불행한 결혼이었다. 하필이면 와병 중인 신랑을 만난 명애는 늙수그레한 신랑 병수발만 하다가 아이를 낳고는 일찍 죽고 말았다. 먼저 시집간 경애는 애를 낳은 뒤 가난한 살림에 허덕이고 있었다. 그나마 누이동생의 목숨이라도 붙어 있는 것을 다행으로 여겨야 할 지경이었다. 먹먹한 슬픔이 밀려왔다.

'내가 자유로운 몸이었다면 매제 될 사람의 성정과 건강 상태며 집안 형편을 두루 헤아려 결혼시켰을 텐데…….'

동생들을 제대로 돌보지 못했다는 자책감에 가슴이 아렸다. 일제의 사슬에 매여 사는 게 새삼 원통했다.

큰어머니는 집에 돌아온 윤이상에게 조석으로 미음을 끓여주었다. 가끔 이웃집에서 구해온 고깃국도 밥상에 올라왔다. 그 정성에 가슴이 뭉클했다.

몸이 그럭저럭 회복된 며칠 후, 윤이상은 또다시 징용되었다. 이번에는 삼천포의 미곡창고 관리자로 배정되었다. 잠자리는 미곡창고에 딸린 3층짜리 건물의 허름한 방이었다. 이곳에서 먹고 자며 공출 업무를 해야 했다. 삼천포 미곡창고는 다른 곳에 비해 규모가 매우 컸다. 남해 일대에서 빼앗아온 공출 쌀을 쌓아두는 곳이기 때문이었다. 윤이상은 이곳에서 쌀 반출입량을 확인하고 서류에 기록하는 일을 맡았다.

요시찰 인물인 윤이상에게는 늘 감시의 눈초리가 따라다녔다. 하지만 윤이상은 거기서도 감쪽같이 지하조직을 하나 만들었다. 이 때문에 젊은이들이 3층 건물을 자주 들락거렸다. 위험천만한 일이었지만 독립투쟁을 미룰 수는 없었다. 전황戰況에 의하면 이제 일본은 미국에 밀리고 있는 게 틀림없었다. 이때 조선의 독립투사들이 주도적으로 대응해야 한다는 것이 윤이상과 지하조직원 모두의 일치된 생각이었다.

가을과 겨울이 긴장감 속에서 지나간 뒤 한 해가 저물었다. 일본의 패색이 짙어가던 1945년 초의 어느 날 밤, 누가 급하게 방문을 두드렸다.

"선생님, 문 좀 열어주세요!"

"누구요?"

문 앞에는 헌병보 차림의 청년이 서 있었다.

"저, 선생님께 배운 제자입니다. 빨리 피하셔야 합니다. 내일 선생님을 체포하러 헌병이 올 겁니다."

윤이상이 고맙다고 하자 청년은 재빨리 계단을 내려갔다. 윤이상은 머릿속이 하얗게 되는 것 같았다. 도망쳐야 했다. 하지만 밖에는 조선인 한 사람이 보초를 서고 있었다. 어떻게 해야 할지 잠시 생각하던 끝에 보초에게 가서 자초지종을 털어놓았다.

윤이상의 말을 주의 깊게 듣던 보초는 마음이 움직여 도와주겠다고 했다.

"제가 첼로를 가져가야 합니다. 도와주실 수 있겠습니까?"

"뭐요? 지금 당신의 목숨이 위험한데 첼로까지 어떻게 가져가려 하시오?"

보초가 펄쩍 뛰며 화를 냈다.

"음악가인 저로서는 첼로가 무엇보다 소중합니다. 제발 도와주시오."

보초는 한동안 고민하더니, 알았다며 고개를 끄덕였다. 윤이상의 간절한 눈빛을 차마 외면할 수 없어서였다. 밧줄을 구해온 보초는 건물 밑에서 망을 봤다. 3층 창문 밖으로 밧줄에 묶인 첼로가 먼저 내려갔다. 보초가 사람들이 안 보는 틈을 타서 얼른 첼로를 받았다. 그러고는 재빨리 어둑어둑한 벽에 세웠다. 이윽고, 윤이상이 밧줄을 타고 내려왔다. 그날따라 달빛이 밝아 애를 먹었다. 구름 속으로 달이 들어갈 때를 기다렸다가 내려가야 했다. 달빛이 구름을 빠져나오면 한동안 벽에 바짝 달라붙어 있어야 했다. 망을 보는 사람이나 내려오는 사람이나 다 같이 마음 끝이 타들어 갔다. 윤이상이 무사히 내려오자 두 사람은 약속이나 한 듯이 긴 한숨을 쉬었다.

보초는 윤이상을 데리고 미곡창고를 벗어났다. 밤길을 한참 걷다 보니 외딴 집 한 채가 있었다.

"우리 집이오. 들어갑시다."

윤이상은 보초의 집에서 현재 진행되고 있는 전쟁에 대한 얘기를 들려주었다.

"일제는 머지않아 패망할 것입니다. 지난해 겨울에는 미군 폭격기 B-29가 일본 본토에 대규모 공습을 했다고 합니다. 미군의 공격에 일본은 속수무책이었습니다. 우리도 조선의 독립을 위해서는 무슨 일이든 해야 합니다. 독립투쟁을 위해서라면 조선인 한 사람이라도 가담해야 합니다."

거듭 강조하는 윤이상의 눈빛은 희미한 촉광의 불빛 속에서도 뚜렷하게 빛났다. 윤이상의 말은 신념에서 우러나온 것이었다.

윤이상은 조선인 보초에게서 헝겊을 빌렸다. 펜에 잉크를 묻힌 다음 흔하디흔한 가네모토(金本)라는 성에 이치유(一雄)이라는 이름을 써서 가슴에 붙였다. 자신의 일본식 이름 '가마모도 이하라'라고 적힌 이름표는 떼어서 불에 태워버렸다. 두 사람의 얘기는 날이 샐 때까지 계속되었다. 훗날 알게 된 사실이지만, 윤이상에게서 새벽녘까지 정치적인 담론을 들었던 조선인 보초는 얼마 지나지 않아 항일운동을 위한 지하조직에 뛰어들게 되었다고 한다.

윤이상은 날이 밝자 첼로를 둘러메고 진주까지 150리 길을 걸어갔다. 역 앞에는 일본 경찰들이 쫙 깔려 있었다. 그 무렵 식당에서는 이름표를 붙이지 않은 조선인들에게 밥을 팔지 않았다. 이름표가 없으면 밥을 굶을 수밖에 없었다. 조선인들은 모두 천 조각으로 이름표를 만들어 옷 위에 꿰매고 다녀야 했다. 주홍글씨가 따로 없었다. 수용소에서 수인들이 번호를 옷섶에 붙이고 다니는 것과 진배없었다. 역 앞 검문소를 지키는 조선인 경관 가운데 몇은 안면이 있는 사람이었다. 그들은 낯선 이름표를 부착한 윤이상을 보고 놀라는 눈치였다.

"쉿! 나를 못 본 것으로 해줘요."

윤이상은 그들에게 눈짓을 하며 손가락을 입에 갖다댔다. 안면이 있기는 했지만 수배 중이라는 것까지는 아마 모르는 것 같았다. 그들은 무슨 영문인지 모르면서도 고개를 끄덕였다. 마음을 졸이는 가운데 무사히 경성 가는 열차를 탔다. 자신의 정체가 들통나면 체포될 게 뻔했기 때문에 검표를 하는 차장이 오기 전 화장실로 숨어야 했다. 나중에는 왠지 붙잡힐 것만 같아 삼랑진에서 열차를 갈아탄 뒤 대구에 못 미쳐서 내리고 말았다.

윤이상은 다시 대구까지 걸어갔다. 조개탄공장을 경영하는 친구에게 도움을 청했다. 친구는 무척 반겨주었다. 통영에서 지하조직 활동을 함께했던 그 친구는 대구에서도 항일조직에 가담해 활동 중이었다. 그는 큼지막한 손으로 악수를 하며 다정히 말했다.

"당분간 여기 있으면 아무도 못 찾을 걸세."

친구는 석탄 더미 뒤에 은신처를 마련해주었다. 바람이 불면 석탄가루가 쉴 새 없이 코와 눈과 입으로 들어왔다. 홑이불과 거적으로 막아도 소용없었다. 윤이상은 감옥에서 당한 고문으로 몸이 많이 상해 있었다. 쫓기는 몸이 된 뒤부터는 잘 먹지도 못해 불면증에 시달려왔다. 석탄 더미 속에 오래 숨어 있다가는 꼼짝없이 병자가 될 것 같았다. 윤이상은 이튿날 친구에게 고맙다는 말을 하고는 경성으로 떠났다. 열차는 쉴 새 없이 달려 밤중에야 경성에 도착했다.

젊은 날

제1장

—

해방

윤이상은 경성역 앞의 허름한 여인숙에 숙소를 정했다. 이튿날부터는 일자리를 알아보러 다녔다. 하지만 쉬운 일은 아니었다. 전시戰時라서 모든 것이 어수선했다. 정상적으로 식당에서 밥을 먹으려면 배급표를 지니고 줄을 서야 했다. 배급표를 받으려면 신분증명서를 보여주어야 했다. 신분증명서가 없는 사람은 임시로 만든 식당에 줄을 서야 했다. 어디든지 줄을 서지 않으면 밥 구경조차 할 수 없는 세상이었다.

임시식당이란 기다란 장대를 얼기설기 세운 뒤 그 위에 천막을 대충 두른 엉성한 곳이었다. 나무 탁자와 의자 나부랭이가 있어도 사람들이 꾸역꾸역 밀려드는 통에 제대로 앉을 수가 없었다. 그곳에서는 점심때만 되면 항상 기다란 줄이 서 있었다. 그 줄에 서서 한참을 기다리면 소한테나 줄 콩깻묵이 나왔다. 그나마 손바닥만큼 주는 까닭에 늘 허기가 졌다.

콩깻묵을 먹고 나면 다른 임시식당을 향해 줄달음질을 쳐야 했다.

배식을 기다리는 행렬은 거기서도 예외 없이 길게 이어져 있었다. 차례가 돌아와 다시 콩깻묵을 먹으면 주린 배를 겨우 달랠 수 있었다. 콩깻묵을 매일 먹다 보니 나중에는 그 냄새만 맡아도 싫었다. 그마저도 못 얻어먹는 날이면 꼼짝없이 굶어야 했다. 배 속이 허전하면 발걸음이 무거웠고 손과 발도 축 늘어졌다. 온몸에 힘이 하나도 없어 그 어떤 일도 할 수가 없었다. 종일 한 끼조차 못 먹는 날도 있었다.

꽃샘바람이 지나가고 4월이 되었다. 칼날 같은 추위 대신 어디선가 하늘하늘한 봄바람이 불어왔다. 그즈음 미국은 오키나와를 공략함으로써 일본에 결정타를 날렸다. 무려 83일간 공방전을 벌였던 오키나와 전투는 막강한 화력을 보유한 미국의 승리로 귀결되었다. 미군도 1만 1933명의 전사자를 낼 만큼 치열한 전투였다. 일본의 피해는 더욱 극심했다. 일본군 전사자 10만여 명, 오키나와 섬 주민 사망자 12만여 명 등 심대한 타격을 입었다. 그럼에도, 일본과 조선의 어용 신문들은 일본군이 모든 전선에서 승리를 거두고 있는 것처럼 진실을 은폐하는 데 급급했다.

추축국樞軸國[1]에 속했던 무솔리니 치하의 이탈리아는 이태 전인 1943년에 이미 항복한 상태였다. 항복한 무솔리니에게 배신자라 비난하면서 동맹국인 이탈리아를 공격하기까지 했던 히틀러의 나치 독일마저 1945년 5월 8일 연합군에 항복했다. 추축국의 세 꼭짓점 가운데 일본 제국주의만이 홀로 남아 제2차 세계대전의 지옥도를 연장해 나가고 있었다. 전시 상황은 최악으로 치닫고 있었다. 조선의 어느 지역

1) 제2차 세계대전 당시 독일, 이탈리아, 일본 등이 결성한 국제동맹을 일컬음. 이들 나라들은 전쟁 기간 동안 연합국과 싸웠으며, 전후 패전국가가 되었다.

에서건 일경의 눈초리에는 잔뜩 독이 올라 있었다. 길거리에서 마주치는 일본인들의 표정에서는 살벌한 기운마저 감지되었다.

윤이상은 궁핍한 지경이었으면서도 수중에 돈이 생기면 음악책을 사는 데 써버렸다. 밥 먹는 데는 돈을 아꼈지만 책 사는 데는 도저히 아낄 수가 없었다. 음악 공부를 계속하려면 책이 있어야 했다. 목숨보다 소중한 것이 음악이었다. 제대로 먹지도 못했던 윤이상의 몸은 영양부족으로 인해 축나기 시작했다.

밤에는 굶주림보다 무서운 것이 찾아왔다. 매일 밤 일본 경찰들이 여인숙으로 불심검문을 나왔던 것이다. 각반脚絆을 찬 일경의 군홧발 소리가 들려오면 재빨리 숨어야 했다. 각반이란 발목 부분에서부터 무릎 아래까지 돌려 감는 띠였다. 군국주의 일본은 전시체제를 위해 군인은 물론이고 학생들에게도 각반 착용을 강요했다.

윤이상은 일경을 피해 때로는 밤새 이 골목 저 골목으로 도망 다니며 어두운 담벼락에 붙어 있을 때도 있었다. 절그렁거리는 일본도 소리만 들려도 흠칫 놀랐다. 쫓기고, 허기지고, 밥 먹기 위해 줄을 서고, 잡힐지도 모른다는 공포감에 손에 땀을 쥐는 매 순간이 피를 말렸다.

윤이상은 친구에게 연락을 취해 신분증명서를 하나 만들어달라고 부탁했다. 그 친구는 통영 근처의 산양면사무소에 근무하는 이상용이었다. 며칠 후, 이상용에게서 서신이 왔다. 봉투 속에는 편지와 함께 신분증명서가 들어 있었다. 편지는 죽마고우의 안부를 묻는 정감 어린 내용이었다.

"이상아. 여기 가네모토 마코토라는 사람의 신분증명서를 동봉한다. 이치유라는 사람은 서류상으로 기록이 안 되어 있더구나. 기록이 없다는 건 오히려 불리한 점이야. 이 사람의 신분증명서를 사용하다 일본 경찰에 걸리기라도 하면 곤란할 듯해. 서류를 뒤적이다가 마침, 일본에서 죽었는데도 사망신고가 안 된 마코토라는 사람을 발견했어. 이런 경우가 드물기는 한데, 어쩌면 천재일우가 아닐까? 네가 사용하기에는 안전한 이름인 셈이지. 당분간 이 신분증명서를 사용해도 아무 문제가 없을 거야."

윤이상은 신분증명서를 들여다본 뒤 품속에 넣고는 답장을 썼다.

"상용아, 고맙다. 너는 누가 뭐래도 나의 가장 소중한 친구야."

모처럼 가볍고 산뜻한 기분이 들었던 윤이상은 가판대에서 신문을 샀다. 구인광고를 유심히 살펴보니 마침 을지로의 인쇄소에서 필경사筆耕士를 구한다는 글이 보였다. 눈이 번쩍 뜨였다. 약도를 보고 부리나케 찾아갔다. 조선인 사장이 운영하는 곳이었다. 사장은 면담 후 윤이상을 채용했다.

윤이상은 이튿날부터 출근하여 일을 시작했다. 사장은 친절했고 인간미가 있었다. 두 사람은 원만하게 지냈다. 이제부터는 점심시간에 마음 졸일 필요가 없었다. 그러나 여전히 줄은 서야 했다. 그래도 배급표가 있으니 더는 여물 같은 것을 먹지 않아도 되었다. 양도 콩깻묵보다는 많았다.

인쇄소에서 일한 지도 여러 달이 지나, 어느새 여름에 접어들었다. 윤이상이 일을 하던 사무실에는 밖에서 안이 들여다보이는 창문이 하나 있었다. 그때, 한 청년이 사무실 창문 너머로 고개를 내밀며 반갑게 소리쳤다.

"이상아, 너 여기서 일하고 있었구나."

등사판에 철필로 글씨를 쓰고 있던 윤이상이 무심결에 창밖을 쳐다보자 보통학교 동창생인 김동수가 서 있었다.

"아, 동수구나. 여긴 웬일이냐?"

사무실에 서서 윤전기를 만지던 사장이 이 광경을 보자 윤이상은 겸연쩍은 표정을 지었다. 사정을 눈치챈 사장은 전혀 놀라지 않은 표정이었다. 그는 오히려 미소를 지으며 말했다.

"괜찮으니 걱정 마시오. 나도 한때는 수배자였으니까. 나는 통영 근처의 소학교에서 아이들을 가르치던 교사였소. 그때 좌익사상을 가진 동료 교사들과 함께 항일운동을 하다가 쫓기는 몸이 되었지요. 나중에는 일경에 잡혀 지독하게 고문을 당하기도 했고. 그렇게 한 3년 감옥살이를 하고 나와서 인쇄소를 차린 겁니다. 자아, 오랜만에 만난 친구들끼리 맘 편하게 얘기들 나누시오."

뜻밖에도 사장이 자신의 지나온 행적에 대해 간략히 얘기해주어서 안심이 되었다. 사장이 친구와 얘기를 나누라는 듯 턱짓으로 구석 쪽을 가리켰다. 윤이상은 김동수를 데리고 후미진 곳으로 갔다. 기름기가 반지르르한 나무 의자에 마주보고 앉자마자 김동수가 먼저 입을 열었다.

"김상옥이를 만났어. 서대문형무소 앞 도장집에서. 상옥이가 여길 가르쳐줘서 찾아온 거야."

"상옥이라면 나도 얼마 전에 만난 적이 있지. 거기서 도장공으로 일하던걸."

통영 출신인 김상옥은 1938년 10월 호 『문장』지에 「봉선화」가 당선되어 시조 시인으로 활동하고 있었다. 당시 심사위원은 시조 시인 이병기였다.

비 오자 장독간에 봉선화 반만 벌어
해마다 피는 꽃을 나만 두고 볼 것인가

세세한 사연을 적어 누님께로 보내자.

누님이 편지 보며 하마 울까 웃으실까
눈앞에 삼삼이는 고향집을 그리시고
손톱에 꽃물 들이던 그날 생각하시리.

양지에 마주 앉아 실로 찬찬 매어주던
한얀 손 가락 가락이 연붉은 그 손톱을
지금은 꿈 속에 보듯 힘줄만이 서누나.

김상옥의 「봉선화」는 3수首의 연시조로 발표되었다. 2012년도 초등학교 5학년 1학기 국어 『듣기·말하기·쓰기』 교과서 7단원에는 "비 오자 장독간에"로 시작하여 "누님께로 보내자"로 끝나는 첫 수만 실려 있다. 당시는 대개 세 번 추천받은 끝에 시인으로 데뷔하는 게 관행이었다. 하지만 『문장』지가 곧 폐간될 위기였기에 김상옥은 단 한 번의 추천으로 문단에 등단했다. 김상옥은 이미 1941년 「동아일보」 신춘문예 시조부에 「낙엽」이라는 시가 당선될 만큼 주목받는 시인이었다. 그의 시재詩才는 특출했다. 고아古雅한 언어로써 전통의 멋과 혼을 격조 높게 표현하는 데 견줄 이가 없을 정도였다. 윤이상은 그해 김상옥의 시조 「봉선화」에 곡을 붙여 〈편지〉로 제목을 바꾼 가곡을 썼다.

윤이상보다 세 살 아래인 김상옥은 보통학교 졸업 이후 인쇄소 문선공으로 소년기를 거쳤다. 독학으로 문학 공부를 한 뒤부터 문향文香이 터져 나왔다. 그는 향토색 짙은 낭만적 서정의 세계를 열어젖힌 비범한 수재였다. 시조는 물론이요 그림과 서예, 전각에 이르기까지 두루 조예가 깊은 종합 예술인이기도 했다. 김상옥은 시작활동을 하는 한편 항일운동을 하다가 여러 차례 옥고를 치렀다. 석방된 뒤에도 참나무 같은 기개는 여전하여 비밀결사에 가담하곤 했는데, 그 무렵 김상옥은 사상범으로서 일경에 쫓기는 처지였다. 현저동의 도장집은 도피 생활 동안 잠시 거쳐가는 공간이었다.

"나, 너한테 부탁이 있어."

김동수가 목소리를 낮추며 말했다.

"뭔데?"

윤이상은 조금 긴장한 빛으로 물었다.

"요즘 내가 수배 중이다. 네가 며칠 잠만 좀 재워주면 좋겠다."

김동수는 소학교 선생이었다. 당시 민족의식이 철저한 학교 교사들 중에는 몰래 항일운동에 참여하는 이들이 있었다. 대부분은 좌익 계열이었다. 동수도 항일운동을 하다가 일경에 쫓기는 처지가 되었던 것이다.

사장에 대한 신뢰감이 싹튼 것은 좋은 일이었다. 가뜩이나 흉흉한 세상에 믿을 만한 사람이 생겼기 때문이다. 또한 동수랑 며칠 함께 있게 된 것도 괜찮았다. 그렇지 않아도 적적한 차에 불과 며칠일지라도 고향 친구랑 지내는 것은 훈훈한 일이었다.

"알았어. 그렇게 하자."

윤이상은 시원스럽게 대답했다. 말은 그렇게 했지만, 불안한 마음이 들었던 것도 사실이었다. 사장은 일경의 감시를 받는 요시찰 인물이었고, 동수와 자신은 수배자가 아닌가. 그럼에도 반가운 마음이 생겼다. 새로운 힘이 불끈 솟아나는 느낌이 들었다. 엊그제까지만 해도 자신은 천지에 홀로 남겨진 존재라고 생각했는데, 뜻밖의 든든한 동지를 얻은 기분이었다.

이즈음, 윤이상의 몸은 점점 무기력해졌다. 식은땀이 흘렀으며 눕고만 싶었다. 자주 열이 났다. 더운 날씨 탓인가 하고 생각해봤지만 그런 것 같지는 않았다. 아침에 세수할 때 깜짝 놀랐다. 거울을 통해 드러난 퀭한 눈이 낯설게 보였다.

'건강에 문제가 생겼나?'

핼쑥한 얼굴이 딴사람처럼 보였다. 햇볕에 드러난 팔다리가 유난히 말라 보였다. 날마다 현기증이 났다. 미열이 생기더니, 영 가시지를 않았다. 오후가 되면 머리가 지끈거렸다. 날이 갈수록 열이 더 올랐다.

"병원에 한번 가봐야 하지 않겠소?"

사장이 말했다. 윤이상은 아까부터 일하다 말고 두 팔로 머리를 움켜쥐며 괴로워하고 있었다. 그 모습을 본 것이다.

"그래야 할 것 같습니다."

윤이상은 조퇴를 했다. 동수의 부축을 받아 동숭동의 경성제국대학병원에 갔다. 의사는 당장 입원하라고 말했다. 돈이 한 푼도 없어서 난감했다. 함께 간 동수는 그냥 잠자코 있으라는 듯 눈을 찡긋했다. 의사는 간호사에게 지시하여 윤이상을 침대에 눕혔다. 간호사는 윤이상을 방사선과로 데리고 가서 엑스레이 사진을 찍었다. 이튿날 아침, 엑스레이 판독을 마친 의사가 회진 때 말했다.

"당신의 병명은 결핵이오."

의사의 말이 머릿속에서 뱅글뱅글 돌았다. 그렇지 않아도 열이 펄펄 끓고 있었다. 천장이 빙빙 돌았다. 침대도 돌고, 자신도 한없이 도는 듯했다. 그사이 간호사가 들여다보고는 온도계를 꽂아주었다. 온도계 눈금을 확인한 간호사가 이번에는 물수건을 이마에 얹어주었다. 특별한 치료를 받지는 않았지만, 그저 쉬는 것만으로도 병이 절반쯤 낫는 기분이었다.

처음 일주일 동안은 식물처럼 누워만 있었다. 끼니때마다 병원에서 식판에 담겨 나오는 것은 콩깻묵이 아니었다. 쌀에 조가 섞여 나오는 어엿한 밥이었다. 콩깻묵보다 월등히 나았다. 둘째 주부터는 열이 조금씩 내리기 시작했다. 셋째 주가 지나자 몸이 많이 나아져서 병원 뜰을 걸어 다닐 수 있게 되었다.

8월 어느 날 낮이었다. 윤이상은 그날도 병원 복도를 거닐고 있었다. 그때, 벽에 붙은 확성기에서 웅얼웅얼하는 소리가 잡음과 함께 들렸다. 자세히 들어보니, 일왕 히로히토(裕人)가 라디오방송을 통해 항복선언문을 읽는 소리였다. 무조건 항복한다는 일왕의 목소리를 들은 일본인 의사들은 표정이 일그러지며 울먹였다. 간호사들은 와들와들 떨며 흐느끼더니 그 자리에서 주저앉았다. 일본이 마침내 항복을 한 것이다.

1945년 8월 14일, 일본 왕궁에는 이미 NHK 기술진에 의해 녹음장비가 설치되어 있었다. 일본의 내각회의에서는 포츠담 선언을 받아들이기로 결정했다. 중립국인 스위스를 통해 항복하겠다는 의사를 연합국 측에 전달했다. 남은 것은 항복선언이었다. 문구 수정을 거친 항복선언문을 히로히토가 밤 11시 20분부터 녹음했다.

8월 15일 정오, NHK 라디오방송을 통해 전날 이미 녹음된 일왕 히로히토의 항복선언문이 흘러나왔다. 하지만 온갖 미사여구로 장식된 내용이었다. 그 가운데 '항복'이라는 단어는 찾아볼 수 없었다. 일본은 조선을 집어삼키고 중국과 인도차이나를 침략했다. 태평양전쟁을 일으켜 전 세계의 수많은 인명을 살상하는 재앙을 초래했다. 그럼에도 일왕은 전범을 저지른 패전국의 책임자로서 그 죄과에 대해 참회하는 문장을 단 한 줄도 사용하지 않았다.

"이 이상 교전을 계속한다면 일본 한 나라의 파괴와 소멸로만 끝나는 것이 아니라 인류 문명 전체의 절멸로 이어질 것이니라."[2]

일왕이 직접 읽은 항복선언문은 오히려 미국을 비롯한 연합군을 꾸짖는 듯한 언사로 점철되어 있었다. 히로시마와 나가사키에 원폭을 투하한 미국에 전쟁의 책임을 전가하는 듯한 표현이 곳곳에서 두드러졌다. 인류 문명을 구하기 위해 일본이 뭔가 큰 양보를 하는 듯한 뻔뻔함이 문맥마다 넘쳐났다. 일본 제국주의가 저지른 광적인 전쟁 놀음에 대해서는 언급조차 하지 않았다. 가공할 원자폭탄의 위력에 잔뜩 겁을 집어먹은 공포조차 은폐하는 간교한 수사修辭였다. 원폭뿐 아니라 소련군의 물밀 듯한 남하에 밀려 서둘러 항복을 결정한 궁색함을 감추려는 아전인수我田引水의 궤변이었다.

일본은 항복선언문을 '종전 조서'라 이름 붙였다. 패전을 인정하지 않으려는 얄팍한 술수였다. 본말이 전도된 내용으로 덧칠되어 있었지만, 내용은 뻔했다. 일왕이 연합군에 무조건 항복한다는 내용이라는 것을 모두가 알아들었다.

윤이상은 방송을 듣자마자 곧 복도 밖으로 뛰어나갔다. 마음이 쿵쾅거렸다. 어딘지도 모르고 미친 듯이 뛰어다녔다. 가슴에 붙은 헝겊 쪼가리를 단번에 뜯어버렸다. 수인 번호와 다름없는 이름표였다. 뒷골목에 그것을 버리니, 비로소 온몸이 가벼워졌다. 보이지 않는 굴레를 벗어 던진 것처럼 후련했다. 윤이상은 마구 달리면서 외쳤다.

"만세! 대한 독립 만세!"

---

2) 조정래, 『정글만리』 3권, 해냄, 2013, 212쪽.

1945년 8월 15일, 라디오 방송을 통해 일왕의 무조건 항복 선언 사실을 알게 된 조선 민중들은 일제히 거리로 뛰쳐나와 대한 독립 만세를 외쳤다. 결핵으로 경성제국대학병원에 입원해 있던 윤이상도 병상을 떨치고 나와서 사흘 동안 거리를 헤매며 목이 쉬어라 만세를 불렀다. 위 사진은 서대문형무소에서 풀려나온 항일 독립지사들이 시민에게 둘러싸인 가운데 만세를 부르는 모습이다.

여기저기서 사람들이 달려 나왔다. 처음 보는 낯선 얼굴들이건만 길거리에서 만나는 모든 이가 부모형제인 듯 반가웠다. 죽마고우인 듯 정겨웠다. 윤이상은 그들과 손을 맞잡고 함성을 질렀다. 가슴 밑바닥에서부터 억눌린 모든 것을 털어놓는 소리였다. 그동안 나라 잃은 백성으로서 받았던 모든 설움이 봇물 터지듯 한꺼번에 분출되는 소리였다.

"해방 만세! 대한 독립 만세!"

거리에는 나이 어린 신문팔이 소년이 호외를 뿌려댔다. 사람들은 너도나도 길바닥에 떨어진 호외를 집어서 펼쳐보며 탄성을 질렀다. 호외를 뿌리는 소년의 얼굴도 기뻐서 어쩔 줄 모르는 표정이었다. 길거리에서 만나는 모든 사람의 얼굴에 환희의 빛이 뿜어져 나왔다.

그날 오후, 휘문중학교 운동장에는 수많은 사람들이 모여들어 밤새 목청을 높여 만세를 불렀다. 저마다 손에 태극기를 들고 흔들었다. 태극기의 물결이 골목골목을 누비며 광장으로 나아갔다. 낯선 사람들과도 스스럼없이 손을 맞잡았다. 서로들 부둥켜안고 울었다. 옆 사람의 어깨를 다독여주며 울다가 웃었다. 사람들은 제자리에 서서 만세를 부르는가 하면 운동장을 돌면서 만세를 불렀다. 운동장 밖에서도 군중들이 북적였다. 거리에는 밤이 이슥토록 걸어 다니며 만세를 부르는 사람들로 꽉 차 있었다.

사람들은 서울역 광장에서부터 종로를 비롯해 서대문로 일대에 이르기까지 거대한 인간 띠를 형성했다. 끝이 보이지 않는 흐름이었다. 일왕의 항복 방송을 들은 한 무리의 일본인들은 아침부터 서울역 광장에 나와, 바닥에 무릎을 꿇고 사죄를 하기도 했다. 사람들은 그들을 박해하지 않았다. 그저 물결인 듯 파도인 듯 이 골목에서 저 골목으로, 이 거리에서 저 거리로 "대한 독립 만세!"를 외치며 몰려다닐 뿐이었다. 어수선한 가운데 용산역에서 기차를 타고 서둘러 귀국길에 오르는 일본인들도 있었다.

윤이상은 사흘 동안 거리를 헤매며 만세를 불렀다. 생전 처음으로 벅찬 감격과 희열을 맛보았다. 만세를 부르느라 목이 쉬었지만 계속해서 웃음이 터져 나왔다. 이렇게 기쁜 일이 벌어지는 건 생각지도 못했다. 온몸이 노곤해져 병원에 돌아오자 의사가 엄격한 얼굴로 윤이상을 나무랐다.

"당신은 환자요. 이렇게 대책 없이 나돌아 다니면 죽을지도 몰라요. 지금 당장 폐를 치료해야만 합니다. 그렇지 않으면 평생 누워만 지내야 할 거요."

의사의 말은 틀린 데가 없었다. 하지만 윤이상의 마음은 다른 데 가 있느라 그 말이 제대로 귀에 들어오지 않았다. 치료할 돈이 없기도 했다. 그러나 더욱 중요한 것은 해방된 조국에서 앞으로 무엇을 할지에 대한 고민 때문이었다.

할 일이 무척 많기는 했다. 음악 공부도 해야 하고, 되찾은 나라를 구석구석 재건해야 하고……. 일제의 말발굽 아래 짓밟힌 강토를 재정비하려면 몸이 열 개라도 모자랄 지경이었다. 이 궁리, 저 궁리를 하다가 몸이 조금 회복되자 병원을 나와 버렸다.

제2장

—

통영문화협회

해방을 맞은 나라에서는 무엇을 하건 신이 날 것 같았다. 일제의 사슬에 매여 있을 때는 온 나라가 집도 지붕도 송두리째 날아가고 없는 형국이었다. 해방된 조국에는 오직 집터만 있었다. 이제 주춧돌을 다시 괴고 기둥도 새로 세워야 한다. 지붕을 얹고 무너진 담벼락도 튼튼하게 고쳐야 한다. 윤이상은 조국을 일으켜 세우는 일이라면 가리지 않고 할 작정이었다. 캄캄한 압제의 세월 속에서 죽음을 무릅쓰고 독립운동에 뛰어들었던 열정이 가슴 밑바닥으로부터 다시금 뜨겁게 분출되고 있었다.

해방 직후의 한반도는 건국을 위한 여건이나 기반이 제대로 조성되지 않은 상태였다. 그나마 뼈대를 갖추고 있는 것은 여운형의 건국동맹뿐이었다. 여운형은 일본의 패망에 대비해 조국의 재건을 위한 비밀결사의 형태로 암암리에 준비를 해둔 상태였다. 그러한 까닭에 1944년 8월 10일에는 조선건국동맹을, 10월 8일에는 농민동맹을 신속하게 결성할 수 있었다. 1945년 8월 11일, 여운형은 건국동맹 차원에서 연합군이 한반도에 들어올 경우를 대비하고 있었다.

하지만 한 달 후 한반도에 진주한 미군정은 어떠한 여지도 주지 않고 권력을 독점해버렸다. 미국과 소련은 태평양전쟁 말기에 일본군을 조속히 무장 해제하기로 합의한 바 있었다. 8월 11일 새벽에 소련군은 헤이룽 강을 넘어와 일본군에 총공세를 퍼부었다. 그 기세를 몰아 일본 패망과 더불어 평양으로 진격했다. 북위 38도 선을 기점으로 이북에 군대를 주둔시킨 소련은 군정을 실시하는 대신 인민위원회를 공산주의 조직으로 재편했다. 9월 중순경, 평양에 들어간 친親소련 성향의 김일성이 북한의 지도자로 등장했다.

9월 6일, 미 육군 24단을 지휘해 인천에 상륙한 존 하지John Hodge 중장은 "미군은 해방군이 아니라 점령군"이라고 일성을 터뜨렸다. 서울에 입성한 미군은 38선 이남 지역에 대한 군정을 선포했고, 12일에는 소장 아치볼드 아널드Archibald Arnold가 군정장관에 취임하여 군정체제를 수립한 뒤 "미군정이 남한에서의 유일한 합법 정부"임을 공표했다.

해방 이후 한반도의 모든 사람들은 건국의 벅찬 환희에 젖어 있었다. 이때까지만 해도 소련군의 북한 주둔과, 곧이어 발생한 미군의 남한 진주가 남한과 북한을 갈라놓는 계기가 될 줄은 아무도 몰랐다. 처음에는 군사적인 측면에서 편의상 그어놓은 38선이었다. 하지만 그것은 머지않아 넘어설 수 없는 벽으로 고착되고 말았다. 시간이 경과하면서 경의선이 막혔다. 이에 따라 남북한 사이의 물자 교류가 끊겼다. 자유롭게 왕래하던 민간인의 출입 역시 통제되었다. 예상치 않았던 민족의 재앙, 분단의 시작이었다.

8월 15일, 여운형은 안재홍, 이만규, 이여성, 이상백, 정백, 최근우

등과 함께 조선건국동맹을 기반으로 한 조선건국준비위원회(건준)를 발족했다. 서울 풍문여자중학교에 사무실을 둔 건준은 위원장에 여운형, 부위원장에 안재홍과 허헌을 임명했다. 총무부장에 최근우, 재무부장에 이규갑, 조직부장에 정백, 선전부장에 조동호, 무경부장에 권태석 등을 임명한 건준은 내부 조직 구성을 마쳤다. 건준의 조직은 8월 말 전국에 144개의 지부가 결성될 만큼 전국적으로 빠르게 퍼져나갔다. 북한 지역에서는 조만식이 건준을 결성하는 데 노력을 기울였다.

하지만 건준은 넘어야 할 산이 많았다. 임시정부 지사들과의 대립은 골칫거리 중 하나였다. 조직 내부에서 박헌영이 주도하는 극좌 세력과의 정치투쟁 등 내분도 끊이지 않았다. 건준의 각 지부가 인민위원회로 재편되었다. 조선공산당이 건준의 중앙 조직에서 헤게모니를 장악하게 되자 반발이 거셌다. 이 문제에 불만을 품은 민족주의계 인사들이 연달아 탈퇴를 하는 내홍이 이어진 것이다.

9월에는 건준을 발전적으로 해체하고 조선인민공화국(인공)을 선포했다. 얼마 지나지 않아 박헌영을 수뇌로 한 조선공산당 재건이 이루어졌다. 미군 입성에 앞서, 해방된 조국에서 실질적인 정부를 발족하려는 노력이었다. 임시정부의 귀국이 있기 전까지는 모든 것을 유보하겠다는 입장을 취하던 김성수, 송진우, 장덕수 등의 우익 진영은 인공의 대표성에 반대를 표명하고 나섰다.

미군정은 9월 7일 성명을 발표해 "일제 때의 관리를 그대로 둘 것"을 천명했다. 그 결과 조선총독부 시절의 관리들이 미 군정청에 대부분 눌러앉아 사무를 보는 기이한 일이 벌어졌다. 친일파들이 또다시 득세하는 해괴한 세상이 된 것이다. 이것은 해방 후 친일파 청산을 가로막는 암초가 되었다. 10월 10일, 미 군정장관 아널드는 성명을 통해

“좌익이 주도하는 인공을 인정할 수 없다”며 그들을 불법단체로 규정했다. 미 군정청의 입장에 따라 인공은 해체될 수밖에 없었다.

인공이 폐지된 뒤에도 인민위원회 수립은 중단되지 않았다. 1945년 11월에는 전국적으로 13개 면을 뺀 145곳의 지역에 인민위원회가 수립되었다. 인민위원회는 경찰서를 접수하고 일본인들로부터 무기를 빼앗은 뒤 스스로 치안 확보를 해나갔다.

해방 이후 좌익과 우익은 신탁과 반탁 문제로 의견이 갈라졌다. 이념 대립 또한 격화되었다. 미군정은 임시정부를 인정하지 않았다. 이 때문에 해외에 있던 독립운동가들은 개인 자격으로 입국해야만 했다. 10월 16일 이승만이 미 군용기 편으로 서울에 왔다. 11월 24일 김구와 김규식도 임시정부 요인들과 함께 미 수송기 편으로 서울에 들어왔다. 장준하도 이때 함께 환국했다. 장준하는 임시정부의 주석인 김구의 비서였다.

이즈음 남한에는 수많은 정당과 단체가 이합집산을 거듭했다. 여운형을 중심으로 한 중도 좌파 세력, 김구를 중심으로 한 한독당 세력, 김규식에 의해 결성된 민족자주연맹의 중도 우파 세력, 이승만을 중심으로 한 독립 촉성 중앙협의회와 같은 우파 세력 등이 활발하게 움직였다. 여기에 송진우, 조만식, 박헌영을 비롯한 인물들이 목소리를 내면서 이들 간의 대립과 반목은 더욱 격화되었다.

그해 11월 1일 미 군정청에 등록된 정당과 정치단체의 숫자만 해도 무려 250여 개에 이를 정도였다. 일제강점기 35년 동안 억눌린 정치적 표현 욕구가 그만큼 강렬했음을 반증하는 수치다. 하지만 이것은 사회 혼란을 가중시키는 또 다른 요인이 되기도 했다. 서로 다른 정치적 입장과 계급적인 차이에 따라 상대를 헐뜯고 각을 세우는 일련의 노선 갈등과 이념 대립의 원인이 되었던 것이다.

해방 직후, 윤이상은 조국의 재건을 위해 온몸을 바칠 각오를 다진 바 있었다. 우선, 김동수의 권유로 공산당 사무소에 찾아갔다. 그곳 사람들은 먼저 윤이상이 무엇을 하던 사람인지 물었다. 어떤 사상으로 무슨 일을 하고자 하는지 알기 위해 가파른 질문도 서슴없이 던졌다.

"당신의 정치적인 입장은 무엇입니까?"

"저는 음악가입니다. 도쿄와 통영에서 항일투쟁을 했습니다만 뚜렷한 정치적 입장이 있지는 않습니다. 그저 우리나라가 일제의 속박에서 벗어나기를 바라는 마음뿐이었지요. 저는 사회주의적인 방향에서 조국을 일으키는 일을 하고 싶습니다."

질문했던 사람이 미소를 지었다. 그곳에 드나드는 것을 허락한다는 뜻이었다. 막상 사무소에 나가기는 했지만 윤이상에게는 아무런 일도 주어지지 않았다. 윤이상은 그냥 앉아서 신문만 보는 처지가 되었다. 그들이 보기에 윤이상은 민족적인 애국심 하나만 갖고 나타난 음악가 청년에 지나지 않았다.

그에게는 민주주의적인 보편 가치가 있었다. 당시 진보적인 항일투사들이 흔히 갖고 있던 사회주의에 대한 기대치도 있었다. 하지만 그는 딱히 공산주의 이념으로 무장한 이론가가 아니었다. 그렇다고 해서 정당정치의 경험이 풍부한 정치인도 아니었다. 모든 여건에 비추어보았을 때 사무실에서 그에게 어떤 특별한 역할을 줄 리는 만무했다.

당시 공산주의 진영 내부에서는 첨예한 노선 갈등이 격화되고 있었다. 보수적인 진영과 급진적인 인사들 사이에서도 반목과 대립이 끊이지 않았다. 윤이상은 이 모든 것에 대해 염증을 느낀 나머지 두 달 만에 사무실을 그만두고 통영으로 내려갔다. 윤이상은 당대의 상황에 대해 상당한 거리를 두고 바라보고 있었다. 해방 정국에 우후죽순 격으로 만들어진 여러 단체들 간에는 서로 닭 소 보듯 하는 관계가 형성되었다. 이들 사이의 틈이 벌어지면서 점차 반목과 갈등의 국면으로 치달았다. 급기야 서로 견원지간처럼 으르렁거리게 되자 그 드잡이의 한복판에서 빠져나온 것이다. 노동은(중앙대학교 창작음악학과 명예교수)은 이때의 상황에 대해 "윤이상은 비록 민족 성향을 띠고 있었지만 해방 정국을 비문화적 시대라고 간주하며 정치 지향적인 활동에는 거리를 두고 있었다"[3]는 견해를 밝힌 바 있다.

해방 후의 정국을 바라보는 윤이상의 시각은 다분히 비판적이었다. 실제로 그 당시에는 좌와 우의 이념 갈등이 첨예하게 불거지고 있는 중이었다. 노선에 따른 분화와 다툼도 심했다. 내 편이 아니면 모두 적으로 몰아붙이는 풍토 또한 탐탁지 않았다. 이미 일본 제국주의가 지배하는 지옥 같은 세상을 모두가 겪은 터였다. 그럴수록 하나로 뭉쳐야 했다. 하지만 현실은 두 개의 기차 레일처럼 평행선을 달렸다. 혹은 마주 보고 달려오는 기차처럼, 도처에서 일촉즉발의 충돌이 표출되고 있었다. 윤이상은 해방 이후 헝클어진 것을 모두 되돌려놓는 일을 가장 시급히 해결해야 할 과제라 여겼다. 그러기 위해서는 온 겨레가 힘을 합쳐 빈사 상태에 빠져 있는 민족을 되살려야 한다고 믿었다.

'서울 거리의 모든 정파 싸움이란 득 될 게 하나 없는 소모적인 논쟁거리에 지나지 않아.'

이 같은 자각에 이르렀던 윤이상은 민족에게 진짜 실익이 될 만한

3) 노동은, 「한국에서 윤이상의 삶과 예술」, 『음악과 민족』 17호, 민족음악학회, 1999, 19쪽.

일을 찾기 위해 서울을 떠나 통영으로 향했다.

통영에 돌아가자 큰어머니와 동생들이 반겨주었다. 해외에서 독립운동을 했던 항일투사들, 감옥에 갇혀 있다 풀려나온 사람들, 예술인들도 속속 고향으로 돌아오기 시작했다.

1945년 9월 15일, 윤이상은 유치환, 김상옥, 김춘수, 전혁림, 동창생이자 관현악 무용 모음곡 〈까치의 죽음〉을 작곡한 정윤주 등과 더불어 민족문화 창출을 목적으로 통영문화협회를 결성했다. 해방 직전 북만주에서 돌아온 시인 유치환이 중심이 되어 중앙동의 적산가옥 이층집(문화유치원 자리)에 사무실을 마련하면서 결성한 이 협회는 당대의 문화예술계 인사들이 한데 뭉쳤다는 점에서 문화사적인 가치를 지니고 있다. 예하에 교도부, 문예부, 연극부, 음악부, 미술부를 두고 주로 문화적인 일과 계몽운동을 함께해나갔다.

통영문화협회가 결성된 지 한 달 후인 1945년 10월 중순, 협회의 주요 구성원 열두 명은 용화사 남쪽 미륵산 계곡으로 야유회를 갔다. 용화사 입구에서 개울을 따라 천천히 걷던 그들은 미륵산 계곡을 오르다가 오른편 언덕으로 접어들었다. 언덕에는 오래전 절에서 일구다가 묵혀둔 다랭이논이 있었다. 그들은 다랭이논의 돌 축대 위에서 나무 그늘을 배경으로 앉거나 선 자세로 사진 촬영을 했다. 화가 하태암, 극작가 박재성, 작곡가 최상한, 시인 김춘수, 작곡가 윤이상, 시인 배종혁, 작곡가 정윤주, 한글학자 옥치정, 국어학자 김용오, 시인 유치환, 화가 전혁림, 문화운동가 정명윤 열두 명의 모습에 햇빛과 나무 그늘이 절반씩 드리워져 있었다. 그날 웃음을 머금고 카메라를 응시하던 스물 네 개의 눈동자가 통영문화협회의 역사를 증언하며 반짝였다.

9월 29일 밤 여덟 시경, 일본인과 조선인 사이에 감돌던 팽팽한 긴장감이 그예 터지고야 말았다. 통영경찰서 정문을 지키던 일본인 입초병과 이판석이라는 사람 사이에 시비가 붙은 것이다. 이 사실을 알게 된 통영보안회의 전 대원이 모여 경찰서를 항의 방문했다. 협회에서도 즉시 비상이 걸렸고, 회원들 상당수가 읍민들과 뒤섞여서 경찰서 앞까지 함께 몰려갔다.

"일본인 경찰들은 지금 즉시 조선을 떠나라!"

"일본인 경찰들은 도둑질을 당장 멈춰라!"

보안회 대원들은 경찰서 앞까지 들이닥친 뒤 구호를 외쳤다. 그들의 성난 함성에 놀란 일본 경비대원들이 총을 쏘기 시작했다. 이때, 격분하여 맨 앞에서 뛰어가던 향병대원 임정복이 총에 맞아 즉사했다. 다른 수많은 대원들도 피를 흘리며 쓰러졌다. 이 모습을 바라보던 보안회 청년들은 피가 끓었다.

"우리 동지가 죽었다! 왜놈들을 물리치자!"

보안회 청년들은 고함을 지르며 일제히 경찰서로 쳐들어갔다. 이 서슬에 놀란 일본인 수십 명이 무기를 지닌 채 도망가기 시작했다. 이때 경찰서 앞을 에워싸고 있던 읍민들이 도주하는 일본인들에게 돌멩이를 던졌다. 윤이상은 협회의 문화예술인들과 함께 흥분한 군중들의 마음을 가라앉히기 위해 각별히 노력을 기울였다. 상대는 총과 수류탄을 든 일본인들이었다. 읍민들이 자칫 분을 못 이겨 쫓아갔다가는 예기치 않은 불상사를 겪을 수도 있었다. 아슬아슬한 마음이었다.

경찰서를 접수한 보안회 대원들은 불법 무기를 소지한 일본인들을 색출해 무기 500여 점을 압수했다. 나아가, 일본인에게 빌붙어 앞잡이 노릇을 했던 조선인들을 체포했다. 또한 폭동이 일어날 것을 대비해

17세 이상의 일본인 남자 200여 명과 군인 55명을 경찰서 안의 무도관에 가두었다. 향병대원들과 보안회 회원들은 건준 지도부와 상의해 닷새 동안 애도 기간을 가졌다. 임정복의 장례는 읍민장으로 치러주기로 결론지었다.

무장한 일본 군인과 경찰은 여전히 군사 요충지를 장악하고 있었다. 통영에는 긴장감이 가시지 않았다. 그들은 다시 통영을 군사적으로 장악하기 위해 벼르고 있었다. 통영의 보안대는 자체적으로 무장을 강화한 뒤 일본군과 대치했다. 보안대는 먼저 확성기로 경고를 한 뒤 대응태세에 나섰다. 그때 일본군이 보안대를 향해 미친 듯이 총을 발사했다. 보안대 대원들도 즉시 대응 사격을 시작했다.

"일본군을 무찌르자!"

보안대는 거세게 반격했다. 일본군은 겁을 집어먹고 더 깊숙한 곳으로 퇴각했다. 그러자 보안대원들은 일제히 함성을 지르며 감격스러워했다.

"우리가 일본군을 격퇴시켰다!"

하지만 일본군이 무장한 상태에서 통영 탈환을 벼르고 있는 한 좀처럼 평화가 찾아올 것 같지는 않았다. 불안한 나날이 흘러가던 10월 초, 경남 서부 지역에 미 제 40사단 예하 야포부대가 도착했다. 통영의 치안대원들은 목검과 곤봉을 들고 다니며 치안활동을 면밀히 해나갔다. 미군은 곧 중무장한 채 일본군 잔당과 전투를 시작했다. 어둠 속으로 빨간 예광탄이 날아갔다. 산등성이에서는 포성이 울렸다. 며칠에 걸쳐 소탕작전에 돌입한 미군은 일본군의 전략 거점을 모두 장악하는 데 성공했다.

어수선한 분위기 속에서 임정복의 장례식 날이 되었다. 10월 4일 아침, 건준 위원장이 장례위원장을 맡아 읍민장을 치른 뒤 임정복을 봉숫골[4] 공동묘지에 안장했다. 윤이상은 문화협회 회원들과 더불어 장례의 처음과 끝을 함께했다. 태극기와 꽃으로 꾸민 상여 뒤를 수많은 읍민들이 따라갔다.

10월 초에는 미 제40사단 예하 143야포대, 213야포대, 164야포대가 경남 서부지역을 점령했다. 미군은 10월 9일까지 일본인들의 군사적 거점을 모두 점령했다. 이들 중에서 143야포대 B중대가 10월 8일 통영에 진주했다.

10월 10일, 143야포대 B중대 대장 A. 미켈슨 대위는 통영에 군정을 선포한 뒤 무도관에 감금되어 있던 일본인들을 모두 석방해주었다. 그들 가운데 군인들은 일본인 요새로 데리고 갔고, 민간인들은 통영의 본원사本願寺[5]로 옮겨 보호, 관리했다. 일본인들은 이 과정에서 미군 책임자에게 "경찰서를 점거한 보안회 대원들은 공산주의자들"이라며 이 모든 혼란은 "바로 그 공산주의자들의 음모"라고 거짓말을 늘어놓았다.

이 말을 사실로 믿은 통영군정은 보안회 책임자인 고영수를 체포해 유치장에 가두었다. 계엄령하에서 보안회는 당장 해체되고 말았다. 뿐만 아니라 일제강점기 시절의 경찰서장, 군수와 급장을 재임명했다. 시계를 거꾸로 돌려버린 것이다. 최상한은 미군의 처사가 어처구니없다며 한마디 툭 던졌다.

"아니, 전범 국가의 잔당을 보호해주고 죄 없는 조선인을 오히려 감옥에 가두는 게 말이 되나?"

---

4) 지금의 봉평동이다.

5) 일본인들이 세운 신사. 지금의 법원 앞이다.

"친일파들이 다시 치안과 행정의 책임자로 들어서는 것은 또 어떻고?"

윤이상도 맞장구를 쳤다. 지금으로서는 '대한민국의 유일한 합법 정부'를 자처하는 미군의 처분을 지켜보는 수밖에는 다른 도리가 없었다. 하지만 분노한 통영의 청년 50여 명은 곧장 군수와 경찰서장의 집으로 쳐들어갔다. 민중들의 분노를 감지한 미군은 민심을 다독인다는 명분으로 10월 19일 계엄령을 해제하고 치안과 행정 책임자를 교체했다. 그제야 비로소 통영에 안정이 찾아왔다.

일본 경찰의 비리와 살인 행위를 보안회가 응징한 사건은 통영 읍민들에게 적지 않은 긍지를 불러일으켰다. 반면 친일파 관리를 재임명한 미군정에는 반감을 갖게 되었다. 더구나 일본인의 농간에 속아 보안회 간부를 공산주의자로 매도하며 감금까지 했던 미군의 처사에 대해서도 오랫동안 앙금이 남게 되었다.

이 같은 어수선한 상황 속에서도 통영문화협회의 활동은 꾸준히 이루어졌다. 회원들은 한글 반포 499주년을 맞아 세병관에서 여러 행사를 벌였다. 경남군 내 초등 교원을 대상으로 한글 강습회도 정기적으로 실시했다. 미취학 아동을 위해 남녀 중학원 개설에 힘을 쏟았고, 초등 교원을 위한 정서 교육 강습회와 시민 상식 강좌를 개설했다. 각종 음악회와 연극 공연을 열었으며, 농촌 계몽대 순회공연 및 강연회를 개최했다. 윤이상은 이 협회에서 정윤주와 더불어 음악 부문의 일들을 기획하고, 공개 연주회와 각종 음악회 등을 개최하는 활동도 주도해나갔다. 이 같은 일련의 일들은 고스란히 지역 문화를 창출하는 원동력이 되었다. 협회 내에서 윤이상의 기획 능력은 음악활동 못지않게 출중했다. 문학에도 소질이 있었던 윤이상은 이 기간 동안 부산 「국제신보」에 단편소설 「탈출」을 연재했고, 몇 편의 단편을 추가로 썼다.

통영문화협회의 활동은 그 후 오랫동안 문화예술적 자부심의 근원으로 이 지역에 뿌리를 내림으로써 오늘날 통영이 예향의 터전으로 굳건히 자리 잡게 하는 밑거름이 되었다. 이런 비옥한 문화적 토양 위에서 동아시아적 음악 전통과 유럽 다성음악의 체계를 접목한 윤이상의 세계적인 음악이 꽃을 피웠다. 아울러 청마 유치환과 초정 김상옥, 김춘수의 시어들이 익어갔으며, 통영의 항구를 오방색의 환상적인 공간감으로 가득 채우는 화가 전혁림의 호방한 경지가 개척되었다. 나아가, 뒷날 영화음악 작곡가로 뛰어난 활약을 보인 정윤주, 한국 근현대사를 화폭 삼아 인간 존재의 본성을 깊이 있게 묘파한 대하소설 『토지』의 작가 박경리가 배출되었던 것이다.

그해 12월 16일 모스크바에서는 미국, 영국, 소련 세 나라의 외무장관 회의가 열렸다. 이 회의에서 미국은 한국에 신탁통치를 해야 한다고 제안했다. 소련은 임시정부 수립안을 기본 골격으로 한 수정안을 제안했다. 12월 28일에는 소련의 수정안을 조금 고친 안이 채택되었다. 이 회의 결과 제1항은 한국에 임시정부를 조속히 수립할 것, 제2항은 제1항의 실현을 위해 미소공동위원회를 수립할 것, 제3항은 신탁통치를 실시하기 전에 한국인으로 이루어진 임시정부와 상의해 신탁통치 방안을 마련하되, 그 기한을 5년으로 할 것이 가결되었다.

모스크바 삼상회의의 결과가 발표되자 한반도 남쪽에서는 반탁운동이 거세게 일어났다. 김구를 주도로 한 우익은 중경 임시정부 추대를 주장하며 반탁운동을 이끌었다. 처음엔 반탁을 외치던 좌익은 이듬해 1월 초 공산당에서 모스크바 삼상회의 결과를 찬성하자 이에 동조해 신탁통치를 지지하는 쪽으로 돌아섰다. 사회 각 부문에서도 찬탁과 반탁으로 의견이 갈려 좌익과 우익 간에는 틈이 더욱 벌어지게 되었다.

이듬해 3월 서울에서 열린 미소공동위원회는 결렬을 거듭하다가, 5월 초에 아무런 성과 없이 회의를 무기한 중단하고 말았다. 한반도의 남과 북을 군사적으로 점령한 미국과 소련 간에 회의가 결렬됨으로써 분단의 조짐은 은연중 더욱 커졌다.

제3장

고아들을 돌보다

통영문화협회의 간사를 맡아 의욕 넘치게 활동하던 윤이상에게 새로운 관심사가 생겼다. 해방을 맞아 통영으로 들어오는 귀환자 문제였다. 부관연락선을 타고 일본에서 돌아온 그들은 맨 처음 일본인들이 살다 떠난 적산가옥에 임시로 거주했다. 그러나 미군정이 실시된 뒤부터는 매우 비참한 신세가 되었다.

"적산가옥은 미군정의 재산이다."

미군정은 이 같은 발표를 한 뒤 귀환자들을 적산가옥에서 내쫓아버렸다. 갑자기 거리로 내몰린 귀환자들은 천지간에 오갈 데 없는 신세가 되고 말았다.

모처럼 이상용과 만난 자리에서 윤이상은 이 소식을 듣고는 몹시 분개했다.

"징용에 끌려간 우리 동포가 해외에서 돌아왔는데도 이들을 아무런 대책도 없이 거리로 쫓아내다니! 무슨 이런 경우가 다 있나?"

"그러게. 이 문제를 해결하기 위해 통영읍에서는 귀환자들의 직업능률 조사도 하고, 구제회까지 만들어 활동했지만 별 소득이 없었어. 이거야, 원."

이상용이 맞장구를 치며 같이 흥분했다. 미군정은 귀환자들에게 어떠한 온정도 베풀지 않았다. 길거리에는 노숙자가 늘어나는 추세였다. 귀환자들의 방치는 굶주림과 범죄의 위험을 날로 키워갔다. 이 문제가 사회적인 파장을 불러일으키게 될 즈음 귀환자들은 자구책을 마련했다.

1946년 1월 24일, 통영에서 '전재戰災귀환동포대회'가 열렸다. 이 자리에서 귀환자 동맹을 결성한 참석자들은 "우리 전재병 환자를 무료로 치료받을 수 있게 하라", "우리 자녀를 학교에 들어갈 수 있게 하라"라고 외치며 시위에 나섰다. 길거리에 나선 귀환자들은 "우리를 위한 무료 숙박소를 설치하고 식량을 나눠줘라!", "우리들의 실업대책을 강구하라!"라고 요구사항을 외쳤다.

"우리에게 일터를 달라."

"우리에게 집을 달라!"

귀환자들이 구호를 외치며 대규모 시위까지 했지만 미군정은 요지부동이었다. 어떠한 조처도 취하지 않는 가운데 귀찮은 혹을 떼어버리듯, 아이들을 몽땅 부산으로 보내버렸다. 전쟁 통에 부모를 잃은 고아들의 수는 대략 100여 명에 달했다. 변변한 보호시설이 없었기에 아이들은 항구나 기차역 부근에서 대충 쓰러져 잠을 잤다. 아침에는 부스스한 얼굴로 일어나 근처 식당에서 밥을 얻어먹거나 행인에게 돈을 달라고 졸졸 따라다녔다.

아이들은 대부분 씻지 못하여 땟국이 줄줄 흘렀다. 옷은 누더기나 다름없었다. 주먹깨나 쓰는 청년들은 아이들을 협박하여 앵벌이나 도둑질을 시켰다. 머리가 굵은 녀석들은 몇몇이 작당하여 소매치기가 되었다. 이처럼, 버려진 아이들은 범죄의 사각지대에 놓여 있었다. 윤이상은 이 문제에 대해 깊이 숙고하다가 나직이 중얼거렸다.

'내가 저 아이들을 돌봐야 해. 아니, 우리가 해야 해.'

한반도의 정부를 자처한 미군정이 이 문제를 도외시한다면 당연히 조선인이 나서야 했다. 통영에도 우익과 좌익 간에 보이지 않는 알력이 있었다. 부산처럼 물리적인 충돌이 일어나지 않았을 뿐, 그들 사이의 간극은 점점 더 커지고 있었다. 귀환자들이 당면한 생존권을 풀어나갈 방도는 아무리 찾아도 보이지 않았다.

노숙자들에게는 당장 먹을 것이 필요했다. 일자리가 시급한 과제였다. 고아들에게도 잠잘 곳과 끼니를 해결해주는 것이 선결 문제였다. 요컨대 경제 문제가 해결되어야 했다. 그러기 위해서는 이 문제를 한꺼번에 풀어줄 정치적 결단이 있어야 했다. 제도적 보완과 복지정책이 필요했다. 하지만 정치와 경제는 모두 미군정의 행정력에서 나왔다. 조선인들은 또 다른 예속 상태에 빠져 있었고, 협회를 통해 문화적인 활동을 해본들 근본 문제를 해결할 수는 없었다.

윤이상은 이 무렵 문화사업의 한계를 절감하고 있었다. 통영문화협회 활동도 뜸해졌다. 귀환자 문제를 어떻게 처리하면 좋을지, 넘쳐나는 고아 문제를 어떻게 해결해야 하는지 줄곧 고민하고 토론하는 게 최근의 일과라 해도 과언이 아니었다. 윤이상은 평소 이 문제를 함께 나눠온 친구 이상용에게 자신의 결심을 털어놓았다.

"상용아. 나랑 부산에 같이 안 갈래? 거기 가서 고아들을 돌보고 싶다."

"좋아. 한번 부딪혀보자."

"정말 고맙다, 상용아."

집안 문제는 동생 길상이한테 맡겼다. 그 점이 좀 미안했지만 전쟁고아 문제를 언제까지나 방치할 수는 없다고 여겼다. 선뜻 부산에 동행하겠다고 응해준 친구 상용이가 더 없이 고마울 뿐이었다. 윤이상에게 조국은 음악보다 더 중요한 문제였다. 그것은 일제강점기 때도 그랬다. 음악을 무엇보다 소중히 여겼으면서도, 민족에 관한 문제 혹은 조국에 관한 문제를 더 우선시했다. 평생을 통해 일관되게 유지되는 이러한 태도는 윤이상의 음악과 사회적 실천의 상관관계를 알게 해주는 열쇠인 셈이었다.

해방 직후 서울에서는 조선음악건설본부(음건)가 결성되었다. 음건이 결성된 지 사흘 후인 18일에는 문학, 음악, 미술, 연극, 영화 등 다양한 장르의 예술 분야에 종사하는 예술인 단체가 모여 조선문화건설중앙협의회가 조직되었다. 카프KAPF에서 활동하던 시인 임화가 의장을, 작가 김남천이 서기장을 맡았다.

조선문화건설중앙협의회의 산하로 들어간 음건은 작곡가 김순남, 음악평론가이자 성악가인 신막(본명 신용원), 이범준 등이 중심이 되어 결성한 단체다. 음건은 10월 18일 미군 환영 음악회를 개최한 뒤 해산했다. 그해 12월 13일에는 작곡가 김순남을 중심으로 조선음악가동맹이 결성되었다. 이보다 3개월 전인 9월 15일에는 음건을 탈퇴한 성악가 현제명을 중심으로 고려교향악협회가 결성됐고 산하에는 고려교향악단이 창단됐다.

고려교향악단은 "조선 음악 예술의 질적 향상과 이에 관한 사업의 발전을 추진함"을 목적으로 한다는 강령을 앞세우며 순수음악을 표방했다. 하지만 미군정과의 지나친 유착으로 인해 일본의 잔재 음악을 청산하고 민족음악을 수립하는 데는 다소 미흡했다.

김순남, 이건우, 안기영 등이 주축을 이룬 조선음악가동맹은 현실적인 상황과 정치적 국면에 민감한 반응을 보였다. 공교롭게도 이들은 나중에 모두 월북을 했다. 그 후 대한민국에서는 이들의 음악을 불온한 것으로 여긴 나머지, 금제의 봉인을 씌워버렸다. 이들의 음악은 오랫동안 망각 속에 유폐되었다. 일반인들은 이들 음악인의 존재조차 모르는 경우가 부지기수다. 안다 하더라도 겨우 이름 석 자 정도만, 이들이 작곡한 곡목 정도만 겨우 기억할 뿐이었다. 기나긴 세월의 지층에서 금지의 영역에 있었던 이들의 음악이 해금된 것은 강산이 네 번이나 변한 뒤의 일이었다.

조선음악가동맹에서 활약한 음악인 가운데 김순남의 음악적 위상은 단연 독보적이었다. 김순남의 딸이자 방송인인 김세원의 글에는 귀담아 들을 만한 증언이 남아 있다.

> 나의 아버지 김순남은 조선 제일의 작곡가였다고 한다. 해방 직후, 미군정의 음악 고문이었던 줄리아드 출신의 헤이모위츠는 "조선에서 가장 위대한 작곡가 김순남"이라는 글을 남겼고, 모스크바에서 만난 쇼스타코비치는 "동양에도 이런 귀재가 있었느냐"고 감탄했다고 한다. 그러나 나는 이런 자랑스러운 아버지의 이름을 40년이나 숨기고 살아야 했다.[6)]

1988년 10월 27일 월북 음악가에 대한 당국의 해금조치가 있고 나서, 아버지에 대한 벅찬 감회를 쓴 글이다. 글의 행간에서 해방 공간이

---

6) 김세원, 『나의 아버지 김순남』, 나남출판, 1995, 92쪽.

었던 우리나라의 음악사에 김순남의 자취가 얼마나 빛났는지 엿볼 수 있다. 그동안 독재정권의 이념 편향적 억압에 의해 가려져 있었던 일면적 진실이 반짝 드러나는 것도 숨길 수 없다. 실제로 김순남은 당시 일제 잔재 청산을 누구보다 열렬히 부르짖었던 민족주의자였다. 또한 민족적인 현실을 반영한 진보적인 음악을 표현하고자 노력한 음악가였다. 김세원의 저서에는 「한국일보」에 게재된 정달영 칼럼이 실려 있다. 다음은 그 가운데 몇 구절이다.

> 김순남은 누구인가. 음악인들에 의하면 그는 우리나라 최초의 현대음악 작곡가이다. 이번에 함께 해금된 이건우와 더불어 우리나라의 현대음악 도입 시기를 40년대로 끌어 올리고 있다는 것이 그에 대한 음악사가들의 일치된 평가이다. 가곡 「산유화」 등만 하더라도 우리나라 가곡을 국제 수준에 놓고 말할 수 있게 한 작품이라는 것이 당시의 평판이었다.[7]

서울에 대표적인 음악단체가 두 개나 형성되었지만 윤이상은 그 어느 곳에도 발을 들여놓지 않았다. 음악을 천직으로 생각했으며, 앞으로 더욱 발전해 나가고 싶은 열정을 간직했으면서도 음악단체에는 관심을 두지 않은 것이다. 이케노치 도모지로에게 배운 뒤 더욱 실력이 향상된 윤이상이었다. 만일 그가 관심을 가지려고만 했다면 당시 고려교향악협회나 조선음악가동맹 어느 곳에서건 환영받았을 것이다. 더구나 그 무렵 조선음악가동맹에는 죽마고우 최상한이 활동하고 있었

---

7) 같은 책, 62쪽.

으니 함께 의기투합하는 것은 어려운 일이 아니었다. 그럼에도 윤이상은 아무 곳에도 적을 두지 않고 고향을 택했다.

윤이상은 해방 직후를 '비문화의 시대'로 인식하고 있었다. 문화보다는 눈앞에 당면한 현실 문제를 타개해 나가는 것이 급선무라고 여겼다. 음악가들과의 교류, 그리고 그들과의 연대를 통해 조국의 재건에 기여하는 것도 뜻있는 일임은 틀림이 없었다. 하지만 윤이상은 해방 공간에서 벌어진 여러 정파 간의 이전투구와 노선 차이로 인한 갈등과 대립에 염증을 느끼고 있었다. 윤이상에게는 거창한 명분과 이념보다는 상처투성이인 민족을 일으켜 세우는 것이 더 다급하고 중요한 문제라 생각했다. 윤이상이 어떤 음악인 단체에도 가담하지 않고 고향 통영에서 일거리를 찾아 팔을 걷어붙인 것은 바로 이런 이유 때문이었다.

윤이상과 이상용은 읍내의 헌책방에서 아이들에게 필요한 책들을 구입했다. 이튿날 늦은 아침나절, 둘은 부산으로 가는 배를 탔다. 배는 오후 네 시경 부산에 도착했다. 여객 대합실에서 미군 헌병에게 문의하니 부두를 방어하는 미군기지를 가리켜보였다. 옛 일본군 병참기지 자리를 그대로 쓰고 있는 미군기지에서 다행히 조선인 보초를 만나 안내를 받았다. 그 보초의 통역으로 그곳 책임자인 미군 대위에게 전후 사정을 이야기했다.

"우리는 고아들을 돕고 싶소."

"마침 잘됐군요. 그러지 않아도 자꾸 늘어나는 아이들 때문에 골치였소. 저기 텐트가 보이지요? 아이들을 데리고 오는 족족 도망가는 통에 큰일이오."

대위는 막사 한구석을 가리켰다.

"텐트 말고 어디 안전한 곳에서 생활할 만한 집은 없나요?"

"부산 근처에 섬이 있어요. 고아들을 웬만큼 모으면 그곳에 데려갈까 하오."

조선인 보초는 그 섬을 가덕도라 설명해주었다.

"보수를 원하시오?"

대위가 물었다. 윤이상은 두 손을 홰홰 저었다.

"아니오. 우린 그냥 인도적인 일을 하고 싶을 뿐이오. 그렇게 전해주시오."

보초가 통역해주자 대위는 얼굴 가득 웃음 지으며 악수를 청했다.

"난 리처드 대위입니다. 내가 운전을 할 테니 두 분은 아이들을 데려오시오."

얼결에 리처드 대위와 악수를 나눈 윤이상과 이상용은 대위가 운전하는 트럭에 탔다. 부두를 빠져나와 광복동 사거리에 이르자 누추한 차림의 아이들이 여기저기 눈에 띄었다. 윤이상이 한 무리의 아이들에게 부드러운 어조로 말했다.

"얘들아. 우리랑 같이 가자. 이 미군 아저씨하고 우리가 너희들에게 맛있는 것을 주고, 좋은 옷도 입혀줄게."

아이들은 요리조리 피해 다닐 뿐 좀처럼 트럭에 올라타려 하지 않았다. 마치 무서운 곳으로 끌려갈까 봐 잔뜩 겁을 집어먹은 표정들이었다. 이상용도 애가 타서 아이들을 타일렀다.

"얘들아. 너희들을 잡아가는 게 아니야. 우리는 너희들에게 밥과 옷과 잠잘 곳을 마련해주려는 거란다. 그러니 이리 온!"

개중에는 얼른 트럭에 올라타는 아이도 있었다. 하지만 대부분의 아이들은 슬슬 피했다. 윤이상과 이상용은 할 수 없이 트럭에서 내렸다.

아이들의 팔을 붙잡고 좋은 말로 타이르면서 데려와야 했다. 몇몇 아이들은 골목 안으로 냅다 뛰었다. 이상용이 그런 아이들 중 한 명을 데려오느라 진땀을 뺐다. 윤이상도 골목 안을 숨바꼭질하는 아이들을 따라 달려가서 두 녀석을 데려왔다. 해 질 녘이 되었을 때에야 트럭에는 대여섯 명의 아이들을 태울 수 있었다. 이튿날도, 그 이튿날도 윤이상과 이상용은 대위가 모는 트럭에 올라 아이들을 태우느라 안간힘을 썼다.

시장통을 뛰어다니고, 아이들의 옷소매나 덜미를 붙잡아 데려오는 일은 마치 강제로 아이들을 끌고 오는 것처럼 힘겨웠다. 의식주 문제를 해결해준다고 말하면 어떤 아이는 솔깃해하며 고개를 끄덕였다. 반면에, 덮어놓고 울부짖는 아이도 있었다. 안 따라가겠다고 버티며 떼를 쓰는 아이도 있었다. 다섯 살에서 열다섯 살 사이의 사내아이들이 가장 많았다. 사흘째 되는 날 오후에 간신히 모은 스무 명의 아이들을 데리고 가덕도로 갔다. 그곳에 빈집이 하나 있었다. 모두 씻기고 새 옷을 입히니, 비로소 아이들의 표정이 밝아졌다.

이튿날, 윤이상은 읍내에서 사온 책을 가방에서 꺼냈다. 『조선어독본』과 몇 권의 동화책이었다. 윤이상은 아이들에게 한글을 가르쳤다. 틈틈이 동화책도 읽어주었다. 제대로 먹지 못한 아이들은 상당수가 영양실조에 걸려 있었다. 미군에게서 받은 구호품에는 통조림과 분유, 사탕 등 먹을거리가 들어 있었다. 그밖에 설사약 등 간이 상비약과 옷가지도 들어 있었다. 얼마쯤 시일이 지나자, 미군뿐만 아니라 부산시에서도 고아들을 위한 식량과 의복을 지원해주었다.

윤이상은 미군이 준 전투식량과 분유 등을 시장에 갖고 가서 쌀과 고기 등으로 바꾸어왔다. 이 일은 이상용과 교대로 해야 했다. 누군가는 남아서 아이들을 지켜야 했기 때문이다. 끼니를 굶다시피 하며 불결한 환경에서 지내야 했던 아이들인지라 병에 걸리는 경우가 많았다. 느닷없이 복통을 호소하는 아이가 있는가 하면 열이 펄펄 끓는 아이도 있었다. 이질에 걸려 설사를 밤새 해대다가 옷을 더럽히고 만 아이도 있었다. 갑자기 병이 난 아이들을 돌보는 일이 가장 힘들었다. 윤이상은 그 아이의 옷을 벗겨 목욕을 시켰고, 옷을 빨아 빨랫줄에 널었다. 두 사람의 일은 끝이 없었다.

윤이상과 이상용은 매일 가건물에서 생활해야 했다. 아이들을 돌보다가 찬 마룻바닥에서 지쳐 쓰러져 자는 일이 반복되었다. 그즈음 윤이상에게도 고질병이 생겼다. 대충 담요만 두르고 잠을 잔 까닭에, 허리에 무리가 간 것이다. 점차 관절과 뼈마디가 쑤셔왔다. 좌골신경통의 원인을 키우는 셈이었다. 영양 상태가 좋지 않은 데다가, 완치되지 않은 결핵이 후유증을 일으켰다. 하지만 친구에게 하소연하고 싶지는 않았다. 친구 역시 악전고투를 벌이고 있었기 때문이다.

아이들은 점차 웃음을 되찾아갔다. 한글을 읽고 쓰는 일에도 재미를 붙여갔다. 동화책을 읽어주면 천진난만하게 고개를 갸웃거렸다. 올망졸망 앉아서 눈을 동그랗게 뜨며 다음 대목을 궁금해했다. 윤이상은 아이들에게 노래를 가르쳐줄 때가 가장 좋았다. 하지만 갑자기 바뀐 환경에 적응하지 못한 아이들은 마음속으로 큰 혼란을 겪고 있었다. 밤이면 적막강산으로 변하는 섬에서 어쩔 수 없는 고립감에 시달려야 했다. 결국 사흘 만에 탈출사건이 벌어졌다. 변성기에 이른 아이들 중 몇 명이 헤엄을 쳐서 다대포까지 도망가는 일이 발생한 것이다. 다대포에서 도로를 따라 진종일 걸으면 부산으로 갈 수 있었다. 탈출사건이 있고 나서 이틀 만에 또 머리 굵은 아이들이 도망을 쳤다. 그로부터 또 일주일 뒤에는 병든 아이 하나만 놔두고 몽땅 달아나 버렸다. 윤이상과 이상용은 허탈한 표정으로 서로를 쳐다보았다. 열흘 후, 두 사람은 병든 아이를 데리고 리처드 대위가 있는 미군 기지로 되돌아갔다. 대위는 낙심한 표정을 짓더니 두 팔을 벌리고 어깨를 으쓱하며 말했다.

"그것 참 안 됐군요. 참, 어제 일본에서 아이들 스무 명이 새로 도착했습니다. 그 아이들을 좀 돌봐주십시오."

스무 명 가운데 열 명은 코흘리개 아이들이었다. 나머지는 청소년이었다. 개중에는 목소리가 어글어글한 녀석도 있었다. 이번에는 가덕도로 가는 대신 막사 한쪽에 쳐놓은 텐트에서 생활했다. 꼬챙이처럼 마른 아이는 병원에 입원시켰다. 그러는 사이, 이상용은 면으로 다시 출근하기 위해 고아원 일을 그만두었다. 면 서기 일을 다시 봐달라고 면민들이 성화를 부렸기 때문이다.

혼자 남은 윤이상은 스스로를 독려하고 새 힘을 얻기 위해 애를 썼다. 하지만 힘이 빠지는 것은 어쩔 수 없었다. 섬에서와 마찬가지로 맨 먼저 할 일은 아이들을 씻기는 일이었다. 지난번과 다른 점은 이상용이 없다는 점이었다. 혼자서 이 일 저 일을 하려니 몸도 마음도 바빴다. 아이들을 씻긴 다음 새 옷으로 갈아입히고 밥을 주는 일이 반복되었다.

6월 중순경, 병원에서 치료를 받던 아이가 그만 죽고 말았다. 종잇장처럼 가볍던 아이였다. 그 아이가 가여웠다. 가여워서 눈물이 나왔다. 서러움이 북받쳐 오래오래 울었다. 아이들이 점점 늘어났다. 서른 명 정도가 되자 더는 텐트 생활이 불가능해졌다.

그 무렵 부산시청 인사과장이 리처드를 앞세워 윤이상을 찾아왔다.

"마침 일본인이 경영하던 고아원 건물이 비어 있습니다. 아이들을 그쪽으로 옮기는 게 좋을 것 같습니다."

인사과장은 대원리에 안성맞춤인 건물이 주인을 기다리고 있다고 했다. 리처드는 그 말을 듣고 자기 일처럼 기뻐했다. 그동안 윤이상이 비좁은 텐트 생활을 해왔다는 것을 잘 알고 있었기 때문이다. 인사과장은 잠시 머뭇거리다가 조심스럽게 한마디 덧붙였다.

"지금도 거리에는 많은 아이들이 노숙을 하며 방황하고 있습니다. 그 아이들을 더 데려와도 괜찮겠습니까?"

"여부가 있겠습니까? 떠도는 아이들을 돌봐주려던 것이 애초 제 목적이었습니다."

"윤 선생님께서 그처럼 화통하게 말씀하시니 저로서는 정말 안심이 되는군요. 그리고 친구 분이 가신 뒤로 윤 선생님 혼자서 일을 해오셨다고 리처드 대위로부터 전해 들었습니다. 곧 새로운 교사 한 사람을 보내드리겠습니다."

"그러시겠습니까? 마침 일손이 부족했는데, 잘됐군요."

이튿날, 리처드는 트럭 세 대를 차출해주었다. 아이들을 트럭 두 대에 나누어 태운 다음 한 대에는 의료품과 구호품을 싣고 대원리로 향했다. 목적지에 도착하니, 볕 잘 드는 언덕바지에 세워진 아담한 서양식 건물이 보였다. 아이들과 함께 생활할 일본식 고아원이었다. 학교가 딸린 건물이어서 교실 여러 개와 놀이방 따위가 잘 갖춰져 있었고 마당이 넓은 편이었다. 앞마당에서는 간단한 공놀이를 할 수 있고, 뒤뜰에는 채소를 심을 수 있을 만한 공간이 있었다. 이곳에 온 뒤, 윤이상은 부산시에서 운영하는 시립 고아원의 원장이 되었다.

이틀 후, 시청에서 파견한 젊은 교사가 왔다. 그는 과장의 조카였다. 윤이상은 새로운 교사와 더불어 아이들을 가르치느라 분주한 나날을 보냈다. 거칠게 자란 아이들인 까닭에 노상 욕을 달고 살았다. 물건을 잘 훔쳤고 거짓말을 예사로 했다. 씻지 않으려고 고집을 부렸으며 무질서하기 짝이 없었다.

'첫술에 배부를 리 없어. 천천히 하는 거야. 언젠가는 이 아이들도 동심을 되찾겠지.'

어려서 부모를 잃은 아이들. 그들은 길거리에 버려진 순간부터 아귀다툼의 한복판에 떨어진 한 마리 어린 양이나 다름없었다. 들짐승처럼 떠돌아다니며 한뎃잠을 자다가, 다른 동네 아이들한테 실컷 두들겨 맞기 일쑤였다. 더 큰 아이들에게 붙잡혀 앵벌이를 당하는 일이 다반사였다. 아이들에게는 그것이 사회였다. 남을 돕고 이해하고 배려하는 것은 그 사회에 존재하지 않았다. 남을 등치고, 폭언과 폭행을 일삼는 약육강식의 사회였다. 더 큰 아이들은 불량배들에게 소매치기를, 도둑질을 배웠다. 불량배들은 큰 아이들을 짓밟으며 지배질서를 공고히 했고, 큰 아이들은 작은 아이들을 단속했다. 동냥을 적게 해온다고 두들겨 팼고, 시키는 대로 하지 않았다고 따귀를 때렸다. 밑바닥 세계에는 톱니바퀴처럼 돌아가는 먹이사슬의 냉엄한 논리가 존재했다.

이처럼 차디찬 세상의 밑바닥에서 커온 까닭인지, 아이들은 고아원에 와서도 고분고분하지 않았다. 경계심을 늦추지 않으며 항상 빠져나갈 궁리만 했다. 눈에는 반항기가 가득했다. 수업 시간에도 잘 따라주지 않았다. 그렇지만 윤이상은 포기할 수 없었다. 차근차근 단계를 밟아 나가다 보면 아이들 내면에 감춰진 본래의 인간성이 되살아날 것이라고 믿었다.

아이들은 점점 불어나 50명이 넘었다. 윤이상은 아이들을 위해 수업 시간표를 정성껏 만들었다. 마당에서 뛰어 노는 프로그램도 짰다. 준비를 갖춘 뒤, 맨 먼저 『조선어독본』을 펼쳐 들고는 우리말 수업을 했다. 아이들은 대부분 일본말밖에 몰랐다. 한글이라곤 배워본 적이 없었다. 윤이상은 칠판에 '가, 갸, 거, 겨'부터 써서 한글을 깨우치게 했다. 새로 온 교사는 셈본을 가르쳤다.

수업이 끝난 뒤, 윤이상은 아이들을 데리고 마당에 나가서 옛이야기를 들려주었다. 이순신 장군이 왜선을 물리쳤던 임진왜란 얘기를 들려주자, 아이들은 호기심 어린 눈망울을 반짝였다.

"이순신 장군에게는 배가 열두 척밖에 없었단다. 임금님께 보고한 뒤 망가진 배 한 척을 수리했지. 그래서 배가 열세 척이 된 거란다. 그때 왜선은 몇 척이나 바다에 떠 있었는지 아니? 무려 133척이나 되었어. 엄청나게 많지? 이순신 장군은 말이야, 모두 합쳐 열세 척으로 왜선과 맞서 싸워 크게 이겼단다. 어때, 재미있지?"

"예. 재미있어요."

아이들은 윤이상에게 얘기를 더 해달라고 졸랐다. 이야기보따리를 자꾸 풀어내 밑천이 다 드러날 때까지 아이들은 귀를 쫑긋거렸다. 이야기 시간이 끝나자, 무척 아쉬워하는 눈치였다. 윤이상은 아이들을 데리고 뒤곁으로 가서 농기구를 들고 밭을 갈았다. 아이들은 호미를 들고 고랑을 판 다음, 그곳에 상추씨를 심었다. 옛 역사 속의 이야기를 듣고, 밭을 일구는 동안 아이들의 말과 행동은 차츰 부드러워졌다. 조금만 기분이 상하면 곧잘 주먹질을 하고 욕설부터 퍼붓던 아이들이 달라지기 시작했다. 점차 행동거지가 얌전해지고 다른 사람의 마음도 헤아릴 줄 알게 되었다.

뒷산의 녹음이 깊어지더니, 바람이 살랑살랑 부는 계절이 찾아왔다. 종일 울어대던 매미는 종적을 감췄다. 쨍쨍 내리쬐던 햇볕은 면사처럼 엷아졌다.

"얘들아! 밖에 나갔다 실내에 들어오면 반드시 손을 씻어야 해, 알았지?"

윤이상은 손 씻는 습관부터 길러주고자 애를 썼다. 많은 수의 아이들이 북적대는 곳이라, 무엇보다 위생적인 환경이 필수였다. 목이 쉬도록 거듭 강조한 까닭인지, 병치레를 하는 아이들이 눈에 띄게 줄어들었다. 윤이상은 예전처럼 미군이 보내준 설탕과 분유 따위를 시장에 갖고 가서 고등어나 갈치 또는 쌀과 바꾸어왔다. 그때마다 물물교환을 했던 품목들을 빠짐없이 공책에 기입해놓았다.

아이들의 식단은 텐트에서 생활할 때보다 훨씬 풍요로워졌다. 이제 윤이상의 개인적인 삶은 사라지고 없었다. 오로지 아이들을 돌보는 헌신의 나날만 있었다. 머릿속으로 숱하게 떠올랐던 악상과 음표 들이 있었지만 악보로 옮겨 적는 것은 포기했다. 그것들은 고스란히 마음 밑바닥에 쌓였다.

마당을 따라 뒷산으로 이어진 길에는 코스모스가 피어 있었다. 윤이상은 아이들을 데리고 한들거리는 코스모스 길을 따라 걸어가며 노래를 불렀다. 아이들이 하나둘씩 따라 불렀다. 처음에는 머뭇거리더니, 나중에는 자신 있게 큰 소리로 불렀다. 그 목소리가 코스모스 꽃잎처럼 투명했다. 햇살이 서서히 저물어가고 있었다. 저무는 햇살 속으로 윤이상과 아이들의 합창이 무지개처럼 둥글게 걸렸다. 이윽고, 해가 풀숲 속으로 가라앉았다. 그 모습을 바라보는 윤이상의 가슴에 작은 행복이 밀물져왔다. 하지만 이 행복은 오래가지 않았다.

귀뚜라미가 밤새 울어대기 시작하던 어느 날이었다. 그날 아침, 시청 인사과장의 호출이 있었다. 그는 윤이상을 보자마자 아닌 밤중의 홍두깨 같은 소리를 했다.

"윤 원장, 들리는 소문에 의하면 당신이 미군 식료품 가운데 설탕과 분유를 개인적으로 착복했다는데, 그게 사실이오?"

"그게 무슨 말이오? 나는 지금껏 사사로이 물품을 쓴 적이 없소."

"정말이오?"

"나는 고아원을 맡은 이래, 미군이 준 구호품 목록을 모두 기록해놓았소. 시장에 가서 물물교환을 해온 품목까지 다 적었으니, 의심나면 내 공책을 보시오!"

결벽증이 심했던 윤이상은 공책에 모든 것을 꼼꼼히 기록해놓았던 것이다. 인사과장은 구호품의 종류, 물물교환을 했던 날짜와 품목이 빼곡히 적힌 공책을 보더니, 슬그머니 꼬리를 내렸다. 알고 보니, '들리는 소문' 운운하는 것은 모두 그 젊은 교사의 입에서 나온 말이었다.

"미안하오, 윤 원장. 내가 잘못 알고 있었소."

인사과장이 낭패한 낯빛으로 정중히 사과를 했다. 하지만 윤이상이 받은 충격은 매우 컸다.

'해방된 조국의 재건을 위해, 불쌍한 고아들을 위해 청춘을 바쳐 일했던 내가 아닌가……. 대가는 처음부터 바라지도 않았었다. 그렇지만 참으로 야속하고 고약하구나. 나를 고작 미군 식료품이나 빼돌리는 파렴치범으로 몰아붙이다니…….'

윤이상은 창고 문을 열고 안으로 들어가 보았다. 창고 안에는 설탕, 분유, 전투식량 등 미군에서 보내준 식료품이 선반 가득 쟁여져 있었다. 시청에서 보내준 구호품들도 꽤 넉넉한 편이었다. 하나같이 매우 귀한 것들이었다. 만약, 마음만 나쁘게 먹는다면 개인적으로 한 재산 장만하기에 충분할 정도였다.

'나는 정말 욕심이 없었다고 할 수 있을까? 지금이라도 내가 저것들을 다른 용도로 사용한다면……, 아아.'

윤이상은 문득 처음으로 창고 안에 자기 혼자만 있다는 사실이 무서워졌다. 정말 딴마음을 먹는다면 얼마든지 팔자를 고칠 수도 있었다. 갑자기, 여기 있으면 안 될 것 같다는 느낌이 들었다. 그제야 자신이 음악가라는 사실조차 한동안 잊고 지냈다는 사실이 뼈아프게 다가왔다. 윤이상은 그날로 사직서를 쓰고 고아원을 나와 버렸다.

뒷날, 윤이상은 그 젊은 교사가 고아원을 사유화했다는 소문을 들었다. 한동안 마음 밑바닥에서 허전함이 회오리를 일으켰다. 가라앉히면 작아지면서도 자꾸 어디선가 되살아나는 회오리. 그해 세밑은 실낱같은 한 줄기 회오리를 다스리느라 씨름하며 보냈다.

제4장

—

부산사범학교에서 싹튼 사랑

고아원 원장으로서 보낸 1년은 윤이상의 건강을 심각하게 악화시켰다. 찬 마룻바닥에서 잔 까닭에 허리 통증이 심해졌고 기침을 자주 했다. 폐결핵이 재발해 병원을 오가는 와중에 세밑이 지나갔다. 이듬해에는 새로운 마음으로 음악활동을 다시 시작했다. 1947년, 윤이상은 정윤주, 최갑생, 최상우와 함께 '통영 현악 4중주단'을 만들었다. 몸은 비록 아팠지만 이것만큼은 가장 기쁜 일이 아닐 수 없었다. 윤이상은 4중주단에서 첼로 주자로 활동했다. 의욕이 넘쳤던 네 사람은 매주 모여 화음을 다듬어나갔다. 부지런히 연습에 연습을 거듭한 다음 연주회도 열었다. 4중주단은 얼마 지나지 않아 제1바이올린에 탁혁수, 제2바이올린에 최상한, 비올라에 박기영, 첼로에 윤이상으로 구성이 바뀌었다. 다들 넉넉한 형편이 아니어서, 먹고사는 일로 고통을 받았다. 단원들은 생활고를 해결하기 위해 동분서주하면서도 4중주단의 활동은 멈추지 않았다.

1947년, 윤이상은 정윤주, 최갑생, 최상우와 함께 '통영 현악 4중주단'을 만들었다. 4중주단은 얼마 지나지 않아 제1바이올린에 탁혁수, 제2바이올린에 최상한, 비올라에 박기영, 첼로에 윤이상으로 구성이 바뀌었다. 왼쪽에서 두 번째가 윤이상이다.

"교사 채용 공고. 통영여자고등학교."

1948년 봄, 윤이상은 신문을 펼쳐들다가 조그만 광고 기사를 보고 눈이 번쩍 뜨였다. 부랴부랴 서류를 작성해서 통영여자고등학교에 지원했다. 며칠 뒤에 한 통의 편지가 왔다.

"귀하를 통영여자고등학교의 교사로 채용했으니 출근하시기 바랍니다."

채용 결과를 공문으로 보낸 통지서였다. 참으로 가뭄 끝에 찾아온 단비 같은 소식이었다. 서른 살의 봄은 살얼음판을 밑에 숨긴 채 찾아왔다. 폐결핵이 언제 자신을 침몰시킬지 모르면서도 마냥 기뻤다. 통영여자고등학교에 근무하게 된 윤이상은 그곳에서 국어 교사로 있던 유치환과 자주 어울렸다. 9년 선배인 유치환과는 호흡이 잘 맞았다.

이 무렵 윤이상은 통영 일대의 학교에 새로운 교가를 만들어주는 운동을 벌였다. 일제 잔재를 청산하는 차원에서 출발한 '교가 지어주기 운동'은 통영뿐만 아니라 부산에까지 번져나갔다. 이 같은 일은 전국 곳곳에서 벌어졌다. 각 학교마다 일본말로 된 교가 대신 한글로 된 교가로 교체하는 운동이 비슷한 시기에 일어난 것이다.

윤이상은 김상옥이 쓴 가사에 맞춰 욕지중학교 교가를 작곡했다. 하지만 몇몇 경우를 제외하고는 대부분 유치환이 지은 노랫말에 곡을 붙였다. 통영보통학교, 충렬보통학교, 욕지중학교, 통영여자중학교, 통영고등학교, 원평보통학교, 진남보통학교, 두룡보통학교, 용남보통학교 등 윤이상은 도합 아홉 개 학교의 교가를 작곡했다.

윤이상이 1948년 친필로 작성한 통영시 충렬보통학교 교가 악보 원본.

1948년 5월 10일 남한에서 이루어진 선거에 의해 제헌국회 의원들이 선출되었다. 제헌의원들은 곧 새 정부 수립 작업에 들어갔다. 국호를 대한민국으로 한 헌법이 7월 12일 통과되었다. 8월 15일에는 이승만을 대통령으로, 이시영을 부통령으로 한 남한만의 단독 정부가 수립되었다. 좌익은 처음부터 남한만의 단독 선거와 단독 정부 수립에 반대하며 거센 투쟁을 벌였다. 김구와 김규식이 중심이 된 중도 우파는 선거에 불참한 상태였다. 북한에서는 9월 9일 조선민주주의인민공화국 정부가 수립되어 수상에 김일성, 부수상에 박헌영 등을 필두로 한 내각이 수립되었다. 이로써 해방 이후 우리나라는 남북한 간의 결합 가능성이 배제되고, 영구한 분단으로 귀착된 가운데 남과 북에 이질적인 정부가 하나씩 들어서는 것으로 끝이 났다. 이 결론은 미구에 있을 동족 간의 혈투를 불씨로 내장하게 되었다.

얼마 안 있어 윤이상은 부산사범학교로 직장을 옮겼다. 부산은 큰 도시답게 음악인들이 많았다. 윤이상은 그곳의 음악인들과 더불어 4중주를 자주 연주했다. 주로 고전음악을 연주곡목으로 채택했다. 합창단, 관현악단과도 협연해 소규모의 교향곡을 연주하기도 했다. 어려운 시대였지만 사람들은 음악을 듣기 위해 연주회장을 찾아주었다. 하이든과 모차르트, 슈베르트와 베토벤의 음악을 감상하는 동안 사람들은 지난 시절의 악몽에서 조금씩 벗어날 수 있었다.

> 새장 안에 갇혀선 살 수 없는 새들이 있다. 그러기엔 그 깃털이 너무나 찬란하다.[8)]

---

8) 영화 「쇼생크 탈출」(프랭크 다라본트 감독, 1994)에 나오는 내레이션.

자유와 희망을 진심으로 갈망하는 인간 본성의 울림이 느껴지는 이 구절처럼, 해방 직후 한반도를 살아가는 모든 사람들은 어둠의 결박에서 풀려난 새들이었다. 그런 까닭에, 모두들 어디론가 훨훨 날아가고 싶은 심정이었을 것이다. 사람들은 지난 시절 이민족의 짓밟힘을 받았던 묵은 상처를 털어내기 위해 안간힘을 쓰고 있었다. 일제강점기는 타의에 의해 갇힌 새장 속의 시간이었다. 운명의 감옥 그 자체였다. 하지만 우리 민족은 그 안에 갇혀 있기에는 너무나 찬란한 깃털을 지니고 있었다. 그것은 자유에 대한 의지였다. 조롱鳥籠을 빠져나온 새들이 제일 먼저 하는 일은 끝없이 펼쳐진 창공을 향한 힘찬 날갯짓일 것이다. 음악은 그 날갯죽지에 황홀하게 휘감기는 부드러운 공기일 것이며 폐부 깊숙이 들어오는 신선한 바람이리라.

음악은 훌륭한 치유책 가운데 하나였다. 윤이상은 연주회장에 온 사람들의 호응을 온몸으로 느끼면서 연주활동을 했다. 저녁 무렵에는 가곡과 현악 4중주를 쓰기 시작했다.

'나에게 다시 음악의 시대가 왔어.'

윤이상은 음악 속에 몰입할 수 있는 시간이 주어졌다는 사실에 감격할 때가 많았다. 작곡을 하다가 불현듯 벅찬 마음에 휩싸일 때도 있었다.

강의실에서 들어서면 세상의 번뇌 따위는 잊고 열정을 다해 학생들을 가르쳤다. 학생들의 반짝이는 눈망울을 마주 대하고 있으면 왠지 힘이 솟구쳤다. 윤이상은 그럴 때마다, 더 높은 차원의 음악을 향해 달려가야 한다는 사명감이 울컥 치미는 것을 느꼈다. 그 알 수 없는 사명감은 자신을 향해 멈춰서는 안 된다고, 더욱 채찍을 휘둘러 말달려 가야 한다고 속삭이고 있었다. 말달려 가야 하는 곳의 끝이 어디인지는 아직 알 수 없었다. 그러나 미지의 그곳을 향해 가야 한다는 것만은 확신할 수 있었다.

강의가 끝나면 관현악단과의 4중주 연습이 기다리고 있었다. 그는 합창단과의 협연 조율까지 끝내고 집에 돌아온 뒤에도 결코 쉬는 법이 없었다. 저녁에는 오로지 작곡을 위한 자신만의 시간이 기다리고 있었다. 피곤하다는 이유로 이 시간을 흘려보내면 온종일 머릿속을 떠다니는 음표를 추스르기 어려웠다. 창작의 영감은 휘발성이 강했다. 머릿속에 흘러 다니는 악상을 움켜잡으려면 메모라도 해두어야 했다. 최초의 메모는 악보에 음표를 적는 일부터 시작되었다.

곡을 쓰는 일은 억지로 무엇인가를 만드는 일과는 차원이 달랐다. 우주 공간을 운행하는 별처럼 이 세상의 가락은 태초부터 저 홀로 존재하는 것들이었다. 그것을 발견할 때에만 자신의 음률로 간직할 수 있었다. 윤이상은 그 가락을 채집하는 사람이었다. 가만히 누워 있으면 감나무 위에 주렁주렁 열린 감은 입속으로 들어오지 않는다. 윤이상은 그 가락을 일일이 마음속으로 헤아리고, 다듬고, 가닥을 분류해야 했다. 그 일은 정성이 필요했다. 처음에는 집중하여 떠오른 영감이 흩어지지 않도록 노력해야 한다. 다음에는 그 영감의 결을 매만지고 고르게 하는 노력을 기울여야 한다. 자연, 밤늦게까지 작곡에 몰두하는 일이 많아졌다.

그러던 어느 날, 윤이상은 기어이 각혈을 하고 쓰러졌다.

흥건하게 고일 만큼 많은 피를 쏟은 그는 병원으로 실려갔다. 의사는 처음에는 가망이 없다고 여겼는지 환자를 받는 것을 달갑게 여기지 않았다. 병원에 입원하여 응급조처를 받은 뒤 그는 가까스로 살아났다. 간신히 정신을 차리자, 저절로 기도가 터져 나왔다.

"신이여, 저를 살려주십시오."

파리한 얼굴로 침대 위에 무릎을 꿇고 앉은 그의 기도는 간절했다.

"당신은 저를 고칠 수 있나이다. 고쳐만 주신다면, 저는 앞으로 다른 사람을 위해 선을 베풀 것이며, 예술을 위해 제 인생이 다하는 날까지 모든 힘을 기울이겠나이다."

이렇게 간구하는 그의 눈에는 눈물이 방울져 떨어졌다. 입원해 있으면서 그 무렵 막 보급되기 시작한 결핵약 스트렙토마이신을 꾸준히 복용하자 병세가 호전되어갔다. 몸 상태를 어느 정도 추스를 수 있게 되자, 2주 만에 퇴원했다.

퇴원 후 집에 돌아온 윤이상은 석 달 동안 정양을 하면서 회복기를 보냈다. 신선한 공기를 들이마시면서 바닷가를 천천히 걸었다. 식사도 규칙적으로 챙겨 먹었다. 앞으로의 음악활동을 위해서도, 가족들을 부양하기 위해서도 건강 회복이 무엇보다 중요했기 때문이다.

오랜만에 밀린 스케줄 없이 지내는 날들이었다. 겹치는 음악회와 연습, 학교 강의와 교무회의, 불규칙한 식사와 작곡을 위해 바쳤던 불면의 나날들이 사라진 자리에서 피로감 대신 치유와 재생의 기운이 솟아나왔다. 하지만 삶은 여전히 굴레였다. 또다시 일을 해야 했다. 당시에는 건강보험은 물론이고 고용보험도 없던 시절이었다. 몸이 웬만큼 회복된 윤이상은 10월에 학교로 다시 복귀했다.

아침 직원 조회 시간에 교무주임이 전 직원에게 윤이상을 소개하며 환영의 말을 했다.

"지난여름에 입원하셨던 윤이상 선생님이 돌아오셨습니다."

"그동안 여러 선생님들께 신세를 많이 졌습니다. 이제 많이 좋아졌습니다. 감사합니다."

윤이상도 일어서서 답례를 했다. 교무실에는 9월에 교감으로 부임한 금수현, 이화여자대학교 국문과를 나와 부산사범학교에 새로 부임한 신출내기 국어 교사 이수자도 있었다. 이수자는 교무실에서 직원들을 향해 인사하는 윤이상을 보고 어제 일을 떠올렸다.

그 전날, 이수자는 서울 고려심포니의 공연을 보러 부산에 갔었다. 서울 고려심포니는 바이올리니스트 겸 지휘자인 계정식(1906~ 1975)이 만든 심포니 이름이었다. 일본 도요 음악학교를 졸업한 뒤 독일로 건너간 계정식은 독일 뮌헨 예술대학을 졸업했다. 그는 독일에서 13년간 체류했으며, 1945년 뮌헨 교향악단에 열다섯 차례 출연하는 등 활발한 음악활동을 벌였다. 귀국 후에는 고려심포니 및 서울심포니를 창립하여 지휘자로 활동했으며 국제오페라협회 창립 대표를 역임하기도 했다. '서울 고려심포니'는 서울에서 결성된 까닭에 부르던 이름이다.

공연장 근처에 이르렀을 때, 갑자기 한 떼의 여학생들이 한 남자에게 몰려갔다.

"선생님."

먼발치로 얼핏 보긴 했지만, 그 여학생들이 반갑게 인사했던 남자는 교무실에 지금 서 있는 윤이상이 틀림없었다. 여학생들이 이수자에게 다가와 들려주었던 말도 귓가에 남아 있었다.

"선생님, 저기 계시는 분이 우리 학교 음악 선생님이에요. 몸이 아파서 입원했다가 회복되어 학교로 돌아오셨어요. 그리고 아직 총각 선생님이에요."

한꺼번에 많은 말들을 쏟아놓으며 까르르 웃고 나서 여학생들은 다시 그에게로 되돌아가 재잘재잘 수다를 떨었다.

조회가 끝난 뒤, 교무주임이 윤이상과 이수자에게 따로 인사를 시켰다. 윤이상은 폐결핵으로 크게 앓은 사람 같지는 않았고, 조금 수척해 보이는 정도였다. 윤이상은 처음 본 이수자에게 호감을 느꼈다. 해방 전에 별세한 이수자의 부친은 은행가였다. 유복한 집안에서 구김살 없이 성장한 이수자에게서는 싱그러움이 풍겨 나왔다.

윤이상은 오선지를 싸들고 강당으로 가서 악보를 그리느라 교무실을 비우는 일이 잦았다. 교무실에서 단정한 모습으로 학습계획표를 만들거나 수업 준비를 하는 윤이상의 얼굴 윤곽은 뚜렷했고 눈은 항상 빛났다. 가끔 창밖을 쳐다보며 골똘히 생각에 잠길 때면 과묵해 보였다. 자신만의 영역을 굳게 둘러친 성주처럼 당당해 보이는 모습이었다. 그러한 윤이상은 교무실의 여러 남자 직원들 가운데 단연 돋보였다.

그가 학교에 복귀한 지 얼마 안 되어 통영에서 충무공의 제祭가 열렸다. 윤이상은 이 행사를 위해 이순신이 한산도 제승당에 수군을 이끌고 주둔할 때 지은 시조에 곡을 붙였다. 그는 학생들에게 이 곡을 연습시킨 뒤 행사에 참여하고 돌아왔다.

한산섬 달 밝은 밤에 수루戍樓에 홀로 앉아
큰 칼 옆에 차고 깊은 시름할 적에
어디서 일성호가一聲胡笳는 남의 애를 끊나니.

11월의 어느 일요일, 일직 담당인 이수자는 혼자 교무실에 앉아 있었다. 잠시 후, 오선지를 든 윤이상이 학교에 출근했다. 그는 작품을 쓴다면서 강당으로 자리를 옮겼다. 학교 부근 식당에서 점심을 시켜 먹으려던 이수자는, 혼자 먹는 게 도리가 아니라는 생각에 두 그릇을 주문했다. 아직은 서먹한 사이라 각자 따로 앉아 식사를 했다. 오후 네 시가 되자 이수자는 교무실을 나섰다. 하오의 햇살을 받은 미루나무가 교정에 긴 그림자를 드리우고 있었다.

교정을 빠져나가 정류장 근처에 이르렀을 때 뒤에서 누가 불렀다.

윤이상이었다.

“이 선생님. 아까는 고마웠습니다. 저녁은 제가 사겠습니다. 괜찮겠습니까?”

이수자는 잠시 머뭇거리다가 선선히 그러겠다고 했다. 두 사람은 근처 식당으로 들어갔다. 잠시 후, 구수한 된장국에 막 담근 생김치가 상위에 차려졌다. 윤이상은 밥을 아주 맛있게 먹었다. 그에게서 넘치는 생명력이 느껴졌다. 뿌리를 땅속 깊이 내리고 가지를 뻗어가는 나무의 생장과도 같은 무한한 에너지의 파동을 느꼈다. 그날 보았던 윤이상의 건강한 활력은 머지않아 이수자의 생애와 맞물리게 될 터였다. 하지만 그때까지만 해도 두 사람은 그러한 미래를 짐작조차 못 했다.

식당을 나서니 휘영청 밝은 보름달이 밤하늘에 떠 있었다. 두 사람은 버스 종점 바로 근처의 공설 운동장을 지나 나란히 걸었다. 몇 발짝 걷자 논두렁이 나왔다. 가을걷이를 끝낸 뒤라서 높다랗게 쌓아올린 볏짚이 눈에 띄었다. 두 사람은 볏단에 기댄 채 하늘에 걸린 달을 바라보았다. 가만히 서 있던 윤이상이 나직한 음성으로 시를 읊었다.

봄가을 없이 밤마다 돋는 달도
예전엔 미처 몰랐어요

이렇게 사무치게 그리운 줄도
예전엔 미처 몰랐어요

달이 암만 밝아도 쳐다볼 줄을
예전엔 미처 몰랐어요

이제금 저 달이 설움인 줄은
예전엔 미처 몰랐어요

김소월의 시 「예전엔 미처 몰랐어요」가 유난스레 둥근 보름달 아래 드러난 논밭으로 낭랑하게 울려 퍼졌다. 늦가을의 청량한 바람결에 짚단 여기저기서 들려오는 귀뚜라미 울음소리와 시가 묘하게 잘 어우러졌다. 풀벌레의 반주에 맞춰 작은 공연이 이루어지는 듯한 감미로운 시간이었다.

시 낭송을 마친 윤이상은 문학과 음악에 대한 이야기를 들려주었다. 이수자는 이화여자대학교에 다닐 때 지도교수였던 정지용 시인의 강의와, 이화동산에 얽힌 아련한 추억을 얘기했다. 이미 음악인으로서 두각을 나타내고 있었던 윤이상은 당시 주간 『소년 태양』의 편집국장을 맡을 만큼 문학적인 감각도 남달랐다. 그뿐만 아니라 문인과 화가 등 다양한 예술인들과도 폭넓은 유대관계를 형성하고 있었다. 10년 연상인 윤이상이 들려주는 이야기는 사회 초년생인 이수자에게는 신기하고 유익한 것들이었다. 두런두런 이야기를 나누는 동안 처음의 서먹함이 가시고 친근한 마음이 들었다. 두 사람은 논두렁을 걸어 나와 전차를 탔다. 윤이상은 이수자의 머리에서 짚 한 가닥을 떼어주었다. 따스한 손길이었다.

추운 겨울이 지나 해가 바뀌었다. 1950년, 봄 햇살이 누리를 비추고 있었다. 아침저녁으로 쌀쌀한 기운이 감돌던 어느 날, 신학기 철을 맞아 다른 학교로 전근 가는 동료의 송별회가 있었다. 남자 교사들은 술잔을 기울였지만 윤이상은 술, 담배를 일절 하지 않았다. 그는 건강에 각별히 유의해야 하는 처지였다. 식사를 끝낸 여교사들은 헤어지는 동료 직원에게 잘 가라는 인사를 남긴 채 먼저 자리에서 일어섰다. 그때 윤이상이 이수자에게 살짝 다가와 속삭였다.

"뒤따라 갈 테니 잠시 기다려주시겠어요?

이수자는 뛰는 가슴을 달래며 식당 골목에 서 있었다. 잠시 윤이상이 식당 문으로 나오며 활짝 웃어 보였다.

"저랑 같이 좀 걷죠."

윤이상은 이수자와 보조를 맞추며 걸음을 천천히 옮겼다. 바닷가로 뻗어 있는 길에는 드문드문 행인이 걸어 다녔고, 자전거를 탄 소년도 지나갔다. 물결 위로 전등불빛이 부서졌다. 그 불빛이 꽃잎처럼 흩날린다고 느낀 순간, 묵묵히 걷던 윤이상이 이수자를 끌어안았다.

"사랑합니다, 수자 씨."

이수자는 갑자기 어지럽고 떨리는 기분이 들었다. 다리가 후들거렸다. 윤이상은 쓰러지려는 이수자를 부축해주었다. 겨우 진정이 된 뒤, 두 사람은 한결 가까워진 마음으로 밤길을 하염없이 걸었다. 식당 골목에서는 따로따로 걸었으나 고백 후에는 다정히 손을 잡고 걸었다. 길을 걸으며 윤이상은 자신에 대한 이야기를 들려주었다.

"나는 항상 민족과 예술을 생각하며 살아왔습니다. 조국의 운명이 사슬에 매인 형국이고 보니, 사랑이나 결혼에 대해서는 생각할 겨를도 없었지요. 막내 여동생을 데리고 학교 관사에 살면서, 지난해에는 폐결핵 때문에 생사의 기로에 서기도 했고요. 몸이 어느 정도 회복된 뒤, 이제는 나도 가정을 꾸려야겠다고 생각할 때 수자 씨가 내 앞에 나타난 겁니다. 수자 씨와 결혼하고 싶습니다."

"왜 …… 저를 생각하셨어요?"

"수자 씨는 순수한 사람이니까요."

이수자는 그 말을 듣는 순간 이 남자와 운명적으로 맺어졌다는 생각을 했다. 집에 돌아가서 곰곰 생각해보았다. 그는 나무랄 데 없는 인격자가 분명해 보였다. 그에 비해 자신은 아직 햇병아리에 지나지 않았다. 여러 분야에서, 그는 자신이 기댈 만한 언덕이었다. 그에게서는 배울 점이 많았다. 짧은 기간 동안 교제했지만, 이수자의 마음속에는 어느덧 그를 존경하고 사랑하는 마음이 싹트기 시작했던 것이다.

'하지만 결혼은 우리 둘만의 것이 아니잖아. 집안 식구들의 의견을 무시할 수는 없는 거야.'

윤이상을 좋아하는 것과는 달리, 마음 한구석에서는 다른 목소리가 들렸다. 자신도 제어하기 힘든 두려운 감정이었다. 그도 그럴 것이, 윤이상은 폐결핵을 앓고 죽다 살아난 환자였다. 당시는 의학 수준이 낮은 편이어서, 완치된다는 보장도 할 수 없었다. 사람들은 흔히 말하곤 했다.

"폐병쟁이는 낫기 힘들어, 피를 양동이째 쏟고는 결국 죽으니까 말이야."

결코 과장이 아니었다. 그 당시 폐결핵 환자의 사망률이 높은 것은 사실이었다. 윤이상이 뼈대 있는 양반 가문이라는 말은 이미 들어서 알고 있었다. 하지만 그는 학교 관사에서 여동생과 함께 살아가는 가난한 선생에 지나지 않았다. 그것도 모두가 꺼리는 폐결핵 환자였다. 이 사실을 알게 된다면 어머니와 오빠는 결사적으로 반대할 게 뻔했다. 윤이상이 그로 인해 모멸감을 느낄까 봐 두려웠다. 생각은 번민을 낳고, 번민은 불면을 낳았다. 불면 끝에 쓰라린 결심을 했다.

'그래. 헤어지는 것이 최선이야.'

한밤을 꼬박 새운 뒤, 바짝 탄 입술로 혼잣말을 했다. 비로소, 절해고도에 홀로 남겨진 듯한 외로움이 뼛속을 파고들었다. 곧이어 온몸이 욱신거리는 극심한 고통이 찾아왔다.

며칠 후, 이수자는 윤이상을 만났다. 뜨거운 차를 앞에 놓고 뜸을 들이다가, 어렵게 입을 열었다. 하지만 집에서 미리 연습한 대로, 자신의 결심을 단호하게 털어놓았다.

"윤 선생님. 이제 우리, 그만 만나야겠어요."

뜻밖의 선언을 듣고는 윤이상은 무슨 말을 하려다가 멈추었다. 그리고 침묵했다. 그 눈빛에 의혹과 연민이 묻어 있었다. 이수자는 가슴 한쪽이 아려오는 것을 느꼈다. 스스로 내뱉은 말이 가시가 되어 여기저기 찔러왔다. 마음에 없는 말을 하는 것이 더 어렵다는 것을 새삼 깨달았다. 방학이 되어 집에 있으면서도 몸과 마음이 편치 않았다.

'내가 이별선언을 하다니. 내 말에 그가 얼마나 큰 상처를 받았을까?'

자책감이 들었다. 하지만 이미 엎질러진 물이었다. 입맛이 썼고, 밥 생각도 별로 없었다. 머릿속이 헝클어진 상태로 며칠이 더디게 지나갔다.

방학 중간쯤 교직원들이 학교에 가야 하는 날이 되었다. 교무회의를 마친 뒤 모두들 각자 자기 자리로 돌아가느라 웅성거렸다. 이수자도 교무수첩을 챙겨서 발걸음을 떼었다. 그때, 등 뒤에서 다가온 윤이상이 이수자에게 뭔가를 내밀었다. 유치환 시인의 시집이었다.

"이 책을 보시고 오늘 저녁에 꼭 돌려주십시오."

그러면서 약속 장소와 시간을 재빨리 알려주었다. 만나자는 뜻이었다. 이수자는 학교 부근 언니네 집에 잠시 들렀다. 가방에서 유치환 시집을 꺼내어 펼쳤다. 책장을 넘기는 둥 마는 둥 했다. 시집 내용이 머릿속에 잘 들어오지 않았다. 혼란스러웠다. 갈피를 잡지 못하는 사이에 시간이 흘러가는 것도 몰랐다. 언뜻 괘종시계를 보고는 화들짝 놀랐다. 약속 시간이 다 된 것이다. 이수자는 언니한테 건성으로 인사를 한 뒤, 대문을 나섰다. 발걸음을 재게 놀려 윤이상이 일러준 곳으로 갔다.

잠시 후, 약속 장소에 들어온 윤이상은 여윈 얼굴로 물었다.

"그때는 왜 저에게 그런 말씀을 하셨습니까?"

이수자는 솔직히 자신 없었노라고 고백했다. 그러자 윤이상의 얼굴이 조금 밝아졌다.

"걱정하지 마십시오. 저는 금세 건강을 되찾을 겁니다. 약속하지요."

그 일이 있고부터 이수자는 윤이상을 믿기로 했다. 윤이상도 그 뒤로는 이수자를 평생의 배필로 생각하며 작곡이건 학교 일이건 의욕을 잃는 법이 없었다. 두 사람의 마음은 더욱 애틋하게 서로를 그리워하게 되었다.

어느 날, 이수자의 집 창문 밖에서 귀에 익숙한 가락이 휘파람 소리에 실려왔다.

창문을 열어다오 내 그리운 마리아
다시 널 보여다오 아름다운 얼굴

에두아르도 디 카푸아Eduardo Di Capua가 작곡한 이탈리아 가곡 「마리아 마리」였다. 뉴욕 메트로폴리탄 오페라단에서 활약하던 벨칸토 테너 베니아미노 질리Beniamino Gigli가 불러서 더 유명해진 곡이었다. 창밖에서 연인에게 부르는 전형적인 세레나데였다. 선명한 곡조로 부르는 윤이상의 휘파람 소리는 전율이 일어날 만큼 매력적이었다. 그 소리가 들리자마자, 이수자는 마치 감전된 사람처럼 벌떡 일어나 밖으로 나갔다.

대문 앞에는 사랑하는 사람이 흰 이를 드러내며 활짝 웃고 있었다. 윤이상의 크고 검은 눈이 반가움으로 반짝였다. 윤이상과 이수자는 서로의 손을 꼭 잡고 골목길을 걸었다. 이제 다시는 헤어지지 말자고 다짐이라도 하는 것처럼. 두 사람은 무언의 대화를 나누며 범일동을 지나 대원리까지 하염없이 걸었다. 걷고 또 걷다 보니 길 위에 난 두 사람의 발자국이 하나로 모여 인생이라는 새로운 길을 만들어가고 있다는 생각이 들었다.

얼마 후, 이수자의 오빠는 동생이 사랑에 빠졌다는 사실을 알게 되었고, 그 상대가 누구인지 몰래 조사해보았다. 그는 동생의 연인이 중병을 앓았으며, 그 때문에 입원까지 했다는 것을 알고는 노발대발했다.

"네가 정녕 폐병 환자하고 결혼하겠다는 거냐? 그러다가 신세 망치면 어떻게 할 테냐? 폐결핵으로 죽는 사람이 우리 주변에 널렸다. 당분간 집 밖으로 한 발짝도 나가지 마라!"

오빠의 입에서 금족령이 떨어졌다. 아버지가 돌아가신 뒤, 오빠는 온 식구가 믿고 매달리는 집안의 기둥이었다. 하늘같은 오빠가 반대하니, 이수자는 항변도 못 하고 슬픔에 빠졌다.

어느 날, 이수자는 자신의 집에 찾아온 막내이모에게 속마음을 털어놓았다.

"막내이모, 저는 윤 선생님을 사랑해요. 그런데 오빠가 저리도 반대하시니 어떻게 하면 좋지요?"

"걱정하지 마라, 수자야. 네 마음이 정히 그렇다면 오빠인들 어찌 반대만 하겠니? 사랑하는 마음은 아무도 막지 못한단다."

매사에 막힘이 없는 막내이모는 오히려 이수자에게 용기를 주었다. 막내이모의 응원이 효력을 발휘한 탓인지, 머지않아 이수자의 어머니가 마음을 열어주었다. 이번에는 어머니가 오빠를 설득하기 시작했다. 어머니에 대한 효성심이 지극했던 오빠는 불같은 성질을 누르고 고개를 끄덕였다. 이수자와 한편이 되어준 것이다. 이렇게 해서, 윤이상과 이수자는 그 어렵던 사랑의 관문을 간신히 통과했다.

윤이상은 이 무렵 여러 편의 가곡을 써놓고 출판을 계획하고 있었다. 하지만 출판 비용을 마련하기가 수월하지 않았다. 출판 날짜는 점점 더 뒤로 미뤄지고 있었다. 아직 결혼도 하기 전이려니와, 자존심도 강했기 때문에 윤이상은 이수자에게 어떠한 내색도 하지 않았다. 어찌어찌해서 이 사실을 알게 된 이수자가 적극 나서서 출판을 도와주었다. 가곡집 『달무리』가 세상에 나올 수 있었던 것은 이수자의 이 같은 내조 덕분이었다.

윤이상은 그런 사실을 기쁘게 여겼다. 가까운 지인들에게도, 결혼 전에 아내의 도움으로 가곡집을 출판했다며 자랑을 하곤 했다. 이 가곡집에는 〈고풍의상〉(조지훈 작사, 1948), 〈달무리〉(박목월 작사, 1948), 〈추천〉(김상옥 작사, 1947), 〈편지〉(김상옥 작사, 1941), 〈나그네〉(박목월 작사, 1948)까지 모두 다섯 곡이 수록되어 있다.

가곡집을 출판하기까지 남몰래 고민했던 흔적은 그의 글 속에서도 찾아볼 수 있었다. 1955년 윤이상이 쓴 수필 「나와 음악」에 나오는 "과거 창작 중에 각혈하고 출판의 빚을 위해 결혼반지를 팔아도 이 길을 택한 것을 후회하지 않았다"라는 구절이 그것이다. 이 글에는 남달리 민족의식과 조국애가 강한 윤이상의 지사적 고뇌의 일단이 표출되어 있다. 그는 "나는 나의 인내력이 지탱하는 동안" 동족으로부터 받은 실망감을 참아내고, 사회악에 대한 의분마저 달래가며 음악에 매진하겠다는 결연한 의지를 보이고 있다.

2006년 4월 29일 금강산 문화회관에서 열린 〈금강산 윤이상 음악회〉

팸플릿에는 윤이상 초기 가곡 〈편지〉와 〈추천〉의 가사가 실려 있다. 두 곡 모두 김상옥이 쓴 시조에 윤이상이 곡을 붙였다는 점을 감안하면, 윤이상은 청년 시절부터 김상옥의 시조에 각별한 애정을 갖고 있었음을 알 수 있다.

〈편지〉의 경우, 요즘 맞춤법과 다른 1930년대 후반의 표기법이 눈에 띈다. 옛 말맛이 주는 운치가 각별한 이 시조는 초장과 중장, 종장에서 음수율의 미세한 변동이 눈길을 끈다. 윤이상은 이 곡을 쓰면서 피아노 반주와 노래가 마치 화답하는 듯한 아름다운 가락을 짜넣어 고향의 아련한 정경을 담았다. 멜로디 중간에 농현 기법을 연상케 하는 꾸밈음을 넣었고, 글리산도와 같이 미끄러지는 대목을 강조한 것이 인상적이다. 특히, 곡 후반의 피아노 반주부에 나타나는 장식음은 매우 아름답고 서정적이다. 마치, 작고 은은한 종소리처럼 맑은 분위기를 자아내는 대목이다. 가곡 〈편지〉에는 봉선화의 어여쁜 꽃망울을 매개로 누님께 편지를 보내는 남동생의 애틋한 마음이 잘 표현되어 있다.

멀리 바라보면 사라질 듯 다시 뵈고
휘날려 오가는 양 한 마리 호접처럼
앞뒤 숲 푸른 버들엔 꾀꼬리도 울어라

어룬 님 기두릴까 가벼웁게 내려서서
포란 잔 떼어 물고 낭자 고쳐 찌른 땀에
오질앞 다시 여미며 가쁜 숨을 쉬도다

김상옥이 쓴 시조 「추천」이다. '추천鞦韆'은 민속놀이 중 하나인 '그네'의 한자말이다. 윤이상은 1947년 이 시조에 곡을 붙였다. 일부 문헌에는 이 가곡의 제목이 〈그네〉로 표기되어 있기도 하다. 윤이상의 초기 가곡집 『달무리』에 수록된 곡 중에서 〈편지〉와 〈추천〉을 제외한 나머지 세 곡은 모두 1948년에 작곡됐다는 공통점이 있다.

〈편지〉를 작곡했던 1941년부터 〈나그네〉를 작곡했던 1948년까지는 연합국의 공격을 받은 일제가 패망해가며 온 세상이 수직으로 곤두박질치던 시절이었다. 또한 해방 이후 남북한이 강대국에 의해 나뉘는 분단의 아픔이 횡으로 가로지르고 있었다.

가곡집 『달무리』를 출간했던 때로부터 44년이 지난 1994년, 윤이상은 〈초기 가곡과 심청 아리아〉라는 제목의 음반을 냈다. 이 음반의 레이블에는 『달무리』에 수록된 가곡을 부를 때 어떠해야 하는지에 대한 윤이상의 기대와 감회가 「음반을 내면서」라는 제목으로 다음과 같이 명시되어 있다.

> 나는 1950년에 부산에서 『달무리』라는 가곡집을 출판한 바 있으나 책이 몇 군데 서울과 부산의 책방에 배부된 직후에 전쟁이 일어나 종적을 잃어버리고 이 곡들의 존재조차 잊혀지고 말았다. 그 뒤에 한두 곡이 종합가곡집에 실린 적도 있으나 40년이 지난 오늘 나는 이 5개의 가곡을 원형 그대로 음반으로 출반하면서 다시 우리 민족 앞에 늦으나마 선보이고 싶어진다.
>
> 이 곡들은 1945년 전후에 작곡되었으며 우리 민족의 그 시기의 작곡적인 소재지를 모색 검토하는 데 도움이 될 수 있을 것이다. 이 곡들을 다시 냄에 있어서 내가 바라는 것은 비록 서양 발성법을 구사하는 성악가라 할지라도 약간의 우리 전통음악이나 민요의 선적,

율동적, 색채적인 묘미를 연구해서 불러주었으면 하는 것이다.

1994. 6. 20. 베를린에서 윤이상

이 음반에 수록된 곡의 독창자는 윤이상의 제자인 소프라노 윤인숙이며, 연주는 실내악 앙상블이 담당했다. 솔로이스트로서 피아노 연주를 강충모가, 타악기와 기타 연주를 제프 비어Jeff Beer가 담당했다. 6번, 7번, 9번 수록곡은 정치용이, 8번 수록곡은 클라우스 빌링Klaus Billing이 각각 지휘했다.

〈금강산 윤이상 음악회〉 팸플릿 10쪽에는 "이번 공연을 위하여 처음으로 국악 관현악으로 편곡한 곡으로 한국의 시적 이미지와 서정성이 담겨 있는 작품"이라는 친절한 설명이 적혀 있다. 그리고 〈편지〉와 〈추천〉을 성악가가 부를 때 주의해야 할 사항, 즉 윤이상의 간곡한 어조가 담긴 당부의 말이 장방형 검정 바탕에 흰 글씨로 쓰여 있다.

이 곡들을 다시 냄에 있어서 내가 바라는 것은, 비록 가수가 서양 발성법을 구사하는 사람이라 할지라도 약간의 우리 전통음악이나 민요의 선적, 율동적, 색채적인 묘미를 가미해서 불러주었으면 하는 것이며 이 가곡들은 우리 민족이 작곡한 다른 가곡들과 자리를 같이 할 수 있으며, 또 서양의 적당한 가곡과 같이 불러도 좋다. 가능하면 반주는 가야금, 거문고와 북 같은 우리 전통악기들이 피아노에 대신할 수 있다.

1950년 1월 30일, 부산 철도호텔에서 윤이상과 이수자의 결혼식이 열렸다. 식장에는 400명이 넘는 하객들로 붐볐다. 윤이상의 기획으로 결혼식의 모든 순서와 내용은 마치 멋진 음악회처럼 기발하게 꾸며졌다. 테너 김호민이 강수범의 피아노 반주에 맞춰 축가를 불렀다. 조지훈 시, 윤이상 작곡의 〈고풍의상古風衣裳〉이었다. 조지훈은 1939년 『문장』지에 이 시를 발표한 바 있었다.

하늘로 날을 듯이 길게 뽑은 부연附椽 끝 풍경이 운다
처마 끝 곱게 늘이운 주렴에 반월半月이 숨어
아른아른 봄밤이 두견杜鵑이 소리처럼 깊어 가는 밤
곱아라 고와라 진정 아름다운지고
파르란 구슬빛 바탕에
자주빛 호장을 받친 호장저고리
호장저고리 하얀 동정이 환하니 밝도소이다.
살살이 퍼져 나린 곧은 선이
스스로 돌아 곡선을 이루는 곳
열두 폭 기인 치마가 사르르 물결을 친다.
치마 끝에 곱게 감춘 운혜雲鞋, 당혜唐鞋
발자취 소리도 없이 대청을 건너 살며시 문을 열고
그대는 어느 나라의 고전古典을 말하는 한 마리 호접胡蝶
호접인 양 사풋이 춤을 추라 아미蛾眉를 숙이고……
나는 이 밤에 옛날에 살아
눈 감고 거문고 줄 골라 보리니
가는 버들인 양 가락에 맞추어
흰 손을 흔들어지이다.

맑고 깨끗한 테너의 음색이 우아한 선율에 실려 장내에 울려 퍼졌

1950년 1월 30일, 부산 철도호텔에서 열린 윤이상과 이수자의 결혼식.

다. 당대의 시인과 작곡가가 만들어낸 주옥같은 가곡은 듣는 이들에게 특별한 충만감을 선사해주었다. 윤이상의 절친한 친구들을 포함해 음악인, 교사, 화가, 문인, 극작가, 연극배우, 교수 등 다양한 직종에 종사하는 하객들이 흐뭇한 표정을 지으며 한 쌍의 선남선녀가 인생의 새로운 뱃고동을 울리는 출항을 진심으로 축복해주었다. 이수자의 오빠는 두 사람의 결혼을 기념하는 의미에서 당시로서는 거금을 들여 좋은 피아노를 선물해주었다.

사랑하는 사람과 안정된 둥지를 튼 윤이상은 이후 배도순, 김광수, 백경준과 더불어 부산 최초의 현악 4중주단을 조직해 적극적인 음악활동을 벌여나갔다. 그러나 부산 현악 4중주단은 몇 번의 연주회 끝에 여러 사정이 겹쳐 해체되었다. 그와 동시에, 어디선가 어두운 그림자가 몰려들어 오고 있었다.

제5장

전란기의 음악활동

1950년 6월 25일 북의 인민군이 세 방면으로 남침함으로써 내전이자 국제전의 성격을 띤 대규모 전쟁이 한반도에서 발생했다.[9] 신혼살림을 차린 지 몇 개월 되지 않아 전쟁이 터진 것이다. 남쪽으로 밀고 들어온 북한군은 사흘 만에 서울을 점령했다.

교무실에서 회의를 하다가 전쟁 소식을 접한 윤이상은 처음에는 반신반의한 상태였다. 1948년 남쪽과 북쪽에 각각 정부가 들어선 이후 군사분계선 부근에서는 늘 소규모의 무력 충돌이 있어왔다. 그럴 때마다 남북한 정부는 곧 통일을 자신들이 이루겠다고 호언장담을 하곤 했다. 이승만은 기회 있을 때마다 북진통일을 주장해오던 터였다. 그러므로 북한의 남침은 의외였다. 더군다나 선전포고도 없이 군사행동을

9) 서중석, 제5장 「현대」 중 제2절 '한국전쟁', 노태돈·노명호·한영우·권태억·서중석, 『시민을 위한 한국역사』, 창작과비평사, 1997, 394쪽.

했다는 것을 믿기가 어려웠다. 하지만 그것은 사실이었다. 인민군은 빠르게 남쪽으로 진격해 들어와 7월 하순에 충청도와 전라도를 장악했다. 8월에는 낙동강 일대를 점령해 남한군과 대치 상태에 들어갔다.

유엔은 한국전쟁에 개입할 것을 결의했다. 그에 발맞추어 미군을 비롯한 유엔 지상군이 한반도에 들어왔다. 유일하게 북한군에게 점령되지 않은 부산에는 피난민들이 몰려오기 시작했다. 그 무렵 헌병들은 젊은 사람만 보면 군대로 보내는 상황이었다. 윤이상은 자신이 전쟁에 차출될까 염려하고 있었다. 헌병들이 골목에 들어서는 기미만 보이면 윤이상은 그들이 안 보이는 곳에 숨곤 했다. 항일운동에 투신할 만큼 용감한 그였으니, 결코 목숨이 아까워서 숨은 것은 아니었다. 그보다는 같은 동족끼리 싸우는 것이 죽기보다 싫었기 때문이다. 그러던 어느 날 밤, 한 무리의 군인들이 윤이상의 집에 들이닥쳤다. 군인들 가운데 상급자 한 사람이 윤이상을 보고 한마디했다.

"당신은 징집 대상이오. 우리와 같이 갑시다."

윤이상은 현관에서 신발을 신으며 밀짚모자를 손에 들었다. 이수자에게는 안심하라며 미소를 지어 보이기까지 했다. 남편의 안부가 걱정된 이수자는 그날 밤 잠을 이룰 수가 없었다. 이튿날, 군인들은 학교 운동장에 젊은이들을 집합시킨 뒤 달리기를 시켰다. 윤이상은 헉헉거리면서 맨 뒤에 처졌다. 지휘관이 물었다.

"당신은 어디가 아픈가?"

"지난해 폐결핵으로 입원했소. 심장도 좋지 않소."

지휘관은 오후에 윤이상을 집으로 돌려보냈다. 밤새 잠을 못 자고 기다린 이수자는 남편이 대문 안으로 들어서는 소리를 듣고는 반사적으로 방문을 열었다.

"여보, 돌아오셨군요."

문고리를 잡고 간신히 일어서 있던 이수자의 눈에 눈물이 고였다. 남편이 무탈하게 돌아온 고마운 마음과 반가움이 뒤섞인 눈물이었다. 비로소 긴장이 풀린 이수자가 중심을 잃고 휘청거렸다. 윤이상은 아내의 손을 잡고 부축해 방 안에 조심스럽게 앉혔다. 그러고는 지난밤 수많은 젊은이들이 징집당해 들어온 이야기며, 하룻밤을 잔 다음 운동장에서 달리기를 시켰는데 꼴찌를 했던 이야기 등을 털어놓으며 웃었다.

"인생이란 게 새옹지마 아니겠소? 몸이 좋지 않아서 늘 걱정이었는데, 그것 때문에 동족과 싸우지 않게 됐으니 말이오."

이수자는 그 무렵 임신 중이었다. 임시 휴교에 들어간 학교에서는 월급이 나올 턱이 없었다. 평소에는 입에 대지도 않았던 것들이 자꾸 먹고 싶었다. 임신 중 변화된 식성은 발길질을 해대는 배 속의 아기 때문이라는 것을 이수자도 알고 있었다. 그렇지만 전시인 데다 수중에 돈 한 푼 없는 살림에 맛있는 음식은 언감생심이었다. 그저 멀건 죽이라도 있으면 다행인 궁색한 살림이 불안할 뿐이었다.

이수자는 시집올 때 마련해온 다이아반지와 금반지, 목걸이, 시계 등 패물을 팔아서 쌀과 반찬과 생필품을 샀다. 얼마 지나지 않아 그것마저 다 떨어지고 말았다. 윤이상은 첼로를 팔아 생활비에 보탰다. 해방 전, 수배령이 떨어진 미곡창고에서 극적으로 탈출할 때도 손에서 놓지 않던 첼로였다. 분신과도 같은 첼로였지만 홀몸이 아닌 아내를 위해서 기꺼이 내놓았다. 하지만 생활비는 금세 다시 바닥을 드러내고 말았다.

윤이상은 군 장교로 있던 친구에게 찾아가 일자리를 부탁했다. 군악대장인 그 친구는 윤이상에게 브라스밴드와 합창단 지휘를 맡겼다. 그즈음 윤이상은 전시작곡가협회의 사무국장으로 일하고 있었다. 이 협회에서 윤이상과 함께 활동했던 작곡가는 김세형, 윤용하, 이흥열, 김동진, 박태현, 나운영, 김대현 등이다. 이 협회는 반공의 성격이 강했고, 정치적인 노래를 만들어 보급했다. 윤이상은 이 무렵 이은상 작시 〈낙동강〉에 곡을 붙인 전시가요를 보급함으로써 젊은이들의 애국심을 고취시키기도 했다.

보아라 신라 가야 빛나는 역사
흐르듯 담겨 있는 기나긴 강물
잊지 마라 예서 자란 사나이들아
이 강물 내 혈관에 피가 될 줄을
오 낙동강 오 낙동강
끊임없이 흐르는 전통의 낙동강

8분의 6박자로 구성된 이 곡은 '민요조로 빠르게'라는 악상기호가 붙어 있다. 유장하지만 힘찬 가락으로 마지막까지 부른 다음, '달 세뇨 Dal Segno' 표가 붙은 곳으로 돌아가 처음부터 끝까지 다시 한 번 반복하도록 되어 있는 것이 특징이다. 몇 년 뒤, 전시작곡가협회는 '한국작곡가협회'로 새롭게 발족했다.

윤이상은 브라스밴드를 이끌고 아직 점령되지 않은 여러 지역을 다니며 민심이 동요되지 않도록 공연활동을 했다. 피곤한 나날이었지만 틈틈이 작곡도 했다. 금관악기의 힘차고 따스한 음색, 합창단의 절제된 화음은 포연 자욱한 전쟁의 그늘에 한 줄기 햇살과도 같은 위로와 평안을 주었다. 군부대에서는 급료 대신 식료품이 지급되었다. 충분하지는 않았지만 삶을 이어가게 하는 생명줄인 셈이었다. 하지만 브라스 밴드는 곧 해체되었다. 공연활동이 끊어지자 급여도 중단되었다. 머지 않아, 집에 조금 남아 있던 식료품마저 다 떨어지고 말았다. 상황이 점점 더 나빠졌다.

9월 15일 오전 여섯 시를 기해 인천상륙작전이 시작되었다. 월미도에 상륙한 미 해병대는 불과 두 시간 만에 인천을 점령했다. 26일에는 서울을 수복했다. 유엔군은 10월 초에 38선을 넘어 평양을 점령했다. 11월 초에는 압록강 부근까지 진격했다. 전쟁 초기 서울에 가 있던 이수자의 친정어머니와 오빠가 부산으로 돌아왔다. 그 무렵, 이수자에게 출산의 기미가 보이기 시작했다. 이때쯤 곤궁한 생활이 더욱 심해졌다. 쌀도 떨어지고 땔감도 없었다. 밥은 물론이고 물도 끓일 수 없었다. 등잔불을 켤 만한 기름은 바닥난 지 오래였다. 초 한 자루 살 돈도 없어서, 방 안은 늘 어둠침침했다.

윤이상은 차가운 방에 두터운 이불을 깔아준 뒤 친구에게 돈을 빌리러 갔다. 오래 기다렸으나 친구는 돌아오지 않았다. 아무 소득도 없이 돌아온 윤이상은 말없이 이수자를 감싸 안았다. 어두운 방, 세상으로부터 멀리 떨어진 것처럼 고적한 방에서 이수자는 눈물을 흘렸다. 흐느끼는 아내의 등을 쓰다듬으며 윤이상은 다정하게 말했다.

"여보, 내가 있잖소? 울지 마오."

이튿날, 윤이상은 손수 아기를 받기 위해 세숫대야와 탯줄을 끊을 가위를 준비했다. 첫 출산이어서 모든 게 서툴렀다. 오후가 되자 산기가 비쳤다. 불기도 없는 방에서 윤이상은 첫 아기를 받아낼 준비를 하고 있었다. 저녁 무렵, 이수자의 친정어머니와 작은이모가 찾아왔다. 산파를 데리고 왔을 뿐만 아니라 쌀과 땔감도 준비해왔다. 어두운 방에 들어서며 장모가 안타까운 어조로 말했다.

"자야, 엄마 왔다. 어이구, 왜 이렇게 방이 어둡나? 그동안 윤 서방도 고생 많았네."

"이모도 왔다. 산파 아주머니도 오셨으니까 이제 안심해라."

아궁이에 땔감을 넣고 불을 지폈다. 잠시 후, 냉돌방에 비로소 온기가 돌아왔다. 등잔불이 켜진 방 안에서 정이 담뿍 담긴 모녀간의 친밀한 대화가 오순도순 이어졌다. 싸늘한 방이 따끈따끈해지면서, 비로소 사람 사는 집처럼 활기로 가득 넘쳤다. 드디어, 산모가 진통을 시작했다. 지난밤의 막막함과는 비교할 수 없는 안온한 분위기 속에서 몇 번의 진통 끝에 아이가 태어났다. 윤이상은 첫아이에게 '정汀'이라는 이름을 지어주었다. 조용하고 맑은 물가, 깨끗한 물가라는 뜻을 지닌 이름이었다. 반석 같은 육지에 찰랑거리는 물결, 평화롭고 목가적인 정경이 이룩되는 곳이 물가였다. 윤이상과 이수자의 뜻을 모아 지은 이름처럼 딸의 삶도 아름답고 평탄하기를 바랐다.

윤이상이 딸에게 '물가 정'을 써서 이름을 지어준 데에는 아내의 이름과도 연관이 있었다. 이수자가 이화여자대학교에 다닐 때 지도교수는 시인 정지용이었다. 정지용은 강의에 앞서 출석을 부를 때 이수자의 이름에 "'물 수水'가 들어가 있으니 참 싱겁지 않은가?" 하며 농담을 하곤 했다. 이수자는 아버지 이규활李圭闊, 어머니 고아지高牙只 슬하의 아홉 남매 중 일곱째였다. 오빠 셋, 언니 셋이 있었고, 아래로는 여동생 둘이 있었다. 자매들의 이름은 가운데 글자가 모두 '물 수' 자 항렬이어서 이름 끝에만 선仙, 란蘭, 매梅, 자子 등을 붙였다. 정 교수는 '아들 자子'가 붙은 이수자의 이름을 부른 뒤에는 가끔 장난삼아 꼬투리를 잡았던 것이다.

이수자는 신혼 때 신랑에게 이 이야기를 들려준 적이 있었다. 그러자 윤이상은 "'물 수'는 우주 만물이 생성되는 근원이고, '아들 자'는 그 근원을 물려받은 핵심이니 이 얼마나 좋은 뜻이오? 나에게는 당신의 이름이 참으로 멋지구려" 하고 달래주었다. 아이를 갖게 된 이후, 두 사람은 심사숙고 끝에 아이에게도 '물 수' 변이 들어간 '물가 정'을 써서 이름을 지은 것이다.

11월 하순부터 중국군이 인해전술로 쳐들어왔다. 이듬해에 1.4 후퇴가 시작되었다. 유엔군은 오산과 평택 부근까지 밀렸다. 유엔군이 즉각 반격에 나섰고, 중공군과 북한군을 38선 위쪽으로 밀어냈다. 그즈음 전쟁은 소강상태로 들어갔다. 마침 휴전을 제의한 소련에 의해 휴전회담이 열렸다. 그러나 회담은 쉽게 매듭 지어지지 않은 채 지지부진했다. 그러다가 2년 후인 1953년 7월 27일에야 휴전협정이 체결되었다.

전쟁의 양상이 달라지면서 닫아두었던 관청 문이 열렸다. 학교도 정상적으로 돌아갔다. 윤이상은 다시 사범학교로 복직하여 학생들을 가르쳤다. 또한 부산대학교에도 나가 서양음악사 강의를 하기 시작했다. 이 기간 동안 윤이상은 새로운 분야에 도전했다. 유치진이 극본을 쓰고 직접 연출까지 맡아 국립극장 무대에서 공연한 〈처용의 노래〉의 작곡을 맡은 것이다. 윤이상은 음악과 연극과 무용이 결합된 이 작품을 성공시키기 위해 정열적으로 작곡 작업에 참여했다. 당시 한국에서는 이처럼 여러 예술 분야가 종합 공연의 형태로 하나의 무대에 올라온 것이 처음이었다.

전쟁 기간 동안 윤이상은 많은 동요를 작곡해 우리나라 아동 음악 교육에 매우 큰 기여를 했다. 윤이상은 아동문학가 김영일(1914~1984, 필명 김병필)이 쓴 가사에 곡을 붙여 1952년 문교부 검인정의 학년별 음악교과서인 『국민학교 새음악』을 발간했다. 1학년부터 6학년까지 여섯 권으로 이루어진 이 음악책에는 당시 '전시작곡가협회' 회원으로 활동했던 윤이상, 박태현, 나운영, 김성태, 윤용하 등이 작곡한 동요 101곡이 수록되어 있었다. 그 가운데 윤이상이 작곡한 것은 55곡으로 절반이 넘는다. 이를 통해 윤이상이 교육자이자 동요 작곡가로서도 대한민국 사회에 큰 공헌을 했음을 알 수 있다.

또한 전시 초등학교 노래책인 『소년 기마대』를 발행하는 한편, 작곡 발표회를 열기도 했다. 『소년 기마대』는 김영일이 작사한 동요에 윤이상이 곡을 붙여 펴낸 공동 저서였다. 이 책은 전쟁이 발발한 1950년부터 휴전협정이 이루어진 1953년까지 한국 동요의 흐름을 파악하는 중요한 가늠쇠로서 매우 귀중한 음악사적 의미와 가치를 지니고 있다.

김영일은 윤이상보다 세 살 위였다. 황해도 신천에서 태어난 그는 1938년 니혼 대학 예술과를 졸업했다. 1934년 「매일신보」 신춘문예에 동요 〈반딧불〉, 1934년 『아이생활』에 동요 〈방울새〉가 당선되어 문단에 등단했다. 그는 동화, 아동소설을 활발하게 발표했고, 동요 작가로도 활동했다. 1950년에는 동시집 『다람쥐』를 펴냈고, 그 이후 윤이상과 함께 어린이 노래책 『소년 기마대』를 펴낸 것이다. 『소년 기마대』는 우리나라에서 발행된 최초의 학교교육용 음악교과서다. 이 책의 특징은 두 도막 형식의 4분의 2박자가 많다는 것이다. 당시 동요 악곡에서는 잘 사용되지 않았던 변박자가 사용되는 것도 특기할 만한 사실이다. 윤이상이 초기 가곡집에서 우리나라 전통의 멋이 살아 있는 김상옥 혹은 청록파 시인의 시에 대해 호감을 보인 것처럼, 이때 펴낸 동요집에서도 한국적인 가락이 잘 표현되어 있다.

이와 관련하여 「한산신문」에는 제목 밑에 "통영 출신 세계적 작곡가 윤이상 선생의 동요와 가곡 보급에 통영이 적극 나선다"라는 부제가 달린 기사가 실려 있다.

> 이 자료들이 빛을 발하게 된 것은 석촌 김영일 선생의 아들인 현 도산중학교 김철민 교장이 1998년 10월 현「한산신문」 김영화 기자를 통해 특종 발굴 기사로 교과서와 그 가치를 공개하면서 세간에 알려지게 됐다.
>
> 이후 윤이상 선생의 동요에 관해 지난 2003년 경상대 음악교육과 조성환 교수의「윤이상 동요의 사료적 가치와 악곡 분석」이라는 논문이 발표돼 눈길을 끌기도 했다. 도산중학교는 매년 졸업식에서 전교생이 김영일 작 윤이상 곡「졸업의 노래」를 배워 부르는 등 동요와 가곡 보급에 앞장서고 있다.[10)]

이 기사에 의하면 윤이상의 동요가 발간됐던 때로부터 58년이 지난 2010년 통영에서 다시 불리게 되었다는 것이 가장 큰 변화요, 의의라 할 수 있다. "1958년 당시 음악교과서는 서울 중심으로 곡이 편찬돼" 윤이상의 작품이 실리지 못했으므로 그때로부터 꼽아보면 55년 만의 일이며, "1967년 박정희 정권 시절 동백림 사건으로 인해" "사장되고 말았"던 윤이상의 동요 작품이 2010년 다시 빛을 보게 되었으니, 동백림 사건으로부터 헤아린다 해도 무려 43년의 세월이 훌쩍 지난 일이 되는 것이다.

윤이상은 얼마 후 사범학교를 그만두고 부산고등학교로 일터를 옮

---

10) 김영화, "윤이상 동요와 가곡, 대중에 보급한다",「한산신문」, 2010년 12월 27일.

졌다. 전시라서 학교 건물은 초라한 판잣집이었지만 교사들만큼은 모두들 훌륭했다. 윤이상은 부산고등학교의 건물 안에 음악 감상실을 마련했다. 전축을 장만하고, 쓸 만한 앰프와 스피커를 구비하느라 꽤 많은 비용이 들었다. 칠판과 책걸상을 구비하는 것과는 전혀 차원이 다른 문제였다. 월급을 쪼개 레코드판도 엄청나게 많이 사 모았다. 이 모든 일이 학생들의 교육적인 질을 향상시키는 일로 연결된다고 생각하니 전혀 아깝지 않았다. 음악은 이론을 배우는 데서뿐 아니라 음악을 실제로 감상하는 데서부터 실력이 배양된다는 평소의 신념 때문이었다.

윤이상은 점심시간이면 어김없이 교내 확성기를 통해 음악을 들려주었다. 쉬는 시간에도 가급적 음악 감상을 할 수 있도록 배려해주었다. 윤이상의 이 같은 노력이 있었기에 문화적인 토양만큼은 늘 최고 수준을 유지할 수 있었다. 지성과 감성, 교양 어느 한쪽으로도 치우치지 않는 높은 균형감도 갖출 수 있게 되었다. '교가 지어주기 운동'을 벌이던 무렵, 윤이상은 유치환의 노랫말에 맞춰 부산고등학교의 교가를 지어준 적이 있었다. 그때의 인연이 겹치면서, 부산고등학교에 각별한 애정이 생겼다.

아스라이 한 겨레가 오천재를 밴 꿈이
세기世紀의 굽잇물에 산맥처럼 부푸놋다
배움의 도가니에 불리는 이 슬기야
스스로 기약하여 우리들이 지님이라
스스로 기약하여 우리들이 지님이라

휴전협정 이후, 전국을 아비규환으로 만들던 전쟁의 포연이 가라앉았다. 윤이상의 삶에도 평온함이 찾아왔다. 쌀이 없어 끼니조차 잇기 어려웠던 때에 비하면 호주머니 사정도 조금은 넉넉해졌다. 윤이상은 통영을 고향으로 둔 친구들과도 다시금 만나 '보름회'라는 부부 모임을 만들었다. 부부 가운데 어느 한쪽의 고향이 통영이라면 보름회의 회원이 될 수 있었다. 보름회에서는 회원들의 애경사를 빠짐없이 챙겨주었다. 도움의 손길이 필요한 회원에게는 가능한 범위 내에서 적극적으로 물질적 지원을 해나가기로 했다.

보름회가 결성된 뒤 맨 처음 한 일은 최상한의 부인과 자녀들을 돕는 일이었다. 최상한이 혼자서 월북한 뒤 그의 부인은 경제적으로 매우 힘들게 살아가고 있었다. 보름회에서는 최상한의 부인에게 산파 일을 배울 수 있도록 주선해주었다. 또한 회원들이 각자 조금씩 돈을 모아 최상한의 부인에게 전달했다. 많지는 않았지만 당분간 생활비로 쓸 만한 금액이었다. 뿐만 아니라 그 집 자녀가 학교에 잘 다닐 수 있도록 회비를 분기별로 모아서 전달하기로 했다. 매월 모임을 열어 회원 간의 친목을 도모하게 된 보름회는 같은 고향 출신이라는 끈끈한 유대관계와 결속력으로 오랫동안 유지되었다.

소년 시절 윤이상의 소심했던 성격은 식민지의 고뇌 속에서 이미 사라진 지 오래였다. 이제는 과묵함이 그 자리를 대신 차지했다. 불필요한 말을 삼갔지만 아내에게만은 한없이 다정한 남편이었다. 그는 훗날 음악적으로 높은 성취를 이룩하고도 겸손했다. 리하르트 폰 바이츠제커Richard von Weizsäcker 대통령으로부터 '독일연방공화국 대공로훈장'을 받을 만큼 대음악가로 자리 잡았으면서도 현실에 안주하지 않았다. 윤이상은 더 높은 곳을 향해 전진했고, 자신의 음악 세계를 부단히 넓혀가기 위해 노력을 기울였다.

유럽의 친구들은 하나같이 윤이상을 아끼고 사랑했으며 진심으로 좋아했다. 그가 뛰어난 음악가이면서도 겸손했기 때문일 것이다. 윤이상은 자신이 가르치는 학생들에게는 비교적 엄격했으나, 그 바탕에는 자애로움이 깔려 있었다. 훗날 베를린에서 제자들을 가르칠 때도 여전히 엄격함은 유지했다. 그렇지만 학습과 연구 이외의 시간에는 제자들을 친구처럼 다정하게 대해주었다. 의외의 자상함을 보여줄 때도 있었다. 그는 단순한 음악 교수가 아니라 제자들의 어려운 일을 염려해주고 돌봐주는 진정한 휴머니스트였다. 그러한 모습은 보름회의 회원일 때부터 다듬어지기 시작한 것이다.

제6장

—

성북동 시절

휴전협정이 조인된 뒤, 거리는 유난히 활기를 띠어갔다. 승객들을 태운 기차가 다시 선로 위를 힘차게 다니기 시작했다. 사람들을 가득 실은 버스가 신작로에 먼지를 뿜으며 바삐 오갔다. 모든 것이 제자리를 찾아갈 즈음, 윤이상은 서울로 이사했다. 서울에는 깨어진 유리창, 폭격에 맞은 채 주저앉아 철골이 드러난 건물이 시내 곳곳마다 즐비했다. 가로수에 박힌 선명한 총탄 자국, 검게 그을린 지붕, 무너진 담벼락의 잔해 따위가 전쟁이 할퀴고 간 깊은 상처를 여실히 증명해주고 있었다.

아내와 딸을 데리고 처음 마련한 보금자리는 서울 성북동의 한옥이었다. 마당 가운데 우물이 있는 집이었다. 그동안 알뜰하게 모은 돈으로 집을 마련하려 했지만 어림도 없었다. 할 수 없이 피아노를 처분해야 했다. 물자가 귀한 시절이라 피아노는 결혼 당시보다 훨씬 후하게 값을 쳐주었다. 그러고도 모자란 돈은 빚을 얻었다. 9월 중순에 짐을 옮긴 뒤 막상 생활해보니, 물 걱정은 없어서 좋았지만 집이 너무 낡은 게 흠이었다. 하지만 서울 한복판에 내 집이 생겼다는 것 때문에 마음만은 그저 푸근했다.

이수자는 북아현동과 청운동에서 자취생활을 하며 대학교를 다녔으면서도 서울 생활에 쉬 정을 붙이지 못했다. 그래서 부산의 친정어머니가 보고 싶을 때면 명륜동의 언니네로 놀러가곤 했다. 걸어서 10여 분 거리에 지나지 않았기에 처음에는 자주 왕래를 했다. 윤이상은 그러한 아내가 안쓰러워 가끔 동행을 했다. 차츰 학교 일이며 음악회 일이 바빠지자 나중에는 발걸음을 자주 하지 못하게 되었다.

윤이상은 양정고등학교에서 교사로 근무했다. 날마다 출근하여 학생들을 가르치다 보니 작곡에 전념할 만한 시간이 없었다. 퇴근해서 집으로 돌아온 뒤에야 겨우 창작을 위한 시간을 낼 수 있었다. 윤이상은 작곡을 하느라 한밤을 넘기는 날이 많았다. 전쟁 통에 제대로 작곡을 못한 것이 두고두고 마음에 걸렸기 때문이다. 마치 그때 못했던 것을 한꺼번에 해치우겠다는 듯한 태도로 일을 하다 보니, 건강에 무리가 가는 단계에까지 이르렀다. 이수자는 겁이 덜컥 났다.

"당신 이러다 병나겠어요. 직장을 그만두고 좀 쉬세요."

윤이상은 아내의 권고를 받아들이기로 했다. 결국 학교에 사표를 낸 뒤 잠시 휴식을 취했다. 하지만 생계가 걸린 일이라 무작정 쉬고 있을 수만은 없었다. 다시 일자리를 알아봤다. 다행히도 그를 원하는 대학이 많았다. 윤이상은 서울대학교 예술학부와 덕성여자대학교, 숙명여자대학교, 신흥대학교(현 경희대학교 전신) 등 여러 대학에 출강하며 학생들을 가르쳤다. 또한 서울시 뮤직펜클럽 활동을 했으며 음악회를 주선하는 일도 꾸준히 했다. 윤이상은 이 무렵 연주자들과 함께 제1회 경주

예술제와 제5회 진주 예술제에 참여했다. 이처럼 지역예술운동을 활발히 벌여 나가면서 연주활동의 폭을 넓혀 나가는 일은 큰 보람을 주었다. 한편, 음악인으로서 이정표가 될 만한 중요한 글을 여러 신문에 많이 발표했다.

경주의 서라벌은 예술제의 첫해였다. 그만큼 다사하고 흥분에 싸인 일주일이었다. 규모와 절차는 진주를 본받은 것이었으나 새로운 것이 몇 가지 있었다. 경주예술제는 명목도 환경도 지역적 위치도 대단히 좋았고 이상기 위원장은 인덕이 있는 분으로 주위를 잘 이끌어갔다. 특히 이원평, 황호근, 기타 몇 분은 이 지방의 좋은 일꾼들이라 나는 이 거대한 사업이 이 조직을 통해 영구히 지속되기를 바랐다. 그러나 한 가지 지방 관하와 유지의 소극성이 자기 지방의 발전을 위해 어리석은 일임을 빨리 깨닫게 하는 방법을 우선 취해야 하겠다는 것을 절실히 느꼈다.

이상의 두 연례행사는 문총의 지방에 있어서의 양대 동맥을 이루고 있다. 중앙에서는 더 적극성을 보여주어야 하고 많은 인재가 참가하여서 권위를 세워주어야 한다.

이 두 예술제가 각각 빠지고 있는 결함은 몇 가지 있다. 학생 중심으로부터 차츰 성인 중심으로 시작되어가야 한다. 또 단순한 명절 기분만 자아내게 하지 말고 역사에 남을 중요한 학술의 발표나 연예물이, 이것을 계기로 이곳에서 베풀어져야 한다.[11)]

---

11) 윤이상, 「진주·경주 예술제와 지방예술운동」, 1955.

윤이상이 지역예술운동의 일환으로 두 개의 예술제에 참여한 소감과 제언을 담은 글이다. 칭찬과 격려 못지않게, 비판할 점을 지적하며 적절한 대안까지 제시하는 세심함을 보여주었다.

전국문화단체총연합회(문총)에서 예술제와 병행해 마련한 문화 학술 강연회에서는 총 여덟 명의 강사진이 출연했다. 여기에서 윤이상은 〈오늘의 세계음악〉이라는 제목으로 강연을 했다. 이은상 시인은 〈구국정신의 지표〉, 이헌구 평론가는 〈문화 정체의 재검토〉, 유치환 시인은 〈민족시의 세계성〉, 왕학수 교수는 〈교육정책〉, 구상 시인은 〈문학감상론〉, 김춘수 시인은 〈현대시의 대중 거리〉, 노천명 시인은 〈시에 나타난 한국 여성〉이란 제목으로 각각 강연을 했다.

바쁜 일정이었지만 보람 있는 나날이었다. 윤이상은 학교 강의가 일찍 끝나면 집 앞 골목에 살고 있는 조지훈 시인과 자주 어울렸다. 윤이상보다 세 살 아래인 조지훈 시인은 그 무렵 고려대학교 교수로 재직하고 있었다. 두 사람은 동네 이웃으로서, 술친구로서 가깝게 지내는 사이였다. 음악과 문학에 대해 허심탄회하게 의견을 주고받았고, 자잘한 인생사에 대해서도 허물없이 이야기하는 지기知己였다.

"고요한 밤 거룩한 밤, 어둠에 묻힌 밤……"

그해 연말, 거나하게 취한 두 사람이 골목 안에서 어깨동무를 한 채 성탄 노래를 떠들썩하게 부르며 들어왔다. 이수자는 혹여 이웃이 시끄럽다고 핀잔을 줄까 봐 마음을 졸였다. 하지만 남편과 조지훈 시인의 얼굴은 천하태평이었다.

이 무렵 윤이상은 여러 음악인들과 사귀었다. 조지훈을 비롯한 시인, 소설가와도 많은 교류를 했다. 문인 친구들 중에는 밤중에 예고도 없이 집으로 찾아오는 이가 허다했다. 통금 전에 들이닥친 그들은 윤이상과 더불어 술잔을 기울이다가 건넌방에서 자고 갈 때가 더러 있었다. 이수자는 그럴 때가 제일 난감했다. 남편을 찾아온 손님들이니 대접을 소홀히 할 수도 없었다. 그렇지만 자정 가까운 시각에 술상을 봐야 하는 일 또한 만만치가 않았다. 이수자는 당시에 둘째를 임신해 만삭인 몸이었다. 임산부가 오밤중에 술이며 안주거리를 사러 가는 것도 민망한 일이었다.

"여보, 당신이 좀 사오면 안 되겠어요?"

이수자는 술손님들을 위해 상을 차리면서 남편에게 작은 소리로 청했다. 그러면 윤이상은 방 안의 친구들을 향해 말했다.

"오늘은 집에 있는 반찬을 안주 삼아 그냥 마시지, 뭐."

이 말을 들은 친구들은 핀잔을 주며 툴툴거렸다. 윤이상은 그러거나 말거나 너털웃음을 웃으며 친구들과 격의 없이 어울렸다. 같은 핏줄을 이어받은 민족끼리 총부리를 들이대던 전쟁의 참혹함 속에서는 결코 맛볼 수 없는 자유요, 평온이었다. 서울에서의 삶이 비록 바쁘고 고단하기는 했으나 문인 친구들과의 술좌석은 언제든 즐겁고 유쾌했다. 적당한 낭만과 데카당한 풍조가 뒤섞이던 시절이었다.

"친구, 급히 돈 쓸 일이 생겼네. 좀 융통해줄 수 없겠나?"

어느 날, 윤이상에게 급전을 요구하는 친구가 있었다. 수중에 돈이 없었던 윤이상은 마침 손에 들고 있던 책을 건네주었다. 일본의 서점을 통해 구입한 뒤 책장이 닳아질까 조심스러워하며 밤이나 낮이나 손에서 떼지 않았던 음악 서적이었다.

"내게 그만한 돈은 없네만, 이 책들을 내다 팔면 꽤 유용할 걸세."

서울에서는 구할 수 없는 귀한 책이었으므로 임자만 잘 만나면 값은 헐하지 않게 받을 수 있었다. 이 사실을 알게 된 이수자가 안타까워하자 윤이상은 입을 다물었다. 책을 돌려받기란 애당초 글러먹은 일이었다. 어려운 친구에게 도움이 되었으면 그만이라는 생각이었다. 그런 일은 다음에도 또 생겼다. 이번에는 아내가 걱정할까 봐 아예 처음부터 함구하고 말았다. 이수자가 보기에 남편은 음악을 목숨처럼 소중히 여기는 이였다. 그러한 까닭에 남편이 어렵게 구한 음악책을 넘겨주는 것은 마치 생명의 한 조각을 떼어 남에게 주는 것과 다름없어 보였다. 남편을 사랑하는 마음이 지순했기에, 남편의 선행이 아름다웠음에도 이수자는 음악책의 부재에 더 마음 아파했다. 하지만 윤이상에게는 일도 좋고, 책도 좋지만, 사람이 늘 첫 번째였다. 사람보다 더 귀중한 존재는 없다고 믿는 윤이상은 생래적인 휴머니스트였다.

윤이상은 휴일 저녁이면 아내와 함께 자주 산책을 하곤 했다. 집에서 언덕 위로 걸어가면 고즈넉한 골짜기가 나왔다. 그 길에서 듣는 산새들의 노랫소리는 마음을 늘 깨끗하게 해주어서 좋았다. 이 무렵 이수자의 작은오빠 내외가 성북동 집에 함께 살게 되었다. 서울에서 친정붙이랑 함께 살게 되자 이수자는 마음이 푸근해짐을 느꼈다. 두 내외는 돈암동의 영화관에 새로 들어온 영화를 보기 위해 가끔 밤 나들이를 하곤 했다. 밤공기가 차가웠지만 이때의 살뜰한 추억은 그 어느 곳에서도 맛보지 못한 달콤함이 배어 있었다. 이 같은 안온한 날들이 창작의 의욕에 날개를 달아주었다. 여기서 힘입은 윤이상은 가곡과 실내악곡을 꾸준히 썼고, 〈첼로 소나타 1번〉의 초연까지 마쳤다.

어느 깊은 밤, 성북동 집에는 유난히 삭풍이 불어닥쳤다. 윤이상은 곡을 쓰기 위해 건넌방으로 갔다. 싸늘한 기운을 떨치려 내복을 껴입었다. 그래도 추위가 여전했다. 이번에는 어깨 위로 외투를 둘러썼다. 조금 나았다. 책상 앞에 앉은 윤이상은 머릿속과 가슴속에 자맥질하는 음표들을 가지런히 정리해나갔다. 이수자는 작곡에 몰두하는 남편을 위해 과일을 깎아주고 등을 어루만져주었다. 그날따라 문풍지를 울리는 찬바람이 건넌방을 온통 점령했다. 한기가 몰아치자 윤이상은 솜이불까지 뒤집어쓰고는 추위에 맞섰다. 한결 든든했다. 그때부터 집중하고 또 집중하면서 영혼을 울리는 가락과 하나가 되어갔다. 오선지에 한 마디, 두 마디 음표가 그려질 때마다 악보는 금세 도약이라도 할 것처럼 꿈틀거렸다. 긴 겨울의 끝자락에 윤이상은 〈현악 4중주 1번〉을 완성했다.

달콤함 속에서 한 해가 느릿느릿 지나갔다. 이듬해 1월 초순에 둘째가 태어났다. 윤이상은 고생한 아내에게 100번의 키스를 해주었다. 그

1950년대 중반, 서울 성북동에서 찍은 가족사진. 앞줄 왼쪽이 딸 정, 오른쪽이 두 돌이 지난 무렵의 아들 우경이다.

리고 성북동 한옥에서 세상을 열고 나온 사내아이에게 우경이라는 이름을 지어주었다. 둘째아이를 얻은 기쁨은 또다시 창작열로 이어졌다. 머릿속에 무수한 음률이 떠다니면 재빨리 이를 채집해야 했다. 창작은 노동이요, 고통의 순간이기도 했다. 하지만 노동과 고통의 순간을 한 땀 한 땀 이어 나가다 보면 어느덧 그 끝에 알 수 없는 희열이 파도처럼 덮쳐오곤 했다.

윤이상에게 성북동 시절은 여러 가지 면에서 복합적인 기질이 결합되고 증폭되는 시기였다. 전시작곡가협회에서 새로 발족한 한국작곡가협회 위원으로 활동하면서 생긴 음악가의 풍모뿐 아니라, 문인 친구들과 술자리를 자주 가지면서 생긴 낭만적인 호방함도 동시에 나타났다. 교사로서 학생들을 가르쳤고, 작곡가로서 창작의 고뇌와 치열함을 즐겨 떠안았으며, 가곡과 실내악곡 등을 발표했다. 지역 예술제에 참여하는 기획자 혹은 연주자로서 서울, 경주, 진주 등 전국을 누비고 다니며 열정을 불태웠고, 강연회 연사로서 청중들과 함께 호흡하기를 주저하지 않았다.

여기에 하나 더 기억해야 할 것은 탄탄한 음악이론을 바탕으로 진솔한 글을 발표한 비평가 혹은 수묵화처럼 담담한 글을 곧잘 써 내려간 문필가의 모습이다. 1954년 『새벽』지 송년호에 발표한 수필 「화천 근방華川近方」에는 윤이상의 문학적 재질이 잘 드러나 있다.

> 보름달 아래 보이는 연봉連峰들은 고개들만 선명한데 허리부터 아랫도리는 온통 안개에 파묻히어 공중에 둥둥 뜬 것만 같았다. 강줄기를 따라 올라가는 국도는 뱀장어 헤엄치듯 부드러운 곡선을 그리며 미끄럽게 타올라 가는데 강물에 뜬 은파銀波는 내려다보는 우

리 눈을 찌른다. 우리는 유수한 동양화의 화중인물이라도 된 듯 우쭐하여 달렸다.

윤이상은 또한 음악계 전반에 나타난 문제점을 파헤치고 본질을 탐구하는 글을 각종 신문 및 매체에 발표했다. 실천비평의 한 지점을 보여주는 윤이상의 또 다른 면모였다.

1954년 『문예』 신춘호 제5권 제1호에 발표하게 된 「악계구상樂界構想의 제 문제諸 問題」는 윤이상의 비평적 고찰이 높은 수준에 도달했음을 보여주는 빼어난 글 가운데 하나로 인식되고 있다.

그 시대의 사회 조직의 일원인 예술가는 그 민중에 대해 시대 계발의 책임을 지고 있다. 무릇 예술은 어느 시대고 간에 그 시대의 산물이요, 민중은 자기 세대의 감수력과 사고력을 타고나는 것인데, 민중에게 어느 한 시대의 예술을 편식시키는 것은 마치 흐르는 물을 한군데 고이게 하는 것과 같이 교착과 부패를 가져올 것이 분명하다.[12]

윤이상은 이 글에서 당시 우리의 악단이 처한 문제점을 정확하게 지적할 뿐만 아니라 해결 방안까지 제시하고 있다. 또한, 자신의 음악을 민족 전통음악의 바탕 위에 두고 장차 세계음악으로 발전시키고자 하는 윤이상의 사고를 엿볼 수 있다. 특히, 이 글에서 예술가의 사회적 책무에 대한 윤이상의 명확한 관점이 나타나 있다는 점은 눈여겨볼 대목

12) 윤이상, 「악계구상의 제 문제」, 해제: 노동은, 「새로 발굴한 윤이상의 50년대 글과 노래」, 『민족음악의 이해 3』, 민족음악연구회, 1994, 333쪽.

이다. 예술가가 시대적 상황과 무관한 존재가 아닌, 당대의 민족 현실에 귀를 열고 민중이 처한 삶에 애정을 기울여야 한다는 사고는 그의 일관된 예술정신 혹은 예술가적 자세와도 맞닿아 있다. 이와 관련해 음악학자 윤신향은 "유교적 예악사상에서는 음악의 윤리적 가치가 어떠한 가치보다도 우선적이다"[13]라고 풀이했다. 옳은 말이다. 윤이상의 음악에서 빼놓을 수 없는 고갱이가 바로 음악의 윤리적 가치다. 통영의 문화적 토양 위에서 성장한 윤이상의 음악 세계는 유교적 예악사상에 그 뿌리가 닿아 있음을 상기할 필요가 있다. 음악의 윤리적 가치는 삶의 윤리적 가치로 고스란히 이어진다. 그것은 일제강점기에 그가 항일운동에 투신했던 것과도 연관이 있다. 해방 후 건강을 해치면서까지 고아들을 돌보았던 헌신과도 불가분의 관계이다. 그가 걸어온 항일운동의 길, 고아원 원장으로서 걷게 된 배려와 자기희생의 길의 밑바탕에는 민족애와 동포애라는 윤리와 가치가 융융히 흐르는 것이다.

그뿐만 아니라, 윤이상은 「악계구상의 제 문제」에서 '예술의 편식'이 위험함을 지적한 바 있다. 예술의 편식은 필경 미학적 자기모순 혹은 매너리즘에 빠질 수 있다는 경고다. 바로 이와 같은 중요한 주장들을 주의 깊게 보았던 김용환(한세대학교 음악학부 교수)은 「악계구상의 제 문제」가 윤이상의 음악 전반을 평가하고 파악하는 데 매우 귀중한 자료라고 강조한 바 있다.[14]

---

13) 윤신향, 『윤이상 경계선의 음악』, 한길사, 2005, 63쪽.

14) 김용환 편저, 『윤이상 연구』, 시공사, 2001, 26쪽.

제7장

—

비평의 시대

윤이상은 문文과 음音 두 분야를 종횡하며 음악활동의 외연을 넓혀나갔다. 1955년 2월 26일 윤이상은 한국작곡가협회의가 주최한 제1회 '작곡 발표회'를 열기 위해 누구보다 많은 힘을 기울였다. 서울시 공관에서 열린 이 발표회에서 윤이상은 「현악 4중주」를 발표했다. 윤이상은 이 협회를 기반으로 활동하면서 음악회를 꾸려갔던 것이다. 이 발표회는 그 무렵 탄탄한 역량을 지닌 음악가들이 처음으로 작곡 발표회의 기회를 갖게 되었다는 점에서 매우 큰 의미를 지니고 있었다.

국내의 대표적인 작곡가들이 어려운 여건임에도 한데 모여 신작 발표회를 한 것이어서, 음악계는 이를 고무적인 일로 받아들이며 이들의 작품과 향후 활동상에 주목했다. 이날 발표회에는 이상근의 〈목관현을 위한 3중주곡〉, 김대현의 〈가곡〉, 나운영의 〈12음기법에 의한 주제와 변주곡〉, 김동진의 〈광상곡〉, 김세형의 〈가곡〉, 윤용하의 〈플루트 독주곡〉, 이흥렬의 〈가곡〉, 윤이상의 〈현악 4중주곡〉 총 여덟 곡이 발표되었다.

작곡 발표회가 끝난 뒤, 느닷없이 신문지상에서 논쟁이 벌어졌다. 당시 연세대학교 영문과에 재직 중이었던 오화섭 교수의 글이 발단이었다. 이 글에는 작곡 발표회를 바라보는 오 교수의 개인적인 감상과 작곡가 여덟 명에 대한 신랄한 비평이 적혀 있었다.

윤이상 씨의 〈현악 4중주곡〉 – 이 곡은 소화되지 않은 이론의 표현이라고밖에 할 수 없다. 전악장이 혼탁한 선율과 화음 속에 그치고 만다. 선율에 치중하여 첼로의 저음 사용을 소홀히 하고 각 파트에 과중한 부담을 강요했다. 3악장의 테마는 경쾌하고 인상적이었으나 그것이 전체를 살릴 수도 없다. 우리는 먼저 하이든이나 모차르트의 현악곡 수법을 습득할 필요가 있다고 생각한다.[15]

모처럼 생명력을 얻기 시작한 음악의 기운에 찬물을 끼얹은 듯한 글이었다. 이 글을 읽고 몹시 분개한 윤이상은 장문의 반론을 썼다.

나는 「동아일보」 3월 9일부 문화면에 게재된 오화섭 씨의 '고갈된 창작정신'이란 명제하의 지난번 작곡가협회 발표회에 대한 평문을 읽고 이 미지未知의 음악 애호가의 과감한 평필이 실상인즉 곡해와 편견에 충만한 것이며, '음악예술의 창작'이란 지고至高한 명제에 조언할 양심을 소유하지 않고 있으며, 겸하여 연주되는 음악을 듣고 각 성부聲部를 분류하여 두뇌에 명각할 귀를 소유하지 않고 있으며

---

15) 오화섭, "고갈된 창작정신: 한국작곡가협회 제1회 작품발표회를 보고", 「동아일보」, 1955년 3월 9일.

아울러 극히 초보적인 작곡기술의 개념조차 파악하지 못하고 있다는 사실을 여기 지적한다.[16]

윤이상은 이 칼럼에서 허공을 뚫고 솟구쳐 오르는 대나무처럼 팽팽한 논지를 보여주었다. 논지의 바탕에 깔린 기상은 밭두둑에 돋아난 봄풀처럼 푸르렀다. 그의 내부에서 솟아나고 있던 비평적 감수성은 담론을 통한 대결의식으로 한층 더 나아가고 있었다.

칼럼이 발표되자 문화예술계에서는 뛰어난 첼리스트이자 작곡가인 윤이상의 주장에 귀 기울이는 사람들이 점점 더 많아졌다. 신문에 게재된 비평문에서 나타나 있듯이, 그것은 당시 서구 유럽을 휩쓸던 현대음악을 폭넓게 이해하고 있던 윤이상의 지식과 통찰에 대한 공감에서 비롯된 것이었다. 나아가, 이 칼럼은 비단 전문 음악인뿐만 아니라 음악에 대한 식견을 갖고 있던 일반인에게도 일정한 공명共鳴을 일으켰다. 뒷날, 윤이상 연구자들에게 이 칼럼은 1950년대 한국 음악계를 전망하는 젊은 음악가 윤이상의 패기 넘치는 식견과 문제의식을 가늠할 수 있는 시금석이 되어주었다.

한국전쟁 이후, 새롭게 재편된 음악계에서 윤이상은 든든한 중심 자리를 확보하고 있었다. 그는 한국작곡가협회의 기둥이 되어 동료 음악인들의 작품 발표회를 주도했다. 또한 그 스스로도 활발한 작곡과 연주활동을 벌이며 음악계에 신선한 활력을 불러일으켰다. 이처럼 그는 탄탄한 서양 음악이론을 바탕으로 비평과 논쟁을 마다하지 않았고 전후 한국 음악의 지평을 넓히는 데 누구보다 앞장서서 고군분투했다.

---

16) 윤이상, "오화섭 씨의 작곡 평을 박(駁)함", 「경향신문」, 1955년 3월 16~17일.

제8장

—

도약

윤이상은 대학 강의와 창작을 병행하면서 작품 발표회 또한 꾸준히 해나갔다. 몹시 분주한 나날이 이어졌지만, 한편으로는 유럽 유학을 착실하게 준비하고 있었다. 이 무렵은 윤이상의 생애 동안 가장 낭만적인 기질이 꽃피웠던 시기에 해당된다. 그의 비평적인 안목이 매우 정치精緻해져 가는 시기이기도 했다. 유학을 떠나기에는 다소 늦었지만 윤이상은 특유의 직관으로 자신의 생물학적인 나이를 의지적 나이로 두 배 늘리는 지혜를 발휘한다.

전기의 포레[17]나 랄로를 육성한 프랑스라는 나라의 예술적 토양은 낭만에서 후기낭만으로 이행하는 시대적인 추진력이 파도처럼

---

17) 가브리엘 포레는 나이 마흔 되던 해에 아버지를 여의고, 그로부터 2년 뒤 어머니마저 여의었다. 포레가 지극한 슬픔 속에서 완성한 〈레퀴엠(Messe de Requiem)〉(1888)은 음악사에 남을 명작으로 꼽힌다.

억세었다. 우리나라처럼 꺼질 듯 말 듯한 등잔불 같은 예술의 터전에서 기껏 마음을 돌이켜 가다듬어보았댔자 지난 40년보다 더 험악한 지경이면 어찌하려는고. 그때엔 떼어버린 20년을 도로 찾고 게다가 20년을 더하여서 인생의 종언을 스스로 촉구하게 될 것을 누가 장담하랴? 이 말은 어느 예지 있는 정치인이 있으면 그의 지성에 못을 박는 말로서 명각할지어다. 아무튼 인생은 속아 사는 것이라 하였기에 후사는 정치인에게 맡기고 새해에 나는 20세의 청년으로 등장할 것을 약속해두자![18]

우리 나이로 마흔이 되기 한 해 전에 쓴 이 글에서 윤이상은 유럽 유학을 떠나기 전의 각오를 마음속에 분명히 새겨놓고 있음을 알 수 있다. 윤이상은 이제부터 스무 살 청년의 패기와 도전의식으로 무장한 뒤 운명에 맞서 미지의 세계를 개척할 것을 다짐하고 있다. 이 글에 나타난 바와 같이 앞으로 20년간은 교육자로서 사회와 국가에 공헌하고, 나머지 20년간은 음악에 온 생애를 바치겠다는 결심이었다. 이 기간 동안 교향곡 4곡과 실내악 40곡을 완성하겠다는 것이 윤이상의 옹골진 계획이었다. 훗날 윤이상은 자신의 소망대로 20여 년을 더 살았고, 작곡가로서 모두 150여 곡에 이르는 작품을 남겼다. 이 가운데 유럽에서만 120여 곡을 작곡했다. 유학을 떠나기 전에 스스로 수립했던 계획을 대부분 지킨 것이다.

윤이상은 이 글을 쓰기 전부터 마음속으로 커다란 각오를 다졌다. 또한 하루를 헛되이 보내지 않기 위해 남달리 애를 썼다. 두 시간짜리

---

18) 윤이상, 「20 청년이 되어서」, 1955.

학교 강의를 위해서 꼬박 하루를 바쳐 연구했고, 악상이 떠오르면 몇 날 며칠을 궁리하며 음률이 머릿속에서 증발되지 않도록 악보에 집중했다. 그때 쓰기 시작한 것이 〈현악 4중주 1번〉과 〈피아노 3중주〉였다. 최초의 음표는 몇 개의 마디로부터 시작되었다. 몇 개의 마디는 다시 몇 개의 악구樂句를 불러왔다.

그 두 곡을 쓰는 동안 매서운 추위가 창호지를 뚫고 목덜미로 파고들어 왔다. 졸음과 피곤함이 수천 개의 너울로 눈꺼풀을 덮쳐오는 날도 있었다. 윤이상은 그때마다 이불을 뒤집어쓰고 손을 호호 불었다. 잠을 쫓으려 찬물에 세수를 하거나 얼굴을 손바닥으로 찰싹 두드려댔다. 드디어, 온갖 노력과 열정 속에서 악보가 탄생되었다. 이듬해 윤이상은 이 악보들을 출판한 뒤 발표회를 가졌다.

1956년 4월 어느 날, 서울시에서 연락이 왔다.

"윤이상 선생님, 제5회 서울시 문화상 대상에 선정되신 것을 축하합니다."

그 무렵 서울시 문화상은 대한민국 최고의 상이었다. 수상자로 선정되었다는 소식을 접하고 기쁘기도 했지만, 한편으로는 놀라웠다. 성악곡 발표가 주류를 이루던 시절에 기악곡을 발표하는 사람은 매우 드물었다. 서울시에서는 윤이상이 작곡한 〈현악 4중주 1번〉과 〈피아노 3중주〉에 대상의 영예를 안겼던 것이다. 추운 날 건넌방에서 이불을 뒤집어쓴 채 작곡했던 바로 그 기악곡들이었다. 그 무렵 윤이상은 12음기법으로 쓴 이 두 작품을 그다지 만족스럽게 여기지 않았다. 남들은 상을 못 받아서 괴로울 텐데, 윤이상은 상을 받을지를 두고 남몰래 고민했다. 완벽한 음악을 갈망하는 기대치에 스스로 못 미친다고 판단한 양심의 발로였다.

'이 두 곡을 내 작품의 첫 출발지로 삼기에는 다소 미흡하다. 그러나 출발에 앞서 터를 다졌다는 면에서는 의미가 있다.'

진정한 의미에서 작품에 대한 평가는 사후에 결정되는 것이 가장 정당하다. 그렇다면 이 상을 주마가편의 의미로 삼는 것도 나쁘지는 않을 터였다. 이 같은 생각에 이른 뒤에야, 그는 기꺼이 상을 받기로 결정했다. 아내만이 그 고민을 알고 있었다. 이수자는 가타부타 말하지 않고 기다렸다. 무슨 결정을 내리든 남편의 뜻이 중요하다고 믿었다. 남편은 오래전부터 더 높은 음악의 세계에 목이 마른 사람이었다. 더 높은 곳을 향해 가려면 날개가 필요했다. 더 높은 곳은 현대음악의 본고장인 유럽이었고, 그 날개는 유학이었다. 이수자는 남편이 유럽 유학의 열망을 실현시키기를 바랄 뿐이었다. 그런데 이제는 그날이 점점 다가오고 있는 듯했다.

1956년 4월 11일, 서울시 공관에서 열린 서울시 문화상 시상식 장면. 윤이상(앞줄 왼쪽에서 다섯 번째)은 작곡가로서는 최초로 서울시 문화상 대상을 수상하는 사람이 되었다.

1956년 4월 11일, 서울시 공관에서는 내빈, 외빈을 비롯한 수많은 시민이 참석한 가운데 서울시 문화상 시상식이 성대하게 열렸다. 밴드 주악에 맞춰 식전 행사가 진행된 뒤 심사 보고가 이어졌다. 이날 상을 받은 사람은 인문과학 분야에 이숭녕, 자연과학 분야에 윤일선, 문학 분야에 이무영, 미술 분야에 김용진, 음악 분야에 윤이상, 연극 분야에 김동원, 영화 분야에 이규환, 공예 분야에 강창원, 건축 분야에 이균상, 체육 분야에 김용무 이렇게 열 명이었다.

이윽고 단상에 오른 윤이상은 시장에게서 상장과 부상 10만 원을 받았다. 객석에서 열렬한 박수갈채가 쏟아져 나왔다. 단상과 단하에서 카메라 플래시가 쉴 새 없이 터졌다. 윤이상은 작곡가로서는 최초로 서울시 문화상 대상을 수상하는 사람이 되었다. 한복을 곱게 차려입고 식장에 앉아 있던 이수자는 윤이상의 수상을 지켜보는 내내 뭉클한 마음이 들었다. 전쟁 중에 돈이 떨어지자 아끼던 첼로를 팔아 식량과 땔감을 구해왔던 남편의 모습이 불현듯 떠올랐다. 먹을 것은 물론이거니와 초 한 자루도 없는 어둡고 차가운 방에서 첫아이의 출산을 염려했던 막막한 시절도 떠올랐다. 성북동으로 옮겨온 뒤 건넌방에서 자주 쿨럭이며 작곡을 하던 남편의 등도 눈에 밟혔다. 그때, 무대 위에서 윤이상이 상장과 꽃다발을 쥔 채 두 손을 번쩍 들었다. 그 모습이 꼭 비상하는 새의 날개 같았다.

'당신은 더 넓은 세계를 향해 날아가야 해요. 날개를 달고 훨훨…….'

이수자는 마음속으로 빌었다. 윤이상의 고민을 잘 알고 있었기에 이러한 기원은 매우 현실적인 것이었다. 그날 저녁, 윤이상은 이수자와 유학 문제를 본격적으로 논의했다. 경제적인 문제가 가장 크다 보니 윤이상은 망설일 수밖에 없었다. 외유내강한 이수자는 오히려 남편을 격려하며 적극적으로 나섰다.

"유학 가시기에는 지금이 가장 적절한 때입니다. 이 기회를 놓치면 다음번에는 어려울지도 모르니, 당장 서두르셔야 해요."

"애들이 어려서, 당신 고생이 클 텐데……. 그것이 가장 걱정되는 일이오."

"부산에 가서 교편을 잡을 거예요. 친정 옆에 거처를 정하면 엄마가 애들도 봐주실 거예요. 너무 염려하지 마시고 당신 꿈을 마음껏 펼쳐 보세요."

"당신에게 미안하고, 고맙소."

이수자의 격려는 윤이상에게 커다란 힘이 되었다.

윤이상은 '제2빈악파'의 음악과 12음기법에 관심이 많았기에, 그 본고장인 독일로 유학을 갈 생각이었다. '빈악파'는 원래 오스트리아의 빈에서 활약한 음악가를 통칭해서 부르는 명칭이었다. 18세기 후반에서 19세기 전반에 걸쳐 빈을 중심으로 창작활동을 하며 독일 고전음악을 크게 완성시킨 하이든, 모차르트, 베토벤, 슈베르트 같은 작곡가들이 여기에 해당되었다. 음악학계에서는 그들을 빈고전파라고도 불렀다. 넓은 의미에서는 빈을 무대로 활동하는 모든 음악가를 빈악파라고 부른다. 그렇지만 쇤베르크가 등장한 뒤부터 빈고전파를 '제1빈악파'로 구분하게 되었다.

12음기법을 바탕으로 한 무조음악의 창시자로 널리 알려진 쇤베르크, 그의 제자인 알반 베르크Alban Berg, 안톤 베베른Anton Webern 등이 활발히 활동하자 음악계에서는 이들을 '신빈악파'라고 불렀다. 이후 20세기 초반 빈을 무대로 활약한 12음 음악파의 작곡가를 가리킬 때는 '제2빈악파'라고 지칭하는 것이 일반화되었다.

쇤베르크는 1874년 오스트리아 빈에서 유태계 정통파 가정의 장남으로 태어났다. 그의 아버지는 작은 신발가게의 주인이었다. 쇤베르크는 여덟 살 때부터 바이올린을 배웠고, 독학으로 음악 공부를 하면서 작곡을 시작했다. 열일곱 살 때 부친이 사망하자 집안의 생계를 책임지기 위해 은행에 취직했다. 퇴근 후에는 동료와 합주를 했으며 아마추어 오케스트라에서 연주를 했다. 쇤베르크는 오케스트라 지휘자인 알렉산더 폰 쳄린스키Alexander von Zemlinsky에게서 작곡을 배웠고 브람스와 바그너, 리하르트 슈트라우스 등에게서 영향을 받았다. 그는 이 무렵 2개의 피아노곡집과 〈현악 4중주곡 D단조〉를 썼다. 1897년 가을, 쳄린스키의 추천을 받은 〈현악 4중주곡 D단조〉가 빈 음악예술가협회에서 초연되어 호평을 받았다. 이 작품은 특히 브람스에게서 지대한 영향을 받은 것으로 꼽힌다. 2년 뒤인 1899년에는 현악 6중주 〈정화된 밤〉을 발표했다. 독일의 시인 리하르트 데멜Richard Dehmel의 시에 기초해서 만든 이 곡은 낭만적인 표제음악 성격을 띠는 한편, 그의 작품 세계를 도약시킨 분수령이 되었다. 초연 때 이 곡은 청중들의 강한 반발에 부딪혔지만, 그 후 가장 많은 인기를 끄는 곡이 되었다.

5년 만에 은행을 그만둔 쇤베르크는 지휘와 편곡을 하면서 근근이 삶을 이어갔다. 1901년 쳄린스키의 여동생 마틸데와 결혼한 쇤베르크는 베를린의 캬바레에 취직하여 당시 유행하던 대중적인 곡을 썼다. 하지만 본격적인 작곡에 대한 갈망은 여전했다. 쇤베르크는 생활고에 시달리면서도 〈구레의 노래〉를 썼다. 또한 벨기에의 작가 모리스 메테를링크Maurice Maeterlinck의 희곡을 기초로 하여 대규모 관현악단을 위한 교향시 〈펠레아스와 멜리장드Pellé as et Mélisande〉를 일부 썼다. 이 곡들에는 바그너와 말러의 영향이 짙게 드리워져 있다. 그 무렵 우연히 이 곡들을 보게 된 리하르트 슈트라우스가 감탄을 했다.

“쇤베르크! 이 곡은 정말 특별한 곡이오.”

이후, 슈트라우스는 쇤베르크가 베를린에 머물도록 호의를 베풀었다. 그의 주선으로 쇤베르크는 슈테른 음악원의 작곡 교수로 일하게 되었고, 독일음악진흥협회가 주는 리스트 장학금을 받았다. 삶이 어느 정도 안정되자, 작곡에 불이 붙은 쇤베르크는 〈펠레아스와 멜리장드〉를 마저 완성한 뒤 빈으로 돌아갔다.

1904년, 쇤베르크는 빈에서 본격적으로 음악을 가르쳤다. 이때 구이도 아들러Guido Adler의 제자들이 쇤베르크에게서 배웠다. 아들러는 빈 대학에서 음악사를 가르치는 교수였다. 이 무렵 만난 베베른과 베르크는 스승과 제자를 뛰어넘는 동료애로 뭉쳐진 돈독한 관계를 형성했다. 베베른은 스승인 쇤베르크, 동료인 베르크와 더불어 훗날 3인의 무조음악파로 분류된다. 쇤베르크를 계승한 두 제자 중에서 베베른의 작품이 더 진보적인 것으로 평가된다. 지엽적인 것을 배제하고 본질을 드러내는 정밀함을 특징으로 하는 베베른 특유의 음악 기법은 훗날 전자음악을 발전시키는 데 커다란 공헌을 했다. 음악사에서는 이들을 일컬어 ‘신新빈악파’라고 불렀다. 쇤베르크가 창안해낸 음악은 20세기 전반의 유럽 현대음악에 혁명적인 변화를 불러일으켰다. 신빈악파는 빈무조파라는 별칭으로도 불렸다.

제1~2차 세계대전을 겪고 난 뒤 음악의 흐름은 크게 바뀌었다. 내용과 형식 면에서 과거의 정형화된 율조, 대칭적 구조를 탈피한 채 새로움을 추구했다. 쇤베르크가 주창한 무조음악은 부조화와 비대칭, 비정형의 선율마저 끌어안는 놀라움 속에서 출발한다. 기존의 음악이 으뜸음을 바탕으로 조성調性을 형성함으로써 상호 유기적 관계를 맺게 마련이라면 무조음악은 일반적인 조성을 부정하는 음악을 뜻했다. 즉, 으뜸음을 인정하지 않음으로써 더욱 드넓은 확장성을 갖게 된다. 조성이란 악곡에서 어떤 한 음이 중심에 서 있고 여러 다른 음들이 그 중심음(으뜸음)을 따르는 배열로 이루어지는 현상인 데 비해, 무조음악이란 이 같은 질서를 의도적으로 무너뜨리는 것을 의미한다.

일정한 조調가 없는 음악을 표방한 '무조'는, 바로 그 역설 때문에 인간 정신의 극한까지 표현할 수 있는 무한의 경지를 확보하게 되었다. 무조음악의 이러한 특징은 현대음악의 바탕에 굳건히 자리 잡기에 이르렀다. 또한 후기낭만주의 음악에서 사용되었던 반半음계적 화성법을 훌륭하게 정착시키는 데 이바지했다.

하지만 쇤베르크의 무조음악은 처음부터 주도면밀한 작업 속에서 탄생한 것은 아니었다. 이 무렵 생계가 불안한 상태였던 그는 〈현악 4중주곡 제2번〉을 쓰고 있었다. 중간에 소프라노 독창을 집어넣은 이 곡은 제4악장에서 무조에 이르는 독특한 편성으로 나아갔다. 하지만 이 곡은 더 진전되지 않았다. 설상가상으로, 1908년 12월에 이 작품이 초연되었을 때 관객들은 고함을 지르며 불만을 터뜨렸다.

이에 상심한 쇤베르크는 마음을 다잡기 위해 회화에 심취했다. 그는 이후 10년 동안 화필을 놓지 않으며 그림에서도 독자적인 경지에 이르렀다. 그는 러시아 태생의 표현주의 화가 칸딘스키와 매우 가깝게 지내면서 함께 전시회를 열었다. 그의 〈환상〉 시리즈와 〈붉은 눈빛〉 등은 모두 이 무렵에 그렸던 작품들이다.

화폭을 마주하면서 상처를 다스리던 쇤베르크는 1909년 왕성한 창작열을 불태웠다. 그는 평소 좋아하던 시인인 슈테판 게오르게Stefan George의 시집에 곡을 붙인 연가곡집 『공중정원의 책』을 썼다. 또한

〈3개의 피아노곡〉, 〈5개의 관현악곡〉을 쓴 데 이어 모노드라마 〈기대〉를 완성했다. 그는 1911년 베를린으로 이주했고, 음악가로서 점차 확고한 지위에 이르게 되었다. 그의 명성이 널리 퍼지던 1920년, 쇤베르크는 국제말러연맹의 회장으로 선출되었다.

1921년 여름, 쇤베르크는 제자이자 친구인 요제프 루퍼Josef Rufer와 산책에 나섰다. 그때, 그의 머릿속에 12음기법의 아이디어가 섬광처럼 떠올랐다. 당시 많은 작곡가들이 공통적으로 생각하고 있던 것은 무조로 작곡하는 방법이었다. 하지만 쇤베르크가 생각한 12음기법은 그것과는 확연히 달랐다. 쇤베르크는 스스로 고심 끝에 만들어낸 방법을 '서로의 관계에만 의존하는 12개의 음에 의한 작곡 방법'[19]이라고 명명했다. 그는 이와 같은 방법을 연구하고 부단히 실험한 끝에 1923년 〈5개의 피아노곡〉, 〈세레나데〉, 〈피아노 모음곡〉을 썼다.

12음 음악이란 한 옥타브 안의 열두 개 음을 하나하나 똑같은 가치를 지니는 음으로 다루는 음악이며, 이 기법으로 작곡한 음악을 12음 음악이라 부른다. 베토벤 이래 고전주의 시대부터 "하나의 곡에는 반드시 하나의 조성을 기본으로 구성되고 전개된다"는 것이 음악계의 정설로 이어져 오고 있었다. 12음기법의 출현은 이처럼 오랜 세월 동안 고수해오던 기존의 법칙을 근본적으로 무너뜨린 일대 사건이었다. 이때부터 조성음악의 틀이 깨지면서 무조음악이 출현하게 되었다. 19세기 후반 들어 말러, 드뷔시, 리하르트 슈트라우스와 같은 음악가들이 등장해 조성에 얽매이지 않는 음악을 구사하면서 무조음악은 광범위하게 확산되었다.

---

19) 음악지우사 편, 음악세계 옮김, 「아르놀트 쇤베르크」, 『신빈악파』, 2002, 13쪽.

윤이상은 고향 통영에서 어린 시절 숱하게 들었던 민요 가락, 가야금의 농현, 판소리와 불교음악, 통제영에서 연주하던 악공들의 고풍스럽고 전아典雅한 음악의 기억을 자신이 작곡한 음률에서 재창조하고자 했다. 아울러, 으뜸음을 부정한 무조음악을 공부함으로써 자신의 내면에 깃든 한국적 정서, 유·불·선이 복합적으로 직조된 전통의 결을 작곡으로 표현하고자 했다. 그러려면 무조음악의 본고장인 독일로 유학을 가는 것이 가장 현명한 방법이라고 믿었다.

윤이상은 빈악파의 음악을 빨리 배우고 싶은 열망에 사로잡혀 있었다. 그것에 대한 관심은 최호영에게서 음악을 배우던 10대 후반에 이미 싹트기 시작했다. 남산 국립도서관에서 열심히 탐독했던 힌데미트나 쇤베르크에게서 깊은 인상을 받았기 때문이다. 그들이 저술한 음악책, 어렵게 구한 레코드판에서 울려나온 그들의 작품은 거부할 수 없는 매력을 발산했다. 일정한 조성과는 무관한 작곡의 의외성, 기존의 질서를 송두리째 뒤엎는 전복적 상상력이 작품 곳곳에 살아 숨 쉬고 있었다.

그는 자신을 곰곰이 되돌아보았다. 그동안 최호영과 이케노치 도모지로에게서 배운 유럽 음악은 고작해야 리하르트 슈트라우스 정도에 불과했다. 또한 빈음악파의 이론서를 읽기는 했으나 "요제프 루퍼가 지은 『12음 작곡법』의 일본어 번역본을 접한 것"[20]이 자신의 현 단계 위치라고 규정했던 것이다. 무조음악을 어느 정도 구사하는 정도였을 뿐, 12음기법을 바탕으로 한 작곡기술이 영 마뜩치 않다는 것을 그 스스로 잘 알고 있었다. 서툰 목수가 손등을 친다는 말처럼, 자신은 아직 풋내

---

20) 김용환 편저, 「한국 근·현대 예술사 서술을 위한 기초연구-작가론2」, 『윤이상 연구 I』, 한국예술종합학교 한국예술연구소, 1995, 7쪽.

기 목수였다. 목수로서 기량을 쌓으려면 뼈를 깎는 노력이 필요했다.

자신이 만약 여린 나무라면 지금보다 더욱 무성한 잎을 틔워 무럭무럭 자라야 한다. 열매를 맺으려면 더욱 치열한 생존 방법을 터득해야 한다. 음악가로서 더 높은 경지에 오르려면 부족한 것을 공부로써 채우는 수밖에 없다. 음악에 대한 허기를 채우려면 자신을 매료시킨 신빈악파의 음악인 12음기법을 공부하기 위해 그 본고장인 유럽으로 떠나야 한다. 바로 이것이, 그를 유럽으로 가게 한 직접적인 이유였다.

당시 유학생이 출국 허가를 받으려면 현지 대학에서 보내온 초청장이 있어야만 했다. 하지만 독일에는 그럴 만한 지인이 없었다. 다행히 프랑스에는 바이올리니스트로 활약 중인 친구 박민종이 체류하고 있었다. 윤이상은 그에게 입학에 관한 일을 알아봐 달라고 부탁했다. 첫 유럽 유학지를 독일로 삼지 못하고 프랑스로 정한 까닭이 여기에 있다. 윤이상은 〈현악 4중주 1번〉, 〈피아노 3중주〉, 〈첼로 소나타〉와 합창곡 등의 악보를 박민종에게 소포로 보냈다.

"친구! 나의 작품 몇 편을 보내네. 작품을 많이 보낼 수 없어 참으로 유감이라네. 번거롭겠지만 이 작품을 파리 국립고등음악원에 보내주게. 또한 그 음악원의 입학원서를 가능하면 빨리 내게 송달해준다면 고맙겠네."

얼마 후, 박민종에게서 편지가 도착했다.

"친애하는 친구의 부탁이라면 나는 언제든 즐거이 감당할 준비가 되어 있네. 자네가 보내준 악보는 파리 국립고등음악원에 넘겨주었네. 머지않아 그곳 교수님들이 자네의 작품에 대한 평가를 해줄 걸세. 여기, 입학원서를 동봉하네."

편지를 읽은 윤이상은 입학원서를 작성해 국제우편으로 파리 국립고등음악원에 부쳤다. 우체국을 나오자, 비로소 마음이 놓였다. 하지만 아직 안심할 수는 없어서 프랑스어 공부에만 전념하기로 했다. 열심히 노력한 까닭에, 외무부에서 치른 어학시험에도 합격했다.

그러던 어느 날, 파리의 박민종에게서 기쁜 소식이 날아들었다. 파리 국립고등음악원의 교수들이 윤이상의 작품을 긍정적으로 평가한다는 내용의 편지였다. 또한 두툼한 사각봉투 안에는 파리 국립고등음악원에서 발행한 초청장이 들어 있었다.

"여보, 합격을 축하해요."

아내가 환하게 웃으며 윤이상을 껴안았다.

"모두가 당신 덕분이오."

윤이상도 이수자를 힘껏 끌어안았다. 날개를 얻은 기분이었다. 윤이상은 이수자의 격려를 받으며 유학 준비를 진행했다. 자신이 돛을 펼친 배라면, 이수자는 순풍이 되어 바다 한복판으로 밀어주는 것 같았다. 아내가 힘을 실어주자, 윤이상은 놀라울 정도로 빠르고 순조롭게 일을 추진해나갔다.

유학 비용을 마련하기 위해 집을 처분하기로 했다. 그럼에도 돈이 모자라 서울시 문화상 부상으로 받은 10만 원을 보탰다. 그즈음 이수자의 직장 문제도 해결되었다. 부산 영도의 여학교에 교사로 취직이 된 것이다. 이수자는 당장 아이들을 데리고 초량동에 집을 얻어 내려갔다. 출국 준비를 진행하던 그 무렵, 윤이상은 '한국음악단체연합회'에 입회원서를 냈다. 입회원서는 신속히 통과되어, 윤이상은 한국음악단체연합회의 정식 회원이 되었다. 그동안 혼자서 음악활동을 해온 것은 아니었지만, 음악단체에 가입함으로써 더 많은 음악인들과 폭넓게 교류할 수 있는 토대를 마련한 것이다.

출국 날짜가 잡힌 뒤인 1956년 5월 23일 '윤이상 도불渡佛 환송회'가 열렸다. 한국작곡가협회와 연주가협회, 뮤직펜클럽이 공동 주최한 환송회였다. 환송회장이었던 남북장南北莊이라는 음식점에는 40여 명의 문화예술계 인사들로 북적였다. 작곡가 이흥렬을 비롯해 김동근, 이강렴, 임만섭, 김인수, 이정상, 공선증, 이성삼, 김천애 등 다수의 음악가들이 찾아와 축하를 아끼지 않았다. 또한 이 자리에는 시인 김종문을 위시한 여러 문인들, 동방문화회관 사장 김동근 등 외빈들도 눈에 띄었다.

박태현의 사회로 시작된 환송회는 시종일관 화기애애한 분위기에서 이루어졌다. 음악인들은 저마다 윤이상의 프랑스 유학을 진심으로 지지하고 격려해주었다.

"영예의 서울시 문화상을 수상한 윤이상 선생께서 어려움을 무릅쓰고 프랑스 유학을 떠나려 하고 있습니다. 윤 선생의 열정과 깊은 뜻이 온 세상을 빛낼 영롱한 작품으로 열매 맺기를 진심으로 바라마지 않습니다. 먼 길에 신의 축복이 함께하시기를 바랍니다."

참석자들이 축사를 하는 동안 윤이상의 마음에는 뜨거운 것이 솟아올랐다. 다시 태어나는 심정이었다. 유학을 가서 온 힘을 다해 열정의 불꽃을 피우리라는 다짐이 뭉클뭉클 솟구쳐 올랐다. 이윽고, 꽃다발을 가슴에 안은 윤이상이 답사를 했다.

"불혹에 이르러 유학을 떠나는 저는 몹시 행복합니다. 선배 음악인들에게서 분에 넘치는 사랑을 받았기 때문입니다. 이제 저는 파리에 가더라도 한국의 음악을 잊지 않으며 더욱 정진해 나가겠습니다."

답사가 끝나자 친구들이 한꺼번에 윤이상을 둘러싸고 손을 잡아주었다.

"윤 형! 당신이 빛나는 성과를 거두고 돌아올 것을 우리는 굳게 믿고 기다릴 것이오."

이날 자리를 함께한 이수자도 남편과 친구들이 빚어내는 순도 높은 우정에 눈시울이 뜨거워졌다. 윤이상이 유럽에 머물게 된 뒤, 친구들이 건네준 이 다정한 말들은 늘 용기를 북돋아주는 원동력이 되었다.

유럽에서

제1장

—

파리 유학

누군가에게 순탄한 일이 다른 누군가에게는 녹록하지 않을 때가 허다하다. 윤이상의 경우가 그랬다. 전쟁과 가난, 폐결핵과의 사투를 딛고 떠나는 유럽 유학이었기에 막상 짐을 꾸려 떠나는 날의 감회는 몹시 각별했다. 유학이 결정되기까지 모든 과정은 꽉 짜인 일정으로 빈틈없이 맞물려 있었다. 그 모든 일을 하나하나 추스른 뒤 앞으로 나아가는 심정은 실로 벅찬 것이었다.

전후 한국 사회에는 폐허 아닌 것이 없었다. 그 위에서의 삶이란 모두 허虛한 것들 투성이였다. 부지런히 움직이지 않으면 어느 것 하나 제구실을 하기 힘들었다. 눈알이 핑핑 돌만큼 바삐 살아도 온전함을 이루기는커녕 목표에 도달하는 것마저 턱없이 힘에 부쳤다. 식민지 시절 일제는 실로 잔혹하게 우리 민족정기를 말살했다. 우리의 문화적 토대를 눈썹 하나 까딱 않고 파괴했다. 우리의 민족 자산을 탐욕스럽게 집어삼켰다. 그러한 터에 전쟁까지 겪게 되었으니 이 산하의 황폐함과 피폐함은 극에 달했다.

윤이상은 이에 더해 개인적인 병고와 싸우며 작곡을 하는 투쟁의 나날이었다. 하지만 결코 움츠러들지 않았다. 더욱 분주하게 음악회를 열고, 비평의 날을 곤두세우며 열혈 청년으로 살았다. 지난 5년간은 우주발사체와 같은 추진력을 뿜어내며 앞으로 나아가는 삶의 연속이었다. 쇠잔하여 쓰러지는 대신 오히려 새 힘을 얻어 제3의 장소로 뻗어나갔다. 그 힘은 윤이상의 내부에 오랫동안 갈무리된 꿈에서 솟아나왔다. 음악에 대한 집념이 에너지의 근원이었다. 현대음악에 대한 관심과 탐구열이 주요한 원동력이었다. 목표를 향한 끊임없는 정진이 열정에 불을 지폈다. 매 순간 행동으로 옮기는 실천의 힘이 불쏘시개 역할을 해냈다.

1956년 6월 2일, 윤이상은 마침내 유럽 유학의 길에 올랐다. 공항에는 수많은 친구들이 나와서 윤이상의 유학을 진심으로 기뻐해주었다. 그뿐 아니라 선후배 음악인, 문화예술계에 종사하는 친지 여럿이 당시로서는 흔치 않은 유럽 유학의 앞날을 축하해주며 윤이상을 에워쌌다. 그 바람에 이수자를 비롯한 가족들은 정작 그 정감 넘치는 장면을 뒷전에 서서 지켜봐야 했다.

"윤 형! 잘 다녀오시오!"

"윤 선생님, 성공을 빌겠습니다."

다들 한마디씩 덕담을 건네며 악수와 포옹을 하는 가운데, 윤이상은 이수자에게 짧은 눈길을 던지고는 비행기에 올랐다. 경상도 남자 특유의 무뚝뚝함과는 달리 이수자를 향한 눈길만은 그윽했다. 이윽고 굉음을 울리며 비행기가 이륙했다.

'이제부터 나는 새로운 인생을 살 것이다.'

윤이상은 유학의 꿈을 키우며 「20 청년이 되어서」라는 글을 쓸 때처럼 새삼스러운 다짐을 되새겼다. 비행기가 고도를 높이자 부드러운 원으로 이어진 밭두렁이 내려다보였다. 논물 위로 벼 이삭이 가지런한 논두렁도 보였다. 겹겹이 완만한 능선으로 늘어선 산들이 그 너머로 펼쳐졌다. 집과 학교와 운동장과 전봇대와 소달구지와 성냥갑 같은 도시의 자동차들이 태양빛에 빛나는 바다 뒤로, 두터운 뭉게구름 뒤로 아스라이 멀어져 갔다. 윤이상이 탄 비행기는 그날 저녁쯤 일본 하네다 공항에 도착했다. 멀미를 하지 않을까 내심 염려했으나 별일 없었다. 그러나 몸 상태는 그다지 좋지 않은 편이었다. 평소와는 달리 땀을 흥건하게 흘려서 좀 걱정이 되었다. 게다가 간밤에 하네다 공항에 도착했을 때 지갑을 잃어버려서 간이 콩알만 해졌다. 프랑스에서 쓸 돈을 환전해 넣어둔 지갑을 분실했으니, 눈앞이 캄캄했다. 홀로 마음 졸이고 있을 때, 일본인 공항 직원이 빠른 걸음으로 다가왔다.

"선생님, 이 지갑을 잃어버리신 게 맞지요?"

"아, 네, 맞습니다."

직원은 지갑을 전해준 뒤 밝게 웃었다. 그제야 오그라들었던 간이 제자리를 찾았다. 도쿄 체류 이틀째인 1956년 6월 3일 밤에는 사랑을 담뿍 담아 아내에게 편지를 썼다. 비로소 유럽 유학을 떠나는 설렘이 펜 끝에 묻어 나왔다.

새벽 한 시, 일본을 떠난 비행기가 홍콩 공항에 도착했다. 다음 비행기 편은 제때 오지 않았다. 할 수 없이 홍콩에서 나흘간 머물러야 했다. 그날 저녁, 윤이상은 케이블카를 타고 산 위에 올라갔다. 홍콩의 야경은 아름다웠다. 붉고 노란 보석을 깔아놓은 듯, 시내 곳곳마다 불빛으로 반짝였다. 잘 포장된 도로가 산 밑에서 꼭대기까지 이어져 있었다. 윤이상은 천천히 산책 삼아 이곳저곳을 둘러보았다. 문득, 이 멋진 곳에 아내와 함께 왔으면 얼마나 좋을까 하는 생각이 들었다.

산을 내려온 윤이상은 호텔로 돌아왔다. 방문을 열자 널찍한 거울이 벽면을 가득 채우고 있었다. 그곳에 이제 막 새로운 세계를 향한 출발선에 서 있는 한 남자가 보였다. 꽉 다문 입술, 그리고 약간 곱슬거리는 머리칼……. 갓 마흔에 접어든 그는 불과 얼마 전 자신의 나이를 스물로 상정한 글을 쓰며 스스로 각오를 다졌다. 유럽에 유학 가서 스무 살의 열정으로 모든 일을 신속하게 처리하고 돌아오겠다는 다짐이었다. 그는 그 각오를 다시금 떠올리며, 자신을 이곳까지 오게 한 사랑하는 아내 이수자에게 편지를 썼다.

홍콩에서 출발한 비행기에는 패션을 공부하기 위해 파리로 가던 한 여성이 타고 있었다. 그녀는 1928년 서울에서 태어나 경기여자고등학교를 졸업한 뒤 미국 유학을 다녀온 패션 디자이너 노명자였다. 헨릭 입센Henrik Ibsen이 쓴 『인형의 집』의 여주인공처럼 독립적인 여성으로 살고자 이름을 '노라 노'로 바꾼 뒤 유럽으로 떠나는 중이었다. 비행기가 급유를 위해 지중해에 면해 있는 몇몇 나라를 경유할 때 두 사람은 잠시 얘기를 나누게 되었다. 훗날 '한국 최초의 패션 디자이너'로 이름을 날린 그녀는 당시의 장면을 이렇게 회상하고 있다.

> 1956년 이른 봄, '예술의 도시' 파리를 향해 들뜬 마음으로 여행길에 올랐다. 서울에서 7~8시간을 비행한 뒤 홍콩에 도착, 하룻밤을 묵고 주 1회 운항한다는 파리행 비행기를 탔다. 홍콩에서 파리까지는 2박 3일이 걸린다. 비행기는 급유를 위해 네 시간마다 착륙했다. 잠이 들 만하면 스튜어디스가 "미스, 일어나세요. 내려야 합니다" 하고 깨

우곤 했다.

비행기가 급유를 위해 이란의 테헤란 공항에 착륙했을 때 안내원이 뜻밖의 소식을 전했다. 갈아타야 하는 비행기를 놓쳐 파리에 가려면 이곳에서 이틀을 묵어야 한다는 것이었다. 하는 수 없다고 체념하고 있는데 같은 비행기의 승객 가운데 한국 남성이 한 분 있다는 사실을 알게 됐다. 30대 중반 쯤으로 보이는 그분은 건장한 체격에 수수한 외모를 지녔다. 좀 더 솔직히 말하면 전형적인 경상도 사나이 스타일이라고 해야 할까. 나는 혹 나중에 뒷말이 날까 봐 조심스럽게 처신했다. 하지만 시간이 흐르면서 우리 두 사람은 자연스럽게 얘기를 나누게 되었다.

경상도 사투리를 빼고는 세련된 분이었다. 먼저 그분이 "나는 독일로 음악 공부를 하러 갑니다. 춘향전 오페라를 완성하기 전에는 한국으로 돌아가지 않으려고 합니다. 미스 노는 무슨 공부를 하러 어디로 가십니까?" 하고 물었다. 이 남성의 이름은 윤이상이었다.

유명한 작곡가인 그분을 나는 알아보지 못했었다. 그러나 그분이 춘향전 오페라 이야기를 할 때의 비장한 표정을 보면서 감동을 받았던 순간은 아직도 분명히 기억하고 있다.[1)]

윤이상은 비행기가 낯선 땅에 머무를 때마다 쉬지 않고 아내에게 편지를 썼다. 공항에서 수많은 사람들에 둘러싸여 축하 인사를 받을 때 정작 아내에게는 제대로 작별 인사를 나누지 못한 것이 두고두고 마음에 걸렸다. 그 아쉬움을 달래려는 듯 윤이상은 어디에서고 하루 일을

---

1) 노라 노, "나의 선택 나의 패션 38. 윤이상 선생", 「중앙일보」, 2007년 1월 23일.

마무리할 때면 정성껏 편지 쓰기에 몰두했다.

공교롭게도 비행기가 터덜거리는가 싶더니 갑자기 고장이 났다. 윤이상은 할 수 없이 터키의 앙카라에서 하룻밤 머물러야 했다. 이튿날에는 이스탄불에 도착해 파리행 비행기로 바꿔 탔다. 비행기를 기다리는 동안 잠시 거리를 거닐었다. 멀리 바다가 보였다. 코발트빛 짙푸른 바다가 철썩이고 있었다. 감탄이 절로 나왔다. 말로만 듣던 지중해의 풍광이었다. 우거진 숲속 언덕배기에는 빨간 지붕을 얹은 집들이 빼곡했다. 그 모습이 무척이나 평화롭고 아름다웠다.

1956년 6월, 파리 국립고등음악원에서 유학생활을 하던 윤이상이 가족에게 보낸 엽서.

'이런 곳을 아내와 함께 산책한다면 얼마나 좋을까?'

윤이상은 쪽빛 바다를 바라보며 혼잣말을 했다. 그리운 아내의 얼굴이 수평선 너머로 보이는 듯했다.

서울을 떠난 윤이상은 여러 나라를 거쳐 열이틀 만인 6월 12일, 드디어 파리에 입국했다. 윤이상은 수수한 호텔에 머물며 방을 구하러 다녔다. 방을 구하는 것은 생각보다 수월하지 않았다. 방이 그런대로 깨끗하면 방값이 비쌌고, 값이 헐하면 방이 후줄근했다. 호텔에 머문 지 사흘 만에야 시내 외곽의 어느 건물에 딸린 작은 방을 구할 수 있었다. 나이 지긋한 주인 부부와 두 아이가 사는 집이었다. 집주인은 비교적 싹싹한 편이었다. 방을 얻은 첫날, 주인 남자가 서툰 영어로 차를 권했다. 안주인은 영어를 못하는 듯했다. 윤이상은 가족사진을 보여주었다. 윤이상 역시 영어가 썩 유창하지는 않았지만 토막 영어를 겨우 쓰는 바깥주인을 위해 손짓, 발짓을 섞어 가족 소개를 했다. 주인 내외는 친절한 미소를 지어주었다. 유학생활에 적응하기 위해서는 프랑스어를 빨리 배워야 한다는 것을 절실히 느낀 하루였다.

이튿날, 윤이상은 파리 국립고등음악원에 가서 입학 절차를 알아보았다. 교무처에서는 10월에 가을 학기가 시작된다고 알려주었다. 등록하기까지는 4개월이 남아 있어서, 먼저 알리앙스 프랑세즈 어학학교에 등록부터 했다.

윤이상이 가장 알고 싶은 것은 자신의 작품에 대한 현지 교수의 평가였다. 객관적인 평을 듣게 된다면 유학 기간 동안 올바른 방향을 설정할 수 있으리라 여겼다. 다행히 몇몇 지인의 소개로 파리 시립음악학교의 귀 드 리옹꾸르 교장을 만날 수 있었다. 그는 전직 작곡과 교수였다.

윤이상은 그에게 악보 뭉치를 건네주며 정중하게 평을 부탁했다.

"리옹꾸르 선생님. 저는 한국에서 온 작곡가 윤이상입니다. 저는 이번 학기부터 파리 국립고등음악원에 입학하게 되었습니다. 괜찮으시다면, 제가 쓴 〈피아노 3중주〉와 〈현악 4중주 1번〉에 대한 선생님의 견해를 듣고 싶습니다."

리옹꾸르는 윤이상의 악보를 찬찬히 넘기며 꼼꼼히 살펴보았다. 간혹 그는 미간을 찌푸리거나 고개를 끄덕이며 입가에 잔잔한 미소를 지었다. 한참 동안 신중한 표정으로 악보를 들여다보던 그가 펜을 들어 편지지에 뭔가를 써 내려갔다. 그 편지에는 "미스터 윤은 매우 훌륭한 자질을 갖춘 사람이다. 풍부한 시적 감수성이 작품에 흐르며, 뚜렷한 구상을 엿볼 수 있다. 다만, 화성에 대한 연구를 더 보충해야 할 것이다"라고 쓰여 있었다.

자상하면서도 정곡을 찌른 평가였다. 자신이 맞닥뜨린 음악적 고민을 핵심적으로 지적해준 것이어서 마음에 다가왔다. 한국에 있을 때는 12음기법으로 쓴 곡들을 전문적인 시각에서 비평해줄 만한 사람을 찾기가 어려웠다. 윤이상이 가는 길은 좁은 길이었던 것이다. 그런 만큼 리옹꾸르의 평가는 이후 작곡을 하는 데 귀중한 가늠자가 되어주었다.

이국땅에서 고향 생각이 나면 견디기 힘들었다. 하지만 통영의 바다, 아내와 아이들을 생각하면 저절로 미소가 떠올랐다. 아내에게서 편지가 온 것은 그 무렵이었다. 겉봉을 뜯자 고향의 살뜰함이 코끝에 풍겨왔다. 읽다 보면, 소리 없는 눈물이 볼을 타고 흘러내렸다. 기쁨의 눈물이었다. 아내의 편지는 깊은 향수병마저 달래주는 힘이 있었다. 편지 말미에 쓴 "당신을 늘 가슴에 안고 지내는 당신의 아내 자야"라는 구절에 눈길이 머물렀다. 그 다정한 결구만으로도 어두운 방에 불을

우경아!
아버지는 날마다 우경이와
정이 생각 한다. 이 그림은
우경이와 정이다. 앞으로 가는
병아리는 우경이. 꽃을 보고
있는것은 정이. 멀리 보이는
교회당에서는 종소리가 울린다
빨간계란, 파란 계란 속에는
보물도 지혜도 많이 들어 있다
정이와 우경이는 이렇게 착하
게 지낸다. 나무 가지에서
노래하는 새 소리를 들어봐라
우경이는 엄마 우경이고 아버지
우경이다. 이렇게 노래한다
우경아! 잘 있어!

윤우경 에게
대한민국 부산시 초량동
불란서 빠리 에서
아버지 가

Mecki aus den Filmen der Gebrüder Diehl
und Redaktionsigel von „HÖR ZU!"

우경아 -
이 아이는 원숭이 인데
어느집 머슴살이를 하다가
하도 말을 잘들어서 사람
을 만들어 주었다. 그래서
꽃에 물을 주는 일을 하는데
너무 부즈런히 일을 해서
옷이 이렇게 떨어졌다
인제 주인은 좋은 양복을
줄것이다. 우경이 말을
내가 했더니 한번 만나
보자고 하더라 본에서
아버지가

Verlag - AUGUST GUNKEL - Düsseldorf
Echt Foto - Jede Reproduktion verboten

독일 본 에서
아버지가
(1957年7月26日)

1956년 프랑스 파리로 유학을 떠난 윤이상이 아들 우경에게 쓴 편지(위)와
독일에서 딸 정에게 보낸 1957년 7월 26일 자 편지(아래).

켠 것처럼 위로가 되었다. 다 읽으면 새롭게 힘이 솟아서, 다시 읽게 되었다. 편지를 읽으면 읽을수록 아내가 손을 뻗어와 어깨를 감싸주는 것처럼 포근한 마음이 들었다. 편지가 온 날이면 어쩔 수 없이 편지에 빠져들었다. 편지 중독이었다.

어학원에 다닌 지도 몇 개월이 지났다. 프랑스 말을 부지런히 익힌 까닭에 웬만한 의사소통은 할 수 있게 되었다. 어느덧 여름이 지나갔다. 아침저녁으로 선들선들한 바람이 불어와 일교차가 커졌다. 나뭇잎들이 붉고 노란색으로 바뀔 무렵, 가을 학기 등록을 했다. 윤이상은 나이가 많다는 이유 때문에 일반 학생 자격으로는 등록할 수 없었다. 등

록금도 더 많이 지불해야 했다. 이 점이 몹시 부담스러웠다.

'빠른 시간 내에 많은 것을 배우고 귀국해야지.'

3년 예정을 하고 떠나온 유학이었지만, 현대음악을 제대로 배운 뒤에는 귀국 시기를 앞당기고자 했다. 가능한 한 1년 이내에 모든 것을 마치고 싶었다. 여전히 언어에서 오는 벽이 있었기에 프랑스어 공부도 게을리하지 않았다.

학기가 시작되었다. 윤이상에게는 두 사람의 스승이 생겼다. 작곡을 가르치는 토니 오뱅Tony Aubin 교수와 이론을 가르치는 피에르 르벨Pierre Revel 교수였다. 두 사람은 폴 뒤카Paul Dukas의 제자라는 공통점이 있었다. 뒤카는 또한 뱅상 댕디Vincent d'Indy의 제자이기도 했다.

토니 오뱅은 베토벤이나 바그너와 같은 고전음악 위주로 가르쳤다. 분석적인 강의는 재미있었지만 윤이상의 주요 관심사인 현대음악이 아니었기 때문에 아쉬움이 많았다. 현대음악에 대한 목마름을 채울 길이 없는 게 답답했다.

피에르 르벨은 작곡가로서의 실력이 출중했고 이론가로서도 뛰어났다. 그는 강의 준비를 철저히 했다. 학생들은 그에게서 매번 충실한 수업을 들을 수 있었다. 소탈한 성격을 지닌 그는 거리감을 두지 않고 사람을 대했다. 친밀감이 느껴지는 사람이었다.

낙엽이 떨어지던 깊은 가을날, 중동에서 전쟁이 일어났다. 1952년 7월, 이집트에서 왕제를 무너뜨리고 혁명이 일어났을 때부터 어느 정도 예견된 전쟁이었다. 1956년 7월, 이집트에서 처음 실시된 공화제의 초대 대통령으로 가말 압델 나세르Gamal Abdel Nasser가 취임했다. 그는 취임하자마자 수에즈 운하를 국유화하고 티란 해협을 봉쇄했다. 수에즈 운하 경영권을 갖고 있던 영국과 프랑스는 이스라엘로 향하던 배의 출입이 막혀 경제적인 타격을 입자 크게 반발하고 나섰다.

그해 10월 29일, 이스라엘은 우수한 공군력을 앞세워 시나이 반도를 장악했다. 이틀 후, 영국과 프랑스는 이집트 공군기지를 초토화하면서 수에즈 운하를 점령했다. 이보다 앞서 제1차 중동전쟁이 터진 것은 1948년이었다. 이스라엘 독립 선포에 대한 반발로 이집트, 요르단, 이라크, 레바논, 시리아 등 범汎아랍 세력이 연합해 일어났지만 이스라엘에 참패를 당했다. 그때로부터 8년 만에 제2차 중동전쟁이 발생한 것이다.

11월 2일, 윤이상은 이수자에게 편지를 썼다. 중동전쟁의 발발로 인해 유럽의 정세가 불안정하다는 걱정을 담은 편지였다. 하지만 제1~2차 세계대전 중에도 파리에 대한 폭격은 없었다며 애써 아내를 안심시켰다. 더 나아가, 유학생활을 끝낸 뒤에는 서울 근교에 집을 장만해 작은 텃밭을 가꾸자며 미래를 설계했다. 통영에서 조금 떨어진 섬에 작은 집을 짓고 1년에 한두 차례씩 머물며 낚시를 하고 싶은 마음도 털어놓았다. 그것은 그가 간직한 진심이었고, 오랜 꿈이었다. 실제로 그는 노년에 이르러서도 아내와 조붓한 오솔길을 산책하고 타는 노을을 바라보며 함께 노래 부르기를 진심으로 꿈꿨다. 하지만 이 모든 것은 평생 갈망했으되, 이룰 수 없는 꿈이었다. 편지 말미에는 언제나 그렇듯이 빠듯한 살림에 유학비를 보내준 아내에 대한 고마움과 미안한 마음을 적었다.

두 사람은 경제적인 문제로 각각 힘겨운 나날을 보내고 있었다. 집이 팔리지 않아서 세를 내준 상태였기에 유학 자금을 마련하느라 적잖이 애를 먹은 터였다. 학교 교사인 이수자의 월급은 항상 바람 빠진 풍선이었다. 생활비와 아이들 양육비를 아껴가며 프랑스로 송금하다 보면 월급날 받았던 돈은 곧장 어디론가 빠르게 사라지고 없었다. 남편에게 꼬박꼬박 송금하기 위해 노력했지만 늘 힘에 부쳤다. 남편의 수중에 돈이 떨어질 것을 뻔히 알면서도 제때 돈을 부치지 못할 때가 많았다. 이수자는 그것이 가장 미안했다.

고국에서 송금한 돈이 떨어지면 굶을 때도 있었다. 식당 앞에까지 갔지만 식권이 없어 돌아올 때는 비참한 생각이 들었다.

"윤, 어디 아파요? 얼굴이 야위었는데……."

같은 학과 학생 하나가 걱정스럽게 물어보면 일부러 기침 소리를 내며 대수롭지 않은 일처럼 말하곤 했다.

"아니오. 감기에 걸렸을 뿐이오. 헛흠."

하지만 윤이상은 아내가 걱정할까 봐 이런 사정을 편지에 적지 않았다. 살림을 살다 보면 예기치 않게 가족들이 아프거나, 꼭 필요한 곳에 돈을 써야 할 일이 생길 때가 있다. 그럴 때는 따로 비축해둔 돈이 없어 쩔쩔 매게 된다. 생활비에 구멍이 나자, 이수자는 어쩔 수 없이 오빠에게 돈을 꾸어서 남편에게 부쳤다. 그 사실을 딱하게 여긴 서울의 언니 또한 파리로 돈을 직접 부쳐주었다. 겨우겨우 위기를 때우는 일이 많았다. 이수자는 그 순간들이 눈물겹게 고마웠다. 피붙이가 주는 무조건적인 사랑, 그 벅찬 사랑이 일상의 고난을 이기게 해주었다. 윤이상도 그런 아내에게 몹시 미안한 마음이 들어서, 편지에서나마 따뜻한 위로의 말을 적어 보내곤 했다.

중동전쟁의 여파는 열흘쯤 지나자 소강상태에 접어들었다. 이집트를 침공한 것을 두고 국제 여론이 비판을 쏟아내기 시작했다. 이스라엘은 여전히 강경한 입장이었지만, 영국과 프랑스의 정치적 입지는 매우 좁아졌다. 미국과 소련은 중동 지역에서 영국과 프랑스의 세력이 커지는 것을 바라지 않았다. 미국은 영국과 프랑스의 침공을 즉각 비난하면서 엄정 중립을 선언했다. 소련 또한 이들 양 국가에 미사일 발사를 예고하면서 위협을 가했다. 두 강대국의 견제는 곧 국제사회에 파장을 불러일으켰다.

유엔이 긴급특별총회를 소집해 중재에 나서면서 전쟁이 빠르게 매듭지어졌다. 유엔 긴급군이 이집트에 파견되자 영국과 프랑스 군대가 연내에 철군을 단행했다. 이듬해 3월, 이스라엘 군대도 점령지에서 철수했다. 전쟁은 종결되었다. 전쟁의 불똥이 프랑스로 번질 경우 스위스로 피신할 생각까지 했던 윤이상은 비로소 안도의 한숨을 내쉬었다.

윤이상은 끼니때면 늘 음악원 안에 있는 학생식당을 이용했다. 가끔은 뤽상부르 공원 앞으로 나가 고급 학생식당을 이용했다. 그곳에서 저녁 식사를 할 때면 평소 때보다 값을 조금 더 치른다는 생각을 아예 내려놓았다. 비용에 집착하다간 체할 수 있기 때문에 나름대로 생각해낸 비법이었다. 이곳에서 한 끼 식사를 하는 동안만큼은 좀 더 느긋해지자고, 행복한 생각만 하자고 속으로 최면을 걸었다. 식사 후에는 버릇처럼 호숫가를 걸었다. 물결 찰랑거리는 호수를 바라보며 산책하면 저절로 명상에 잠길 수 있었다.

'앞으로 어떻게 음악의 체계를 잡을 것인가.'

공원으로 접어들 때 마음속에서 질문 하나가 고개를 내밀었다. 길은 공원을 벗어나 소르본 대학과 노트르담 성당으로 이어졌다. 센 강을 끼고 길을 걷다가 흐르는 물을 물끄러미 바라다보았다. 높다랗게 서 있는 나무들이 강을 따라 늘어서 있었다. 여름 내내 무성하던 나뭇잎의 색깔이 노랗게, 혹은 붉게 물들어 있었다. 문득, 난무하는 음의 실타래를 하나씩 붙잡아 정결하게 교직하는 자신을 떠올려보았다. 마음이 편안해졌다. 강바람이 제법 쌀쌀했지만 강물을 바라보는 것은 언제나 좋았다.

전쟁의 불안이 가셨지만, 진로 문제에 대한 고민은 여전히 현재 진행형이었다. 리옹꾸르의 평가를 들었지만 아직도 흡족한 편은 아니었다. 파리에 온 이상 작곡이론만큼은 확실히 다져두고 싶었다. 작곡을 어떻게 할 것인가 하는, 작곡학에 대해서는 자신이 있었다. 하지만 귀국해서 학생들을 가르치려면 작곡의 실제를 가능케 하는 기본 이론을 명료하게 꿰고 있어야 했다. 후세를 가르치기 위한 절대 방편은 보편적이면서도 확실한 작곡이론이었다. 청년 시절, 작곡이론을 배우고 싶어 몸부림쳤던 자신의 전철을 후배 세대가 또다시 겪게 하고 싶지는 않았다.

좋은 목초지를 찾아 가축들을 이끌고 떠나는 유목민처럼 윤이상은 여전히 지적인 갈증에 사로잡혔다. 헝가리 출신의 작곡가이자 피아니스트인 파울 아르마Paul Arma를 만난 것은 그 무렵이었다. 그는 헝가리 국민주의 음악을 완성한 현대 작곡가인 벨라 바르토크Béla Bartók의 제자였다. 지휘자 겸 라디오 진행위원으로도 활약하고 있던 파울 아르마는 미리 약속을 하고 찾아간 윤이상의 작품에 대해 신랄하게 평가했다.

"당신은 좋은 요리 재료를 지니고 있지만 요리 방법이 서툴러요. 결국 음식이 맛없게 만들어지는 거지요. 〈피아노 3중주〉가 딱 그런 경우입니다. 어떤 대목에서는 음악성과 짜임새가 잘 전개되다가도 느닷없이 방향이 전환되고, 도저히 어울리지 않는 요소가 생뚱맞게 끼어들고 말아요. 하지만 〈현악 4중주 1번〉은 매우 좋군요. 음악을 구성하는 기술적 측면과 당신의 뛰어난 재능이 아울러 돋보입니다. 당신이 평범한 사람 같았으면 나는 대충 몇 마디만 던지고는 돌려보냈을 것이오. 그러나 당신의 내부에서 우러난 음악은, 정말이지 귀한 보물이 아닐 수 없습니다. 당신은 반드시, 더 위대한 사람에게 배워야 할 것이오. 당신을 가르칠 만한 훌륭한 교수님이 독일에 계십니다. 당장 그분에게 배우기는 힘드니까, 먼저 다른 교수님께 배운 다음 내년에 독일로 가시오."

파울 아르마의 비평은 폐부를 찌르는 힘이 있었다. 그가 매의 눈으로 정확히 본 것이다. 윤이상은 그의 지적에 박수를 치고 싶었다. 그는 날카로운 비판으로 윤이상을 무릎 꿇게 했고, 엄청난 칭찬으로 다시 일으켜 세웠다. 용기를 심어주는 불가사의한 격려였다. 뿐만 아니라, 그는 새로운 스승을 찾아 떠나라고 충고하고 있었다. 그의 충고는 망망한 밤바다에 반짝하고 나타난 불빛처럼 온통 마음을 뒤흔들어놓았다. 윤이상은 궁금증이 뭉글뭉글 피어올라 질문을 던졌다.

"그분이 누구입니까? 그분에게서 배우는 사람들이 누구입니까?"

"그분은 자신의 일이 알려지는 것을 원하지 않소. 쇤베르크의 제자라고만 알고 있는 게 나을 것이오. 그분에게 배우는 사람은 토니 오뱅과 올리비에 메시앙Olivier Messiaen, 나디야 불랑제Nadia Boulanger 교수처럼 유명한 사람들이 많소."

이름만 대면 알만 한 음악가들이 쇤베르크의 제자에게 몰래 음악을 배우고 있었다니, 놀라울 뿐이었다. '그'가 도대체 누구인지 더욱더 궁금해 견딜 수 없었다. 윤이상은 파울 아르마에게 다시 한 번 간청했다.

"그분의 이름을 알고 싶습니다. 저에게 가르쳐주십시오, 부탁입니다."

"보리스 블라허Boris Blacher, 서베를린 음악대학의 교수이자 학장이오. 당신도 당분간 비밀을 유지하는 게 좋을 것이오."

보리스 블라허의 이름을 듣자 윤이상은 뭉클한 감정에 휩싸였다. 블라허의 음악에 대해서는 이미 한국에서부터 익히 알고 있어서 몹시 반가운 마음이 들었다. 그는 머지않아 자신의 음악성을 발견해내고 북돋아주어서 유럽의 중심부로 이끌어줄 길라잡이가 될 터였다. 그에게 배울 생각을 하니 마음이 설레었다. 비로소, 캄캄한 밤하늘에 뜬 별을 만난 기분이었다. 이제 그는 별이 이끄는 대로 길을 떠날 참이었다.

학비가 비싼 파리에서의 유학생활이 더는 즐겁지 않았다. 하지만 파리의 문화는 더 깊이 알고 싶었다. 미술관을 순례했고, 극장에 가서 최신 영화를 관람했다. 캄캄한 극장 안에 앉아 있자, 새로 들어온 무성영화를 보기 위해 설레는 마음으로 봉래극장에 갔던 어릴 적 일들이 떠올랐다. 밤에는 연주회에 참석했다. 현대음악의 변화와 흐름을 온몸으로 느끼는 일들은 유익하고 신선했다. 이 무렵 윤이상은 올리비에 메시앙, 앙리 뒤티외Henri Dutilleux, 앙드레 졸리베André Jolivet 등 현대작곡가들의 음악을 반복해서 들었다. 레프 풀베르 미하일로비치Lev Pulver Mihailovici, 알렉상드르 탕스망Alexandre Tansmann, 앙리 소게Henri Sauguet, 장 리비에Jean Rivier의 작품도 자주 감상했다. 특히, 신고전주의 풍조에 반대하며 '살아 있는 음악의 창조'를 천명했던 메시앙에게서는 특별한 매력을 느껴졌다.

메시앙은 시대의 반항아였다. 1936년 앙드레 졸리베, 다니엘 르쥐르Daniel Lesur, 이브 보드리에Yves Baudrier와 더불어 '젊은 프랑스La Jeune France' 결성을 주도했던 그에게서 패기가 느껴졌다. 메시앙이 1944년에 자신의 작곡법을 총 망라하여 저술한 『나의 음악어법』은 오늘날에도 현대 음악어법을 연구하는 귀한 자료로 평가받고 있다.

메시앙을 비롯한 이들 음악가의 작품에서는 참고할 만한 점이 많았다. 하지만 이질감이 커서 깊은 공감이 느껴지지는 않았다. 아직 뚜렷한 방향 설정을 하지 못한 상태였기에 갈피를 잡기 어려웠다. 문득, 외로움과 고립감이 강하게 갈비뼈를 파고들었다. 유학을 떠나오기 전에

품었던 장밋빛 환상도 조금씩 스러져 갔다. 그럴수록 집과 학교를 오가며 부지런히 공부에만 전념했다. 유학생들 사이에서는 밤낮없이 공부에만 몰두하는 윤이상에 대한 소문이 파다했다.

윤이상은 바쁜 나날을 보내면서도 파리 한인회 회장을 맡았다. 유난히 강한 책임감 때문이기도 했지만, 한인회에서 꽤 연장자였던 것도 한몫했다. 그는 한인회의 권익 옹호와 동포 간의 친화와 화합을 유지하기 위해 좋은 일이든 궂은일이든 솔선해 챙겨나갔다. 그가 가장 정성을 쏟은 것은 교민들에게 유익한 정보를 알려주는 것이었다. 그는 교민들의 사소한 소식뿐만 아니라 조국에서 일어난 정치적인 사건을 비롯한 뉴스거리를 일일이 손으로 쓰고 등사판을 밀어 『파리 교우지』 창간호를 발간했다. 경제, 문화, 운동 등 여러 소식을 두루 알리기 위해 힘썼던 것은 완벽주의라서가 아니었다. 성실함으로 밀고 나간 인간사의 쟁기질인 셈이었다.

낙엽이 떨어지는 거리를 걷다 보면 불현듯 고향 생각이 절로 났다. 가슴 한구석이 허전해질 때면 가만히 노래를 불렀다. 결혼 전, 이수자의 창문 앞에서 휘파람으로 불렀던 이탈리아 가곡 〈마리아 마리〉를 읊조리면 기분이 좋아졌다. 연애할 때를 생각하니, 아내가 몹시 그리워졌다.

피에르 르벨 교수는 폴 포셰Paul Fauchet와 앙리 샬랑Henry Challan, 장 갈롱Jean Gallon이 갈고 다듬어 연구한 이론을 가르쳐주었다. 파리 음악원에 와서 기본 바탕은 충분히 배웠다고 여길 만큼 값지고 유익한 공부였다. 이제, 피에르 르벨 교수가 가르쳐준 이론을 어떻게 갈무리해야 할 것인가 하는 문제만 남았다. 하지만 여전히 확실한 목표를 정할 수 없었다. 그것이 몹시 답답했다.

어느 날, 윤이상은 자신이 작곡한 작품을 첫 번째 과제물로 제출했다. 그 악보를 피아노로 치며 장단점을 헤아려보던 피에르 르벨 교수가 느닷없이 의자에서 튕겨나가듯 일어서며 소리쳤다.

"당신의 작품은 훌륭하지만 몹시 유별나군!"

피에르 르벨 교수는 윤이상의 작품이 우아하거나 세련되지 않다는 평을 하고 싶었는지도 모른다. 동아시아의 단음 체계에서 살다 온 사람이 서양의 다성음악 전통을 수용하는 것은 어려운 과제다. 더구나 대위법과 화성음으로 곡을 구성하는 것은 결코 쉬운 일이 아니다. 동아시아 음악, 그중에서 한국의 전통음악은 하나의 주제 음을 일관되게 이끌어 가는 특성이 있다. 이에 비해 서양음악은 여러 음을 모티프로 하여 주제를 만들어 나가며 다양한 음이 변주된다. 이것은 올바름의 문제가 아니라 동양과 서양 문화의 뿌리가 다른 데서 오는 차이점이다.

물론, 이 모든 것을 뛰어넘기 위해서는 윤이상 자신이 부단히 연구하는 수밖에 없었다. 귀국한 뒤, 한국의 대학에서 학생들에게 제대로 음악이론을 가르치는 교수가 되려면 노력해야만 했던 것이다.

피에르 르벨 교수가 보기에는 윤이상의 음악이 서양음악의 체계에 꼭 들어맞게 다듬어지지 않았을 것이다. 그는 윤이상에게 결여된 점을 지적함으로써 분발을 촉구했는지도 모른다. 스승은 길을 제시하는 역할을 해야 한다. 때로는 길에 들어서도록 손을 잡고 이끌어주어야 한다. 이때 피에르 르벨 교수는 윤이상의 손을 뿌리친 것과 마찬가지였다. 가뜩이나 방향 설정이 안 되어 고민이던 윤이상은 갑자기 길잡이를 놓치고 안개 속에 홀로 놓인 기분이 들었다. 하지만 아직 절망할 때는 아니었다. 보리스 블라허, 그가 있기 때문이다. 그는 분명 이 암담한 상황을 헤쳐 나갈 새로운 길라잡이가 되어줄 것이다. 윤이상은 자신의 마음속에 자리 잡은 이 믿음이 부디 현실로 나타나기를 간절히 바랐다.

제2장

—

독일 유학

겨울로 접어든 파리는 몹시 추웠다. 심장과 폐가 좋지 않은 윤이상에게 파리는 더욱 견디기 힘든 곳이 되었다. 나이가 많은 그는 더 많은 등록금을 내야 했다. 물가가 비싼 파리에서 하루하루를 버티는 것이 힘겨웠다. 그보다 더 큰 문제는 파리에서 자신의 음악을 진전시킬 방향을 설정할 수 없다는 데 있었다.

관용의 정신과 낭만을 간직한 예술의 도시 파리에서 다양성을 존중받지 못하는 것은 역설이었다. 어쩌면 그것은 자신의 탓일 수도 있었지만, 그 다름을 인정해주고 용기를 주며 성숙한 길로 이끌어주는 것은 스승의 몫이기도 했다. 그는 진정한 스승을 만나고 싶었다. 그는 심사숙고 끝에 블라허를 찾아가기로 결심했다.

프랑스에 온 지 1년여가 흐른 뒤인 1957년 7월 중순, 윤이상은 파리에서의 생활을 정리한 뒤 짐을 꾸려 베를린으로 떠났다. 블라허를 만난 윤이상은 자신이 쓴 실내악곡을 보여주었다. 그동안 파리 국립고등음악원에서는 교수들의 지도를 받으며 지정한 곡의 과제로 몇 대목만 작곡했기 때문에 완성된 곡을 작곡할 수 없었다. 이 때문에 불가피하게 한국에서 쓴 곡을 보여주게 된 것이다.

"블라허 교수님, 저는 파리에서 공부를 했습니다만 아직 제 갈 길을 정하지 못했습니다. 제가 쓴 곡을 보시고 평가를 좀 해주십시오."

서베를린 음악대학의 학장인 블라허 교수는 윤이상의 악보를 들여다보았다. 신중한 표정이었으나 작품을 읽는 속도는 무척 빨랐다. 이윽고, 악보를 모두 읽은 그가 입을 열었다.

"좋은 작품이오. 내가 가르치는 학급에서 공부하도록 하시오."

뜻밖에도 블라허는 자신이 지도하는 마스터 클래스의 입학을 허락해주었다. 일종의 특별학급인 셈이었다. 서베를린 음악대학에서는 학장이 인정해준 학생인 윤이상에게 입학시험을 따로 치르지 않고 곧바로 등록할 수 있도록 허가해주었다.

"등록비는 내지 않아도 됩니다."

교무처 직원이 친절하게 말해주었다. 갑자기 누군가에게서 선물을 받은 기분이었다. 등록을 마치자마자 곧장 하숙집을 구하러 다녔다. 전쟁 기간 동안 파괴된 건물이 많은 까닭에 쓸 만한 방을 구하기 힘들었다. 여러 곳을 찾아 헤맨 끝에 제법 넓은 방을 구할 수 있었다. 프랑스보다는 물가가 싸서 생활비 걱정도 덜게 되었다. 불과 일주일 전까지만 해도 파리에서 골머리를 앓던 여러 문제가 베를린에서는 한꺼번에 해결되었다.

블라허의 부모는 발칸 해 연안 출신의 독일인으로서, 아버지가 러시아 및 아시아 은행 지점장이었다. 1903년 중국 랴오닝 성의 뉴좡(牛莊)에서 태어난 블라허는 아버지의 근무지가 자주 바뀜에 따라 중국 내에서 이사를 많이 다녔다. 그는 다섯 살 때 중국의 남쪽 해안도시인 체푸(지금의 옌타이)에 살면서 영어를 배웠다. 이때 아버지의 피아노 연주를 듣고 생애 최초로 깊은 감명을 받았다.

블라허는 1919년부터 러시아의 하얼빈에서 살았다. 그곳의 러시아 학교에 다니던 블라허는 열아홉 살 때 파리를 거쳐 베를린에 도착했다. 처음에는 베를린 공과대학에서 건축과 수학을 전공했지만 정작 관심을 끌었던 것은 음악이었다. 블라허는 이 무렵 리하르트 슈트라우스와 쇤베르크의 작품을 공부하면서 음악에 대한 열정을 키워나갔다. 그는 2년 후 베를린 음악대학으로 옮겨 프리드리히 에른스트 코흐Friedrich Ernst Koch에게 작곡을 배우면서 본격적으로 음악가의 길을 걷기 시작했다.

블라허는 서른네 살 때 자신이 작곡한 〈협주적 음악Concertante Musik〉이 카를 아돌프 슈리히트Carl Adolph Schuricht가 지휘하는 베를린 필하모니의 연주로 대성공을 거둠으로써 유럽의 정상급 작곡가로 등장했다. 2년 뒤 카를 아우구스트 레오폴트 뵘Karl August Leopold Böhm의 추천으로 드레스덴 음악학교의 교수로 취임했고, 45세 때 서베를린 음악대학으로 자리를 옮긴 뒤부터 제자 양성에 발군의 실력을 발휘했다. 고트프리트 폰 아이넴Gottfried von Einem, 클로드 발리프Claude Ballif, 마키 이시이Maki Ishii, 아리베르트 라이만Aribert Reimann, 윤이상 등 현대음악을 대표하는 걸출한 작곡가들이 블라허 문하에서 대거 배출되었다.

유럽 음악계의 중심인물로 자리매김한 블라허는 중국과 유라시아 대륙에서 보낸 청년 시절의 경험 때문인지 문화의 다양성에 대해 폭넓은 이해를 보였다. 이 점은 동아시아 문화권을 정신적 뿌리로 삼고 있는 윤이상에게는 매우 다행스러운 일이었다. 한때 나치 정권의 핍박을 받아 드레스덴 음악대학 교수직을 박탈당했던 블라허는 이고르 스트라빈스키Igor Stravinsky의 곡을 자주 들으며 참고할 거리를 많이 찾았다. 그의 지론 가운데 하나는 청중에게 공감을 불러일으키는 음악을 쓰는 것이었다.

블라허가 지도하는 마스터 클래스의 학생들은 아홉 명쯤 되었고, 모두 작곡가로 활동하던 이들이었다. 윤이상처럼 외국에서 온 학생들이 태반이었고, 더 진전된 작곡가로 발돋움하기 위해 블라허 문하에서 배우고 있는 중이었다.

윤이상은 블라허 교수에게 작곡을 배웠다. 그는 급진적인 현대음악에서처럼 음렬주의 음악을 쓰지 않았고, 그것을 학생들에게 강요하지도 않았다. 그는 강의를 짧고 신중하게 했다. 학생들이 작품을 제출하면 매우 빠르고 정확하게 보았다. 그는 적절하게 문제점을 지적해주었다. 또한 과제물에서 결정적인 잘못을 바로잡아줄 때 이외에는 늘 과묵하

1957년 서베를린 음악대학에서 공부하던 때의 윤이상. 이때 그는 보리스 블라허에게서 작곡을 배웠다.

게 지냈다. 그는 훌륭한 인격자였고, 매우 이상적인 지도자였다.

"연주자들을 고려해서 곡을 쉽게 쓰도록 하세요. 이해하기 쉬운 음악을 만드는 것이 가장 중요합니다. 특히 당신만이 갖고 있는 아시아적인 음악의 특징을 분명하게 보여주어야 합니다."

블라허는 윤이상에게 늘 단순하게 쓸 것을 강조했다. 그의 말은 윤이상의 내부에 깃들어 있는 동양적인 색채를 깨워 일으키는 중요한 촉매제가 되었다. 인간미 넘치는 라인하르트 슈바르츠-실링Reinhard Schwarz-Schilling 교수는 대위법과 카논, 푸가를 가르쳤다. 요제프 루퍼 교수는 빈악파의 기법을 체계적으로 가르쳤다. 두 사람은 블라허 교수와 더불어 윤이상에게 가장 커다란 영향을 주었다. 무엇보다도 윤이상이 절실히 정립하고자 했던 음악이론 분야를 매우 탁월하게 가르쳐줌으로써 스승의 역할을 다해주었다.

"알다시피, 쇤베르크 선생이 창안한 12음기법은 음렬 기법이오. 일종의 악곡 통일을 위한 형식으로 쓰고 있는 것이지요. 한 옥타브 안에 존재하는 12반음을 하나도 중복되지 않게 써서 음렬을 만드는 것이 핵심입니다. 이것을 바탕으로 해서 하나의 곡 안에 선율, 화성의 요소를 구성해야 합니다. 바로 이 작곡법을 12음기법이라고 합니다. 맨 처음에는 알반 베르크와 안톤 베베른이 쇤베르크 선생과 함께 작업했던 선구자들이었으나, 요즘에는 이 기법을 기반으로 작곡을 구성하는 음악가가 무척 많아졌어요."

루퍼 교수는 쇤베르크 전집의 편곡 책임자로 활약할 만큼 빈악파의 기법을 정통하게 알고 있던 뛰어난 이론가였다. 그는 또한 작품을 엄정하게 분석하는 안목을 지니고 있었다. 윤이상은 한국에서 루퍼의 저서 『12음 작곡』을 스스로 탐독하고 연구했기 때문에 그의 강의가 생소하지 않았다.

그 무렵 가장 급한 것은 첼로였다. 하지만 악기값이 비싸서 당장 구입하기에는 무리가 따랐다. 기악과의 학생들에게 수소문한 끝에 겨우 새것을 한 대 빌릴 수 있었다. 윤이상은 이 첼로로 연주 연습을 열심히 했다.

그 무렵 유럽 각지에 있던 학생들이 베를린으로 모여들기 시작했다. 학비 부담이 적고 방값이 쌌기 때문이었다. 동독의 귀족 출신인 늙은 집주인 부부는 청소에는 아예 관심을 두지 않았다. 집 안은 항상 지저분하기 짝이 없었는데도 잇속 챙기는 데는 훤했다. 더는 방이 없는데도 밀려오는 학생들에게 식당이나 부엌, 복도에까지 임시로 잠자리를 만들어 하숙비를 받아냈다.

집주인은 고양이 여러 마리를 키우고 있었다. 이 고양이들은 시도 때도 없이 건물 안 이곳저곳을 아무데나 들쑤시고 다녀 어수선했다. 어느 날 고양이 한 마리가 죽자 집주인은 고양이 시체를 발코니에 둔 채 눈물을 흘리며 슬퍼했다. 며칠이 지나자 사체 썩는 냄새가 건물 안에 진동했다. 하숙생들은 코를 싸쥐고 눈살을 찌푸렸으며, 너 나 할 것 없이 욕지기를 느끼며 불쾌한 감정을 감추지 않았다. 견디다 못한 하숙생들이 경찰에 신고한 뒤에야 이 소동은 겨우 끝났다.

집주인 노부부는 밤잠이 없었다. 귀가 어두운 그들 부부는 매일 밤 라디오를 크게 틀어놓았다. 라디오 소리는 한밤중에도 낡은 건물의 층계와 복도, 하숙생들의 침대 머리맡까지 쉬지 않고 덮쳐왔다. 잠을 설친 몇몇 하숙생은 화가 잔뜩 나서 장난감 실로폰을 부서져라 내리치며 고함을 질렀다. 하지만 집주인 부부는 아랑곳하지 않았다. 도저히 잠을 이룰 수 없었던 윤이상은 이 소란스러움을 뒤덮기 위해 첼로를 켜며 마음을 다스렸다. 뭉크의 그림 〈절규〉가 떠오르는 어수선한 나날이었다.

이제부터는 파리에서 목표를 변경한 대로 나아가야 했다. 유학생활을 더 빨리 마치고 귀국하는 것이 수정된 목표였다. 그러려면 졸업시험 준비를 해야 했다. 윤이상은 학교 강의가 끝나면 항상 학교 도서관에 가서 공부에 열을 올렸다. 틈틈이 작곡과 첼로 연습도 게을리하지 않았다. 윤이상이 도서관에서 파고 산다는 것은 학생들뿐 아니라 교수들까지 알고 있는 사실이었다. 각 과목의 교수들은 만날 때마다 윤이상을 화제로 올렸다.

"한국에서 온 윤이상 학생이 우리 학교에서 가장 공부를 열심히 한다지요? 교수님 수업 시간에도 윤이 그토록 열중하나요?"

교수들은 윤이상 이야기를 하면서 유쾌하게 웃곤 했다. 3년의 유학생활을 앞당기고자 했던 윤이상의 철저한 태도가 그들에게 깊은 인상을 준 것이다. 서베를린 음악대학에서 좋은 스승에게 배우게 되자 윤이상은 비로소 유학생활의 보람을 느꼈다.

베를린도 파리 못지않게 힘들었다. 구질구질하고 시끄러운 하숙집 방은 지옥과 같았고, 학생식당에 가면 싫어하는 감자가 끼니때마다 나와 쳐다보기도 싫었다. 거의 매일 찌푸린 하늘은 모처럼 솟아난 활기찬 마음마저 금세 회색빛으로 물들이곤 했다. 윤이상은 그럴 때마다 아내와 아이들을 떠올리면서 우울함을 견뎌나갔다.

그해 12월 28일, 겨울방학을 맞은 윤이상은 유럽 중심부를 한 바퀴 도는 수학여행을 떠났다. 학생들을 가득 태운 관광버스는 베를린을 출발해 동독 지구를 지났고 자그마치 열여덟 시간 반을 달려 국경지대에 이르렀다. 살짝 잠이 들었다 깨어 보니, 그사이 바그너가 살았던 도시로 유명한 바이로이트를 지나왔다는 걸 알았다. 바그너가 직접 설계하여 건립한 축제극장을 못 본 것이 몹시 서운했다. 버스가 도착한 곳은 바이에른 주 남동부 지방의 도시 하이드뮬 근교의 작은 시골마을 비숍스로이트였다. 이곳은 체코슬로바키아와 인접해 있는 남독의 끝자락이었다. 숙소에 여장을 푼 학생들은 모처럼 맛있는 음식을 먹고 마시며 즐거워했다.

식사를 마친 윤이상은 일행과 함께 십 리가 넘는 눈길을 걸어 필립스로이트 마을로 산책을 갔다. 사람의 발길이 닿지 않은 설원에 첫 발자국을 내며 걸어가는 것은 축복이었다. 숲속에 들어서자 높다랗게 하늘로 치솟은 나무들이 소담한 눈덩이를 이고 있었다. 눈 덮인 산의 절경은 신비로움과 순수함으로 가득 차 있었다. 그들은 남부 독일과 오스트리아, 체코슬로바키아가 맞닿은 국경지대의 눈밭을 마음껏 뒹굴고 소리치며 젊음을 발산했다. 모든 것을 잊고 그 순간에만 몰입할 수 있었던 낭만적인 여행이었다. 이국의 국경에서 세밑을 보내고, 새해를 맞이했다. 새로운 기분이 들었다.

비숍스로이트에서 돌아오는 길에 버스가 고장 났다. 새로운 버스가 도착할 때까지 일행은 눈길을 걸었다. 누군가가 윤이상에게 노래를 한 번 불러달라고 했다. 기타 반주에 맞춰 〈마리아 마리〉를 불렀더니 모두들 눈이 둥그레지며 앙코르를 외쳤다. 윤이상은 〈산타 루치아〉를 불렀다. 그의 맑고 힘찬 목소리가 눈 덮인 들판과 낮게 엎드린 마을을 지나 건너편 산기슭에 울려 퍼졌다.

"우리 춤출까요?"

황홀한 표정으로 윤이상의 노래를 듣던 일행 가운데 하나가 갑작스러운 제안을 했다. 그러자 기다리고 있었다는 듯이 모두들 춤을 추기 시작했다. 윤이상이 기타로 춤곡을 연주하자 일행은 더욱 신나게 눈밭에서 춤을 추었다. 천상의 낙원이 지상으로 옮겨온 듯한 광경이었다.

윤이상도 이때만큼은 '20세 청년이 되어서' 모든 근심, 걱정을 내려놓고 설경을 감상하며 행복해했다.

1958년, 윤이상은 가톨릭 재단에서 장학금을 받게 되었다. 한국 나이로 마흔두 살, 만으로 치면 마흔한 살이 되던 해였다. 등록금 면제에 이어 장학금까지 받게 되자 비로소 숨통이 트였다. 윤이상은 이 무렵 학생 대표로 뽑힌 뒤 세계 여러 나라에서 온 학생들과 함께 민속예술단을 꾸렸다. 그는 곧 이 민속예술단을 이끌고 순회공연을 다니기 시작했다. 8월 11일부터 일주일간 열리는 '가톨릭의 날'은 순회공연을 보람차게 해주었다. 베를린의 가톨릭 신자 2만 5000여 명이 행사장을 가득 메웠다. 이들 중에는 유럽에 거주하는 30여 명의 한국인들도 섞여 있었다. 이 거대한 군중은 일주일 동안 베를린을 뜨거운 열기로 후끈 달아오르게 했다.

8월 13일에는 슈프레 강가에 우뚝 선 베를린 국회의사당 건물 안에서 '가톨릭의 날' 행사를 기념하는 연주회가 열렸다. 베를린 국회의사당은 맨 처음 1894년 파울 발로트Paul Wallot가 설계하여 네오바로크 양식으로 지은 뒤 1918년 바이마르 헌법이 공표된 유서 깊은 민주주의의 전당이었다. 제2차 세계대전이 막바지로 치달을 무렵 연합군의 폭격으로 파괴되었고, 복원 공사가 진행되던 때 다시 화재를 입었다. 하지만 서독 정부는 건물 안팎을 거의 대부분 보수하여 석조 건물의 웅장함을 다시금 되살려놓았다.

새로 지은 국회의사당의 2000석 규모 좌석은 이미 꽉 차 있었다. 연주회가 막 시작되기 직전, 온갖 화려한 꽃과 푸르른 나무로 장식된 무대에 베를린심포니 단원 네 명이 올라와 앉았다. 그와 동시에 세 사람의 가톨릭 주교가 의사당 안에 입장하자 모든 참석자들이 기립 박수를 하며 존경을 표했다.

잠시 후, 베를린심포니의 연주로 윤이상의 〈현악 4중주 1번〉이 연주되었다. 3년 전, 〈피아노 3중주곡〉과 더불어 그에게 서울시 문화상을 안겨준 곡이었다. 무대 앞에서는 베를린의 리아스RIAS 방송국 취재 팀이 자리를 잡은 채 녹음을 하고 있었다. 부드럽고 섬세한 1악장이 시작되더니 2악장까지 완벽하게 이어졌다. 3악장은 앞의 두 악장에 비해 덜 명료했고 박자도 조금 느렸다. 하지만 연주가 끝나자 객석 여기저기서 박수가 터져 나왔다.

이윽고 사회자가 청중에게 윤이상을 소개했다.

"여러분! 방금 연주된 곡은 극동아시아의 한국에서 오신 작곡가 윤이상 선생의 〈현악 4중주 1번〉입니다. 이 곡은 유럽 초연이라서 윤이상 선생에게, 그리고 우리 모두에게 더욱 뜻이 깊습니다. 윤 선생은 또한 현재 서베를린 음악대학의 작곡과에 재학 중인 유학생입니다. 다시 한 번 뜨거운 박수를 부탁드립니다."

그의 말이 끝나자 장내에는 더 큰 박수가 쏟아졌다. 유럽 한복판에서 자신의 음악이 연주되었다는 사실이 가슴을 먹먹하게 했다. 유럽에 건너온 지 2년 만에 자신의 음악을 알린 날이었기 때문이다. 물론 윤이상은 이 무렵 아내에게 쓴 편지에서 "이 작품이 이론적으로 미숙한 구석은 지금 나도 발견하는바"[2)]라고 솔직히 고백한 적이 있다. 윤이상은 한국에서 썼던 〈현악 4중주 1번〉이 갖고 있는 한계를 잘 알고 있었다. 하지만 자신에 대한 유럽인들의 순수한 찬사와 격려만큼은 기쁘게

2) 1958년 8월 17일 아내에게 보낸 편지 중 한 구절.

받아들였다. 이 자리에 참석한 유럽의 한국인들도 조국의 긍지를 높여 준 윤이상으로 인해 몹시 뿌듯한 감격을 맛보았다.

그 무렵 그는 쇤베르크의 기법으로 〈피아노를 위한 다섯 개의 소품〉, 〈일곱 악기를 위한 음악〉의 초고를 쓰고 있었다. 하지만 12음기법은 자신의 몸에 맞지 않는 옷이라는 생각이 들었다. 그는 독자적인 작품 세계를 개척하고 싶었다. 바로 그러한 작품을 쓰게 될 때, 그는 비로소 자신만의 진정한 길을 걷게 될 것이었다.

그는 학교를 오가며 보테 운트 보크Bote und Bock 출판사 앞을 지나다녔다. 그때마다 쇼윈도를 유심히 들여다보았다. 쇼윈도에는 늘 새로 나온 악보가 전시되어 있었다. 그는 이곳을 주의 깊게 들여다보며 중얼거렸다.

'여기서 내 책을 출판하고 싶다.'

그는 자신의 작품이 음악책 전문 출판사인 보테 운트 보크에서 출판되는 모습을 상상했다. 그것은 생각만 해도 즐거운 일이었다. 그리고 그 생각을 하며 스스로 동기부여를 하곤 했다. 이런 상상은 자연스럽게 그를 자극했다. 그 자극은 더 나은 작품을 써야겠다는 의지를 북돋아주는 힘이 되었다.

윤이상은 늘 목마른 나그네였다. 그는 유목민이 가축들을 위해 목초지를 찾아 몸을 움직이는 것처럼 항상 분주했다. 그는 만족할 줄 몰랐고, 멈출 줄 몰랐다. 그의 기준으로는, 머물러 있는 것 자체가 퇴보였다. 그는 시장 바닥처럼 복닥거리는 하숙집에서조차 늘 첼로를 켜며 연습에 열을 올렸고 오선지에 악보 한 마디라도 그려야 잠을 이룰 수 있었다.

제3장

존 케이지와의 만남

가톨릭 주간 행사가 모두 끝난 뒤, 윤이상은 베를린에서 며칠간 지내다가 기차를 타고 비스바덴으로 갔다. 그곳에서 2주 동안 머문 그는 다음 행선지로 떠났다. 그가 다름슈타트 역에 도착한 날은 1958년 9월 1일이었다. 그곳에서 다시 전차를 타고 한 시간가량을 달리자 산속에 자리 잡은 성이 나타났다. 14세기 이래 왕궁도시의 면모를 간직한 곳답게 고풍스러운 성이었다.

정문으로 들어서자 수많은 만국기 가운데 태극기가 펄럭이는 것이 유난히 눈에 띄었다. 순간, 그는 눈물이 왈칵 쏟아지려는 것을 간신히 참았다. 독일 헤센주의 깊은 산속에서 발견한 태극기, 그것은 목젖으로 치밀어 오르는 모국의 살가움 그 자체였다.

이곳은 유럽의 신진 음악인들이 꿈에도 그리던 다름슈타트 국제현대음악제 하기 강습회가 열리는 뜻깊은 장소였다. 이 성에는 며칠 전부터 세계 26개국의 작곡가, 이론가, 평론가 200여 명이 모여들어 밤

낯없이 인파로 북적였다.

숙소를 배정받은 뒤 각국의 음악가들과 상견례를 하는 시간이 마련되었다. 이 행사의 주최자인 볼프강 슈타이네케Wolfgang Steinecke 박사는 세계 여러 나라에서 온 젊은 음악가들을 따뜻하게 맞아주었다. 그는 전 세계 현대음악의 발전에 지대한 공로를 세운 사람으로서 음악인들로부터 존경을 받고 있었다.

"안녕하세요? 미스터 윤!"

"안녕하십니까? 슈타이네케 박사님."

슈타이네케 박사는 소탈한 성품과 친근한 미소로 금세 사람들을 끌어들이는 능력이 있었다. 윤이상의 방은 1층 7호실이었다. 얼굴을 씻자 기차여행의 피곤함이 조금 가셨다. 바람이나 쐴까 하고 뜰로 나갔다. 땅거미가 진 뒤라 금세 어둑어둑해졌다. 그때, 한 낯선 동양인 남자가 말을 건네왔다.

"윤이상 선생님이십니까?"

"예, 제가 윤이상입니다."

뜰에서 만난 그는 스물일곱 살의 백남준이었다. 서울에서 태어난 그는 경기중학교와 경기고등학교를 졸업한 뒤 일본 도쿄 대학에서 미술사, 작곡, 미학, 음악학을 공부했으며 쇤베르크에 대해 졸업논문을 썼다. 이후 1956년 독일로 건너와 뮌헨 대학과 프라이부르크 대학에서 음악사와 작곡을 공부하고 있었다. 두 사람은 1층 7호실을 쓰는 룸메이트인 데다 같은 한국인이라는 유대감 때문에 각별한 사이가 되었다. 열다섯 살 아래인 백남준은 윤이상을 깍듯하게 대했다.

이튿날 점심시간이 되자, 강습회에 참석한 음악인들은 다름슈타트 교육대학의 학생식당으로 몰려갔다. 식당 안은 학생들과 교수들뿐 아

1958년 9월 1일, 다름슈타트의 국제현대음악제 하기 강습회에서 백남준(왼쪽)과 만난 윤이상. 한국이 낳은 세계적인 두 거장의 역사적인 만남이다.

니라 하기 강습회에 참가한 음악인들로 붐볐다. 그때 서빙 아르바이트를 하던 독일인 여학생이 동양인인 윤이상이 신기했는지 "어디서 오셨습니까?" 하고 질문을 던졌다. "코리아에서 왔습니다"라는 답변에 재차 "남쪽인가요? 아니면 북쪽인가요?" 하고 물었다. 남쪽이라고 답하자 그 여학생은 자신은 동독에서 왔다고 밝혔다. "제가 다니는 대학에는 북쪽에서 온 학생들이 많아요"라고 말하고는, 자신은 북한 유학생들과 친하게 지낸다며 수줍게 웃었다.

여학생의 말은 뜻밖이었다. 윤이상은 잠시 머뭇거리다가, 북한에서 온 그 유학생을 통해 친구 소식을 좀 알려줄 수 있겠느냐고 물었다. 여학생은 가능한 한 얘기를 건네보겠다고 말했다. 윤이상은 가방에서 노트를 한 장 찢어 최상한의 이름과 함께 자신의 연락처를 적어주었다. 여학생은 그쪽에서 연락이 오면 곧 알려주겠다며 식당 안을 가로질러 갔다.

정말 최상한에 대한 소식을 들을 수 있을지는 전혀 알 수가 없었다. 그저 보고 싶은 친구를 찾고 싶은 마음뿐이었다. 고향마을에서 함께 자랐던 죽마고우, 오사카 음악학원에 함께 다니며 이중창을 불렀던 친구를 그동안 잊고 살았다. 그런데 우연히 만난 동독 여학생에게서 북한 유학생 이야기를 듣자마자 최상한의 안부가 몹시 궁금해졌던 것이다.

윤이상은 다름슈타트 국제현대음악제 하기 강습회에서 만난 카를하인츠 슈토크하우젠Karlheinz Stockhausen, 존 케이지John Cage, 피에르 불레즈Pierre Boulez, 루이지 노노Luigi Nono, 브루노 마데르나Bruno Maderna 등 전위적인 음악가들에게서 강렬한 충격을 받았다. 그들의 과감한 실험정신은 정말이지 매혹을 불러일으킬 만했다. 새로운 음악에 도전하는 자세에 경의를 표하고 싶었다.

이들 가운데 존 케이지는 1952년 도나우에싱겐 현대음악제에서 우연적 요소를 도입해 작곡한 〈4분 33초〉라는 작품을 발표해 유럽 음악계를 깊은 충격으로 몰아넣은 바 있었다. 침묵의 영역을 음악에 끌어들임으로써 음악의 지평을 무한대로 넓혀놓은 것은 쇤베르크에 의한 12음기법의 발견과 더불어 가히 혁명적인 일이었다. 현대음악은 안톤 베베른 등 신빈악파를 비롯해 존 케이지, 메시앙, 슈토크하우젠 등 전위파 작곡가들에 의해 급속도로 변화하기 시작했다.

대회 사흘째, 저녁 음악회에 출연한 존 케이지의 피아노 신작 연주는 실로 기괴한 것이었다. 피아노 앞에 앉은 그는 드문드문 건반을 누르다가 멍하니 있었다. 한참 뒤에야 손바닥으로 피아노 뚜껑을 치고는 팔꿈치로 건반을 쾅 소리가 나게 찍었다. 그런 뒤, 호루라기를 불다가 피아노 옆으로 가져온 라디오를 트는 것이었다. 멜로디라고는 하나도 없어 도저히 연주라고 할 수 없는 상황극 같았다.

다음날, 윤이상과 함께 뜰을 산책하던 백남준이 자신의 연주 계획을 털어놓았다.

"선생님, 저는 피아노 연주를 하면서 유리를 권총으로 쏘아볼 계획입니다. 유리 깨지는 소리와 피아노 치는 소리가 어떻게 어우러지는지 한번 직접 보고 싶거든요. 아마 이 대목에서부터는 음악이라는 말이 빠지겠지요. 지금까지와는 전혀 다른 차원의 예술 영역으로 넘어가는 것일 테니까요."

존 케이지의 기괴함을 넘어서는 발언이라서 어안이 벙벙했다. 물론, 윤이상은 그가 비상한 두뇌의 소유자이며 독특한 미적 기준을 갖고 있다는 것을 알고 있었다. 윤이상은 새로운 개념의 예술을 창조하고 싶어 하는 백남준의 열망을 속으로 격려해주었다. 앞으로 그가 꿈꾸고

1958년 9월 초순, 다름슈타트의 한 고풍스런 성의 뜰에서 만난 스물일곱 살의 백남준과 마흔두 살의 윤이상, 한 사람 건너 존 케이지(왼쪽부터 순서대로).

계획하는 다른 차원의 예술이 열린다면, 그것은 전적으로 그의 몫이 될 것이었다.

하지만 윤이상은 이들의 전위적인 음악을 흉내 내거나 휩쓸려갈 생각은 전혀 없었다. 윤이상이 보기에 그들의 작품은 음악이 아닌 소음에 지나지 않았기 때문이다. 그의 생각은 아내 이수자에게 보낸 편지에서 더욱 확연하게 드러난다.

> 나는 산더미를 준다 해도 이런 음악을 쓰기는 싫으며, 여기 모인 이 괴짜들을 도저히 따라갈 수가 없소. 아니 그들보다 더 엉뚱한 짓으로 세인을 놀라게 할 수도 있으나 나는 어디까지나 '음악' 속에 순수하게 머물고 싶으며 신기한 것으로 앞장서는 선수가 되기는 싫소.[3]

이들이 발표하는 신작은 이미 쇤베르크와 알반 베르크의 음악마저 구닥다리로 만든 채 저 멀리 앞서가는 극단적인 작품이었다. 윤이상은 이들의 급진적인 경향에 동조할 생각이 추호도 없었다. 하지만 다름슈타트에서 작품이 연주되는 것에 대해서는 관심이 많았다. 이곳을 통과해야만 유럽 음악계에서 신진 음악가로 발돋움할 수 있기 때문이었다. 그는 우선 이곳에서 수년 내에 작품을 발표하기로 마음먹었다.

하기 강습회에 참석한 지 며칠이 흐르면서 대회 참가자들이 발표하는 작품의 가닥이 잡히기 시작했다. 그 무렵 유럽에서 이름이 알려져 있던 일본의 작곡가 마쓰다이라 요리사다(松平頼貞)의 작품이 발표된 뒤에는 "다름슈타트에 내세울 가치가 조금도 없다"는 가혹한 평가가

3) 1958년 9월 4일 아내에게 보낸 편지 중 한 구절.

뒤를 따랐다. 아무리 극단적인 작품이라 할지라도 나름대로의 질서와 법칙을 세워놓지 않고서는 좋은 평가를 받기란 어렵다는 사실을 깨달았다. 이에 비해 스웨덴에서 온 약관弱冠의 보 닐손Bo Nilsson은 서양음악의 기초가 없는 상태에서 베베른만 연구했을 뿐인데도, 그의 급진적인 작품에 12음기법이 잘 녹아 있다는 평과 더불어 작품성을 인정받아 요리사다와 대조를 이루었다.

다름슈타트에서 연주된다고 해서 모두 우수한 것은 아니었다. 기교에만 치중한 졸작도 많았다. 12음기법만 차용해 결과적으로 개성이 사라진 작품도 상당수 눈에 띄었다. 그것은 경향에 떠밀려가는 일종의 매너리즘이었다. 겉치레에 빠진 기법 과잉인 셈이다.

'이들에 비하면 슈토크하우젠이나 불레즈의 곡은 세련되긴 했지만 매우 복잡한 작품이야. 하지만 나는 이들과 같은 경향의 작품을 쓰지는 않을 거야.'

혼자 뜰을 거닐던 그는 남몰래 다짐을 했다. 문득, 오사카 음악학원의 교장이 자신의 재능을 칭찬했던 열일곱 살 때의 일을 떠올렸다. 그때 더 정진하지 못하고 중도에 그만둔 채 화양학원으로 돌아가던 일을 생각하면 절로 탄식이 터졌다. 하지만 어쩔 수 없는 일이었다. 집안의 대를 이을 장남이 음악의 길로 빠지는 것을 용납하지 않았던 아버지의 완강함에서 비롯된 일이기 때문이다. 그날 밤, 윤이상은 아내에게 편지를 쓰면서 혼자서 마음을 다독였다.

나에게는 음악이란 꽃이 언제든 한번은 피게 마련되어 있다는 것을 나는 믿소. 꽃의 종자는 한번 땅에 떨어지면 아무리 가물거나 비바람이 쳐도 또는 발에 짓밟혀도 늦가을에나마 끝내 한번은 피고야 마는 법이오. 그 꽃은 제철에 피는 꽃처럼 찬란하지는 않지만 송이 송이 무질서하게나마 그래도 아름다움이 있소. 나는 이것을 항상 생각하오. 나의 꽃은 언젠가 한번은 피리라, 그 꽃을 나는 보고 그리고 그 꽃의 종자를 여기에 뿌려놓고 돌아갈 것이오.[4]

윤이상은 이곳 하기 강습회에서 새로운 희망을 발견했다. 그리고 두 가지의 새로운 목표를 세웠다. 하나는 다름슈타트에 작품을 출품하겠다는 것이고, 다른 하나는 이번 겨울 학기에 베를린 음악대학을 졸업하겠다는 것이었다. 그러기 위해서는 현재 작곡하고 있는 바이올린 협주곡을 빨리 끝내야 했다. 나아가 다름슈타트에 출품할 새로운 작품도 써야 했다. 이듬해에 다름슈타트에서 자신의 작품이 연주되면 작품 출판도 원활히 진행될 것이라 낙관했다. 그때까지만 해도 윤이상의 관심은 유학 기간을 최대한 단축하고 한국에 돌아가 대학 강단에 서는 것에 쏠려 있었다. 이것은 애초에 유학을 떠나기 전부터 세웠던 궁극적인 목표이기도 했다.

하지만 다름슈타트 국제현대음악제 하기 강습회에 참여한 뒤에 한 가지 바뀐 사실이 있었다. 그 무렵 현대음악의 선두에 서 있던 급진적인 전위파에 대한 대결의식이 생겼다는 것이다. 여태까지 그는 이들 전위파를 잘 모르고 있었다. 유학 초기, 파리에서는 궁핍한 생활을 감내하며 음악이론과 씨름하느라 다른 것을 돌아볼 겨를이 없었다. 베를린으로 건너와 보리스 블라허, 요제프 루퍼, 슈바르츠-실링 교수를 만난 뒤에야 전보다 시야가 더 넓어졌다. 그들은 유럽에서 활약하고 있

4) 1958년 9월 10일 다름슈타트에서 아내에게 보낸 편지 중에서.

던 전위파 음악가들의 면면과 실체를 알 수 있도록 도와주었다.

유럽 신진 음악가들의 등용문인 다름슈타트 국제현대음악제 하기 강습회에 참여하게 되자, 당시 유럽은 물론이고 세계적으로 이름을 날리던 존 케이지, 슈토크하우젠 등이 구사하는 급진적인 전위파 음악의 실체에 대해 더욱 뚜렷이 알게 되었다. 이들은 윤이상에게 '거울'의 역할을 해주었다. 즉, 윤이상이 딛고 서 있는 세계가 어떤 것인지를 거꾸로 반추해주는 계기로 작용했던 것이다. 윤이상은 이들 '거울'을 보며 자기 자신이 딛고 서 있는 현실을 가늠할 수 있었고, 그들 최전선에 선 전위파와 자신을 구별하는 눈을 갖게 되었다.

윤이상은 지금까지는 자기 자신만의 음악을 하면 된다고 믿었다. 하지만 그것은 결코 바람직한 일이 아니었다. 자신을 둘러싼 세계를 객관적으로 파악하지 못하는 우를 범할 수 있기 때문이다. 그것은 자칫 동굴 안에서 세계를 파악하는 것만큼 안이한 발상이 되기 십상이었다.

물론, 이들의 형식 이탈과 영역 파괴 혹은 극단적인 퍼포먼스가 무위한 일만은 아니었다. 그들이 벌인 다양한 형식 실험은 20세기의 새로운 예술 양식을 발전시키는 촉매제가 되었다. 나아가, 이 같은 전위음악의 범람은 전자음악의 발달을 촉구하는 결과를 낳았다. 존 케이지에게서 크게 영향을 받은 백남준은 이후 플럭서스음악을 앞장서서 추구했으며 훗날 비디오아트라는 획기적인 경지를 개척하는 선구자가 되었다.

당시 유럽 사회는 관념철학이 벽에 막혀 더는 앞으로 나아가지 못하는 답보 상태에 빠져 있었다. 출구가 보이지 않는 정신적 공황 상태가 지속되자 새로운 길을 찾아 나서려는 움직임이 곳곳에 만연했다. 다름슈타트에서 볼 수 있는 음音의 파괴는 소리의 영역과 지평을 넓히는 또 다른 도전이었다.

윤이상도 이들과 마찬가지로 기존의 질서를 대체하는 새로운 규범과 가치를 원했다. 하지만 급진파 전위음악가와는 다른 방향에서 새로운 틀을 구축하고자 했다. 동아시아적인 사유 전통의 연장선상에서, 그리고 우리 고유의 가락과 정한情恨 위에서 그 틀을 짜 나가겠다는 생각이 점점 뿌리를 내려갔다. 그 이상의 극단화 경향은 자신이 갈 길이 아니라고 선을 그었다.

이 거대한 혼돈의 끝에서 또 다른 양식과 규범이 태어난다 해도, 자신은 그 늪 속에 빠져 허우적대고 싶지 않았다. 아니, 무한히 팽창하는 혼돈 위로 홀로 솟구칠 자신만의 음악을 만들어내고 싶었다.

'나는 지금 어디에 서 있는가? 나는 과연 어디로 가야 하는가? 나는 전위파 음악가들과 다른 세계를 구축해야 한다. 그렇다면 이 우주에 떠도는 음들을 나만의 방식으로 호명해야 할 것이다. 거기에 이름을 붙이고 나만의 색채를 입혀 음악으로 빚어내야 한다. 나에게는 동아시아의 유구한 철학과 음악언어가 있다. 나의 피 속을 흐르는 조선의 혼이 있다. 그것을 서양의 음악언어로 재창조해야 한다.'

윤이상은 오직 자신의 체취가 밴 음악을 만들어내기를 원했다. 그 어떤 것으로도 대체 불가능한 자신만의 음악을. 이 같은 생각을 하면 할수록 음악을 파괴하는 영역으로 마구 뻗어 나가는 전위적인 급진파와 한 배를 탈 수는 없었다. 넓은 의미에서는 그들과 연대할 부분도 있겠지만, 때때로 어떤 면에서는 그들과도 맞서 싸우겠다는 각오를 다지게 되었다. 자신의 내부로만 향하던 눈을 들어 비로소 외부를 넓게 전망하게 된 새로운 변화였다. 그는 비로소 자신이 가야 할 길을 똑바로 직시하게 되었다. 음악을 해체시키려는 전위파 극단주의 경향에 맞서 음악을 지키려는 몸부림은 치열한 대결의식으로 나타났다.

어느 날, 성안에서 슈타이네케 박사와 차를 마실 기회가 있었다. 윤이상은 그에게 자신의 속내를 털어놓았다.

"박사님, 저는 이곳 하기 강습회에서 연주되는 작품들을 감상하면서 한 가지 고민이 생겼습니다."

"어떤 고민인가요? 말씀해보시지요."

"사실, 저 혼자만의 세계에서 12음기법을 바탕으로 한 작품 창작을 할 때는 그다지 큰 문제가 아니었는데, 이곳 무대에 올린 작곡가들의 수많은 작품과 만나게 되면서 고민이 더 깊어졌습니다. 이들 급진주의자와 운명을 함께할 것인지, 아니면 저 혼자만의 독자적인 길을 갈 것인지에 관한 것입니다."

"음, 급진적인 전위파 음악이 뭔가 마음에 걸린다는 뜻인가 보군요?"

"그렇습니다. 급진파들의 음악은 제가 추구하는 음악과는 그 뿌리와 구조가 사뭇 다름을 발견했습니다. 단순히 그들과 비슷한 형태를 유지하는 것은 의미가 없다는 생각이 들었기 때문입니다."

"당신의 이야기를 들어보니 이미 진로에 대한 가닥을 잡은 듯싶군요. 그렇지 않습니까?"

"예. 저는 제가 속한 동아시아의 음악 전통과 철학, 한국적인 색채를 전위주의적인 음악언어와 단단히 결합시키고 싶습니다."

"대단히 흥미로운 말씀이군요. 미스터 윤, 당신의 음악을 내년도 다름슈타트 하기 강습회에서 연주하고 싶습니다."

윤이상의 말을 듣고 있던 그가 뜻밖의 제안을 했다. 슈타이네케 교수가 윤이상에게 다름슈타트에 작품을 출품해달라고 정중하게 요청한 것이다. 생각지도 못한 제안이어서, 윤이상은 흥분된 어조로 되물었다.

"정말입니까, 슈타이네케 박사님?"

"물론이오. 빠른 시일 내로 작품을 보내주시오."

슈타이네케 교수는 윤이상의 음악을 들어본 적이 없었다. 하지만 그는 이미 윤이상의 재능을 간파하고 있었던 것이다.

"감사합니다. 슈타이네케 박사님."

윤이상은 파격적인 제안을 듣고 몹시 기뻐했다. 유학생활 2년 3개월 만에 비로소 출구가 보이는 기분이었다. 슈타이네케 교수의 제안대로 윤이상의 작품이 다름슈타트 국제현대음악제에서 연주된다면, 그것은 유럽의 신진 음악가들이 꿈에도 그리던 관문을 공식적으로 통과하게 되는 것을 의미했다.

슈타이네케 교수가 다름슈타트 국제현대음악제 작품 출품 제안을 한 시점은 참으로 절묘했다. 윤이상은 그즈음, '하우프트톤Hauptton', 즉 주요음主要音 개념에 의한 독자적인 음악 기법을 막 발견한 직후였다. 자신의 음악 생애를 통틀어 매우 중대한 결단을 내리고 있던 시기였다. 그때, 마침 그 순간을 기다려온 사람처럼 슈타이네케 교수가 다름슈타트에 올릴 작품을 보내달라고 제안한 것이다. 그 순간은 현대음악사의 지형을 바꿔놓을 만큼 기묘한 교차점이었다.

제4장

—

졸업시험 합격과 다름슈타트 입선

다름슈타트에서 베를린으로 돌아온 뒤부터 윤이상은 서베를린 음악대학의 졸업 준비에 착수했다. 그는 주임교수를 만나 졸업시험에 대비하는 마음가짐을 털어놓았다. 주임교수는 고개를 갸우뚱하면서 되물었다.

"무엇 때문에 굳이 졸업을 해야 하지요? 당신은 이미 작곡가로 활동하고 있잖소? 기악과나 성악과라면 전공 분야만 시험을 쳐서 졸업하면 되지만 작곡과는 달라요. 모두 일곱 과목을 공부해야 하고, 전 과목에서 우수한 성적을 내야만 졸업시험에서 통과할 수 있습니다. 이런 사실 때문에 대부분 졸업시험을 포기하고 말지요. 오죽하면 우리 작곡과에서 지난 7년 동안 졸업생이 한 사람도 안 나왔겠소?"

"교수님, 저는 한국에 돌아가 교수가 되고 싶습니다. 그러기 위해서는 음악대학 졸업장이 꼭 필요합니다."

"좋소. 정 그렇다면 도전해보는 것도 괜찮을 거요. 졸업시험을 볼 때

제출해야 할 작곡 지정곡이 있다는 것은 알고 있지요? 〈현악 4중주곡〉을 느린 악장으로 한 곡 써서 제출하시오."

"감사합니다, 교수님."

실제로 같은 학과 동기생들은 졸업시험을 치르는 것에 별 의미를 두지 않았다. 당장 자신의 고국으로 돌아가서 작곡가로 활동하는 데 아무런 지장이 없었기 때문이다. 하지만 윤이상은 집요했다. 유학을 떠나올 때 세웠던 자신의 목표를 달성하기 위해 한 치도 방심하지 않고 일곱 개의 전공과목을 독파해나갔다. 그리고 이미 써놓은 〈현악 4중주곡〉을 급진적이지 않은 방법, 즉 보수적인 방식으로 고쳤다. 보수적인 작곡과 교수들은 당시 전위적인 작품에 대한 이해가 부족한 편이었기 때문에, 그들의 눈높이를 고려해야 했던 것이다.

졸업시험 준비와 더불어 그다음으로 착수한 것은 다름슈타트에 출품할 작품의 창작이었다. 윤이상은 〈피아노를 위한 다섯 개의 소품〉과 〈일곱 악기를 위한 음악〉을 손보느라 그해 가을과 겨울 내내 침식을 잊으며 몰두했다. 수개월 동안의 힘겨운 노력 끝에 먼저 완성한 것은 〈피아노를 위한 다섯 개의 소품〉이었다. 그런 다음 작업에 착수하여 3월 10일에 완성한 것이 플루트, 오보에, 클라리넷, 파곳, 호른, 바이올린, 첼로로 연주하는 〈일곱 악기를 위한 음악〉이었다.

〈일곱 악기를 위한 음악〉은 자신이 속한 동아시아적인 음악 전통과 철학적 요소를 서양음악에 접목시키려는 노력 끝에 탄생한 작품이었다. 훗날 그가 진술한 바와 같이, "아시아적 음 고유의 특수성이 바로 내 음악의 출발점"[5]이라는 인식을 바탕으로 만든 작품인 것이다. 그는

5) 윤신향, 『윤이상 경계선상의 음악』, 한길사, 2005, 82쪽.

이 작품을 보리스 블라허 교수에게 보여주며 평가를 부탁했다. 블라허 교수는 악보를 주의 깊게 들여다본 후 입을 열었다.

"매우 훌륭합니다. 정말 좋군요."

평소의 그답게 간단명료하게 요점만 말했다. 칭찬을 좀처럼 하지 않는 그로서는 최상급의 찬사를 표한 셈이다. 블라허로부터 이례적이라 할 정도의 찬사를 들은 윤이상은 기쁜 마음에 심장이 두근거렸다.

그는 훗날 루이제 린저와 대담을 할 때, 이 무렵 작곡한 것이 두 편 더 있다는 고백을 한 적이 있다. 한국에서 기초를 잡은 뒤 파리에서 완성한 〈현악 4중주 2번〉과 〈바이올린 협주곡〉이 그것이다. 하지만 이 두 작품은 자신이 설정한 목표치에 못 미친다고 판단하여, 작품 목록에 정식으로 넣지 않았다. 그는 이처럼 자신의 작품에 대해서 엄정한

루이제 린저와 이야기를 나누는 윤이상. 두 사람의 대담집 『윤이상, 상처 입은 용』은 1977년 독일 피셔(Fischer) 출판사에서 처음 출간되었다.

규정을 지켜나갔다.

〈피아노를 위한 다섯 개의 소품〉과 〈일곱 악기를 위한 음악〉은 12음 기법으로 작곡한 작품이다. 이 두 작품에서 윤이상은 '주요음(Hauptton)' 개념을 조금 버무려 넣었다. 서양 음악은 화성을 통해 주제를 표현하는 데 비해, 한국의 전통음악은 하나의 음이 고유한 주제를 형성하며 끝까지 이어진다. 윤이상이 창안한 주요음은 여러 음들이 한데 모인 가운데 주제의식을 밀고 나아가게 된다. 이 같은 면에서 윤이상의 주요음은 서양의 음악 어법과도 다르며, 한국 전통음악과도 구별된다. 주제의식을 지닌 음의 무리가 주요음을 구성하고 있다는 점에서, 그것은 단선 음향이 아닌 복합 음향으로 존재한다.

예컨대, 각 악기들은 개별적으로는 하나하나의 성부를 연주하게 된다. 이들 악기가 내는 소리들이 모여서 단일한 색깔의 음향언어를 이루게 된다. 이것을 음의 무리 또는 소리의 다발이라고 한다. 독주곡에서는 개별 음의 무리들이 단선율을 형성한다. 이에 비해, 악기 편성이 많은 오케스트라 혹은 실내악곡에서는 주요음 성격의 음의 무리들이 여러 악기를 통해 구현된다. 이때 뿜어져 나오는 소리의 다발은 하나의 거대한 음향언어를 이룩하게 된다. 이것을 음향 층 혹은 주요 음향이라고 부른다. 연주가 계속되는 동안 주요음들은 주요 음향들과 빈틈없이 어우러져 하나의 음향으로 승화된다. 이것은 윤이상이 독자적으로 개발한 주요음 기법(Haupttontechnik)이다.

4월 6일, 윤이상은 〈일곱 악기를 위한 음악〉을 다름슈타트 하기 강습회에 출품하기 위해 우송했다. 〈피아노를 위한 다섯 개의 소품〉은 네덜란드 빌토벤에서 개최되는 가우데아무스 음악제에 출품할 목적으로 우송했다. 이 두 음악제에서 자신의 작품이 채택되어 연주된다면 그로서는 유럽 음악계에 굳건히 서게 될 것이다. 하지만 만약 채택되지 않는다면 일찌감치 짐을 싸들고 고국으로 떠날 생각이었다.

윤이상은 자신의 작품이 정신과 기법 면에서는 어떤 작품과 비교하더라도 뒤지지 않을 뚜렷한 개성이 있을 것이라는 확신이 있었다. 예컨대 〈일곱 악기를 위한 음악〉의 제1악장에서는 12음 음악의 기본에 충실했지만, 제2악장에서는 첼로의 글리산도를 통해 조선 궁중음악에서 악기들이 내는 유장하고 사색적인 소리를 구현하도록 했다. 서양 악기를 통해 소리를 떨리게 하는 궁중 악기의 비브라토vibrato와, 빠르게 미끄러지듯 소리 내는 글리산도를 표현하는 것은 쉽지 않은 일이었다. 하지만 그러한 결합으로써 동양의 음양 사상을 음악적으로 표현할 때는 극적인 효과를 발휘했다. 제3악장에서는 다름슈타트에 다녀온 이후 줄곧 구상해 자신만의 색깔로 창안해낸 '주요 음향 기법'이 12음 기법과 잘 어우러지도록 표현했다.

가야금을 연주할 때 왼손으로 줄을 누른 상태에서 오른손으로 줄을 퉁기면 발생하는 소리의 떨림 현상이 바로 농현이다. 거문고를 연주할 때도 마찬가지다. 왼손으로 괘를 줄과 함께 누르고 오른손으로 술대를 쳐서 농현을 표현할 수 있다. 농현은 이처럼 원래 음 이외의 여러 가지 장식음을 내는 기법으로서 고정된 음을 다채롭고 풍부하게 해준다. 여기서 음의 충만함과 여백의 미가 발생한다. 윤이상은 농현의 순간에 한국적인 음의 풍부함을 채워 넣었다. 소리가 미끄러지면서 한순간 늘어났다가 줄어드는 농현의 떨림음 속에서 동아시아의 변화무쌍한 음의 깊이와 역동성이 솟구친다. 생전의 윤이상과 폭넓은 대화를 하며 연주활동을 벌였던 플루트 주자 로즈비타 슈테게는 윤이상의 음악을 표현할 때는 무엇보다도 "장식음들에 대한 연주"[6]가 중요했다고 말했다. 그것은 농현뿐 아니라 윤이상 음악의 지향점과 관련해서도 깊은 의미가 있다.

발터 볼프강 슈파러Walter Wolfgang Sparrer는 이 대목에 대해서 "특히 〈일곱 악기를 위한 음악〉은 12음기법을 차용하면서도, 그 2악장에서는 동양의 음양사상을 음악적으로 표현하는 시도(첼로의 글리산도)가, 3악장에서는 훗날의 윤이상 음악언어의 토대이자 작곡 방식의 일반적 원칙을 나타내는 '주요 음향 기법(Hauptklangtechnik)'이 서유럽의 12음기법과 융합되는 모습이 최초로 시도된다"[7]고 평가했다.

〈일곱 악기를 위한 음악〉과 〈피아노를 위한 다섯 개의 소품〉은 쇤베르크적인 현대 기법으로 쓴 것이지만 급진적인 작품은 전혀 아니었다. 그는 바로 이 때문에 가우데아무스 국제음악제에 큰 기대를 하지는 않았다. 7개월 전 다름슈타트의 고성에서 열린 하기 강습회에서 연주된 작품은 대부분 급진파 전위 작곡가들로 넘쳐났던 것을 목격했기 때문이다. 급진파 작품들의 홍수 속에 자신의 작품이 떠내려가거나, 아니면 주목조차 받지 못할 수도 있다는 생각이 들었다.

하지만 악보 출판에 대해서는 은근히 신경을 쓰고 있었다. 괜찮은 출판사에서 악보가 출판된다면 일반인에게 자신의 음악을 알릴 기회가 되었다. 이것은 허투루 생각할 일이 아니었다. 무대 위에서 이루어지는 연주는 유한성의 한계가 있다. 그러나 악보는 시간의 한계를 뛰어넘어서 많은 사람들에게 오래오래 기억될 수 있다. 윤이상에게 그것

---

6) 윤신향, 『윤이상 경계선상의 음악』, 한길사, 2005, 263쪽.

7) 발터 볼프강 슈파러, 정교철·양인정 옮김, 「윤이상-이 시대의 작곡가」, 『나의 길, 나의 이상, 나의 음악: 윤이상의 음악미학과 철학』, 도서출판 HICE, 1994, 74쪽.

은 매우 중요한 문제였다.

"미스터 윤, 이번 졸업시험에서 당신은 합격했습니다. 축하합니다."

1959년 7월, 건강을 해칠 만큼 전공 공부를 하느라 수척한 얼굴의 윤이상에게 블라허 교수가 활짝 웃으며 축하해주었다.

"나는 당신이 졸업시험의 지정곡으로 제출한 〈현악 4중주곡〉을 보는 순간 곧바로 알게 됐소. 내가 주문한 대로 느린 악장을 최대한 차분하게 썼다는 것을 말이오. 보수적인 교수들을 배려한 당신의 노력이 나에게 전달되었다오. 하지만 심사에 참여한 다른 교수들은 도통 알 수 없다는 표정이더군. 그 보수주의자들의 꽉 막힌 의견 때문에 한바탕 갑론을박이 있었지, 하하하. 그렇지만 통과됐으니, 당신이 승리한 거요. 당신은 우리 대학 작곡과에서 7년 만에 배출한 졸업생이 되었소. 정말이지, 이런 경사가 어디 있겠소? 미스터 윤, 거듭 축하하오."

윤이상은 까다롭기로 유명한 서베를린 음악대학의 졸업시험에서 당당히 합격한 것이다. 만으로 따져서 마흔두 살, 만학이지만 빠른 속도로 목표를 달성한 셈이다. 독일로 유학 온 지 꼬박 2년 만의 결실이었다. 박사과정까지 계속할지는 아직 결정하지 않은 상태였다. 박사학위에 매달린다면 2년 동안 작품 쓰는 데 지장을 받을 것 같았다. 그렇지만 박사학위라는 더 큰 목표에 도전하지 않고 유학생활을 끝낸다면 아쉬울지도 모른다. 윤이상은 이 문제를 더 고민하기로 했다.

이제는 다름슈타트와 가우데아무스 국제음악제 참여를 위해 준비해야 했다. 하지만 그에 앞서, 졸업시험 통과를 기념하기 위해 홀가분한 마음으로 여행을 떠나고 싶었다. 그림과 건축이 어떻게 음악과 만나는지도 직접 보고 싶었다. 몸도 마음도 쉴 겸, 기차에 몸을 싣고 어디론가 훌쩍 떠나고 싶었다.

마침 그 무렵 비스키르헤에서 바로크 예술에 대한 강의가 있다는 소식을 들었다. 전문가로부터 바로크 예술양식에 관한 강의를 꼭 듣고 싶었던 그는 주저 없이 수강 신청을 했다. 날짜가 다가오자, 그는 벼르고 벼르던 장거리 여행을 떠났다. 맨 먼저 찾아간 곳은 카셀이었다. 비행기를 타고 하노버까지 간 그는 다시 기차로 갈아탄 뒤 카셀에 도착했다. 그는 그곳에서 열리고 있던 현대회화전을 관람했다. 피카소와 마르크 샤갈의 작품뿐만 아니라 전위적인 화가들의 작품까지 두루 섭렵하니 마음이 흡족했다. 이 무렵의 윤이상은 서구 유럽 사회의 주요한 예술적 흐름과 기류를 모조리 자신의 내부에 쓸어 담으려는 열정을 불태우고 있었다.

전람회 순례와 더불어 윤이상의 관심을 끌었던 것은 유서 깊은 건축물의 양식에 관한 탐구였다. 카셀에서 기차를 타고 자울그루프로 간 그는 그곳에서 하룻밤을 머물고 목적지인 비스키르헤로 갔다. 바이에른주 남부 도시 퓌센 부근에 있는 비스키르헤는 로코코 양식으로 지어진 자그마한 성당이었다. 성당 내부에 들어가니 신부님이 미사를 집전하는 곳의 벽면과 천장에 바로크 양식의 그림이 화려하게 그려져 있었다. 바로 그곳에서 바로크 예술에 대한 강의를 듣게 되어 감회가 깊었다. 이때 알게 된 지식은 그의 음악에 새로운 자양분을 제공해주었다.

윤이상은 다시 버스를 타고 알프스 산맥에 형성된 작은 산골마을을 구석구석 둘러보았다. 여기서 성 바이에른 지방의 교회 건물을 감상하는 것은 회화 감상과는 또 다른 기쁨을 주었다. 이탈리아와 지리적으로 가까운 이곳의 교회 건물에 나타난 바로크와 로코코 양식의 건축양식을 보면서 서양음악 속에 깃들어 있는 역사성과 고전 정신의 정수를 비교해보는 것은 색다른 의미를 가져다주었다.

16세기의 고전적 르네상스가 구축했던 조화와 균형미, 완결성과는 달리 바로크 양식은 곡선을 잘 활용하고 양식상 거대함을 기본 골조로 한다. 회화에서도 원근법이나 대각선에 의한 구도를 빈번히 보여주었다. 바로크 미술의 특징은 말년에 이른 미켈란젤로의 작품에도 잘 나타나 있으며, 18세기 로코코 미술 속에서도 그 흐름을 엿볼 수 있다. 규모가 크고 장엄하며 화려한 바로크 양식에 비해 로코코 양식의 특징은 우아하고 경쾌하며, 이국적이면서 가볍고 발랄한 것이 특징이다.

바로크 양식은 음악에도 뚜렷한 흔적을 남겼다. 르네상스 시대나 고전주의 시대의 음악에서 발견할 수 없는 통주저음通奏低音이 바로크 음악을 뚜렷하게 부각시키는 특징으로 자리 잡았다. 통주저음이란 17세기 초반부터 18세기 중반까지의 바로크 시대 유럽에서 흔히 이루어진 특수한 연주 습관을 수반하는 저음 파트를 뜻한다. 그 무렵 유건악기有鍵樂器[8] 연주자는 대부분 악보에 기록된 단음單音의 저음부 위에, 오른손 파트를 즉흥적으로 만들면서 반주하는 일이 흔했다. 이 때문에 이 기간을 통주저음 시대 혹은 계속저음 시대라고 불렀다.

최저성부最低聲部가 악곡 전체 화음을 뒷받침하는 기능을 지녔던 통주저음이 발달하면서 베이스의 선율이 그 어느 때보다도 중요해졌다. 그 저변 위로 흐르는 상성부 선율성과의 조화는 바로크 음악의 특징으로 굳어졌다. 윤이상은 웅장하고 화려한 바로크 시대의 건물을 보면서 바흐와 모차르트의 음악에 투영된 양식상의 특징과 유사성을 이해하려고 애썼다.

---

8) 건반을 가진 악기를 통틀어 이르는 말이다.

바로크 양식의 특징인 빛과 어두움의 대비와 효과는 이 시대 음악에서 협주 양식으로 나타났다. 서로 다른 음향체를 조화롭게 하는 협주적 양식은 바로크 음악의 선구자 지오반니 가브리엘리Giovanni Gabrieli가 주춧돌을 놓았다. 17세기 기악과 성악에서도 두드러진 요소로 자리 잡은 협주적 양식은 바흐에 이르러 활짝 꽃을 피웠다. 바로크 음악의 특징은 장대하고 숭고한 것을 추구하면서 생명력 넘치는 주제의식을 표현하는 것이라고 할 수 있다. 윤이상은 이때 받았던 영향으로 훗날 중대한 작곡 양식상의 변화를 모색하게 되었다.

그 무렵, 다름슈타트에서 편지가 도착했다.

"윤이상 선생님의 작품 〈일곱 악기를 위한 음악〉을 9월 4일 다름슈타트에서 열릴 국제현대음악제 하기 강습회에서 정식으로 연주하게 되었습니다."

며칠 사이에 빌토벤에서도 편지가 왔다.

"윤이상 선생님. 안녕하십니까? 선생님의 작품 〈피아노를 위한 다섯 개의 소품〉을 9월 16일 가우데아무스 국제음악제에서 정식으로 연주할 계획입니다."

작품을 보낸 지 두 달 만에 날아온 기쁜 소식이었다. 그 무렵, 유럽 각국의 신진 작곡가들은 다름슈타트와 빌토벤에서 연주하는 것을 꿈으로 여기고 있었다. 이 때문에 마감 날짜가 임박하면 작곡가들은 이 연주회의 출품을 목적으로 다투어 악보를 부쳤다. 편지에는 홍수처럼 밀려드는 작품을 일일이 심사하느라 무척 힘겨웠노라고 쓰여 있었다.

전 세계에서 권위를 인정받는 두 대회에 나란히 입선한 것은 윤이상에게는 큰 영광이었다. 그뿐만 아니라 국가적으로도 큰 영예에 속했다. 윤이상은 편지를 받고 무척 기뻤지만, 흥분하면 심장에 무리가 가기 때문에 손으로 가슴을 누른 채 심호흡을 했다. 비로소 자신의 인생에 서광이 비치는 듯했다.

두 개의 의미 깊은 무대에 선다는 설렘에 부풀어 있을 무렵, 동베를린의 북한 대사관에서 편지 한 통이 배달되었다. 다름슈타트 교육대학의 식당에서 동독 여학생에게 최상한의 안부를 알아봐 달라고 한 지 만 1년 만의 일이었다.

"윤 선생님의 친구가 서울의 가족들에게 쓴 편지를 가지고 있습니다. 그 편지가 궁금하시면 동베를린의 북한 대사관으로 오십시오."

윤이상은 곧 동베를린의 북한 대사관을 찾아갔다. 그곳에서 그는 최상한이 서울의 아내에게 보낸 편지를 건네받았다. 윤이상은 그 자리에서 최상한에게 편지를 썼다. 그로부터 반년이 흐른 뒤, 동베를린의 북한 대사관에서 다시 연락이 왔다. 최상한에게서 편지가 도착했다는 소식이었다. 윤이상은 다시 한 번 그곳으로 찾아가 친구의 편지를 읽었다.

북한 대사관 직원은 그에게 점심 식사를 대접해주었고, 북한 영화를 보여주었다. 그 직원과 함께 밥을 먹으면서, 그는 문득 화양학원 시절 무전여행을 떠나 청진까지 갔던 일을 떠올렸다. 통영에서 시작한 국토 순례의 여정을 신의주에서 마치고 돌아오는 동안, 일제에 의해 수탈당한 남쪽과 북쪽의 피폐함을 목도하고는 깊은 슬픔에 빠진 적이 있었다. 당시에는 남과 북으로 갈리기 전이라 국토의 어디든 내 나라 내 땅이었다. 신작로 어디에서건 흰옷 입은 백성은 모두 내 형제였다. 그랬던 한반도가 남북으로 나뉜 채 서로 다른 체제와 이념 속에서 서로를 적대시하고 있다는 사실이 기가 막혔다.

베를린은 제2차 세계대전 이후 동서로 분할되었다. 서베를린은 미국,

프랑스, 영국에, 동베를린은 소련에 점령당했다. 하지만 두 도시 사이의 경계는 느슨했다. 서베를린 사람들은 종종 전차를 타고 물가가 싼 동베를린에 가서 식료품을 사오곤 했다. 우리나라의 휴전선과는 180도 다른 자유로운 풍경이었다. 이 같은 사회 환경 탓 때문인지, 윤이상은 동베를린의 북한 대사관에 가는 것을 전혀 이상하게 여기지 않았다.

왜 그렇게 생각했을까? 윤이상은 무모한 사람이었을까? 당시 독일의 사회 환경이나 분위기상 동베를린에 가는 것이 위험하지 않았다손 치더라도, 국내 실정법상 적어도 조심스럽게 처신해야 했던 것은 아니었을까? 최소한 한국 대사관을 경유하거나 대사관 직원에게 이 사실을 알려야 좀 더 안전한 것 아니었을까? 아니, 동족상잔의 아픔을 겪은 우리 민족의 특성상 북한 대사관에 연락을 취하는 일 자체를 처음부터 시도하지 말았어야 하는 것 아니었을까?

해방 후 남한만의 단독선거로 초대 대통령이 된 이승만은 기회 있을 때마다 '멸공통일'을 외치며 반공을 국시로 여겼던 대표적인 반공주의자였다. 영구 집권을 노리던 이승만은 1958년 11월 국가보안법 개정 법안을 국회에 상정했다. 이승만은 이 개정안에 '언론 제한과 헌법 기관의 명예 보호'라는 조항을 슬쩍 집어넣었다. 자신을 비판하는 언론에 재갈을 물리고, 자신과 자유당에 반대하는 모든 것을 무력화하기 위해서였다.

이승만은 이 법을 통과시키기 위해 1958년 12월 24일 무장 경찰을 동원해 국회를 포위했다. 그러고는 야당 의원들을 국회 지하실에 가둔 상태에서 자유당 의원들만 참석한 가운데 날치기로 이 법을 통과시켜 버렸다. 1959년 4월 30일, 국가보안법이라는 여의주를 손에 쥔 이승만은 자유당 정권을 비판해온 「경향신문」을 기어이 폐간시켰다. 이 무렵, 이승만이 저지른 일련의 모든 일은 민주주의 사회에서는 있을 수 없는, 상상을 초월하는 폭거였다.

이승만은 1960년 사상 최대의 3.15 부정선거를 획책하여 종신 총통을 꿈꿨으나 4.19 혁명 이후 스스로 권좌에서 물러나야만 했다.

윤이상은 이 같은 사실을 잘 알고 있었다. 그는 일제강점기에 비밀결사의 일원으로서 항일운동을 했던 독립운동가였다. 조선어로 된 악보가 발견되어 옥고를 치렀으며, 해방되기 전까지 일경에 쫓겨 다니면서도 일제에 투항하지 않으며 지조를 지켰던 의기의 남아였다. 해방 이후 극심한 좌우 이념 대립이 싫어 고향 통영으로 내려가 문화운동과 고아 돌봄 사업에 전념했던 온건한 리얼리스트였다. 유럽으로 삶의 거처를 옮긴 뒤에도 늘 고국의 소식에 목말라했던 순정주의자였다. 하지만 고국에서 들려온 3.15 부정선거의 소식은 그를 절망케 했다. 4.19 혁명의 평화로운 시위 행렬에 총격을 가해 시가지를 피로 물들인 자유당 정권의 만행은 그로 하여금 뜨거운 눈물을 흘리게 했다. 1961년, 장면 정권을 뒤엎고 군사정변을 일으킨 5.16 쿠데타는 그에게 절망과 분노를 안겨주었다. 그는 조국의 상황에 따라 울고 웃는 애국 시민이었다.

1956년에 유럽 유학을 떠난 윤이상에게는 독특한 조국관이 있었다. 그는 북한의 동포들도 남한의 내 형제와 다를 바 없는 한 민족으로 여겼다. 윤이상은 해방 이후 강대국에 의해 분할 점령된 남과 북을 인정하지 않았다. 그의 가슴속에는 오직 하나의 조국뿐이었다.

윤이상이 생각하는 조국은 신동엽 시인의 시 〈껍데기는 가라〉에 나오는 항구적인 대지의 품이었다.

그리하여, 다시

껍데기는 가라.
이곳에선, 두 가슴과 그곳까지 내논
아사달 아사녀가
중립의 초례청 앞에 서서
부끄럼 빛내며
맞절할지니

윤이상의 조국은 이 시 속에 나오는 '중립의 초례청' 같은 신성한 곳이었다.

껍데기는 가라.
한라에서 백두까지
향그러운 흙가슴만 남고
그, 모오든 쇠붙이는 가라.

윤이상에게 조국은 신 시인이 절절히 노래한 '향그러운 흙가슴' 같은 곳이었다. 이 같은 신념을 갖고 있던 윤이상은 최상한의 편지와 관련해 동베를린에 있는 북한 대사관을 세 번 방문했다. 그는 박정희 정권에서 악의적으로 모략한 바와 같은 적색분자, '빨갱이'는 결코 아니었다. 신념이 투철했던 그는 자신의 이념이나 주의, 주장을 감추려 하지 않았다. 실제로 그는 루이제 린저와의 대담에서 자신이 공산주의자였던 적이 없었노라고 술회했다. 그러나 해방공간에서 사회주의에 대한 관심이 있었으며, 그 마음은 늘 열어놓고 있다고 고백했다. 그는 또한 유럽의 경우 공산주의자와 급진적인 사회주의자들이 한데 어울려 살아가고 있음을 지적하며, 자신을 "민주주의적 사회주의자"[9]라고 허심탄회하게 털어놓았다.

윤이상은 이 같은 신념을 바탕으로 "역사적인 긴 안목에서 볼 때 민족은 창공과 같이 영원한 것이고, 정권, 이념, 사상은 활엽수와 같다"는 발언을 남기기도 했다. 이와 같은 점에 근거해, 남과 북을 단일한 구도로 바라보는 그의 생각은 평생 동안 변함이 없었다.

9) 윤이상·루이제 린저, 『윤이상, 상처 입은 용』, 랜덤하우스중앙, 2005, 142쪽.

제5장

—

두 개의 데뷔 무대

1959년 9월 3일, 윤이상은 단단히 각오를 다지며 다름슈타트에 도착했다. 다름슈타트 음악제는 빌토벤보다 훨씬 명성이 높았다. 국제현대음악제 하기 강습회가 열리는 다름슈타트는 전 세계의 진보적인 음악인들이 가장 많이 찾는 곳으로 유명했다. 특히 이번 하기 강습회에는 영향력 있는 신문사의 음악평론가와 음악학자, 이름깨나 알려진 각 방송국의 음악 책임자, 쟁쟁한 작곡가 들이 잔뜩 몰려와 문전성시를 이루었다.

윤이상의 마음가짐은 자못 비장했지만 현재 돌아가고 있는 상황은 매우 좋은 편이었다. 윤이상은 이곳으로 오기 전에 베를린 방송국의 현대음악 책임자인 하세로부터 관현악곡을 위촉받은 상태였다.

"선생님께서 작곡하고 계신 작품을 오는 10월에 있을 정기 공개 연주회에서 발표하고자 합니다."

하세는 윤이상의 관현악곡을 하루라도 빨리 받고 싶다고 거듭 부탁했었다. 좋은 일은 더 있었다. 베를린 음악제에서도 〈일곱 악기를 위한 음악〉에 관심을 보인 것이다. 뿐만 아니라 제법 규모 있는 출판사 두 군데와 악보 출판 문제를 협의 중이었다. 이 일들은 마치 오래전부터 준비된 것처럼 한꺼번에 진행됐다.

'도대체 나에게 무슨 일이 일어나고 있는가?'

윤이상은 마치 자신이 꿈을 꾸고 있는 것만 같았다. 금세 유령이라도 튀어나올 것 같은 퀴퀴한 하숙집에서 악다구니를 쓰듯 첼로를 켜며 온갖 소음과 싸우던 자신에게 찾아온 행운이 믿어지지 않아서다. 하지만 과연 이 세상에 우연이란 것이 있기나 할까. 처음에는 우연처럼 보이는 것이라 할지라도, 그것들이 모이면 언젠가는 필연으로 바뀌는 것이 세상 이치 아니던가.

밤잠을 설치며 도서관에 살면서 전공과목을 외우다시피 하고, 이를 악물고 공부한 결과 2년 만에 졸업시험을 통과한 것은 불과 얼마 전의 일이다. 이것과 맞물려서, 다름슈타트와 빌토벤에서 자신의 작품이 정식 연주곡목으로 선정된 것은 얼마 전까지만 해도 상상도 할 수 없는 일이었다. 이 모든 일은 결코 우연이나 행운이 아니었다. 뼈를 깎는 고통 속에서 스스로 창조해낸 결과물이었다. 하지만 윤이상은 그것이 마치 비현실적인 것처럼 여겨져 얼떨떨할 뿐이었다.

다름슈타트에서 작품이 연주되는 형태는 두 가지였다. 그 하나는 작곡 강좌를 통해 젊은 신진 음악가들의 작품을 연주하는 경우였다. 물론 작품이 뛰어나지 않으면 이런 기회조차 좀처럼 얻을 수 없었다. 나머지 하나는 음악 권위자들의 스포트라이트를 받으며 음악이 연주되는 경우였다.

윤이상은 그중에서도 전례가 없을 정도로 매우 특별한 대접을 받은 경우에 해당된다. 함부르크 실내악단의 독주자들이 그의 곡을 선정해 연주할 예정이었기 때문이다. 이들 쟁쟁한 독주자들 앞에서 지휘봉을 휘두르게 될 인물은 독일에서 오랫동안 유학하면서 헤르만 셰르헨Hermann Scherchen에게서 가르침을 받은 젊은 미국인 지휘자 프랜시스 트래비스Francis Travis였다. 그는 현대음악계에서 명지휘자로 명성을 쌓아 나가는 중이었다.

다름슈타트는 누구나 오르기 원하는 선망의 무대였다. 이곳에서 작품이 연주되는 작곡가는 앞날이 보장되었다. 이곳에 오르지 못하면 재기를 바라며 도전하는 설렘을 간직하는 대신, 이 무대에서 청중과 평론가들의 비난을 받고 좌절의 늪에 빠지는 위험성도 도사리고 있었다.

다름슈타트 청중들의 반응은 극과 극이었다. 현대음악을 이해하는 높은 식견, 섬세한 미적 기준을 아울러 갖춘 청중들은 형편없는 음악에 대해서는 얼음보다 차갑게 굴었다. 수준 낮은 음악이 연주되면 서슴없이 고함을 질렀고, 객석 여기저기서 휘파람을 불어댔다. 다른 연주회장에서는 보기 드문 청중들의 적극적인 의사 표시가 이곳에서는 허용되었다. 그러나 좋은 음악이 연주되면 새색시처럼 고요히 앉아 그 음률을 내밀하게 즐겼다. 음악평론가와 견주어도 손색이 없을 정도로 예리한 안목을 지닌 청중들 때문에 다름슈타트 음악제는 항상 범접할 수 없는 음악적 권위를 지니고 있었다.

다름슈타트에 모인 음악가들 사이에는 벌써부터 긴장감이 조성되어 있었다. 윤이상도 긴장감을 누르기 위해 숨을 깊이 들이마셨다. 이곳의 청중들로부터 냉대를 받는다면 낭패가 아닐 수 없었다. 평론가들의 질타를 받는다면 더욱 비참한 심정이 될 터였다. 두려운 생각이 들었다. 짐은 이미 싸놓은 상태였다. 만약 출품한 작품에 대한 반응이 좋지 않다면, 공연을 마치자마자 미련 없이 고국으로 돌아갈 생각이었다.

공연이 시작되기 전에는 긴장감과 걱정 때문에 작품 연주를 철회하고 도망갈 궁리까지 했다. 하지만 연주회 당일에 프랑크푸르트 방송국을 비롯한 여러 방송사에서 〈일곱 악기를 위한 음악〉을 중계할 예정이어서 도저히 도의상 빠져나갈 명분이 서지 않았다. 손에서 땀이 나고 심장은 두근거렸지만 그냥 견디는 수밖에 없었다.

그날 밤, 함부르크 실내악단의 독주자들과 지휘자 프랜시스 트래비스가 도착했다. 윤이상은 그들과 일일이 악수를 한 뒤 지휘자와 작품에 대한 이야기를 나누었다. 연주자들은 이튿날 있을 연주를 연습했다. 그들의 연주는 매우 뛰어났으나 윤이상이 작품에서 의도한 바와 같은 한국적인 색채까지는 표현하지 못했다. 그 점이 아쉬웠지만 자신의 의견을 말하지는 않았다. 자칫 연주자들에 대한 간섭으로 비칠까 염려되었기 때문이다.

9월 4일 밤 여덟 시 반, 드디어 운명의 시간이 왔다. 다름슈타트 국제현대음악제 하기 강습회의 폐막일을 하루 앞둔 이날은 '현대음악의 날'이란 타이틀이 붙은 음악제의 하이라이트였다. 첫 무대를 장식할 곡은 윤이상의 〈일곱 악기를 위한 음악〉이었다. 무대 앞에는 〈일곱 악기를 위한 음악〉의 연주 장면을 유럽 전역에 중계방송하기 위해 프랑크푸르트 방송국 팀의 촬영장비가 갖추어져 있었다. 무대 앞 객석에는 유력 일간지의 음악 담당 기자들을 비롯해 평론가들과 음악학자들이 눈빛을 빛내며 앉아 있었다.

"오늘 연주될 선생님의 작품에 대해 크게 기대하고 있습니다."

연주회장으로 들어설 때, 누군가가 윤이상을 붙잡고 격려해주었다. 윤이상은 고맙다는 말을 하며 객석으로 들어갔다. 심장이 두근거리기 시작했다. 그때, 청중들이 크게 외치는 소리가 들렸다.

"토이, 토이, 토이!"

독일인들이 무엇인가 이루어지기를 바랄 때 표현하는 일종의 덕담이었다. 그것은 또한 머나먼 극동아시아의 코리아에서 온 미지의 작곡가에게 보내는 축하의 메시지이기도 했다. 그들은 대부분 한국이 어디에 붙어 있는지조차 모르고 있었다. 기껏 안다고 해야 전쟁으로 폐허가 된 후진국의 이미지였다. 하지만 그들은 윤이상을 경멸하지 않았고, 진정으로 존중해주었다. 윤이상은 그러한 청중들의 진심 어린 축하에 가슴이 뜨거워짐을 느꼈다.

잠시 장내가 정리되는 사이, 첫 무대가 시작되었다. 프랜시스 트래비스의 지휘로 〈일곱 악기를 위한 음악〉의 제1악장이 연주되었다. 한국의 정악을 12음기법으로 표현한 독특한 음악이 유럽에서 초연되는 순간이었다. 신비스럽고 섬세한 음률이 플루트, 오보에, 클라리넷, 파곳, 호른, 바이올린, 첼로의 일곱 가지 악기로 울려 퍼지자 객석에는 깊은 고요가 깔렸다.

"브라보! 브라보!"

연주가 끝나자 청중들은 일제히 박수를 치며 감동을 표현해주었다. 열렬한 박수가 이어질 때 지휘자 트래비스가 윤이상을 무대로 불러 올렸다. 박수가 뜨겁게 계속되는 동안 모두 세 번이나 나가 관객들에게 인사를 했다. 박수가 수그러들지 않자 윤이상은 일곱 명의 독주자들과 일일이 악수를 나눈 뒤 객석을 향해 깊이 머리 숙여 답례를 했다.

그즈음 다름슈타트에서 세 번 커튼콜을 받기란 쉬운 일이 아니었다. 유럽 초연인 〈일곱 악기를 위한 음악〉은 대성공을 기록한 것이다. 윤이상이 자기 자리로 돌아가 앉자 객석 여기저기서 청중들이 고개를 끄덕이며 환한 미소를 지어주었다. 연주가 끝난 뒤, 무대 앞에서 활짝 웃으며 다가온 슈타이네케 박사가 윤이상에게 악수를 청하며 축하 인사를 건넸다.

“미스터 윤, 오늘 밤 당신의 성공을 진심으로 축하하오.”

다름슈타트음악학교의 작곡과 교수 헤르만 하이스Herman Heiss도 슈타이네케 박사 옆에서 손을 내밀었다. 그는 윤이상의 손을 두툼한 두 손으로 맞잡고 흔들며 몇 번이나 칭찬해주었다.

“당신의 작품은 오늘 밤에 연주된 작품 가운데 가장 훌륭했습니다. 그리고 제가 지금까지 들었던 외국인 작품 가운데 가장 완벽한 음악이었소.”

하이스 교수와 악수를 막 끝내자 백남준이 다가와 인사를 했다. 그의 눈시울이 붉게 물들어 있었다.

“선생님, 유럽 무대에 우뚝 서신 것을 진심으로 축하합니다. 한국인 작곡가가 세계적인 무대에서 내로라하는 본고장 음악가들을 젖히고 승리한 것입니다. 정말 자랑스럽습니다.”

곧이어, 주최 측이 마련한 리셉션이 열렸다. 작곡가, 지휘자, 연주자들을 초청한 리셉션장에서도 화제의 중심은 단연 윤이상이었다. 그는 모든 작곡가 중에서 가장 열렬한 환영을 받았다. 사람들은 와인을 마시며 일행과 담소를 나누다가도 윤이상이 지나갈 때면 서로 손을 내밀어 악수를 청하며 축하해주었다.

“어쩌면 그리도 훌륭하고 아름다운 음악을 지으셨습니까?”

“정말 멋진 음악이었습니다. 성공을 축하합니다.”

멀찍이 서 있는 사람들은 엄지를 추켜올려 주었다. 그들의 정겨운 미소, 진심 어린 눈빛이 윤이상의 가슴을 뭉클하게 했다.

“유럽에서 성공의 첫걸음을 내디딘 것을 진심으로 축하합니다.”

함부르크 실내악단의 독주자들 가운데 한 사람이 덕담을 건네자, 지휘자 프랜시스 트래비스가 다가와 윤이상의 손을 꼭 붙잡고 축하의 말을 해주었다.

"오늘 밤 음악회에서 선생님 작품이 아니었다면 저희들의 연주는 빛을 보지 못했을 것입니다. 자, 여러분! 오늘 대성공을 거둔 윤이상 선생님을 위해 축배를 듭시다. 건배!"

"건배! 윤이상 선생의 성공을 축하합니다!

"감사합니다. 정말…… 감사합니다, 여러분."

트래비스를 비롯해 일곱 명의 독주자들과 함께 나란히 잔을 부딪치며 답례를 하던 윤이상은 목이 메었다. 문득, 앞날이 불투명한 가운데 학업에 몰두하던 파리에서의 일들이 주마등처럼 스쳐 지나갔다. 아내가 부쳐준 돈이 다 떨어지면 식권이 없어 물로 배를 채워야 했던 암담한 날들도 떠올랐다. 돌이켜보면, 독일로 건너와 악착같이 공부한 끝에 서베를린 음악대학을 졸업하고, 다름슈타트 음악제에 참관하여 충격을 받은 뒤 〈일곱 악기를 위한 음악〉을 완성하기 위해 온 힘을 기울이던 일들이 모두 하나의 고리로 연결되어 있다는 생각이 들었다.

다름슈타트에서 자신의 음악이 청중들로부터 외면당할까 두려워 조바심치던 마음에서도 벗어났다. 이제는 두려워하지 않아도 된다. 더는 마음 졸일 필요도 없다. 새로운 날개를 얻었기 때문이다. 이날 연주된 〈일곱 악기를 위한 음악〉은 음악가들로부터 호평과 찬사를 아울러 받았다. 그는 유럽 무대에서 주목받는 음악가로 당당하게 데뷔하는 데 성공한 것이다.

이튿날 독일의 각 일간지에는 윤이상의 음악에 대한 기사가 가득 실렸다. 다름슈타트의 한 신문은 〈일곱 악기를 위한 음악〉이 "까다롭지 않고 아름다운 선율로 이루어진 사랑에 가득 찬 곡"이라고 평가했고, 「프랑크푸르터 알게마이네 차이퉁」은 "절제된 음악이며 한국적인 민족음악"이라고 추켜세웠다.

그중에서도 특히 눈길을 끈 건 「다름슈테터 타크블라트」가 극찬한 기사였다. "이 작곡가는 그 음조에서 조선의 궁중음악과 블라허와 루퍼 밑에서 배운 현대 서양의 작곡법을 조화시키려고 노력하고 있다. 이 작품은 섬세한 색채로 우아하게 만들어져 있으며 음향도 형식도 명료하다. 관악기의 마구 휘젓는 듯한 음형과 현악기의 억제된 듯한 터치에 의해 우러나오는 독자적이고 장식적인 효과가 이 작품을 돋보이게 한다. 호감 가는 작품이다."

다름슈타트 무대에서 혜성같이 등장한 윤이상의 음악은 단숨에 유럽인들의 이목을 집중시켰다. 연주회 이튿날, 힐베줌 방송국에서 윤이상의 〈피아노를 위한 다섯 개의 소품〉을 연주하고 싶다는 섭외가 들어왔다. 윤이상은 이 섭외에 흔쾌히 응했다.

힐베줌 라디오 스튜디오 콘서트 홀에 도착한 윤이상은 무대 정면에 독일과 네덜란드 국기와 더불어 걸려 있는 태극기를 보았다. 다름슈타트 고성에서 느꼈던 것과 같은 감동이 또 한 번 찾아왔다. 유럽 문화예술계에서 낯선 코리아를 잘 알 리 없건만, 그럼에도 〈피아노를 위한 다섯 개의 소품〉이 연주되는 내내 마치 자신이 고국을 대표해 그 자리에 서 있는 것과 같은 자부심이 들었다. 하루아침에 모든 것이 달라졌다. 보이는 것마다 새로웠고, 모든 일에 큰 의미가 있는 것처럼 여겨졌다.

좋은 일은 하나 더 생겼다. 보테 운트 보크에서 〈일곱 악기를 위한 음악〉 총보를 출판하고 싶다고 연락이 온 것이다. 서베를린 음악대학으로 가는 길에 늘 지나다니며 '이곳에서 내 작품을 출판하리라' 하고 다짐했던 결심이 드디어 실현된 것이다. 꿈을 꾸는 것은 좋은 일이다. 꿈을 현실화하려면 행동해야 한다. 윤이상은 꿈을 꾸었고, 그 꿈을 현실화하기 위해 밤잠을 줄이면서 작품을 썼다. 그 피나는 노력의 과정이 뒷받침되었기에 마침내 꿈이 현실로 바뀐 것이다.

평소 바라던 곳에서 악보를 출판하게 되니, 행복한 마음이 들었다. 기차를 타고 네덜란드 빌토벤으로 향할 때도, 마음은 마냥 구름 위에 떠 있는 듯했다. 끝없이 펼쳐지는 숲에 드문드문 보석처럼 박혀 있는 집들이 그림같이 아름다웠다.

9월 16일, 가우데아무스 음악제가 열리는 화요일이 되었다. 네덜란드의 빌토벤에서 열린 이 음악제에서 연주된 윤이상의 음악 〈피아노를 위한 다섯 개의 소품〉은 단박에 청중들의 마음을 사로잡았다.

연주회가 끝난 다음 날, 네덜란드의 한 신문에는 "윤이상의 작품은 어제 연주된 프로그램 중에서 현대성이 적은 편에 속했으나 빼어난 작곡기술이 가장 돋보였으며 질적으로 중량감 있는 작품이었다"며, "특히 피아노 기술과 연주의 효과를 크게 해준 작품으로서 매력적이고 복합적인 리듬이 기묘하게 어울렸다"고 극찬했다.

당시 청중들은 윤이상이 한국의 민요 같은 것을 무대에 올릴 것으로 짐작하고 있었다. 하지만 예상 외로 윤이상이 들고 나온 것은 12음기법으로 쓴 〈피아노를 위한 다섯 개의 소품〉이었다. 그들은 이 작품이 동양음악의 전통을 12음기법으로 구사한 세련된 음악이라는 것을 알고는 혀를 내둘렀다. 신문 평도 "윤이상이 그들의 음악을 들고 나오지 않고 음악의 에스페란토인 현대 작곡기술을 구사한 것은 우리들에게 경이였다"는 식의 놀라움으로 가득 차 있었다. '그들의 음악'이란 한국 전통음악과 같은 민요조의 곡을 뜻하는 것이었다.

하지만 윤이상은 자신의 음악을 인공적으로 만든 조어인 에스페란토어에 비유하는 것을 달가워하지 않았다. 만국 공통어라는 기능적 측면 이외에 민족 언어로서의 살가움이나 정서적 풍부함이 거세된 에스페란토어는 자신의 음악과 근본이 다르다는 생각 때문이었다. 자신의 음악은 어디까지나 한국 땅에서 자연스럽게 성장해왔기에 고향 통영의 정서와 우리 민족 고유의 전통이 바탕에 깔려 있는 것이다.

그의 음악은 한국의 전통을 기반으로 한 가락에 서양의 현대적인 작곡기법을 녹여낸 것이었지만, 어떤 사람은 윤이상을 유럽화된 동양인이라고 말하기도 했다. 지나치게 동양적인 음악이라거나, 두드러지게 서양화된 음악이라거나 하는 등 보는 각도에 따라 상반된 견해를 표명하는 사람도 있었다. 이러한 지적에 대해서도 윤이상은 동의하지 않았다. 그는 늘 동양과 서양의 음악적 요소를 균등하게 바라보는 자세를 일관되게 취해왔다. 루이제 린저와의 대담에서도 그는 "한국 음의 이미지를 서양 현대 작곡기법의 도움을 빌려 음악화"한다는 표현을 사용했다. 그는 가끔 "당신은 어떤 음악을 쓰는 사람입니까?"라는 질문을 받았다. 그러면 그는 "나는 나의 음악을 쓰고 있습니다"라고 대답해주곤 했다. 윤이상의 음악은, 그 자신이 주장했듯이 정신적인 측면에서 늘 동양의 원천에 서 있었기 때문이다.

다름슈타트와 빌토벤에서 크게 성공을 거두며 유럽 무대에 화려하게 등장한 윤이상은 독일의 주요 일간지 십여 곳, 네덜란드의 여러 유력 일간지에 소개되었다. 그뿐만 아니라 영국, 프랑스 등 유럽 전역을 넘어 미국, 스위스, 이탈리아, 터키, 스웨덴, 일본 등의 매체에서도 비중 있는 기사로 다뤄졌다. 「디 벨트」지의 하인츠 요아힘Heinz Joachim의 기사가 눈길을 잡아끌었다. 그는 먼저 다름슈타트에서 발표된 수많은 작품들이 실험적이었다는 총평을 했다. 그리고 한국의 윤이상, 프랑스의 발리프, 폴란드의 코톤스키의 음악을 콕 집어서 호평을 써주었다. 이 세 사람의 음악은 "12음 음악 자체의 목적을 위한 충실한 작품"이며, 음악이라는 기본 토대 위에서 새로운 기법의 지평을 열어 보임으로써 청중들을 열광하게 한다고 지적했다.

윤이상은 다름슈타트에서 실패할 경우 고국으로 돌아가기 위해 싸두었던 짐을 다시 풀었다. 막상 다름슈타트의 관문을 무사히 통과하고 보니, 귀국을 서두를 필요가 없다는 생각에서였다. 오히려, 현대음악의 본고장 유럽에서 좀 더 머무르며 향후 자신의 진로를 모색하는 것도 괜찮을 것 같았다.

전보다 느긋해진 마음 때문인지 작곡에도 속도가 붙었다. 얼마 지나지 않아서, 제34회 국제현대음악제에 출품할 목적으로 초고를 잡아놨던 〈현악 4중주 3번〉을 평온한 마음으로 완성했다. 윤이상은 이 작품을 완성한 뒤 앞서 작곡한 〈현악 4중주 1번〉과 〈현악 4중주 2번〉을 모두 폐기했다. 한국에서 작곡한 것 전부를 자신의 작품 목록에서 지워버리는 모진 결단을 한 것이다. 그 이전에 작곡한 작품들은 자신이 추구하는 음악과는 거리가 멀다는 점에서 전부 마음속으로 삭제한 결과였다.

〈현악 4중주 3번〉의 제2악장은 보수적인 교수들을 염두에 두면서 썼던 졸업작품이었다. 이 작품을 국제현대음악제에 출품하기 위해 다시 손을 보게 되자, 전부터 마음에 걸렸던 문제점들이 두드러져 보였다. 자신이 추구하고자 하는 음악과는 동떨어진 작품이라는 생각이 들었다. 결국, 무진 애를 쓴 끝에 제3악장 전부를 새로 썼다. 이 작품은 12음기법에 의해 작곡한 윤이상의 초기 작품에 해당되었다. 이 곡에는 훗날 윤이상이 추구하던 동양의 음이 벌써 밑바탕에 자리 잡고 있었다. 높낮이가 뚜렷한 가운데 길게 뻗어나가는 소리의 형태, 불협화음에 가까운 소리의 충돌 현상을 드러내는 윤이상 음악의 무늬가 거칠게나마 찍혀 있었다. 그는 독일에서 공들여 만든 〈현악 4중주 3번〉을 자신의 작품 세계가 구현된 첫 번째 작품이라고 여겼다. 이 때문에 윤이상은 훗날 제자들에게도 〈현악 4중주 3번〉이 진정한 자신의 작품 목록 1번이라고 부르곤 했다. 그해 11월, 윤이상은 국제현대음악제에서 요구하는 지정곡으로 〈현악 4중주 3번〉을 출품했고, 이 작품은 당당히 입선되었다.

1922년 오스트리아 잘츠부르크에서 20개국이 참가한 가운데 국제현대음악협회(International Society for Contemporary Music)가 결성되었다. 영국의 음악학자인 에드워드 조셉 덴트Edward Joseph Dent가 초대 회장에 취임한 뒤 이듬해부터 런던에 본부를 두었다. 국적과 민족, 정치, 종교뿐 아니라 미학적인 입장까지 초월하여 탁월한 현대 작곡가의 작품을 세계에 알리는 것을 목적으로 삼은 이 협회는 매년 나라를 달리해 국제현대음악제를 개최해왔다.

1954년부터 세계음악제로 이름을 바꾼 이 음악회에는 해마다 수십 개국의 참가국에서 촉망받는 작곡가들이 제출한 작품으로 넘쳐났다. 엄정한 심사를 거쳐 무대에 올라간 작품들은 음악계에서 광범위한 지지를 쌓아나갔다. 음악제의 권위는 점점 높아졌다. 그 무렵 왕성하게 활동하던 현대 작곡가들의 작품은 이 협회가 주최한 연주회를 통해 알려지는 경우가 대부분이었다. 이 연주회를 통해 배출된 현대음악가들은 국제적으로 인정을 받으면서 단번에 입지를 굳혔다. 막상 전 세계의 신진 음악가들이 선망하는 국제현대음악제에 자신의 작품이 입선되고 보니 윤이상은 가슴이 벅차올랐다.

1960년 봄, 윤이상이 꿈에 부풀어 있을 때 고국에서는 놀라운 일이 터졌다. 마산 앞바다에서 최루탄이 얼굴에 박힌 김주열 학생의 시신이 떠오른 것이다. 자유당 정권의 3.15 부정선거에 항거해 전국적으로 시위가 한창일 때 발생한 비보였다. '어떻게 이런 일이 일어날 수가 있는가……' 하는 착잡한 생각에 가슴속이 마구 헝클어졌다. 고국의 소식을 접한 뒤부터 분노와 슬픔이 북받쳐 일이 손에 잡히지 않았다. 참으로 잔인한 4월이었다.

1947년 미군정의 방해공작 속에서도 과도 입법의원에 의해 '반민족행위자처벌법'이 제정되었다. 하지만 남한만의 단독선거를 통해 대통령에 당선된 이승만은 경찰력을 동원해 이를 무산시켰다. 게다가 이승만 정권은 친일파를 정부 요직에 대거 등용시킴으로써 그들에게 면죄부를 주었다. 이 때문에 친일파 청산이라는 민족의 과제가 시궁창 속으로 처박혔다. 오로지 자신의 정권 안위에만 매달린 이승만은 우리 민족에 씻을 수 없는 대죄를 저지르고 만 것이다.

이승만은 한국전쟁이 발발했을 때 국무위원들과 함께 가장 먼저 부산으로 도망을 갔다. 이것은 전 국민을 기만한 행위였다. 그뿐만 아니라, 부패로 얼룩진 군 내부의 치부가 적나라하게 드러난 국민방위군 사건을 일으켜 숱한 젊은이를 희생시켰다.

종신 집권을 향한 이승만의 욕망은 급기야 정치공작의 일상화로 표출되었다. 계엄령을 선포하고 국회의원들을 불법적으로 체포했다. 우스꽝스러운 이른바 사사오입四捨五入 개헌을 단행하는 과정에서 그의 집권욕은 극에 달했다.

1960년 3월 15일, 이승만은 심복 이기붕을 부통령에 당선시키기 위해 죽은 사람의 표까지 집계할 만큼 전국적으로 엄청난 규모의 부정행위를 저질렀다. 마산에서는 분노한 시민들이 대규모 시위에 앞장서 진압 경찰이 발포한 실탄에 의해 80여 명이 죽거나 중경상을 입는 사태가 발생했다. 이날 데모에 가담했던 마산상업고등학교 1학년 김주열 학생은 실종된 지 27일 만인 4월 11일, 마산 앞바다에서 왼쪽 눈에 최루탄이 박힌 참혹한 시신으로 발견되었다.

이 일은 곧 전국의 청년 학생들과 애국 시민들에게 걷잡을 수 없는 분노와 슬픔을 안겨주었다. 전국에서는 김주열 열사의 고결한 희생을 기리는 한편, 이승만 정권에 항거하는 불길이 거세게 타올랐다. 김주열 열사의 죽음은 4월 혁명의 도화선이 되어 전국을 맹렬한 폭풍 속으로 몰아넣었다.

독일에서도 고국에 대한 향수를 달래기 위해 윤이상은 자주 라디오를 듣거나 텔레비전을 보았다. 모국어를 듣는 마음은 살뜰했다. 고국의 뉴스를 접하는 기쁨은 비할 바 없이 컸다. 하지만 4월의 뉴스는 달랐다. 온통 살벌하고 모질기만 했다.

서울 거리를 가득 메운 학생들의 시위는 무척 평화로웠다. 그러나 경찰은 잔뜩 독이 올라 있었다. 4월 19일 학생들의 데모 행렬에는 시민들까지 가담하면서 대규모 시위로 번졌다. 수많은 이들이 광화문과 시청 광장을 가득 메웠다. 시위대와 경찰이 뒤엉켜 투석전을 벌이는 광경, 진압 경찰에 쫓기는 시민들의 모습이 화면 가득히 펼쳐졌다. 경찰은 시위대를 향해 무차별 발포를 감행했다. 거리 곳곳에는 학생과 시민들이 피를 흘린 채 쓰러져 신음하고 있었다.

화면으로 이 사실을 목격한 윤이상은 피가 온몸으로 솟구치는 느낌을 받았다. 상상할 수 없는 참혹한 살상이 조국의 하늘 아래에서 벌어지다니, 도무지 믿을 수 없었다. 눈에서 뜨거운 눈물이 흘러내렸다. 감당할 수 없는 충격에 몸이 부들부들 떨렸고, 급기야 통곡이 터져 나왔다.

4월 25일, 급기야 서울의 각 대학 교수 259명이 시국선언을 발표하고 서울 시내 한복판에서 거리행진을 했다. 이것은 국민적 저항에 방점을 찍는 상징이었다. 분노한 시민들의 시위 행렬이 서울 곳곳을 노도처럼 휩쓸었다. 청년 학생들과 시민들이 가세한 시위의 열기는 부산에서, 광주에서, 대구에서, 인천에서 불꽃처럼 타올라 전국을 뜨겁게 달구었다.

전 국민적인 시위가 일주일째 계속되던 날, 이승만 대통령이 하야를 선언했다. 해방 이후 대한민국에서 시민 민주주의 혁명을 성공시킨 4.19 혁명의 첫 단계가 마무리되는 순간이었다. 이기붕 일가는 자살했으며, 종신 집권을 꿈꾸던 늙은 독재자는 비밀리에 하와이로 떠났다. 시민들은 깊은 상처를 추스르며 일상에 복귀했다. 이로써, 온갖 오욕으로 점철되었던 제1공화국이 끝났다. 고국에 다시금 평화가 찾아왔다는 소식을 접하고서야, 윤이상은 비로소 작곡에 전념할 수 있었다.

한바탕 광풍이 몰아친 뒤, 고국에서 좋은 소식이 날아왔다. 윤이상이 제3회 눌원문화상 수상자로 선정된 것이다. 경남문화사업협회가 향토예술과 문화 진작에 공로가 큰 예술가에게 주는 이 상의 시상식은 1960년 5월 26일에 열렸다.

"서독에서 눈부신 작곡활동으로 조국의 이름을 빛내준 윤이상 선생님께 경남문화사업협회 창립 4주년을 기념하는 이 자리에서 제3회 눌원문화상을 드리게 됨을 매우 기쁘게 생각합니다."

부산시 미화당 음악실에서 개최된 이 시상식에는 윤이상 대신 아내 이수자가 참석해 상장과 함께 상금을 받았다. 이수자는 곧 윤이상에게 편지를 썼다. 편지에는 이날 시상식장의 분위기, 축하하기 위해 참석한 인사들의 면모, 행사장의 이모저모에 관해 소상히 적혀 있었다. 윤이상은 편지를 읽으며 마음이 푸근해졌다. 이 무렵부터 윤이상은 아내에게 독일로 오라고 권유하기 시작했다.

제6장

아내와의 재회

1960년 6월 10일, 서독 쾰른에서 국제현대음악제(IGNM)가 주최하는 제34회 세계현대음악제가 열렸다. 6월 19일까지 열흘 동안 개최된 크고 작은 열 개 연주회에서 15개 참가국의 작곡가 41명의 작품이 무대에 올려졌다. 여기에는 두 가지 공통점이 있었다. 무대에 오른 작품의 상당수가 초연일 만큼 신작이 주류를 이루었다는 점이 그 하나다. 다른 하나는 거의 모든 작품이 12음기법 혹은 음렬주의音列主義 기법으로 작곡되었다는 점이다.

세계현대음악제에는 이미 12음기법의 원조에 속하는 쇤베르크와 베베른의 작품을 비롯해 쟁쟁한 작곡가들이 대거 참가해 이채를 띠었다. 스승인 블라허의 작품을 비롯해 스트라빈스키와 노노, 불레즈, 다리우스 미요Darius Milhaud, 앙리 푸세르Henri Pousseur, 로저 헌팅턴 세션즈Roger Huntington Sessions, 루이지 달라삐꼴라Luigi Dallapiccola 등 급진적인 작곡가들의 진면목을 볼 수 있다는 것은 대단한 매력이었다.

이 음악제에 쏟아지는 관심은 매우 폭발적이었다. 서독의 아홉 개 방송국이 중계방송을 하기로 약속을 잡을 만큼 열기가 뜨거웠다. 그뿐만 아니라, 이 방송국의 테이프를 신청한 나라가 무려 18개국에 달할 정도로 그 파장은 갈수록 더 확산되었다. 서독의 11개 방송국을 포함해 세계 30여 군데에서 방송될 만큼 비중 있는 연주회인 셈이었다. 윤이상은 이곳에서 죄르지 산도르 리게티György Sándor Ligeti, 구스타프 쾨니히Gustav König, 실바노 부조티Silvano Bussotti, 프리드리히 체르하Friedrich Cerha, 카를하인츠 메츠거Karl Heinz Metzger 등과도 교유하게 되었다. 그들은 가장 급진파에 속하는 음악가들인 만큼 윤이상의 음악에 호의적이지는 않았다.

초조한 날들이 지나고 6월 15일이 되었다. 이날 열리게 된 세계현대음악제에서 윤이상은 〈현악 4중주 3번〉을 발표할 예정이었다. 약간 긴장되긴 했으나, 윤이상은 다름슈타트 때와는 달리 비교적 차분하게 연주회에 임했다. 연주회가 끝난 뒤, 청중들의 반응은 기대 이상이었다. 기자들과 평론가들은 대부분 윤이상의 작품에 매료되었다. 그로부터 달포가 지난 뒤, 윤이상은 국내의 한 신문에 국제현대음악제에 관한 기고문을 실었다.

> 12음기법에 의한 음악과 쎄리얼 음악은 종전에는 퍽 난해한 것이라고 경원되어 왔으나 지금은 차츰 세계화되고 있으며 서독을 중심으로 한 유럽 악단에서는 넓은 음악대중의 지지를 획득해가고 있다.[10]

---

10) 윤이상, "단축되는 동서의 거리: 제34회 세계음악제, 전통적 수법은 대부분 무시", 〈한국일보〉, 1960년 7월 4일.

그 무렵 유럽의 현대음악이 어떤 흐름으로 나아가고 있는지에 대해 생생히 증언해주는 글이다. 기고문에서 가장 눈길을 끄는 것은 "음악 면에서 이 방면의 영도자는 미국의 존 케이지다"라는 진술이다. 1년 전, 윤이상은 다름슈타트에서 존 케이지에게 깊은 충격을 받은 바 있었다. 존 케이지의 음악적 내용에 동의하는 것과는 별개로, 그가 제시한 급진적인 방법과 메시지는 윤이상을 비롯해 수많은 사람들에게 영향을 끼쳤다. 존 케이지는 당대 현대음악계를 이끌어가는 중심축 가운데 한 사람이었다.

국제현대음악제에서 초연된 〈현악 4중주 3번〉에 대한 반응은 뜨거웠다. 영향력 있는 신문 등 각종 매체에 실린 기사에서 그 사실이 객관적으로 확인된다. 슈타이네케 박사는 뒤셀도르프에서 발행되는 「데어 타크」에 "한국 출신 윤이상의 현악 4중주곡은 칭찬받을 만하다. 그의 작품은 충실한 내용, 예리한 형식을 잘 갖추고 있다"고 썼다.

한 해 전 다름슈타트에 올려진 〈일곱 악기를 위한 음악〉에 대해 좋은 평을 써준 「디 벨트」의 하인츠 요아힘은 "이번 음악제에서 가장 주목을 끌었던 작곡가는 한국의 윤이상이다. 그는 〈현악 4중주 3번〉에서 독특한 창의로 그의 조국에 있는 민요적인 요소와 현대 서양음악의 최신 기법을 결부하는 데 성공했다"며 다시 한 번 찬사를 보냈다. 쾰른을 대표하는 신문인 「쾰니셰 룬트샤우」는 윤이상의 음악에 대해 "비교가 안 될 만큼 강렬한 대담성"을 지녔고 "독창적인 음향"을 내포하고 있다고 평가했다. 이 신문은 또 〈현악 4중주 3번〉을 '후기 표현파'라고 명명하면서, 이 작품을 쓴 윤이상이 "이제 세계 음악 어법으로 승화했다는 것을 새롭게 증명"해주고 있다고 극찬했다. 기사 말미에는 윤이상의 음악을 가리키며 "오늘 이런 모든 음악 요소가 한데 모인다는 것은 인류가 시간적으로 또 공간적으로 얼마나 가까워지고 있는가를 말해준다"며 흥분된 어조를 감추지 못했다.

음악제가 끝난 뒤, 베를린 방송국의 담당자가 윤이상을 찾아왔다. 그는 정중한 어조로 윤이상에게 작품을 의뢰해왔다.

"선생님의 작품은 내년 4월에 베를린 방송국 대연주홀에서 연주될 예정입니다. 이번 공연을 위해 저희 방송국에서는 선생님뿐만 아니라 보 닐손, 로만 하우벤슈토크-라마티Roman Haubenstok-Ramati 선생님께도 작품을 위촉했습니다."

윤이상은 방송국 음악 담당자의 제안을 기쁘게 받아들였다. 작품 위촉을 받은 순간부터 작은 희망의 빛 하나가 켜졌다. 1961년 4월에 있을 공연 스케줄이 벌써 잡히기 시작한 것이다. 윤이상은 이 무렵 규모가 큰 오케스트라 곡을 하나 쓰고 있었다. 슈타이네케 박사의 제안을 받고서 착수하게 된 작품이었다.

"미스터 윤, 당신의 오케스트라 곡을 내년에 열릴 다름슈타트 음악제에서 올려보겠소."

그의 말대로 된다면, 내년부터는 지금보다 비교할 수 없이 바빠질 가능성이 컸다. 윤이상은 국제현대음악제에서 호평을 받은 이후 작곡가로서의 위상이 한층 격상되어 있음을 새삼 실감하고 있었다. 그것이 국제현대음악제의 위력임은 두말할 나위가 없었다. 금방이라도 짐을 싸들고 고국으로 떠나려 했던 그는 이제 운명을 뒤집어 반전의 드라마를 쓰고 있었다.

다름슈타트 무대에서 데뷔한 뒤부터 작곡 의뢰가 계속 들어오기 시작했다. 국제현대음악제에 출품한 작품이 좋은 평을 받게 되면서부터는 방송국 연주회 일정까지 겹치게 되었다. 큰돈은 아니었지만 수입도 조금 늘었다. 그는 아내더러 빨리 독일로 오라고 편지에 썼다.

하지만 그 무렵 아내에게는 뜻하지 않은 불행이 닥쳤다. 이수자의 스물일곱 살짜리 여동생이 갑작스레 뇌일혈로 세상을 뜬 것이다. 이수자는 손수 여동생의 몸을 깨끗이 단장하고 수의를 입혀 저세상으로 보냈다. 이 기막힌 일을 겪은 장모의 슬픔도 여간 큰 것이 아니었다. 하지만 아내에게 더 큰 문제가 찾아왔다. 넋이 나간 사람처럼 기력을 잃은 채 멍하니 보내는 날이 많아진 것이다.

의사의 처방과 진료를 받았지만 이수자의 증세는 나아지지 않았다. 심한 정신적 충격으로 우울증이 몸과 마음을 갉아먹은 탓이었다. 설상가상으로 여동생의 남편마저 몇 달 후 시름시름 앓다가 어린아이들만 남기고는 유명을 달리하고 말았다. 여동생네 가족의 비극은 더욱 커졌다. 온 가족이 깊은 슬픔 속에 빠지는 동안 이수자는 삶의 의미를 잃고 꼬챙이처럼 말라갔다. 밥도 잘 먹지 않았고, 온종일 어지럼증에 시달렸으며, 까닭 없이 심장이 뛰는 증세로 괴로워했다.

한동안 이수자의 편지가 오지 않자 윤이상은 무슨 일인지 몹시 답답해하고 있었다. 그러다가 처갓집 식구들로부터 이 사실을 알게 된 윤이상은 바짝 긴장이 되었다. 이대로 두다가는 아내가 폐인이 될 성싶었다. 열한 살짜리 딸 정과 이제 고작 일곱 살짜리 아들 우경을 생각한다면 참으로 아찔했다. 윤이상은 곧장 아내에게 편지를 보냈다.

"당신이 빨리 오기만을 바라겠소."

아내를 살려야 한다는 절박한 생각이 들었다. 아내를 하루빨리 독일로 오게 한 다음 자신이 극진히 위로해주고 괴로운 마음을 다독여주어야겠다고 생각했다. 낯선 타국일지언정 서로 의지해가며 사랑한다면 모든 난관을 극복할 수 있겠다는 믿음이 우러났다. 윤이상은 함부르크에 살 집을 마련하기 위해 갖은 노력을 기울였다. 항구도시 함부르크에 살게 되면 아내가 좋아하는 싱싱한 생선을 마음껏 사줄 수 있으리라고 기대했다. 하지만 생각한 대로 모든 일이 척척 진행되지는 않았다. 아내는 아이들을 데리고 오빠네 집으로 거처를 옮겼으나 학교만큼은 그만두지 않았다.

아내의 출국이 지연되자 윤이상은 가을 학기에 나오는 장학금으로 휴양지 슈바르츠발트로 떠났다. 독일 남서부 바덴 뷔르템베르크 주의 산악지역인 슈바르츠발트는 울창한 침엽수림지대로 둘러싸여 검은 숲이라고도 불린다. 독일에서도 손꼽을 만큼 거대한 산지인 슈바르츠발트는 도나우 강, 네카어 강의 발원지다.

윤이상이 머물게 된 곳은 스위스와 국경을 면하고 있는 작은 산마루에 위치한 우어베르크였다. 우어베르크는 발트슈 지방관구管區(독일의 행정구역)에 속하는, 슈바르츠발트 남쪽에 위치한 소도시 다흐스베르크의 한 지역이다. 해발 1000킬로미터 고지대의 울창한 숲속에 그림 같은 호수가 있는 우어베르크에서는 10개국에서 온 음악인들이 참여하는 세미나가 열리고 있었다. 윤이상을 포함해 모두 열세 명의 젊은 학자들과 예술가들로 이루어진 모임의 이름은 '국제 학자와 예술가를 위한 중앙 접촉'이었다.

윤이상은 축음기 테이프 리코더가 설치된 연구실을 따로 배정받았다. 그는 이곳에서 1960년 11월부터 이듬해 3월까지 석 달간 다른 예술가들과 마찬가지로 연구활동과 휴양을 겸하며 머물 수 있었다. 이 세미나에서 지켜야 할 의무사항은 일주일에 두 번 예정된 각 두 시간짜리 강의에 참여하는 것이었다. 나머지 모든 시간은 전적으로 자유롭게 이용할 수 있었다.

11월 9일 밤에는 남서독 방송국 바덴바덴에서 윤이상의 〈현악 4중주 3번〉이 방송되었다. 윤이상은 이날 방송된 녹음테이프를 아내에게 부쳤다. 이곳에서도 좋은 일들이 계속 이어졌다. 한 달 후에는 〈일곱 악기를 위한 음악〉의 레코드 녹음이 이루어질 전망이었고, 함부르크 방송국에서 위촉받은 작품은 연말께에 계약하기로 잠정 약속이 된 상태였다.

숲속 휴양지의 생활은 단조로웠다. 그런 단조로운 일상이 그를 일 속에 빠져들게 했다. 윤이상은 이곳에서 베를린 방송국의 의뢰로 〈바라〉를, 함부르크 방송국의 의뢰로 〈교착적 음향〉을, 헤센 방송국의 의뢰로 〈교향악적 정경〉을 다듬어나갔다. 이 세 편은 오케스트라를 위한 작품이었고, 모두 연주 일정이 잡혀 있었다. 그중 〈교향악적 정경〉은 이듬해에 다름슈타트 무대에서 연주될 예정이었다. 어느 것 하나라도 소홀히 할 수 없어 계속 집중해야 했다.

리게티와 펜데레츠키의 경우가 예시하는 바와 같이 급진적인 현대 음악가의 음악 속에 음향에 대한 과도한 관심이 집중되는 것은 당시의 일반적인 흐름을 이루고 있었다. 윤이상도 이들의 음향 기법에 영향을 받았다. 하지만 윤이상은 거대한 음 덩어리를 사용하는 대신 미세한 음향의 구조에 집중했다. 이처럼 미세 구조를 강조하는 점이 윤이상을 다른 작곡가와 구별해주는 요소였다.

평론가들 중에는 윤이상의 음악을 에드가 바레즈Edgar Varese와 유사하다고 말하는 사람도 있었다. 바레즈는 악기의 음색을 음악의 주요한 재료로 설정하는 특징을 지녔으며 음고 재료를 음향 문제와 같은 선상에서 바라보았다. 윤이상도 곡을 쓸 때는 이와 비슷한 태도를 취했다. 하지만 윤이상의 음악은 주제의식에 더욱 방점을 찍는 편에 속했다. 바로 이것이 바레즈와 구별되는 점이다. 또 어떤 평론가들은 윤이상의 음악을 리게티와 비교하곤 했다. 이에 대해 음악학자 윤신향은 두 사람의 차이점을 명료하게 설명하고 있다.

리게티와 윤이상의 근본적인 차이는 개별 음의 본질에 있다. 리게티는 개별 음에 큰 의미를 두지 않았던 반면에, 윤이상에게 그것은 바로 음악 형성의 출발점이었다. 음향의 진행 방향, 작곡 구상, 그리고 이에 따른 음향 효과의 차이는 바로 개별 음의 차이에서 비롯된다. 리게티의 클러스터는 수직 차원에 향방을 두는 반면, 윤이상의 클러스터는 수평 차원에 향방을 둔다.[11]

윤이상은 음향 구조를 비교적 일찍 발견한 편이었다. 초반에는 이 같은 기법을 마음대로 사용하기 어려웠다. 〈일곱 악기를 위한 음악〉을 작곡할 때 이미 음향 구조를 전략적으로 구사하는 능력이 생겼다. 〈현악 4중주 3번〉을 쓸 때는 이 기량이 한층 나아졌다. 그 결과 국제현대음악제에서 호평을 받게 된 것이다.

우어베르크 숲속 휴양지에서 세 편의 오케스트라를 쓰는 동안, 윤이상은 〈바라〉와 〈교향악적 정경〉에서 더욱 세련된 음향 구조를 사용하는 능란함을 보였다. 〈교착적 음향〉을 작곡할 때는 연주자가 악기 연주를 할 때 지켜야 할 요구사항을 마디 하나에까지 섬세하게 표기하는 것을 잊지 않았다.

윤이상이 악보상에서 요구하는 것은 독특했다. 여러 갈래에서 뻗어 나온 매우 작은 음향의 단위들이 한 물줄기를 이루게 될 때까지 각각의 자리에서 흘러나오도록 음을 구성하고 조직한다. 이 물줄기는 어느 순간 하나로 합쳐지되, 합쳐진 순간 또다시 숱한 가지로 나뉘다가 다시 합쳐지는 일이 반복된다. 그것들이 모인 뒤에도 다시 또 작은 지류

---

11) 윤신향, 『윤이상 경계선상의 음악』, 한길사, 2005, 260쪽.

로 뻗어 나가 갈래를 치다가 궁극적으로 거대한 합일을 이룬다. 분화와 합일이 계속된다. 이처럼 고도의 지적인 음향 구조로 이루어진 〈교향악적 정경〉과 〈교착적 음향〉은 뒷날 청중과 연주자들의 항의를 들을 만큼 까다롭고 어려운 작품으로 여겨지기도 했다.

작곡을 하다가 무료하면 산책길에 나섰다. 워낙 깊은 산중이라 산책길에 사슴과 노루가 시도 때도 없이 나타나는 일이 많았다. 그곳은 세상을 뒤덮을 것처럼 종일 눈이 내리는 첩첩산중이었다. 눈에 뒤덮인 산속은 더욱더 고립되어 세상과 절연되는 듯한 느낌을 자아냈다. 이곳에서 가장 그리운 것은 아내와 아이들이었다. 그리고 간절히 기다리는 건 아내의 편지였다. 하지만 아내는 아직 몸과 마음이 완전히 회복되지 못했다. 꼬박꼬박 보내오던 편지도 며칠째 끊겼다. 윤이상은 오지 않는 아내의 편지를 기다리다가, 투정부리고 화내고 싶은 마음을 일부러 표 나게 적어 보내기도 했다.

작곡을 하다 쉴 때면 보름회의 회원들에게 편지를 썼다. '문 선생', '정량 군', '인환 군', '영호', '정길 어머니', '성수', '태문이' 같은 평소 친근하게 부르던 호칭을 사용하면서 그들의 안부를 두루 물었다. 편지 말미에는 회원 가족들의 미래를 축원하는 것을 잊지 않았다. 친구 최상한에 대한 궁금증도 털어놓았다. 그 대목을 쓸 때, 마음 깊은 곳에서 우정과 연민이 우러나왔다. 이승만 정부가 좌익을 극심하게 탄압할 무렵 월북한 최상한의 소식을 아는 사람은 없었다. 최상한이 월북한 뒤 그의 아내는 생계가 막막해졌다. 어린 자식들을 키우느라 고생이 말이 아니었다고 들었다. 편지에는 이들에 대한 걱정을 곡진하게 써넣었다.

윤이상은 한동안 신경쇠약에 걸린 이수자를 걱정하느라 밤잠을 설쳤다. 그러다가 차츰 마음을 다스려 세 편의 오케스트라 곡을 쓰기 시작했다. 시간이 지나는 동안 조금씩 마음의 안정을 찾았다. 곡들도 잘 마무리되고 있었다. 이제는 아내가 하루빨리 독일로 오는 일만 남았다. 이수자는 부산에서 출국을 위한 준비를 나름대로 진행해왔다. 우선 딸과 아들을 큰오빠와 작은오빠 집에 각각 맡긴 뒤 출국 수속을 밟기 시작했다.

당시에는 해외로 나가는 것이 제한되어 있어서 어려운 고비가 처처에 도사리고 있었다. 제도의 미비, 행정상의 문제 등 국내의 여러 사정이 발목을 잡고 놓아주지 않았기에 부득이 편법을 써야 했다. 당시는 유학 떠난 남편을 뒤따라 해외로 떠난다는 이유로는 비자가 발급되지 않았다. 서류상에 '해외 기관의 초청을 받아 연구를 위해 떠나는 처녀'로 기재한 뒤에야 가까스로 출국 심사에 합격했다. 그러는 사이 해가 바뀌었다. 독일까지 가는 비행기 표값이 만만치 않아 피아노를 팔고 눌원문화상의 상금까지 보탰다. 그래도 모자란 돈은 형제들에게 빌려서 간신히 여비를 마련했다.

드디어 독일로 떠나기 위한 모든 준비가 갖추어졌다. 이수자는 학교에 사표를 냈다. 교장을 비롯한 교직원들과 작별 인사도 나누었다. 이튿날, 이수자는 공항으로 갔다. 그런데 이게 웬일인가? 무장 군인들이 가로막고 모든 비행기의 이륙과 착륙을 금지시켰다. 할 수 없이 집으로 돌아와야 했다. 그날은 하필 1961년 5월 16일이었다. 박정희 소장을 필두로 한 일단의 무장 군인들이 현 체제를 뒤엎고 군사쿠데타를 일으킨 날이었다. 4.19 혁명 이후 새롭게 들어선 장면 정권이 험난한 파도와 싸우느라 고군분투하고 있던 바로 그 무렵에 벌어진 폭거였다.

5.16 쿠데타 이후, 정부의 주요 기관에는 탱크를 앞세운 무장 병력이 배치되었다. 국회는 해산되었으며, 모든 언론은 통제되었다. 해외

로 출국하려는 사람들은 공항에서 발길을 돌려야 했다. 상황이 여의치 않음을 느낀 이수자는 사직서를 돌려받았다. 그리고 다시 학교에 나가 학생들을 가르쳤다. 계엄령이 내려진 상황에서 한국의 모든 산천은 얼어붙어 버렸다.

청천벽력과 같은 고국의 쿠데타 소식을 접한 윤이상은 마음이 몹시 불안해졌다. 아내가 발이 묶여 올 수 없다는 사실도 알게 되었다. 입맛이 없었다. 끼니를 거를 때가 많았다. 몸이 축나면 심장에 무리가 따랐다. 하지만 견디는 수밖에 없었다.

몇 개월이 지나자 공항이 다시 정상화되었다. 1961년 9월 20일, 이수자는 비로소 비행기를 타고 독일로 날아갔다. 프랑크푸르트 공항에 마중하러 나간 윤이상은 실로 5년 4개월 만에 아내를 만났다. 이수자는 남편을 만난 기쁨을 마음껏 표현하지 못했다. 오빠네 집에 맡기고 온 아이들이 눈에 밟혀 기쁨과 근심이 절반씩 섞인 묘한 표정이었다. 그 모습을 바라보는 윤이상의 가슴이 시큰해졌다.

그때까지 두 사람이 살 집을 장만하지 못했던 윤이상은 우어베르크의 세미나장으로 이수자를 데리고 갔다. 윤이상의 연구실에 들어간 이수자는 얼떨떨한 기분으로 남편의 책상 앞에 앉았다. 벽에는 강서고분의 사신도가 붙어 있었다. 남편이 가장 좋아하는 그림을 마주하고 보니 위안이 되었다. 하지만 낯선 사람들과 마주치는 것이 두렵고 어색했다. 이수자는 방에 틀어박혀 나올 줄을 몰랐다.

그 모습이 안되어 보였는지 이 세미나를 주관하고 있던 윤이상의 친구 귄터 프로이덴베르크 교수가 집을 마련해주었다. 윤이상은 아내와 함께 살면서부터 더욱 의욕적으로 작품을 써나갔다. 하지만 이수자는 아이들 생각에 남몰래 눈물지을 때가 많았다.

제7장

—

주요음

유학을 떠나와 5년여의 세월을 홀로 살아가는 동안 윤이상은 서구적인 생활습관이 몸에 배어 있었다. 밥도 혼자 먹고, 와이셔츠도 혼자 다리고, 일상생활의 모든 것을 혼자서 척척 해내는 데 익숙해져 있었다. 이수자는 그런 남편이 몹시 낯설었다. 서울에서는 모든 것을 아내에게 의존하던 남편이었다. 지금은 왠지 모르게 자신을 서먹하게 여기는 것 같았다.

이수자는 곧 대학에 등록해 다니면서 독일어를 배우기 시작했다. 이때 윤이상과 이수자에게 가장 많은 도움을 주었던 사람은 프로이덴베르크 교수였다. 윤이상은 가끔 프로이덴베르크 교수를 저녁 식사에 초대하곤 했다. 이수자는 그럴 때마다 항상 남편 뒤에 서서 고개만 숙여 인사를 했다. 부엌에서 음식만 차릴 뿐 함께 식사하는 것조차 주저하곤 했다. 낯선 서양인 남자와 마주 대면하는 것이 여전히 자연스럽지 않았기 때문이다. 하지만 언제나 그렇게 뒤로 뺀 채 지낼 수만은 없었다. 하루는 프라이부르크 대학에서 프로이덴베르크 교수와 딱 맞닥뜨리고 말았다.

"프로이덴베르크 교수님, 안녕하세요?"

이수자가 먼저 인사를 했다.

"오, 반갑습니다."

"교수님 덕분에 저희는 잘 지내고 있어요."

이수자가 명랑한 어조로 고마움을 표하자, 프로이덴베르크 교수는 어리둥절한 표정이었다. 늘 손님들 앞에서' 그림자나 정물처럼 다소곳하던 이수자의 모습만 봐왔기 때문이었다.

"이제 보니 말씀도 잘하시는 편이군요, 하하하."

그가 미소를 짓더니, 나중에는 너털웃음을 터뜨렸다. 그러고는 어깨까지 들썩이며 기분 좋게 한참을 웃었다. 덩달아 이수자도 편안한 마음이 들었다. 그 뒤부터는 이수자도 예전의 활달함을 되찾게 되었다. 프로이덴베르크 교수를 비롯한 남편 친구들의 방문에도 더는 쭈뼛거리거나 뒤로 숨으려 하지 않고 적극적으로 대화하게 되었다.

윤이상은 이수자의 헌신적인 내조를 흡족하게 받아들였다. 이제 그는 예전의 상태로 서서히 되돌아갔다. 심장이 좋지 않은 그는 신발끈을 묶거나 조이는 것을 항상 힘들어했다. 그 사실을 잘 아는 이수자는 외출하는 남편을 위해 기꺼이 현관에서 그의 신발을 신겨주고 끈을 매주었다. 지난 5년간 서구적인 생활방식이 몸에 배었던 그는 몇 달 만에 아내가 없이는 단 하루도 살 수 없는 사람이 되어버렸다.

두 사람은 새로운 신혼살림을 맞이했으나 매 순간 행복하지는 않았다. 고국에 두고 온 아이들 때문이었다. 이수자는 남편 없는 데서는 아이들이 떠올라 저절로 눈물이 났다. 외출에서 돌아온 윤이상은 퉁퉁 부은 아내의 눈을 보고 마음이 저미는 듯했다. 그는 현관에 가방을 놔두고 말없이 다가갔다. 이수자를 가만히 안아주고 등을 다독여주었다. 아내의 어깨가 미세하게 떨리고 있었다. 그는 아내를 꼭 끌어안았다.

윤이상은 아내와 함께 있는 것이 든든했다. 그는 전보다 더 의욕적으로 작곡에 전념할 수 있었다. 창작에 몰두할 때만큼은 그도 극도로 예민해졌다. 물건이 반듯하게 놓여 있지 않으면 바로 지적을 하면서 잔소리를 해댔다. 이수자는 섬세한 감성을 지닌 사람이었다. 잔소리의 상태에 따라 작품이 어느 단계까지 진척되었는지 감을 잡을 수 있었다. 잔소리를 꾹 눌러 참는 것도 경험으로 얻은 기술이었다. 자신이 맞대응을 하거나 짜증을 낸다면 그날 남편의 작업은 중단될 게 뻔했다.

남편이 작곡에 몰두해 있을 때는 최대한 평온을 유지해주는 게 자신이 할 일이었다. 이수자는 아침저녁으로 남편의 기분을 살피며 그의 작품이 순탄하게 완성되기를 인내심을 가지고 기다려주었다. 하지만 도저히 참을 수 없게 되면 한마디했다.

"당신은 작품을 쓸 때마다 왜 그토록 잔소리가 심해지세요?"

뜻밖의 항변은 효력을 발휘했다.

"여보, 정말 미안하오. 음 하나하나를 질서 정연하게 맞춰 나가려 할 때면 나도 모르게 예민해지곤 해요. 사물이 흐트러져 있으면 신경이 쓰여서 작곡이 제대로 안 되는 걸 당신도 잘 알지 않소? 어쨌든 다 내 잘못이오."

윤이상은 곧바로 사과를 했다. 하지만 그때뿐이었다. 곡을 쓸 때 그는 유난히 예민해지곤 했고, 그때마다 옆에 있는 이수자가 늘 곤욕을 치렀다.

이즈음 윤이상은 새로운 활력을 얻어 왕성한 창작활동을 했다. 작풍

作風에도 변화가 찾아왔다. 윤이상의 내면에는 유교와 불교, 도교의 사상을 아우르는 동양적 음악관이 자리 잡고 있었다. 개별 음을 하나하나 변화시키고, 그것을 여러 다발로 묶어 주제를 향해 밀어올리는 방식은 이제 윤이상의 독특한 음악 기법이 되었다. 그는 이미 "동양악기의 전통적인 연주방식을 서양악기로써 표현"[12]하는 시도도 활발히 하고 있었다. 예컨대, 오보에로 피리 소리를 내게 하거나, 작은 북을 빠르거나 느리게 침으로써 장구 소리를 내게 하는 등의 시도였다. 윤이상은 훗날 이 기법을 더욱 발전시켜 플루트로 대금을, 트럼펫으로 태평소를, 바이올린으로 해금을, 첼로로 아쟁을, 하프로 가야금을, 기타로 거문고를, 드럼으로 북을 표현했다. 이 같은 방식은 윤이상이 창안한 독특한 음악적 융복합의 실험이며 도전이었다. 이 무렵은 평범한 음렬주의에서 벗어나 자신만의 음향 세계를 구현하기 위해 애쓰는 시기였다.

그의 음향 실험은 아직 본격적인 궤도에 들어서지 않은 까닭에 다소 거칠고 안정감이 없어 보였다. 1961년 9월 7일 다름슈타트에서 초연한 〈교향악적 정경〉의 반응이 별로 좋지 않았던 것은 바로 이와 같은 이유 때문이었다. 동료 작곡가들의 비판은 참을 만했다. 청중의 절반은 박수를 보냈지만 나머지는 야유를 보냈다. "우우" 하는 소리가 유난히 가슴을 후벼 팠다. 하지만 그날 〈이국적인 새〉를 발표한 메시앙만은 다른 작곡가들과는 달리 윤이상의 작품을 칭찬했다. 그의 호의와 배려가 상처받은 가슴을 치유해주었다. 윤이상은 더는 비난과 야유에 신경 쓰지 않기로 마음먹었다. 비록 다수의 차디찬 조소에 부딪힌 셈

---

12) 김은혜, 「윤이상의 플루트 작품에 나타난 한국 민요의 요소와 표현 방법에 대한 연구」, 단국대학교 대학원 음악학과 플루트 전공 박사학위 논문, 2010, 25쪽.

이었지만, 형식 실험을 충분히 해낸 것만을 위안으로 삼고자 했다.

함부르크에서 공연될 예정인 〈교착적 음향〉은 더 심한 벽에 부딪쳤다. 리허설 때부터 작은 소동이 일어났다. 윤이상은 당시 치밀한 짜임새에 입각한 형식 실험을 끝낸 상태였다. 고대 조선의 악기마다 각기 다른 음형과 음정을 표현해놓은 〈교착적 음향〉은 연주자들이 쉽게 표현하기 힘든 악보에 속했다. 이 곡은 정교한 음향 관념을 토대로 작곡한 것이어서 정밀한 시계의 부속처럼 복잡하고 까다로웠다.

"〈교착적 음향〉은 연주기법이 지나치게 어려워요."

여러 단원들이 마치 약속이나 한 것처럼 불만을 털어놓았다.

"곡을 연습하면서 두통이 심해졌어요."

"윤이상의 곡은 쓰레깁니다. 이 곡을 당장 휴지통에 처박아버리고 싶군요!"

한 연주자가 방송국의 음악부장에게 노골적으로 항의했다. 공교롭게도 객석에는 윤이상이 앉아 있었다. 하지만 단원들은 그 사실을 몰랐기 때문에 온갖 험담을 마구 늘어놓았다. 윤이상은 얼굴이 화끈거렸다.

"그게 무슨 말이오? 이미 예정된 연주회를 무산시킬 셈이오?"

음악부장이 화를 벌컥 냈다. 그는 단원들의 불만을 일축하면서 연습을 계속하도록 다그쳤다. 단원들은 곳곳에서 이죽거렸고, 음악부장에게 눈을 흘겨 떴다.

"제기랄, 의사가 이따위 곡을 연주하면 건강에 해롭다며 진단서까지 떼어주더군요. 이대로 피치카토Pizzicato 연습을 계속하다 보면 분명히 쓰러지고 말 거라고요!"

한 연주자가 진단서를 흔들어 보이며 눈을 부라렸다. 피치카토는 바이올린이나 비올라, 첼로와 같이 악기의 현을 활로 마찰해서 소리를 내는 찰현악기擦絃樂器를 손가락으로 퉁겨 연주하는 주법을 뜻한다. 〈교착적 음향〉에서는 활을 사용하지 않고 현을 손가락으로 퉁기는 부분이 있었다. 그런데 이 주법을 사용하는 난이도가 상상을 초월하는 것이었다. 연주자들의 불만은 여기서 비롯된 것이다.

"이 부분은 어떻게 연주하라는 건지 도무지 알 수가 없습니다."

바로 그 옆에 단짝처럼 바짝 붙어 서 있던 연주자가 입을 비쭉거렸다. 그는 글리산도 기법이 복잡한 미로라도 되는 것처럼 인상을 잔뜩 찌푸렸다.

"연주를 하느니 수학 문제를 푸는 게 낫겠어요. 작곡가란 작자가 연주기법도 모르면서 곡을 쓴 게 틀림없어요."

연습실은 돌연 시장 바닥같이 소란스러워졌다.

"자, 자, 이제 그만하고 리허설을 합시다!"

지휘자가 단원들을 향해 소리쳤다. 어수선한 가운데 본격적인 리허설이 시작되었다. 하지만 연주자들의 연주는 엉망이었다. 윤이상은 더는 보고만 있을 수가 없어서 무대 위로 올라갔다. 순간, 단원들은 찔끔했지만 팔짱을 끼고서 그를 냉랭하게 쳐다봤다.

"미안하지만 첼로 좀 빌려주시겠소?"

윤이상이 한 첼로 주자에게 정중히 부탁했다.

"이 첼로는 값비싼 거라서 빌려줄 수가 없소."

그는 잔뜩 거드름을 피우며 거절했다.

"제 것을 쓰세요."

보다 못한 그의 옆 사람이 선뜻 자신의 악기를 내밀었다.

"고맙소."

윤이상은 첼로를 받아 들고 곧 연주를 시작했다. 단원들이 이구동성으로 어렵다며 징징대던 피치카토와 글리산도 부분이 물 흐르듯 연주되었다. 현을 손으로 뜯거나 퉁기는 윤이상의 손길은 자연스러웠다. 한 음에서 다른 음으로 미끄러지는 활주는 바위틈을 굽이치는 계곡의 급류와도 같았다. 완만함과 느슨함을 함께 지닌 역동적인 흐름이 펼쳐지자 진단서를 제출하며 리허설을 거부하던 단원의 입이 벌려진 채 닫힐 줄 몰랐다. 작곡자가 연주기법도 모르면서 곡을 썼다며 툴툴거리던 연주자도 두 눈이 화등잔만 하게 커졌다. 연습을 거부하던 단원들은 보기 좋게 한 방 먹은 꼴이 되었다.

1961년 12월 12일, 〈교착적 음향〉은 식스텐 에를링Sixten Ehrling이 지휘한 북부독일방송교향악단의 연주로 함부르크에서 초연되었다. 이 날의 연주에 대한 청중들의 반응은 석 달 전 다름슈타트에서 연주된 〈교향악적 정경〉 때와 비슷했다. 환호하는 청중과 야유하는 청중이 절반씩 섞여 있었다. 앞서 언급했듯이, 연주자들은 연주기법상의 난이도가 높다는 것을 핑계로 연습을 기피하거나 게을리했다. 즉, 연주자들이 연습을 충분히 못 했기에 제대로 된 연주를 할 수 없었다는 말이다. 청중들로부터 야유를 받은 데에는 이런 이유도 컸다. 그럼에도 윤이상의 음향 실험에 공감을 나타내는 사람들이 있다는 것은 반가운 일이었다. 하지만 청중들 절반은 복잡한 음향상의 표현을 여전히 낯설게 여기고 있었다.

'앞으로는 곡을 좀 더 쉽게 써야겠어.'

연주회가 끝난 뒤, 윤이상은 가만히 중얼거렸다. 단원들의 소동을 지켜본 뒤 새로운 자각이 싹튼 것이다. 기법상의 실험에 치중하던 지금까지의 작곡 형태에 변화를 줄 필요가 있다고 생각했다. 그의 음향 실험은 초기 단계였기에, 가능한 한 형식상의 변화를 최대한 추구하고 있던 때였다. 머릿속에서 구상한 음의 형태를 오선지에 옮길 때는 스스로도 충일한 만족감에 젖곤 했다. 하지만 그 악보가 때때로 연주자를 고통스럽게 할 수도 있다는 것을 알게 되었다. 앞으로는 작곡할 때 연주자들의 연주 기술까지 고려할 필요가 있다고 깨달은 점은 가외의 소득이 아닐 수 없었다.

프라이부르크에서 이태 동안 살면서 윤이상은 많은 작품을 창작했다. 이 무렵 작곡한 작품은 바이올린과 피아노를 위한 〈가사〉, 플루트와 피아노를 위한 〈가락〉이었다. 두 곡 모두 연주 시간이 10분가량 되는 짤막한 작품이었다. 윤이상은 이보다 앞서 작품 하나를 써놓은 상태였다. 베를린 라디오방송국의 위촉을 받아 관현악곡으로 작곡한 〈바라〉가 그것이다. 불교의 승무를 소재로 한 이 작품은 유럽에 건너와서 쓴 첫 번째 대작이었다.

1962년 1월 29일 베를린 라디오방송교향악단의 연주로 〈바라〉가 초연되었다. 연주 결과는 대성공이었다. 윤이상은 관객들과 평론가들의 열광과 환호, 박수갈채를 받고 모처럼 크게 고무되었다. 얼마 뒤, 이 작품은 스위스 베른 방송국에서도 연주되었다.

〈바라〉의 첫 소절은 바이올린 독주가 이끌어가는 고요한 분위기로 시작된다. 고즈넉한 절 마당, 사람들이 탑을 돌며 손을 모아 발원하는 장면을 연상시키는 소절이다. 이 소절에서는 모든 번뇌 망상이 사라진 부드럽고 편안한 명상을 떠올리게 한다. 이윽고, 바이올린 독주에 이어 관악기의 화음이 뒤따라 나온다. 스님들과 비구니들이 한데 어울려 악귀를 쫓아 보내는 춤을 추며 기도를 통해 마음을 하나로 모으는 장면이다. 관악기의 높은 화음이 역동적으로 뿜어져 나왔다가 차츰 사라져간다. 파도가 벼랑에 거세게 부딪히듯이, 팽팽한 긴장과 대결의 기운이 곤두서 있다. 그것은 또한 오묘한 경지에 이르는 법열의 순간이기도 하다. 세필細筆로 그린 선이 산수화의 화폭을 이루듯, 마침내 미세한 선율과 음향이 모여 거대한 교향악적 전체를 이루어 나간다. 곡의 후반부에 이르면, 세차게 쏟아지는 소낙비와 같은 소음이 극도의 어수선함과 마주하며 서서히 잦아들어 간다.

윤이상은 서양음악이 펜글씨와 같은 직선이라면 동아시아의 음악, 그중에서도 한국의 음악은 붓글씨의 획과 같다고 말한 적이 있다. 이 말은 그의 음악관을 집약적으로 설명해주는 상징이 된다. 윤이상의 음악관은 또한 그의 음악 기법을 알게 해주는 지도와 같다. 펜글씨에 비해 붓글씨는 곡선이며, 변화무쌍하다. 수묵화의 농담濃淡은 도약과 사라짐을 자유자재로 표현하기에 적합하다. 가녀린 흘림과 굵은 획은 둥근 원형을 연상케 한다. 그러나 그 자체는 원형도 직선도 아니다. 점인가 하면 선이고, 선인가 하면 면이다. 평면인가 하면 입체이고, 입체인가 하면 무한히 확장하는 공간 속으로 흩어져 버리는 먹물 덩어리다. 그것은 음괴, 즉 음의 거대한 덩어리와도 닮았다. 가느다란 붓으로 쓴 글씨가 모여 전체를 이루듯, 개별 글자들이 모여 하나의 뜻을 이루게 된다. 여기서 윤이상의 개별 음 개념을 유추할 수 있다. 그가 1965년에 말한 개별 음 개념은 윤이상 음악의 첫 번째 관문을 열어주는 열쇠로 작용한다.

> 유럽 음악에서는 개별 음이라는 것이 음과 음을 연결해줌으로써 생명력을 갖기 때문에 단음은 비교적 추상적인 기능에 머무른 반면, 동양의 음 개념에서는 개별 음이 바로 그 자체로 고유한 생명력을 가지고 있다. 모든 음은 시작부터 사라질 때까지 변화를 거듭하며

장식, 앞꾸밈음, 피상적 미끄러짐, 글리산도와 음량의 변화를 거치는데 무엇보다 개별 음의 자연스러운 비브라토가 형상화의 수단으로서 의식적으로 사용된다.[13)]

윤이상은 이 같은 개별 음의 관점을 작품에 투영시켜 "전타음前打音과 진동음, 비브라토, 악센트, 장식과 후타음後打音 등의 음향적 주변 요소와 함께 작품의 초석"[14)]을 이루도록 하기 위해서 온갖 노력을 기울였다. 붓의 농담이 글씨의 역동성과 멋, 전체적인 구성미를 표현하는 것이라면 선율에도 일정한 흐름 가운데 중요한 음이 존재한다. 이 중요한 음을 포괄하는 모든 음이 주요음이다.

주요음이란 낱낱의 음들이 모여서 이루는 음렬을 통해 작품의 기본 틀을 형성하는 것이 아니다. 그것은 개별 음 또는 음의 다발이 그 주변의 음들로 꾸며지게 하면서 작품의 중핵을 이루도록 하는 방식이다. 각 주요음은 4도의 넓은 음역에 걸쳐 진행되는 비브라토에 의해 장식된다. 이때의 비브라토는 서양음악에서 흔히 볼 수 있는 비브라토와 양상이 다른, 동양음악의 농현과 같은 떨림음이다. 각 주요음은 또한 앞꾸밈음과 전타음, 진폭이 큰 음고音高 운동, 음의 빛깔과 음의 셈여림에서 표현되는 음의 농담濃淡 효과, 음의 빛깔을 바꾸면서 넓게 확산되는 음의 파장, 다양하게 전개되는 글리산도 등을 통해 꾸며지게 된다. 이 같은 장식음은 연주자가 고유한 연주방식으로 표현해내지만,

---

13) 발터 볼프강 슈파러, 정교철·양인정 옮김, 『나의 길, 나의 이상, 나의 음악』, 도서출판 HICE, 1994, 68쪽.

14) 이동규, 「윤이상 Symphony Ⅳ(1986) "어둠 속에서 노래하다"에 대한 분석 연구」, 창원대학교 대학원 음악과 석사학위 논문, 2005, 16쪽.

이 모든 것들은 음을 이루어내는 고유한 구성단위로 수렴된다. 이 같은 단선율이 쌓이면 주요 음향이 된다. 이것을 다시 낱낱의 요소로 나누면 주요음이 되고, 주요음들을 끌어 모아 한데 흐르게 하면 주요 음향이 되는 것이다.

윤이상은 작품 〈바라〉에서 어떤 중심적인 요소를 내세워 곡의 흐름을 주도하지 않는다. 한 호흡으로 길게 이어지는 음향들이 연결되면서 거듭 되풀이되어 쌓이게 하여 긴장미를 더한다. 고요함이 깃든 가람伽藍에서 끝없이 울려 퍼지는 목탁 소리, 탑을 돌면서 원력을 더하는 합장의 자세는 곡 초반의 분위기를 이끌어간다. 중반 이후에 뿜어내는 관악기, 휘몰아치는 북소리가 분위기를 고조시키지만 이것은 결코 갑작스러운 변화가 아니다. 그것은 이미 절 마당의 고요 속에서부터 샘솟고 있었던 기운이다. 그 기운은 극도의 정제미 속에서 형성된 긴장감이다. 그것이 〈바라〉에 깃들어 있는 음악의 결이다. 고요한 데서 울려 나오는 바이올린 독주는 신비스러운 명상의 언어를 만들어낸다. 바이올린은 곧 관악기와 어우러지면서 비브라토를 빚어낸다. 이때 주요음이 더욱 힘을 발휘하면서 "비브라토에 의해서 집중력과 긴장감을 증가"[15]시킨다. 현악기의 비브라토가 빚어내는 작고 여릿여릿한 떨림음들이 모여 주요음을 한층 고조시키는 것이다. 음악은 여기서 그치지 않고 또다시 장식음적인 요소를 곁들이면서 파동을 계속한다. 이와 같은 주요음은 윤이상이 음향상의 형식 실험을 통해 건져 올린 매우 값진 발견이다. 이후, 주요음 개념은 윤이상 음악을 독특하게 특징짓는 요소가 되었다.

---

15) 최성만 · 홍은미 편역, 『윤이상의 음악세계』, 한길사, 1994, 157쪽.

1962년에 초연된 〈바라〉는 청중들의 환호를 받았다. 한 비평가는 "현대음악 연주의 주목할 만한 하나의 기록"이라며 찬사를 아끼지 않았다. 〈바라〉의 인기는 그 후로도 오랫동안 지속되어 서독방송국 연주회를 비롯한 여러 공연 때마다 청중과 비평가 들로부터 열띤 호응을 얻었다.

한 비평가는 "윤이상이 무엇에도 매이지 않는 제재를 끌어 모아 도전적인 자세를 보여주었으며, 동양 고유의 매우 독특하면서도 원색적인 소리의 향연을 펼쳐 보여주었다"고 평가했다. 그는 이어 "빠르게 감돌며 되풀이되는 바이올린의 트레몰로tremolo, 플루트의 굽이굽이 연결되는 장식음, 휘몰아치는 북소리는 단순한 음색을 뛰어넘는 음악적 영상으로 승화되었다. 〈바라〉는 현대음악에서 기념할 만한 이정표로 우뚝 섰다"고 극찬했다. 트레몰로는 현악기를 연주할 때 음이나 화음을 빠르고 규칙적으로 떨리는 듯이 되풀이하는 주법을 뜻한다.

그즈음 윤이상은 고정적인 수입원이 없어 경제적으로 넉넉하지 않았다. 그래도 정력적으로 작품을 창작했으며 강연도 여기저기 많이 다녔다. 서독의 여러 방송국에서는 윤이상을 초청해 한국 음악과 중국 음악을 비롯한 동양음악에 대한 강연을 주로 요청했다. 윤이상이 풀어놓는 동아시아 음악은 당시의 유럽인들에게는 지적인 호기심을 충족시킬 만한 좋은 소재였다. 하지만 강연료나 공연에서 얻는 수익으로는 여전히 생계를 감당하기가 어려웠다. 바로 이 무렵, 관현악을 위한 〈유동〉을 쓰기 직전에 독일의 초콜릿 회사 슈프렝겔에서 주최하는 콩쿠르가 있다는 사실을 알게 되었다. 상당한 금액을 상금으로 내건 콩쿠르여서 더욱 매력적이었다.

‘바로 이거야! 여기에 작품을 내야겠어.’

윤이상은 이 콩쿠르에 작품을 응모할 생각을 굳혔다. 〈유동〉에 대한 구상은 잠시 서랍 속에 넣어두기로 했다. 심사위원들의 면면을 살펴보니 거의 모두가 보수적 경향의 음악인들이었다. 자신의 음악적 세계를 밀고 나가다 보면 콩쿠르에서 통과되기가 어렵다는 판단 때문에 지금까지와는 다른 작곡 방식을 사용하기로 마음먹었다.

작품의 역사적인 무대는 중국의 유서 깊은 문화도시이자 왕도였던 뤄양(洛陽)이 적합하다고 여겼다. 마침 라디오방송에 출연하면서 중국의 음악에 대한 폭넓은 연구를 하고 있었기 때문에 익숙한 소재이기도 했다.

전한시대 뤄양의 명칭은 낙읍洛邑이었다. 후한시대에 그곳을 나라의 수도로 정하면서 뤄양으로 고쳐 불렀다. 이때 뤄양 성을 쌓았다. 뤄양은 황허(黃河) 강의 지류인 중국 허난(河南) 성 서부 뤄허(洛河) 강 유역에 위치한다. 이러한 지리적 여건으로 인해 운하가 특히 발달했다. 수나라와 당나라 시대에 들어와 강남 지역과 물자 왕래가 빈번한 경제도시로 성장했다. 이후 숱한 문인들이 시와 산문을 통해 고도古都를 칭송했다. 음악과 미술이 융성하게 발전하면서 뤄양은 문화적인 번영을 구가하게 되었다.

고대 도시에서 떠올린 음악적 영감은 곡을 쓰게 하는 원동력으로 작용했다. 윤이상은 900년 전 옛 뤄양에서 조선시대 궁중음악으로 전래된 음악을 다루었다. 그는 이 작품에서 옛 동양의 악기가 내는 소리를 유럽의 악기로써 표현하고자 했다. 즉, 오보에로 피리 소리를 내게 하거나, 작은 북을 빠르거나 느리게 침으로써 장구 소리를 내게 했다. 이후 이것은 윤이상의 음악에서 두드러지게 나타나는 특징 가운데 하나로 자리 잡았다.

서양악기로써 동양악기의 음색을 내게 하는 방법은 낯선 것이다. 유럽인들뿐만 아니라 한국인들도 낯설기는 마찬가지다. 그것은 두 문명을 뒤섞고 혼융하여 새로운 문화의 차원으로 들어가는 문이다. 그것은 또한 두 개의 문명, 두 개의 정신세계, 뿌리가 다른 두 개의 문화를 서로 존중하는 방식이다. 그것은 절충이 아니라 형식의 파괴다. 기존의 틀을 깨는 것인 만큼 충격적이고 새로운 것이다. 지금까지는 서로 넘나들 수 없는 벽이 존재했다. 하지만 윤이상은 그 벽을 과감히 밀어 넘어뜨렸다. 그러자 막혀 있던 벽 사이에 존재했던 이질감이 사라지고, 더 넓고 새로운 지평이 열렸다. 마치 두 개의 급류가 맞부딪혀 둑을 무너뜨리고 하나로 합쳐져 흐르는 것과 같았다. 그것은 서양과 동양이라는 전혀 다른 차원의 넘나듦이었다. 넘실거리는 대양과 대양의 뒤섞임, 거친 만남을 통해 도달한 원대한 소통이었다.

도교의 원리에 의하면 이 세상 모든 것은 음과 양으로 이루어져 있다. 음악에도 음양의 원리가 존재한다. 도교철학의 우주관이 중심축을 이룬 이 작품에는 당송대의 수준 높은 궁중음악에 대한 음악적 예찬이 담겨 있었다. 그가 매만진 작품은 네 개의 목관악기, 두 개의 관현악기, 네 개의 타악기와 하프를 위한 실내악이었다. 전체 3악장으로 이루어진 이 실내악곡의 제목은 〈로양〉이라고 붙였다. 음악학자 김용환은 “이 작품의 이름은 국악 〈낙양춘〉에서 딴 것이지만, 음악적으로는 〈낙양춘〉과 직접적인 관계가 없고, 오히려 〈영산회상〉 중에서 〈상영산〉의 영향을 받은 것이다”[16]라고 분석하고 있다.

---

16) 김용환 편저, 『윤이상 연구』, 시공사, 2001, 31쪽.

〈영산회상〉은 풍류음악의 대표적인 기악곡이다. 우아하고 심오한 〈현악영산회상〉, 화려하고 웅장하고 유창한 〈평조회상〉, 향피리 중심의 관악기가 중심인 〈관악영산회상〉(〈현영산회상〉이라고도 함) 세 종류가 있다. 이들 〈영산회상〉은 모두 조선 후기 선비들의 교양음악으로 연주되던 풍류음악 가운데 대표적인 곡들로서 각각 생성 시기가 다르다. 〈영산회상〉의 첫 번째 곡인 〈상영산〉이 가장 오래전에 형성된 원곡이다. 이 작품 〈로양〉은 오래전 고대 도시 뤄양에서 조선시대로 흘러와 우리 음악으로 정착한 고古 음악의 역사적 연원을 가늠하게 해주는 곡이다.

윤이상은 〈로양〉을 슈프렝겔 작품 콩쿠르에 응모했다. 다행히 예선에 들었다. 조바심을 내면서 결선을 기다렸다. 최종 결선 발표가 난 날, 입상하지 못했다는 소식을 들었다. 여태까지 사용하던 급진적인 방법을 누그러뜨린 채 곡을 가볍게 썼음에도 슈프렝겔 콩쿠르의 심사위원들은 이 작품을 채택하지 않았다. 마침 그 무렵 런던의 국제현대음악협회의 음악제와 베를린예술제에서 작품을 모집하고 있었다. 두 곳에 작품을 보냈다. 하지만 연거푸 채택되지 않았다. 적지 않은 실망감이 찾아왔다.

그러던 어느 날, 윤이상은 하노버에서 쥬네스 뮤지컬 오케스트라를 지휘하고 있던 클라우스 베른바흐Klaus Wernbach를 만났다. 윤이상은 '현대음악을 위한 날'을 주최하던 그에게 〈로양〉을 보여주었다. 그가 흡족한 얼굴로 말했다.

"마음에 드는 작품이군요. 기회가 된다면 제가 이 작품을 무대에 올리고 싶습니다."

그의 제안을 듣고서야, 그동안 가슴 한쪽을 무겁게 짓누르던 실망감이 씻은 듯이 사라졌다. 1964년 1월 23일, 〈로양〉은 클라우스 베른

바흐의 지휘로 하노버에서 초연되었다. 내리 세 번이나 고배를 마시고 시름에 잠기게 한 작품이 뜻하지 않은 기회에 빛을 보게 되었으니, 작품의 운명이란 참으로 묘한 것이다. 이 작품 발표의 파장은 매우 컸다.

플루트가 높은 음과 낮은 음을 비브라토로 연주하여 대금의 소리를 거침없이 냈다. 그 뒤로 오보에가 현란한 장식음을 피리 소리로 표현해 주었다. 작은 북의 연타가 절정으로 휘달려가는 장구 소리를 내자, 객석은 질주하는 음의 소용돌이로 가득 찼다. 연주가 끝난 뒤, 청중들은 열광의 환호성을 지르며 장내가 떠나갈 듯 박수갈채를 보냈다. 이튿날부터 음악 비평지에는 〈로양〉에 관해 호평을 쏟아내기 시작했다.

하인츠 요아힘은 「디 벨트」에 "이날 밤의 가장 감격적인 작품은 〈로양〉"이라고 서두를 장식했다. 그는 이어 〈로양〉에서 구현된 "감정이입 능력과 창조적인 판타지와 기법적인 면밀함"을 칭찬하면서 아득한 옛적 "극동의 왕실 음악에 바탕을 둔 전통을 현대적 기법과 양식적으로 유사한 정신에서 새롭게 되살리려 했다"고 평했다. 볼프람 슈빙거 Wolfram Schwinger는 「하노버 룬트샤우」에서 〈로양〉이 "음렬 악곡 작법 자체를 위해 쓴 곡이라기보다는 이 작품 깊숙한 곳에 정열적인 표현 욕구가 있음"을 드러내는 작품이라고 평가했다. 놀라운 표현력과 참신한 예술적 형식이 탁월하게 만나고 있다는 내용의 극찬이었다.

윤이상은 〈로양〉 발표를 계기로 자신이 설정한 목표에 한 발짝 더 다가가게 되었다. 음렬주의를 진지하게 탐구하며 쓴 〈교착적 음향〉과 〈교향악적 정경〉은 청중들에게 어렵고 까다로운 음악으로 비쳤던 게 사실이다. 하지만 보수적인 심사위원들의 경향을 고려해 급진적인 기법을 완화했더니, 묘하게도 크게 호평을 받았다. 그는 심사위원들의 경직성을 고려해 어깨에서 힘을 뺀 상태로 이 작품을 썼다. 그렇다고 해서 진지함을 잃은 것은 아니다. 오히려 호시우보虎視牛步의 묵직하고 진중한 발걸음이 그 속에 담겨 있었다. 고대 중국의 왕도에 깃든 이야기 속에 서양악기로써 동양악기의 음색을 표현하는 실험을 짜임새 있게 시도했고, 도교철학의 융융한 흐름을 그 기저에 흐르게 함으로써 실로 놀라운 대작이 탄생한 것이다.

유럽 악기를 고대 중국 혹은 고대 한국의 악기에 접목시키는 기상천외한 기법을 통해 표현하게 된 것은 천년 고도 뤄양에 대한 찬사다. 시가 살아 있고, 음악과 회화를 비롯한 모든 예술적 영역이 살아 숨 쉬는 시공간으로서 뤄양을 설정한 것이다. 그것은 유럽인들이 고대 그리스 로마 시대를 떠올리며 그 시절을 인류의 고향처럼 인식하는 것과 흡사하다. 그러므로 뤄양은 단순히 중국의 고도로서가 아니라 동아시아인들이 그리움으로 회억할 수 있는 한 지점인 것이다. 윤이상은 〈로양〉을 통해 이상향에 대한 찬사를 표현했다. 그리고 그 고아高雅한 아름다움이 빛을 발했다. 윤이상은 〈로양〉 초연 이후 수많은 비평가들로부터 찬사를 들었다.

제8장

사신도

윤이상 부부는 프라이부르크에 2년간 살면서 그곳의 교포들과 자주 만남을 가졌다. 재독 동포 대부분은 젊은 유학생들이었다. 그들 중 상당수는 장학금을 받고 있는 학업 우수자들이었다. 외국생활에서 오는 고독과 향수를 달래는 데는 동포들과의 만남이 특효약으로 작용했다. 그들은 서로 만나 친교를 맺고 고국의 소식을 주고받았다. 유학생활을 성공적으로 마치기 위한 방법에 대해 토론하는 것은 서로에게 동기부여가 되었다. 학위를 마친 뒤의 진로 문제에 대해 협의하는 시간에는 윤이상도 조언을 아끼지 않았다.

윤이상은 이들과 교류하는 동안 유학생들의 정신적 좌장으로서 중심적인 역할을 하게 되었다. 처음엔 단순한 만남이었으나 모임이 거듭될수록 실질적인 정보를 활발히 교류하게 되었다. 시간이 지날수록 교포사회의 문제를 해결하기 위한 장치를 마련하는 측면에서도 지속적인 결속체가 필요하다는 것을 모두가 인식하게 되었다.

처음에는 독일의 한 기관에서 도움을 받아 유학생들과 더불어 한적한 산골에 들어가 수련회를 가졌다. 이때만 해도 조직이 아니라 단순한 친목모임이었다. 수련회는 여름방학과 겨울방학에 맞춰 한 해에 두 번씩 일주일간 열렸다. 수련회에서는 자체적으로 토론과 주제 발표를 하는 등 세미나를 진행했다. 아침 일찍 기상해 취침하는 시간까지 규칙적인 일상 속에 심신 단련을 하다 보면 견딜 수 없었던 향수병에서도 놓여날 수 있었다. 그리고 서로간의 결속과 친목을 다질 수 있어 좋았다. 모임을 정례화하자는 쪽으로 뜻이 모아지면서, '퇴수회退修會'라는 모임 이름을 지었다. 꽉 짜인 일상생활에서 벗어나 몸과 마음을 닦는다는 뜻이었다.

윤이상은 이 모임을 성실하게 이끌어가면서 음악에 소질이 있는 회원들을 뽑아 임시 합창단을 만들었다. 또한 퇴수회 모임이 있을 때마다 프라이부르크 지역 주민들을 초대해 꽤 규모 있는 음악회를 열었고, 직접 독창도 했다. 한복을 우아하게 차려입은 여성 회원들의 모습은 특히 눈길을 끌었다. 퇴수회가 주최한 음악회는 매번 축제처럼 흥겨운 잔치 분위기 속에서 진행되었다. 이들이 꾸준히 개최한 음악행사는 지역 텔레비전 방송국에서 방영될 정도로 화제를 불러일으켰다.

그 무렵 독일 사회에는 한국에서 이주해온 사람들이 눈에 띄게 늘어났다. 한국과 독일 사이에 체결한 '한국 경제 및 기술 협조에 관한 협정'의 결과였다. 당시 독일 사회는 빠른 속도로 경제성장을 이루어 나가고 있었다. 하지만 독일의 젊은이들 사이에서는 이른바 힘들고 더럽고 위험한 일을 기피하는 현상이 심했다. 그중에서도 광부와 간호사는 가장 힘든 직업군에 속했던 까닭에 서독 정부는 우리나라의 광부와 간호사를 받아들이기로 협정을 맺은 것이다.

5.16 쿠데타로 집권한 박정희 대통령은 독일과 차관협정을 맺어 거액의 장기재정차관을 받았다. 서독 정부는 광부들과 간호사들이 제공할 3년 치 노동력, 여기서 확보하게 될 노임을 담보로 1억 5000만 마르크의 상업차관을 한국 정부에 제공하기로 합의했다. 박 정권은 독일에서 받은 차관으로 '경제개발 5개년 계획'에 착수했다.

1963년 12월 21일, 한국의 광부 247명이 제1진으로 독일에 파견되었다. 광부들은 지하 1000미터가 넘는 탄광 갱도에서 목숨을 걸고 일을 해야 했다. 그들은 항상 죽음의 위협이 상존하는 막장에서 서로에게 "무사히 돌아오시오!"라고 말하며 안전을 기원했다. 독일 탄광지대의 광부들이 흔히 건네는 인사였지만, 그것은 생존을 기원하는 우리 동포들의 절실한 다짐이기도 했다.

민간 차원에서는 1957년부터 한국의 간호사들이 독일 사회에 진출했지만 협정에 따라 한국 간호사들이 본격적으로 독일에 파견된 것은 그로부터 몇 년이 지나서다. 그 무렵 「경향신문」 1965년 12월 30일자에는 "동양인으로선 최초로 서독 국가 공무원의 관록을 가진 이수길 박사의 주선으로 우리나라 간호원 2백 50명이 서독 환자들을 돌보러 가게 됐다"라는 기사가 실렸다. 이후 매년 수백 명의 간호사들이 독일로 떠났다. 간호사들은 법정 근로 시간인 여덟 시간을 훨씬 초과한 열두 시간씩 꼬박 일하고 고향의 식구들에게 월급의 70~90퍼센트를 송금했다.

파독派獨 광원들과 간호사들은 "3년간 한국으로 돌아올 수 없고 적금과 함께 한달 봉급의 일정액은 반드시 송금해야 한다"는 계약서에 서명해야 했다. 1963년부터 1977년까지 독일로 건너간 광원은 8000여 명에 이르렀고, 간호사는 1만여 명에 달했다. 이들이 보낸 돈은 한

해 평균 5000만 달러로서 당시 한국 GNP의 2퍼센트에 이르는 막대한 액수였다. 하지만 계약 기간을 채우지 않고 북미 지역을 비롯한 제3국으로 떠나는 사람들이 많아 한때 골칫거리가 되기도 했다.

위험한 일과 사투를 벌이던 광부들과 간호사들은 10년 동안 110명이 세상을 떠났고, 이들 가운데 자살한 사람도 23명이나 되었다. 고난과 눈물로 얼룩진 삶이었다. 광부들과 간호사들은 그 후 유럽 사회와 북미, 중남미로 유입되어 그곳 교포사회를 형성하며 한국 이민사의 한 흐름을 이어갔다.

광부들과 간호사들이 서독으로 대거 이주하면서, 퇴수회의 회원들도 처음보다 많이 늘어났다. 그러자 당초 유학생들 위주였던 모임의 성격과 분위기도 확연히 달라지기 시작했다. 파리에서 재불 한인회 회장을 맡았듯이, 가장 연장자였던 윤이상이 재독 한인회에서도 회장을 맡아 일했다.

프라이부르크는 슈바르츠발트의 서쪽 기슭에 위치해 있는 작고 아름다운 도시다. 가까운 곳에 라인 강이 흐르고 있어 살기에 쾌적했다. 은퇴 이후 전원생활을 하기에는 안성맞춤이었다. 그 무렵 윤이상은 방송국 강연과 연주회 활동으로 바빴다. 도심을 왕래하는 일이 빈번해지면서 도로에 바치는 시간이 아깝게 여겨졌다.

윤이상은 아내와 상의한 뒤 도심지 근처로 이사했다. 시내에 방을 얻을 처지가 아니어서 쾰른 외곽 지역의 방 두 개짜리 허름한 아파트에 세 들었다. 한눈에 봐도 불결하기 짝이 없는 집이었다. 윤이상과 이수자는 걸레를 빨아 집 안 곳곳의 더러운 때와 얼룩을 씻어냈다. 온종일 치우고, 쓸어내고, 닦아낸 뒤에야 사람 사는 집처럼 깨끗해졌다.

두 사람은 새로운 보금자리에서 내일을 기약했다. 윤이상은 앞으로 열심히 곡을 써서 수입을 올려야겠다는 꿈을 차근차근 얘기했다. 이수자는 좀 더 나은 내일을 위해 마음속 청사진을 펼쳐놓으며 도란도란 의견을 나누었다.

"고국에 두고 온 딸과 아들을 머지않아 데려와야겠소."

"그럼요, 그래야 하고말고요."

윤이상의 말에 이수자는 기쁜 얼굴로 화답했다. 두 사람은 누가 먼저랄 것도 없이 서로의 손을 꼭 맞잡았다. 그것은 간절한 기도와 같았다. 이런저런 얘기를 나누던 중 문득 월북한 최상한이 떠올랐다. 윤이상은 이수자에게 최상한의 아내에게 도움을 주었던 보름회 회원들의 미담을 들려주었다. 타향살이의 외로움과 고국에 대한 향수를 달래는 밤, 미래를 설계하는 한편 친구의 안부를 궁금해하는 두런거리는 소리가 그날따라 오래오래 이어졌다.

눈발이 날리던 어느 날, 윤이상은 동베를린의 북한 대사관에서 최상한과 친하게 지낸다는 대학 교수로부터 걸려온 전화를 받았다. 그는 대뜸 북한 방문을 제의했다.

"윤이상 선생님, 안녕하십니까? 친구 분도 만날 겸, 평양에 한번 방문해주시겠습니까?"

순간, 귀를 의심했다. 오랫동안 생사를 알 수 없었던 친구를 다시 만나게 해준다는 말이 믿기지 않았기 때문이다. 하지만 그는 죽마고우를 만날 수 있다는 사실이 몹시 기쁜 나머지 대사관 직원의 제안을 흔쾌히 받아들였다. 다른 한편으로는 평양에 가면 청년 시절부터 항상 책상 앞에 붙여놓고 작품의 영감을 떠올리곤 했던 사신도를 볼 수 있겠다는 기대가 들끓어 올라 흥분도 되었다. 실은, 사신도를 보고 싶은 열망은 자다가도 벌떡 일어날 만큼 크고 깊은 것이었다.

'내가 그토록 보고 싶어 했던 사신도를 보게 되다니!'

그는 사신도를 벌써 눈앞에 보고 있기라도 한 듯, 격정의 소용돌이 속에 빠져들어 갔다. 운명과도 같은 사신도와의 만남이 이미 한 걸음 앞으로 다가온 것처럼 벅찬 감정이 휘몰아쳤다. 그렇지만 심장이 문제였다. 그는 가슴을 부여잡고 뛰는 심장을 달랬다. 이윽고, 마음을 가라앉힌 그는 북한 대사관 직원에게 두 가지 질문을 던졌다.

"우리 부부가 독일로 돌아오는 것을 보증해주겠습니까? 그리고 나에게 어떠한 정치적 의무를 강요하지 않겠다고 약속해줄 수 있겠습니까?"

"약속합니다."

그에게 다짐을 받은 다음에야, 비로소 안심이 되었다. 그날 저녁, 집에 돌아온 윤이상은 아내에게 이 사실을 털어놓았다. 그리고 평양에 함께 가자고 아내에게 동의를 구했다. 이수자는 잠시 망설였지만, 하늘같이 믿는 남편인지라 그 역시 쾌히 동의했다.

윤이상은 평양 방문의 목적을 세 가지로 정리했다. 첫째는 젊은 시절부터 책상 벽에 붙이고 음악적 영감을 떠올렸던 사신도를 보는 데 있었다. 둘째는 생사를 알 수 없는 친구를 만나는 데 있었다. 셋째는 전쟁 이후 북한의 실상을 제대로 보는 데 있었다. 어느 것 하나 소홀히 할 수 없는 중요한 이유였다. 하지만 그중에서도 사신도를 볼 수 있다는 것은 예술가로서 너무나 매력적이어서 황홀하기 그지없었다.

1963년 겨울, 윤이상은 아내와 함께 평양으로 향했다. 두 사람의 항공료와 체재비는 북한 측에서 모두 부담하기로 했다. 북한에는 전쟁의 상흔이 아직도 여기저기 남아 있었다. 평양 근처에는 커다란 포탄 자국이 군데군데 파여 있어 흉물스러웠다. 화양학원 시절 무전여행을 다니며 보았던 옛집들의 흔적은 찾아볼 수조차 없었다. 그사이 새로 지은 집들이 들어서 있었지만, 폐허가 된 시가지와는 이질감이 들었다.

윤이상은 북한 당국자들에게 말했다.

"먼저 친구인 최상한을 만나고 싶소. 그리고 강서대묘를 꼭 보고 싶소. 아울러, 이곳의 음악을 듣고 싶군요."

그는 음악가답게 북한의 음악에 대해서도 남다른 관심을 표명했다.

"알겠습니다. 힘닿는 데까지 윤 선생님을 도와드리겠습니다."

그들은 대답을 하면서도 구체적인 일정에 대해서는 아무런 언급이 없었다. 윤이상과 이수자는 평양 가까운 곳에 있는 작은 집에 안내되었다. 그들이 임시로 거처할 숙소였다. 북측에서는 이튿날부터 두 사람을 데리고 여러 곳을 견학하게 했다. 전쟁박물관과 혁명박물관을 비롯한 크고 작은 기념관들의 순례가 이어졌다. 시내 관광과 공장 견학 일정도 계속되었다.

새롭게 들어선 도시는 사람의 왕래가 거의 없어 한산했다. 전쟁 이후의 폐허를 딛고 새로 들어선 집단 주택과 공장에서는 강한 인상을 받았다. 한편으로는 불안한 마음도 들었다. 무전여행을 통해 보았던 예전의 정감 넘치는 북한의 모습은 사라지고, 동유럽의 도시에 들어와 있는 듯한 낯설고 이질적인 느낌을 주었기 때문이다. 그래도 지도자나 공장 감독관의 소박한 사무실에서는 좋은 인상을 받았다. 달랑 책상과 책장만 비치된 사무실에서는 실용성과 꾸밈없는 소탈함이 엿보였기 때문이다.

정육점과 연탄가게 앞에는 사람들이 길게 줄을 지어 차례를 기다리고 있었다. 물자 부족이 피부로 느껴졌다. 모든 사람은 날마다 당 집회에 의무적으로 나가서 정치교육을 받았다. 남쪽 사람들과 마찬가지로 북쪽 사람들도 부지런했다. 근면함을 토대로 어려운 국면을 뚫고 나가야 하는 현실은 남이나 북이나 마찬가지였다.

유럽 사회에서 살던 윤이상의 눈에 가장 이상하게 비쳤던 것은 모든 것이 지도자 중심으로 돌아간다는 사실이었다. 모든 공공장소에는 반드시 김일성 주석의 사진이 붙어 있었고, 어디서나 꽉 짜인 일정이 스피커로 흘러나왔다. 사람들은 스피커에서 일러주는 대로 작업을 했고, 집회를 가졌다. 그것은 집단주의의 모습이었다.

노동절 때, 안내원들은 윤이상을 단상에 데리고 올라갔다. 엉겁결에 따라간 윤이상은 지도자들 옆에 서게 되었다. 그때 카메라 플래시가 터졌다. 윤이상은 '아차' 싶었다. 어디선가 들은 바 있듯이, 이른바 체제 선전용으로 자신의 사진이 찍혔을지도 모른다는 생각 때문이었다. 잠시 뒤, 단상에 김일성 주석이 나타나 연설을 했다. 그러자 거대한 광장에 운집한 군중들은 일제히 울음을 터뜨렸다.

윤이상은 이때 차가운 이성의 머리로써 북한의 실상을 비판적으로 바라보았다. 다른 한편으로는 뜨거운 감성의 가슴으로써 북한의 궁핍함, 절대 가난에서 벗어나고자 하는 몸부림을 애정 어린 눈으로 보듬어주려 노력했다. 김일성이 단상에 나타나 연설을 할 때 군중들이 발을 구르며 우는 모습은 분명 불편하고 낯설었다. 하지만 폐허 위에서 살 집과 일할 터전을 마련해준 지도자에 대해 그들이 존경을 표현한 방식으로 이해하려 했다. 체제를 지지한다는 뜻이라기보다는, 그 체제의 특수성을 이해한다는 것이다. 이것은 윤이상이 본래부터 남과 북을 하나의 조국으로 인식하는 형제애 혹은 연민이 있었기 때문에 가능한 발상이었다.

하루는 안내원이 북한 국립교향악단의 연주회에 데려다주었다. 거기서 한국에 있을 때부터 익히 들어왔던 유명한 음악인 몇 사람을 발견했다. 윤이상은 반가운 마음에 말이라도 붙여볼까 하고 그들에게 걸어갔다. 하지만 그들은 어디론가 사라지고 말았다. 북한 국립교향악단은 그날 드보르작의 〈신세계 교향곡〉을 연주했다. 연주된 곡은 윤이상이 유럽에서 듣던 것과는 아주 많이 달랐다. 지나치게 비장감 넘치는 선율로 일관했을 뿐만 아니라, 연주 솜씨도 서툴렀다. 지휘자의 곡 해석이 한쪽으로 쏠렸다는 강한 느낌을 지울 수 없었다. 북한에서는 인민을 위한 음악을 해야 했기 때문에, 풍부한 예술성보다는 정치적인 실용음악을 더욱 우선시한다는 것도 뒤늦게 알았다. 하지만 연습을 제대로 하지 못해 음악의 완성도가 떨어진 것만큼은 변명의 여지가 없었다. 연주회는 커다란 실망감만 안겨주었다.

평양에 머무르는 동안 윤이상은 북한의 고위층과 점심 식사를 할 기회가 몇 번 있었다. 일제강점기에 항일독립운동을 했던 투사들도 있었고, 지위가 높은 당의 간부들도 있었다. 그때 당 간부 한 사람이 불쑥 질문을 던졌다.

"윤이상 선생, 북한조선노동당 당원이 될 생각은 없습니까?"

"그럴 생각은 전혀 없습니다. 저는 정치가가 아니고 음악가일 뿐입니다."

충분히 예상된 질문이었다. 그는 언제든 이 같은 질문에 답변할 준비가 되어 있었다. 윤이상의 어조는 평범했으나, 강한 부정의 뉘앙스는 누구라도 알 수 있었다. 그 이후로는 당 간부를 비롯한 어느 누구도 노동당 입당 문제를 더는 거론하지 않았다.

윤이상은 간혹 발언권이 주어지면, 북한이 전쟁의 참상을 딛고 일어서려는 노력에 대해서 객관적으로 평가했다. 규모가 큰 건축물, 잘 지어진 기념관 등에 대해서는 눈으로 본 그대로 칭찬을 했다. 하지만 어딘지 전체주의적인 분위기를 풍기는 북한 사람들의 변화된 모습, 동유럽의 거리를 보는 듯한 낯선 풍경에 대해서는 차마 말하지 못했다. 분위기상 어울리는 발언이 아니었기 때문이다.

최상한을 언제 만나게 해줄지 아무런 언급이 없자, 윤이상은 임시로 거처하던 숙소에서 관현악곡 〈영상〉의 작곡을 위한 구상에 들어갔다. 그러던 어느 날, 문 밖에서 자신을 부르는 소리가 났다.

"윤이상 선생님, 강서대묘에 가시지요."

윤이상은 무척 흥분된 마음으로 길을 떠났다. 사신도에 대한 남편의 애정을 잘 아는지라, 함께 가는 이수자도 덩달아 가슴이 두근거렸다.

강서대묘 내부 모습. 무덤 속에는 네 방위를 지키는 신령한 동물의 그림이 그려져 있다. 동쪽의 청룡, 서쪽의 백호, 남쪽의 주작, 북쪽의 현무가 그것이다.

강서대묘의 동쪽 널방 벽에 그려진 쌍뿔 청룡. 앞발로 허공을 후려치며 금방이라도 하늘로 솟구칠 것만 같다. 예술적인 감각과 색채감으로 표현된 생동감과 속도감이 호탕한 고구려인의 기개를 잘 나타내고 있다.

강서대묘의 서쪽 널방 벽에 그려진 백호. 윤이상은 〈사신도〉에서도 흰 갈기로 공기를 가르며 튀어나올 듯한 장중함과 역성을 지닌 백호 그림을 제일 좋아했다. 동백림 사건으로 감옥에 갇혔을 때, 그는 백호 그림을 직접 보면서 받았던 영감을 떠올리며 플루트, 오보에, 바이올린, 첼로를 위한 〈영상〉을 썼다.

차를 타고 떠나는 도로는 이 세상의 길이 아닌 듯싶었다. 탁 트인 들녘으로 파란 하늘이 드높게 펼쳐져 있었다. 이른 아침의 청명한 공기는 따사로운 햇살 속으로 투명하게 퍼져나갔다. 평안남도 강서군 강서면 삼묘리에 있는 강서대묘는 중묘, 소묘와 더불어 3묘로 불리는데, 이 가운데 으뜸은 강서대묘였다.

“평상시에는 문을 닫아놓았으나 오늘은 선생님을 위해 특별히 문을 열었습니다.”

안내원의 설명을 들으며 안에 들어섰다. 잠시 뒤, 어둠에 눈이 익숙해지자 1400여 년의 시간을 뛰어넘어 본실의 동서남북을 지키는 네 벽의 사신도가 뚜렷이 보이기 시작했다. 어둠 속에서 사신 그림이 서서히 떠오르며 강렬한 빛을 뿜어냈다. 그 모습을 보자 윤이상의 가슴이 요동쳤다.

우리 민족의 뿌리인 고구려는 광개토대왕 시대에 북쪽의 후연을 쳐

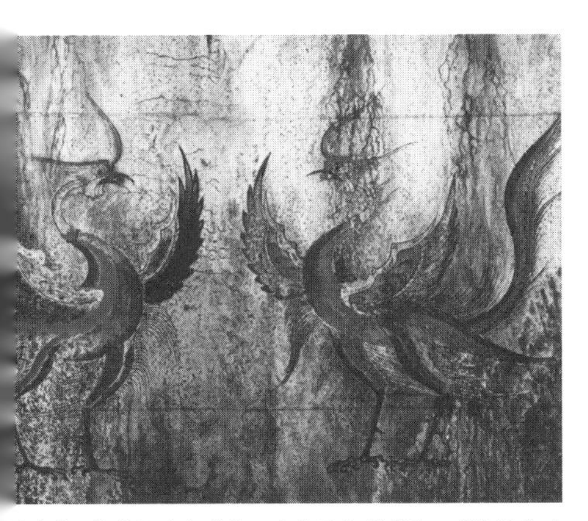

강서대묘의 남쪽 널방 벽에 그려진 주작. 화려한 꼬리와 억센 날개로 회오리를 일으키며 불을 뿜을 듯한 주작의 모습에서 강인하고 환상적인 색체감과 투지를 아울러 발견할 수 있다.

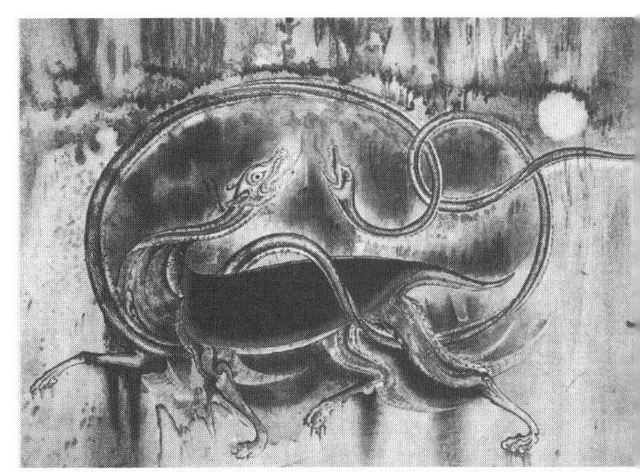

강서대묘의 북쪽 널방 벽에 그려진 현무. 서로를 휘감은 거북과 뱀의 긴장감이 완벽한 조형미를 이룬 현무는 도교적 성격의 방위신의 위엄을 보여준다.

서 요동지역을 차지하고, 동북쪽의 숙신을 복속시켜 만주지역과 한반도 북부를 다스리던 광대한 영토의 주인이었다. 중원을 통일한 수나라와 당나라의 침공을 잇달아 물리친 막강한 제국이기도 했다. 북방을 호령하던 선조들의 늠름한 기상과 탁월한 예술성이 조화롭게 구현된 그림 앞에 서자 윤이상은 숨이 막힐 지경이었다.

사신은 도교적 성격의 방위신防衛神 역할을 하는 수호신으로서, 동서남북을 지키는 상상의 동물이다. 예술적인 감각과 색채감으로 표현된 생동감과 속도감이 호탕한 고구려인의 기개를 잘 나타내고 있다. 앞발로 허공을 후려치며 금방이라도 하늘로 솟구칠 것만 같은 쌍뿔 청룡, 흰 갈기로 공기를 가르며 튀어나올 듯한 장중함과 역동성을 지닌 백호, 화려한 꼬리와 억센 날개로 회오리를 일으키며 불을 뿜을 듯한 주작, 서로를 휘감은 거북과 뱀의 긴장감이 완벽한 조형미를 이룬 현무가 천장 가운데의 덮개돌에 그려진 황룡과 더불어 전체적인 통일성과 완성미를 더했다. 그 모습을 감상하는 윤이상의 가슴 밑바닥에서 알 수 없는 기운이 아른아른 피어올랐다. 그것은 언젠가 신비스러운 색채를 띠고 음악의 여신 뮤즈Muse의 하늘 강江에 은하수로 드리워질 터였다.

예정된 3주간의 체류 일정이 거의 끝나갔다. 출발 사흘 전, 최상한이 숙소로 찾아왔다. 윤이상은 와락 반가운 마음이 들어 두 팔로 포옹을 하려 했다. 하지만 최상한은 보일 듯 말 듯 미소만 지은 채 한 손을 내밀었다. 순간, 서먹서먹한 분위기가 두 사람 사이에 감돌았다. 윤이상은 개의치 않으며 그를 부둥켜안았다. 그는 장승처럼 가만히 있었다.

"정말 반갑네. 나는 앞으로 사흘 후면 이곳을 떠난다네. 남은 일정 동안 자네하고만 지내면서 그동안 못 나눴던 이야기를 실컷 나누고 싶네. 그래 주겠나?"

"암, 그래야지."

윤이상의 말에 최상한이 고개를 끄덕이며 답변했다. 첫날은 윤이상이 서울에 살고 있는 최상한의 아내와 세 아들에 관한 이야기를 들려주었다. 통영에서 함께 자라며 뒹굴던 친구들, 오사카 음악학원에서 공부하며 지냈던 이야기가 화제에 올랐다. 그러나 최상한은 아무런 감정도 없어 보였다. 겉으로는 허물없는 표정이었으나 마음이 돌처럼 단단해져 있다는 것을 느꼈다.

둘째 날, 비로소 정치 이야기를 꺼냈다. 윤이상은 집단적인 북한 체제와 김 주석을 지나치게 숭배하는 분위기에 대해 비판적인 견해를 표명했다. 그는 윤이상의 말에 대해 낱낱이 지적하며 반박했다. 대화가 잠시 중단되었다. 잠시 동안 침묵이 흐른 뒤, 최상한이 물었다.

"자네는 왜 아직도 유럽에 머물고 있는 건가?"

"나에게는 음악이 정말 중요한 일이기 때문일세. 유럽은 나 같은 음악가가 일하기에 참으로 좋은 조건이 많다네."

"자네 음악은 무조음악이야. 자본주의 물을 먹은 지식인을 위한 효과음일 뿐이지. 인민에게는 아무 쓸모가 없단 말이네."

순간, 그가 차가운 어조로 내뱉듯이 말했다. 마치 다른 사람 같았다. 같은 고향에서 어린 시절을 함께 보낸 순수한 마음은 찾아볼 수 없었다. 윤이상은 비로소 두 사람이 전혀 다른 세상에서 살고 있다는 것을 깨달았다. 대화는 그것으로 끝이었다. 두 사람 사이에는 견고한 철벽이 가로놓여 있었다. 하지만 마음속 깊은 곳에서 우러나오는 말 한마디만은 해주고 싶었다.

"정치적인 이유로 제3국으로 망명한 사람이든, 한국 땅에서 살아가는 사람이든, 그 누구나 할 것 없이 우리 모두는 남북한의 통일을 강렬히 열망하고 있다네. 원래부터 한 핏줄이었던 겨레의 하나 됨을 위해 지각 있는 사람이면 누구나 열심히 노력하고 있다네. 이것만은 꼭 알아두게."

이 말을 끝으로 윤이상은 최상한의 가족 이야기를 한 번 더 꺼냈다. 마무리 발언이었다.

"자네 식구들은 다 잘 있으니 걱정 말게. 우리 보름회에서도 항상 관심을 갖고 있다네."

순간, 최상한이 엷은 미소를 지으며 봉투 하나를 내밀었다.

"그게 뭔가?"

"이걸 아내에게 전해주게. 약간의 생활비와 아이들 학비일세."

최상한의 표정에서 처음으로 가장으로서의 따스함이 느껴졌다. 그러나 13년 만에 친구를 만난다는 설렘은 씁쓸함만 남겼다. 북한 주민들과 살갑게 대화를 나누고 싶었으나, 그마저도 이루지 못했다. 윤이상은 아내와 함께 묵직한 마음을 안은 채 독일로 되돌아와야 했다. 그때는 친구를 만나러 평양에 갔던 일이 훗날 엄청난 파장을 몰고 올 줄은 짐작조차 하지 못했다. 친구가 가족에게 전달해달라는 소정의 생활비가 공작금이라는 살 떨리는 말로 둔갑할 줄은 더군다나 몰랐다. 4년 후, 그날이 도적처럼 닥칠 때까지는.

제9장

도나우에싱겐 음악제와 〈예악〉

1964년, 서베를린 시 당국은 미국의 포드 재단과 힘을 합쳐 전 세계의 젊은 예술가들을 불러 모으고 있었다. 서베를린에 문화도시의 전통과 위용을 되찾게 해주려는 취지에서였다. 이 일은 신문사와도 연계가 되어, 취지문과 응모 요령이 신문에 실렸다.

"예술가들이여, 서베를린으로 오라. 와서 마음껏 창작 역량을 발휘하라!"

신문에는 세계 각국의 예술가들에게 창작활동을 할 만한 장학금을 지불하겠다는 포드 재단의 계획이 대서특필되었다. 포드 재단이 서베를린 시를 지원해 각 나라의 예술가들을 초대한다는 소식은 매력 이상이었다. 궁극적으로 서베를린 시를 유럽의 문화 중심지로 만들겠다는 뜻에도 충분히 공감이 갔다.

동서로 나뉜 뒤부터, 서베를린은 동독 속에 둘러싸인 조롱박 신세가 되고 말았다. 젊은이들은 대부분 일자리를 찾아 서독으로 떠나버렸고,

노인들만 머무는 답답한 곳이 되어갔다. 서독 정부는 서베를린에 대해 특단의 조치를 강구해야만 했다. 자칫 내버려두었다가는 서베를린이 동독에 포위된 무기력한 도시로 전락하여, 나중에는 고요만 감도는 죽은 도시가 될지도 모른다는 불안감 때문이었다. 서베를린에 세계 각지의 예술가들을 초대하여 살아 움직이는 도시를 만들어야겠다는 것이 시 당국의 절실한 소망이었다.

윤이상은 곧 포드 재단에서 요구하는 서류를 갖추어 신문사에 우송했다. 작품 총보와 연주 실황을 담은 녹음테이프, 음악평론가와 음악전문기자가 자신의 작품에 대해 쓴 비평문도 동봉했다. 얼마 지나지 않아, 신문사에서 통보가 왔다.

"여보, 합격이야. 이것 좀 봐요, 합격이야, 합격!"

윤이상이 아내에게 합격 통지서를 보여주며 외쳤다. 두 사람은 부둥켜안으며 함께 기쁨을 공유했다. 그 무렵 윤이상과 이수자는 반년 동안 살면서 정들었던 쾰른의 셋방에서 베를린 달렘의 주택가로 이사했다. 방 두 개짜리 방을 얻고 보니, 벅찬 감회가 찾아왔다. 포드 재단의 장학금은 상당한 액수여서 전과는 비교할 수 없이 안정된 생활을 하게 되었다.

이때, 베를린의 한 신문에서 포드 재단의 장학금을 받아 서베를린에 옮겨와 살고 있는 윤이상에 관한 기사를 내주었다. 이 기사는 예술가 지원 프로젝트를 추진하고 있는 서베를린 시 당국과 포드 재단의 장학사업을 널리 홍보하는 데 기여했다. 뿐만 아니라 윤이상의 작품 세계와 연주활동을 선전해준 효과도 거두었다. 결과적으로, 이 기사가 나간 다음부터 윤이상의 연주활동이 더욱 활발해졌다. 또한 보테 운트 보크 출판사와도 작품 출판 계약을 추가로 맺을 만큼 돈독한 관계가 형성되었다. 편집장인 쿠르트 라데케Kurt Radeke는 윤이상의 작품을 매우 존중해주었다. 뒷날, 그 역할은 하랄트 쿤츠가 이어받아 윤이상의 작품 출판을 위해 많은 노력을 기울였고, 동백림 사건 때는 더 없이 든든한 원군 역할을 톡톡히 해냈다.

이때까지만 해도, 이수자는 고국에 두고 온 아이들이 눈에 밟혀 혼자서라도 비행기를 타고 당장 한국으로 떠나고 싶은 마음뿐이었다. 윤이상 역시 그 무렵 수입이 점점 나아지고는 있었지만, 서울로 돌아갈 생각을 하고 있었다. 하지만 포드 재단에서 넉넉한 생활비까지 받고 보니, 유럽에서 더 많은 활동을 해야겠다는 의욕이 생겼다. 이 같은 생활상의 변화가 찾아오자, 두 사람은 서둘러 고국에 있는 아이들을 데려왔다. 1964년 7월, 실로 8년 만에 온 가족이 한집에서 생활하는 날이 찾아왔다.

1964년 7월, 실로 8년 만에 온 가족이 모여 베를린 집에서 생활하는 날이 시작되었다. 윤이상은 이 무렵 포드 재단이 주는 장학금을 받아 안정된 생활을 하면서 의욕적으로 작곡에 전념하고 있었다. 왼쪽이 딸 정, 이수자 여사와 윤이상, 오른쪽이 아들 우경이다.

가족들이 다시 모였지만 불편한 일도 많았다. 오랫동안 혼자서 작업하는 습관에 젖어 있던 윤이상은 작은 소리에도 민감했다. 남편이 곡을 쓸 때면 이수자는 아이들과 조그맣게 얘기하며 최대한 소리를 내지 않으려 애를 썼다. 윤이상은 작품 구상을 하기 위해 때때로 한적한 시골로 떠나곤 했다. 작품 구상을 할 때가 가장 힘들었기 때문이다. 우주에 떠다니는 음표를 하나하나 주워 모아 가지런히 배열하고 짜 맞춰야 하는 과정은 여간한 집념과 인내심이 아니고서는 견디기 힘든 고통이었다. 구상이 어느 정도 이뤄지면 다시 집으로 돌아와서 완성을 위한 산고를 겪는다. 그러나 이때는 작업의 희열이 동반되므로 구상 때의 신경질적인 반응과 잔소리가 대폭 줄어들었다.

1964년 12월, 박정희 대통령은 차관 문제와 관련해 서독을 방문했

1964년 여름, 독일에 함께 살게 된 온 가족이 첫 소풍을 떠난 날 캠핑용 의자에 앉은 윤이상과 개울가에 앉은 이수자 여사가 환한 미소를 띠고 있다.

다. 서독 사회와 언론은 군사반란을 일으켜 정권을 탈취한 박정희에 대해 매우 비판적이었다. 이 같은 여론은 서독 사회의 민심을 반영했다. 서독 사람들은 박정희를 싸늘한 시선으로 대했다.

하지만 하인리히 뤼프케Heinrich Lübke 대통령은 그를 저녁 환영연에 초대했다. 환영연에서는 〈로양〉이 연주되었다. 한스 첸더Hans Zender가 지휘하고 본 시립교향악단이 연주하는 최상의 음악회였다. 한국 대통령의 방문에 맞춰 한국인 작곡가 윤이상의 곡을 선택한 것은 남다른 예술적 감각의 소유자인 뤼프케 대통령의 배려심 때문이었다. 이 곡은 동양적 의미가 담겨 있었기에 그 선택은 매우 자연스러웠다.

뤼프케 대통령은 환영연에서 박정희에게 주요 내빈들을 소개했다. 스트라빈스키도 박정희에게 정중하게 인사했다. 공식 행사가 끝나고 옆방에서 간단한 다과 시간이 되었을 때, 뤼프케 대통령이 박 대통령을 윤이상에게 소개했다. 그는 한마디 말도 없이 윤이상에게 악수를 청했다. 박정희의 얼굴은 몹시 차갑고 어두웠다.

윤이상은 이보다 며칠 전, 쾰른 시에서 열린 교포들의 박정희 환영회에서 환영사를 읽었고, 뮌헨에서도 박정희 환영 음악회를 열어주었다. 이때 쾰른에서 첼로를 전공한 한 여성이 아무런 악보도 준비하지 않은 상태로 왔다. 윤이상은 이를 안타깝게 여겨 밤새워 곡을 썼다. 세 시간 동안 집중한 결과, 첼로와 피아노를 위한 이중주 〈노래〉가 완성되었다. 그 여성은 새벽녘에 이 곡을 연습했으나 연주는 불발로 그쳤다.

군사반란의 주역이자 만주 관동군 장교로서 일제에 충성했던 박정희. 그의 방독訪獨을 맞아 윤이상이 환영사를 읽고, 한인 음악인을 모두 동원해 음악회를 준비했던 것은 아이러니다. 윤이상은 그 일을 끔찍이도 싫어했다. 하지만 그는 꾹 참고 모든 일을 주관했다. 그는 음악인이었고, 서독 교포사회의 연장자이자 재독 한인회 회장이었기 때문이다. 연주가 이루어지는 동안에도 윤이상은 속으로 중얼거리며 스스로를 다독였다.

'그래. 어쨌든 박정희는 지금 우리나라를 대표해서 독일을 방문한 국가원수가 아닌가. 오늘의 연주는 박정희 한 사람을 위한 것이 아니다. 대한민국을 위해서, 우리 민족을 위해서 〈로양〉을 연주하는 것이다.'

윤이상은 자존심 강한 예술가였다. 하지만 그는 개인감정을 꾹 누르고 국가와 겨레를 사랑하는 마음으로 행사에 임했다.

윤이상은 얼마 지나지 않아 달렘에서 슈판다우로 이사했다. 베를린 내에서의 이동이었다. 슈타이거발트 가 13번지에 있는 아파트 11층이 네 식구의 새로운 보금자리였다. 전보다 방도 더 많고 쾌적한 집이었다.

이 무렵 그는 왕성한 창작의 불꽃을 뿜어내기 시작했다. 봇물처럼 터진 물꼬에서 관현악을 위한 〈유동〉과 소프라노와 바리톤, 혼성 합창, 대관현악을 위한 오라토리움 〈오, 연꽃 속의 진주여!〉 등 주옥같은 작품들이 연달아 쏟아져 나왔다. 〈오, 연꽃 속의 진주여!〉의 제목은 관세음보살의 자비를 나타내는 육자진언六字眞言 주문인 '옴 마니반메훔 om mani padme hūm(唵麽抳鉢銘吽)'에서 따왔다. 『천수경』에 나오는 관세음보살의 진언인 이 여섯 자 주문을 외우면 관세음보살의 자비를 입어 온갖 죄악과 번뇌가 소멸되고, 지혜와 공덕을 갖추게 된다고 한다.

이 곡은 제1악장 '연꽃', 제2악장 '고타마에게 묻는다', 제3악장 '갈증', 제4악장 '해탈', 제5악장 '열반' 이렇게 5악장으로 된 26분 길이의 곡으로 각각의 주제별로 표현을 달리하는 것이 특징이다. 제1악장과 제3악장은 관현악만으로, 제2악장은 소프라노 독창과 관현악 연주로,

제4악장은 바리톤 독창과 관현악으로, 제5악장은 독창과 합창, 관현악으로 각 주제에 걸맞은 다양한 표현방식을 구사하고 있다.

윤이상은 작품을 쓰는 동안 말할 수 없는 희열을 느꼈다. 음악 속에 불교적 색채를 표현하는 동안 자신도 모르게 명상의 세계로 나아갈 수 있었다. 사찰의 탱화, 범종, 사천왕상, 뜰에 세워진 탑에 서서히 드리워지는 해 질 무렵의 붉은 기운 등등을 떠올리면서 자신도 모르게 미소 짓곤 했다. 음악으로 표현하는 모든 것들이 어렸을 때부터 익숙하게 봐왔던 정경들이었다. 고승과 제자의 묻고 답하는 소리 속에 인간의 번뇌 망상을 새겨 넣었고, 혼성 합창으로 이루어진 기도와 더불어 해탈의 순간을 역동적으로 표현하면서 법열의 세계로 나아가는 5악장의 구성은 역동적이었다. 이처럼 행복한 마음으로 완성한 〈오, 연꽃 속의 진주여!〉는 1965년 1월 30일 하노버에서 초연되었다. 이 작품을 감상한 청중들은 열띤 환호를 보냈다. 평론가들에게서도 극찬을 받았다.

슈프렝겔 콩쿠르에 응모하기 직전 구상 단계에서 접어두었다가 완성한 〈유동〉은 1965년 2월 10일 베를린 라디오방송교향악단의 연주로 초연되면서 빛을 보았다. 이 곡은 처음도 없고 나중도 없는 우주의 끝없는 흐름, 잔잔함과 격렬한 파랑波浪이 부단하게 이어지는 삶의 한 단면을 그리고 있다. 매우 여린 음, 들릴락 말락 한 음에서 시작된 음악은 점차 크고 강한 음으로 옮겨가면서 바위라도 들부술 거대한 음의 폭포로 터져 나온다. 특수한 주법을 사용해 한바탕 격랑이 휩쓸고 가는 듯한 흐름을 조성한 뒤, 갑자기 금관악기의 드넓은 강이 모든 것을 감싸 안고 흘러간다. 상상을 뛰어넘는 음향의 파도가 몰려오는 곳에서 절정을 맞이한다. 만물이 유전하는 것은 스스로(自) 그러한(然) 것, 즉 자연의 법칙이다. 모든 특별한 것, 기발한 것, 슬픔과 원통함과 분노조

차도 언젠가는 소멸한다. 가장 빛나는 기억도, 찬란한 영광의 한때도 지나가고 만다. 그것이 인생살이다. 이 도교적 관점을 윤이상의 독특하고 실험적인 음향 어법과 버무려 빚은 것이 관현악곡 〈유동〉이다.

그 무렵 남서독일방송국의 음악부장 하인리히 슈트로벨Heinrich Strobel 박사가 윤이상에게 작품을 부탁했다.

"윤이상 선생님, 도나우에싱겐 음악제에서 연주할 작품 하나를 써주십시오."

윤이상은 슈트로벨 박사의 제안을 받고 무척 기뻤다. 도나우에싱겐 음악제는 다름슈타트 무대에서 작곡가로 데뷔한 신진들이 가장 선망하는 국제적 등용 무대였다. 전 세계 음악인들은 현대음악의 구심점으로 자리 매김한 이 무대를 늘 뜨겁게 주시하고 있었다. 이 음악제에 서는 것만으로도 국제적인 명성이 확고해졌다. 하지만 이 무렵 윤이상은 지칠 줄 모르는 창작열로 인해 몸이 쇠약해져 있었다. 그는 짐을 꾸려 슈바르츠발트의 한적한 곳으로 떠났다. 그는 그곳에서 지친 몸과 마음을 내려놓은 채, 천천히 〈예악〉을 써나갔다. 곡의 얼개를 거의 짠 상태에서 베를린으로 돌아온 그는 가을이 무르익기 전에 작품을 완성했다.

1966년 6월, 윤이상은 뉴욕으로 건너가 미국 주요 도시에서 열리는 하기 음악제에 참여했다. 7월 6일부터 8월 중순까지는 탱글우드를 시작으로 다트머스 음악제와 애스펀 음악제에 참여했다. 그다음 샌프란시스코와 디트로이트에서 일정을 소화한 다음 다시 탱글우드를 거쳐 뉴욕으로 갔다. 여기서 워싱턴까지 갔다가 배를 타고 독일로 되돌아갔다. 윤이상은 음악 세미나와 강연, 연주회 일정을 모조리 소화했다. 탱글우드 음악제에서는 스티븐 콜린스 포스터Stephen Collins Foster가 지휘한 〈로양〉이 좋은 평을 받았다. 미국 민요의 아버지로 불리는 포스터와 윤이상의 만남은 음악 역사의 한 장면이 되었다.

1966년 9월 25일, 1막 4장으로 된 오페라 〈류퉁의 꿈〉이 베를린예술제에서 초연되었다. 한 해 전, 베를린 오페라극장의 극장장인 구스타프 루돌프 젤너Gustav Rudolf Sellner에게서 위촉받아 쓴 윤이상의 첫 번째 오페라 작품이다. 14세기경 중국의 시인 마치원馬致遠이 쓴 〈류퉁의 꿈〉을 줄거리로 삼은 이 작품은 겉으로 보면 도교의 단순한 교훈극이다. 하지만 그 속에는 참된 진리를 찾아 나서는 한 젊은이의 구도의 여정이 그려져 있다. 『장자』의 「나비의 꿈」에는 "장자가 꿈에 나비가 되는가, 아니면 나비가 장자의 꿈을 꾸는 것인가?" 하는 대목이 나온다. 이 이야기의 주제는 삶이 부질없다는 허무주의가 아닌, 진리 혹은 도를 찾아 나서는 인간 본연의 자세에 대한 성찰에서 그 의미를 찾을 수 있다.

〈류퉁의 꿈〉은 한스 루델스베르거Hans Rudelsberger가 번역을, 빈프리트 바우에른파인트Winfriet Bauernfeind가 각색을 맡았다. 이웃집 청년에게서 첼로를 배웠던 어린 시절부터 윤이상은 오페라의 매력에 푹 빠져 있었다. 카루소와 샬랴핀의 오페라 아리아를 즐겨 듣던 윤이상은 화양학원 근처의 호주 선교사네 집에서 친구들과 더불어 아리아를 직접 부르곤 했었다. 이처럼 소년 시절부터 청년기에 이르기까지 심취했던 오페라를 직접 쓰게 되자 이루 말할 수 없이 기뻤다.

대형 무대가 아닌 자그마한 예술 아카데미에서 상연된 이 오페라는 울리히 베더Urich Weder의 지휘로 도이치 오페라 오케스트라가 연주했고, 윌리엄 둘리William Dooley, 배리 맥다니엘Barry McDaniel, 캐서린 게이어Catherine Gayer, 로렌 드리스콜Loren Driscoll 등 최고의 배역들이 참여한 최상의 무대였다. 윤이상은 일부러 규모가 작은 오케스트라를 편성했고, 무대장치도 이동이 자유로운 작은 벽과 조명 효과를 사용했다. 이는 어릴 적 보았던 유랑극단의 가설무대에서 영감을 받은 것이었다. 이 때문에 〈류퉁의 꿈〉은 소규모 실내 오페라가 되었지만, 상연 후 많은 이들의 찬사를 받았다. 훗날 감옥에서 쓴 〈나비의 미망인〉과 더불어 꿈을 주제로 한 오페라로서 한 짝을 이뤘으며, 뉘른베르크에서 두 작품이 상연되어 대단한 호평을 받았다.

이즈음에 윤이상이 쓴 빛나는 곡은 대관현악을 위한 〈예악〉이다. 1966년 10월 23일, 〈예악〉은 에르네스트 부어Ernest Bour의 지휘와 남서독일방송국 교향악단의 연주로 도나우에싱겐 음악제에서 초연되었다. 이 곡은 〈유동〉에서 한 차례 실험했던 파격적인 음향 어법을 한층 강화하여 더욱 세련된 윤이상 음악의 특징을 보여주었다는 커다란 특징을 지닌다. 〈예악〉은 초연되자마자 유럽인들로부터 주목을 받았다. 그 까닭은 "그때까지의 그 어떤 작품보다도 자신의 작곡 어법을 즉각적으로 알아보게 했을 뿐만 아니라 내적으로도 극히 섬세하게 처리"[17] 되었기 때문이다. 윤이상이 이 작품에서 구현한 것은 그가 오랫동안 갖가지 실험 끝에 다듬어 내놓은 '주요음 기법' 또는 '주요 음향 기법'이다. 주요음은 낱낱의 단음으로 이루어진 작은 음 다발이다. 이를테면, 윤이상은 이 곡에서 세 개의 플루트를 구성했다. 하나는 큰 플루트이고 나머지 둘은 목관악기 피콜로다. 큰 플루투는 C(도)# 장음, 피콜로 1은 B(시)음, 피콜로 2는 G(솔)#음을 나타낸다. 각각의 중심을 지니

17) 김용환 편저, 『윤이상 연구 I :한국 근 · 현대 예술사 서술을 위한 기초연구-작가론2』, 한국예술종합학교 한국예술연구소, 1995, 10쪽.

고 있으면서도 세 단음이 한데 모여서 주요음을 만드는 개념으로 곡을 썼다. 이런 원리에 입각해 곡을 구성했기에 모든 단음은 음향군郡을 통틀어 주요음으로서의 성격을 띠게 된다.

윤이상은 한 음, 한 음뿐만 아니라 그 음들이 모인 음 다발 혹은 음군音群이 그 주변의 음들을 꾸미도록 하는 기법을 구사했다. 음 다발이 주변 음들을 장식하는 이 같은 일련의 흐름이 작품의 중핵을 이루게 하는 것이 윤이상이 독창적으로 열어젖힌 현대음악의 새로운 차원이다.

〈예악〉은 윤이상이 수년 동안 연구하고 다듬은 '주요 음향 기법'으로 썼다는 데 커다란 의의가 있다. 그는 동아시아의 음향 세계를 효과적으로 표현하기 위해 일반적인 관악기나 현악기 이외에도 여러 악기를 병행해 사용했다. 중간 크기 정도의 북에 해당하는 탐탐과 톰톰, 동라(청동으로 만든 소반 모양의 타악기), 목어와 징, 목탁 등이다. 그는 우리나라의 박拍을 구하지 못해 박달나무에서 얻어낸 예닐곱 장의 목편에 구멍을 뚫은 다음 이곳에 끈을 끼웠다. 윤이상이 만든 박은 한국 고유의 박에 비해 훨씬 소리가 컸다.

윤이상은 이 곡을 연주할 때 앞꾸밈음을 많이 사용했다. 먼저 박을 쳐서 음악을 시작했다. 북을 치고 실로폰을 물결처럼 빠르게 치면서 수많은 음의 결을 만들어간다. 관악기와 현악기가 차례로 음폭을 키우면서 변화를 추구한다. 각 악기들이 자기의 고유한 성부를 연주할 때, 단음과 단음 들이 모여 음 다발을 형성한다. 그 음 다발은 주요음을 이루면서 가파른 음의 파도를 일으킨다. 음 다발을 하나로 묶어내는 음향언어가 이루어지는 동안 다채로운 음의 파노라마가 형성되며, 그것이 더욱 확장된다. 이때, 주요음들은 주요 음향들과 한데 어우러짐으로써 하나의 음향으로 수렴된다. 또한 주요 음향은 주요음과 비슷한 가치를 지니면서 자기 몫을 톡톡히 해낸다. 하프와 트라이앵글, 플루트와 피콜로, 트럼본 등이 한데 어우러지고, 거기에 팀파니와 북을 비롯한 타악기 소리가 합세하면서 절정을 향해 마구 휘몰아친다. 이처럼 수많은 겹으로 중첩된 음의 격랑이 몰려온 뒤, 곡의 후반부에 박을 침으로써 지금까지 소용돌이쳤던 음의 거대한 회오리를 한순간에 잠재운다.

다음의 인용문은 〈예악〉에 대해 윤이상이 쓴 글이다.

> 유럽의 음악에서는 음이 연결되면서 비로소 그 생명력을 얻게 된다. 이때 각 개별 음은 비교적 추상적이라 할 수 있다. 하지만 한국의 음악에서는 각 개별 음이 그 자체로 생명력을 가지고 있다. 사람들은 한국 음악에서의 이러한 음들을 연필로 그려진(경직된) 선과 대비시켜 붓으로 그린 운필과 비교하곤 한다. 각 음은 그것이 울리기 시작하는 순간부터 울림이 사라질 때까지 변화를 하게 된다.[18]

윤이상의 주요음 기법은 이제 〈예악〉을 통해 더없이 강력하게 표출되었다. 이것은 한국 음악과 고대 중국 음악에 나타난 특징 가운데 하나였다. 하지만 〈예악〉은 이 모든 것 위로 훌쩍 솟아올라 위대한 도약을 이루었다. 음악 비평가 요제프 호이슬러Josep Häusler는 자신의 저서 『20세기의 음악』에서 윤이상이 〈예악〉을 통해 "한국적 전통을 크게 넘어섰다"며 극찬을 아끼지 않았다.

도나우에싱겐 음악제가 열리던 날, 윤이상은 아내와 함께 연주회장

18) 김용환 편저, 『윤이상 연구』, 시공사, 2001, 34쪽.

으로 가는 도중 내내 거칠게 뛰는 심장 때문에 걸음을 멈춰야 했다. 윤이상에게는 더없이 귀중한 무대였기에, 그만큼 정신적인 압박감도 심했다. 약한 심장이 이날따라 말썽을 일으켰다. 이수자가 듣기에도 윤이상의 심장은 쿵쿵거리다 못해 '톡톡' 소리가 들릴 정도였다. 그는 고개를 숙이거나 가슴을 한 손으로 누른 채 빨라진 고동 소리를 다독여야 했다.

"좀 어떠세요?"

"음, 아까보다는 나아진 것 같소."

남편의 해쓱한 얼굴을 본 이수자는 내심 조마조마했다. 연주회장에 도착하자, 윤이상은 간신히 기력을 회복해 리허설에 임하는 연주자들에게 자신의 작품 의도를 말해주었다. 그리고 연주할 때 놓치지 말아야 할 것에 대해 세심하게 일러주었다.

사실, 윤이상이 가장 신경 썼던 것은 트럼펫 부분이었다. 그는 혹시 트럼펫 부분으로 인해 곡 전체를 망칠까 봐 내심 걱정을 했다. 연주회를 집어치우고 돌아갈까 하는 약한 마음까지 들 정도였다. 하지만 연주회가 끝나자 오히려 트럼펫을 통해 시도한 부분이 작품 전체를 살리는 효과를 거둔 것으로 판명되었다. 연주가 끝나자 객석에서 우레 같은 박수 소리가 끊이지 않았다. 기분 좋은 환호가 홀을 가득 채웠다. 이처럼 좋은 평가까지 들으니, 윤이상은 비로소 안심이 되었다. 어느덧 심장의 두근거림도 씻은 듯이 사라졌다.

〈예악〉의 초연은 유례없는 대성황을 이루었다. 이 연주회가 대성공을 거둠으로써 윤이상은 국제적인 음악가로 그 위상이 크게 격상되었다. 또한 유력한 비평가들은 그를 주요한 현대음악가로 자리 매김하는 데 주저하지 않았다. 예컨대, 요제프 호이슬러는 윤이상을 '20세기 중요 작곡가 56인', '유럽에 현존하는 5대 작곡가'로 선정했다.

훗날 일본의 작곡가 니시무라 아키라(西村 朗)는 잡지『음악 예술』 1988년 9월 호에서 "대관현악을 위한 〈예악〉(1966)이 대표하는 60년대, 이 시기 윤 씨는 동아시아의 민족음악이 가지는 특성을 현대 어법으로 압축시켜서 양식화한 유럽 전위음악의 한 부분에 독자적인 세계를 열었다. 〈예악〉은 우리들 동아시아의 작곡가들에게 있어서 언제나 그곳에 돌아가서 배워야 할 차원 높은 출발점이라고 말할 수 있는 걸작 중 하나"라며 〈예악〉에 대해 최상의 찬사를 표했다.

윤이상이 현대음악계의 기린아로 자리 잡게 된 데에는 유럽 창작계의 변화와 밀접한 연관이 있다. 1950년대 중반 이후는 점묘적 음렬주의가 쇠퇴하고 다원화된 음악 표현이 한창 밀려들고 있던 상황이었다. 1957년 다름슈타트 하기 강습회는 음렬주의에 균열을 일으키는 몇 가지 징후를 보여주었다. 이때 발표되었던 슈토크하우젠의 〈피아노곡 11번〉은 '우연성'의 요소를 지녔고, 불레즈는 〈우연〉이라는 제목의 강연으로 '우연성 음악'을 소개했다. 1958년에 개최된 다름슈타트 하기 강습회에서 존 케이지는 '우연성 음악'을 발표함으로써 기울어가던 음렬주의의 성채를 단번에 허물어버렸다.

존 케이지를 가장 유명하게 한 작품은 〈4분 33초〉다. 이 작품을 발표하던 날, 그는 피아노 앞에 앉아 있었다. 객석에서는 그가 피아노를 왜 치지 않는지 고개를 갸웃거렸다. 하품하는 소리, 기침하는 소리, 부스럭거리는 소리가 들렸다. 그럼에도 그가 꼼짝도 하지 않자 지겨워하는 사람들, 분노하는 사람들이 생겼다. 하지만 그는 아랑곳하지 않고 가만히 앉아 있다가 무대를 가로질러 퇴장했다. 한바탕 야유가 쏟아졌으나, 그는 정확히 4분 33초 동안 '연주를 하고' 간 것이다. 관객들은 그렇게 생각하지 않았지만, 그는 그렇게 굳게 믿었다. 피아노 앞에 앉아 있는 동안 발생한 침묵의 소리, 침묵 사이에 끼어드는 기침 소리, 침을 꿀꺽 삼키는 소리, 재채기하는 소리, 옆 사람과 소곤거리는 소리, 불만을 터뜨리며 야유하는 소리, 눈동자 돌아가는 소리, 삼라만상이 고요한 가운데 틈입한 온갖 잡소리까지 음악의 한 요소로 간주한 것이다. 음악 비평가들은 이와 같은 우연적인 작곡 방식, 정확하지 않은 기보를 매개로 한 음악을 가리켜 '불확정성의 음악' 혹은 '우연성의 음악'이라고 정의했다. 이러한 존 케이지의 작품은 훗날 퍼포먼스 아트에 지대한 영향을 끼쳤다.

이 시기 유럽의 작곡가들은 이국적인 소재를 통해 음악의 다양성을 시도하고 있었다. 메시앙과 슈토크하우젠은 인도의 음악에서, 존 케이지는 중국의 음악 전통에서, 미국의 작곡가 모튼 펠드만Morton Feldman은 불교의 선禪과 같은 명상에서 음악의 활로를 찾고 있었다. 이 같은 분위기 속에서 동아시아 음악에 대한 관심이 크게 촉발되었다.

음렬음악이 퇴조한 뒤 작곡가들은 음향 면 작곡이라는 새 작곡 방식에 따라 음향 재료를 어떻게 확장할 것인지를 놓고 머리를 싸매게 되었다. 리게티와 펜데레츠키는 지금껏 작곡에서 크게 중요하게 여기지 않았던 음색을 비중 있게 다룬 작곡가였다. 이 두 사람은 개별 음을 단순한 음의 다발 혹은 음괴로 다룬 반면, 윤이상은 개별 음을 중요하게 여겼다.

윤이상은 개별 음, 즉 주요음을 음향 구성이 시작되는 출발점이 되게 했다. 고정된 음은 장식적인 음의 역동성으로 흔들어줌으로써 변화를 추구했다. 윤이상이 독자적으로 발견한 주요음의 운동방식은 동양음악, 그중에서도 한국 음악의 그것과 닮아 있다. 이수자가 남편의 주요음과 주요 음향의 개념에 대해 말한 다음과 같은 대목은 퍽 인상적이다.

> 서양 기법을 동양의 정신 세계와 결부시킨 게 선생님의 현대음악입니다. 그런데 난관에 부딪힌 게, 동양과 서양의 음악이 다르다는 것입니다. 선생님 말씀은 서양음악은 멜로디와 대위법이 서로 천을 짜듯이 구조가 돼서 이루어지는데, 동양음악은 선이 흐른답니다. (……) 그러면 어떻게 해야 하느냐. 동양의 음을 표현해야 하는데 그러기 위해 비브라토(떨림음)도 넣고 해서 여러 변화를 준답니다. 그러면 음 하나가 길게 가면서 변화를 주면서 끝없이 흘러갑니다. 그것이 한 줄로 갈 때는 '주요음'이고, 다발이 돼서 오케스트라로 갈 때는 '주요 음향'이라고 한답니다. 선생님은 그것을 발전시켜서 자기의 독특한 음악의 길을 열었답니다.[19)]

이 무렵 유럽 이외의 지역에서 사용되던 악기들을 유럽권 작곡가들이 사용하기 시작함으로써 음악의 내용이 풍성해졌다. 이로 인해 음악 형식의 질적인 변화마저 초래되었다.

> 윤이상은 1960년대 초반의 리게티와 펜데레츠키의 뒤를 이어 거의 단절 없이 현대음악의 일반적 발전 방향에 동화하면서, 다른 한편으로는 자신의 고유한 위치를 확보할 수 있었던 것이다. 독일의 음악학자 크리스티안 마르틴 슈미트가 "윤이상이 1956년에 —그보다 10년 전이 아닌— 유럽으로 건너온 것은 하나의 세계 음악사적

---

19) 강태호·이용인 기자, "윤이상의 음악은 고통이 있는 곳에", 「한겨레」, 2006년 3월 23일.

행운"이었다고 한 언급은 바로 이러한 배경에서 나온 말이다.[20)]

크리스티안 마르틴 슈미트Christian Martin Schmidt가 지적한 것처럼 윤이상이 '세계 음악사적 행운'으로 떠오른 비결은 어디에 있을까. 그의 어린 시절을 돌아보면 그 수수께끼를 풀 수 있다. 윤이상의 아버지는 조선의 마지막 유생이자 시인이었다. 윤이상은 아버지의 손에 이끌려 어린 시절부터 서당에 다니면서 중국 고전을 공부했다. 이때 배운 한학을 토대로 어려운 공자, 맹자를 배웠고 나중에는 노장 사상의 뿌리에 가닿아 동양사상의 양분을 섭취할 수 있었다.

아버지와 함께 미륵산에 오르며 바라보았던 연등 행렬, 어머니의 모심기 노래, 통영오광대놀이, 통제영의 제례음악, 외갓집 잔칫날 들었던 호궁과 거문고 연주 소리, 친척집 뒷산에서 밤새 구성진 목청을 뽑아내던 한 남자의 노랫소리, 바다에 빠진 사람들을 위한 동네 굿판의 진혼굿, 무당들이 입은 화려한 복장……. 눈과 귀로 보고 들었던 유년 시절의 모든 것이 훗날 윤이상 음악의 멋진 질료가 되었다.

통영 바다는 윤이상의 상상력에 무한한 돛을 펼쳐주었다. 밤바다 낚시를 홀로 다니면서 우주의 음을 캐냈고, 수평선 너머로 두둥실 솟아난 수많은 오징어잡이 배들을 보면서 음의 역동성을 가슴속에 간직했다. 뱃사람들이 부르는 구성진 뱃노래, 민요와 남도 창, 판소리 등을 통해 구성진 우리 가락의 풍요로움을 자신의 것으로 받아들였다.

윤이상이 유년 시절에 겪은 경험은 1950년대 후반부터 1960년대 중반에 이르기까지 새로운 변화를 모색하던 유럽 음악계의 격랑 속에서

---

20) 김용환 편저, 『윤이상 연구』, 시공사, 2001, 38쪽.

놀라운 화학작용을 일으켰다. 그것은 동아시아 음악 전통을 서양 현대음악의 기법으로 승화시킨 윤이상 음악의 개화로 나타났다. 〈예악〉은 윤이상 음악 어법이 질적인 도약을 이루어 마침내 터뜨린 꽃봉오리였다.

윤이상은 유학 3년 만에 다름슈타트의 무대를 통해 자신의 존재를 알린 뒤 세계 현대음악계의 메카인 도나우에싱겐 음악제에서 국제적인 주목을 받았다. 그가 독일에서 쓴 작품에는 〈바라〉, 〈로양〉, 〈가사〉, 〈가락〉, 〈유동〉, 〈피리〉, 〈오, 연꽃 속의 진주여!〉, 〈노래〉, 〈예악〉 등 대체로 한국식 제목이 붙어 있다. 서양식 작곡기법을 사용하면서도 자신이 동양인이라는 것, 한국인이라는 것을 잊지 않기 위해 부단히 노력한 흔적이 제목 속에 잘 나타나 있다.

그는 갖은 노력 끝에 음렬주의를 딛고 자신만의 독창적인 주요음 개념을 발견했다. 주요음 기법에 음향 면 작곡 양식을 결합시킨 작품 속에는 동양적 사고와 철학이 담겼다. 그의 음악들은 연주되는 동안 깊고 높은 품격을 자아냈다. 그는 마침내 도나우에싱겐 음악제에서 국제적인 인정과 찬사를 받으며 실력 있는 작곡가로 우뚝 섰다. 그렇게 되기까지 그의 하루하루는 음악과 치열한 대결을 펼치는 전쟁이었다.

유럽에 건너온 뒤부터 그는 정치에는 별 관심이 없었다. 오직 음악의 완성을 위해 노력하고 또 노력할 뿐이었다. 하지만 잠자고 있던 그에게 정치적 관심을 일깨워준 사건이 있었다. 그것은 바로 5.16 쿠데타였다. 그는 서독 한인회 회장으로 있으면서 1년에 두 차례씩 세미나를 열어 한국의 민주화에 대한 토론회를 열었다. 한국의 보안기관은 그가 평양을 방문한 뒤부터 그의 일거수일투족을 감시하기 시작했다. 그는 대체로 무신경하게 지내느라 이 같은 움직임을 잘 몰랐다. 그러나 감시와 음모의 움직임은 그의 일상을 서서히 조여오고 있었다.

동백림 사건

제1장

—

사보이 호텔의 납치

1960년대 후반은 전쟁을 겪은 남과 북이 각자의 노력으로 산업화를 시도해 나가던 시기였다. 북한의 경우 사회주의적 산업화를 앞당겨, 남한보다 경제력이 한 발짝 앞서 나아가고 있었다. 남한은 박정희 정권이 추진해온 수출 주도형 산업화가 이제 막 시작된 때였다.

경제 발전을 지상 과제로 삼은 박정희 정권은 그 무렵 미국의 승인을 절실히 필요로 하고 있었다. 미국은 군사반란을 일으켜 집권한 박정희 정권을 인정하지 않고 있었다. 미국뿐만 아니라 당시 한국을 바라보는 국제사회의 시선은 대체로 냉담했다. 정통성 없는 정권을 지지하는 것은 미 의회에 부담이었다. 미국은 한국에 대한 군사원조와 경제원조를 줄여 나가는 구상을 은밀히 준비하고 있었다. 이 사실에 박정희 정권은 전전긍긍했다.

그 전부터 미국은 아시아를 두고 복잡한 계산을 하고 있었다. 태평양전쟁 이후, 미국은 소련을 견제할 목적으로 패전국 일본이 경제적으로 부흥하도록 도왔다. 또한 군사적인 동반자 관계를 유지함으로써 동북아의 서방 벨트를 성공적으로 구축했다.

미국은 한국을 극동아시아에서 공산권 국가를 방어할 전략적 요충지로 여겼다. 미국에게 한국은 중국을 견제할 만한 미국의 전략적 교두보로서 안성맞춤이었다. 일본은 일본대로, 자국의 기업과 자본의 해외 진출 통로가 필요하던 시기였다. 박정희 정권은 국제사회의 승인을 받기 위해 도박을 감행했다. 미국의 동맹국으로서 베트남에 파병하겠다고 약속한 것이다. 미국은 즉각 박정희 정권을 정치적으로 승인해주었다. 한·미·일 세 나라 간에 이해가 맞아떨어지자 한일회담은 급속도로 진전을 보였다.

1961년 11월 박정희는 기시 노부스케(岸信介) 총리의 사임 이후 일본 자민당 총재가 된 이케다 하야토(池田勇人)와 만났다. 박정희와 하야토는 사전에 은밀한 소통을 하여 한일회담의 분위기를 조성했다. 1962년 11월 12일 중앙정보부장 김종필과 일본 외상 오히라 마사요시(大平正芳)가 비밀 접촉을 시도했다. 이들이 주고받은 이른바 '김종필-오히라 메모'의 내용은 매우 충격적이었다. "일본은 한국에 무상으로 3억 달러를 10년간 지불한다. 동시에 정부 차관 2억 달러를 연리 3.5퍼센트, 7년 거치 20년 상환 조건으로 제공하며 1억 달러 이상의 상업 차관을 제공한다"는 내용이었다. "대일對日 청구권 문제의 해결 원칙에 합의"한다는 것이 문건의 핵심이었다.

1963년 7월 김용식 외무장관과 오히라 일본 외상은 회담을 통해 한일 간 어업 문제를 조속히 해결하기로 합의했다. 한일회담을 기정사실로 만드는 데 급급한 모양새였다. 1964년 봄, 박정희 정부는 전 국민적인 반대에도 한일회담을 본격적으로 추진했다. 박정희 정권은 경제

개발의 실탄이 필요한 나머지 이성을 잃었다. 고작 2억 달러에 식민지 시절 일제가 저지른 모든 피해 문제를 더는 거론하지 않겠다는 얼토당토않은 합의를 하고 말았다.

한일회담은 대일 청구권과 평화선平和線[1], 문화재 반환, 재일동포의 법적 지위 문제를 우리 측에서 지나치게 양보하고 적당히 타협해버린 졸작품이었다. 이 회담이 있고 나서 한국의 지식인 사회는 "박정희 대통령이 민족의 자존심을 팔아먹었다"고 일제히 비난성명을 발표했다. 명분과 실리조차 확실히 챙기지 못한 굴욕적인 한일회담은 전 국민적인 저항에 부딪혔다.

윤보선, 장택상, 박순천, 이범석, 장준하 등 야당과 재야 지도자들은 이 미증유의 폭거에 대해 분연히 일어났다. 이들은 박정희 정부의 한일회담을 '대일 굴욕외교'로 규정하며 한일회담 반대운동을 벌여나갔다. 여기에 다수의 학생운동가들이 광범위하게 동참하면서 학내 시위가 격화되었다.

1964년 3월, 장준하와 『사상계』가 한일회담 반대시위의 선봉장이 되었다. 동시에 윤보선, 장택상을 중심으로 대일 굴욕외교 반대투쟁위원회가 설치되었다. 장준하, 윤보선, 장택상, 박순천, 이범석 등은 대일 굴욕외교 반대투쟁위원회의 초청 연사로 나섰다. 이들은 전국을 돌아다니며 날마다 강연을 했다. 박정희, 김종필을 비롯한 한일회담의 주체를 비판하느라 입술이 터질 정도였다. 학생들과 일반 시민들은 이들의 열띤 강연 앞에서 울고, 웃고, 분노하면서 애국적 정열을 함께 분출했다.

---

1) 평화선은 1952년 1월 18일 이승만 대통령이 한국 연안 수역 보호를 위해 선언한 해양 주권선이다. 1965년 6월 한일조약이 체결됨으로써 평화선은 사실상 해체되었다. 평화선 문제의 핵심은 한일 간의 불균형한 어업 문제를 현실화하자는 것이었다.

"굴욕적인 한일회담을 반대한다!"

그해 봄 서울대학교, 연세대학교, 고려대학교 등 대학가에서 한일회담을 반대하는 시위가 봇물처럼 터졌다. 봄이 무르익을수록 시위의 불꽃이 넘실거리더니, 급기야 전국적으로 번지면서 활화산이 되었다. 이 시위는 잠시 진정되었다가 6월 3일에는 서울 도심에서 1만여 명의 학생과 시민이 참가할 정도로 규모가 커졌다. 군중의 힘에 압도된 박정희 정권은 이날 오후 여덟 시 서울시 전역에 비상계엄령을 선포했다. 동시에 네 개 사단병력을 서울 시내에 투입하여 무력으로 시위를 진압시켰다. 역사는 훗날 이 사건을 가리켜 '6.3 사태'라고 불렀다. 대통령 박정희가 비상계엄령을 선포하여 한일회담 반대시위를 진압한 사건이라는 뜻이다.

6월 22일, 정부는 한일기본조약 및 부속 협정(한일협정)을 정조인했다. 8월 14일에는 공화당 의원들만 참석한 가운데 국회에서 이를 비준했다. 날치기 통과의 전형이었다. 이로써 이승만 정부 때부터 시작해 14년을 끌어오던 한일회담에 마침표가 찍혔다. 비정상적이고 음모로 가득 찬 밀실 야합의 골방에서 잉태되었던 한일회담은 강제적이고 폭력적인 방법으로 마무리되었다.

1960년대 중반 이후, 박정희 대통령은 장기 집권이라는 수순을 밟고 있었다. 이 야심찬 목표를 달성하기 위해 3선 개헌을 추진했다. 장기 집권 전략을 수립한 박정희 정권의 절박한 과제는 대통령 재선 규정을 3선까지 가능하게 헌법을 고치는 것이었다. 박정희와 공화당은 이 전략에서 승리하고자 총체적인 부정선거를 저질렀다. 1967년 6월 8일 국회의원 선거는 그들의 뜻대로 이루어졌다. 정부 여당은 낯 뜨거운 온갖 부정을 저질러 개헌 가능한 3분의 2 이상의 의석을 차지했다.

그 결과 이른바 여대야소與大野小의 국면이 전개되었다.

전국은 부정선거에 대한 규탄과 시위로 들끓었다. 야당 국회의원과 재야 인사, 대학생 들은 즉각 6.8 부정선거를 규탄하는 대규모 시위를 벌여나갔다. 연일 계속되는 학생시위는 국민들로부터 광범위한 호응을 얻어 점차 전국적으로 확산되어나갔다. 시위가 열흘 넘게 지속되자 정부는 6월 16일을 기해 30개 대학과 148개 고등학교에 대해 임시 휴업조치를 내렸다.

국민들의 거센 저항이 끊임없이 이어지자, 거대 여당을 기반으로 장기 집권을 꾀하려던 박정희 정권의 장밋빛 환상에 금이 가기 시작했다. 돌파구가 필요했다. 박정희는 자신의 독주를 방해하는 세력을 무력화하고 공포감을 조성할 강력한 무기를 선보였다. 그것은 이승만 이래로 전가의 보도처럼 사용해온 공안정치였다. 공안정치는 도깨비 방망이였다. 방망이를 휘두르면 용공조작도 손쉬웠다.

걸핏하면 터지는 간첩사건도 조작된 경우가 꽤 많았다. 학생이나 교사들이 모여 시국 이야기만 해도 빨갱이로 몰아서 잡아가는 일이 비일비재했다. 며칠 후, 그것은 갑자기 지하공작이니 암약이니 하는 어마어마한 단어가 붙어 반공법이나 국가보안법으로 단죄되었다. 세간에서 막걸리 반공법이라는 우스갯소리가 나올 정도였다. 하지만 그것은 비탄의 반어법이었다. 당사자에게는 당장 비극이요, 불행이었다. 마른하늘에 날벼락이었다. 머지않아, 윤이상도 이와 유사한 거미줄에 걸려들 터였다.

이 무렵, 북한에 자주 왕래하곤 했던 임석진이 공안 당국에 자수를 했다. 그는 독일 유학 중 프랑크푸르트학파에서 가장 쟁쟁한 학자인 아도르노에게 철학을 배워 학위를 받은 사람이었다. 그의 고백은 충격적이었다. 그는 박정희 대통령 앞에서 그동안 자신과 가족이 여러 차례 북한에 다녀왔음을 자백했다. 그가 궁극적으로 어떤 체제를 위해 일을 했는지는 의문이다. 하지만 그가 자수하자 박정희 정권은 임석진과 그의 가족 모두를 보호해주었다. 그는 재판받을 때 중앙정보부에 '요주의 인물' 명단을 넘겨주었다. 그의 자백은 새로운 공안 정국의 빌미가 되었다. 궁지에 몰려 있던 박정희 정권이 절호의 기회를 만난 셈이었다. 김형욱 중앙정보부장은 박정희 대통령에게 명단에 적힌 인물들의 납치계획을 털어놓았고, 박정희는 이를 용인해주었다. 중앙정보부는 김형욱의 지휘하에 이 명단을 근거로 조직표를 짜고 납치를 자행했다. 하지만 김형욱의 일 처리 방식은 매우 거칠고 엉성했다.

1967년 6월 17일, 아침 일찍 전화벨이 울렸다. 일곱 시였다. 윤이상이 전화기를 들자 수화기 저편에서 낯선 한국인 남자 목소리가 들려왔다.

"안녕하십니까? 저는 박정희 대통령의 개인 비서입니다. 각하의 친서를 가지고 왔습니다. 선생님께 직접 전달해야 하니 빨리 사보이 호텔로 오셔야겠습니다."

"오늘은 일정이 있어서 곤란합니다. 지금 연주회 장소로 이동해야 합니다."

윤이상은 그날 킬 시에서 오페라 극장장과 만나 〈류퉁의 꿈〉에 대해 상의할 예정이었다. 그런 뒤 암스테르담과 쾰른에 가서 레코드 취입을 해야 했다. 빡빡한 일정이었다. 하지만 남자는 몹시 서두르는 기색이었다.

"죄송하지만 급히 좀 와주십시오. 친서를 오늘 중으로 꼭 전달해야 하거든요."

남자가 거듭 빨리 와달라고 하는 바람에 윤이상은 할 수 없이 가겠다고 약속했다. 사보이 호텔의 객실에 도착하자, 전화를 건 남자 옆에 우람한 체격의 사내 둘이 서 있었다.

"대통령의 친서를 보여주십시오."

"본의 대사가 가지고 있습니다. 저와 같이 본으로 가주시지요. 아 참, 최덕신 대사가 선생님께 전해달라는 편지가 있습니다."

편지에는 독일을 떠나기 전에 직접 만나서 꼭 할 얘기가 있으며, 이미 짐을 싸놓았으니 편지를 보는 즉시 본으로 와달라는 내용이 적혀 있었다. 윤이상은 최덕신 대사와 꽤 친했다. 그는 윤이상의 연주회에는 아무리 먼 곳이라 해도 마다 않고 반드시 부부 동반으로 참석하곤 했다. 최덕신 대사는 반공주의자였다.

"집에 가서 여권을 가져와야겠군요."

"여권은 없어도 됩니다.

"그래요? 오늘 안으로 돌아올 수 있소?"

"물론입니다."

"아내에게 전화 좀 하겠소."

"그렇게 하시지요."

윤이상은 이수자에게 전화를 걸었다.

"여보, 나요. 아무래도 본에 좀 다녀와야겠소. 오늘 중으로 돌아오겠소. 그래요, 알았소. 걱정 마시오."

잠시 후, 윤이상은 세 남자와 함께 호텔 문을 나섰다. 주차장으로 가니, 윤이상이 타고 온 폭스바겐 옆에 대형 세단 한 대가 나란히 주차되어 있는 게 보였다. 그때 대형 세단에서 한 남자가 내리며 윤이상에게 아는 체를 했다.

"윤 선생님, 안녕하십니까?"

평소 안면이 있던 파독 광부였다. 루르 지방의 광산에서 일하던 그가 대형 세단의 운전사라니, 좀 의아했다. 하지만 그들 모두 유난히 윤이상에게 친절하게 굴었다.

"선생님, 저희들은 베를린에 처음 왔습니다."

객실에서 봤던 건장한 체격의 두 남자가 웃으며 말했다.

"그래요? 그렇다면 서베를린 시를 잠시 구경시켜드릴까요?"

"그래 주신다면 저희로서는 영광이지요. 감사합니다."

시내를 차로 한 바퀴 도는 내내 두 남자는 매우 기뻐하는 눈빛이었다. 윤이상은 자신의 운명 앞에 먹구름이 드리워진 것도 모른 채, 차를

Die Entführung des Isang Yun

Ein Plädoyer für die Freilassung des koreanischen Komponisten / Von H. Hannover

Am 17. Juni 1967, morgens um 7.00 Uhr, wurde der seit 1956 in Deutschland lebende koreanische Komponist Isang Yun in seiner Westberliner Wohnung angerufen. Zwei koreanische Herren erbaten seinen Rat in musikalischen Organisationsfragen. Yuns Einladung, nach Spandau zu kommen, lehnten sie ab. Yun fuhr mit seinem Auto zu einem Treffpunkt im Stadtzentrum. Von hier aus rief er seine Frau an, es seien wichtige Besprechungen in Bonn, Rom und Paris zu führen, und die Herren hätten ihn gebeten, gleich mit ihnen abzufliegen. Yuns Auto fand sich Wochen später auf dem Parkplatz des Flughafens Tempelhof, unter der Fußmatte lagen Yuns Führerschein, Zulassung und Garagenschlüssel.

Am 22. Juni erhielt Frau Yun einen Anruf aus der koreanischen Botschaft in Bonn. Ihr Mann sei, wie sie ja wisse, nach Paris gereist. Sie möge einen weiteren Anzug von Yun einpacken und selbst genügend Kleidung mitnehmen, denn sie könne ihren Mann begleiten. Frau Yun verabschiedete sich von ihrem 13jährigen Sohn und ihrer 17jährigen Tochter, die wegen einer Blinddarmoperation im Waldkrankenhaus in Berlin-Spandau lag, und flog mittags nach Bonn oder Düsseldorf, wo sie in einem Botschaftswagen abgeholt werden sollte. Am gleichen Tag schrieb sie mit Umschlag der koreanischen Botschaft einen kurzen Brief an ihre beiden Kinder. Sie werde nur einige Tage fort sein, und die Kinder sollten aufeinander aufpassen. Die Grußformel war ungewöhnlich feierlich: „Lebt wohl!"

Wenige Tage später befanden sich Isang Yun und seine Frau in einem Gefängnis in Seoul. Sie waren Opfer jener Entführungsaktion geworden, von der insgesamt 17 in der Bundesrepublik lebende Koreaner betroffen waren. Zehn von ihnen sind noch heute ihrer Freiheit beraubt und erwarten eine Anklage wegen des Vorwurfs, Beziehungen zu nordkoreanischen (also kommunistischen) Stellen unterhalten zu haben mit dem Ziel, eines Tages in Südkorea eine Revolution anzuzetteln. Gegen Isang Yun hat der südkoreanische Generalstaatsanwalt einen Antrag auf Todesstrafe angekündigt, die koreanische Botschaft in Bonn erwartet allerdings nur eine Strafe von zwei bis fünf Jahren Gefängnis. Der Prozeß soll im Januar 1968 beginnen und voraussichtlich ein halbes Jahr dauern.

Wie war es möglich, daß mitten aus einem

Aufnahme: Susanne Schapowalow

Isang Yun

Bundesanwälte Kammerer und Pelchen gegenüber der Presse, daß die Ermittlungen nach den Tätern schwierig und wenig aussichtsreich verliefen. Der Tatverdacht gegen die beiden festgenommenen und wieder auf freien Fuß gesetzten vermutlichen Helfer des koreanischen Geheimdienstes Park (Walsum) und Kim (Stuttgart) haben sich etwas abgeschwächt. Ob es zu einer

auftrag stattgefunden, die am 18. Juni in Kiel fortgesetzt werden sollte. Am 16. Juni sprach Yun noch mit seinem Berliner Verleger, am 17. Juni wollte er nach Kiel reisen. Mitten aus diesen Plänen riß ihn an diesem Tage die angeblich freiwillige Reise ins südkoreanische Gefängnis.

Am 26. Juni erwartete der Chefdirigent des Theaters der Stadt Bonn, Hans Zender, vergeblich und ohne eine Absage erhalten zu haben, Isang Yun zu einer Probe seiner für das Bonner Stadttheater komponierten Oper „Träume". Am Abend des gleichen Tages sollte Yun an einer Aufführung seiner Kantate „Om mani padme hum" im Concertgebouw, Amsterdam, teilnehmen; Zimmer für ihn und seine Frau waren reserviert. Vom 30. Juni bis 3. Juli wurde Isang Yun zu einer Bandaufnahme seines Werkes „Loyang" im Westdeutschen Rundfunk, Köln, erwartet. Auch dort lag keine Absage vor, die Yun sicher nicht versäumt hätte, wenn er freiwillig anders über seine Zeit disponiert hätte.

Auch von anderen Koreanern sind Umstände bekanntgeworden, die gegen eine freiwillige Abreise nach Seoul sprechen. Die „Süddeutsche Zeitung" berichtete am 10. Juli von der Entführung des Diplompolitologen Taik Hwan Kim, der am 18. Juni aus seiner Münchener Wohnung spurlos verschwunden ist: „Die Version, er sei freiwillig ins Flugzeug gestiegen, nimmt den südkoreanischen Diplomaten und Agenten keiner von Kims Bekannten ab. Er stand kurz vor dem ersehnten Ziel, der Promotion, und wollte anschließend vor seiner Rückkehr in die Heimat noch für ein Jahr die Vereinigten Staaten besuchen. Nun verließ er seine Münchener Wohnung, ohne sie aufgeräumt zu haben, ohne die nötigen Reiseutensilien und ohne sich von seiner Zimmerwirtin verabschiedet zu haben." Südkoreanische Studenten, die die Praktiken ihres Geheimdienstes schon am eigenem Leibe erlebt haben, konnten sich den Vorgang ziemlich gut ausmalen: „Man wird Kim vor die Wahl gestellt haben: entweder ‚freiwillige' Heimreise oder Repressalien gegen die in Südkorea lebenden Angehörigen — Folterung eingeschlossen." Ähnliche Indizien liegen in anderen Fällen vor.

Die Freiwilligkeitsthese ist um so rätselhafter, als selbst die koreanische Regierung in einer am 24. Juli in Bonn übergebenen Note, in der sie sich in aller Form für die Tätigkeit koreanischer Sicherheitsbeamter auf dem Gebiet der Bundes-

"1967년 6월 17일 아침 7시에 음악가 윤이상이 괴한들에게 납치되었다"는 사실을 보도한 독일의 한 신문 기사.

비행장 근처에 주차해놓았다. 그의 차는 주인이 납치된 지 석 달 만에 베를린 경찰에 의해 발견되었다. 윤이상은 남자들을 따라 대합실을 지나 여권 검사소로 갔다. 윤이상은 여권이 없었지만 남자들이 무슨 증명서 비슷한 것을 보여주자 바로 통과되었다. 그제야 일이 이상하게 돌아간다는 것을 깨달았다.

납치조 일행은 윤이상을 데리고 쾰른을 경유해 본으로 갔다. 거기에는 한국 대사관 마크가 선명한 검은색 벤츠가 대기하고 있었다. 벤츠 안에는 근육질의 남자들이 앉아 있었다. 함께 왔던 남자들은 이미 사라지고 없었다. 나중에 안 사실이지만, 그들은 파독 광부로 서독에 온 이들이었다. 하지만 광부는 표면상의 직업일 뿐, 사실은 태권도 유단자로 구성된 중앙정보부의 요원들이었다. 본의 한국 대사관에 도착하자마자 윤이상이 물었다.

"최 대사는 어디에 있소?"

"곧 오실 겁니다."

그들은 윤이상을 데리고 계단을 올라갔다. 꼭대기 방에 이르자 문을 열고는 등을 강제로 떠밀었다. 방에는 아까 사라졌던 덩치 좋은 남자 둘이 서 있었다. '철컥' 소리가 등 뒤에서 났다. 그들이 문을 잠근 것이다. 윤이상은 버럭 소리를 질렀다.

"도대체 무슨 짓을 하는 겁니까?"

"조용히 하세요. 기다리면 대사가 올 겁니다."

남자 하나가 본색을 드러내며 거칠게 대답했다. 그리고 라디오를 크게 틀었다. 심장이 빠르게 뛰고 호흡이 가빠졌다. 윤이상은 신선한 공기를 마시고 싶어 창가를 향해 몇 발짝 떼었다.

"다가오지 마세요."

창가에 서 있던 남자는 윤이상이 가까이 다가가자 가슴을 밀어냈다. 방문을 지키고 있던 남자는 라디오 볼륨을 키웠다.

"라디오 좀 꺼주면 안 되겠소?"

남자는 오히려 볼륨을 더 키웠다. 비좁은 다락방에 라디오 소리가 가득 찼다. 고문의 첫 단계인 소음 고문이었다. 라디오 음악은 그칠 줄 모르고 반복되었다. 유난히 음 하나하나에 민감한 윤이상에게는 그 소리가 곧 고통이었다. 아침 일찍부터 비행기와 자동차를 번갈아 타고 먼 거리를 이동한 까닭에 배가 고팠다. 한참 후, 그들은 윤이상에게 음식을 갖다 주었다. 입맛이 없었지만 먹어야 했다. 소음 고문까지 당한 뒤라서 몹시 피곤하고 지쳐 있었다. 밤이 되자, 그들은 아래층으로 윤이상을 끌고 갔다. 몸집이 좋은 한 남자가 책상 앞에 앉아 있었다. 윤이상이 그에게 물었다.

"대체 나를 어쩔 셈이오? 최 대사는 어딜 갔소?"

"최 대사는 여길 떠났습니다."

그 남자의 대답을 듣고서야, 일이 단단히 잘못되었다는 것을 깨달았다. 얼핏, 이들이 말로만 듣던 중앙정보부 요원이라는 확신이 들었다. 늪에 빠지고 만 것이다. 그가 심문을 시작했다.

"당신은 한국에 적대적인 행동을 한 적이 있습니까?"

일제강점기 때 장승포 경찰서에서 취조받았던 일이 지금의 모습과 묘하게 겹쳐졌다. 참으로 고약한 일이었다.

"아닙니다."

"당신은 공산주의자와 연락을 주고받지 않았습니까?"

"동베를린에서 한두 사람과 만난 적이 있소."

"그밖에는?"

"없소. 아, 1963년에 북한을 방문한 적이 있소."

남자가 눈을 커다랗게 치켜떴다. 그가 종이 한 장을 건네주었다.

"방금 말한 것을 적으시오."

윤이상은 밥을 먹은 뒤부터 왠지 무기력하고 기분 나쁜 상태에 빠져 있었다. 납치범들이 음식에 뭔가 이상한 약물을 타지 않았을까 의심해 보았다. 답답하고 불안했다. 그는 묵묵히 남자가 시키는 대로 했다. 다 쓴 종이를 찬찬히 들여다보던 그가 입술 한쪽을 일그러뜨리며 웃었다.

"당신은 최 대사를 어떻게 생각하십니까?"

"그는 정직하고 훌륭한 대사입니다. 반공주의자이고, 양심적인 국가 공무원입니다."

"우리는 좀 다르게 봅니다."

그 남자는 짧게 내뱉은 뒤 윤이상을 다시 다락방으로 데리고 갔다. 지붕 밑 다락방에 들어가자 남자가 문을 잠갔고, 다시 라디오를 켰다. 라디오 음악은 저녁 내내 계속되었다. 소리는 끝도 없이 솟아나와 방문 틀과 창문 테두리로 빠져나가려 했다. 하지만 콸콸 넘치는 라디오 소리는 꽉 닫힌 문에 막혀 바닥에서 벽으로, 벽에서 천장으로 쉼 없이 맴돌며 소용돌이를 일으켰다. 그 소리는 사람을 견딜 수 없게 했다. 통영의 경찰 본부 감옥에서 일본 경찰이 잠 안 재우기 고문을 하던 때가 생각나 흠칫 몸을 떨었다. 스물여덟 살 때 겪었던 소음 고문을 지천명의 나이에 다시 겪게 될 줄은 꿈에도 몰랐다. 이튿날도 소음 고문은 아침부터 저녁까지 계속되었다. 참으로 지긋지긋한 소리의 형벌이었다.

"나오시오."

한밤중에 남자가 불렀다. 그들은 윤이상을 아래층으로 끌고 가서 다시 심문을 했다.

"우리는 최 대사를 의심하고 있습니다. 우리는 당신을 잘 알고 있고, 당신에 대해서는 아무런 혐의도 두지 않고 있소. 당신은 재독 한인회 회장이 맞지요?"

"그렇소."

"좋아요. 서울 중앙정보부장은 당신과 개인적으로 만나 대화를 나누고 싶어 합니다. 우리하고 같이 서울로 가야겠습니다. 하루면 충분해요. 그런 다음 독일로 돌아오면 됩니다."

"그럴 순 없소. 이미 말했지만, 나는 음악회 연주를 비롯해 할 일이 많소."

"잘 생각해보시오."

남자는 차갑게 대꾸하며 윤이상을 다락방으로 보냈다. 갇혀 지내는 동안 윤이상은 얼굴을 씻기는커녕 머리를 빗지도 못했다. 입맛이 떨어져 아무것도 먹을 수 없었다. 이곳에 끌려온 지도 벌써 사흘째가 되었다. 6월 20일 아침, 남자들은 윤이상을 대사관의 양두언 참사관에게 데려갔다. 그는 중앙정보부 요원이기도 했다. 차가운 인상의 양 참사관이 입을 뗐다.

"윤 선생님, 걱정 마십시오. 서울의 중앙정보부장은 당신이 망명 한국인의 정치활동에 대해 알려주길 바랄 뿐입니다. 당신이 아는 대로 정보를 제공해주면 됩니다."

"아내에게 전화 좀 걸게 해주시오."

"좋아요. 부인께는 중요한 일로 스위스와 프랑스에 다녀온다고 하시오."

아내에게 전화를 건 윤이상은 그들이 주문한 대로 말했다. 그들이 감시하고 있는 이상 납치당했다는 말을 발설하기가 어려웠다.

"당신 목소리가 왜 그래요? 어디 아파요?"

이수자는 남편의 목소리가 힘이 없어서 어디가 아픈 것처럼 느껴졌다. 평소와 다르게 발음도 어눌한 게 조금 이상했다. 잠시 후, 남편의 대답은 들리지 않고 수화기 놓는 소리만 들렸다. 이수자는 혼자서 고개를 갸우뚱하며 불안한 생각에 잠겼다. 통화가 끝나자 남자들은 윤이상을 대사관 건물 밖으로 끌고 나갔다.

'내가 갑자기 무기력해진 것은 아마 그들이 약물을 탔기 때문일 거야.'

윤이상은 속으로 중얼거렸다. 그렇지만 자기 의지와는 상관없이 남자들이 끌고 가는 대로 이끌렸다. 대사관 마당에는 우람한 체격의 남자들과 대형 벤츠 한 대가 대기 중이었다. 단단한 근육질의 남자 둘이 운전석과 조수석에 탔고, 뒷좌석에는 윤이상을 가운데 둔 채 좌우로 남자가 한 사람씩 탔다. 차는 함부르크 공항을 향해 쉬지 않고 달렸다. 윤이상은 도로를 달리는 동안 줄곧 차에서 뛰어내릴 궁리를 했다. 그러다가 꾀를 냈다.

"음악회에서 나를 기다리고 있을 거요. 주최 측에 엽서를 써야 하오. 내가 사정이 생겨 못 간다고 말이오."

"달아날 생각은 마시오. 우리는 독일 정보기관과 이미 협정을 체결했으니까요."

앞좌석의 남자가 태연자약하게 말했다. 마치, 당신의 생명쯤은 이 손 안에 있다는 식이었다. 그 말에 윤이상은 입을 꾹 다물고 말았다. 그와 동시에 모두가 침묵했다. 급행열차처럼 달리던 차가 함부르크 공항에 도착했다. 공항에는 한국 총영사와 일본 항공 지점장이 기다리고 있었다. 그들은 외국 귀빈을 대하듯 윤이상에게 정중히 인사했다. 윤이상은 그들에게 몇 마디 건네고 싶었지만, 뜻대로 혀가 움직이지 않았다. 잠시 머뭇거리자, 남자들이 등을 슬며시 떠밀었다. 윤이상은 하는 수 없이 일본 항공 비행기에 올라탔다. 여권을 보여달라며 제지하는 직원은 하나도 없었다. 앞좌석 남자의 말처럼 중앙정보부는 이미 독일 정보기관과 모종의 협약관계인 게 분명했다.

윤이상이 앉은 기내 앞 좌석에는 아무도 앉은 이가 없었다. 마치 전세 낸 비행기처럼 보였다. 고개를 돌려 뒤를 보니, 몇 사람이 보였다. 그 가운데 낯익은 사람이 있었다. 그는 윤이상이 동베를린의 북한 대사관에 갈 때 동행했던 정치학과 학생이었다. 중앙정보부 요원들의 감시가 철저했기 때문에 그들은 한마디도 나누지 못했다. 비행기는 알래스카를 경유해 도쿄에 착륙했다. 공항에는 한국행 비행기가 기다리고 있었다.

"모두들 우리 비행기로 갈아타야 합니다. 서둘러요!"

남자들이 말했다. 낮은 목소리였지만 흡사 명령처럼 들렸다. 윤이상을 비롯한 일행은 남자들의 인솔에 따라 한국행 비행기로 갈아탔다. 이번에도 공항 관계자들 중에서 여권을 보여달라는 사람은 아무도 없었다. 독일에서처럼, 중앙정보부는 일본의 첩보부대와도 긴밀히 밀약을 맺은 게 틀림없다고 짐작했다. 기내의 스튜어디스 가운데 윤이상의 얼굴을 알아보는 사람은 한 사람도 없었다. 도쿄를 떠난 비행기는 몇 시간 후 김포공항에 도착했다.

"빨리빨리 내려요!"

남자들이 으르렁거렸다. 낮고 힘찬 목소리가 채찍처럼 윤이상 일행의 등덜미를 후려쳤다. 남자들은 윤이상을 데리고 입국 심사대가 아닌, 옆 출구로 빠져나갔다. 김포공항 출구에는 검은색 세단 한 대와 낡은 지프 한 대가 대기 중이었다. 허리춤에 권총을 찬 요원들이 윤이상 일행을 지프에 짐짝처럼 태웠다. 납치된 사람들이 다 탄 것을 확인한 뒤 남자들은 세단에 올라탔다. 세단이 기세 좋게 떠나자, 지프도 매연을 뿜으며 뒤따라갔다. 지프에 탄 윤이상은 차가 어디로 가는지도 모른 채 차창 밖을 망연히 바라보았다. 11년 만에 돌아온 조국은 낯설기 짝이 없었다. 김포평야의 너른 들녘 저만치서 새벽녘의 미명이 서서히 밝아오고 있었다. 하지만 보이지 않는 포승줄에 묶인 윤이상에게는 곧 터져 나올 찬란한 햇살이 아니라 미궁 속으로 빠져드는 깊은 어둠만 보였다.

제2장

중앙정보부 고문실

트럭이 도착한 곳은 남산 중앙정보부(중정) 본부였다. 박정희 소장이 5.16 군사반란을 일으켜 국가권력을 찬탈한 뒤 국가재건최고회의 직속으로 발족해 맨 먼저 만든 것이 바로 중앙정보부였다. 미국의 CIA와 FBI를 본떠 만든 중앙정보부는 1961년 6월 10일 법률 제619호 '중앙정보부법'에 의해 정보와 수사 기관의 성격을 띠고 세상에 모습을 드러냈다.

군사반란 이틀 후인 5월 18일, 국가재건최고회의 박정희 의장의 명령을 받은 김종필 중령은 자신의 휘하에 속한 특무부대 요원 3000명을 중심으로 중앙정보부 조직을 결성해 초대 중앙정보부장으로 취임했다. 남산 기슭에 설치한 군용 막사 두 개로 시작한 중앙정보부는 해마다 요원 수가 급격히 늘어났고, 1964년에는 그 숫자가 무려 37만여 명에 달했다.

중앙정보부법은 "국가안전보장에 관련된 국내외 정보 사항 및 범죄

수사와 군을 포함한 정부 각 부서의 정보·수사 활동을 감독"하며 "국가의 타 기관 소속 직원을 지휘·감독"하는 무소불위의 권능 위에 서 있었다. 대통령 직속의 최고 권력기구답게 중앙정보부는 국회와 국무위원마저 감시하고 지휘하는 역할을 부여받았다. 그뿐만 아니라 현역 군인의 직접적인 참여를 보장하고 있었다. 중앙정보부는 비상계엄 상태에서도 군부가 모든 분야에 실질적인 통치력을 행사할 수 있는 기구였다. 초헌법적 기관인 중앙정보부를 통제할 수 있는 것은 오직 국가재건최고회의 의장인 박정희뿐이었다.

박정희 정권의 친위부대이자 공작정치의 본산으로 출발한 중앙정보부는 방대한 군 조직을 바탕으로 대공 업무 및 내란죄, 외환죄, 반란죄, 이적죄 같은 범죄 수사 및 정보 업무를 담당했다. 중앙정보부의 수장인 부장은 부총리급으로 국회의원과 국무위원보다 서열이 높았다. 대통령에게 직접 보고하는 특수기관의 성격을 지닌 탓에 중앙정보부는 국회의원을 감시, 체포, 구금하거나 고문하는 비민주적 악행을 저지르기도 했다. 중앙정보부는 1979년 12.12 군사반란을 일으킨 전두환에 의해 1980년 12월 31일 자로 확대 개편되어 국가안전기획부(안기부)로 이름이 바뀌었다. 안기부는 중정의 파시즘적 권력을 그대로 이어받아 제5공화국 내내 공포와 음모의 어두운 기운을 발산하며 민주 인사와 야당을 탄압하고 학생운동을 억누르며, 온 국민을 '빅 브라더'의 손아귀에서 꼼짝 못 하는 존재로 만들었다.

미국 CIA가 주로 적성 국가의 스파이를 감시하거나 통제하는 일에 전념해온 것에 비해 KCIA(한국의 중앙정보부)는 주로 정적들, 즉 반정부 세력을 누르는 억압의 도구로 철저히 기능해왔다. 박정희가 통치했던 18년은 민주주의의 기본 질서가 뿌리부터 뒤흔들린 공포와 암흑의 시대였다. 민주 회복을 위해 외치는 학생과 재야 인사, 야당은 모두 정권에 위협이 되는 반정부 세력으로 치부되었다. 대공 업무에 주력했어야 할 중앙정보부는 이들 반체제 세력을 광범위하게 감시하고 통제하는 데 사활을 걸었다. 인권과 민주주의 회복을 외치는 사람이면 학생이든 야당 국회의원이든 가리지 않고 사찰하고 적발하는 데 혈안이 되었다.

중앙정보부는 독재정권의 억압적 기제로 기능해오는 동안 권력 집중화 현상이 극심해져 군부 실력자들 간에 무수한 암투를 벌인 복마전이 되기도 했다. 기술과 정보가 집약되다 보니, 한국의 정치현상을 한눈에 파악하고 신속히 대처할 수 있는 조직력과 기동력을 바탕으로 박정희 정권에 대항하는 모든 세력을 무력화하는 절대적인 권능의 화신이 된 것은 당연한 일이었다. 막강한 정보력을 기반으로 은연중 정부 시책을 합리화하고 홍보했으며 여론 조작을 자행함으로써 권력의 첨병 노릇을 충실히 수행했다. 나는 새도 떨어뜨린다는 중정中情에 끌려와 고난을 받은 사람 명단에는 한국 현대사의 저명한 인물들로 빼곡하다. 윤이상은 난데없이 독일에서 끌려온 뒤, 숱한 간첩단 사건과 인간 이하의 구타와 고문치사 사건이 벌어지던 지옥의 불구덩이에 내던져진 셈이었다.

트럭에서 내린 사람은 수십 명에 달했다. 그들은 세계 여러 나라에서 중앙정보부 요원들의 온갖 기만적인 술책에 의해 납치되어온 사람들이었다. 모두 똑같은 모국어를 쓰는 한국인들이었다. 권총을 찬 군인들이 그들을 밀실로 끌고 갔다. 온몸에 힘이 빠진 윤이상은 바닥에 누워버렸다.

"뭐해? 일어나!"

요원 하나가 발로 옆구리를 쿡 찌르며 소리쳤다. 윤이상은 금방이라도 심장발작을 일으킬 것만 같았다. 그가 꼼짝 못하고 누워 있자 다른 사내가 비아냥거렸다.

"그냥 둬. 저 심장병 환자 놈은 맛이 갔어."

중앙정보부 요원 하나가 심드렁하게 말했다. 잠시 후, 그들은 본부동에서 조금 떨어진 단층짜리 건물로 윤이상을 데려갔다. 그 건물 안에는 수많은 방이 있었다. 그 방들은 모두 고문실이었다. 그들은 윤이상을 어떤 고문실로 처넣었다. 거기에 두 남자가 앉아 있었다. 그들의 눈에는 핏발이 서 있었다. 방금 전까지 사람들을 고문했는지 바닥 한 쪽에는 물이 흥건했다. 핏자국도 보였다. 그들은 입을 굳게 다물고 있었다. 윤이상은 물먹은 솜처럼 몸이 무거워 의자에 털썩 앉았다. 그때, 한 사내가 소리쳤다.

"이봐, 의자에서 내려와!"

"나는 아픈 환자입니다."

"바닥으로 내려오라고!"

그래도 꿈쩍 않자 사내가 의자를 발로 차서 넘어뜨렸다. 윤이상은 바닥에 나동그라졌다가 다시 의자에 앉아서 항의했다.

"나에게 왜 이런 대우를 하는 거요? 나는 인간이오. 제발 인간으로 대해주시오."

"닥쳐! 빨리 바닥으로!"

그 사내는 씩씩대며 윤이상을 발로 찼다. 윤이상은 의자와 함께 굴러 떨어졌다.

"나는 당신보다 나이가 더 많소. 연장자한테 이런 법이 어디 있소?"

"흥, 법 좋아하시네!"

사내는 이죽거리면서 윤이상을 발로 마구 차고 짓밟은 뒤 바닥에 억지로 꿇어앉혔다. 무릎과 정강이, 허리와 어깨가 불로 지지는 것처럼 마구 욱신거리고 쓰라렸다. 시멘트 바닥에서 차갑고 으스스한 기운이 뼈마디로 파고들었다. 윤이상이 고통스러워하거나 말거나 내버려둔 채, 사내는 담배를 피워 물고 동료와 잡담을 했다.

"나는 벌써 지쳤어. 오늘은 도대체 몇 놈을 붙잡고 씨름해야 하는 거야?"

"마누라가 집에 쌀이 떨어졌다고 난리인데 난 여기서 뺑뺑이나 돌리고 있으니 답답하군."

담배를 비벼 끈 그들은 다시 윤이상을 고문하기 시작했다. 두 사내는 다짜고짜 주먹질과 발길질을 해댔다. 윤이상은 사내들의 폭력 앞에서 속수무책이었다.

"여기에 네가 한 짓들을 적어봐."

사내 하나가 종이와 볼펜을 내밀었다.

"뭘 말이오?"

"몰라서 물어? 네가 저지른 범죄 말이야. 본의 대사관에서 네가 적었던 것 잊었어?"

범죄를 저지른 적이 없다고 항변하려 했지만 그들에게는 통하지 않을 게 분명했다. 윤이상은 그들이 강요하는 대로 썼다. 그들은 종이를 돌려받은 뒤 새로운 종이를 내밀었다.

"당신이 저지른 짓거리를 써."

"방금 썼잖소."

"잔말 말고 쓰라면 써."

윤이상은 아까 쓴 것을 다시 썼다. 사내는 같은 일을 셀 수 없이 반복했다. 똑같이 썼지만 언제나 트집을 잡으며 또 쓰게 했다. 글씨를 쓰는 손이 떨려왔다.

"당신이 저지른 범죄행위를 쓰란 말이야!"

"여기 있소."

사내는 잠시 읽더니 또 트집을 잡고 짜증을 냈다.

"이게 뭐야? 사실대로 다시 써!"

그들은 윤이상을 발길로 마구 찼다.

"아이쿠!"

윤이상은 고통이 너무 심해 숨이 멎는 것 같았다. 하지만 사내들은 인정사정 볼 것 없이 무조건 발로 찼다. 그들에게는 윤이상의 진술이 진실이든 아니든 상관없었다. 그저 이 핑계, 저 핑계로 상대를 녹초가 되게 하는 고문의 과정을 즐길 뿐이었다. 그런 다음 자신들 입맛대로 쓰게 할 게 분명했다. 고문에 의한 허위자백은 증거자료가 되지 않는다. 하지만 이곳은 법치가 존중되는 성역이 아니라 몽둥이와 주먹이 더 가까운 무법지대였다.

"너 빨갱이지? 북조선의 거물 간첩 맞지? 게다가 골수 당원이고 공산주의자야. 너는 독일에서 간첩조직을 만들었어. 한국 정부를 전복시키려고 말이야. 네가 그 간첩조직의 우두머리야."

"아니오. 다 거짓말이오."

그때, 고문실로 또 다른 거구의 사내가 들어왔다. 군복을 입은 그의 손에는 커다란 각목이 들려 있었다. 그가 성큼성큼 다가와 윤이상의 대퇴부를 사정없이 때리기 시작했다.

"악!"

대퇴부가 불에 덴 것처럼 화끈거렸다. 뾰족한 모서리가 엉덩이와 허벅지를 강타할 때마다 살점을 찢어내는 것처럼 격렬한 통증이 찾아왔다. 윤이상은 시멘트 바닥에 쓰러지고 말았다. 6월의 날씨는 습도가 높아 무더웠다. 며칠째 잠도 못 자고 밥도 못 먹은 상태에서 몽둥이찜질을 당하고 있으니 황천길이 눈앞에 보이는 듯했다. 하지만 그것은 시작에 지나지 않았다.

한밤중이 되자 그들은 윤이상을 기다란 나무에 매달았다. 바닥에서 1미터 반 정도 되는 둥그스름한 나무에 손발이 묶인 채 매달리고 보니 처량했다. 마치 명절날 잡기 위해 매달아놓은 돼지나 송아지 같았다. 일명 통닭구이 고문이었다. 이 고문은 그 자체로도 견딜 수 없는 수모를 안겨준다. 하지만 이것은 물고문을 위한 장치에 지나지 않았다. 사내 하나가 물에 담갔다 꺼낸 천을 윤이상의 얼굴 위에 얹은 뒤 물주전자로 물을 뿌렸다.

"으윽."

젖은 천이 얼굴에 달라붙어서 코와 입으로 쉴 새 없이 물이 들어왔다. 숨을 쉬기가 어려워 질식할 것만 같았다. 심장과 폐가 약한 윤이상은 금세 호흡이 가빠지다가 정신을 잃고 말았다. 그들은 통나무에서 풀어준 뒤 의사를 불렀다. 의사가 주사를 놓으면 놓쳤던 숨길이 간신히 이어졌다. 그러면 사내들은 또 그를 통나무에 묶은 채 물고문을 했다. 젖은 천을 얼굴에 덮고 그 위에 물을 부으면서 사내가 다그쳤다.

"불어라. 네가 저지른 범행을 자백해라."

"난 죄가 없다. 난 아무런 나쁜 짓도 하지 않았다."

"뭐라고? 이게 아직도 정신을 못 차렸군."

그는 물을 자꾸 부었고, 윤이상은 그때마다 정신을 잃었다. 주사를 맞고 깨어날 때, 얼핏 통영의 경찰 본부 감옥에서 일본 경관에게 몽둥이로 구타당하던 먼 옛날의 일들이 갑자기 떠올랐다. 일제의 사슬에서 풀려난 뒤, 독재의 새로운 사슬이 자신을 칭칭 동여매고 있다는 게 서글프고 기가 막혔다. 윤이상은 여섯 번 넘게 정신을 잃었다. 일곱 번째 주사를 맞았을 때, 까마득한 절벽으로 떨어지는 자신을 얼핏 보았다. 죽음이 눈앞에서 펼쳐지는 것을 느꼈다. 어느덧 하루가 지나가고 있었다.

"안 되겠다. 이놈이 너무 약해."

사내 하나가 고문을 중단시켰다. 그들은 얼굴이 창백한 윤이상을 쉬게 했다. 윤이상은 간신히 몸을 움직여 물에 흠뻑 젖은 옷을 모두 벗어 한쪽으로 밀쳐두었다. 그리고는 알몸이 된 채 바닥에 길게 누워 거칠게 숨을 몰아쉬었다. 몇 시간이 지나자 사내들은 다시 고문을 시작했다. 나무에 윤이상의 손발을 묶어 달아매고, 젖은 천을 얼굴에 씌운 뒤 주전자로 물을 들이부었다. 고문은 마치 작업처럼 일사불란하게 진행되었다. 그럴 때마다 윤이상은 죽음의 문턱까지 갔다 와야 했다. 그들은 물을 붓고, 주사를 놓고, 또다시 으름장을 놓으며 자백을 강요하는 일을 되풀이했다. 그것이 싫증나면 고문의 형태를 바꿨다.

"책상 앞에 앉아서 네 죄를 써."

사내가 흰 종이를 코앞에 들이대며 볼펜을 던져주었다. 쓰고 또 써도 그들은 만족할 줄 몰랐다. 각목으로 허벅지와 엉덩이를 후려치고는 다시 쓰라고 호통을 쳤다. 그런 다음 밥을 가져와서 억지로 먹기를 강요했다. 꼬박 이틀이 지나 다시 밤이 되었다. 그때, 어디선가 낯익은 목소리가 들렸다. 조금 떨어진 감방에서 나는 소리였다. 짧게 몇 마디 웅얼거리던 목소리는 이내 비명 소리로 바뀌었다.

"아아악!"

최덕신 대사의 목소리가 분명했다. 서독의 본에서 끌려와 필시 고문을 당하는 것 같았다. 그와 동시에, 윤이상을 구타하던 덩치 큰 사내가 인상을 찌푸리면서 으르딱딱거렸다.

"좀 더 큰 소리로 대답해! 너 빨갱이지? 간첩 두목이지? 네가 저지른 범죄행위를 빨리 불어!"

"아니오! 나는 빨갱이도, 간첩도 아니오. 결코 범죄행위를 한 적이 없소!"

윤이상이 크게 대답하자, 저만치서 최덕신 대사의 목소리도 한층 크게 들려왔다. 어두운 밤, 옆방에서 다른 사람이 고문당하는 소리를 듣는 것은 끔찍한 일이었다. 고통에 못 이겨 내지르는 비명은 인간의 것이 아니라 지옥에서 들려오는 괴물의 울음소리 같았다. 갑자기 온몸에 소름이 쭉 끼쳤다.

그것은 이중 고문으로서, 이중 신문訊問의 효과를 노리는 고도의 심리전이었다. 일본 고등경찰이 독립운동을 하던 우리 애국지사들을 체포해 고문할 때 자주 써먹곤 하던 악질적인 수법이었다. 옆방의 우국지사가 매질을 당하며 비명 소리를 지르면 다른 방에서 고문당하는 동지의 심리는 자연 위축되게 마련이다. 우국지사가 설령 고문과 강압에 의해 거짓자백을 한다 해도 그것은 일단 성공이다. 옆방의 우국지사로 하여금 몸서리치는 고문 광경을 상상하게 하는 것이 일차 목표인 셈이다. 그런 다음 모든 것을 포기하고 진짜 자백을 하도록 유도한다. 궁극적인 목적은 거기에 있다. 실로 교활하고 비인간적인 술책인 것이다.

자백을 유도하는 것 못지않게 공포심을 조장하는 것도 이중 고문이 노리는 것 가운데 하나다. 그것은 강력한 트라우마가 되어 애국적인 항일 의지를 스스로 꺾고 자신의 의지를 찌르는 자충수로 기능하기도 한다. 일제의 악마적인 고문기술은 단절되지 않고 중정의 어두운 방에서 더욱 교묘하게 전승되었다. 그것은 박정희 정권의 체제 안정을 위한 수법으로 되살아나 기나긴 독재체제의 기간 동안 더욱 발전되었다.

중앙정보부는 이러한 갖가지 고문기술로 상당수의 무고한 민주 인사를 간첩으로 만들었고, 숱한 사람들을 죽음의 문턱까지 밀어붙였다. 포악한 5공 정권에 대항해 민주화투쟁을 벌이다가 체포된 민주화운동청년연합(민청련) 김근태 초대 의장, 그가 바로 대표적인 고문 피해자 가운데 한 사람이었다. 그는 1985년 3월 서울대학교 민주화추진위를 배후조종했다는 혐의로 중정의 맥을 이은 안기부의 남영동 대공분실에 끌려갔다. 이후 그는 23일 동안 각목에 의한 무차별 구타를 당했다. 이어, 고문기술자 이근안에게 악랄한 전기고문과 물고문을 당해 생사의 갈림길까지 내몰렸다. 윤이상과 김근태는 18년이라는 시공간을 훌쩍 건너뛰어, 똑같은 압제의 하수인들로부터 인간 이하의 모욕과 수치를 당했다. 이러한 역사적 공통분모 위에 서게 된 것은 우연일까, 필연일까.

저쪽 방에서는 이쪽 방 사람들이 들을 수 있도록 최덕신 대사를 고문하고 얼러대는 일을 반복했다. 간첩이니, 공산주의니 하는 말을 자주 하는 것으로 미루어 윤이상과 최덕신을 간첩 혐의로 몰아가고 있는게 분명해 보였다. 윤이상은 정신을 바짝 차렸다. 어떠한 일이 있더라도 이들의 술수에 넘어가서는 안 된다는 자각이 들었다. 자칫 어느 한 사람이라도 고문에 못 이겨 사내들이 요구하는 대로 굴복하는 날에는 꼼짝없이 간첩이나 빨갱이라는 딱지를 뒤집어쓸지도 모를 일이었다.

"네가 지은 죄를 순순히 밝혀라."

"나는 죄를 지은 게 없소."

윤이상은 이를 악물고 버텼다. 그때, 사내가 다시 흰 종이를 내밀었다. 아까 수없이 쓰게 했던 종이였다. 하지만 지금 내민 것은 최후통첩이나 마찬가지였다. 서부영화에서 악질 무법 총잡이들이 가족을 인질로 붙잡고 상대방을 무장해제시키는 것과 다를 바 없었다. 옆방에서는 최덕신 대사의 비명 소리, 고문자가 거친 욕설로 협박하는 소리가 쉴 새 없이 들려왔다. 윤이상은 항복해야 했다.

"네가 지은 죄를 여기에 다 써. 아니, 내가 부르는 대로 써라. 나는 북조선에 봉사하는 공산주의자다."

윤이상은 사내가 부르는 대로 받아썼다. 사내는 입가에 흡족한 미소를 띤 채 계속 읊어댔다. 흰 종이에 "나는 북조선에 봉사하는 공산주의자다"라고 쓴 자신의 글씨가 낯설게 보였다. 음표를 적고 악상을 펼쳐 나가던 자신의 손끝에서 전혀 상상조차 할 수 없었던 무서운 문장이 독처럼 풀려 나왔다. 살인적인 고문과 강압에 의한 항복의 결과물이었다.

"최 대사는 정부 타도를 계획하고 있었다. 알았지? 이렇게 써봐."

"그건 쓸 수 없소."

"뭣이? 쓰라면 쓴다, 실시!"

"최 대사는 반공주의자요. 절대로 쓸 수 없소."

"허, 여기서 너를 쥐도 새도 모르게 죽일 수 있어. 빨리 써!"

"쓸 수 없소!"

"미친놈! 할 수 없군. 가자."

옆에서 팔짱을 낀 채 지켜보던 사내가 씹어뱉듯이 말한 뒤 다른 사내들을 데리고 고문실을 나가 버렸다. 그들은 윗선에 보고하기 위해 서둘렀다. 방을 나서면서 군복 차림의 사내가 전리품처럼 흰 종이를 손에 들고 승리에 들뜬 미소를 지어보였다. '윤이상의 자백'을 받아낸 커다란 성과에 모두들 도취된 눈빛이었다.

그들이 나가 버린 빈방에 홀로 남겨진 윤이상은 비참한 심경에 빠졌다. 일제강점기에는 조국의 광복을 위해 항일운동을 했던 자신이었다. 해방 이후에는 새로운 나라를 재건하기 위해 통영문화협회에 몸담아

일했고, 부산에서는 부모 잃은 고아들을 돌보며 몸이 부서져라 일했다. 유럽에 유학 간 뒤부터는 오로지 음악만을 위해 살겠다는 각오로 창작에 몰두했다. 박정희 군사정권이 겨레의 삶을 위협할 때는 이역만리에서나마 조국의 민주주의가 회복되기만을 진실로 염원하고 또 염원했다. 그런데 독재체제의 하수인들이 저지른 악랄한 고문에 의해 거짓자백을 하고 말았다. 거짓자백 중에서도 가장 치명적인, 공산주의자라는 굴레를 뒤집어쓰고 말았다.

구정물을 뒤집어쓴 선비의 억울함을 누가 알아줄 것인가. 이대로 영영 독재체제의 농간에 의해 빨갱이라는 오명을 써야만 하는가. 결백함을 알리는 방법은 과연 없을까. 그때, 책상 위에 놓인 유리 재떨이가 눈에 들어왔다. 묵직한 무게감이 두 손에 전해져 왔다.

'그래, 나의 명예는 이미 저들에 의해 훼손되고 말았다. 죽음으로써 나의 누명을 벗겨야 한다.'

윤이상은 투박한 재떨이를 들어 자신의 뒷머리를 후려쳤다. 눈앞에 수백만 개의 별이 뜨는가 싶더니 아찔한 통증이 뒤통수를 덮쳐왔다. 한 번, 두 번, 세 번을 연거푸 후려쳤다. 뒷목으로 뜨끈한 피가 콸콸 쏟아져 내려왔다. 핏물이 흥건하게 흘러내리면서 정신이 아득해졌다. 그는 쓰러지기 전에 손가락에 피를 묻혀 벽에 글씨를 썼다. 유언이었다.

"최덕신 대사는 공산주의자가 아니다. 그와 최정길은 죄가 없다. 나의 아이들아, 나는 간첩이 아니다."

혈서를 다 쓴 윤이상은 아득한 곳으로 끝도 없이 떨어져 내려갔다. 그는 이내 정신을 잃고 쓰러졌다. 그는 쓰러져가면서도, 음악가로서의 꿈을 한껏 펼치지 못한 채 허무하게 죽는 것이 서러웠다.

얼마나 시간이 흘렀을까. 한참 만에 눈을 떠 보니, 알 수 없는 수술실에 자신이 누워 있었다. 머리에는 붕대가 감겨 있었고, 어디선가 시끄러운 소리가 들려왔다.

'밖에 사형장이 마련되어 있구나. 사람들이 나의 사형 집행을 구경하기 위해 모여서 떠들고 있는 것인가?'

윤이상은 사형 집행인이 오기 전에 다시 한 번 자신의 목숨을 끊어야겠다고 마음먹었다. 그는 수술대 위에 놓인 가위를 보고 집으려 했다. 윤이상의 눈빛은 더는 모욕을 받지 않게 스스로 죽어야겠다는 결연함으로 가득 차 있었다.

"무슨 짓을 하는 거요? 위험해요!"

윤이상의 눈빛을 보고 이상한 낌새를 눈치챈 의사가 재빨리 가위를 치워버렸다. 깨어난 지 얼마 안 된 윤이상은 그때 몸과 마음을 가눌 수 없는 상태였다. 극도의 불안 상황에서 몽환적인 환상을 본 것이다. 재떨이로 자살을 시도한 그는 급히 병원으로 이송되었다. 응급조치를 받은 그가 누워 있던 곳은 서울시 동대문구 이문동의 안기부 대공분실 근처 병원 침대였다. 병원 뒤 이문동 시장에는 상인들과 물건을 사러 온 손님들로 항상 북적였다. 윤이상은 그 소란스러운 소리를 듣고는 자신의 사형 집행을 구경하기 위해 사람들이 몰려와 왁자지껄 떠드는 소리로 착각했던 것이다.

붕대를 감고 있는 자신의 머리를 만져본 윤이상은 자신의 머리가 깎여 있다는 것을 알았다. 응급조치를 받을 때 머리를 이미 깎아놨을 것이다. 병원에는 중정 요원 세 사람이 온종일 침상을 감시했다. 어느 정도 몸이 회복된 윤이상은 독방에 수감됐다. 간첩 혐의였다. 채 한 평도 되지 않는 독방에서는 쓰거나 읽는 일이 금지되어 있었다. 편지를 주고받을 수도 없었고, 면회마저 올 수 없는 곳이었다. 감옥에는 윤이상 말고도 세계 곳곳에서 잡혀온 다른 유학생들도 함께 수감되어 있었다.

재소자들에게는 하루 15분의 운동 시간이 허용되었지만, 독방의 수인들에게는 이것조차 5분으로 제한되었다. 복도를 통해 운동장으로 나가는 시간을 빼면 햇빛을 보는 시간은 고작 1분여에 지나지 않았다. 하지만 그것은 답답한 독방을 벗어날 수 있는 유일한 시간이었다. 비록 새장 속에 갇힌 새의 시선일지라도 잠깐 동안이나마 조국의 푸른 하늘

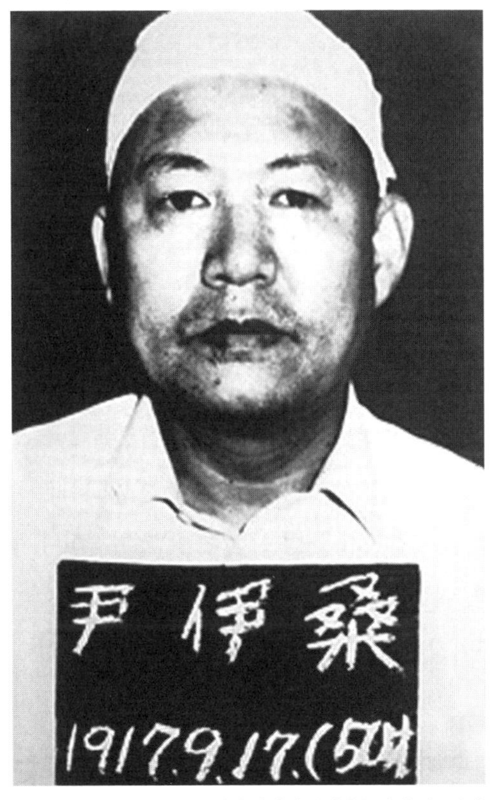

1967년 중앙정보부 요원들에게 납치된 윤이상은 남산 대공분실 지하 고문실에 끌려갔다. 그곳에서 온갖 고문을 당하며 생명의 위협을 느끼던 윤이상은 죽음으로써 결백을 증명하기 위해 재떨이로 자기 뒷머리를 몇 번이고 내리쳐 중상을 입었다. 가까스로 깨어난 윤이상은 한동안 붕대로 상처 부위를 휘감고 있어야 했다.

을 바라볼 수 있었다. 그 새는 하늘을 보면서 마음껏 상상의 날개를 펼 수 있었다.

손바닥만 한 운동장은 바깥소식으로 넘쳐 났다. 그 소식은 주로 최근에 들어온 형사범들이 가져왔다. 정치범들은 그 소식을 듣고 현재의 상황을 짐작하거나 파악했다. 그들의 이야기를 통해 이번 일로 해외 각지에서 납치되어온 사람들의 숫자가 150명이 넘는다는 것을 알았다. 그 가운데에는 파리에서 납치된 이응로 화백도 있었다.

"그런데 이상해요. 신문 보도에는 모두들 조사받기 위해 제 발로 한국으로 들어왔다고 쓰여 있어요. 다들 자유의지로 왔다는 겁니다."

"그건 날조로군요."

누군가가 한마디 던졌다. 암담한 현실이었다. 상황은 상상했던 것보다 훨씬 심각했다. 국가 차원의 거대한 음모가 아니고서는 도저히 있을 수 없는 대규모 납치극이었던 것이다.

그즈음 서독에서는 연일 한국의 중앙정보부를 비난하는 여론으로 들끓었다. 서독 내에서 한국인들을 비밀리에 납치해간 일은 국제법을 어긴 범죄행위였다. 서독의 행정과 치안 공백을 비난하는 기사가 독일의 주요 신문에 잔뜩 보도되자 유럽 사회는 발칵 뒤집혔다. 입장이 난처해진 서독 정부는 이 일을 문제 삼아 한국 정부에 정식으로 항의했다. 윤이상은 한국인이지만 엄연히 독일에서 10년째 살고 있으며 유럽 내에서 지명도가 높은 예술가였다. 한국의 정보기관이 서독의 하늘 아래서 범죄집단처럼 조직적으로 유명 음악가를 납치한 사건은 서독 정부의 명예를 실추시켰다. 이는 서독 정부에 대한 조롱이나 마찬가지였다. 서독 정부는 윤이상의 안위 문제에 대해 공식적으로 관심을 표명하기 시작했고, 이후 석방될 때까지 지속적으로 한국 정부에 압력을 넣었다.

제3장

감옥 안의 견우와 직녀

남편이 최덕신 대사의 편지를 받으러 집을 나간 지 사흘째가 되자 이수자는 불안한 마음이 들었다. 1967년 6월 20일 아침, 전화벨 소리가 들렸다. 남편이었다.

"여보, 나요. 스위스와 빈에서 회의가 있는데 당신과 함께 가야겠소. 내일 비행기를 타고 본의 한국 대사관으로 와주시오. 집에 우리 여권 있지? 그것을 가지고 오시오."

남편의 목소리는 어딘지 부자연스럽고 이상했다. 하지만 감기가 들어서 그러려니 하고 말았다. 이수자는 잠시 생각에 잠겼다가, 이내 툭툭 털고는 옆집으로 갔다.

"제가 한 사나흘 어딜 다녀오려고 해요. 그이와 함께 다녀와야 하니 저희 집 좀 봐주세요."

이수자는 한국에서처럼 이웃에게 자기네 집을 좀 봐달라고 부탁했다. 옆집이니까 인사치레로 한 말이었다. 기숙학교에 다니던 딸 정은 마침 그때 맹장염 수술을 받고 병원에 입원 중이었다. 아들 우경도 우수한 성적으로 기숙학교에 들어갔지만, 기숙사 생활이 답답하다며 일주일 만에 돌아오고 말았다. 이수자가 외출하면 집에는 열세 살짜리 우경만 혼자 있어야 할 상황이었다. 아무래도 옆집에 이야기해놓아야만 안심이 될 성싶었다. 집 안 정리를 하는데 묘하게도 가슴이 두근거렸다. 뭔가 알 수 없는 압박감 같은 것이 명치를 누르는 기분이었다.

이수자는 병원에 가서 딸을 바라보며 말했다.

"정아야, 아빠는 일 때문에 한국에 가셨어. 그런데 엄마도 가야 된대. 며칠만 지나면 금방 올 거야. 우리 딸, 밥 잘 먹고 빨리 나아야지?"

이수자는 딸 이름이 외자라서 종종 친근하게 "정아야"라고 불렀다. 급하면 "윤정! 서둘러야지"라고 말할 때도 있었지만, 대체로 "정아야"라고 부르는 걸 좋아했다.

"예, 엄마. 잘 다녀오세요."

열일곱 살짜리 딸 정은 병상에 누워 있으면서도 어른스럽게 대답했다. 수술 결과가 좋아서 안정을 취하고 있는 딸을 보니 괜스레 눈물이 나왔다. 왜 그랬는지 당시에는 짐작이 되지 않았다. 하지만 미구에 들이닥칠 암울한 현실에 대한 예지의 눈물이었음을 납치된 뒤에야 깨달았다. 의사와 간호사에게도 자신이 며칠 동안 여행을 다녀올 테니 딸을 잘 돌봐달라고 부탁했다. 그리고 집에 다시 가서 여권을 챙긴 뒤 간단히 짐을 꾸려 공항으로 향했다.

공항에는 처음 보는 남자가 나와 있었다. 그 옆에는 대사관의 검은색 벤츠가 한 대 서 있었다. 이수자는 그가 안내하는 대로 대사관 차를 탔다. 운전석과 조수석에 각각 남자 한 사람씩 탔고, 남자 두 사람이 이수자를 가운데 앉힌 뒤 뒷좌석에 탔다. 그때, 건장한 체격의 두 남자가 멀찌감치 서서 차 안의 이수자를 빤히 쳐다보고 있었다. 그들의 눈초리가 냉랭했다. 인상도 그다지 좋지 않아서 본의 대사관으로 가는 내내 마음이 걸렸다.

차가 본의 한국 대사관에 도착하자, 사내들은 이수자를 건물 안의 대기실로 안내했다. 잠시 후 한 남자가 그녀를 다락방으로 데리고 갔다. 윤이상에게 했던 것과 같은 방식으로 그녀를 감금한 것이다. 그 남자가 무표정한 얼굴로 심문했다.

"우리는 당신들이 평양에 갔다 온 것을 알고 있소. 당신 남편은 이 문제로 조사받기 위해 오늘 한국행 비행기를 탔소. 이 종이에 여기 적힌 대로 쓰고 손도장을 찍으시오."

이수자는 가슴이 철렁 내려앉는 것을 느꼈다. 그녀는 그가 시키는 대로 했다.

"당신도 내일 한국으로 가야 합니다. 협조만 잘해주면 남편과 함께 금방 돌아올 겁니다."

다락방에서 조사받은 다음 날, 중정 요원 하나가 이수자를 프랑크푸르트 공항으로 데리고 갔다. 출입국 심사대가 아닌 다른 출구로 빠져나갈 때, 여권을 보여달라고 제지하는 직원은 하나도 없었다. 그것이 몹시 이상했다. 여권도, 돈도 없이 비행기를 타는 것이 도대체 가능하단 말인가.

비행기가 이륙하는 동안에도 이수자는 병원에 두고 온 딸 걱정, 집에 혼자 있을 아들 걱정, 조카에게 줘야 할 생활비 걱정으로 여념이 없었다. 그보다는 갑자기 체포되어 한국으로 끌려간 남편 걱정이 가장 컸다. 유럽으로 건너간 뒤 변변히 잘 먹지도, 잘 입지도 못한 채 오직 음악만을 위해 치열하게 정진해온 남편이었다. 다름슈타트와 빌토벤의 성공적인 데뷔 이후 도나우에싱겐 음악제에서 이제 막 음악가로서의 명성을 굳혔는데, 어둠의 세력에게 잡혀가고 만 것이다. 마른하늘의 날벼락이었다. 남편은 이제 자신만의 음악언어로 마음껏 자신의 세계를 펼쳐 나가야 할 때였다. 그런데 이 중요한 때에 날개가 꺾일 위험에 처해 있으니……. 남편에게 들었던 꿈 이야기, 지리산 상공을 더는 날아오르지 못하고 피를 흘리며 사투를 벌이는 상처 입은 용의 이야기가 떠올랐다. 이수자의 생각은 끝 간 데 없었지만 비행기는 자꾸만 구름을 뒤로 보내며 앞으로 날아갔다.

중정 요원은 군데군데 빈 좌석이 많은데도 굳이 이수자 옆 좌석에 찰싹 붙어서 갔다. 그는 끈적이는 눈초리로 이수자를 힐끔힐끔 훔쳐보았다. 그는 자기 손목시계가 있음에도 시간을 알고 싶다는 핑계로 이수자의 팔목을 들어서 시계 가까이 얼굴을 댔다.

"왜 이러세요?"

얼른 손을 뿌리쳤다. 그의 징그러운 행동에 치가 떨렸다. 캄캄한 밤, 여러 나라를 경유한 비행기가 도쿄 공항에 기착했다. 도쿄 주재 한국대사관에서 백씨 성을 가진 남자가 기다리고 있었다. 독일에서 자신을 연행해온 남자는 인수인계 후 온다 간다 말도 없이 사라졌다. 백 씨는 숙소를 정할 때 방을 하나만 구했다. 이수자가 그 남자에게 강한 어조로 따졌다.

"아니, 우리가 왜 한방에서 자야 합니까?"

"내가 당신을 감시해야 하기 때문에 그렇게 하는 겁니다."

"난 다른 사람의 아내입니다. 그렇게 할 수가 없습니다. 만일 한방에서 자야 한다면 나는 이곳 로비에 그냥 있겠어요."

이수자가 단호하게 말하자 백 씨는 할 수 없이 나란히 붙은 방을 잡았다. 하지만 그것은 시늉에 지나지 않았다. 방과 방 사이에 문이 있어서 몹시 찜찜했다. 방금 전까지 치근덕거리던 그 남자가 몹시 혐오스러웠다. 이수자는 의자와 책상으로 문을 막은 채 뜬눈으로 지새웠다. 모멸감에 몸서리가 쳐졌다.

중앙정보부 요원들이 반체제 인사들을 체포하거나 납치할 때는 비인간적 모멸을 주는 경우가 허다했다. 특히 여성들을 잡아가는 과정에서는 성적으로 유린하거나 희롱하는 일도 있었다. 이러한 사례는 음성적으로 존재하는 경우가 많다. 피해자들이 수치심 때문에 피해 사실을 여간해서는 잘 드러내지 않기 때문이다. 여기에는 우리 사회의 이중 잣대도 한몫을 한다. 임진왜란과 병자호란 때 왜적과 청나라 오랑캐에게 끌려갔다 돌아온 환향녀들을 조선 사회에서 냉대했듯이, 개명한 요즘 세상에도 남성 위주의 가부장적인 냉대는 여전하다. 성적 피해자인 여성들을 은근히 무시하고 차별하는 것이다. 이 때문에 여성들은 피해 사실을 알리는 데 소극적이며, 만약 알리게 된다면 그때부터 이중, 삼중의 고통을 받기도 한다.

중정 요원은 아니지만, 권인숙에게 성고문을 자행한 부천경찰서 문귀동 경장은 독재 권력의 포악한 인면수심을 온 나라에 드러낸 대표적 인물 중 하나다. 1985년 서울대학교 의류학과 4학년에 다니던 권인숙은 노동 현장에 참여하기 위해 휴학 후 부천의 가스배출기 제조업체에 위장취업을 했다가 체포되었다. 당시 부천경찰서 지하 조사실에서 취조를 하던 문귀동은 위장취업과는 무관한 5.3 인천 사태의 배후를 대라며 권인숙에게 욕설과 구타를 동반한 성고문을 자행했다. 권인숙은 조영래를 비롯한 인권변호사의 도움으로 그해 7월 문귀동을 강제 추행 혐의로 고소했고, 문귀동은 오히려 권인숙을 명예훼손으로 맞고소했다. 문귀동의 파렴치한 법정 공방으로 인해 이 사건은 세상에 널리 알려졌다.

5공 정권과 수구 언론은 권인숙과 인권단체를 비난하는 데 열을 올렸다. 그 대신 문귀동의 반인륜적 범죄행각은 비호하기에 급급했다. 노동자의 권익을 대변하기 위해 위장취업을 했던 권인숙은 실형을 살다 6월 항쟁이 끝난 뒤 가석방으로 풀려났다. 문귀동은 불공정한 재판의 지원사격을 받으며 반성하기는커녕 오히려 갈기를 세웠다.

1989년 6월, 문귀동은 마침내 징역 5년을 선고받고 파면 조치되었다. 패륜적 범죄를 저지른 지 무려 4년 만에, 야수 같은 독재자의 하수인이 법의 심판을 받기에 이른 것이다. 이는 당사자가 용기를 내어 알리지 않았다면 개인의 희생으로 묻히고 말았을 인권 침해 사례다.

권인숙이 막강한 권력자들과의 대결에서 승리할 수 있었던 것은 무엇보다도 성고문의 실체를 밝힌 그 자신의 용감한 행위에서 비롯되었다. 한 여성의 승리이기 이전에, 한 인간의 승리다. 이 같은 용기 있는 행동이 있었기에 인권변호사를 포함해 수많은 여성과 여성권익단체의 목소리, 민권단체의 분노가 한 덩어리로 힘을 합칠 수 있었다. 이로 인해 온 세상이 인면수심의 파렴치한 범죄에 한목소리로 규탄하는 거대한 연대가 형성되었다. 이 사건으로 공권력의 부도덕성과 횡포, 반사회적 인권 탄압의 실상이 소상히 밝혀졌다. 또한 이 사건을 계기로 민주화운동의 열기도 뜨겁게 퍼져나갔다.

이수자는 일부 중정 요원들의 파렴치한 행각에 대해서는 전혀 모르고 있던 사람이었다. 하지만 치근대는 중앙정보부 요원에게 강하게 불쾌감을 표현하고 당차게 대처했다. 이수자의 용기 있는 행동은 중정 요원의 검은 욕망을 단숨에 부러뜨렸다. 만약 이수자가 중정 요원의 마수에도 불구하고 소극적으로 대처했다면 어찌할 뻔했던가. 이수자의 용기 있는 항의와 매몰찬 대꾸가 있었기에 그 중정 요원은 어물쩍하게 성범죄를 저지르려던 범의犯意가 꺾이고 만 것이다. 법의 사각지대에서 존엄한 인권을 농락하려던 그의 허튼 짓은 이수자의 날카로운 면박과 차디찬 응대를 받고 그 밤에 수포로 돌아갔다.

이튿날, 이수자는 그 남자의 얼굴을 쳐다보지도 않았다. 백 씨 또한 이수자를 감히 쳐다보지 못한 채 비행기를 탔다. 한국에 도착한 뒤 백 씨는 어디론가 황황히 사라졌고, 새로운 중정 요원이 나타나 이수자를 낡은 지프에 태우고는 중정 본부로 끌고 갔다.

남산 중턱에 우뚝 솟은 중정 본부 건물에는 해외 각지에서 납치되어 온 사람들로 연일 홍역을 치르고 있었다. 끌려온 사람의 수가 줄잡아 200여 명에 이른다고 했다. 그들의 표정은 몹시 괴로워 보였다. 다들 갑자기 납치되어온 까닭에 답답하고 미칠 듯한 표정이었다. 이수자는 시차 적응이 안 되어서 밤과 낮이 바뀌는 통에 무척 힘들어했다. 저녁에는 잠이 오지 않아 하얗게 밤을 지새웠다. 그런 까닭에, 아침부터 중정 요원의 조사를 받으면서도 자꾸 졸음이 밀려왔다.

"자술서를 쓰시오."

중정 수사관이 종이와 볼펜을 책상 앞에 놓으며 말했다.

"무엇을 써야 합니까?"

"북조선과 언제 접선했고, 누가 당신들을 매수했으며, 공작금을 얼마 받았는지, 왜 접선했는지 다 쓰시오."

수사관의 말은 가슴을 턱턱 막히게 하는 무서운 단어들이어서 그저 놀라울 뿐이었다.

"그런 엄청난 표현, 다 뭡니까? 그런 일은 애초부터 없었으니, 쓸 수가 없습니다."

"어허, 이것은 법률용어입니다. 누구랑 언제, 어떻게 만났는지, 사실을 쓰는 것과 똑같아요. 용어만 다를 뿐이오. 그러니 내가 말한 대로 꼭 써야 해요. 빨리 써서 상부에 보고하면 닷새 안에 다시 독일로 돌아갈 수 있다니까 그러시네."

세상 물정을 몰랐던 이수자는 수사관이 시키는 대로 썼다. 자술서를 제출하면 남편과 함께 독일로 돌아갈 줄만 알고 있었다. 남편이 하루 빨리 풀려나서 음악에만 전념할 수 있도록 하고 싶었던 이수자는, 스스로 무덤을 파고 만다.

"북한 대사관에 맨 먼저 갔던 사람은 접니다. 제가 남편을 선동해서 동베를린의 북한 대사관에 가자고 했고, 북한 방문을 하자고 한 사람도 접니다. 남편은 죄가 없습니다. 그러니 죄가 있다면 제가 달게 받겠습니다."

이수자가 작성한 조서를 들여다보던 수사관이 놀란 입을 다물지 못했다.

"아니, 지금 제정신이오? 이거 큰일 날 소리를 써놓으셨구만. 그래, 공모죄까지 뒤집어쓰고 싶소?"

이수자가 입만 떼면 남편 걱정, 애들 걱정부터 하는 바람에 수사관은 인간적으로 안타까운 마음이 들던 참이었다. 하지만 그런 수사관의 걱정은 아랑곳하지 않은 채 이수자는 한술 더 떠서 계속 남편이 죄가 없다는 말만 되풀이했다.

"지금 이렇게 써놓으면 나중에 빼도 박도 못해요. 그러니 다시 쓰세요."

동정심이 생긴 수사관은 진심으로 이수자를 위해 이야기해주었다.

이수자는 결국 자신이 공모죄를 뒤집어쓸 만한 말은 쓰지 않기로 했다. 그렇게 써봐야 아무 효과가 없다는 것을 수사관에게 거듭 듣고서야 납득이 되었다.

"독일에서 연행될 때 혹시 무슨 안 좋은 일이 있었습니까? 사실대로 얘기해주세요."

중정 요원 중에도 더러는 인간적인 양심을 지닌 사람이 남아 있었다. 그가 무슨 낌새를 눈치채고 채근하는 바람에, 한국으로 오는 과정에서 중정 요원이 치근덕거렸던 사실을 털어놓았다. 그 수사관은 윗선에 이를 보고했다. 수사관은 또 바뀌고 새로 온 이가 이수자를 취조했다. 다행히 그도 앞선 수사관처럼 모나지 않은 사람이었다.

얼마 후, 새로 바뀐 수사관은 독일에서 이수자를 연행할 때 부적절한 언행을 했던 요원이 면직되었다고 알려주었다. 그는 심한 말을 하지 않았고, 여러 모로 편의를 봐주기 위해 노력했다. 심지어 자기 돈으로 라면을 사주기도 했다. 그런 까닭인지는 모르겠지만, 그에게서는 인간적인 친밀감마저 생겼다. 그가 하루는 이수자에게 말했다.

"내일 당신의 남편을 만나게 해주겠소. 그 대신 절대로 슬퍼하거나 울지 않겠다고 약속하세요."

얼마 후 이수자는 서대문형무소로 이송되었다. 여사女舍에 들어가자 여자 교도관이 사복을 벗으라고 지시했다. 이수자는 차가운 시멘트 바닥에 아무렇게나 흐트러져 있던 죄수복을 걸쳐 입었다. 그 옆의 낡은 고무신까지 신으니, 영락없는 푸른 옷의 죄인이 되었다. 교도관이 빈 방으로 들어가라고 지시했다.

철컥.

교도관은 철창 밖에서 자물쇠를 채웠다. 독방이었다. 바깥은 한여름이었지만 감방 안에는 서늘한 늦가을 기운이 감돌았다. 시멘트 바닥인 복도와는 달리 감방 안은 마룻바닥으로 되어 있었다. 벽 쪽에는 빛바랜 이불이 있었다. 검정색 물이 빠져 회색으로 변한 이불에 깨알 같은 하얀 물체가 꼬물거렸다. 가까이 들여다보니 이였다. 잠은 벌써 천 리나 밖으로 달아난 뒤여서 한밤 내내 이를 잡는 일에만 전념했다.

이튿날 아침, 약속대로 수사관이 왔다.

"오늘 남편을 만나게 해주겠소."

그는 이수자를 남산으로 데리고 갔다. 기다리는 시간은 길었다. 한참 후, 면회실 안으로 남편이 들어왔다. 머리에 붕대를 감은 채 퉁퉁 부은 얼굴로 나타난 남편을 보고 이수자는 심장이 멎는 줄 알았다.

"이게 어떻게 된 일이에요?"

"좀, 그렇게 됐소. 그보다 당신이 한국에 왔다는 소식은 처형을 통해 들었는데……. 오늘 당신 면회가 있다고 해서, 처형네 집에서 곧장 이리로 온 줄 알았소."

윤이상은 아내가 푸른 죄수복을 입고 고무신을 신고 올 줄은 꿈에도 몰랐던 듯했다. 그의 관자놀이가 꿈틀거리는 게 보였다. 윤이상은 반사적으로 가슴께를 손으로 눌렀다. 심장 발작 조짐이 보이면 항상 가슴을 지그시 누르는 게 그의 평소 버릇이었다. 이수자의 눈에는 벌써부터 걷잡을 수 없는 눈물이 솟구치고 있었다. 머리에 붕대를 친친 동여매고 있는 걸 보니, 남편에게 심각한 일이 생긴 게 틀림없었다. 쉴 새 없이 흐르는 눈물이 푸른 수의 앞섶을 적셨다. 이수자를 안내해간 수사관이 조용히 나무랐다.

"울지 않는다고 약속하셨잖습니까?"

수사관의 책망도 들리지 않았다. 이수자는 윤이상을, 윤이상은 이수자를 그저 하염없이 바라만 보고 있었다.

‘가엾은 사람.’

두 사람은 서로를 안타깝게 여기며 말없이 불렀다. 침묵의 호명은 서로의 가슴속에 천둥소리를 냈다. 애써 평정심을 유지하던 윤이상이 괴로운 표정을 지었다. 말로 형언할 수 없는 커다란 충격에 빠진 것이 틀림없었다. 붕대 감은 남편과 첫 면회를 한 뒤, 이수자는 잠을 이룰 수 없었다. 이튿날, 이수자는 새벽 순시를 도는 교도관에게 막무가내로 간청을 했다.

“부장검사님께 할 말이 있으니 꼭 만나게 해주십시오.”

금테 두른 모자를 쓴 교도관은 이수자의 하소연을 듣더니 알았다고 대답했다. 그의 말대로 오후가 되자 교도관은 이수자를 이종원 부장검사에게 데려다주었다. 이수자는 지푸라기라도 잡는 심정으로 간절히 청했다.

“부장검사님, 제 남편은 오로지 음악밖에 모르는 사람입니다. 죄가 있다면 제가 모두 지고 갈 테니, 제 남편만큼은 아이들 곁으로 돌려보내 주십시오.”

이윽고, 눈물을 흘리면서 간절히 애원하는 이수자의 말을 묵묵히 듣고 있던 부장검사가 입을 열었다.

“알겠습니다. 부인에 대해서는 우리 검찰청이나 법조계 모두 안타깝게 여깁니다. 윤 선생의 공소 내용이 워낙 위중해서 부득이하게 부인까지 기소하게 된 것입니다.”

그는 종이 한 장을 내밀었다. 이수자를 수사한 두 사람의 수사관이 쓴 의견서였다. 거기에는 이수자에 대한 호의적인 내용으로 가득 차 있었다. 두 사람은 오직 남편과 아이들 걱정으로 애면글면한 이수자의 진정성에 감동한 듯했다. 부장검사는 한마디 덧붙였다.

"혹시 재판 결과가 좋게 나와 부인이 풀려난다 해도 건강을 잃으면 무슨 소용입니까? 남편과 아이들을 돌보려 해도 몸이 허약해진 상태라면 큰일이지 않겠습니까? 그러니 아무쪼록 부인께서는 몸을 잘 돌보시기 바랍니다."

이 사건의 담당 검사인 이종원 부장검사는 거칠기 짝이 없는 중정 요원들과는 다른 인간미가 있었다. 부장검사의 위로를 듣고 나니 꺼져가는 잿더미 속에서 희미한 불씨 하나를 발견한 심정이 되었다. 이종원 부장검사는 남편의 무죄를 눈물로 호소하는 이수자의 간절한 모습을 보고 깊은 감동을 받았다. 그는 곧바로 윤이상을 만나 이렇게 말했다.

"윤 선생님이 부인을 위로해주지 않으면 큰일 나겠습니다. 부인께서 잠을 못자고 몹시 불안해하고 있습니다."

1967년 7월 8일, 김형욱 중앙정보부장은 이른바 동백림 사건을 국내 언론에 발표했다. 당시에는 외국 국가나 지명을 한자로 음차해서 부르던 관례에 따라 동베를린을 동백림東伯林이라 불렀다. 도이칠란트를 독일, 오스트리아를 오지리墺地利, 아메리카를 미국, 잉글랜드를 영국, 러시아를 노서아露西亞, 오스트레일리아를 호주, 네덜란드를 화란和蘭으로 부르는 것과 같은 방식이었다.

이 사건은 "관련자인 임석진이 귀국하여 자수함으로써 밝혀졌다"는 설명을 모두에 달았다. "재독 음악가인 윤이상과 재불 화가인 이응로를 비롯해 해외에서 활약 중인 교수나 예술인, 의사와 공무원, 유학생과 광원 등 194명이 동베를린(동백림)에 위치한 북한 대사관을 드나들면서 이적활동을 했다"는 보도는 세상을 깜짝 놀라게 했다. 김형욱 부장은 "이들 가운데 일부는 북한에 들어가 조선노동당에 입당했으며,

국내에 잠입하여 간첩활동을 했다"고 발표함으로써 정국을 더욱 얼어붙게 했다. 중앙정보부가 밝힌 핵심 혐의자 명단은 다음과 같다.

임석진(36세, 명지대 조교수·철학박사), 정하룡(34세, 경희대 조교수·철학박사), 조영수(34세, 전 동국대 및 외대 강사), 천병희(29세, 서울대 사대 전임강사·불문학 석사), 황성모(42세, 서울대 문리대 부교수·철학박사), 최창진(41세, 전북대 문리대 조교수), 강빈구(35세, 서울대 상대 조교수·법학박사), 김중환(44세, 서울대 의대 조교수·한일병원 피부과 과장), 강 하이드론(28세, 서강대 전임강사), 김종대(34세, 프랑크푸르트대 강사), 정규명(39세, 프랑크푸르트대 이론물리과 재학), 강성종(35세, 미국 노트르담대 화학연구소 연구원·이학박사), 주석균(65세, 농업문제연구소장), 장덕상(32세, 중앙일보 파리특파원), 이응로(63세, 재불 화가), 윤이상(50세, 재서독 음악가·전 서독 한인회장), 박민종(50세, 재서독 음악가), 이희세(37세, 재불 화가), 공광덕(36세, 오스트리아 잘츠부르크 대학생), 노봉유(38세, 재불 유학생), 조상권(33세, 재불 유학생 회장), 박협(30세, 재불 변호사), 이순자(37세, 국회 도서관 직원·정하룡 처), 어준(41세, 현대계장회사 전무), 김광옥(31세, 동양 카프로락탐 기술과장), 정성배(42세, 재불 정치학박사), 방준(33세, 재불 TWA 항공회사 근무), 김옥희(30세, 공무원), 어원(50세, 외기노조 오산지구 상무)

동백림 사건으로 인한 애꿎은 피해자는 이루 다 헤아릴 수 없을 만큼 많다. 그중에서 천상병 시인은 매우 억울하게 당한 경우에 해당한다. 그는 서울대 상대 조교수인 친구 강빈구로부터 "독일 유학 시절 북한 측과 접촉한 사실이 있다"는 얘기를 우연히 들었을 뿐이었다. 그런데 어느 날 갑자기 중앙정보부에 끌려가 혹독한 고문을 당하던 강빈구

교수의 입에서 천상병의 이름이 튀어나왔다. 불고지죄로 엮인 천 시인은 아닌 밤중에 홍두깨 격으로 중앙정보부에 끌려가 끔찍한 전기고문을 당했다.

동백림 사건의 원인 제공자였던 임석진은 이와 정반대로 탄탄대로의 삶을 살아간 경우에 해당된다. 강원도 춘천에서 태어나 서울대학교 정치학과를 졸업하고 독일로 유학을 떠난 그는 하이델베르크 대학에서 사회학을 전공한 뒤, 프랑크푸르트 대학에서 철학박사 학위를 받았다. 그는 유학 중 북한을 여러 차례 방문한 뒤 중앙정보부에 자신의 방북 사실을 고해바치고, 윤이상을 비롯한 해외 거주 예술가와 학자, 유학생 등이 북한과 접촉한 사실이 있다며 밀고했다. 그는 단순 밀고에 그치지 않고, 이들 명망 있는 예술가와 학자 혹은 유학생들이 모종의 불온한 일들에 가담했다며 허위 사실을 지어냈다.

마침 체제 유지를 위해 큰 공안사건을 조작할 필요를 느끼고 있던 박 정권과 중앙정보부는 임석진을 용서한 뒤 모든 혐의에서 자유롭게 풀어주었다. 박 정권이 동백림 사건을 조작해 공포 정치를 통해 체제 안정을 굳혀 나가는 동안 임석진은 이후 서울대학교 강사, 명지대학교 철학과 교수를 지냈으며 '한국헤겔학회'를 창립하여 초대 회장을 역임하는 등 학자로서 승승장구하며 안온한 삶을 누렸다.

어느 아침, 교도관들이 머무는 방에서 윤이상과 이수자의 면회가 이루어졌다. 방에서 두 사람은 서로를 꼭 껴안아주었다. 두 사람의 눈물이 서로의 수의를 적셨다. 교도관들의 시선 따위는 전혀 신경 쓰지 않았다.

"당신은 걱정하지 마시오. 우리 사건은 이제 독일 사회에 잘 알려져 있소. 어제는 독일의 『슈피겔』 기자와 인터뷰를 했소. 독일 정부도 우리 일에 적극 나서고 있으니 모든 일이 잘되어갈 것이오. 거듭 말하지만, 당신은 조금도 걱정 말고 불안해하지도 마오."

윤이상은 확고한 어조로 말하며 이수자를 안심시켰다. 충격을 받고 비틀거리던 며칠 전과는 비교할 수 없이 착 가라앉아 있었다. 그 모습을 보니 이수자도 마음이 안정되고 힘이 솟아 나왔다. 이것은 이종원 부장검사의 호의에 의해 이루어진 면회였다.

독일의 『슈피겔』 기자가 감옥에 갇힌 윤이상을 인터뷰한 것은 '동백림 간첩단 사건'이 발표된 지 한 달이 지난 8월이었다. 윤이상이 서울로 납치되어온 때부터 따지면 두 달이 지난 시점이었다. 하지만 그것은 중앙정보부의 선전 전략의 일환이었다. 저명한 음악가인 윤이상이 비교적 자유로운 감옥생활을 하고 있다는 것을 서방 세계에 과시하기 위한 일종의 홍보수단이었던 것이다. 인터뷰가 진행되는 내내 중앙정보부 요원이 입회해 기자가 던진 질문에 윤이상이 무슨 말을 하는지 감시하고 있었다. 그 상황에서 진실을 이야기하기란 쉽지 않았다.

"당신은 자유의지로 한국에 왔습니까?"

윤이상은 자신이 중앙정보부 요원들에게 납치당했다는 말을 입 밖에 꺼내지 못했다. 감옥에서 벗어나고 싶다는 말조차 에둘러 말해야 했다.

"예, 하지만 저는 독일에 빨리 돌아갈 수 있기를 기대합니다. 납세신고를 할 날이 다가왔거든요."

『슈피겔』 기자와 인터뷰를 하는 동안 윤이상은 몇 가지 상황을 파악하게 되었다. 그것은 자신이 납치당한 것을 알게 되면 독일 정부가 좌시하지 않을 것이라는 예측이었다. 이는 독일의 주권을 명백히 침해한 국제범죄였기 때문이다. 독일 내에서 이 같은 여론이 높아져 있다는 것은 바깥소식을 물어 나르는 형사범들의 이야기를 통해 이미 어느 정도 감을 잡고 있었다. 인터뷰는 은유隱喩로 진행된 셈이다. 자유로운 영혼을 지닌 예술가가 감옥에 갇혀 있는 것은 부조리한 상황을 극명하게 드러내는 상징이다. 삭막한 독재체제가 음악가의 심장을 포승줄로 얽어매고 있는 것에 대한 보이지 않는 고발이기도 하다. 그럼에도 갇힌 음악가는 채 한 평도 안 되는 독방에서 드높은 푸른 하늘로 비상하기를 날마다 꿈꾸었다. 그것 자체가 고도의 저항이다. 감옥 안에서 자유로운 것은 오직 은유적 상상뿐이었다.

제4장

—

나비의 꿈

1967년 7월 11일, 중앙정보부장 김형욱은 동백림 사건 발표 이틀 만에 이 사건과 관련된 2차 수사 발표를 했다. 민족주의비교문제연구소(민비연)가 동베를린 간첩단의 한 공작 부서로서 반국가 단체라는 것이 발표의 요지였다. 김 부장은 민비연의 지도교수 황성모를 대남 간첩으로 규정했다. 또한 이 단체 소속 회원인 김중태, 박범진, 현승일, 김도현, 이종율, 박지동 등이 북한을 이롭게 하는 이적행위를 했다고 덧붙였다. 또한 민비연이 한일회담 반대투쟁을 배후에서 조종했으며 제3공화국의 타도를 기도하는 등 중대한 범죄를 저질렀다고 밝혔다.

민비연은 1963년 9월 서울대학교 문리대학 강당에서 황성모를 지도교수로 발족한 학술단체였다. 이 단체는 박정희 정권에 의해 자행되었던 비민주적 요소에 대한 비판적 입장에서 민주화를 주제로 한 세미나를 개최함으로써 민권 의식을 고양해 나가는 중이었다. 이를 못마땅하게 여겼던 중앙정보부는 1964년 인혁당 사건과 관련지어 사법적으로

이들을 단죄한 바 있었다. 동백림 사건이 발표될 때 민비연 학생들은 공소 취하된 채 구속되었고, 김중태는 황성모와 함께 2년의 징역을 살고 만기 출소한 상태였다. 하지만 1967년 12월 16일에 열린 재판에서 민비연은 순수 학술단체로 판결을 받았다. 아울러, 이 사건과 관련하여 구속된 전원이 무죄 판결을 받았다. 훗날, 중앙정보부장 김형욱은 민비연 회원들을 간첩 혐의로 몰아 구속한 것은 잘못이었음을 시인했다.

이 사건은 첫째, 박 정권이 1965년 6월 22일 체결한 굴욕적인 한일회담 이후 증폭되어온 국민의 반감을 무마하려는 간계였다. 둘째, 1967년 총선 때 저질러진 6.8 부정선거에 대한 국민적인 저항을 무너뜨리려는 정치적 책략이었다. 셋째, 이 모든 것은 중앙정보부가 기획한 조작사건이었다. 인혁당 사건, 동백림 사건, 민비연 사건은 박 정권의 장기 집권 계획을 밀어붙이는 일련의 돌파 작전을 원활히 추진하기 위해 중앙정보부가 제작과 감독을 맡아 줄줄이 엮어서 만든 용공조작 사건이었던 것이다.

첫 번째 장기 집권 카드는 박정희의 재선이었다. 1967년 5월 3일 제6대 대통령 선거에서 공화당의 박정희 후보는 신민당의 윤보선 후보를 약 116만여 표 차로 이기면서 재선에 성공했다. 하지만 이 선거는 부정으로 얼룩져 있었다. 여당이 전국에서 조직적으로 표를 매수하는 바람에 박정희의 득표수가 최종 표수에 비해 월등히 많게 되는 웃지 못할 일이 벌어졌다. 대선에 이어 6월 8일에 실시된 제7대 국회의원 선거 역시 유례없는 부정선거였다.

그 두 번째 카드는 3선 개헌이었다. 당시의 헌법상 대통령은 1차에 한해서 중임할 수 있었으나, 이미 연임한 박정희는 더는 대통령 선거에 출마할 수 없는 상태였다. 박정희는 이 헌법을 고쳐 대통령의 3선 연임을 허용할 생각이었다. 3선 개헌은 곧 박정희의 장기 집권이 시작되는 것을 의미했다. 공화당은 3선 개헌에 필요한 과반 의석을 확보하기 위해 위협 투표를 하는 등 온갖 불법적인 부정을 동원했다. 위협 투표란 여당 관계자들이 투표하러 온 사람들을 공공연하게 협박해 공화당에 표를 찍게 하는 것을 뜻한다. 집권 여당은 이 같은 관권 선거를 통해 단독으로 개헌을 밀어붙일 수 있는 130석을 얻었다.

박정희는 선거를 앞두고 전국 지방 시찰을 돌았다. 시찰 당시 그는 온갖 선심성 공약을 남발했다. 현직 대통령의 선거 중립 의무를 저버리고 사실상 불법 선거운동을 자행한 것이다. 공화당의 선거 캠프에서는 은밀하게 상대 후보를 매수해나갔다. 각 지방별로 공무원들을 풀어 관권과 금권을 총동원하면서 부정과 불법을 저질렀다. 투표 당일, 괴한이 투표장에 난입하여 공화당 후보의 지지표를 뭉치로 투표함에 집어넣는 일이 터졌다. 이로 인해 사상 최악의 무더기 표가 발생해 세간을 놀라게 했다. 그런가 하면, 개표장에 폭력배를 투입시켜 개표가 중단되는 사태도 벌어졌다. 이에 대해 각 언론은 "제7대 국회의원 총선은 사상 최악의 부정선거"라며 일제히 비난 기사를 썼다. 또한 이 일로 부정선거 반대시위가 확산되었다.

대학생들이 연일 부정선거에 항의하는 시위를 벌이자 박정희는 공화당 의원 여섯 명을 부정선거의 책임을 물어 당에서 제명하는 고육책을 썼다. 공화당 의석 하나를 신민당에 넘겨주겠다는 유화책을 쓰기도 했다. 신민당 소속 당선자들은 총체적인 선거 부정을 엄중히 항의하는 뜻으로 재선거를 요구하면서 반년 동안 등원을 거부했다. 박정희는 이 요구를 묵살했다. 대선과 총선의 최대 쟁점은 한일회담과 베트남 파병 문제였다. 학생과 야당, 재야 세력은 격렬한 저항을 벌였다. 중앙정보부는 이 같은 국민적 저항을 분쇄하고 시야를 다른 데로 돌리기 위한 정치적 기만술의 일환으로 동백림 사건이라는 폭탄을 터뜨린 것이다.

그 무렵 윤이상이 수감된 감옥에는 민비연 사건으로 끌려온 젊은 학생이 있었다. 그는 맞은편 감옥 방에서 손가락으로 허공에 글씨를 썼다. 처음에는 그게 무엇을 뜻하는지 도통 알 수가 없었다. 그러나 자세히 보니, 그것은 '현승일'이라는 글씨였다. 윤이상도 현승일을 흉내 내어 허공에 자신의 이름을 썼다. 두 사람은 그렇게 수화를 하기 시작했다. 윤이상은 현승일과의 수화를 통해, 동백림 사건에 거대한 정치적 흑막이 깔려 있음을 알게 되었다. 신문에 난 소식은 새로 들어온 잡범들이 운동 시간을 통해 알려주었다. 그즈음 독일 정부는 한국의 중앙정보부에 대해 강력한 항의를 했다. 하지만 박 정권은 요지부동이었다.

윤이상과 이수자의 독방 문 앞에는 "요주의 인물, 1미터 떨어져서 큰 소리로 말할 것"이라는 팻말이 붙어 있었다. 사상범을 위험인물로 보는 교도소의 불문율, 그것은 반체제 인사를 두려워하는 독재 권력의 시각이었다. 새벽이면 어느 절에서 예불을 드리는지 스님의 목탁 소리와 불공 소리가 들려왔다. 세속을 뛰어넘는 그 소리만이 철창의 팻말을 아랑곳하지 않고 다정하게 다가왔다.

동백림 사건의 피고인들은 가족 면회가 일절 금지되어 있었다. 오직 변호사 면회만 허락되었다. 윤이상과 이수자를 담당하는 변호사는 두 사람이었다. 한 사람은 서독 대사관에서 위탁한 황성수 변호사였다. 그는 제3대 국회에서 국회 부의장을 지냈고 유엔 총회 한국 대표를 지낸 사람이었다. 다른 한 사람은 윤이상의 고향 친구인 김종길 변호사였다. 그는 박정희 대통령과 대구사범학교 동급생이기도 했다. 친구의 우정 때문인지, 김종길 변호사는 감옥을 자주 찾아와 면회를 해주었다.

감옥에서는 시간이 더디 흘러갔다. 푸른 옷에 갇힌 몸이었지만 창살을 넘나드는 가락만은 아무도 막지 못했다. 어두운 독방에 앉은 윤이상의 온몸으로 음표가 흘러 다니고 있었다. 머릿속에서 휘몰아치는 악상은 차가운 시멘트 바닥을 지나 천장에 매달린 희미한 전구를 스치면서 새롭고 기운찬 음악의 마디를 형성해나갔다. 눈을 감으면 손가락으로 현을 뜯거나 퉁기는 연주자의 모습이 보였다. 눈을 뜨면 관악기의 끊어질 듯 이어지는 흐름이 들렸다. 그 흐름은 윤이상의 맥박을 통해 굽이쳤다. 사형을 당할지, 아니면 무기수로 영영 감옥의 일부가 될지 알 수가 없었지만 작곡을 하고 싶은 마음은 더욱 커졌다.

윤이상은 교도관에게 사정했다.

"작곡을 할 수 있도록 허락해주시오."

"안 됩니다. 규정상 그렇게 할 수 없소."

교도관은 일언지하에 거절했다. 윤이상은 다음에도, 또 그다음에도 교도관에게 간청했다.

"교도관님, 제발 부탁이오. 작곡을 하지 않으면 견딜 수 없어서 그렇소."

"허, 정말 안 된다는데도 그러시오?"

8월의 어느 날, 교도관이 뜻밖의 말을 했다.

"작곡을 해도 좋소. 규정상 안 되는 일이지만……."

귀찮은 일을 떼어버리려는 듯, 마지못해 허락해주는 말투였다.

"정말인가요? 고맙습니다, 교도관님."

정작 허락이 떨어졌는데도 악보 용지와 필기도구가 없었다. 그로부터 두 달여 만인 10월 6일, 독일의 음악 출판사를 통해 평소 윤이상이 자주 사용하던 연필과 지우개, 악보 용지가 감옥 안으로 들어왔다.

"먼저 조사를 한 다음에 줄 테니 그리 아시오."

중앙정보부 요원들은 혹시 무슨 암호라도 쓰여 있을까 봐 악보 용지에 현미경을 갖다 대며 샅샅이 조사했다. 심지어 연필과 지우개까지 이리저리 굴려보며 조사했다. 아무런 의심할 만한 단서를 발견하지 못한 그들은 독일에서 보내온 지우개 여섯 개 중 하나만을 윤이상에게 주었다.

막상 작곡을 하려 하니, 유리 재떨이로 내리쳤던 뒤통수가 지끈거렸다. 물고문을 당하면서 각목으로 맞았던 온몸이 욱신거리는 통에 연필을 잡기가 어려웠다. 하지만 그보다도 더 고통스러웠던 것은 고문자들에게 당한 인간적인 모욕감이었다. 음악밖에 모르고 살아왔던 자신을 이처럼 무자비하게 짓밟은 공권력에 대한 분노가 새삼 솟구쳐 올랐다. 분노가 솟구치면 가슴은 요동치기 시작했고, 심장 발작의 치명적인 파도가 전신을 덮쳐왔다.

그는 가슴을 지그시 누르며 심장을 달래주었다. 눈을 감고 심호흡을 하면서 거친 숨결을 다독여주었다. 마음이 조금 평온해지자, 그는 악보를 찬 마룻바닥에 내려놓고서 바라보았다. 빈 오선보가 끝이 보이지 않는, 광막한 벌판처럼 펼쳐져 있었다. 어떤 악상과 음표로 그 텅 빈 공간을 채울 수 있을지, 막막했다. 연필을 잡고 악보 용지에 음표를 그려 나가자, 길이 하나씩 생겨났다. 그는 그 길을 따라 악상과 가락을 나르기 시작했다.

음향의 형태와 강약의 흐름에 대해서는 이미 독일에서부터 뼈대를 세워둔 상태였다. 하지만 서울로 납치되어온 뒤부터 시간이 마디마디 부러져서, 그 뼈대를 다시 맞추기란 몹시 힘이 들었다. 간신히 몇 개월 전의 구상을 끄집어내어 음향의 영상을 복원하다 보니 심장 박동이 점차 부드러워졌다. 아무리 힘들어도, 아무리 고통스러워도 작곡을 하다

보면 헝클어진 모든 것들이 정돈되어가는 것을 매번 느끼곤 했다. 윤이상에게 음악은 매 순간 치유의 통로가 되어주었다. 몸은 한 평도 되지 않는 공간에 갇혀 있었지만, 작곡을 하는 순간만큼은 자유로웠다. 몸과 마음이 평화로 가득 차올랐다. 설명할 수 없는 행복감마저 들었다.

서대문구 현저동 101번지에 세워진 서대문형무소는 우리 민족의 치욕적인 수난과 그 역사적 궤를 같이한다. 항일운동을 했던 민족지도자와 독립운동가 들이 일제에 의해 이곳에 대거 수감되어 악행을 당했고, 1960년 4.19 혁명 이후부터 6월 항쟁 때까지는 숱한 운동권 학생과 재야의 민주 인사, 야당 인사 들의 인생 학교가 되기도 했다. 무악재에서부터 불어오는 바람은 서대문형무소의 구석구석을 누비면서 그렇지 않아도 추운 재소자들의 몸과 마음을 더욱 얼어붙게 했다.

가을부터 작곡의 가닥이 잡히기 시작했다. 하지만 겨울이 되자 연필 잡은 손이 시려서 악보를 그리기 힘들었다. 손을 연신 입김으로 불면서 마디 하나씩 써나갔다. 두세 소절만 써도 손가락이 곱아서 더는 쓰기가 어려웠다. 악절 하나를 쓰는 동안 독방 한쪽 구석에 놓아둔 물그릇은 금세 꽁꽁 얼어붙곤 했다. 머리와 목덜미에 파고드는 찬바람이 칼끝처럼 날카로웠다.

윤이상은 희극 오페라 〈나비의 꿈〉을 쓰고 있었다. 이 오페라는 14세기에 활동했던 중국 시인 마치원의 시에 곡을 붙인 것으로서 중층적인 은유가 담겨 있었다.

『장자』 제1편의 제목은 「소요유逍遙遊」, 즉 '자유롭게 노닐다'라는 뜻이다. 뭇 인간이 누려야 할 지고지순한 자유에 대한 염원을 담은 구절이다. 하지만 변화와 초월이 없다면 아무것도 이룰 수 없다. 이것은 『장자』의 핵심이다. 제2편 「제물론齊物論」은 '사물을 고르게 하다'라는 뜻으로, 제2편 서른두 번째 항목에 나오는 「나비의 꿈」은 윤이상을 옥창 밖으로 훨훨 날아가게 한 상상력의 근원이 되었다.

> 어느 날 장주莊周가 나비가 된 꿈을 꾸었다. 훨훨 날아다니는 나비가 되어 유유자적 재미있게 지내면서도 자신이 장주임을 알지 못했다. 문득 깨어 보니 다시 장주가 되었다. 장주가 나비가 되는 꿈을 꾸었는지 나비가 장주가 되는 꿈을 꾸었는지 알 수가 없다.[2)]

장주는 곧 나비이고, 나비는 모든 것이 될 수 있다는 상호 연관성 혹은 자유자재함이 무한대의 영역으로 확장되는 거대한 깨달음의 세계가 드러나 있는 대목이다. 몸은 비록 감옥 속에 붙잡혀 있지만 윤이상의 정신은 드넓은 대우주 속을 자유롭게 드나들고 날아다닌다는 상징이 깃들어 있다. 또한 체제 안정을 위해 허위 간첩단 사건을 만들어내는 독재정권의 강고함조차 한 마리 나비의 날갯짓을 막을 수 없다는 암시였다. 여기에 대해서는 한참 시간이 흐른 뒤에 윤이상이 썼던 글을 살펴보면 이해가 빠를 것이다.

> 내가 옥중에서 오페라를 쓴다는 소식을 국내외의 신문들이 다투어 보도할 때, 나는 이 제목이 그때 이남 당국이 보여준 우리 사건에 대한 과잉 흥분상태에 일종의 경고와 반격의 효과를 거둘 수 있으리라 생각했다. 국가 반역, 간첩, 국가 전복의 음모, 이런 어마어마한 정치적 조작극에 대해서 "허튼소리 말라! 모두가 한 마리 나비의 꿈과 같

---

2) 오강남, 『장자』, 현암사, 1999, 134쪽.

이 허무한 것이다" 하고 마치 스스로 한 마리 나비가 된 것처럼 은유로 삼았던 것이다. 그런데 그 시절의 두 주역, 즉 박정희, 김형욱의 인생의 말로를 보건대 어찌 꿈과 같이 허무하고 무상하지 않으리…….[3)]

한겨울 맹추위는 감옥 벽에 달라붙어 떨어질 줄 몰랐다. 창문에 덧댄 비닐은 찢어져서 너덜거렸고 그사이로 날카로운 바람이 불어왔다. 윤이상을 괴롭히는 것은 추위만이 아니었다. 마룻바닥에 엎드린 자세로 악보를 써 나가다 보면 온몸이 부어올라 몹시 힘들었다. 오랫동안 똑같은 자세로 있자니 심장이 툭탁거리고 어지러웠다. 때로는 물속에 푹 잠겨 있는 듯한 답답함과 우울함이 찾아와 견딜 수 없었다. 자신이 마치 깊은 늪 속으로 버려진 것처럼 느껴져 까닭 없이 슬퍼지며 무기력증에 빠지곤 했다. 윤이상은 그때마다 벽에 기대어 허리를 꼿꼿이 폈다. 배에 힘을 주고 깊은 숨을 쉬었다. 숨을 들이마신 뒤, 천천히 내뱉는 과정을 되풀이하면서 마음속의 나쁜 기운을 몰아냈다. 몸은 비록 가장 최악의 상황에 처해 있었으나, 자신이 써 나가는 곡조는 가볍고 경쾌한 것이었다.

윤이상은 검찰청에서 보충 심문을 받는 날 이수자를 만났다. 두 사람은 재빨리 속삭였다.

"여보, 거긴 어때요?"

"독방에 비누가 없어요. 칫솔과 치약도 없고, 엉망이에요."

그날, 그렇게 헤어진 것이 윤이상의 마음을 아프게 했다. 세수와 양

---

3) 이수자, 『내 남편 윤이상』 하권, 창작과비평사, 1998, 14쪽.

치도 제대로 못 하는 아내 생각 때문이었다. 얼마나 불편했을까. 감옥 안에 갇혀 있다고 사람 취급도 하지 않는 교도관, 이들에게 기본적인 교육도 시키지 않는 교도행정체계, 그리고 이 모든 것을 방치한 교도소장이 원망스러웠다. 하지만 원망해봐야 아무런 소용이 없었다. 교도소는 인권이 통째로 사라진 곳이었으니까.

윤이상은 운동 시간이 되어 한 절도범과 이런저런 잡담을 나누다가 아내와 만난 얘기를 했다. 이튿날 운동 시간에 그 절도범은 조그만 비누 조각과 절반쯤 남은 치약을 윤이상의 손에 남몰래 쥐어주었다. 윤이상은 그에게 진심으로 고맙다고 했다. 그리고 두 번째로 검찰청 앞에 불려 나갔을 때 아내에게 그것들을 건네주었다. 아내의 입가에 미소가 떠올랐다. 그 모습을 바라보는 것만으로도 기뻤다.

무덥던 여름이 끝나고 가을이 된 어느 날, 옥창을 바라보던 이수자는 남편 생일이 코앞으로 다가왔다는 것을 문득 깨달았다. 마침 김종길 변호사가 감옥 안으로 찾아왔다.

"김 변호사님, 며칠 후면 남편 생일입니다. 남편에게 면회를 갈 수 있을까요?"

"예, 한번 노력해보겠습니다."

며칠 후, 면회가 허락되었다. 그것만으로도 숨통이 트이는 것 같았다. 하지만 이 막막한 곳에서 생일을 맞는 남편에게 무엇을 주어 기쁘게 할 것인가. 아무것도 줄 것이 없었다. 곰곰 생각을 거듭하던 끝에, 하릴없이 길게 자란 머리카락으로 꽃을 만들기로 했다.

칼도 가위도 없어서, 할 수 없이 자신의 손으로 조심스레 머리카락을 한 올씩 뽑았다. 다행히 손톱깎이가 있어서, 그것으로 머리카락을 잘라냈다. 머리카락에 밥풀로 풀을 먹이고 한 올 한 올 엮어 장미꽃 모양을 만들어냈다. 다 만드니 예쁜 흑장미가 되었다. 그것을 종이에 정성껏 싼 뒤 편지를 썼다.

"오늘은 1967년 9월 17일, 당신의 50세 생일입니다. 나의 영원한 당신이여. 변치 않는 사랑의 흑장미, 한 송이 받아주세요. 건강하세요. 서러워 마세요. 광명의 그날까지……. 서대문형무소에서 당신의 영원한 자야."

평소 둘 사이에서만 통용되던 애칭 '자야'를 편지 말미에 적고 보니, 남편에 대한 사랑을 듬뿍 담아놓은 듯한 뿌듯함이 밀려왔다.

"교도관님, 변호사님과 제가 남편을 면회할 수 있도록 허락해주시겠습니까?"

이수자는 변호사와 접견하는 자리에서 교도관에게 부탁했다.

"안 됩니다."

교도관이 짧게 끊어서 대답했다.

'세상에서 단 하나뿐인 선물을 남편에게 직접 안겨주려고 했는데, 할 수 없구나.'

이수자는 마음을 접어야 했다.

"그렇다면 변호사님한테 이것을 드릴 테니, 남편에게 저 대신 전달할 수 있게 해주십시오."

"그렇게 하리다. 변호사 양반, 들으셨지요?"

교도관이 선심이라도 쓰는 것처럼 김종길 변호사를 보며 말했다.

"여부가 있겠습니까? 이 여사님의 선물을 윤 선생님께 곧 전달해드리겠습니다."

김종길 변호사가 흔쾌히 대답했다. 변호사를 통해 아내의 정성 어린 흑장미를 선물로 받은 윤이상은 눈시울이 붉어졌다.

"아! 한 올 한 올 자신의 머리칼을 뽑아 어찌 이토록 아름다운 흑장미를 만들 수 있단 말인가? 나의 자야……."

윤이상은 변호사 앞이라는 사실도 잊은 듯 감격에 겨워했다. 두 손에 받아 든 흑장미가 마치 자신을 포근히 감싸는 것 같았다. 아내의 사랑이 손바닥을 통해 전해왔다.

그 무렵 딸과 아들의 편지가 도착했다. 독재정권은 가족들의 편지조차 금하고 있었다. 그러나 웬일인지 1심 공판을 얼마 남겨두지 않은 시점에서 금지조치를 풀어주었다. 아이들의 편지를 읽는 윤이상의 마음은 행복감으로 가득 찼다.

나의 사랑하고 보고 싶은 아버지!

어떻게 몸은 건강하시고, 잘 지내셨나요. 우경이와 나는 정말 잘 있고 걱정이 없답니다. 모든 사람들 덕분에……. 이제야 느낀답니다. 얼마나 아버지가 수많은 친구들을 가졌는지.

이번 겨울방학에는 프로이덴베르크 교수 집에 초대되어서 오스나브뤼크로 우경이와 함께 갈 예정입니다. 이젠 지났지만 아버지의 생일을 대단히 축하합니다. 그동안 종구오빠가 한번 베를린에 와서 우리들을 보고 갔답니다. (……)

아버지, 저의 맹장수술은 잘되어서 지금은 아무렇지도 않으니까 아버지는 걱정하지 마세요. 나의 사랑하고 보고 싶은 아버지, 정말 몸 건강하세요. 우리들은 아버지, 엄마가 오실 때까지 착하게 기다리고 있겠습니다. 우리 걱정은 마세요, 네?

아버지의 딸 정아가

아버지 우경이는 우리 글을 잘 못 써서 겨우 이것만 썼으니 이해하세요.

보고 싶은 아버지!

아버지, 우리를 위해서 걱정하실 필요 없다.

아버지, 빨리 돌아오기를 바란다.

우경이가.[4)]

1967년 12월 13일, 세계의 이목이 집중되는 가운데 제1심 선고 공판이 열렸다. 동백림 사건의 피고인들은 공판정에서 만날 때마다 마치 형제를 보는 것처럼 반가워해주었다. 용공 혐의가 씌워진 탓도 있으려니와, 국내 음악인들은 윤이상의 공소 사실에 대해 냉담한 편이었다. 그에 비해 독일, 미국, 프랑스, 일본 등 해외 각지에서는 세계적인 음악가들, 문화예술인들이 재판정으로 진정서를 보내고 있었다.

이 사건에서 가장 놀라운 일은 한국의 저명한 음악가이자 윤이상의 친구인 임원식의 증언이었다. 그는 황성수 변호사가 증인으로서 법정에 서달라고 요청하자 흔쾌히 동의했다. 평북 의주 출생인 그는 일본 도쿄 고등음악학교에서 음악을 배웠고, 1946년 한국 최초의 교향악단인 고려교향악단의 초대 상임 지휘자로서 우리나라 지휘계를 개척한 인물이었다. 그는 고려교향악단이 해산되자 미국으로 건너가 줄리아드 음악학교에서 지휘를 배운 뒤 1948년 귀국했다. 임원식은 한국전쟁 때 피난지 부산에서 육군 교향악단을 조직했고, 1956년 KBS 교향악단을 창단해 초대 상임 지휘자로 활동했다. 1961년 한국 최초의 예

4) 이수자, 『내 남편 윤이상』 상권, 창작과비평사, 1998, 297쪽.

1967년 동백림 사건으로 재판받는 윤이상의 모습. 이수자 여사도 재판정에 불려와 있다.

술 전문 고등교육기관인 서울예술고등학교를 설립해 초대 교장을 지냈으며 1966년에는 한국음악협회 이사장에 취임해 경륜을 펼치는 중이었다. 서울예술고등학교는 정부의 고관 자제들, 중앙정보부 고위급 간부의 자제들이 많이 다니는 학교였기 때문에 정부의 실력자들과도 친분관계가 두터운 편이었다.

그는 한국음악협회 회원들에게 윤이상을 구명하기 위한 서명을 받고자 노력했다. 하지만 돌아온 것은 싸늘한 눈초리뿐이었다. 일부는 침묵했고, 일부는 임원식에게 노골적인 적의를 드러냈다.

"공산주의자를 위해 그렇게 열심히 노력하는 이유가 뭡니까?"

얼굴을 들이대고 면박을 주는 사람도 있었다. 그러나 임원식은 서명운동을 멈추지 않았다. 급기야 협회 회원들뿐만 아니라, 신변 안전에만 전전긍긍하던 보수적인 음악가들까지 그를 적대시하기에 이르렀다. 그들은 임원식에게 노골적인 비난을 서슴지 않았으며 서명운동을 방해했다. 또한 임원식을 비난하고 배척하는 일을 멈추지 않았다.

중앙정보부는 임원식이 증언대에 서지 못하도록 압력을 넣었다. 증언을 하는 데에는 위험이 따랐다. 자칫하면 자신이 지금까지 쌓아왔던 명성이 하루아침에 무너질 수도 있었다. 보수적인 문화예술인들이 자신에게까지 공격을 가할 위험마저 있었다. 하지만 구차하게 자신의 안위를 지키는 것은 사람의 할 짓이 아니라고 여겼다. 그는 무너지는 진실을 붙들어 세우고 싶었다. 밤을 새우며 고민하던 그는 결국 양심의 편에 서기로 결심했다. 법정에 선 그는 친구를 위해 참으로 열정적인 증언을 해주었다.

"나는 전부터 그를 잘 알고 있습니다. 그가 공산주의자가 아니란 걸 잘 알고 있습니다. 북한에서 그의 음악은 반동적인 것으로 여겨지고, 아니 오히려 국가에 적대되는 것으로 여겨지고 있습니다. 그런데 어떻게 그가 북한과 좋은 관계를 가질 수가 있겠습니까. 그가 북한의 적인 동시에 친구라고 보는 건 불가능합니다.[5)]

임원식은 증언하는 동안 내내 울음을 참지 못했다. 그는 슬픔을 가누지 못하고 몇 번이나 말을 중단해야 했다.

"공산 사회에서는 인민 대중과 유리된 작품은 불가능합니다. 그런데 윤이상은 12음기법을 비롯한 서구 모더니즘의 첨단 기법들을 실험하고 있는 중입니다. 이런 음악은 공산 사회에서는 숙청감입니다.

---

5) 윤이상·루이제 린저, 『윤이상, 상처 입은 용』, 랜덤하우스중앙, 2005, 191쪽.

그의 법 위반은 순수한 창작적 동기와 오랜 해외 생활로 인해 한국적 상황을 잘 몰랐기 때문에 일어난 것으로 확신합니다. (……) 유럽 음악계에서는 나 임원식을 위시해 한국 음악가 2, 3백 명을 묶어 놓은 것보다 이 한 사람의 비중이 더 큽니다."[6)]

진실에 기초한 임원식의 눈물은 전염성이 강했다. 방청석에서 그의 증언을 듣던 사람들도 그가 보여준 진실과 진정성에 금방 감염되었다. 피고의 가족들을 비롯해 방청석은 금세 울음바다가 되었다. 하지만 이러한 그의 진실한 증언도 메마른 재판부의 판결을 바꾸지는 못했다. 이 재판은 어차피 처음부터 중앙정보부의 계획에 의해 움직이고 있었기 때문이다. 마침내, 재판관이 판결문을 읽었다.

"정규명 사형, 정하룡 사형, 윤이상 무기징역!"

윤이상은 사형에서 무기징역으로 한 단계 낮게 선고받은 터라서 그나마 나은 편이었다. 하지만 절망의 크기는 여전히 줄어들지 않았다. 윤이상은 이미 죽기를 각오하고 있었으므로 오히려 담담할 수 있었다.

최정길과 임석훈에게는 각각 징역 15년과 10년 형이 구형되었다. 이수자는 원래 징역 5년 형이었으나 3년 형으로 감형되어 집행유예로 석방되었다. 재판정은 동백림 사건 관련자 34명 전원에게 국가보안법, 반공법, 형법(간첩죄), 외국환관리법 등을 적용하여 유죄 판결을 내렸다. 재판을 방청한 독일인 교수 게랄트 그륀발트Gerald Grünwald는 이 사건의 변호인들이 경이로울 정도로 변호를 잘했다고 놀라워했다. 하

---

6) 조희창, 「지휘자 임원식이 말하는 윤이상: "한국 음악가 2, 3백 명을 묶어도 윤이상 한 사람을 당할 수 없다"」, 『객석』, 1995년 12월호 부록, 20쪽.

지만 간첩 혐의에도 범죄 구성 사실 자체가 입증이 안 된 허술한 법정이었다. 뒷날 이들 모두에 대한 간첩 혐의가 사라졌으니, 처음부터 말도 안 되는 조작사건이었던 것이다.

판결이 끝난 뒤, 윤이상은 아내에게 말했다.

"당신이 석방되어서 정말 기쁘오. 나도 석방되어 우리가 함께 집으로 간다면 참으로 좋을 텐데."

이수자는 그저 고개만 끄덕일 뿐, 목이 메어 말을 잇지 못했다. 변호인들은 선고 공판 이후 곧 항소했다.

제5장

거대한 연대

진실은 속일 수 없는 법이다. 독일 신문에는 윤이상이 한국으로 강제 납치되었다는 보도가 실리기 시작했다. 처음에는 잘 몰랐지만, 점차 KCIA의 소행이라는 기사가 솔솔 새어 나왔다. 심증이 확증으로 굳어지자 유럽 사회가 크게 술렁였다. 이와 동시에, 국제적인 윤이상 석방운동이 거세게 일어났다. 서독 정부 또한 박정희 정권에 대해 항의의 움직임을 보였다.

윤이상의 친구들은 독일의 본을 비롯한 세계 각지에서 석방운동을 벌여나갔다. 음악가들은 서로서로 협력해 '무료 연주회'를 개최했다. 또한 유럽의 여러 교회가 앞장서서 윤이상 석방을 성원하는 기부금을 모으기 시작했다. 윤이상 석방운동은 워싱턴과 도쿄로 번져나갔다. 그들은 여러 방법으로 연주회를 열었고, 동시에 박 정권에 항의서한을 보내면서 행동을 같이했다.

서독학장회의와 독일학생동맹 간부회는 뤼프케 대통령 앞으로 "독일에서 한국으로 납치된 사람들을 원상회복하도록 힘써 주십시오"라는 요구서한을 보냈다. 또한 서독학장회의는 "KCIA에 의해 저명한 음악가인 윤이상이 납치, 구금된 상황에서 더는 한국과 서독 간의 학술교류를 유지해 나가기 힘들다"고 강조했다. 귄터 프로이덴베르크 교수는 윤이상의 납치와 구속에 대해 항의성명을 발표했고, 쾰른의 공화제 클럽과 대학생 들은 본의 한국 대사관 앞까지 행진하면서 침묵시위를 벌였다. 비슷한 시기에 피아니스트 클라우디오 아라우Claudio Arrau는 서울에서 열릴 예정이었던 연주회에 불참 의사를 전달하며 강력한 항의 표시를 했다.

한 해가 바뀌어 1968년이 되었다. 감옥 안에서 쉰한 살이 된 윤이상은 작품 완성을 위해 온 힘을 기울였다. 서대문형무소의 추위는 혹독했다. 윤이상은 곱은 손을 입김으로 호호 불며 연필을 더욱 꽉 붙잡았다. 연필은 때때로 신들린 듯 움직였다. 그때마다 몇 소절이 그 모습을 드러냈다. 어린 시절 통영의 밤바다에서 들었던 어부들의 노랫소리, 밤하늘을 수놓던 빛나는 별들, 철썩이는 파도 소리, 무당의 푸닥거리, 이화중선의 육자배기가 한데 어우러져 빚어낸 음표들이었다.

그 소리는 빠르게 휘몰아치는 듯하다가 천천히 감돌았고, 수직으로 상승하는 듯하다가 곧 잦아들었다. 한 음에서 다른 음으로 움직이는 동안 밀고, 떨고, 퉁기는 변화 속에 가장 여린 피아니시모pianissimo에서 가장 커다란 포르테forte까지 수축과 팽창이 쉴 새 없이 거듭되었다. 그러는 동안 하나하나의 음은 저 혼자 가야 할 방향을 향해 질주했고, 그 음들이 모여 거대한 조화와 합일의 통일체를 형성해나갔다. 음의 형태와 내용이 갖추어지는 동안 심장 발작 때문에 찬 마룻바닥에 쓰러지는 일도 있었다. 그러나 악보 위를 춤추는 나비의 군무를 멈추게 하지는 못했다. 1968년 2월 5일, 혼신의 힘을 다한 사투 끝에 〈나비의 꿈〉 총보가 완성되었다. 훗날, 루이제 린저는 옥중에서 작품을 완성한 것을 두고 윤이상에게 이렇게 얘기했다.

> "당신에게 정말 감동했어요. 자기 자신과 이렇게 거리를 둘 수 있다니……. 게다가 희극 오페라를 쓰다니요. 그것은 도교의 승리입니다. 인생을 한낱 꿈이라고 보는 의식, 모든 존재와 일체화하고 그런 까닭에 더욱 힘든 시련도 견딜 수 있는 의식입니다. 그것은 또 당신의 일을 방해한 모든 불쾌한 것에 대한 당신 창조력의 승리이기도 합니다."[7)]

맞는 말이다. 하지만 그것은 도교의 승리가 아니었다. 죽음 앞에서도 작품을 쓰고자 노력한 인간 윤이상의 승리였다. 아픈 몸을 달래고 분노마저 어루만지면서 자신의 내면에 깃든 음악을 표현하려 몸부림친 한 음악가의 승리였다. 그리고 그것은 상처로 얼룩진 승리이기도 했다.

작품이 완성되자 맨 먼저 중앙정보부 요원이 가지고 가서 철저히 조사했다. 지난번 독일에서 온 오선지처럼, 혹시 암호문 같은 것이 없나 요모조모 꼼꼼히 살펴본 뒤에야 이수자에게 넘겨주었다. 윤이상은 이 작품을 완성하기 위해 전력을 기울인 탓에 기어이 병을 얻고야 말았다. 당뇨병 합병증이 찾아와 쓰러진 것이다. 윤이상은 갑작스레 앓아누운 뒤 서울대학병원으로 실려 갔다.

---

7) 윤이상·루이제 린저, 『윤이상, 상처 입은 용』, 랜덤하우스중앙, 2005, 204쪽.

이수자가 남편의 입원 소식을 듣고 부랴부랴 찾아온 것은 물론이다. 이수자는 윤이상을 극진히 간호해주었다. 그러나 아이들이 걱정되어 도저히 견딜 수 없었다. 며칠 후, 이수자는 〈나비의 꿈〉 악보를 가지고 독일로 돌아갔다.

베를린에 도착하니, 아이들은 기숙학교에 있었다. 온 가족이 함께 살던 아파트에는 젊은 독일인 부부가 살고 있었다. 집세라도 절약하려고 남편의 친구인 쿤츠가 세를 내주었던 것이다. 그 바람에 지낼 만한 곳이 마땅치 않았다. 아이들도 어머니가 빨리 아버지에게 가서 병간호를 해야 한다며 성화였다. 이수자는 결국 두 달 만에 다시 서울로 돌아와 윤이상의 병간호에 온 정성을 쏟았다.

1968년 3월 13일, 제2심에서 윤이상은 15년 형으로 감형되었다. 이 재판에서 간첩죄는 슬그머니 사라졌다. 하지만 조속한 석방이 이루어지지 않고 여전히 중형이 선고되자 서독에서 항의시위가 일어났다.

음악가들의 항의는 다양한 방식으로 전개되었다. 바이에른 방송국의 연주 단체인 '무지카 비바Musica Viva' 예술국장인 볼프강 포르트너Wolfgang Fortner는 박정희 대통령 앞으로 석방 탄원서를 보냈다. 그가 뮌헨에서 음악회를 개최하고 있을 때, 한 무리의 학생들이 연단을 점거한 채 구호를 외쳤다.

"윤이상을 석방하라!"

학생들은 음악회의 청중에게 석방 탄원서를 돌렸다. 청중 모두가 호응하여 탄원서에 서명해주었다. 볼프강 포르트너는 청중들의 서명을 첨부한 석방 탄원서를 긴급히 청와대로 부쳤다. 이 무렵, 베를린 시장도 "너그러운 마음으로 윤이상 선생을 석방해주십시오"라는 요지의 진정서를 박정희에게 보냈다. 진정서와 탄원서의 행렬은 계속 이어졌지만 약간의 해프닝도 발생했다.

1968년 4월 15일 연주회에서는 윤이상의 작품 〈예악〉이 연주될 예정이었다. 연주회가 시작되려는 찰나, 갑자기 음악을 전공한 학생 하나가 무대 위로 뛰어 올라갔다. 그는 품속에서 선언문을 꺼내 읽기 시작했다.

"오늘 연주될 작품의 작곡가가 연행되었다. 하지만 독일 정부와 베를린 시 당국은 윤이상의 석방을 위해 아무런 노력도 하지 않고 있다. 이 같은 상황에서 그의 작품을 연주하는 것은 미친 짓이다!"

선언문을 다 읽기도 전에 총지배인이 와서 학생의 엉덩이를 걷어찼다. 이 사건에 대해서는 의견이 분분했다. 석방 선언문을 읽은 학생의 뜻이 옳다는 측과, 그렇지만 연주회를 망친 것은 경솔한 행동이었다는 측으로 견해가 갈렸다.

1968년 5월, 독일 함부르크 자유예술원은 윤이상을 정식 회원으로 뽑아주었다. 이것은 음악인에게 주어지는 영예였다. 함부르크 자유예술원 회원이 된 윤이상은 더욱 주목받는 음악가가 되었고, 국제 사회는 한국 정부에 대한 석방 압력을 더욱 높여나갔다.

회장인 빌헬름 말러Wilhelm Maler는 박정희 대통령 앞으로 항의서한을 보냈다. 이 항의서한에는 국제적인 음악인 181명의 서명이 첨부되어 있었다. 헤르베르트 폰 카라얀Herbert von Karajan, 카를하인츠 슈토크하우젠, 한스 베르너 헨체Hans Werner Henze, 죄르지 산도르 리게티, 에르네스트 크셰네크Ernest Krenek, 볼프강 포르트너, 마우리치오 카겔Mauricio Kagel, 얼 브라운Earle Brown, 롤프 리베르만Rolf Liebermann, 스위스 작곡가 에드바르트 슈템프틀리Edward Staemptli, 오토 클렘퍼러Otto Klemperer 등이 서명에 참여해주었다. 항의서한은 매우 정중한 내용이었지만, 조속한 석방을 요구하는 단호함과 간절함으로 가득 차 있었다.

"윤이상 씨는 유럽뿐만 아니고 전 세계에서 우수한 작곡가로 인정받고 있습니다. 그의 목적은 언제나 코리아 음악의 뛰어난 전통을 서양음악의 경향과 결부시키는 것이었습니다. 따라서 그의 작품과 사람됨은 한국의 문화와 예술을 한국 외부로 알리는 귀중한 소개자라고 보지 않으면 안 됩니다. 그가 없으면 우리는 당신의 문화에 대하여 아주 적은 것밖에 알지 못하였을 것입니다. 그만큼 우리에게 예술적인 노력에 의하여 한국의 사고 양식을 가르쳐준 사람은 그 이전에는 한 사람도 없었습니다.

(……) 국제 음악계는 윤이상 씨를 필요로 하고 있습니다. 그는 우리에게 있어서 동서양의 중개자로서 더할 나위 없이 중요한 사람입니다. 코리아 음악의 대사大使로서 그는 무엇과도 바꿀 수 없는 사람입니다."[8]

서독의 각 신문 1면에 이 호소문이 크게 실렸다. 신문은 독일 전역에 배부되었다. 이 호소문은 문화예술계는 물론, 서독의 시민사회에 커다란 파장을 일으켰다.

6월 21일에는 4월의 해프닝과는 다른 양상이 연출되었다. 베를린 음악대학에서 윤이상의 작품 연주회가 열렸을 때 그 학생이 또 무대로 뛰어올라 왔다. 보리스 블라허는 앞서의 총지배인과는 달리 학생의 행동을 용인해주었다. 학생은 윤이상의 불법적인 납치와 구속에 대해 항의하고 석방을 촉구하는 호소문을 낭독했다. 보리스 블라허의 너그러운 태도와 더불어 학생의 호소문은 출연자와 청중의 마음에 깊은 공감

---

8) 이수자, 『내 남편 윤이상』 상권, 창작과비평사, 1998, 294쪽.

을 불러일으켰다. 그 결과, 출연진 전원이 출연료를 윤이상 석방운동을 위해 기부했다. 아름다운 일이었다. 이 모두가 윤이상에 대한 관심에서 비롯된 일이었다. 윤이상은 자신도 모르게 전 세계인이 주목하는 사람이 되어 있었다.

윤이상은 병원 신세를 지고 있었지만, 차가운 독방에 있지 않고 수시로 아내의 간호를 받는 것이 무엇보다 좋았다. 이수자는 서울 언니네 집에 머물면서 날마다 병원을 드나들었다. 넉 달 반 정도 지나니 윤이상의 병세가 많이 나아졌다. 더운 여름이어서 여러 모로 불편한 점이 많았다. 하지만 이수자는 남편이 하루빨리 회복되기만을 바라면서 모든 것을 감수했다. 이 무렵 시인이자 번역가이며 수필가인 김소운의 부인 김한림이 자주 병문안을 와주었다. 3.1 독립만세운동 때 옥살이를 했던 독립운동가를 부친으로 둔 김한림은 학생들을 가르치는 교사였다. 병문안을 와서도 뜨개질하는 법을 가르쳐준 따뜻한 마음씨 덕분에 이수자는 많은 위로를 받았다.

병상에 누워 있자니, 2심 재판 때 독일에서 한국으로 날아와 자신을 면회해준 하랄트 쿤츠 박사와 프로이덴베르크가 새삼 떠올랐다. 그들은 진정한 우정을 보여준 좋은 친구였다. 프로이덴베르크와 쿤츠는 재판정의 증인으로 신청해주기까지 했다. 두 사람은 재판정에서 "윤이상은 공산주의자였던 적이 한 번도 없습니다. 그가 북한에 가게 된 것은, 그에게 예술적 영감을 주었던 고분벽화를 보기 위해서였습니다"라고 증언해주었다. 그 두 친구를 떠올리는 것만으로도 통증이 조금 가셨다. 그들이 보여준 우정의 깊이는 측량할 수 없었다.

비록 중앙정보부 요원이 물 샐 틈 없이 감시를 하고 있었지만, 윤이상은 아랑곳하지 않고 곡을 계속 써나갔다. 그는 서울대학병원 감옥

병동에서 클라리넷과 피아노를 위한 〈율〉을 썼다. 그리고 플루트, 오보에, 바이올린, 첼로를 위한 〈영상〉을 연달아 썼다. 실내악곡 〈영상〉은 1963년 북한 방문 때 강서대묘의 사신도를 감상하면서부터 마음속으로 구상했던 곡이었다. 이 무렵 한국의 젊은 음악도들이 윤이상에게 작곡을 배우겠다며 병원으로 찾아왔다. 윤이상은 기존 작곡의 습성이 몸에 배지 않은 사람들을 선별해 지도해주었다. 그는 나중에 석방된 뒤에도 이들과 사제의 정을 나누며 가르침을 전해주었다.

윤이상은 1964년 미국 포드 재단의 초청으로 석 달간 미국에 머물 때 샌프란시스코 밀스 칼리지의 전자음악연구소 소장 찰스 분Charles Boone과 교류한 적이 있었다. 당시 찰스 분은 윤이상에게 실내악풍으로 작품을 써달라고 의뢰했었다. 1968년 11월 25일, 이 곡은 의뢰받은 지 4년 만에, 그리고 사신도에서 영감을 얻은 지 5년 만에 완성되었다. 찰스 분 역시 윤이상의 석방운동을 위해 애를 써주었다.

윤이상이 감옥에 갇혔다는 소식을 접한 찰스 분은 미국의 여러 신문에 두루 협조 요청을 했다. 윤이상에 관한 기사를 가급적 많이 다뤄달라고 부탁하는 일이었다. 그의 노력은 기대 이상의 효력을 발휘했다. 그 후, 윤이상이 부당한 공권력의 압력으로 감옥에 갇혔다는 소식이 많이 보도되었던 것이다.

어느 날, 한국 신문에 "윤이상, 미국에서 작곡을 의뢰받다"라는 기사가 실렸다. 기자는 윤이상을 면회 와서 "밀스 칼리지의 찰스 분 소장에게서 작곡 의뢰를 받으셨다고 들었습니다. 선생님께서는 그 곡을 써줄 수 있으십니까?" 하고 물었다. 윤이상은 "그렇습니다" 하고 대답했다. 나중에 알고 보니, 이것은 찰스 분이 의도적으로 미국 신문에 윤이상의 기사를 내보내도록 발 벗고 나서준 덕분이었다. 찰스 분은 미국의 주요 신문에 윤이상의 이름이 자주 언급될수록 국제적인 윤이상 석방운동에 도움이 될 거라고 믿었다. 국내 신문에서는 미국의 기사를 받아썼기에, 결과적으로는 그가 바란 대로 된 셈이었다.

이 무렵 하노버 음악대학은 옥중의 윤이상에게 음악대학의 객원교수를 맡아달라고 제안했다. 윤이상은 이 제안을 흔쾌히 받아들였다. 이 이야기는 유럽에서 비중 있는 기사로 다루어졌다. 얼마 뒤, 그 기사는 곧바로 한국의 주요 신문에도 실리게 되었다. 이 또한 윤이상 석방을 촉구하는 효과적인 시위가 되었다.

4중주곡 〈영상〉은 사신도의 구도가 음악적으로 재현되어 있는 것이 특징이다. 백호는 첼로로써 표현되고, 현무는 플루트, 청룡은 오보에, 주작은 바이올린으로써 표현된다. 도교의 네 가지 방위를 담당하는 수호신이 각각 네 개의 악기로써 작품의 중요한 주제를 표현하는 것이다. 네 개의 상징 동물이 개별적인 방위를 맡고 있음에도, 전체적으로 하나의 통일체를 지향하는 것은 윤이상의 주요음 개념과 잘 맞아떨어진다. 『20세기 음악의 구도』에 「윤이상의 양양성兩洋性」이라는 제목으로 게재된 야노 도오루(矢野 豁)의 논문은 〈영상〉에 대한 존경과 감탄으로 가득 차 있다.

> 내가 윤이상에 대하여 하나의 깊은 확신을 가진 것은 몇 년 전 플루트, 오보에, 바이올린, 첼로를 위한 〈이마주(영상)〉를 들었을 때였다. 그 확신이란 것은 유럽의 음악사에 불후不朽의 이름을 남길 아시아 출신의 작곡가는 지금 현재 윤이상밖에 없다는 생각이었다. (……)
>
> 이 〈이마주〉를 분석하여 가면, 윤의 음악의 특징을 잘 파악할 수

있다고 생각한다. 이러한 동양적 체념감도 그러니까 그의 수많은 작품이 동양세계, 즉 중국과 조선의 사상, 문물에서 곡상曲想을 얻고 있는 특징이 먼저 지적된다. 즉, 윤은 아시아의 총체를 짊어지고 말았다. 이러한 상상할 수도 없는 경지에 서본 작곡가는 내가 아는 한도에서, 윤이상 말고는 전무후무하다. 그리고 그의 음악 자체에 아시아라는 의미 공간에 뿌리박은, 타협이 없는 '문법'이 관통되어 있다. 윤은 동아시아의 음악문화를 원천으로 하고, 모국 한국의 음의 이미지를 유럽 현대음악의 수법으로써 음악화하고 있는 것이다.

윤이 엮어 짜낸 획기적인 어법은 유명한 '하우프트톤Hauptton(主要音)'이다. 이 관념을 단순히 실험적으로 써서 보였다는 것이 아니라, 더 적극적으로 음악의 정통적인 어법으로서 위치를 세워 보였다는 것으로써 윤이상의 이름은 음악사에 새겨진 것이라고 할 수 있다. '하우프트톤'을 받치는 것은 자재自在한 시가時價를 가진 단음이다.[9]

한동안 병간호에만 전념했던 이수자는 다시 독일로 돌아가기로 했다. 1968년 10월 초순, 윤이상은 아침 햇살을 받으며 병원 현관 앞에까지 나와서 작별 인사를 했다. 바람이 제법 서늘했다. 택시를 타고 떠나는 아내를 향해 윤이상은 두 손을 높이 들어 흔들었다. 공항에 도착할 때까지, 그 모습이 내내 이수자의 눈에 밟혔다.

병원생활은 무료하기 짝이 없었다. 혼자서 작품 구상을 하다가도 잘 안 될 때면 아내가 곁에 없다는 사실에 몹시 허전해졌다. 그럴 때면 악보를 잠시 밀쳐두고 그리운 마음을 꾹꾹 눌러 아내에게 편지를 썼다.

---

9) 이수자, 『내 남편 윤이상』 상권, 창작과비평사, 1998, 237쪽.

아내와 함께 있을 때가 행복이었다고 쓰는 순간, 아내가 곁에 없다는 사실이 더욱 실감났다. 그는 음악을 사랑했지만, 언제나 늘 조국을 생각했던 것도 잊지 않고 썼다. 자신의 음악이 도약할수록, 그것이야말로 조국을 사랑하는 최선의 보답이 될 것이라는 믿음 또한 또박또박 썼다. 몸은 비록 갇혀 있지만, 꿈에도 그리던 조국에서 높고 푸른 하늘을 바라보게 된 것은 놀라운 일이었다. 자신의 석방운동을 위해 최선을 다하는 국내의 따뜻한 지인들, 그들이야말로 자신이 사랑해 마지않을 조국이라는 것을 편지를 쓰면서 벅찬 가슴으로 깨달았다. 더불어, 자신의 구명운동을 위해 발 벗고 뛰는 해외의 모든 음악가들, 예술가들, 친구들과 지인들이야말로 자신이 소중히 껴안아야 할 지구상의 든든한 벗들임을 확인하고 또 확인했다.

어느 날, 병원으로 고향 친구 이상용이 찾아왔다. 그는 일제강점기가 끝나가던 무렵, 윤이상이 일경에 쫓기는 몸이 되었을 때에 많은 도움을 주었던 변함없는 친구다. 그 우정은 통영 앞바다가 마를 때까지 변치 않을 것이다. 이상용은 큼지막한 보따리를 가지고 왔다.

"친구, 여기 있으니 갑갑하지? 몸이 빨리 회복되길 바라네."

"이게 다 뭔가? 정말 고맙네. 맛있게 먹을게."

그가 가져온 보따리 속에서 한약 냄새가 풀풀 풍겼다. 한약 한 제, 김, 마른 꽁치와 마른 새우 등이 가득 들어 있었다. 친구의 마음 씀씀이가 새삼 가슴을 훈훈하게 했다. 윤이상과 이상용은 여전히 통영 바닷가를 누비던 소년 시절의 심정 그대로 서로를 위로하고 격려해주었다. 윤이상은 그런 이상용에게 죽마고우의 진한 우정을 느꼈다.

1968년 12월 5일, 제3심 공판이 열렸다. 재판관은 이례적으로 전 세계에서 저명한 음악가들이 보내온 '윤이상 석방운동을 촉구하는 탄원서'를 읽어주었다. 이 재판에서 윤이상의 형량은 10년 형으로 감형됐다. 이제, 대법원 최종심에서 간첩 혐의로 유죄판결을 받은 피고인은 단 한 사람도 없었다. 전 세계의 문화예술인들이 극동아시아의 한 귀퉁이에서 부당하게 고난받는 한 사람의 음악가를 주목하고 있었다. 하지만 최종심의 판결은 그들에게 좌절과 분노를 안겨주었다. 최종심(재상고심) 판결 사항은 다음과 같다.

사형: 정규명, 정하룡.
무기징역: 조영수.

어준, 임석훈: 15년.
윤이상, 천병희, 강빈구, 최정길: 10년.
김중환, 정상구 등 6명: 7년 이하.
집행유예: 7명.
선고유예: 1명.
형 면제: 3명.

그 무렵, 윤이상의 석방을 촉구하는 서독 사절단이 내한했다. 사절단의 방한은 박정희 정권에 커다란 부담이었다. 그들의 움직임 하나 하나에 전 세계인의 눈과 귀가 쏠리고 있었다. 박정희 정권은 사절단을 부담스러워하면서도 만나주지 않을 도리가 없었다. 서독 정부는 윤이상에 대한 독일 내 여론과 문화예술인들의 압력에 밀려 한국 정부에 사절단을 보냈다. 한국 정부는 5억 마르크에 달하는 막대한 차관 때문에 사절단의 눈치를 보지 않을 수가 없었다.

거대한 연대, 이것은 한 음악가를 구명하기 위한 국제사회의 거대하고 강고한 연대였다. 독재정권에 의해 감옥에 갇힌 한 작곡가를 석방시키기 위해 전 세계의 기라성 같은 예술인들이 이처럼 강하게 연대한 일은 일찍이 그 유례를 찾아볼 수 없었다.

다름슈타트에서 인연을 맺은 뒤부터 윤이상과 평생의 친구이자 음악적 동지가 된 프랜시스 트래비스는 윤이상 석방운동을 하느라 머리칼이 온통 하얗게 세어버렸다. 윤이상의 변호사인 하인리히 하노버Heinrich Hanover, 칠레의 작곡가 후안 알렌데 블린Juan Allende-Blin, 오르간 주자 게르트 짜허Gerd Zacher, 서독 방송국의 드뤼크Drück 박사를 비롯한 수많은 사람들이 윤이상의 구명운동을 위해 모임을 갖고 대책을 논의했다. 하인츠 홀리거Heinz Holliger, 오렐 니콜레Aurle Nicolet, 한스 첸더, 베른하르트 콘트라스키Bernhard Kontrasky, 미하엘 길렌Michael Gielen 같은 음악인들은 윤이상의 석방을 촉구하는 음악회를 개최하고 많은 금액을 기부하며 일반인의 관심을 촉발시켰다. 이들의 거대한 연대는 마침내 한국 정부를 움직이기 시작했다.

이즈음 서독 정부는 중대 발표를 함으로써 박정희 정권에 마지막 압박을 가했다.

"윤이상 선생은 불법과 강압에 의해 KCIA에 의해 납치됐습니다. 우리는 그가 서울의 어두운 방에서 끔찍한 고문을 당했다는 것을 잘 알고 있습니다. 윤이상 선생은 우리 모두에게 더없이 귀중한 음악가입니다. 우리는 윤이상 선생을 하루빨리 석방할 것을 촉구하는 바입니다. 이러한 조치가 조속히 이루어지지 않는다면 우리 독일 정부는 귀국에 대한 차관을 즉각 중단할 것입니다."

서독 정부의 발표는 국제사회의 빅뉴스였다. 박정희 정권은 이 발표를 접하고 바짝 긴장했다. 서독 정부가 약속한 차관은 5억 마르크였다. 그 당시 물가 기준으로 봤을 때 경천동지할 액수였다. 만약 차관 길이 막히면 경제개발에 박차를 가할 동력이 상실될 게 뻔했다. 박정희 정권은 자신의 정치적 위기를 돌파하기 위해 어마어마한 간첩단 사건을 조작해냈지만, 이로 인해 또 다른 정치적 위기 상황에 직면하게 된 것이다.

훗날 하인리히 하노버 변호사가 밝힌 것처럼 "반공의 광기에 사로잡혔던 1960년대 자유세계의 통치기구들을 고통스럽게 다시 돌아보게 하는 운명적 사건"이 동백림 사건이었다. 이 사건은 초반에 간첩죄를 적용하여 피고인들에게 무거운 형을 내렸으나, 2심에서는 간첩죄가 삭제되어 용두사미가 되어버렸다. 조작사건의 전모를 전형적으로 보여준 구체적인 사례인 셈이다. 사형을 언도받은 정하룡과 정규명, 무기징역을 언도받은 조영수 등 최후까지 복역한 피고들마저 1970년 12월에 석방됨으로써 이 사건은 유야무야 종결되고 말았다. 하지만 동백림 사건이 국제적인 이목을 집중시킬 수 있었던 것은 하노버의 말처럼 "납치됐던 사람들 속에 작곡가로서 세계적인 명성을 떨친 사람이 있었기 때문이다." 윤이상, 그가 있었기에 해외 각지에서 항의를 하고 석방운동이 일어났던 것이다.

1969년 2월 25일, 박정희 정권은 전 세계의 음악인들, 문화예술인들의 강력한 항의와 석방 요구에 굴복했다. 그리고 서독 정부의 압력에 무릎을 꿇었다. 박정희로서는 차관이라는 당근을 결코 포기할 수 없는 상황이었다. 이 때문에 박정희는 대통령 특사라는 시혜적 포장을 덧씌워 윤이상을 풀어주었다. 윤이상으로서는 전면적이고 완전무결한 무죄 석방만이 명예회복을 하는 길이었다. 하지만 받아들이는 수밖에 없었다.

그나마 다행이었다.

거대한 연대의 압권은 음악회였다. 이 연대의 결정판은 1969년 2월 23일에 마련되었다. 이날, 윤이상이 옥중에서 작곡한 오페라가 세계에 초연되었다. 맨 처음 〈나비의 꿈〉으로 붙였던 제목을 윤이상이 〈나비의 미망인〉으로 바꾸었다. 〈나비의 미망인〉이 독일 뉘른베르크 오페라 극장에서 한스 기어스터Hans Girster의 지휘로 초연된 날, 서울의 윤이상은 병원에서 감옥으로 재수감되었다. 윤이상 대신 아내 이수자가 연주회에 참석했다.

〈나비의 미망인〉은 장자의 꿈 이야기가 바탕에 깔린 한 막짜리 오페라이다. 14세기의 중국 시인 마치원이 쓴 시를 합창의 가사로 삼았고, 하랄트 쿤츠가 각본을 썼다. 도입부는 가볍고 익살스럽지만 경쾌하게 전개되는 극적 구성 속에는 무상한 인생살이와 진리의 엄중함이 폐부를 찔렀다. 밝고 선명한 나비들이 무대에서 춤을 추었다. 무대 뒤에서 장중한 합창이 나비들의 군무를 감싸며 울려 퍼졌다.

백년 세월도 한 마리 나비의 꿈과 같아라
지난 일 돌이켜보니 모든 것이 덧없도다
오늘 봄이 오면 내일은 벌써 꽃이 지노라
어여 잔을 기울이자 저 등불이 잦아들기 전에

장자가 한 마리 나비로 변할 때 오페라는 절정으로 치달았다. 그 순간 합창단이 이 시의 전체 행을 노래하면서 오페라는 대단원을 향해 나아갔다. 시체로 위장했던 장자가 관에서 벌떡 일어서자 왕자 후는 넋을 잃고 줄행랑을 친다. 미망인이 잘못을 저질렀다는 것을 인정하는 순간, 마지막 반전이 일어난다. 왕자 후가 장자라는 것이 밝혀진 것이다. 장자는 진정한 자유를 얻게 된다. 장자는 마침내 나비가 되었다. 삶의 속박, 아내의 굴레에서 벗어난 나비는 나풀나풀 춤을 추었다. 장자의 노래가 나비들의 춤과 합창에 휘감기어 허공 속 어딘가로 아스라히 멀어져 갈 때, 서서히 막이 내려갔다.

"브라보!"

연주회에 참석한 청중들은 몽환적인 한 편의 오페라에 벅찬 감동을 실어 갈채를 보냈다. 공연은 대성공을 거두었다. 청중들은 장내가 떠나갈 듯 환호하고 손바닥이 빨갛게 부풀어 오를 정도로 박수를 쳤다. 열화와 같은 환호가 이어지자 지휘자와 연출가가 무대에 나타났다. 청중의 박수

1969년 2월 23일 뉘른베르크 오페라극장에서 초연한 오페라 〈나비의 미망인〉의 한 장면.

소리가 더욱 커졌다. 이날 지휘자를 무대에 올려 보낸 커튼콜은 무려 서른한 번이나 계속되었다. 상상을 초월하는 대기록이었다. 하지만 이 자리에 있어야 할 윤이상이 없어서 모두의 아쉬움은 더욱 컸다. 거대한 연대의 불빛이 비추어준 거대한 빈자리, 그 자리는 그만큼 두드러졌다.

"현대 오페라의 새로운 길을 윤이상이 과감히 열어젖혔다."

이튿날, 음악 전문지와 유력한 매체에는 이 연주회에 대한 찬사가 다투어 실렸다. 〈나비의 미망인〉에 대한 음악평론가들의 평은 매우 호의적이었다. 유럽 사회는 머지않아 석방될 윤이상의 귀환을 앞두고 모처럼 활기를 띠었다. 그 가운데 하랄트 쿤츠의 비평은 〈나비의 미망인〉을 정확한 독법으로 꿰뚫고 있다는 점에서 가장 돋보인다.

> 이 작품에는 리듬적으로 폭발하는 듯한 소리의 밀집이 없고, 이전 작품에서의 열정적인 돌발적 음향도 찾아볼 수 없다. 도입부에서 울리는 가물가물한 꿈의 음악은 이 희극에서의 어떤 징조를 암시하고 있다. (……) 〈나비의 미망인〉에서는 파스텔화 같은 부드러운 소리들이 작품의 음향을 지배한다.[10]

국제사회가 한 덩어리로 뭉친 거대한 연대는 이 한 편의 연주회를 통해 완전한 대미를 장식했다.

---

10) 하랄트 쿤츠, 「윤이상의 오페라」, 김용환 편저, 『윤이상 연구』, 시공사, 2001, 100쪽.

불멸의 여정

제1장

—

새로운 출발

중앙정보부는 윤이상을 계속 잡아 가둘 수 없었다. 대통령 특사로 윤이상을 석방하기로 한 결정을 뒤집을 수는 없었기 때문이다. 감옥에서 일단 석방되기는 했으나, 윤이상은 온몸이 만신창이가 되어 있었다. 그는 갈월동의 처형네 집에서 한 달 가까이 요양을 하며 지냈다. 처형 식구들의 정성 어린 돌봄 덕분에 그는 점차 기력을 회복해나갔다.

중앙정보부 요원들은 항상 그를 철저히 감시했다. 이 때문에 그는 사람을 만나려 하지 않았다. 감시가 따라붙는 것도 질색이었지만, 자신을 만나러 온 사람에게 공연한 피해를 줄까 봐 염려가 되어서였다. 중앙정보부는 기자들과도 만나지 말라고 명령을 내린 바 있었다. 자연, 언론과의 접촉도 스스로 마다했다. 언론에 괜한 기사라도 잘못 난다면 공안의 비수에 찔릴 수 있었기 때문이다.

1969년 3월 17일, 윤이상은 이응로 화백, 임석훈, 최정길 등 동백림 사건으로 고생했던 이들 일곱 명과 더불어 부산 여행을 떠났다. 물론,

중앙정보부에서 온 인솔자가 따라붙은 여행이었다. 윤이상은 젊었을 때 이수자와 함께 거닐었던 범일동, 대연리 가는 길을 되짚어보며 옛 추억에 잠기기도 했다. 이 길을 아내와 함께 다시 걸어보리라는 다짐을 했다. 하지만 그 다짐은 막연하기만 했다.

한국을 떠나는 날, 중앙정보부장 김형욱이 윤이상을 불렀다. 그는 마지막으로 한 번 더 협박하는 것을 잊지 않았다.

"윤 선생, 당신이 독일로 가는 것은 인정하겠소. 그러나 앞으로는 독일에서도 조심하시오. 만약 당신이 우리를 계속 반대한다면 각오해야 할 것이오. 당신을 없애는 일은 매우 간단하니까."

그가 서류 하나를 내밀었다. 서류에는 타자로 친 굵은 글씨가 쓰여 있었다.

첫째, 절대로 납치 사실을 언급하지 말 것.

둘째, 재판에 관해 자세히 언급하지 말 것.

셋째, 한국에 대하여 부정적으로 말하지 말 것.

"서명하시오."

김형욱이 쇳소리가 섞인 목소리로 명령했다. 그리고 다음과 같이 덧붙였다.

"만약 이 세 가지 사항을 어기면 한국에 있는 당신 친척들이 무사하지 못할 것이오. 우리가 당신을 베를린에서 전과 같은 방식으로 데리고 오지 못할지 모르지만, 명심하시오. 우리는 적들을 처치하는 방법을 잘 알고 있으니까."

그는 일그러진 얼굴로 으름장을 놓았다. 서류에 서명하자, 김형욱은 윤이상을 풀어주었다. 비로소 악마의 소굴을 벗어난 윤이상은 건물 밑에서 기다리고 있던 친구와 함께 택시를 잡아타고 김포공항으로 향했다. 친구가 『타임』지를 건네주었다. 일부가 뜯겨 나간 주간지에는 윤이상에 관한 장문의 기사가 실려 있었다.

"윤이상이 머지않아 석방될 전망이다. 뉘른베르크에서 초연된 윤이상의 오페라 〈나비의 미망인〉이 크게 성공을 거두었다."

기사는 군데군데 검정 사인펜으로 북북 그어져 있었다. 군사정권의 특징은 언론 통제였다. 검열은 독재정권의 어두운 부분을 감추기 위한 전근대적 통제방식이다. 박 정권의 통치가 길어질수록 사람들은 먹빛으로 칠해진 부분을 헤아려 읽는 지혜를 터득하게 되었다. 신문의 행간을 읽기 시작했고, 문장이 끝나는 곳에서 새로운 문장을 이어가며 숨은 뜻을 추적해나갔다. 그 속에는 독재정권의 추악한 일면이 은폐되어 있거나, 아니면 독재정권에 맞서는 민주 인사들의 저항 의지가 도사리고 있었다.

공항에 도착하자 수많은 기자들이 그를 기다리고 있었다. 국내외 기자들의 표정은 몹시 밝았다. 윤이상의 석방을 진심으로 환영하고 기뻐하는 마음이 얼굴에 드러나 있었다. 그들은 여러 질문을 쏟아냈다. 하지만 윤이상은 그들에게 아무런 말도 할 수 없었다. 중앙정보부 김형욱 부장이 침묵을 강요한 까닭이었다. 윤이상은 그들을 지나쳐 비행기에 탑승했다. 그것은 윤이상이 살아서 이 땅을 떠나는 마지막 순간이었다. 그 후로 그는 두 번 다시 조국의 땅을 밟지 못했다. 하지만 그때는 자신을 포함해 아무도 그 사실을 몰랐다.

윤이상의 좌석은 이등석이었지만 승무원은 그를 일등석으로 안내해주었다. 한국의 영공에 있는 동안 윤이상에게 다가와 말을 거는 사람은 아무도 없었다. 승무원마저 오지 않았다. 참으로 고독한 여행이었다. 그 무렵에는 독일로 가는 직항로가 없어서 일본을 경유해야 했다. 비행기는 도쿄 공항에 착륙했다.

도쿄 공항에는 독일 신문기자 몇 사람이 기다리고 있었다. 그들이 윤이상을 알아보고 인터뷰를 요청했다. 그때, 악몽처럼 김형욱의 협박이 떠올랐다. 그는 아무 말도 할 수가 없었다. 윤이상과 인터뷰하기 위해 몇 시간 동안 기다렸을 사람들에게 아무런 말도 해주지 못한다는 것이 못내 미안하고 안타까웠다. 하지만 자신은 이미 "여기서 있었던 일을 발설하지 않겠다"고 쓴 종이에 서명했던 터였다. 진실을 말하고 싶었지만, 보복의 위험부담이 너무나 컸다. 그래서 입을 꾹 다물었다.

도쿄 공항을 이륙한 비행기가 구름을 뚫고 하늘 높이 날아올랐다. 창문 아래로 성냥갑만 한 집의 지붕들, 따개비 같은 논과 밭이 펼쳐졌다. 높다란 후지 산도 그저 작은 둔덕처럼 보였다. 독일에서 정체 모를

1969년 3월 30일 밤, 감옥에서 풀려나 가족들과 다시 만난 윤이상. 왼쪽부터 이수자 여사와 아들 우경, 딸 정이 행복한 미소를 짓고 있다.

남자들에게 잡혀와, 차디찬 감방에서 새우잠을 자던 것이 아득한 옛일처럼 여겨졌다. 모든 것이 부질없어 보였다. 하지만 그 안에서 완성했던 곡들만큼은 헛된 것이 아니었다. 윤이상은 자꾸만 무기력해지는 자신을, 자신이 쓴 작품에 의지해 일으켜 세우려 애쓰고 있었다.

'나는 다시 예전의 나로 돌아갈 수 있을까…….'

이따금 번개가 내리치는 구름 속을 뚫고 지나가면서, 비행기의 날개 사이로 언뜻언뜻 보이는 산과 바다를 바라보면서, 윤이상은 알 수 없는 두려움과 싸우고 있었다.

몇 번이고 환해졌다가 어두워지는 하늘의 변화무쌍함을 바라보다가 깜빡 잠들었다 깨기를 여러 번 했다. 그러다가 어느덧 혼곤한 잠 속으로 빠져들었다. 깨어나 보니, 어느덧 함부르크 공항에 도착해 있었다. 공항 대합실에는 친구인 귄터 프로이덴베르크, 게르트 짜허를 비롯한 몇몇 독일의 지인들이 마중 나와 있었다. 그들 옆에는 신문기자들이 기다리고 있었다. 그들 모두가 인터뷰를 하고 싶어 했다. 윤이상은 친구들과 잠시 의논한 뒤 외교적인 행동만 하기로 마음먹었다. 정치적인 질문에는 애써 대답을 피했고, 건강 상태와 같은 비정치적인 질문에만 답해주었다. 윤이상도, 기자들도 답답하기는 매한가지인 밍밍한 인터뷰였다.

이윽고, 비행기가 베를린의 템펠호프 공항에 도착했다. 1969년 3월 30일 밤, 윤이상은 납치된 지 653일 만에 가족들의 품으로 돌아갔다. 이수자는 눈물을 흘리며 남편을 끌어안았다. 윤이상도 딸 정과 아들 우경이를 포옹하며 뜨거운 눈물을 흘렸다. 그새 열아홉 살이 된 딸은 이제 어른이 다 되었고, 열다섯 살이 된 우경이도 늠름한 모습으로 성장해 있었다.

그때, 신문기자들과 방송기자들이 마이크를 들이댔다.

"윤이상 선생님, 한 말씀 해주십시오."

윤이상은 여기서마저 침묵할 수는 없었다. 하지만 여전히 말을 아껴야 했다. 그는 차분한 목소리로 조심스럽게 답했다.

"독일로 또다시 돌아오게 되어 기쁘게 생각합니다. 이곳 독일은 제 삶에서나 예술에서나 제2의 고향입니다. 저는 앞으로 독일에서 평화롭게 살며 작곡에 전념하고 싶습니다. 독일 정부가 저의 석방을 환영하는 것과 같이 한국과 독일연방공화국 사이의 우호관계가 지속적으로 유지되는 것을 다행스럽게 생각합니다. 저의 석방을 위해 힘을 기울여주신 모든 분께 진심으로 감사드립니다."

윤이상의 인터뷰는 독일의 여러 신문과 텔레비전 방송을 통해 비중 있게 보도되었다. 늦은 밤, 그는 꿈에도 그리던 집으로 돌아갔다. 낯익은 벽시계가 열 시를 가리키고 있었다.

윤이상은 밤마다 악몽에 시달렸다. 꿈에서 그는 항상 고문을 당하고 있었다. 사내들은 모서리가 날카로운 커다란 각목으로 그를 사정없이 후려쳤다. 꿈속인 줄 알고 있었지만 통증만은 여전했다. 그가 고통스러워하는 것을 보면서 사내들은 킬킬거렸다. 그런 뒤 사내들은 윤이상을 가늘고 기다란 통나무에 매달았다. 그의 주변에는 시커먼 사내들이 물주전자를 들고 있었다. 사내들은 젖은 천을 그의 얼굴 위에 덮었고, 물주전자를 기울여 물을 뿌려댔다. 그가 의식을 잃으면 어두운 방 한쪽에서 흰 가운을 입은 의사가 다가와 주사기를 찔러댔다.

그는 비명조차 지르지 못하고 물을 연거푸 먹으며 질식하다가, 공포에 질린 채 꿈에서 가까스로 깨어나곤 했다. 가위눌린 밤은 그 후로도 계속되었다. 꿈에서 깨어나면, 아내가 늘 머리맡에서 물수건으로 남편의 이마와 목덜미에 맺힌 식은땀을 닦아주었다.

그는 다시 일을 시작했다. 집에 돌아와서 쉰 것은 고작 하루뿐이었다. 감옥 안에서도 부지런히 곡을 썼던 까닭에 결코 일을 손에서 놓은 적이 없었다. 죽음의 순간에도 치열한 창작열을 불태웠던 그였기에, 그 치열함은 바위라도 녹일 만했다.

4월 1일, 그는 뉘른베르크로 향했다. 뉘른베르크 오페라극장의 제3회 공연에서는 꿈을 주제로 한 자신의 이중 오페라가 상연될 예정이었다. 두 개의 단막 오페라인 〈류퉁의 꿈〉과 〈나비의 미망인〉 공연을 보러 가는 동안 심장이 두근거렸다. 감옥에 갇혀 있는 동안 세계에 초연되었던 〈나비의 미망인〉을 눈으로 직접 보게 된다고 생각하니 무척 흥분되었다.

오페라는 윤이상이 상상했던 것보다 훨씬 뛰어났다. 무대장치는 훌륭했고, 볼프강 베버Wolfgang Weber의 연출도 뛰어났다. 주인공을 비롯한 각 등장인물의 배역을 맡은 성악가들의 노래와 열연 또한 나무랄

전 세계 음악가들을 비롯한 문화예술인들의 석방운동과 탄원에 힘입어 납치된 지 653일 만에 자유를 찾은 윤이상. 1969년 3월 30일 밤, 베를린의 템펠호프 공항에 도착한 윤이상은 아내 이수자와 극적으로 다시 만났다.

것이 없었다. 음악감독으로서 오케스트라를 완벽하게 지휘한 한스 기어스터의 지휘봉 끝에서 화려하고 웅장한 꿈의 빛깔이 유감없이 뿜어져 나와 오페라극장을 가득 채웠다.

이날의 공연은 지난 초연에 비해 손색이 없을 만큼 대성공이었다. 이것을 시기한 어떤 신문은 "이 오페라가 성공을 거둔 것은 정치적인 선풍 때문이다"라고 깎아내렸다. 하지만 볼프람 슈빙거는 「디 차이트」에 "그것은 말도 안 된다"라며 즉각 반론을 실었다. 그는 이 오페라가 사람들의 주목을 끌었던 것은 〈나비의 미망인〉 자체가 바로 "제일급의 음악적 사건"이기 때문이라고 말했다.

같은 시기, 하인츠 요아힘도 「디 벨트」지에 주목할 만한 평을 실었다.

1969년 4월 1일 뉘른베르크 오페라극장에서 상연된 오페라 〈류퉁의 꿈〉의 한 장면.

> 윤의 신곡은 그의 음향언어의 활력과 극적인 악센트의 간결함이라는 점에서, 또 인간의 소리의 표현 능력 취급법의 유연성이라는 점에서 놀라운 것이다. (……)이 음악의 매력은 이국풍의 음향 매력만은 아니다. 오히려 이 무지갯빛 매혹적인 음색에 의해서 연한 빛을 발하는 표면의 뒤에, 또 말하자면 식물적으로 증식하면서 장대하게 선회하는 선율 곡선의 장식법의 그늘에 강렬한 내적 긴장이, 정력적인 극적 긴장이 느껴지며, 그것이 때로는 놀랄 만큼 갑자기 악마적인 빛을 발하는 악기의 음향이 되어 폭발한다.[1)]

뉘른베르크의 연주가 끝난 어느 날, 킬 시에서 연락이 왔다.

"윤이상 선생님. 4월 10일에 있을 연주회에 꼭 참석해주십시오."

킬 시에서 개최하는 연주회에는 〈율〉이 연주될 예정이었다. 클라리넷과 피아노를 위한 〈율〉은 윤이상이 서대문형무소 수감 시절 당뇨병 합병증으로 쓰러진 뒤 병보석을 얻어 병원에서 작곡한 것이었다. 큰 고통 속에서 이 작품을 썼기에, 기쁜 마음으로 연주회에 참석했다. 하지만 고문 후유증뿐만 아니라 감옥 안에서 얻은 병 때문에 몹시 쇠약해진 그는 음악회가 끝난 뒤 정신을 잃고 쓰러지고 말았다. 그는 급히 병원으로 실려가 응급조치를 받은 뒤 깨어났다. 이튿날 퇴원할 때 병원장이 침상에 붙은 이름표를 보더니 깜짝 놀라며 말했다.

"당신이 바로 그 유명한 윤이상 선생님이시군요? 선생님의 치료비는 받지 않겠습니다. 저는 윤 선생님을 치료한 것을 매우 기쁘고 영광스럽게 생각합니다."

---

1) 이수자, 『내 남편 윤이상』 하권, 창작과비평사, 1998, 11쪽.

그는 윤이상이 킬 시에 끼친 문화적 공로를 잘 알고 있다며 병원비 받는 것을 한사코 사양했다. 그러면서 병원비는 한국의 가난하고 병든 아이들을 위한 사업에 기부하는 것이 좋겠다고 말했다. 윤이상은 병원장의 호의에 감사의 뜻을 표했고, 그 돈은 결국 한국의 자선단체에 기부되었다.

병원에서 퇴원한 윤이상은 오랜 친구 프로이덴베르크가 살고 있는 오스나브뤼크에서 하룻밤을 머물며 긴 얘기를 나누었다. 모처럼 허물없는 친구와 정다운 대화를 나누니 몸과 마음이 모두 상쾌해지는 느낌이었다. 이튿날, 친구는 자신의 자동차를 선물로 내주었다. 윤이상은 친구에게서 우정 이상의 더 '깊은' 무엇을 느꼈다.

윤이상은 실로 오랜만에 손수 운전을 하여 가족들과 함께 슈바르츠발트의 깊은 산속에 위치한 우어베르크 휴양지로 갔다. 그는 그곳에서 두 달간 휴식을 취했다. 그 효과는 매우 컸다. 몸과 마음을 평온하게 하자, 몸 상태가 몰라보게 호전되었다. 그사이에 킬 시에서 오페라 작품을 의뢰해왔다. 작곡가에게 작곡은 호흡과 같다. 그는 당연히 승낙했다. 그로부터 얼마 지나지 않아서, 전혀 예상치 않았던 연락을 받았다.

"윤 선생님, 안녕하십니까? 저는 뮌헨 바이에른 국립오페라단의 총감독 귄터 레너트Günther Rennert입니다. 다름이 아니고, 1972년 뮌헨 올림픽 문화 행사 개막을 위한 축전 오페라 작곡을 선생님께 위촉하고자 합니다. 허락해주시겠습니까?"

"예, 좋습니다."

윤이상은 레너트의 제안을 흔쾌히 수락했다. 그러고는 이 문제를 하랄트 쿤츠와 상의했다. 쿤츠는 윤이상보다 나이가 아래였지만 둘은 좋은 친구 사이였다. 윤이상은 쿤츠에게 한국의 『심청전』 줄거리를 얘기해주었다. 얘기를 다 들은 쿤츠의 눈이 기쁨으로 반짝였다.

"줄거리가 훌륭합니다. 심청 이야기를 오페라로 만들면 좋겠군요. 이번 뮌헨 올림픽 프로그램의 주제는 동양과 서양의 문명이 서로 교류하는 것 아니겠습니까? 심청 이야기에는 아버지의 눈을 뜨게 하려고 자신을 희생한 딸의 효성 깊은 이야기가 담겨 있어요. 더 중요한 것은, 이 이야기의 마지막에 전국에서 모여든 모든 맹인들이 눈을 뜨는 대목입니다. 올림픽은 세계 각국의 스포츠 교류의 장이자, 문화가 만나는 장이기도 하니까 뮌헨 올림픽의 주제와도 딱 맞아떨어지는군요."

"그렇다면 당신이 직접 대본을 집필해주시겠소?"

"물론입니다."

이렇게 해서 〈심청전〉의 대본 집필은 하랄트 쿤츠가 맡게 되었다. 휴식 기간을 알차게 보낸 뒤 윤이상은 예전의 활력을 되찾았다. 그는 다시 베를린으로 돌아와 먼저 킬 시의 오페라 작업부터 시작했다. 제목은 〈요정의 사랑〉이었다. 〈심청전〉 작업은 그다음에 하기로 했다.

오페라를 쓰는 일은 즐거웠지만, 만만치 않은 작업이었다. 청나라 초의 작가 포송령蒲松齡이 쓴 괴담소설 『요재지이聊齋志異』에서 추려낸 암여우 이야기를 토대로 하랄트 쿤츠가 대본을 썼다. 윤이상은 여기에 곡을 붙여 2막짜리 오페라로 만들어나갔다. 오페라 〈요정의 사랑〉은 이듬해에 완성되었다. 감옥 안에서 하노버 음악대학의 객원강사 제안을 수락한 터였기에, 매주 비행기를 타고 하노버까지 가서 강의도 해야 했다. 매우 고된 일정이었지만 즐거운 마음으로 감수했다.

하노버 음악대학에 출강하면서, 그는 서울대학병원에 입원했을 때 만났던 한국의 제자들을 데려와야겠다는 생각을 했다. 작곡가인 그들은 자신들의 앞길을 열어줄 스승을 애타게 찾고 있었다. 윤이상은 그들을 흔쾌히 제자로 받아들여 매주 병원에서 작곡 지도를 해주었다.

그 무렵은 아직 동백림 사건에서 놓여나지 못한 상황이었지만 전혀 거리낌이 없었다. 음악에 대한 그들의 갈망을 잘 알고 있었기 때문이다.

윤이상은 학교 측과 교섭을 벌여 제자 네 사람이 장학금을 받을 수 있도록 백방으로 뛰었다. 학교 측은 윤이상의 설득으로 그 제안을 받아들여, 네 명 모두에게 2년간 장학금을 지급하겠다고 약속해주었다. 윤이상은 또한 독일 학술교류처(DAAD) 장학회와도 교섭을 벌였다. 장학회에서도 선뜻 네 사람의 왕복 여비를 지급하기로 했다.

한국에서 강석희, 백병동, 김정길, 최인찬 네 명의 제자들이 하노버 음악대학으로 유학을 왔다. 윤이상이 하노버에 오면 그들은 시간에 맞춰 공항으로 마중을 나왔다. 공항에서 그들과 만나는 순간부터 강의가 이루어졌다. 윤이상은 단순히 작곡기술만 가르치지 않고 거의 전인적인 교육을 하는 편이었다. 이 때문에 사제지간의 정리는 무엇과 견줄 수 없을 만큼 끈끈하고 견고했다.

윤이상은 이들을 보면서 젊은 날의 자신을 떠올렸다. 음악의 한길을 가기 위해 목말랐던 시절, 서울로 도쿄로 떠돌면서 얼마나 많은 그리움과 열망을 불태웠던가. 유럽에 와서야 자신이 진정 가야 할 길이 무엇인지 깨달았다. 젊은 날 자신에게 제대로 된 길을 가르쳐준 안내자가 있었다면 얼마나 좋았을까. 비록 고난의 한가운데에서 만난 인연이지만, 윤이상은 젊은 제자들과의 만남을 소중히 여겼다. 자신은 이들에게 먼저 간 길을 제시하는 길라잡이가 되고 싶었다. 그들의 고민을 들어주고 함께 의논해주는 멘토가 되고 싶었다.

윤이상은 제자들에게 음악의 현장을 보여주는 데 역점을 두었다. 제자들을 데리고 다름슈타트 하기 강습회에 참석한 것은 이 때문이었다. 하노버 음악대학에서 조용히 학생들만 가르친다면 그도 편했을 것이다. 하지만 그의 교육은 철저히 현장 중심의 사고에 바탕을 두고 있었다. 그가 가르치는 것은 오선지 혹은 악보일 수도 있지만, 연주가 이루어지는 연주회장이야말로 최고의 교육 현장인 것이다. 작곡가의 현장은 음을 떠올리고 악상을 정리하는 최초의 단계에서 시작한다. 그것은 청중의 숨소리가 들리는 연주회장에서 최고조에 이른다. 거기서 나타나는 객석의 반응, 음악 전문지를 비롯한 매체에 실린 비평가들의 평가, 이 모든 것들과의 조우는 또다시 작곡가의 창작 의지를 촉발한다. 이것은 음악이 이루어지는 현장의 순환 고리다.

작곡가는 자신이 몸담고 있는 사회와의 관계망 속에서 세상을 바라본다. 작곡가의 창작물에는 이 세상 모든 것과 교감하면서 얻은 비탄과 분노와 절망, 슬픔과 희망이 뒤섞여 있다. 작곡가의 작품 안에는 대체로 시대적 고민이 투영되어 있게 마련이다. 윤이상은 제자들과 함께 네덜란드의 가우데아무스 음악제를 참관했다. 가을이면 남부 독일의 도나우에싱겐 음악제에도 참여했다. 그곳에서 다양한 조성의 흐름을 읽게 했고, 진검 승부가 교차하는 작곡의 실체와 만나게 해주었다. 윤이상은 제자들에게 단순히 음악 감상만을 시킨 게 아니었다. 유럽 음악계의 가장 뜨거운 중심부인 이곳에서 연주된 작품들을 연구하고, 하나하나 뜯어보며 비평적 토론을 주도해 나갔다. 제자들의 견식과 안목을 높이는 것, 이것이 현장 학습의 알토란이었다. 강의실로 돌아가면, 윤이상은 이때의 토론과 비평의 과정 및 결과를 토대로 작곡에 임해달라고 주문했다.

윤이상의 이 같은 멘토링은 이들 젊은 작곡가들이 지도자로 성장하는 데 좋은 배양토 구실을 했다. 이들 중 백병동, 김정길, 최인찬은 윤이상에게서 꼬박 2년간 작곡을 배웠고, 강석희는 무려 8년 동안 그곳에 머물며 윤이상과 사제 간의 깊은 교유를 나눴다. 훗날, 독일 유학을 마치고 귀국한 제자들은 서울대학교에서 후학을 가르치는 교수가 되었다.

그 무렵 스위스에서 프랜시스 트래비스가 윤이상 부부를 찾아왔다. 베를린에서 납치된 지 꼭 2년째인 1969년 6월 17일이었다. 지휘자인 프랜시스 트래비스는 1959년 〈일곱 악기를 위한 음악〉을 지휘한 이래 윤이상과 깊은 교분을 쌓아왔다. 두 사람은 어느덧 십년지기가 되었다. 윤이상은 자신의 석방운동을 열정적으로 펼치느라 백발이 되어버린 친구의 두 손을 맞잡고 오래오래 얘기꽃을 피웠다.

제2차 세계대전을 겪은 뒤 독일은 전란의 폐허 속에서 경제적 내실을 착실히 다져나갔고, 아울러 문화적 부흥을 꾀하기 위해 총력을 기울였다. 3년 뒤인 1972년에는 뮌헨 올림픽이 열릴 예정이었다. 이 올림픽의 커다란 주제는 '모든 세계 문화의 결합!'이었다. 독일은 실추된 명예를 회복하기 위해 문화적 저력을 보여주는 것을 시급하고 중대한 당면 과제로 삼았다. 동서양의 문명 교류를 통해 화해와 평화를 추구해 나가겠다는 것은 국가적 비전과 명제가 되었다.

1969년 6월 23일, 독일의 킬 시에서는 죽음의 공포가 엄습해오는 감옥 속에서도 불멸의 음악을 꽃피운 윤이상에게 '킬 문화상'을 주어 격려했다. 킬 시의 시장이 윤이상에게 상패를 전달하며 수상 이유를 낭독했다.

"작곡가 윤이상 선생은 킬 시를 위한 문화적인 공로가 크므로 킬 시에서 제정하는 킬 문화상을 드리는 바입니다."

시상식장은 곧바로 성대한 축하 파티로 바뀌었다. 아름답고 우아한 옷을 차려입은 신사, 숙녀 들이 저마다 손에 와인잔을 들고 윤이상을 위해 축배를 들었다.

제2장

뮌헨을 울린 심청의 노래

1971년 봄, 윤이상은 슈판다우의 아파트에서 더는 작업하기가 무리라고 느꼈다. 아파트의 층간 소음이 심해 작곡에 전념하기 힘들었기 때문이다. 이수자는 남편의 작업실로 마땅한 공간이 있는지 알아보기 위해 신문을 사왔다. '정원이 있는 집'에 관한 광고가 눈길을 끌었다. 남편에게 신문을 보여주자, 그의 눈이 번쩍 뜨였다. 윤이상은 광고를 게재한 곳에 연락을 취한 뒤, 직접 현장을 둘러보고 곧바로 계약을 체결했다. 이 집이 바로 윤이상이 생애 마지막까지 살았던 클라도우의 '여름 집'이다.

그 집은 여름 한철 잠시 머물기에는 무난하나, 난방시설 하나 변변히 갖추어지지 않은 낡은 집이었다. 부엌이 떨어져 있긴 해도 유리창이 달린 빨간색 기와집에는 방이 세 개 있었다. 조금만 걸어가면 아름다운 반제 호수와 만날 수 있어 산책하기에도 좋았다. 윤이상과 이수자는 벽지를 새로 바르고 유리창도 큰 것으로 바꾸어 달았다. 겨울철 난방을

1972년 뮌헨 올림픽 문화 행사 개막을 위한 오페라 〈심청전〉을 작곡하던 무렵의 윤이상. 전 세계인의 심금을 울린 이 오페라의 대성공과 더불어, 그는 국제적인 작곡가로 명성을 떨치게 되었다.

위해 전기난로도 들여놓고, 보온을 위해 거실에는 푹신한 주단을 깔았다. 며칠간 부산을 떨고 보니, 집이 새것처럼 산뜻하게 변해 있었다.

클라도우의 여름 집은 한갓지고 조용했다. 주말에는 호수 주변을 찾아오는 산책객들이 있었으나, 평일에는 고요하고 평온했다. 작곡에 몰두하기에는 매우 훌륭한 곳이었다. 4월이 되자, 윤이상은 슈판다우 아파트에서 지내는 날보다 클라도우에서 지내는 날이 더 많아졌다. 그는 뮌헨 올림픽 개막 오페라 〈심청전〉을 작곡하고 있었다.

1971년은 일복이 터진 해였다. 뉘른베르크 시에서는 이 무렵 독일 화가 뒤러의 탄생 500주년을 기념하는 다채로운 행사를 기획하고 있었다. 시 당국은 이를 기념하는 가을 음악행사를 위해 여러 음악가에게 작곡을 청탁했다. 윤이상에게도 작곡 의뢰가 왔다. 윤이상은 〈심청전〉을 잠시 밀쳐두고 신작 작곡에 몰두해, 기한 내에 작품을 완성해주었다. 그해 10월 22일, 뉘른베르크 필하모니는 대관현악을 위한 〈차원〉을 연주해 세계 초연 무대로 꾸몄다.

한 해 전, 귄터 레너트 박사는 전 독일 오페라 총지배인 회의에서 1972년 뮌헨 올림픽 개막 오페라 작품을 작곡가 윤이상에게 위촉했다는 결정을 공식적으로 발표했다. 이는 올림픽위원회 위원장과 뮌헨 올림픽 문화위원회, 뮌헨 국립오페라극장 총 지배인 레너트 박사 사이에 전원 의견 일치로 합의된 사항이었다. 뮌헨 올림픽 서막을 여는 축전 오페라 작곡을 윤이상이 맡기로 했다는 사실은 곧 독일 전역의 신문에 보도가 되었고, 유럽뿐만 아니라 전 세계의 톱뉴스로 떠올랐다.

하지만 한국 대사관 직원들은 여전히 윤이상을 감시의 대상으로 여겼다. 당시 대사관에는 중앙정보부 요원들이 상주하고 있었다. 그들은 윤이상을 불온한 인물로 보고, 권위적인 태도로 대했다. 김형욱의 협박은 대사관 직원의 허세와 간섭을 통해 은연중 뻗어 나왔다. 그들은 보이지 않는 속박의 오랏줄로 윤이상의 삶을 칭칭 동여맸다. 언제, 어떤 구실로 다시 납치될지는 누구도 알 수 없는 노릇이었다. 연좌제라는 사회악이 존재하는 한, 한국에 남아 있는 윤이상의 친척들이 그 독아毒牙로부터 해를 입는 것은 불문가지였다. 윤이상은 자신 때문에 고통당하는 친척들에게 몹시 미안한 마음이었다. 할 수만 있다면, 그 고통의 고리를 끊어주고 싶었다. 자신 또한 독재정권의 마수에서 그만 벗어나고 싶었다. 또한 창작을 방해하는 어떠한 굴레와 간섭으로부터도 놓여나고 싶었다.

윤이상과 이수자는 이 문제를 놓고 허심탄회하게 의논을 했다. 두

1972년 8월 1일, 세계인의 이목이 집중된 뮌헨 올림픽의 개막 오페라 〈심청전〉에서 청이 바다에 뛰어들기 전에 마지막으로 하늘에 기도하는 장면.

사람은 수많은 논의 끝에 독일로 국적을 바꾸기로 결정했다. 국적이 무엇으로 바뀌든, 조국에 대한 사랑과 관심은 변함없으니 그것은 문제가 되지 않는다는 생각에서였다.

"우리에게 국적은 외투와 다를 바 없소. 국적을 바꾸었다 해도 속살은 변치 않을 것이오. 외국 국적으로 바꾼다 해도 나라 사랑하는 마음이 지극하면 그가 바로 애국심을 갖고 살아가는 조국의 아들딸일 것이오."

이수자는 남편의 생각에 공감하면서 따르기로 했다. 두 사람은 본에 위치한 독일연방공화국 외무부에 찾아가 국적 신청 절차를 밟았다. 서류를 받아든 외무부 관리가 얼굴 가득 미소를 지은 채 말했다.

"우리는 선생님과 같은 예술가를 독일 국민으로 받아들이는 것을 영광스럽게 생각합니다."

윤이상과 이수자는 소정의 심사를 거쳐 독일 국적을 취득했다. 두 사람은 조국이 통일되면 그때 조국의 외투를 찾아 입을 생각이었다. 그날을 앞당기기 위해 윤이상은 조국에 화해와 평화가 정착되도록 노력해나갔다. 그리고 음악회가 열리면 팸플릿에 반드시 한국의 작곡가라는 약력을 명기하는 것을 잊지 않았다.

윤이상은 때때로 폭풍처럼 휘몰아쳐 작품을 완성하기도 했다. 하지만 보통의 경우 작곡의 시작은 대체로 더딘 편이었다. 철학자가 사유의 현을 가다듬듯이, 구도자가 궁구窮究의 실타래를 쓰다듬듯이. 그러나 한 소절씩, 음악의 문맥이 가닥을 잡기 시작하면 때로는 성난 파도처럼 거침없이 진군해나갔다. 작곡이 잘되는 날에는 한없이 진도를 뺐고, 잘 풀리지 않는 날에는 반제 호숫가를 거닐었다. 잔잔한 수면을 보면 통영 앞바다가 떠올랐다. 옛 추억은 끝없는 상상의 음표를 물어다 주었다. 산책은 휴식과 명상의 순간이었다. 그것은 또한 엉킨 가락의 실타래를 풀어내는 순간이기도 했다.

윤이상은 클라도우 자택에서 〈심청전〉을 작곡하느라 사계절을 다 보냈다. 그동안 반제 호숫가 산책도 숱하게 다녔다. 그는 오솔길을 거닐거나 호숫가의 수면을 응시하면서 자신이 추구하는 음향의 세계를 가지런히 정리하고 새롭게 엮어 나가는 일을 즐겼다. 그는 이제 오솔길을 몇 발짝 걸어가야 첫 번째 갈래 길이 나오는지까지 훤히 알 정도였다. 1972년 4월 10일, 오페라 작곡에 혼신의 열의를 쏟아붓던 나날들이 드디어 결실을 맺었다. 〈심청전〉의 오케스트라 총보가 완성된 것이다.

1972년 8월 1일, 세계인의 이목이 집중된 뮌헨 올림픽이 개최되었다.

'모든 문화의 결합!'

올림픽의 주제정신을 구현하는 문화행사는 뮌헨 바이에른 국립오페라단의 국립극장에서 화려한 막을 올렸다. 이미 전 세계에 예고된 바와 같이, 개막식 서막을 여는 축전은 개막 오페라 〈심청전〉이었다. 이 역사적인 오페라는 세계적인 지휘자 볼프강 자발리슈Wolfgang Sawallisch가 지휘를 맡았다. 귄터 레너트가 연출과 각색을 담당했고, 위르겐 로제Jürgen Rose가 무대장치를 맡았으며, 볼프강 바움가르트Wolfgang Baumgart가 합창 지휘를 맡아 최상급의 무대를 꾸몄다. 심청 역을 맡은 오페라의 주역은 젊은 프리마돈나인 소프라노 릴리안 주키스Lillian Sukis였다.

서주와 간주로 이루어진 2막짜리 오페라 〈심청전〉은 우리의 고전 문학 작품 속의 이야기 그대로였다. 효녀 심청의 이야기를 단순화하면, 장님인 아버지의 눈을 뜨게 하려고 공양미 삼백 석에 스스로 팔려 나간 딸의 고귀한 희생으로 줄거리가 집약된다. 하지만 여기에는 물신주의에 사로잡힌 서구 문명이 진정 회복해야 할 가치가 무엇인지를 거꾸로 되묻는 깊은 뜻이 숨겨져 있다. 세기말의 풍조가 지배하던 당시 상황 속에서 전쟁과 침략으로 인한 황폐함, 개인주의에 의해 파괴된 인간성의 불모지를 가슴 절절한 효심과 사랑으로 일으켜 세워야 한다는 메시지가 담겨 있는 것이다.

도교와 불교, 민간신앙이 적절하게 어우러진 이 이야기는 하늘과 땅, 바다의 이야기로 꾸며져 있다. 윤이상은 이 세 차원의 공간을 서로 다른 관현악으로써 표현했다. 천상의 세계는 밝은 노래와 함께 트롬본과 튜바를 통해 구현했고, 인간 세상과 용궁은 현악기 플래절렛flageolet의 중간 영역으로 구별했다. 땅 밑 세상은 낮은 음의 베이스와 미세하고 여린 대사와 노래로 나타냈다. 심청은 플루트와 하프, 첼로로 표현했고, 용왕은 현악기 플래절렛으로, 뺑덕어멈은 잉글리시 호른으로 표현했다.

윤이상은 〈심청전〉에서 한국의 분위기를 충분히 느낄 수 있도록 각별히 신경 썼다. 한국의 지인들에게 연락을 취해 레너트와 대본을 쓴 쿤츠를 한국에서 초청할 수 있도록 협조를 아끼지 않았다. 이러한 다각도의 노력을 통해 한국에 온 이들은 박물관과 고궁을 견학하고 궁중음악과 민속음악, 한국의 전통복식 등을 연구해갔다.

레너트는 한국에서 관람했던 양주별산대놀이에서 착안하여 합창단원들에게 모두 가면을 쓰게 해서 극적인 효과를 높였다. 무대장치가인 로제 또한 이번 개막 오페라를 위해 최선을 다했다. 뮌헨에서 자동차로 약 50여 분쯤 떨어진 거리에 위치한 성 오틸리엔 성당(Erzabtei Sankt Ottilien)에는 한국 박물관이 있었다. 로제는 그곳에 전시된 한국의 전통복식을 보고 무대의상을 준비했다. 또한 무대에서 사용된 지게와 짚신 등 각종 소도구들까지 완벽하게 재현했다. 다만 궁중의상을 비롯한 출연진들의 의상은 현대적으로 재해석하여 더욱 세련되게 표현했다.

화려한 봉황과 커다란 연꽃, 신비스러운 용궁의 모습, 조선의 옛 풍습을 나타내는 복식과 생활 소도구들은 고증을 거쳐 철저히 준비한 로제를 비롯해 레너트와 쿤츠 등 모든 스태프의 손끝에서 탄생했다.

이날의 무대는 로제의 지혜로 빛을 발했다. 축전 공연에 어울릴 만큼 화려했지만 결코 지나치지 않아서 더욱 훌륭했다. 중앙의 앞쪽 끝은 둥그스름하면서도 약간 튀어나왔고, 가운데에 넓은 널빤지를 놓아 무대를 약간 높게 설치했다. 출연진들은 그 위에서 노래와 연기를 했다. 조명을 없어 가장자리에서 노를 저으면 무대는 곧 심청이 탄 배가 되었다.

무대의 양 옆으로는 바위와 구름의 풍경이 환상적으로 배치되었고, 그 위에는 신선의 모습을 한 합창단원들이 조용히 앉아 있었다. 내려뜨려진 족자에는 무대 상황에 걸맞은 그림을 표현하여 자연스러운 장면 전환을 연출했다. 세 개의 무대는 그 자체가 '정중동靜中動', 즉 고요한 가운데 움직이는 모습을 상징했다. 이는 또한 유교, 불교, 도교가 서로 조화를 이루는 〈심청전〉의 정신사와 기묘하게 맥을 같이하는 부분이기도 했다.

오페라의 제1막은 인간 세상을 의미하는 팀파니와 탐탐의 속삭이는 듯한 울림으로 시작한다. 뒤이어 하늘 세상을 의미하는 네 개의 트럼펫이 매우 여린 고음으로 울린다.

무대 위로 조명이 천천히 비춰지면 구름 위에 정좌하고 있는 합창단원들이 보이고, 이윽고 그들의 합창이 울려 퍼지면서 천상 세계를 표현한다. 옥황상제의 노래가 합창에 이어진 뒤, 보살이 낭창조로 노래한다.

"죽음이 있거든 삶이 보인다."

무대 위에서는 평화롭게 살아가는 심 봉사와 딸 청이의 삶이 잔잔하게 드러난다. 뺑덕어멈과 뱃사람들의 모습, 심학규의 독백 등이 노래와 연기로써 표현되다가 뱃사람들이 부르는 합창에서 청에게 닥칠 순탄치 않은 앞날의 일들이 예고된다. 금관악기로 천둥, 번개가 치는 바다를 묘사하고, 타악기를 통해 집채만 한 파도 소리를 표현하면서 제1막의 클라이맥스에 이른다. 이윽고, 심청이 인당수에 빠지자 오케스트라의 거대한 음악이 한순간에 멈춘다.

"청아!"

무대 위에서 목 놓아 딸을 부르는 심 봉사의 애끓는 절규 속에 막이 내린다.

제2막은 용궁 장면으로 시작된다. 드라마틱한 오케스트라의 연주가 용왕을 역동적으로 표현해준다. 배음[2]을 통해 마치 관악기처럼 높고

---

2) 배음이란 발음체가 되는 악기의 진동수가 기본음의 두 배, 세 배 등 정수배로 되는 음을 말한다. 예컨대, 호른 따위의 마우스피스는 부는 힘에 따라 두 배에서 최고 여덟 배까지의 배음을 낼 수 있다. 또 바이올린을 비롯한 현악기의 하모닉스(harmonics) 주법(奏法)도 배음의 원리를 이용한 것이다. 하모닉스는 플래절렛과 유사한 개념으로 쓰인다.

인당수에 뛰어든 뒤 용궁에서 살다가 연꽃과 더불어 바다 위로 떠오르는 심청.

투명한 음의 빛깔을 표현해내는 현악기의 플래절렛 기법으로 고요하고 신비스러운 용궁의 음악이 흘러나온다.

용왕의 굳센 모습과 천상 세계에 속하는 옥진 부인의 조용한 음악이 대비되는 동안 무대 위로 커다란 연꽃이 솟아오른다. 빠르게 떨리는 듯한 현악기의 트레몰로와 종 울림이 그리 격하지 않게, 작고 미세한 음향을 전달해준다.

심청과 왕의 만남은 박拍 소리와 함께 부드럽고 장중한 궁중음악이 고풍스러운 분위기를 표현한다. 심청과 왕이 사랑의 이중창을 부르면, 하늘과 땅의 무대가 하나로 합쳐지면서 심 봉사가 하늘로 올라간다. 이 광경을 지켜보던 심청과 왕은 천천히 관중을 향해 돌아선다. 이때, 여릿여릿한 합창이 울려 퍼진다.

"지상에 복락이 자욱하여라."

현악기 또한 가녀린 여음으로 허공중에 흩어지면서 천천히 막이 내려간다. 막이 다 내려갈 때까지 객석에는 숨죽인 긴장감이 가시지 않았다. 그러다가 어느 틈에 장내가 떠나갈 듯한 환호와 거대한 박수 소리가 터져 나왔다.

"브라보!"

개막식에 참여한 각 나라의 국가원수들을 비롯해, 올림픽 주최자들, 내외 귀빈들, 그리고 세계 여러 나라와 도시에서 온 수많은 사람들이 열렬히 갈채를 보냈다. 관중들은 막이 내려갔는데도 자리를 뜨지 않고 열광적인 박수를 보냈다. 사람들은 작곡가를 보고 싶어 했다. 박수가 그치지 않자 윤이상은 홀로 무대 위로 올라가 관중들에게 인사를 했다. 박수가 여전히 계속되자, 윤이상은 거듭 몇 번을 더 올라가서 정중히 관중들에게 인사했다. 박수와 환호가 그치지 않는 동안, 이번에는 무대 쪽을 향해 비스듬히 돌아서서 연출자와 오페라 배역들 모두에게 감사를 표했다.

개막식 오페라에서는 특히 릴리안 주키스의 노래와 연기가 돋보였다. 주키스는 천상의 세계에 속하는 심청의 맑은 심성과 고결함을 청아한 목소리로 노래했고, 음역의 한계를 넘어서는 높은 성부의 음역을 자유자재로 소화했다. 또한 서양인으로서는 드물게 동양인의 정서를 무리 없이 표현해냈다는 찬사를 들었다.

오페라 〈심청전〉은 뮌헨 올림픽의 주제에 걸맞은 대성공을 거두었다. 공연이 끝난 뒤 멋진 성에서 연회가 열렸다. 각국 대사들이 참석한 연회에서 올림픽위원장이 뮌헨 행사 문화 부문의 금메달을 윤이상에게 수여했다. 각국의 귀빈들이 화려한 대연회장에서 축배와 함께 뜨거운 박수로 윤이상의 오페라 성공과 금메달 수상을 축하해주었다. 유럽의 한 신문기자는 〈심청전〉 관람 이후 인상적인 기사를 썼다.

"윤이상과 한국에 올림픽 우승 트로피가 수여되었다."

이 문장은 윤이상과, 그가 작곡한 오페라 〈심청전〉, 그리고 그가 태어난 대한민국에 대한 찬사다. 심청은 자신을 희생함으로써 아버지의 눈을 뜨게 했다. 그뿐만 아니라, 잔치에 참여한 모든 맹인들의 눈을 뜨게 했다. 한 사람의 희생이 만인에게 광명을 되찾아주었다. 한 사람의 사랑이 공동체 전체로 확산된다는 점에서, 더욱 차원 높은 가치를 실현했다. 윤이상이 음악을 통해 구현하고자 하는 것은 '인류애를 향한 지향성'이다. 그것은 〈심청전〉을 관류하는 도교적 가치와 그 맥이 닿아 있다.

뮌헨 올림픽 개막 오페라 〈심청전〉에는 찬사만 있었던 것은 아니다. "옛이야기 속에 담긴 순수성이 이국적이고 화려한 겉치레로 버무려져 훼손되었다"는 비판도 있었다. 하지만 다른 비평가는 "윤이상의 음악은 이 오페라 〈심청전〉에서도 음향의 융단이었고, 이른바 주요음이 반복되고 겹치며, 또한 악기는 어느 연주가에게도 대단히 복잡할 정도로까지 분화되어간다. 그럼에도 이 총보는 우리 서양인의 귀에는 처음 듣는 것이라는 인상을 준다"고 평했다. 윤이상의 오페라 〈심청전〉은 그 성공만큼이나 논란을 불러왔으나, 세인들의 폭발적인 관심을 끌었던 점에서는 분명한 성공을 의미했다.

1972년은 윤이상에게 매우 특별한 해였다. 그해 그는 서베를린 음악대학의 명예교수가 되었다. 윤이상은 자신의 모교에서 작곡 교수가 된 사실이 무엇보다 기뻤다. 이에 못지않게 기쁜 것은 오페라 〈심청전〉의 대성공이었다. 이 작품의 성공은 윤이상의 국제적인 명성을 거듭 확인해준 이정표가 되었다.

〈심청전〉이 뮌헨에서 대성공을 거두자 윤이상은 이 작품을 고국 동포들에게도 선보이고 싶은 마음이 들었다. 마침 한국에서도 큰 관심을 보였다. 그러던 차에, 1973년 3월 22일 서울신문사에서 음악회를 추진하게 되었다. 하지만 비용이 만만치 않았다. 뮌헨 올림픽 개막 오페라 수준의 장비와 인원을 다 가져가기에는 지나치게 그 규모가 방대했다. 오페라의 전 스태프에 지불해야 할 막대한 액수의 출연료와 무대 장치를 운반할 운송료 또한 벅찼다. 결국 이 일은 잠정 보류되었다.

하지만 윤이상의 작품을 무대에 올리고자 하는 서울신문사의 노력은 계속되었다. 서울신문사는 뉘른베르크 시립극장 객원 공연을 서울에 초청하는 쪽으로 궤도를 수정했다. 이렇게 해서 그해 10월 30일 국립극장 신축 개관을 축하하는 공연의 일환으로 윤이상의 〈요정의 사

서베를린 음악대학에서 학생들을 가르치고 있는 윤이상. 그는 수업 시간에는 엄격했으며 정직하고 솔직한 태도가 좋은 음악을 만드는 선결 조건임을 늘 강조했다.

랑〉, 〈류퉁의 꿈〉과 〈나비의 미망인〉, 모차르트의 〈납치〉를 연주 목록에 넣고 행사를 준비해나갔다.

5년 전, 윤이상을 납치하는 데 가담했던 본의 한국 대사관이 이번에는 거꾸로 윤이상을 한국으로 초청하기 위해 온 힘을 기울였다. 한국 대사관은 윤이상의 신변 보호를 단단히 약속했다. 참으로 격세지감이 드는 일이었다. 뺨 때리고 등 어루만져주는 식이었으나, 윤이상은 이마저도 감수하기로 했다. 세계적인 성공을 거둔 작품을 조국의 동포들과 함께 나누는 것으로 위안을 삼고 싶었다. 이 사실을 알게 된 본의 서독 외무부에서도 공연 비용의 일부를 지불하겠다고 약조해주었다. 신문사는 신문사대로 이 공연이 순조롭게 이루어지도록 한국 정부와 각계에 협조를 요청하는 등 바삐 움직였다.

공연 날짜가 한 발, 한 발 다가왔다. 서울로 갈 뉘른베르크 시립극장의 모든 출연진과 스태프의 비행기 티켓 예약이 완료되었다. 오페라를 위한 소품과 각종 무대장치를 옮길 컨테이너 준비도 끝냈다.

1973년 여름, 미국에서 윤이상에게 초청장이 날아왔다. 콜로라도 애스펀 지역에서 열리는 하기 음악제에서 윤이상의 작품이 연주될 예정이었고, 강연 일정도 잡혀 있었다. 윤이상은 7월부터 8월까지 개최되는 하기 음악제에 마침 방학 중이던 아들 우경과 아내를 데리고 참가했다. 서울에는 애스펀 하기 음악제를 마치고 갈 예정이었다. 윤이상은 미국에서 각종 연주회 참여와 강연 일정으로 바쁜 나날을 보냈다.

그러던 어느 날, 「프랑크푸르터 알게마이네 차이퉁」지에 깜짝 놀랄 만한 기사가 실렸다.

"김대중, 도쿄에서 납치되다."

1973년 8월 9일, 이 기사를 읽는 윤이상의 가슴은 먹빛으로 가득 찼

1970년 어느날, 비엔나 시내의 한 벽보에 걸린 〈연꽃 속의 보석이여〉 연주회 포스터 앞에 서 있는 윤이상.

다. 김대중은 탁월한 대중 연설, 현실감 있는 정책 제안으로 서민층의 마음을 파고들던 유력한 야당 지도자였다. 또한 그는 늘 거듭되는 생명의 위협을 무릅쓰고 박정희의 유신 독재에 대항해왔던 대통령 후보이기도 했다. 그가 납치되었다는 것만으로도 충격이었다. 문득, 몇 년 전 중앙정보부 요원들에 의해 윤이상 자신이 납치됐던 끔찍한 악몽이 되살아났다. 일본 정부는 이 사태에 대해 미온적인 태도를 보이고 있었다.

김대중이 납치된 것은 8월 8일 아침이었다. 김대중은 민주통일당 총재인 양일동의 연락을 받고 도쿄 그랜드팰리스 호텔에 갔다가, 중앙정보부 요원들에 의해 납치되었다. 그날 오후 1시 19분, 김대중을 납치한 범인들은 놀랍게도 대한민국의 중정 요원들과 영사관 직원들이었다. 일본 NHK 취재반이 남긴 기록은 한국의 거물급 야당 지도자를 일본 한복판에서 백주에 납치한 대한민국 공권력의 실체를 밝히고 있다.

> 이날 납치사건의 현장 총책임자인 중앙정보부 윤진원 해외공작단장과 한춘, 김병찬, 홍성채 1등서기관, 유영복, 유충국 2등서기관이 김대중 선생을 직접 납치한 중정 요원이다.
>
> 이들 중 유충국, 홍성채, 유영복과 김기도 오사카 영사 등은 납치사건에 가담하기 전 김대중 선생의 일정과 움직임, 일본 경시청 동향을 파악하기도 했다.[3)]

1972년 10월 17일, 박정희는 10월 유신이라는 초헌법적 비상조치

---

3) 김용운 편역, 일본 NHK 취재반 구성, 『김대중 자서전 2: 역사와 함께 시대와 함께』, 인동, 1999, 23쪽.

를 단행했다. 이는 장기 집권을 위한 포석이었다. 이때부터 한국에서는 모든 정치적 자유가 사라졌다. 헌법에 기본권으로 보장된 집회, 결사 등 표현의 자유가 흔적도 없이 사라졌다. 10월 유신의 명분은 '한국적 민주주의'의 토착화였으나, 그것은 민주주의의 근간을 통째로 부정하는 억지 논리였다.

박정희는 자신의 명분을 합리화하기 위해 국민투표로써 유신헌법을 관철시켰고, 투표 결과에 의해 뽑힌 대의원들로 통일주체국민회의를 구성했다. 이들은 권력의 꼭두각시에 불과했다. 그들은 체육관에서 간접선거로 대통령을 뽑았다. 아니, 단독 후보인 박정희를 뽑았다. 체육관 선거의 시대가 열린 것이다.

1971년 대통령 후보로 출마한 김대중은 이 같은 암흑의 시대를 예견했다. 김대중은 1971년 4월 18일 장충단 공원에서 유사 이래 최대라는 100만 군중 앞에서 사자후를 토했다. 그는 이 연설에서 박정희의 장기 집권 음모를 통렬히 고발하고 비판했다. 그는 이번에야말로 반드시 정권 교체를 해야 한다는 것을 목이 터지도록 외치며 강조했다. 김대중은 "만약 이번에 정권 교체에 실패하면 박정희가 영구 집권하는 총통 시대가 온다"는 경고를 잊지 않았다. 장충단 공원을 가득 채운 인파는 김대중의 후련한 연설에 감동하며 환호했다.

하지만 선거 결과는 김대중의 패배로 끝났다. 박정희는 대선에서 온갖 부정선거를 저지르며 대통령에 당선되었지만 김대중과의 표차는 불과 91만여 표에 지나지 않았다. 이때부터 박정희는 제1의 정적 김대중을 늘 눈엣가시로 여겼다. 김대중은 이에 아랑곳하지 않고 "박정희의 비열한 정치적 술수와 야망"을 낱낱이 국민 앞에 고발했다. 나아가, 다가올 박정희 1인 독재가 초래할 암흑의 시대를 경고했다. 박정희는 이 같은 김대중을 위협적인 존재로 간주하며 예의 주시했다. 이때부터 박정희와 그의 심복이 요직을 차지한 중정 사이에는 김대중에게 위해를 가할 모종의 음모가 진행되었다.

유신체제가 선포될 때 김대중은 신병 치료차 일본에 가 있었다. 귀국을 준비하던 중 10월 유신이 선포되자 귀국을 포기하는 대신 해외에서 반유신 활동에 매진하기로 결심했다. 그는 미국에 체류하면서 유신체제의 부당함을 교민들과 미국의 양심적인 지식인들에게 정력적으로 알리는 강연활동을 벌였다. 1973년 7월 6일에는 한국민주회복통일촉진국민회의(한민통)를 결성해 명예회장으로 추대되었다. 일본으로 건너온 그는 도쿄 한민통 결성을 준비해나갔다. 박 정권은 김대중의 반체제 활동에 극도의 증오심을 표출했다. 이 무렵 중앙정보부가 김대중을 제거할 비밀공작 계획을 세워 박정희에게 보고했다. 박정희는 김대중 제거 작전을 단숨에 승인했다. 작전 승인을 받은 중정은 빠르게 움직였다. 공작 요원들을 일본에 급파했고, 영사들에게도 은밀히 지시 사항을 전달해두었다. 김대중 납치 하루 전날, 중정의 일사불란한 움직임 속에 모든 준비가 완료되었다.

한민통 도쿄 지부 결성을 이틀 앞둔 8월 8일, 중앙정보부에서는 기어이 김대중을 납치했다. 그들은 김대중을 배에 싣고 간 뒤 현해탄 바다 한가운데에서 수장시키려고 했다. 하지만 이를 사전에 감지한 미국에 의해 다행히 큰일은 벌어지지 않았다. 김대중은 납치당한 지 129시간 만인 8월 13일 밤 열 시에 정체 모를 괴한들에게 이끌려 집으로 돌아왔다. 도쿄의 재일한국인거류민단(민단)에서는 김대중의 생사가 확인되지 않았지만, 김대중을 의장으로 한 한민통을 예정대로 결성했다.

김대중 납치사건이 보도된 뒤, 한국 내에는 그 어느 때보다 더 정치적 긴장감이 높아져 있었다. 윤이상의 친구들과 지인들은 너 나 할 것 없이 그를 걱정했다.

"미스터 윤! 지금 김대중 납치사건 때문에 한국의 정치 상황이 매우 불안정해졌네. 바로 이러한 때 한국에서 열리는 연주회에 가는 것은 매우 위험하지 않겠는가."

가장 앞장서서 염려해준 사람은 역시 오랜 친구들이었다. 귄터 프로이덴베르크 교수와 게르트 짜허, 하랄트 쿤츠는 몇 번씩 전화를 걸어와 한국행을 간곡히 만류했다.

지인들도 이구동성으로 윤이상을 염려하며 한국행을 만류했다.

"지금 한국의 공기는 무척 험악합니다. 한국에 가시면 섶을 지고 불에 뛰어드는 것과 같습니다. 한국에 가시는 것을 중지해주십시오."

"6년 전에도 그들은 선생님을 납치했어요. 한국의 중앙정보부 요원들은 이 험악한 상황 속에서 무슨 짓을 저지를지 알 수가 없어요. 그러니 이번에는 한국에 가지 않는 게 안전합니다."

유럽 각국에서 편지와 전보가 속속 날아왔다. 그 속에는 한결같이 윤이상의 신변 안전을 걱정하는 우정 어린 내용이 담겨 있었다.

'한국에 다시 가게 되면 조상님들의 묘를 둘러보고, 벌초라도 하고 올 생각이었는데…….'

윤이상은 탄식하며 혼잣말을 했다. 유교적 교육을 받으며 성장했던 윤이상으로서는 조상님들을 돌보지 못하는 불효가 늘 마음에 걸리는 일이었다. 윤이상이 유럽 사회에서 살아온 지도 어언 17년째에 이르고 있었다. 세월이 흐르는 동안 조상의 묘를 아는 세대는 자꾸 세상을 떠나게 되었다. 그나마 고향에 남아 있는 이들도 거동이 불편한 노인 세대뿐이었다. 나이 어린 세대는 조상의 묘가 어디 있는지조차 모르는 경우가 많았다.

한국에 가면 고향 통영을 다시금 보고 싶었다. 조상 묘를 돌보고 싶다는 것도 실은 고향 산천을 눈과 가슴에 한가득 담아오고 싶다는 소망이었다. 그는 이 같은 열망을 내려놓는 것이 가장 안타까웠다. 심사숙고를 거듭한 끝에, 친구와 친지 들의 간곡한 만류를 받아들이는 수밖에 없었다. 그는 한국행을 포기했다.

제3장

해외 민주화운동

윤이상은 동백림 사건을 겪으면서 정치적인 각성을 하게 되었다. 그가 루이제 린저에게 "박 정권은 나의 내면에 잠자고 있던 정치적인 의식을 깨워주었다"고 말한 그대로였다. 서울의 감옥 안에서 죽음과 직면하고서야 일제강점기에 항일운동을 했던 자신의 젊은 날이 떠올랐다. 동백림 사건은 목숨을 초개草芥처럼 여기던 옛 기억을 되살려놓았다. 오직 조국 광복을 위해 몸 바치겠다며 푸른 신념을 벼리던, 그 청죽 같던 시절의 열정이 가슴속에서 새삼 이글이글 불타오르기 시작했다.

하지만 윤이상은 감옥에서 풀려난 지 4년 동안 숱한 밤을 악몽으로 지새웠다. 친척들에게 위해를 가하겠다는 김형욱의 협박은 꿈에서까지 이어졌다. 그것은 사슬이었고, 금제였다. 윤이상은 협박의 주술에 묶여 동백림 사건의 진실을 그동안 이야기하지 못했다. 그것이 태산처럼 가슴을 짓눌렀다. 김대중 납치사건은 윤이상의 가슴속에 상흔으로 남아 있던 동백림 사건을 되짚어보게 했다.

김대중 납치사건을 목도하면서, 그는 이제 자신이 박 정권에 의해 당했던 일들을 밝혀야만 한다고 생각했다. 왜냐하면, 그것은 진실이었기 때문이다. 이러한 용기는 김대중에게서 얻었다. 김대중이 해외에서 민주화투쟁을 벌이는 일은 경이로웠다. 그는 박 정권의 흉계에 의해 여러 번 죽을 고비를 넘겼던 야당 지도자였다. 하지만 그는 독재정권과의 싸움을 포기하지 않았다. 김대중은 오히려 암흑의 휘장이 짙게 드리운 유신체제하에서 더욱 빛나는 투혼을 발휘했다. 그는 현해탄 물너울 속에서 불사조처럼 살아나 유신정권의 패악과 비민주성을 고발했다. 그가 지칠 줄 모르고 미국 전역을 순회하며 강연을 했던 열정의 근원은 무엇이었을까. 미주지역에 사는 교포들을 만나러, 뒤이어 일본에 거주하는 동포들을 만나러 발이 부르트도록 다니면서 조국의 민주화와 통일의 당위성을 외치게 한 에너지는 어디서 나왔을까.

해외 동포들은 고국의 현실을 알고 싶어 했다. 모두 진실에 목마른 사람들이었다. 김대중은 그들에게 고국에서 벌어지는 암울한 상황에 대해 있는 그대로 말해주었다. 그리고 남북으로 대치된 상황 속에서 반드시 이루어야 할 당면 과제, 즉 남과 북의 평화와 화해에 대해 힘주어 강조했다. 사람 사는 세상이 와야 한다고, 그것은 유신체제를 통해 한 사람의 총통을 만드는 것이 아니라고 목이 쉬도록 외쳤다. 민주 회복만이 한국인을 새롭게 태어나게 하는 원동력이라고 온몸을 쥐어짜서 목 놓아 부르짖었다.

그 열정이 사람들을 움직였다. 그 진실함이 미주지역의 교포들을 단결시켰다. 해외 동포들은 한국의 민주주의를 외치며 거리행진을 했다. '행동하는 양심'을 외치는 김대중의 어법을 따라했다. 미주지역의 동포들은 높은 정치의식으로 무장된 채 단합되어갔다. 김대중은 일본에 건너와서도 똑같이 유신체제의 부당함을 외쳤다. 성명을 통해 유신체제가 박정희 종신 집권을 위한 술책임을 고발했다. 그는 양심적인 일본 동포들과의 연대를 통해 반反유신 활동에 동참해줄 것을 역설했다. 그는 한민통 결성의 초석을 다지다가, 마침내는 유신정권의 광기 어린 보복 살해의 희생양이 될 뻔한 지경에 이른 것이다.

윤이상은 곰곰이 생각해보았다.

'동백림 사건 때 전 세계의 문화예술인들이 나를 도와주지 않았다면 나는 과연 어떻게 되었을까?'

그때 정의감에 불타는 친구들과 양심적인 지식인들이 앞장서서 석방운동을 벌이지 않았더라면 자신의 운명은 어떻게 변했을까. 자신의 석방을 위해 지지하고 연대하여 서명해준 음악인들의 탄원서가 없었다면 과연 어떤 결과가 나왔을까. 그들이 박 정권 앞으로 보낸 진성서와 호소문, 석방 요구를 위한 강력한 성명서가 없었다면 지금쯤 자신은 어떻게 되었을까……. 이 같은 생각을 거듭하던 윤이상은 다짐하듯 주먹을 꽉 쥐며 부르짖었다.

"그래. 이제는 진실을 말해야 해. 그것이, 지난날 내가 전 세계의 문화예술인들에게 입은 은혜에 대한 보답이야. 더 머뭇거려서는 안 돼."

1974년 여름, 윤이상은 이수자와 함께 일본으로 건너갔다. 그리고 8월 15일, 광복절을 기해 도쿄에서 기자회견을 가졌다. 그는 기자회견에서, 5년 전 동백림 사건 때 서독 정부가 자신을 석방시키기 위해 노력했던 것을 높이 평가했다. 아울러 '김대중 사건'이 '민주적인 방법'으로 해결될 것을 희망했다. 윤이상은 마침내 동백림 사건의 전모를 밝힘

1974년 여름, 일본 도쿄에서 김대중 석방을 위해 기자회견을 하는 윤이상과 이수자 여사.

으로써, 그동안 자신의 무의식을 억눌러왔던 가위눌림에서 해방되었다.

유신헌법은 바야흐로 공포의 파도를 몰아왔다. 조국의 하늘은 시커멓게 죽어갔다. 모든 것이 얼어붙었다. 모든 움직이는 것이 정지당했다. 유신체제는 박정희 1인 총통 시대를 견고히 떠받치는 콘크리트 지지대였다.

1974년 1월 8일, 긴급조치 1호가 발령되었다. 긴급조치는 "헌법상의 국민의 자유와 권리를 잠정적으로 정지"할 수 있는 막강한 권한을 지니고 있었다. 긴급조치 발령은 한반도의 모든 민중들의 입에 재갈을 물렸다. 긴급조치는 거기에 경배하지 않는 민중들을 난도질하는 강철 채찍이었다. 그것은 죽음을 뜻했다. 김지하는 1970년 5월 『사상계』에 담시譚詩 「오적」을 발표했다가 국가보안법으로 구속되면서 필화筆禍를 겪었다. 이때 『사상계』 대표 부완혁, 편집위원 김승균, 『민주전선』 편집국장 김용성도 함께 구속되었다. 사법 당국은 그해 9월 『사상계』

를 폐간조치했다. 김지하는 국내외 구명운동에 의해 보석으로 석방되었으나, 그해 12월 첫 시집 『황토』를 발간한 뒤 저항시를 잇따라 발표하면서 체포령이 떨어졌다. 1974년 4월 긴급조치에 따라 체포된 그는 군법회의에서 사형선고를 받았다가 무기징역으로 감형되어 윤이상이 일본을 방문했을 당시 감옥에 수감 중이었다.

윤이상은 시인 김지하의 석방을 요구하는 성명서를 발표했다. 아울러, 가택연금 중인 김대중에 대한 행동 제한조치를 풀어줄 것을 강력히 요구했다. 윤이상은 작곡가이기 이전에 조국을 사랑하는 세계 시민 중 한 사람으로서 한국의 민주화운동을 위한 적극적인 행동에 들어갔다. 그는 긴급조치로 동토의 땅이 되어버린 한국의 실정을 전 세계에 고발하는 일을 계속해나갔다.

민주화를 외치는 1970년대의 윤이상. 윤이상은 세계 현대음악의 거장이라는 칭호에 매이지 않고 조국의 민주화를 외치며 거리로 나선다. 윤이상은 한국의 민주주의를 바라는 해외 동포들과의 국제 연대를 통해 세계인으로 우뚝 섰다.

독일에서도 윤이상과 행동을 같이하는 사람들이 모습을 나타냈다. 1974년 3월 1일, 철학자 송두율을 의장으로 한 민주사회건설협의회가 결성되었다. 그들은 곧 유신헌법 철폐를 외치는 가두시위를 벌였다. 이 협의회의 주축 멤버는 대부분 서울대학교 출신의 유학생들이었다. 독일의 수도인 본 시청 앞에서 열린 이 시위에는 유럽 각지에서 모여든 한국인 학자들과 유학생들, 그리고 노동자를 비롯한 일반 교포들까지 그 수가 무려 200여 명에 이르렀다.

해외 동포들은 한국의 유신독재야말로 독일의 나치즘, 이탈리아의 파시즘, 일본의 군국주의에 버금가는 대표적인 군사 파쇼라며 박정희 정권을 성토해 마지않았다. 그들의 이 같은 인식과 저항의 연대는 한국에도 알려졌다. 이들의 행동에 용기를 얻은 한국 지식인 사회는 크게 고무되었다. 그것이 유신의 동토에 미세한 균열을 내기 시작했다. 한국에서는 대학가를 중심으로 민주주의 회복에 대한 열망이 끓어오르기 시작했다.

그즈음 일본 사회에서 윤이상은 이미 세계적인 명사 반열에 속해 있었다. 그는 유신체제의 부당함을 고발하고 한국의 반체제 인사와 양심수 석방을 요구하는 성명을 발표했다. 윤이상이 보여준 행동의 파장은 점점 커졌다. 당시 일본사회당 안에는 진보적 성향의 인사들이 많이 포진되어 있었다. 그들은 윤이상의 메시지에 호응을 했고, 화답의 몸짓을 보여주었다.

동백림 사건은 이미 그 자체로 진보성을 의미하는 상징으로 받아들여졌다. 그 사건은 야수적인 박정희 정권의 발톱에 찢긴 상처를 의미했기 때문이다. 그것은 고난이었고, 희생이었다. 그것을 떠올리는 것은 폭압적인 정권의 실체를 들여다보는 일이었다. 그리고 저항의 방아쇠에 손가락을 걸어 당기는 일이었다. 동백림 사건과 같은 인권 탄압을 부당하다고 인식하는 것 자체가 양심적인 시민사회에 대한 각성을 의미했다. 그 대표적인 희생자인 윤이상이 나서서 유신정권의 부당함을 적나라하게 고발하고 있었다. 윤이상의 말 한마디, 한마디는 곧 민주주의를 염원하는 저항운동의 물결로 이어졌다.

이즈음 일본 사회 내의 양심적이고 진보적인 인사들이 윤이상의 행동에 자연스럽게 지지를 표명하기 시작했다. 윤이상은 이제 양심적인 지식인 그룹의 선두에 서서 민주화운동을 추진해 나가는 저항의 상징으로 부각되었다. 이처럼 분주하게 지내던 그해에, 독일에서는 만 57세의 윤이상을 서베를린 예술원 회원으로 추대해주었다. 서베를린 예술원 회원이 된다는 것은 더 없는 영예일 뿐만 아니라 음악가로서 국제적인 명성을 얻게 되는 것을 의미했다. 나아가, 윤이상은 민주주의 회복을 위한 행동을 통해 전 세계의 시민사회에서도 존경의 대상이 되었다.

1974년 9월 5일, 도쿄 시부야 공회당에서 뜻깊은 음악회가 열렸다. 한국의 민주화를 염원하는 취지에서 마련된 〈윤이상의 저녁〉이라는 이름의 특별 연주회였다. 음악회의 프로그램에는 "유럽 현대음악의 거장, 서독에 거주하는 한국이 자랑하는 세계적인 작곡가 윤이상의 음악 초연"이라고 적혀 있었다.

이날 도쿄 심포니 오케스트라가 실내관현악곡 〈로양〉을 비롯해 대편성 관현악을 위한 〈유동〉, 〈차원〉, 〈예악〉을 차례로 연주했다. 2200석의 좌석이 마련된 시부야 공회당은 입추立錐의 여지없이 가득 찼다. 윤이상의 곡이 하나씩 연주될 때마다 청중들이 열광적인 박수와 갈채를 보냈다. 공회당은 금세 뜨거운 감동과 열기로 후끈 달아올랐다. 이 음악회는 대성공을 거두었다. 도쿄 예술대학의 후나야마 타카시(船山

隆) 교수는 이날 연주회에서 가장 인상 깊었던 작품은 윤이상이 "KCIA에 강제연행된 사건 뒤에 작곡한 〈차원〉"이라고 평했다. 그는 또한 "오르간의 울림"이 "오케스트라의 포효"에 맞서며 "힘차게 지속하는" 것은 어떤 것을 '상징'하는 것인지에 대해 반문했다. 그의 논평은 독재에 맞선 한 인간의 숭고한 저항의지를 이 음악이 웅변하고 있음을 새삼 일깨워주었다.

1976년 8월 12일부터 14일까지 도쿄 농협빌딩에서 긴급국제대회가 열렸다. 긴급국제대회에는 일본에 거주하는 한국인들, 양심적인 일본인들이 참석했다. 그뿐 아니라 세계 18개국의 국제회의 대표, 60여 명에 이르는 평화운동가 등 모두 2000여 명이 참석했다. 이 회의에 참석한 사람들은 한국의 유신 독재 종식, 남북한의 화해와 평화로운 통일 촉구, 김지하와 김대중을 비롯한 양심수와 정치범의 조속한 석방을 촉구하는 취지의 결의문을 채택해 성명을 발표했다.

윤이상은 연단에 나가, 자유와 평화를 앞당기기 위해 싸우다 구속된 민주 인사들을 위해 국제적인 연대를 해야 한다고 강조했다. 고난당한 사람의 목소리에는 진실이 실려 있게 마련이다. 진정성이 우러난 그의 연설은 힘이 있었다. 회의에 참석한 사람들은 윤이상의 연설을 경청하면서, 국제 연대의 필요성과 당위를 가슴 깊이 느끼게 되었다.

> "만약 내가 유럽에 살고 있지 않았고, 그리고 유럽에 많은 친구들을 가지고 있지 않았다면, 또 내가 예술가가 아니었더라면 아마 나는 박 정권에 의해 죽음을 당했을 것입니다. 나는 자 자신의 죽음에 직면한 때에도 옥중에서 오페라를 썼습니다. 그 오페라는 서독서 공연되고 미국, 오스트레일리아, 스웨덴에서 상연되었습니다. (……)

한국의 정보부가 얼마나 잔인한 고문을 하는가는 길게 말할 필요가 없습니다. 나는 붙들려가서 3일 동안 잠자지 못하고 발가벗겨 공중에 매달리어 여러 방법으로 고문당하여 의식을 잃고 병원에서 7일간을 지냈습니다. 그 후 옥중에 있었던 여러 사람들의 체험을 들으니 한국의 경찰과 KCIA의 고문 방법은 이 지구상에서 가장 처참하고 잔인한 방법이라고 합니다. 그것은 일제 때 총독부의 고문 방법을 배운 사람들이 그 위에 현대적인 기구와 방법을 가지고 과학적인 방법으로 하고 있기 때문입니다.

나의 말은 나 혼자의 말이 아니라 김지하 씨와 김대중 씨 그리고 모든 죄 없는 애국자의 입장에서 말하는 것입니다. 그분들은 여러분에게 얘기할 기회가 없습니다. 그러나 나는 다행히도 석방되어 자유의 세계에 서서 여러분에게 말하는 것입니다. 김지하, 김대중, 그러한 유명한 사람들을 위해서 지금 세계가 말하고 힘쓰고 있습니다.

여러분. 죄 없는 여러 한국 사람을 위해서, 한국의 평화와 장래의 번영을 위하여 (……) 나와 같이 힘을 합하여 노력합시다."[4]

15일에 열린 집회가 마무리된 뒤, 참석자들은 비 오는 도심 한가운데를 지나며 가두시위를 했다. 그들이 손에 든 피켓과 플래카드에는 "민주구국선언을 한 세계의 양심 김대중, 김지하 씨 등을 죽이면 안 된다!"는 문구가 적혀 있었다.

윤이상은 그해 민주사회건설협의회(민건회) 의장으로 추대되었다. 민건회는 서독의 유학생들이 주축이 되어 결성된 단체였다. 이 단체의

---

4) 이수자, 『내 남편 윤이상』, 창작과비평사, 1998, 51~52쪽.

회원들은 긴급조치에 의해 구속된 양심수가 점점 불어나는 조국의 불안한 현실에 대해 자주 토론했다. 윤이상은 작곡을 하는 틈틈이 이 회의에 참석해 성명서 초안에 대한 의견을 개진하거나 국제 연대에 필요한 안건을 처리했다.

이 무렵 박정희는 양동작전을 구사하고 있었다. 한편으로는 7.4 남북공동성명을 발표함으로써 박 정권이 남북 화해와 평화 의지가 있는 것처럼 선전하고, 또 다른 한편으로는 긴급조치를 강화하면서 국내 야당 정치인들과 재야 인사들을 정치적으로 옴짝달싹못하게 했다. 또한 학생운동에 대한 탄압을 강화하고 언론사에 철퇴를 가해 언로마저 차단했다. 집회, 결사, 표현의 자유를 심대하게 침해하는 사례는 일일이 거론하기 힘들 정도로 많았다. 그 대표적인 사례가 바로 인민혁명당(인혁당) 사건이었다.

인혁당 사건은 박정희 정권의 대표적 공안조작사건 가운데 하나다. 1964년 8월 중앙정보부가 발표해 한국 사회를 극도의 긴장감 속에 몰아넣은 이 사건에서 당시 한국의 사법기관은 정권의 시녀 노릇을 톡톡히 했다. 이 사건으로 구속된 사람들은 중앙정보부의 살인적인 고문에 의해 모두 거짓자백을 했다. 사법 당국은 이것을 토대로 인혁당을 반국가 단체로 규정, 모두에게 반공법 위반죄를 적용했다.

그러나 한국인권옹호협회가 무료 변론을 맡아, 피고인에게 가해진 고문 내용을 폭로함으로써 중형을 피할 수 있었다. 1965년 1월 20일 선거 공판에서 도예종, 양춘우가 반공법 위반으로 징역 3년 형과 징역 2년 형을 선고받았고 나머지 11명은 무죄를 선고받았다. 이 판결에 불복한 검찰은 즉각 항소심을 제기했다. 이에 따라 그해 6월 29일 열린 항소심 선고 공판에서 재판부는 원심을 파기하고 피고인 전원에게 유죄 선고를 내렸다. 도예종, 양춘우 이외에도 박현채를 비롯한 여섯 명에게 징역 1년을 선고하고, 나머지 피고인들에게는 징역 1년에 집행유예 3년을 선고했다.

1972년 10월 17일 유신 선포 이후, 유신 반대투쟁은 전국으로 확산됐다. 박 정권은 즉시 암초 제거 작업에 나섰다. 박정희의 친위대인 중앙정보부는 유신 반대투쟁을 주도하던 전국민주청년학생연맹(민청학련)의 배후로 인혁당 재건위를 지목했다. 마녀사냥이었다. 1975년 4월 8일, 인혁당 재건위에 연루된 스물세 명이 국가보안법 위반 등 여러 죄목으로 구속되었다. 이 가운데 도예종, 여정남, 김용원, 이수병, 하재완, 서도원, 송상진, 우홍선 등 여덟 명이 사형을 선고받았다. 나머지 열다섯 명은 무기징역에서 징역 15년까지 중형을 선고받았다.

1975년 4월 9일, 사형선고를 받은 여덟 명은 형장의 이슬로 사라졌다. 보통 판결이 나면 여러 차례의 변론과 항소 과정을 거치게 마련이다. 하지만 교도소 당국은 이런 절차를 무시한 채 곧바로 사형 집행을 감행하고 말았다. 대법원 확정판결이 내려진 지 불과 열여덟 시간 만인 이튿날 아침에 사형 집행이 이루어진 것이다. 사상 초유의 이 추악한 인권침해 사건의 실체는 곧바로 해외에 알려졌다. 제네바 국제법학자협회는 1975년 4월 9일을 '사법사상 암흑의 날'로 선포했다. 국내외 여론은 이 같은 '사법살인'에 대한 비판으로 한동안 들끓었다.

2002년 9월 의문사진상규명위원회에서는 이 사건이 중앙정보부의 고문에 의해 조작된 것으로 발표했다. 같은 해 12월, 인혁당 재건위 사건의 유족들은 서울중앙지법에 재심을 청구했다. 2005년 12월 재심이 시작되었다. 2007년 1월 23일 서울중앙지법 형사합의 23부는 재심 선고 공판에서 인혁당 사건으로 사형이 집행된 우홍선 등 여덟 명 전원에게 무죄를 선고했다. 이 판결로 적법하지 않은 수사와 재판에 의해 희생됐던 피고인들이 뒤늦게 명예를 회복했으며 사법부도 과거의 잘못을 바로잡게 되는 계기가 되었다.

1977년 8월, 일본 도쿄에는 해외에 거주하는 한인 민주운동 대표자들이 국제대회에 참여하기 위해 속속 모여들었다. 세계 11개국에서 참가한 한인 대표 100여 명은 해외한국인민주운동대표자회의를 개최해 폐회식 날 한국민주민족통일해외연합(한민련)을 창립했다. 창립식을 거행한 이들은 박 정권의 독재 타도와 민주 회복 및 통일을 한민련의 주요 사업으로 삼았다. 한민련은 해외 거주 한국인들의 민주화운동에 새로운 힘을 부여하고, 국제적인 연대의 중심축이 되기를 다짐했다. 한민련이 결성되는 과정은 한 편의 드라마였다.

1977년 베를린에서 가족들과 단란한 한때를 보내는 윤이상 이수자 부부. 왼쪽 첫 번째는 딸 정, 두 번째는 아들 우경.

회의가 이루어지던 날, 정체불명의 괴한들이 난입했다. 그들은 석 대의 버스에 나눠 타고 온 우익 폭력배들이었다. 회의장에 들이닥친 폭력배들은 저마다 손에 무쇠 곤봉과 몽둥이, 쇠파이프를 들고 있었다. 그들은 눈에 보이는 기물을 닥치는 대로 부수고 무너뜨렸다. 회의장에서 만나는 사람들마다 발로 걷어차고, 어깨와 머리를 곤봉으로 마구 내리쳤다. 충격과 공포가 회의장을 덮친 가운데 회의장은 순식간에 아수라장이 되었다. 젊은 회원들은 온몸을 던져 나이 든 회원들을 보호하기 위해 애썼다. 그 와중에서 젊은이 몇은 깨진 유리병에 맞아 피를 흘리며 쓰러졌다. 부상을 입은 사람들이 이리저리 쫓겨 다니며 비명을 질러댔다. 그때, 회의 참석자들 중 일부가 도쿄 경찰에 신고했다. 하지만 일본 기동대는 꾸물거리다가 한 시간여 만에 도착했다. 그들의 늑장 대처 때문에 피해는 더욱 커졌다.

부상자들이 병원으로 호송되는 동안 회의는 가까스로 속개되었다. 회의 결과, 해외에서 가장 규모가 큰 조직인 한민련이 결성되었다. 한민련 전全 의장에는 유엔 한국 초대 대사를 지낸 임창영 박사가 추대됐다. 윤이상은 한민련 유럽 본부 의장직을 맡게 됐다.

1978년 6월, 서독 본 바트 고데스베르크 호텔에서는 한국 문제 긴급 국제회의가 개최되었다. 이 회의는 한민련 유럽 본부 의장인 윤이상과 한독연대위원회 회장인 프로이덴베르크 교수가 공동으로 주최했다.

서독에서 개최된 이 회의에서 참석자들은 한국의 인권 탄압 실상과 통일에 대한 주제를 놓고 공개 토론을 벌였다. 미국, 캐나다, 독일, 영국, 일본, 오스트리아, 오스트레일리아, 덴마크, 스위스 등 선진국뿐 아니라 싱가포르, 말레이시아, 타이, 아이티 등 제3세계에서 언론인, 종교 지도자, 정치인을 포함하여 총 50여 명의 인사들이 참석했다.

회의가 시작된 6월 5일 아침에 윤이상이 개회사를 했다.

“세계 각지에서 오신 존경하는 지도자 여러분. 한국의 민주화와 통일 및 인권 개선을 바라는 여러 동포들의 단결과 정성이 있었기에 이번 회의를 유럽에서 처음 개최할 수 있게 되었습니다. 그 누가 방해해도 우리의 진실을 가릴 수는 없습니다. 부디 인권과 통일을 향한 진정한 소리에 귀를 기울여주십시오.”

하지만 윤이상의 행보를 가로막는 일은 엉뚱한 데서 터졌다. 11월경 일본사회당 초청으로 ‘평화와 인권을 위한 음악회 78’에 참여하기 위해 일본을 방문한 윤이상을 나리타 공항 입국 관리소 직원이 대기실에 대뜸 감금한 것이다.

“당신의 입국 목적이 무엇인지 조사해야겠으니 이곳에서 꼼짝 말고 기다리시오.”

“나는 작곡가입니다. 여기, 일본사회당의 초청장도 있소. 정당한 이유로 입국한 사람을 무슨 근거로 구속하는 겁니까?”

그들은 앞뒤가 맞지 않는 이유를 대며 윤이상을 아홉 시간 동안 억류했다. 윤이상은 11년 전 서독에서 납치됐던 일이 떠올라 아연啞然 긴장했다. 공항에 마중 나온 일본사회당 간부들이 법무성에 항의문을 전달한 뒤에야 겨우 풀려날 수 있었다. 알고 보니 한국의 중앙정보부가 입국관리소에 선을 대어 집요하게 방해 공작을 꾸민 결과였다.

얼마 후, 윤이상의 호소로 이 사실을 알게 된 독일 외무부와 베를린 예술원, 그리고 윤이상이 정교수로 재직하고 있던 베를린 예술대학 등에서 일본 정부를 상대로 강력한 항의를 했다. 일본은 다시는 이 같은 일이 재발되지 않도록 노력하겠다고 사과했다.

윤이상은 음악활동과 더불어 조국의 민주화를 위한 국제 연대활동을 활발히 벌여나갔다. 그리고 1979년에는 생애 두 번째로 북한을 방문했다. 북한에 간 윤이상은 김일성 주석과 마주앉아 남북한의 통일 문제에 대해 마음을 털어놓고 논의했다. 북한에 머무는 동안, 아무도 윤이상에게 정치적인 이야기를 하지 않았다. 동백림 사건으로 상처받은 윤이상의 마음을 헤아려주는 일종의 배려였다. 만약, 이때 어느 누구라도 정치적인 간섭과 설교를 늘어놓거나 혹은 당에 입당하라고 권했다면 그는 다시는 방북하지 않았을 것이다. 윤이상이 평양에 머무르는 동안 북한 당국자들은 윤이상 부부에게 예의를 갖춰 대해주었다. 심기를 거스르거나 자극적인 말은 일절 하지 않았다. 이 때문에 윤이상은 남도 북도 한겨레라는 강한 동질성을 확인한 뒤 베를린으로 다시 돌아갔다.

윤이상은 이 무렵부터 남북한을 동포애로 바라보는 경계인의 삶을 살기 시작했다. 두 개의 조국을 향한 두 개의 연민과 사랑, 그것은 머지않아 남북통일에 대한 뜨거운 열망으로 나타났다. 방북 후 독일로 돌아온 지 얼마 되지 않았을 때, 라디오와 텔레비전에 긴급속보가 흘러나왔다. 1979년 10월 26일, 궁정동 안가에서 박정희 대통령이 김재규 중앙정보부장에게 저격당해 살해되었다는 뉴스였다. 비로소, 세상을 공포로 떨게 했던 1인 총통 시대가 막을 내리고 있었다.

제4장

—

음악으로 쓴 자화상 〈첼로 협주곡〉

윤이상에게 1970년대는 극적인 변화의 시기였다. 정치의식이 깨어난 그는 조국의 민주화를 위해 주저 없이 거리로 나섰다. 한마디로, 양심의 소리를 행동으로 표출하면서 온몸을 밀고 나가는 시기였다. 동백림 사건은 윤이상의 내면에 치명적인 아픔을 새겨주었다. 그는 꿈에서도 고문을 당했고, 깨어나서는 공포와 분노 속에 치를 떨었다. 슬픔과 절망이 자주 일상의 평온함을 뒤흔들거나 깨뜨렸다. 영혼을 갉아먹는 악몽의 세월을 이겨내는 데 자그마치 10년이 걸렸다. 윤이상은 이 같은 거대한 변화 속에서 자신만의 둥지를 박차고 더 넓은 세계로 뛰어나갔다. 그는 한국의 민주주의를 바라는 해외 동포들과의 국제 연대를 통해 세계인으로 우뚝 섰다.

윤이상의 이 같은 변화는 음악에도 나타났다. 이전에는 자신이 홀로 추구하는 세계를 위해 작품을 썼다. 하지만 1970년대 중반기부터는 '여럿이 함께'라는 의미망을 확산하기 위해 작곡을 했다. 윤이상의 음악은 전에 비해 조금은 편안해졌다. 심오한 도교사상을 표현하기 위해 고심하다 보면 자칫 어려운 음악이 되곤 했는데, 이제는 연주하는 이와 듣는 이의 입장을 더 고려하는 편이었다. 여러 정치적인 박해 사건들과 접하는 동안, 그의 내부에서는 휴머니즘의 강물이 어느 때보다 강폭을 넓혀갔다. 이 같은 흐름 속에서 그는 "70년대 중반 이래 일련의 기악 협주곡들을 작곡했다."[5] 바리톤, 여성 합창, 오르간, 기타 악기들을 위한 칸타타cantata 〈사선에서〉는 윤이상의 여러 곡 중에서 인간애가 두드러진 작품으로 꼽힌다. 교성곡은 17세기에서 18세기까지 바로크 시대에 발전한 성악곡의 한 형식을 뜻한다. 〈사선에서〉는 동백림 사건 이후 내부에서 응축해왔던 윤이상의 정치적 관심을 악곡에 반영한 첫 번째 시도였다.

이 교성곡은 독일의 시인 알브레히트 게오르그 하우스호퍼Albrecht Georg Haushofer의 시집 『모아비트 소네트Moabit Sonnets』에 수록된 시들 가운데 「사선에서An der Schwelle」를 테마로 하여 곡을 붙인 것이다. 이 시집 제목을 우리말로 풀이하면 〈모아비트 감옥에서 쓴 짧은 곡〉쯤 될 것이다. 13세기경 이탈리아의 민요에서 파생된 소네트sonnet는 정형시定型詩 중에서 가장 대표적인 시의 형식에 속하며, 소곡小曲 또는 14행시라고도 한다. 비교적 짧은 길이로 이어지는 이 시 형식은 단테나 페트라르카에 의해 완성되었고, 르네상스시대에는 유럽 전역으로 확산되었다. 19세기에 이르러서는 보들레르, 말라르메, 발레리, 릴케 등도 소네트 형식의 시를 즐겨 썼다.

---

5) 이동규, 「윤이상 Symphony Ⅳ(1986) "어둠 속에서 노래하다"에 대한 분석 연구」, 창원대학교 대학원 음악과 석사학위 논문, 2005, 8쪽.

하우스호퍼 가문에는 비극적인 가정사가 존재한다. 시인인 알브레히트의 아버지는 독일의 정치학자이자 군인인 카를 에른스트다. 카를은 1931년경부터 국가사회주의에 경도되었고, 급기야 나치의 외교고문이 되었다. 그는 나치의 대외 정책에서 매우 중요한 역할을 담당하며 히틀러의 침략정책을 이론적으로 뒷받침했다. 또한 그는 아리안족의 우수성을 주장하면서 '하켄크로이츠Hakenkreuz'를 나치의 상징으로 사용하는 데 공로를 세웠다. 그는 한 발 더 나아가, 동양으로 영토를 확장해야 한다며 동유럽의 폴란드를 공격할 것을 강하게 주장하기도 했다.

아들 알브레히트는 나치의 나팔수 노릇을 하는 아버지를 보며 줄곧 괴로워했다. 알브레히트는 마침내 독일의 암 덩어리요, 전 세계의 악의 축인 히틀러를 암살하기로 계획을 세웠다. 하지만 결정적인 상황에서 미수에 그쳐 베를린의 모아비트 감옥에 수감되었다. 그는 감옥에 갇혀 있는 동안 소네트 형식의 시들을 집필했다. 1945년 4월 23일 그가 나치에 의해 총살당할 때, 알브레히트는 이 원고 뭉치를 마지막까지 손에 꼭 쥐고 있었다. 그의 유작이 된 이 원고는 1946년에 출판되어 세상에 알려졌다.

한편, 독일이 연합국에 패한 뒤 아버지 카를은 전쟁범죄자로 붙잡혔다. 1946년 3월 13일, 연합국 재판부에 의해 조사를 받던 그는 아내와 동반 자살함으로써 생을 마감했다. 아들이 죽고 나서 1년 만의 일이다. 나치의 팽창 정책을 부추기고 히틀러의 광기에 불을 붙이며 끝끝내 주구走狗의 오욕을 떨치지 못했던 카를. 나치의 잔인한 팽창주의, 무서운 독재의 화신인 히틀러를 제거하려고 결행했던 알브레히트. 하우스호퍼 부자의 삶은 극명하게 대비된다. 윤이상은 조국의 독재 체제를 끝장내고 싶은 마음에서 알브레히트의 시집을 꺼내 들었는지도 모른다.

(왼쪽부터) 베를린에서 이고르 스트라빈스키와 이야기를 나누는 음악방송 진행자 카를 하스(Karl Haas, 1913~2005), 윤이상, 루마니아 출신의 건축가이자 작곡가 이안니스 크세나키스(Iannis Xenakis).

윤이상이 58세 되던 해인 1975년 4월 5일, 〈사선에서〉는 서독 카셀의 성 마르틴 교회에서 초연되었다. 클라우스 마르틴 지글러Klaus Martin Ziegler의 지휘와 페터 슈바르츠Peter Schwarz의 오르간 반주에 맞춰 바리톤 윌리엄 피어슨William Pearson이 곡 중 솔로를 했다.

알브레히트가 쓴 시에는 아우슈비츠의 슬픔이 자욱히 깔려 있다. 그 시를 토대로 곡을 쓴 윤이상의 내면에는 동백림 사건의 고통과 상처가 짙게 배어 있다. 이 모든 것이 뭉뚱그려진 〈사선에서〉가 연주되는 장소는 예수의 죽음과 부활 위에 세워진 교회다. 이 같은 연유로, 〈사선에서〉의 초연은 여러 의미가 중층적으로 겹쳐진 음악회가 되었다.

히틀러의 광기가 극에 달할 때 반反나치(Anti-Nazi) 운동을 벌였던 알브레히트. 수감 중에도 나치에 대항하는 시를 쓰다가 형장의 이슬로 사라진 마흔세 살의 의인. 윤이상 역시 죽음이 눈앞에 어른거리던 서대문형무소의 차가운 감방에서 오페라를 썼다. 시와 음악이 맞물려 곡을 형성하게 되자 그 의미가 증폭되었다. 나치즘에 맞서 치열한 저항시를 썼던 알브레히트의 마음은 동백림 사건을 겪은 뒤 박 정권의 유신체제에 맞서는 윤이상의 저항정신과 궤를 같이하는 것이다.

오케스트라의 강렬한 타악기 소리는 온 세상과 백성을 억누르는 탄압과 부자유스러운 현실을 뜻했다. 솔로 부분에서는 부조리한 현실에 짓눌리면서도 희망을 피워 올리는 인간의 자유로운 영혼을 표현했다. 설령 감옥에 갇힌다 해도 이에 굴하지 않고 억압과 굴레를 넘어 더욱 차원 높은 세계를 그리고자 하는 갈망과 염원이 음절마다 가득 찼다.

윤이상은 1980년에 나치스의 전체주의적 학정을 고발한 또 다른 작품을 썼다. 소프라노와 실내 앙상블을 위한 〈밤이여 나뉘어라〉가 그것이다. 1981년 4월 26일, 〈밤이여 나뉘어라〉는 서독 비텐의 현대음악제에서 도로시 도로우Dorothy Dorow의 독창과 한스 첸더의 지휘로 초연되었다.

〈밤이여 나뉘어라〉는 아우슈비츠 학살의 잔학상을 고발하는 세 편의 시에 곡을 붙인 작품이다. 이 시를 쓴 넬리 작스Nelly Sachs는 시인이자 극작가로서, 유태인 대검거령이 내려졌을 때 어머니와 단둘이서 스웨덴의 스톡홀름으로 망명해 겨우 목숨을 건졌다. 나치스의 끔찍한 만행과 어머니의 갑작스런 죽음을 겪은 넬리 작스는 이전까지의 낭만주의적 시적 경향과 결별을 고했다. 그녀는 이후 전쟁의 참상과 히틀러에 의한 나치스의 폭정을 직접적으로 이야기하는 현실 참여적인 작품을 썼으며, 1966년 노벨문학상을 수상했다.

윤이상도 그와 비슷한 죽음의 체험을 했다. 히틀러가 얼마나 많은 유태인들을 죽였는지 따지는 것은 무의미하다. 한 사람의 목숨은 천하보다 귀하기 때문이다. 그것은 인류의 존엄성에 대한 대전제이자 명제이다. 살 떨리는 고문은 인간성을 황폐하게 한다. 고문은 고문을 가하는 사람마저 비인간화한다.

윤이상은 남산 중앙정보부에 끌려간 뒤 차마 필설로 형용할 수 없는 지독한 고문을 당했다. 인간의 존엄성이 무차별적으로 짓밟히는 처절한 순간, 그는 1인 총통 박정희의 주구에 의해 갈기갈기 찢긴 이 나라 민중들의 자화상을 보았다. 그때의 자기 모습과 넬리 작스의 시「굳게 닫힌 이 문」에 나오는 '너'는 동격이다. 그것은 곧 '우리' 모두이며, 이 땅에 살고 있는 억압받는 민중들의 자화상이다.

군복 입은 사내들에게 무수히 구타당할 때 "너의 빛나는 두 날개는 경악으로 떨고 있고" 눈동자는 공포로 질려 있다. 세상은 곧 파멸로 치달을 것처럼 두렵다. 하지만 길고 긴 악몽의 밤을 이겨낸 뒤, 이제 너(나 혹은 우리)는 마침내 "밤이여 나뉘어라" 하고 목 놓아 외쳐야 한다. "나는 이제 떠나려 하고 네게 피비린내 나는 밤을/돌려주게 될 것이기" 때문이다. 하지만 윤이상은 처절한 복수가 아닌, 다른 차원의 승화를 꿈꾼다. 그것은 지난날의 굴종과 멸시를 벗어나 인간성을 회복하는 길이다. 윤이상은 이 곡을 통해, 인간화의 높은 영역으로 비상할 것을 꿈꾸며 길을 떠나는 나그네의 출사표를 표현하고 있다.

음악학자 우테 헨즐러Ute Henseler는 "윤이상은 1970년대 중반에 자신의 동아시아 음악 문화에서는 낯선 음악 장르인 '솔로 협주곡'에 눈을 돌리게 된다. 즉 1976년에 작곡되는 첼로 협주곡은 윤이상의 기악 협주곡의 작곡 개시를 알리는 신호탄"[6]이라고 말한 바 있다. 음악학자 김용환에 따르면 윤이상은 1970년에 이르러 지금까지와는 다른 하나의 '작곡적 결단'[7]을 내린다. 이 말은 곧 윤이상이 첼로 협주곡 안에 음악뿐만 아니라 자신의 자전적인 인생 행로와 그를 둘러싼 외적 상황, 즉 정치적인 현실까지 담아내려는 노력을 보인 것을 높이 평가한 것이다.

2008년 9월 17일 밤 예술의전당 콘서트 홀에서는 '표상表象'을 주제로 한 〈2008 윤이상 페스티벌〉의 막이 올랐다. 개막공연을 여는 첫 곡은 정치용이 지휘하고 코리안심포니 오케스트라가 연주한 브람스의 〈비극적 서곡〉이었다. 이어서 연주될 곡은 윤이상의 〈첼로와 관현악을 위한 협주곡〉이었다. 이날 무대에서 해설을 맡은 음악학자 홍은미는 "첼로는 윤이상 그 자신이고 관현악은 그를 둘러싼 환경"이며, 바로 그러한 긴밀한 연관 속에서 만들어진 〈첼로와 관현악을 위한 협주곡〉은 윤이상의 "인생 역정을 그린 작품"이라고 설명했다. 이 말은 청중들의 가슴속으로 깊이 스며들어 왔다. 왜냐하면 이 작품에는 바로 동백림 사건을 겪은 뒤 서독으로 추방당한 윤이상의 고뇌와 슬픔이 집약되어 있었기 때문이다. 홍은미의 발언은 김용환의 말과 일맥상통하는 의미가 담겨 있는 것이다.

윤이상은 프랑스를 거쳐 독일에 온 뒤부터 줄곧 현대음악의 진전된 성취를 향한 길에 매진해왔다. 그는 부단한 형식 실험을 통해 음악 자체의 완결성에 강한 집념을 보여왔다. 물론, 그 속에는 불교나 유교, 도교와 같은 동양사상이 늘 깃들어 있었다. 하지만 그 음악들에는 현재

---

6) 우테 헨즐러, 「인간성이 담긴 음악언어: 윤이상의 솔로 협주곡 연구」, 김용환 편저, 『윤이상 연구』, 시공사, 2001, 149쪽.

7) 김용환, 『윤이상 연구 2』, 한국예술종합학교 한국예술연구소, 1997, 45쪽.

의 실존적 현실과 정치적 상황이 구체적으로 반영되어 있지 않았다. 물론, 〈사선에서〉, 〈밤이여 나뉘어라〉와 같이 유태인 학살을 자행한 나치의 광포함과 잔인함을 표현한 작품이 있기는 하다. 그러나 자신이 몸담고 있는 지금 현실의 세계, 즉 한국의 정치 상황에 대한 언급은 없었다. 그것은 동백림 사건을 겪은 트라우마가 몹시 컸던 이유도 있었고, 또한 그 사실을 발설하면 통영에 있는 윤이상의 친척들에게 위해를 가하겠다는 김형욱의 겁박이 그의 발목을 오랫동안 붙잡고 있었던 탓도 컸다. 하지만 윤이상은 김대중 납치사건을 계기로 그의 구명운동을 벌이면서 비로소 억압적 굴레를 스스로 벗어던졌다. 그 굴레를 떨치고 난 뒤, 그의 음악적 영혼은 크고 넓은 창공을 향해 새로운 날갯짓을 하게 되었다.

이 같은 의식상의 변화 속에서 작곡된 〈첼로와 관현악을 위한 협주곡〉은 윤이상이 쓴 종래의 작품들과 비교되는 매우 다른 작풍作風을 보이고 있다. 종래의 전통적인 협주곡에서는 각 독주 악기들과 오케스트라 사이에 조화와 균형을 내세운다. 반면, 이 곡에서는 첼로와 오케스트라가 서로 갈등하는 대립요소일 뿐이다. 둘 사이에는 주제와 동기에 의해 교환되는 안정적 구도가 없다. 무대를 찢을 듯한 높은 음으로 맞섬으로써 마찰과 충돌이 빚어진다. 첼로의 카덴짜ca denza(연주가의 기교를 마음껏 보여주기 위한 화려한 솔로 연주 부분)에서는 현을 활주하지 않고 거문고를 연주할 때처럼 술대로 피치카토를 표현한다. 이 같은 첼로와 오케스트라의 갈등과 긴장은 3악장 내내 고조된다.

윤이상은 이 작품에 이르러 음렬주의나 12음기법의 정교한 틀에서 벗어나 더욱 자유로운 형식미를 추구하게 되었다. 또한 자신을 옭아맨 현실 세계의 부당함, 그 자신이 겪은 공포와 암흑 체험을 비로소 악곡상에 구현하는 데까지 나아간다. 그런 면에서 "첼로는 바로 나 자신을 상징한다"던 윤이상의 첫 번째 기악 협주곡 〈첼로와 관현악을 위한 협주곡〉은 그의 '작곡적 결단'을 보여주는 이정표임이 분명하다.

1960년대부터 1970년대 초반까지 윤이상은 한국식 제목을 붙인 작품들을 줄곧 써왔다. 〈바라〉, 〈가사〉, 〈유동〉, 〈가락〉, 〈노래〉, 〈예악〉, 〈나모〉, 〈피리〉, 〈가곡〉 등이 그것이다. 그러나 1970년대 중반부터는 〈첼로와 관현악을 위한 협주곡〉(1975~1976), 〈플루트와 소관현악을 위한 협주곡〉(1977), 〈관현악을 위한 서주와 추상〉(1979), 5개의 교향곡 등 '협주곡', '교향곡', '서곡', '하모니아'를 넣은 유럽식 제목이 등장하기 시작했다.

윤이상은 1975년부터 〈첼로와 관현악을 위한 협주곡〉을 작곡했다. 이 곡은 세계적인 첼리스트인 지그프리트 팔름Siegfried Palm이 윤이상에게 작품을 위촉해 창작한 것이다.

"내년 3월 25일 로얀 국제현대음악제에서 연주할 첼로 협주곡을 작곡해주시겠습니까?"

독일의 부퍼탈에서 태어난 팔름은 동백림 사건으로 윤이상이 고난을 당하자 석방운동에 앞장섰던 오랜 친구였다. 북독일 방송관현악단 수석 첼리스트로 활동했던 팔름은 현대음악 해석에 독보적인 경지를 이룩했다는 평가를 받았으며, 독일 현대음악 2세대를 대표하는 가장 빼어난 첼로 연주자로 명성을 날렸다. 음악교육에도 남다른 열의를 보여 1962년부터 미국 다트머스 대학교를 비롯한 여러 학교에서 학생들을 가르쳤고, 우리에게는 정명훈을 피아니스트에서 지휘자의 길로 이끈 일화로 잘 알려져 있다. 1982년 국제현대음악협회(ISCM) 회장을 지낸 그는 1988년부터 쾰른 국립음악대학 명예교수로 활약했다.

1968년 5월 3일, 브레멘에서 윤이상이 작곡한 첼로와 피아노를 위한 〈노래〉(1964)를 그가 초연하면서 윤이상과 팔름 사이에는 돈독한 우정이 싹텄다. 팔름은 이후 윤이상이 자신을 위해 쓴 곡, 첼로 독주를 위한 〈활주〉(1970)를 1971년 5월 8일 자그레브에서 초연한 바 있었다.

윤이상은 〈첼로와 관현악을 위한 협주곡〉의 작곡을 의뢰받은 뒤, 잠시 호흡을 가다듬었다. 첼로는 어린 시절부터 자신의 몸과 같이 여겼던 악기였다. 일제강점기의 미곡창고에서 일경을 피해 탈출하던 극적인 순간부터 지금에 이르기까지 평생을 함께해온 친구이자 분신이었다. 첼로에 대한 지극함은 말로 다 할 수 없을 만큼 컸다. 이 때문에, 실로 오랜 세월이 흐르는 동안 오히려 첼로 곡을 쓸 수가 없었다. 슬픔이 깊으면 오히려 울음이 나오지 아니하고, 그리움이 깊으면 가슴이 콱 막히는 것과 같은 이치였다.

윤이상은 서대문형무소의 답답하고 어두운 독방을 떠올렸다. 감옥의 하루는 천년처럼 길고 지루하다. 하루해가 떨어질 때면 취침나팔 소리가 들린다. 그 소리는 어딘지 슬픔이 배어 있다. 나팔 소리가 끝나면 긴 침묵의 여운이 텅 빈 감옥 안을 채운다. 그것은 견딜 수 없는 고요, 뼈마디가 바스러지는 듯한 정적이다. 윤이상은 하루 일과를 더듬으며 잠을 못 이룬다. 방 한쪽에 밀쳐둔 악보에 신경이 쓰인다. 〈나비의 꿈〉은 채 완성되지 않았다. 장자는 아직 나비가 되지 못했고, 장자를 둘러싼 모든 것은 아직 미몽에 싸여 있다.

그때, 어슴푸레한 새벽 미명을 뚫고 희미한 목탁 소리가 들린다. 현저동 산언덕 어딘가에 있을 절에서 매일 들려오는 아침 예불 소리와 목탁 소리다. 윤이상은 그것이 사형수의 영혼을 좋은 곳으로 보내기 위한 진혼의 목탁 소리라 생각한다. 문득, 죽음이 자신에게도 찾아올 수 있다는 공포가 엄습한다. 이런 번뇌에 빠지자, 목탁 소리를 듣는 것이 견디기 힘들어졌다.

윤이상은 감옥 밖으로 나간 뒤의 상황을 새삼 되짚어본다. 그는 한동안 악몽에 시달렸다. 구타와 물고문, 허위자백을 하라고 강요하는 험상궂은 사내들의 부릅뜬 눈, 몽둥이와 젖은 천과 물주전자가 자신의 영혼을 갈기갈기 찢었다. 하지만 그는 작품을 쓰면서 이 모든 형벌의 시간을 이겨나갔다. 자신을 감옥 밖으로 구출해준 친구들, 전 세계의 음악인들과 문화예술인들, 서독 정부의 노력에 깊은 고마움을 느끼며 현실을 둘러보았다. 만약, 이 사람들이 자신을 구명하기 위해 노력하지 않았다면 결과가 어떻게 되었을까를 곰곰 생각해보았다. 그는 짧고 깊은 사유를 통해, 진실을 말해야 한다고 결심했다. 그것이 자신을 도와준 이들에 대한 보은이라고 믿었다.

윤이상은 행동에 들어갔다. 중앙정보부의 공작으로 납치되어 수장될 뻔했던 김대중의 구명운동을 위해 독일에서 일본으로 곧장 날아갔다. 그는 도쿄의 기자회견장에서 자신이 독일에서 중앙정보부 요원에 의해 납치되었다는 진상을 처음으로 밝혔다. 그리고 김대중의 가택연금 해제와 김지하 시인의 석방을 주장했다. 그는 죽음에서 생명을 외쳤다. 그는 유신체제의 부당함을 언급하면서 해외 동포들에게 한국의 민주화운동에 동참해줄 것을 호소했다.

이 모든 일련의 변화는 자신의 일생에 비추어볼 때, 분명 새로운 것이었다. 이제 이 모든 변화된 사유와 행동이 음악의 악상과 가락, 음향과 마디와 악절 속으로 스며들어야 한다. 〈첼로와 관현악을 위한 협주곡〉을 쓰면서, 윤이상은 평생의 분신으로 여겨온 첼로를 의인화했다. 첼로는 윤이상을 표현하는 악기로서 곡의 중심에 서 있어야 한다. 그리고 오케스트라는 첼로를 겹겹으로 둘러싸고 있는 현실 상황으로 표현되어야 한다. 그것은 시시때때로 선과 악을 넘나들면서 변화를 거듭한다. 좋든 싫든 간에 현실은 늘 인간과 대립하거나 화합한다. 오케스트라도 우리 사회와 세계 전체의 상황적 진실을 표현하는 것이 자연스럽다. 그것이 악이든 선이든, 인간을 둘러싼 거대한 환경으로서 폭풍을 몰아오고 봄볕을 내리쬐는 것을 담담히 표현해야 한다.

이 곡은 이 세상에 생명이 탄생하는 순수한 정경, 평화롭고 목가적인 가락에서 출발한다. 하지만 평화는 곧 위협을 받는다. 어둡고 음험한 기운이 어린 생명을 둘러싸기 시작한다. 어린 생명이 악의 실체로부터 위협받는 순간, 어디선가 목탁 소리가 들려온다. 죽음과 맞닥뜨린 목탁 소리는 끊어지지 않고 명주실처럼 이어진다. 진혼의 목탁 소리가 끊임없이 울려 퍼질 때 악의 세력은 살아 있는 생명을 침몰시키려 한다. 첼로는 악의 세력과 맞서 처절하게 싸우면서 마지막 순간에 순수한 세계에 이르기 위해 안간힘을 쓴다. 순수한 세계, 그것은 첼로가 도달하고자 하는 가장 지순한 경지, 가장 높은 음의 세계다.

단일 악장으로 구성된 첼로 협주곡은 각기 다른 세 부분의 단락으로 이루어져 내적인 악장 구별의 단서가 된다. 이 곡은 18세기 이래 협주곡 장르에서 관례로 정착된 '빠르게, 느리게, 빠르게'라는 원칙을 지키고 있다. 활기차게 시작한 첫 단락에서 첼로가 중음주법重音奏法으로 연주하며 오케스트라와 대결하고 갈등하는 한 인생의 출현을 알린다. 둘째 단락에서는 첼로가 자신의 존재를 잠시 드러내다가 오케스트라의 장중함 속에 묻히고 만다. 셋째 단락에서는 첼로가 가장 높은 음인 '라'에 도달하려다가 좌절하고 만다. 이 음은 천상의 음역이다.

우테 헨즐러는 이 부분에 대해 "주목할 점은 이 첼로 협주곡이 독주

악기와 오케스트라가 상호간에 어우러지는 것을 포기한 (윤이상의 기악 협주곡 중에서) 유일한 협주곡이라는 것이다"[8]라고 말한 바 있다.

첼로는 대지이며 인간이다. 대지는 이 땅이며 인간은 윤이상이다. 윤이상의 모든 것은 첼로를 통해 표현된다. 첼로는 천상의 세계인 A(라)음에 도달하기 위해 안간힘을 쓰지만, 결국 무위에 그치고 G(솔)# 음에 머무르고 만다. 이때, 오보에와 트럼펫이 A음을 부드럽게 연주하며 천상의 세계를 구현한다.

윤이상의 첼로 협주곡은 자신의 납치와 투옥의 경험을 음악으로 형상화한 자전적 작품이라는 점에서 매우 중요하다. 또한 우테 헨즐러가 말했듯이 윤이상이 쓴 최초의 기악 협주곡으로서, 또한 그 신호탄이 되었다는 점에서 매우 중요한 이정표가 되는 작품이다.

이 작품을 쓰게 한 것은 한국의 비민주적인 정치적 상황이었다. 직접적인 소재는 동백림 사건이며, 이 곡은 그 속에서 인간 이하의 취급을 당했던 끔찍한 고문의 경험으로부터 유래한다. 이 작품을 통해 윤이상은 불의한 현실을 타파하고자 하는 인류의 소망을 표현하고 있다. 고문과 구타, 춥고 어두운 독방으로 대표되는 한국 유신체제의 끔찍한 폭력, 인간성을 억압하고 착취하는 불평등 구조를 음악으로써 맹렬히 표출하고 있는 것이다.

하지만 윤이상은 자신의 분노나 적개심만으로 이 곡을 쓴 것이 아니었다. 〈첼로와 관현악을 위한 협주곡〉에 개인적인 복수심 따위를 투사할 마음은 애초부터 없었다. 알브레히트 하우스호퍼와 넬리 작스가 혹

---

8) 우테 헨즐러, 「인간성이 담긴 음악언어: 윤이상의 솔로 협주곡 연구」, 김용환 편저, 『윤이상 연구』, 시공사, 2001, 79쪽.

사병처럼 번지는 나치스의 죄악상을 고발했듯이, 윤이상은 자신의 체험을 외부에 널리 알리는 데 주력했다. 인간의 존엄성이란 어떠한 폭력으로부터도 보호되어야 하며, 독재자의 탄압을 막는 일은 이 같은 진실을 알리는 데서부터 출발해야 하기 때문이다. 반독재 투쟁이란 단순히 돌멩이와 화염병을 들고 아스팔트에서 독재의 하수인들과 맞서는 것만이 아니다. 독재의 폐해를 지구촌 사람들에게 알리는 작은 일에서부터 거룩한 저항이 싹트는 것이다.

윤이상이 〈첼로와 관현악을 위한 협주곡〉에서 말하고자 했던 것은, 인간 존재의 존엄성을 훼손하는 어떠한 독재체제도 지구상에서 사라져야 할 악이라고 호소하는 것이었다. 윤이상의 생각, 악곡을 통해 표현되는 비탄의 감정, 선율로써 도드라지는 인간애에 대한 고양과 반인권적 상황에 대한 고발은 윤이상의 과거 작품에서는 발견하기 힘든 것들이었다. 그런 의미에서 윤이상의 첼로 협주곡은 정치적인 내용을 드러낸 최초의 작품이 분명하다.

윤이상은 고심 끝에 다듬은 〈첼로와 관현악을 위한 협주곡〉을 지그프리트 팔름에게 헌정했다. 1976년 3월 25일, 프랑스 남서부의 샤랑트마리팀 주에 위치한 로얀에서 지그프리트 팔름의 연주로 〈첼로와 관현악을 위한 협주곡〉이 초연되었다. 대서양을 바라보는 작은 해안 도시 로얀에서 연주된 이 곡은 윤이상의 새로운 출발을 강하게 암시했다. 첼로 협주곡이 도달하고자 하는 것은 세계 평화다. 이 곡은 궁극적으로 인류에 대한 사랑을 표현하고자 했다. 그것은 윤이상이 지향하는 인간주의의 메시지다. 윤이상은 이 음악을 통해 한 차원 높은 세계인으로 거듭나게 되었다.

제5장

오월에 바친 교향시

윤이상은 해외 민주화운동의 선두에 서서 활동을 하면서도 매년 주옥같은 작품을 발표하는 것 또한 게을리하지 않았다. 1976년에는 실내 소관현악을 위한 〈협주적 단편〉을 발표했고, 1977년에는 〈비올라와 피아노를 위한 2중주〉, 바이올린 독주를 위한 〈대왕의 주제〉, 플루트와 소관현악을 위한 〈협주곡〉을 발표했다. 같은 해에 발표한 〈오보에와 하프, 오케스트라를 위한 이중협주곡: 견우와 직녀 이야기〉는 분단된 조국의 현실을 그린 작품이다.

1970년대 중반에서 1980년대에 이르기까지 윤이상은 혼자 몸으로 감당하기 힘든 여러 일을 동시에 수행했다. 1977년 8월에는 한민련 유럽 본부 의장으로 추대되어 한국의 민주화운동을 위해 동분서주했고, 1977년에는 베를린 예술대학의 정교수로 재직하면서 후학 양성에 온 힘을 기울였다.

이 기간에 쓴 중요한 작품으로는 알토 플루트를 위한 〈솔로몬〉

(1977~1978), 클라리넷, 파곳, 호른, 현악 5중주를 위한 〈8중주〉(1978), 대관현악을 위한 무용적 환상 〈무악〉(1978), 〈오보에와 하프, 비올라를 위한 소나타〉(1979), 관현악을 위한 〈서주와 추상〉(1979), 플루트와 하프를 위한 〈노벨레테〉(1980) 등이 있다. 이 중에서 〈솔로몬〉과 〈무악〉은 많은 이야기를 담고 있다.

2005년 11월 3일 서울 조계사 대웅전에서 '윤이상 10주기 추모 음악회'가 열렸다. 그때 세계적인 플루트 연주자 로즈비타 슈테게가 〈무악〉을 아름답게 연주했다. 빼어난 플루트의 가락이 대웅전을 가득 채우는 동안, 거기 모인 추모객들은 윤이상과 음악을 통해 영혼을 교류했다.

윤이상은 이 곡을 쓴 뒤 스스로 다음과 같은 해설을 달았다.

> 알토 플루트를 위한 이 소곡은 나의 교성곡 〈현자賢者〉(1977)에 나오는 짧은 알토 플루트 독주 대목을 따로 빼내어 독주곡으로 만든 것이다. 칸타타 중에서 "현자의 말은 고독하다"의 뜻을 여기서 표현하려 했으며 연주는 이에 상응하여 고고하고 고차원적인 표현 효과를 나타내도록 해야 할 것이다.
>
> 흔히 좋은 독주자는 앙상블과 협연하는 것을 꺼린다. 그래서 서베를린의 우수한 플루트 주자 베아테 가브리엘라 슈미트Beate Gabriella Schmitt를 칸타타의 연주에 참여시키기 위해 일부러 칸타타 〈현자〉의 중간에 그녀가 좋아할 만한 알토 플루트 대목을 집어넣은 것이 이 곡이 만들어지게 된 시초다.[9]

9) 2005년 11월 3일 오후 네 시 서울 조계사 대웅전에서 열린 윤이상 10주기 추모 음악회 〈윤이상의 귀환〉 팸플릿, 6쪽.

이 곡에 대해 발터 볼프강 슈파러는 다음과 같은 비평문을 썼다.

이 곡은 예언자 솔로몬의 〈전도서〉와 노자의 『도덕경』에서 뽑아낸 몇 구절을 바탕으로 윤이상의 교성곡 〈현자〉(1977)에서 일부를 발췌하여 알토 플루트의 독주를 위해 증보한 곡이다. 여기서도 역시 윤이상 특유의 나선형의 곡 구성술을 볼 수 있다.[10)]

윤이상의 곡 중에서 〈무악〉에 얽힌 이야기만큼 선이 굵은 것도 흔하지 않을 것이다.

1978년 11월 9일, 독일의 뮌헨글라트바흐에서 니더라인 교향악단의 연주로 〈무악〉이 초연되었다. 야노 도오루는 1991년 8월 30일 자 「아사히신문」에 "〈무악〉은 윤의 작품 중에서 대표작의 하나로 위치 지어도 된다고 생각한다. 무곡적 요소를 취급한 작품인 경우에도 윤은 서양의 무곡적 요소와 동양의 무곡적 요소를 훌륭하게 대비시켰다. (……) 신비스럽게도 공간 감각을 느끼게 하는 작품이 되었다"는 평을 쓸 만큼 최상의 찬사를 보냈다.

이듬해인 1979년 3월 11일, 베를린 필에서 음악회가 열렸다. 윤이상의 〈무악〉을 비롯해, 차이콥스키의 〈교향곡 4번〉, 베토벤의 〈피아노 협주곡 5번〉이 이날 연주될 곡목이었다. 이 연주회에서는 객원 지휘자로 참석한 임원식이 베를린 심포니 오케스트라를 지휘했다. 음악회는 대성공이었다. 하지만 임원식은 한국에 돌아간 뒤 여론의 뭇매를 맞았다. 『월간음악』의 발행인이자 편집인으로 재직하고 있던 음악가 금수

10) 같은 곳.

현이 "국외라고 공산주의자에게 호응할 수 없다. 임원식이 반한 인사인 윤이상의 곡 〈무악〉을 지휘한 일이 사실이라면 용서할 수 없다"며 음악계 중진들을 부추겨 지휘자 임원식에 대한 비난을 노골적으로 드러낸 것이다.

궁정동에 총성이 울린 뒤, 한국의 정세는 한 치 앞을 볼 수 없는 안개 속으로 빠져들어 갔다. 흉흉한 조짐이 곳곳에서 감지되는 가운데, 신군부가 12.12 쿠데타를 감행하여 정권을 찬탈했다.

1980년 5월, 한국의 전 지역은 유신독재의 종말 이후 민주화가 이루어질 것이라는 기대로 들떠 있었다. 유신정권이 1972년부터 발령한 긴급조치로 인해 온 나라가 동토의 공화국으로 얼어붙어 있었기에, 희망이 그만큼 컸던 것이다. 그동안 학내에 머물러 있던 대학생들은 민주화를 외치며 거리로 뛰쳐나왔다.

시위가 가열되던 5월 8일, 주한 미국 대사 윌리엄 글라이스틴William Gleysteen은 보안사령관 전두환, 대통령 비서실장 최광수와 가진 면담에서 "한국 정부의 법질서 유지의 필요성을 이해한다. 미국은 군대를 투입하는 '비상계획'의 수립을 막지 않겠다"고 밝힘으로써 신군부가 민주화시위를 무력으로 짓밟는 것을 묵인해주었다. 물론, 글라이스틴은 "군 투입을 통한 폭력 사태와 체포 상황을 우려"한다는 반응을 보였지만, 그것은 일종의 수사에 지나지 않았다. 전두환은 학생시위대에 대한 무력 진압을 미국이 용인해준 것으로 판단, 과감하고 잔인한 작전을 벼르고 있었다.

5월 15일, 서울역 광장에는 전국의 학생 연대가 대오를 갖춰 대규모 항쟁시위를 벌였다. 이에 가세한 시민들을 포함해, 이날 서울역에는

10만여 명의 군중이 모여 민주화의 의지를 불태우며 구호를 외쳤다. 체코의 '프라하의 봄'과 비견되는 '서울의 봄'이 만개하고 있었다.

"계엄을 해제하라!"

"전두환은 퇴진하라!"

"민주화 일정을 조속히 추진하라!"

대학생들은 시민들과 함께 소리 높여 외쳤다. 하지만 당시 서울역 집회에 참석한 각 대학교 대표자들은 회의를 통해 시위 해산을 결정했고, 서울대학교 총학생회장 심재철이 대표로 "우리의 뜻을 충분히 알렸으니, 이제 모든 시위를 중단하고 지금 학원으로 되돌아가야 한다"는 취지로 해산을 발표했다. 그의 '서울역 회군' 발언은 4.19 혁명정신을 망각한 망언이었다.

이때 서울역 회군 반대파의 지도자였던 서울대학교 대의원회 회장 유시민은 "지금 이 상태에서 해산을 명하는 것은 자살행위나 다름없다. 여기서 물러나면 모든 것이 끝난다. 이 많은 인원이 현재 여기서 복귀한다면 신군부는 어떤 보복행위를 할지 모른다. 결단코 지금 이 자리에서 모든 것을 끝내야 한다"며 강력히 반대 의견을 개진했다. 하지만 결국 총학생회장 심재철의 말이 관철되었고, 서울역 앞에 모인 10만여 명의 군중은 아무런 소득도 없이 해산했다. 10.26 이후 신군부가 5.17 계엄 확대를 하기 전까지 반년 넘게 지속되어온 '민주화의 봄'은 서울역 회군이 있고 나서 이처럼 허무하게 끝나고 말았다. 그리고 곧바로 신군부의 역습이 시작됐다. 한반도의 남녘에는 곧 피바람이 불어닥쳤다. 불행하게도, 유시민의 예언은 현실이 되었다.

5월 17일 자정을 기해 신군부는 비상계엄을 전국으로 확대 선포하고 대대적인 검거작전에 돌입했다.

"혼란스러운 시국을 수습하기 위해 1980년 5월 17일 24시부터 비상계엄을 전국으로 확대 실시한다. 이 시간 이후부터 모든 정당 및 정치 활동을 금지한다. 국회를 폐쇄하고, 국보위를 설치한다. 이상."

전두환을 비롯한 신군부는 국가가 혼란에 빠진 것을 틈타 실로 전광석화처럼 국가 반란을 주도해나갔다. 신군부는 당시 '민주주의와 민족통일을 위한 국민연합'(국민연합) 공동 의장 김대중, 문익환 목사, 함석헌 목사, 윤보선 전 대통령, 고은 시인을 비롯해 야당 정치인, 재야 지도자, 학생운동 지도부를 대거 체포했다. 신민당 총재 김영삼에게는 가택연금 조치를 취했다. 계엄령 확대 실시와 더불어 끌려간 사람들은 무려 2699명에 달했다. 모든 대학교에는 휴교령이 내려졌다.

총을 든 계엄군들은 이날 검거된 사람들을 중앙정보부로 끌고 갔다. 중정은 1980년 12월 31일 국가안전기획부(안기부)로 바뀌었다. 안기부는 제5공화국 내내 공작정치의 소굴로서 악명을 높였으며, 온갖 비인간적 고문이 자행되던 지옥과 같은 곳이었다. 신군부는 반란을 일으키는 과정에서 헌정 질서를 파괴했고, 참혹한 인권 유린을 수시로 저질렀다.

이날 밤, 빛고을 광주에서는 전남대학교 학생들이 평화로운 횃불행진을 벌이며 시위를 벌이고 있었다.

"계엄령을 해제하라!"

"전두환은 퇴진하라!"

"김대중을 석방하라!"

"휴교령을 철폐하라!"

"민주화 일정을 조속히 앞당기라!"

광주 시민들은 학생들의 행진에 미소 짓거나 함께 노래를 부르며 마음으로 동참했고, 박수를 치면서 격려해주었다.

하지만 자정 무렵에는 전남대학교와 조선대학교를 포함해 광주 시내에 있는 각 학교와 관공서 곳곳에 계엄군이 이미 진주해 있었다. 이 과정에서 전남대학교 학생과 조선대학교 학생 69명이 연행되었다.

"아니, 저럴 수가! 저게 우리나라 군인이란 말인가!"

그 무렵, 고국의 소식이 궁금해 텔레비전을 켰던 윤이상은 화면에 나오는 끔찍한 장면을 보고 말문이 막혀버렸다. 한국의 군인들이 학생과 시민 들을 곤봉으로 무차별 구타하자, 그들이 피를 흘리면서 쓰러지는 장면이었다.

> 시위대의 가두투쟁이 적극적으로 변화함에 따라 7공수에 이어 11공수가 광주로 투입되었고, 여단 병력으로 증강된 공수부대와의 충돌 또한 더욱 치열해졌다. 공수부대는 집안까지 쫓아 들어가 학생으로 보이는 젊은이들을 끌고 갔으며, 남녀노소를 가리지 않고 달려들어 곤봉과 대검을 닥치는 대로 휘둘러댔다. 작전명령 '화려한 휴가'가 시작된 것이다. 피로 얼룩진 시위는 밤까지 계속되었으며, 시민들은 분노와 공포의 밤을 보냈다.[11]

얼마나 기다려왔던 민주화였던가. 윤이상은 한국에서 이제 곧 민주화가 실현되기만을 애타게 바라고 있었다. 하지만 5월 18일의 뉴스는 그 기대를 여지없이 무너뜨리는 잔인한 살육으로 얼룩져 있었다.

이튿날에도, 그 이튿날에도 끔찍한 뉴스는 계속되었다. 계엄군들은

---

11) 한국현대사사료연구소 편, 『광주5월민주항쟁사료전집』, 풀빛, 1990, 24쪽.

광주 도청 앞에서 시위를 벌이던 학생들을 끝까지 쫓아가 곤봉으로 머리를 내리쳤다. 머리가 터지면서 순식간에 피가 사방으로 튀었다. 학생들은 그 자리에서 고꾸라졌다. 그 옆에서 시민이 말리자, 이번에는 그 시민에게 달려가 그를 대검으로 찔렀다. 시민이 축 늘어지자 계엄군들은 그들의 몸을 무슨 짐짝이나 되는 듯이 군용 트럭에 집어던졌다. 트럭에는 살상당한 사람들로 가득 차 있었다. 계엄군들은 또다시 눈을 번득이며 착검한 총을 겨누다가 사냥감을 향해 맹렬하게 달려갔다. 눈부신 오월 봄날에 벌어진 학살극이었다.

역사상 유례를 찾아볼 수 없는 학살 참극을 목격한 광주의 김준태 시인은 1980년 6월 2일 자 「전남매일신문」 1면에 「아아, 광주여 우리나라의 십자가여!」라는 장시를 발표해 신군부의 폭압과 계엄군의 만행에 정면으로 대항했다. 그는 당시 전남고등학교에서 교편을 잡고 있던 교사였다. 그는 이 시를 발표한 직후 계엄사에 끌려가 모진 고문을 당했고, 교직에서 쫓겨났다.

아아, 광주여 무등산이여
죽음과 죽음 사이에
피눈물을 흘리는
우리들의 영원한 청춘의 도시여

우리들의 아버지는 어디로 갔나
우리들의 어머니는 어디서 쓰러졌나
우리들의 아들은
어디에서 죽어 어디에 파묻혔나

우리들의 귀여운 딸은
또 어디에서 입을 벌린 채 누워 있나?
우리들의 혼백은 또 어디에서
찢어져 산산이 조각나버렸나?
(……)

이 시는 원래 106행에 이르는 장시였다. 시의 대부분은 뭉텅 삭제되고 말았다. 그나마 붉은 볼펜으로 줄이 죽죽 그어진 상태에서 불과 34행만이 신문 1면에 실렸다. 하지만 외신 기자들은 용케도 삭제되지 않은 원문 전체를 입수하여 긴급히 자신들의 본사로 타전했다. 이로써, 한국 현대사의 가장 큰 비극인 광주학살의 만행은 외신 보도뿐만 아니라 김준태 시인의 시를 통해서도 독일, 미국, 영국, 프랑스, 일본 등 해외 각국의 매체를 장식하면서 온 세계에 널리 알려졌다.

유혈이 낭자한 광주의 금남로에는 이미 싸늘히 식어버린 주검들이 널브러져 있었다. 거리에는 M16 총을 든 군인들이 경계를 강화하고 있었고, 탱크와 장갑차가 시민들에게 포신을 겨눈 채 시내로 몰려오고 있었다. 윤이상은 도저히 믿어지지 않는 사실에 망연자실했다. 그리고 분노가 머리끝까지 치밀어 올랐다.

'아, 내 조국에서 어찌 저런 참상이 벌어진단 말인가.'

윤이상은 길게 탄식을 했다. 꿈을 꾸고 있는 것만 같았다. 하지만 꿈이라고 해도 너무나 처참한 꿈, 악몽이었다. 참았던 눈물이 왈칵 쏟아졌다. 그리고 가슴 깊숙한 곳에서 울음이 터져 나왔다. 통곡이었다. 윤이상은 몇 시간 동안 소리 내어 울고 말았다. 연필을 쥔 손이 부들부들 떨렸다. 온종일 일이 손에 잡히지 않았다. 분노 때문에, 슬픔 때문에 일을 할 수가 없었다. 하지만 이 일을 외면할 수는 없었다. 알려야 한다. 이 잔인무도한 만행을 만천하에 고발해야 한다. 윤이상은 온종일 그 생각에 잠겨 있었다. 그것은 윤이상의 내면에서 우러나온 정의감이었다. 조국애에 바탕을 둔 양심의 소리였다.

윤이상은 5월 항쟁을 피로 물들인 광주학살에 대한 분노로 며칠 밤을 뜬눈으로 보냈다. 이 일을 반드시 음악으로 써야 한다는 생각이 가슴 한구석에서 솟구쳐 올라왔다. 그러던 어느 날, 서독방송국에서 연락이 왔다.

"윤이상 선생님, 대관현악곡을 하나 써주시겠습니까?"

마치, 자신의 심정을 알고 있었던 것처럼 서독방송국이 연락을 해온 것이 참으로 기묘했다. 윤이상 역시 기다리고 있었던 것처럼 작곡 의뢰를 수락했다. 그리고 곧장 작곡을 시작했다. 광주 민주화운동을 음악으로 형상화한 교향시곡 〈광주여 영원히!〉가 탄생하게 된 계기는 이렇게 마련되었다. 윤이상은 이미 곡을 의뢰받기도 전에 집채만 한 음의 너울과 싸우고 있었다. 하지만 슬픔과 분노 때문에 작업에 임할 수가 없었다. 작품을 쓰려면 평정심을 유지해야 하는데, 이 작품을 쓰다 보면 감정 상태가 헝클어져 모든 것이 곤두박질치고 말았다. 이 때문에 6개월이 지나서야 작품의 초안을 잡을 수 있었다.

악상을 떠올리려 하면 어디선가 거대한 물너울이 들이닥치는 환상에 빠졌다. 심호흡을 하면서 물너울을 겨우 잔파도로 만들면, 잔파도는 여지없이 온몸을 흠뻑 적셔놓았다. 잔파도 다음에는 높다란 파도가 몰려와 자신을 기어코 드넓은 바다로 끌고 가려 했다. 자신의 약한 심장도 문제였다. 광주학살의 끔찍한 기억을 떠올리면 몹시 심한 심장 발작이 일어나곤 했다.

윤이상은 1981년 1월 초부터 본격적으로 작곡을 시작했다. 아스팔트에 쓰러진 젊은이의 발목을 붙잡고 공수부대가 질질 끌고 가는 모습, 공수부대의 차 앞을 가로막고 시위를 벌이는 학생을 무참하게 친 뒤 그들을 짓밟고 가는 만행……. 상상조차 하기 힘든 장면들이 곡의 마디마다 불쑥불쑥 되살아나 견딜 수 없었다. 곡을 써나가는 동안 자신도 모르게 눈물이 주체할 수 없을 정도로 흘러나와 악보를 흠뻑 적실 때가 많았다. 그럴 때면 악보를 내버려둔 채 몇 시간이고 거실과 안방을 서성이며 한밤을 지새워야 했다. 몇 소절을 쓰다가 호흡이 가빠지고 두통이 찾아올 때도 있었다. 그때마다 윤이상은 모든 것을 중단하고 거친 숨을 진정시키느라 애썼다. 음향은 격렬하게 춤을 추었고 음표는 어지럽게 뒤섞였다. 그것들을 한 가닥씩 추스르면서 몇 개의 소절을 써나가다 보면, 슬픔과 분노가 뒤섞인 감정에서 겨우 빠져나올 수 있었다.

1980년 12월 30일 초안을 잡은 윤이상은 이듬해인 1981년 1월 중순경 3주 동안 작업을 중단했다가 3월 2일에야 이 곡을 완성했다. 하지만 이마저도 끝은 아니었다. 마지막 열여섯 마디는 4월 2일부터 꼬박 사흘 동안 손을 보았다. 4월 4일, 드디어 마지막 탈고를 끝냈다. 〈광주여 영원히!〉는 제1부 '궐기와 학살', 제2부 '진혼', 제3부 '재행진' 세 부분으로 이루어져 있었다. 이 곡은 여태까지와는 달리 누구든지 금세 작품의 분위기를 파악할 수 있도록 쉬운 음악 어법으로 쓰인 것이 특징이다.

윤이상은 처음엔 이 작품에 〈표본〉이라는 제목을 붙이고 '광주의 추상'이라는 부제를 달았다. 열흘 밤낮 동안 광주시를 시민들이 온전하게 스스로 지키고 다스렸다는 것 자체가 유례가 없는 표본이었기 때문이다. 광주의 해방구는 광주항쟁의 주체인 시민군들과 도시에 거주하는 모든 사람들이 완벽히 대동단결하여 이룩한 열흘간의 유토피아였다. 하지만 5월 27일 공수부대원들의 진압작전에 의해 시민들이 무참하게 학살당하고 진압된 것 자체도 역사상 유례가 없다는 점에서 표본이었다. 그는 "이 작품은 하나의 표본, 즉 보편적인 예로서 이해되어질 수 있는 역사적 사건을 담고 있을 뿐만 아니라 희생자를 위한 추모이자 전 세계의 평화를 위한 투쟁의 예고다"라고 밝혔다.

윤이상은 미국 로스앤젤레스에서 발행되는 「신한민보」에 기고한 글을 통해 〈광주여 영원히!〉를 작곡한 동기를 다음과 같이 격정적으로 토로하고 있다.

> 〈광주여 영원히!〉 너의 이름은 모든 민중의 심장에 새겨져 영원히 남을 것이다. 너의 선량한 의지에 의해 용감하게 싸웠다는 것을 양심 있는 모든 동족뿐만 아니라 양심 있는 인류의 가슴에 따뜻하고 뜨거운 기억으로 영원히 남을 것이다. 너를 범한 하수인들의 광기어린 피눈도, 거꾸로 매달려 피를 토한 젊은 여성의 시체도, 한 줄에 묶이어서 장갑차에 깔려 죽은 학생들의 시체도, 우리들의 뇌리에서 비참한 지옥의 장면으로 영원히 지워지지 못할 것이다.
>
> 광주여! 너의 선량한 아들들을 죽인 '고급' 군인들의 피 묻은 두 손은 씻고 씻어도 자기 생애에 다는 씻을 수 없을 것이며 그들이 죽은 뒤에도 핏자국은 영원히 씻을 수 없을 것이다.[12]

1981년 5월 8일, 이 작품은 히로시 와카스키Hiroshi Wakasuki의 지휘와 서독 쾰른 시 라디오방송교향악단의 연주로 초연되었다. 초연 당시

12) 이수자, 『내 남편 윤이상』 하권, 창작과비평사, 1998, 85쪽.

윤이상은 곡의 제목을 〈표본〉에서 〈광주여 영원히!〉로 바꾸었다. 추상적인 제목보다는 직접 어법으로 대중들에게 다가가는 게 낫다는 판단에서였다. 이 작품의 초연이 이루어진 5월 8일은 독일의 제2차 세계대전 종결 36주년 기념일이기도 했다.

제1부 '궐기와 학살'의 초반부는 고요함으로부터 시작한다. 점차 뚜렷하게 들리는 타악기의 음향을 통해 저항하는 시민군들을 표현한다. 궐기의 연타 이후 현악기의 음률이 마구 흐트러지고, 서서히 느려지는 가운데 잦아든다. 학살의 끔찍함이 낮은 음으로 나타난 뒤, 공포와 숨막힐 듯한 침묵이 이어진다. 제2부 '진혼'의 악절에서는 슬픈 음향이 사방에 흩어져 죽은 넋들을 위로한다. 맨 나중에는 트럼펫을 중심으로 한 금관악기들이 하늘 높은 곳으로 영혼을 이끌어준다. 제3부 '재행진' 에서는 장엄한 음의 덩어리를 쏟아내며 새롭고 정의로운 세상을 향해

1981년 5월 8일, 서독 쾰른 시 라디오방송교향악단의 연주로 초연된 〈광주여 영원히!〉. 연주가 끝나고 열광적인 박수가 쏟아지는 가운데 윤이상이 지휘자 히로시 와카스키와 악수를 나누고 있다.

나아간다.

연주가 끝나자 깊은 한숨과도 같은 고요가 연주회장을 지배했다. 조금 뒤, 침묵의 순간을 벗어나자 마치 모두가 이제 막 잠에서 깨어난 것처럼 열광적인 박수와 환호가 터져 나왔다. 막아 놓았던 봇물이 둑을 터뜨리고 콸콸 흐르듯, 한번 시작된 우레 같은 박수와 요란한 환성은 끝도 없이 계속되었다. 지휘자 히로시 와카스키가 윤이상에게 목례를 보냈다. 그 순간 무대 위를 비추던 조명이 객석 앞에 앉은 윤이상에게 밝고 광휘로운 빛의 세례를 베풀었다. 윤이상은 정중히 지휘자의 목례에 답했다. 목마른 사슴이 시냇가에 다다른 듯 평화로운 얼굴이었다. 하지만 그 평화로운 얼굴 뒤에는 말할 수 없이 깊은 고뇌가 얼핏 스쳐 지나갔다.

〈광주여 영원히!〉가 연주된 날, 독일의 청중들은 극동아시아에 있는 한국의 아픔과 슬픔에 대해 생각했다. 그들이 생각하기에 한국은 먼 곳에 존재하는 나라였다. 하지만 민주화를 바라는 민중들의 염원은 국경을 초월한 공감대의 영역을 형성했다. 결사적으로 항쟁에 참여해 목숨을 바친 광주 시민들의 고귀한 희생에 대해, 그들은 마음속으로 깊이 머리를 숙였다. 윤이상이 작품의 주제를 설정하면서 "이 작품은 인류의 보편성에 기여할 것이다"라고 했던 다짐이 유럽 청중들의 공감을 통해 현실로 나타난 것이다.

독일의 작곡가 디터 슈네벨Dieter Schnebel은 "이 작품이 표제적 내용을 갖고 더 나아가 환상적 요인을 갖고 있을지도 모르고, 그런 내용이 명확히 구성된 작품을 들을 때 전달될지도 모른다. 그러나 여기에는 음악에서 표현되고 어느 정도는 걸러지는 피부적 감동 이상의 무엇이 있는 것이다. (……) 음악 자체가 항의하듯 자기 주변을 두드리고,

동시에 벽을, 자신의 가슴을 치는 것이다. 그래서 이는 '표본'으로, 경고의 신호로 탄생한다. 이 음악의 강점이자 특성은, 충격 속에서 씌어졌고, 소리로 옮겨졌고, 그리고 연주를 통해 소리 내기를 시작했다는 점이다. 바로 그렇기 때문에 듣는 사람도 크게 동요하게 만드는 것이다"[13]라고 평했다.

〈광주여 영원히!〉가 초연된 지 여드레 후인 1981년 5월 16일부터 19일까지 '한국 민주화 지원 긴급 세계대회'가 도쿄에서 열렸다. 영국, 독일, 스위스, 미국, 이탈리아, 멕시코, 스페인, 인도네시아, 팔레스타인 등 세계 여러 나라에서 온 400여 명의 해외 인사들은 광주학살을 중심으로 나흘간 논의를 거듭한 끝에 '도쿄 선언'을 낭독함으로써 회의를 마쳤다. 나흘 뒤에는 광주 민주화운동 1주기를 맞이해 히비야 공회당에서 도쿄 시립교향악단의 다카하시 유지(高橋悠治)의 지휘로 〈광주여 영원히!〉가 연주되었다. 무대에 오른 지휘자 다카하시가 연주를 시작하기에 앞서 곡에 대한 설명을 덧붙였다. 그는 일본의 전위파 작곡가이자 피아니스트로 유명했다.

"〈광주여 영원히!〉의 제3부 '재행진'은 세계 어느 나라에서든 또다시 일어날 수 있는 힘찬 투쟁의 행진입니다. 저는 이 곡을 통해, 광주가 보여준 용기와 자유에 대한 갈망을 제시하고 싶습니다."

〈광주여 영원히!〉가 연주되는 동안 다카하시의 말은 객석에 앉은 청중들에게 폭넓은 공감을 자아냈다.

1982년 여름, 윤이상 부부는 아들 우경을 데리고 북한을 방문했다.

---

13) 홍은미, 〈제대로 듣는 윤이상〉 강좌 7, 팸플릿, 2005, 2쪽.

그 무렵 우경은 서베를린 자유대학에서 정치학을 전공하고 있었다. 동백림 사건 이후 독일 국적을 취득한 부모가 한인 사회와 절연되다시피 한 까닭에 우경은 많이 힘들어했다. 게다가 그 무렵에는 진로 문제로 생각도 많았다. 고민 끝에 북한에서 2년간 촬영 공부를 하며 영화에 대한 꿈을 키워가던 우경은 피바다극장 소속의 젊고 예쁜 무용수와 선을 본 뒤 결혼을 했다. 윤이상 내외는 함흥에서 태어나 평양에서 활동하고 있는 며느리를 맞게 된 것이다. 이후, 우경 부부는 미국으로 거처를 옮겼다.

"우리는 가정에서나마 남북통일을 이루었군."

착하고 고운 며느리를 보게 되니, 윤이상은 부모로서 무척 기쁜 마음이 들었다.

8월의 어느 날, 북한의 안내원이 윤이상을 연주회장으로 데리고 갔다.

"오늘 우리 국립교향악단 음악회가 있습니다. 관람하러 가시지요."

윤이상은 영문도 모른 채 따라 나섰다. 놀랍게도 그곳에서 연주된 곡은 〈광주여 영원히!〉였다. 며칠 뒤, 윤이상은 김일성 주석을 접견하게 되었다.

"윤 선생, 나는 〈광주여 영원히!〉를 세 번이나 연거푸 들었습니다. 참 좋더군요."

김일성의 말에 윤이상은 다시 한 번 놀랐다. 북한의 국립교향악단에서는 이후 해마다 윤이상의 음악을 연주하게 되었다. 김일성은 "민족의 재간둥이 윤이상 선생"이라는 별칭으로 부를 만큼 윤이상을 각별하게 대했다. 이 같은 인연으로 1984년 12월 5일에는 평양에 윤이상음악연구소가 개관되었고, 1989년에 평양 윤이상음악연구소에서는 『윤이상음악연구논문집』을 간행하기에 이르렀다. 윤이상은 남한에서의 접점이 끊어진 뒤, 북한과 긴밀한 관계를 유지하다가 1990년에는 분단 45년 만에 남북통일음악제를 주관하기도 했다.

서독 쾰른 시 라디오방송교향악단의 연주로 〈광주여 영원히!〉가 초연된 이후 음악가로서 윤이상의 국제적인 명성은 더욱더 높아졌다. 한국의 정치권에서도 언제까지나 윤이상의 음악을 가릴 수는 없었다. 1982년 가을에 열린 제7회 대한민국음악제에서는 마지막 이틀을 〈윤이상 작곡의 밤〉이라는 특별 프로그램으로 구성했다. 문예진흥원이 주최한 이 음악제의 취지는 해외에서 활동하고 있는 한국의 음악가들을 국내 연주 프로그램에 참여시키는 데 있었고, 그런 취지에서 윤이상을 특별 초청한 것이다.

9월 24일과 25일 마련된 〈윤이상 작곡의 밤〉에서는 윤이상의 주요곡들이 연주되었다. 1979년 베를린 필을 지휘하며 〈무악〉을 초연했다는 이유로 국내 보수 음악가들로부터 임원식이 엄청나게 비난받았던 일을 떠올리면 격세지감이 느껴질 정도였다. 정치권은 여전히 윤이상의 음악을 국민들에게 들려주지 않으려 했다. 한국의 보수적인 음악가들도 여전히 신경질적인 반응을 보였다. 하지만 윤이상의 음악은 이 같은 방해에도 아랑곳하지 않고 보란 듯이 국내에 상륙하여 음악을 사랑하는 일반인들의 품으로 돌아갔다.

9월 24일 세종문화회관에서 열린 '관현악의 밤'에서는 프랜시스 트래비스가 지휘봉을 잡았고, 오보에 주자 하인츠 홀리거와 그의 부인인 하프 주자 우어줄라 홀리거Ursula Holliger가 무대에 섰다. KBS 교향악단의 협연으로 꾸며진 무대에서는 〈서주와 추상〉, 〈무악〉, 〈예악〉, 〈오보에와 하프, 오케스트라를 위한 이중협주곡: 견우와 직녀 이야기〉 등이 연주되었다. 이날 세종문화회관에서는 발매 열흘 만에 4000석의 표가 완전 매진되는 대성공을 거두었다. 그동안 정치권의 금제와 억압으로 윤이상의 작품이 국내에 소개되지 못했던 것에 비하면 놀라울 만큼 폭발적인 관객들의 반응이었다.

9월 25일 국립극장 대강당에서 열린 '실내악의 밤'에서는 〈오보에와 하프, 비올라를 위한 소나타〉, 오보에 독주를 위한 〈피리〉, 〈로양〉을 홀리거 부부가 선보였다. 박동욱, 나덕성, 김남윤 등 국내 정상급 연주자 열세 명으로 구성된 실내악단도 작은 오케스트라를 위한 〈협주적 단편〉을 연주했다.

이틀간 열린 〈윤이상 작곡의 밤〉은 성황리에 막을 내렸다. 무대의 지휘자와 세계적인 연주자들, 실내 소관현악을 위해 뭉친 국내의 연주자들, 객석의 청중들은 모두 혼연일체가 되어 윤이상이 펼쳐놓은 오묘한 음악의 화원을 마음껏 거닐며 감상했다. 그러나 정작 작곡가인 윤이상이 없는 상태에서 열린 음악회였기에 청중들은 매우 큰 아쉬움을 느꼈다.

대한민국음악제가 끝난 뒤 음악평론가 박용구는 1982년 9월 27일자 「중앙일보」에 다음과 같은 비평문을 실었다.

> '정책'이 있는지 없는지, '방향감각'이 있는 건지 없는 건지 알 수 없던 문화정책과 있어도 그만 없어도 그만인 것 같던 '대한민국음악제'가 큰 눈을 번쩍 뜬 것 같은 충격을 〈윤이상 작곡의 밤〉이 안겨주었다. (……)
>
> 〈윤이상 작곡의 밤〉은 4천 석의 세종문화회관을 메울 능력을 갖고 있었다. 한 사람의 현대곡만으로 이런 현상은 처음 있는 일이다. 청중의 질도 최고였고, 그 연주도 윤이상이 과연 세계적인 작곡가

라는 사실을 확실케 해주었다. 트래비스는 좋은 지휘자였고, 오보에 연주의 홀리거는 귀재鬼才였다.

내가 듣기에 윤이상의 음악은 한결같이 공자의 '악樂'은 천지지화세天地之和世라는 음악사상에 바탕을 둔 아악에서 오는, 즉 동양철학과 음에 가장 많은 영향을 받은 것 같다. 양악의 세계가 미치지 못하는 예악 사상의 현대적 구현이다. 그럼으로써 서양이 감동하고 늦게나마 고국에 돌아온 것이다.

그의 음악은 이제 인간 가족의 소중한 유산이 되려 하고 있다. 세계는 그의 음악을 통해서 '한국의 마음'을 들으려 하고 있다.

박용구의 글은 실로 오랜만에 고국에 돌아온 윤이상의 음악이 세계인의 가슴속에 귀한 문화유산으로 자리 잡고 있음을 단단히 강조하는 결구로 맺어졌다.

제6장

민족의 가슴에 바친 교성곡

광주항쟁이 일어난 지 한 달쯤 뒤에 노르웨이 오슬로에서 사회주의 인터내셔널(SI, Socialist International) 간사회의가 열렸다. 제2차 세계대전 직후인 1946년 노동자 계급 정당들의 국제 동맹으로 설립된 SI는 1951년 독일 프랑크푸르트 회의에서 공식 발족한 뒤 4년마다 총회를 개최해왔다. 영국의 노동당, 독일의 사회민주당, 프랑스의 사회당이 SI를 이끌어왔고, 본부는 런던에 있다. SI는 평화 공존, 자본주의와 공산주의 진영 간의 긴장 완화, 핵무기를 포함한 군축정책을 지지하며, 민주주의와 시민적 자유에 의해 통제될 수 있는 방식을 지키기 위해 노력하는 단체다. 빌리 브란트Willy Brandt 전 독일 총리가 1976년부터 1992년까지 SI를 이끌어가는 의장직을 수행했다.

윤이상은 1980년 6월 12일과 13일 이틀 동안 열린 오슬로의 SI 간사회의에 참관인으로 참석해 김대중에 대한 국제적인 구명운동을 호소했다. 또한 전두환에 의한 광주학살의 만행을 피를 토하듯 절규하며 고발했다. 5월 17일 자정 무렵, 착검한 군인들에 의해 끌려간 김대중은 신군부가 짜 맞춰놓은 그림에 따라 '김대중 내란 음모사건' 죄로 수감 중이었다. 신군부는 "김대중이 광주 5.18을 배후 조종한 내란의 수괴"라며 관련자 20여 명을 체포해 군사재판에 회부했다. 군사재판에서는 김대중에게 사형을 선고했고, 이 사건에 관련된 문익환, 이문영, 예춘호, 고은, 김상현, 이신범, 이해찬, 조성우, 설훈, 송기원, 이석표 등에게는 내란 음모죄를 적용해 실형을 선고했다. 또한 서남동, 김종완, 한승헌, 이해동, 김윤식, 한완상, 유인호, 송건호, 이호철, 이택돈, 김녹영, 김홍일, 김옥두 등에게도 계엄법 위반 혐의로 실형을 선고했다.

독일 사회민주당 당수이자 SI 의장인 브란트는 윤이상이 동백림 사건으로 납치되었을 때 서독의 외무장관직을 맡고 있었다. 브란트는 윤이상의 석방을 위해 많은 노력을 기울였으며, 윤이상이 석방된 후에는 둘이 여러 차례 만나면서 자연스럽게 친해졌다. 1979년 12월 일본 도쿄에서 열린 SI 간사회의 때 윤이상은 한민련 간부들이 브란트를 만날 수 있도록 주선해주었다. 이 만남에서 윤이상은 해외 한국인들의 민주화운동 결집체가 한민련임을 밝혔다. 또한 한민련과 SI가 긴밀히 협조하여 한국의 민주화를 위해 노력해줄 것과, 김대중 구명운동에 나서줄 것을 강력히 요청했다.

이 일이 계기가 되어 일본사회당도 한민련의 일이라면 앞장서서 돕게 되었다. 국제적인 연대가 튼튼히 강화되면서 SI가 김대중 구명운동에 나섰고, 이희호를 비롯한 김대중의 가족들과도 선이 닿기 시작했다. 윤이상은 이때 서울에 있는 독일 괴테문화원의 독일인 여직원을 통해 브란트의 편지 및 SI가 벌이는 김대중 구명운동에 관한 소식을 이희호에게 건네주었다.

이와 같은 연유로 윤이상과 SI 사이에 더욱더 긴밀한 유대관계가 형성되었다. 1980년 11월 14일부터 15일까지 스페인 마드리드에서 SI 정기 총회가 열렸다. 이때 윤이상은 일본사회당 및 독일사회당의 동지들과 더불어 이 대회에 참석해 김대중 구명운동에 동참해달라고 강력히 호소했다.

1982년 6월에는 프랑스 파리에서 한민련과 프랑스국제인권위원회가 '한국인권국제회의'를 공동 주최했다. 한민련 유럽 본부 의장인 윤이상은 이 대회를 성공적으로 마치기 위해 총력을 기울였다. 6월 19일부터 20일까지 이틀간 열린 이 회의에서는 국제인권위원회 총재가 김대중 석방을 국제사회에 직접 호소했다.

이듬해인 1983년 4월 7일부터 10일까지 나흘간 포르투갈 알가르베에서 SI 정기 간사회의가 열렸다. 이때 윤이상은 음악가로서 작곡을 잠시 밀쳐두고 한국의 민주화와 김대중 석방운동을 위해 몸을 사리지 않고 유럽과 일본을 뛰어다니느라 심신이 몹시 지쳐 있었다. 하지만 그는 이를 악물고 수많은 국제대회에 참석해 유럽 본부 의장으로서 본분을 다했다.

윤이상은 이 대회에 참석하여 브란트 SI 의장과 만나 김대중 석방에 협조해줄 것, 전두환 군사독재 정권에 반대하는 한국의 민주화운동 세력을 지지해줄 것을 요청했다. 당시 교황 요한 바오로 2세 등 세계적인 종교 지도자들과 레이건 대통령을 비롯한 미국의 정치인들, 평화와 인권을 위해 싸우는 전 세계의 지성인들이 김대중의 석방을 강력하게 요구해왔다. 국제적인 압박에 부담을 느낀 전두환 정부는 1981년 1월 김대중을 사형에서 무기징역으로 감형했고, 곧이어 20년 형으로 감형해 1982년 12월 형 집행정지로 석방시켰다.

김대중은 석방 이후 미국으로 '망명 아닌 망명'을 했지만, 곧 미국 전역을 돌면서 한국의 민주화를 위한 광범위하고도 열정적인 강연과 연설 활동을 벌이면서 미주지역 한인 동포들의 반독재 민주화 의식 고취와 결집에 주도적인 역할을 했다. 한국의 정치 상황이 답보 상태에 빠지자 김대중은 주변의 만류를 뿌리치고 1985년 제12대 총선 직전인 2월 8일 과감히 귀국, 신민당 압승의 주역이 되었다. 훗날, 김대중의 친구인 김종충은 클라도우에 있는 윤이상의 집을 방문해 "윤 선생님께서 우리 대중이를 살려내셨습니다. 고맙습니다" 하며 머리 숙여 감사의 인사를 올렸다. 김대중은 1987년 5월 사면 복권됐고, 1995년 광주 민주화운동 특별법이 제정되면서 관련자들의 재심 청구가 재판부에 받아들여졌다. 제15대 대통령으로 당선된 김대중은 임기를 마친 2003년 재심을 청구해 2004년 무죄 선고를 받고 최종적으로 명예 회복을 이루었다.

1984년 10월 1일, 캐나다의 몬트리올에서 열린 국제현대음악제에서 샤를 뒤트아Charles Dutoit의 지휘로 〈광주여 영원히!〉가 연주되었다. 독일 대표작으로 선출되어 무대에 올라간 교향시 〈광주여 영원히!〉는 청중들의 열화와 같은 환호 속에 대성공을 거두었다. 이 연주회는 인류에게 가해진 폭력의 잔학성에 대해 깊이 성찰하게 해주었고, 인간화의 의지와 열망이 공포와 죽음을 딛고 어떻게 솟아나는지에 대한 강력한 메시지를 제시해주었다. 초연된 지 몇 해가 지났지만 이 작품에 쏟아지는 세계인들의 관심은 갈수록 뜨거워졌다.

윤이상은 지난 몇 년간 한국의 민주화와 김대중 석방을 위해 정열적으로 활동해왔다. 그는 그동안 여기에 에너지를 너무 써서 많이 지쳐 있었다. 이제, 그 무거운 짐을 내려놓기로 했다. 1984년 10월 30일, 윤이상은 한민련 유럽 본부 의장직에서 물러났다. 그해 12월 5일 평양의 인민문화궁전에서 윤이상음악연구소가 개관된 뒤, 윤이상은 북한의 젊은 음악도들에게 작곡을 가르치고 악기 연주법을 지도하기 시작했다. 서울을 떠나기 전, 유학에서 돌아오면 한국의 대학에서 학생들을 가르치는 데 힘을 쏟겠다는 스스로의 다짐을 북한에서나마 실행에 옮기게 되어 기뻤다.

북한에서는 1982년부터 해마다 가을에 윤이상음악제를 열어왔다. 1985년 제4차 윤이상음악제가 열릴 즈음 윤이상은 절친한 친구인 프랜시스 트래비스, 플루트 연주자 로즈비타 슈테게, 바이올린 연주자 한스하인츠 슈네베르거Hansheinz Schneeverger, 첼로 연주자 발터 그리머Walter Grimmer, 오보에 연주자 잉고 고리츠키Ingo Goritzki, 클라리넷 연주자 에두아르트 브루너Eduard Brunner, 하프 연주자 마리온 호프만Marion Hofmann을 초청했다. 이들은 모두 부부 동반으로 참가해 무료 공연을 해주었다. 다들 명성이 워낙 대단했기 때문에 제4차 윤이상음악제는 당연히 국제적인 성격의 음악회로 변모했다.

윤이상은 북한의 음악 학도를 지도하는 한편, 윤이상음악제를 위해 해외의 뛰어난 연주자나 지휘자를 초청하는 일도 주도했다. 그러면서 점차 북한 음악계에 깊숙이 개입하게 되었다. 북한의 국립교향악단은 윤이상음악연구소의 연구 성과가 나타날 때마다 눈에 띄게 발전했다. 해외의 이름 있는 지휘자들, 연주자들과 협연을 거치는 동안 북한 국립교향악단의 연주 기량과 곡 해석 실력은 질적으로 빠르게 성장했다.

윤이상은 어떤 일이건 일단 시작하면 철저히, 과정부터 결과까지 완벽하고 매끄럽게 해놓고 마는 능력이 있었다. 그것이 오늘날 윤이상 음악이

전 세계적으로 권위를 인정받게 된 비결이었다. 윤이상 음악의 실마리는 그의 천재성에서 비롯되지만, 남다른 노력에 의해 튼실한 결실을 맺었다.

장인의 손끝에서 아름다운 예술품이 만들어지듯, 음악의 특성상 머릿속에서 온갖 음표와 음향, 멜로디, 장식적 주제를 구상해야 한다. 그런 다음 주제에 의한 변형, 개별 음들의 변화와 떨림, 글리산도가 모두 머릿속의 거대한 악보에 필사된다. 이 모든 것을 잘 조합한 뒤 책상 앞에 앉으면, 머릿속에서 구상한 것을 거의 막힘없이 오선지에 옮겨 적을 수 있었다.

윤이상은 북한의 국립교향악단이 폴란드에서 〈바르샤바의 가을〉이라는 제목으로 열리는 현대음악축전에 참가할 수 있도록 주선을 해주었다. 그리고 초청 전까지 북한 국립교향악단의 연주 기량을 향상하는 데 최선을 다했다. 윤이상은 단원들의 연주와 무대 매너는 물론, 입장과 퇴장 때의 자세 등 세세한 데까지 신경을 써서 지도해주었다. 그 결과, 북한 국립교향악단은 놀라운 속도로 발전해나갔다.

1986년 9월 20일, 폴란드의 바르샤바 현대음악축전에 참가한 북한

1985년 베를린 예술대학 수업 시간에 제자들을 가르치고 있는 윤이상.

국립교향악단은 개막식 날 윤이상 작곡의 〈클라리넷 협주곡〉과 〈교향곡 1번〉을 연주했다. 이 국제무대에서 북한 국립교향악단은 최고의 연주 솜씨를 뽐내어 동유럽 음악인들과 청중들의 환호를 받았다. 윤이상과 함께한 〈바르샤바의 가을〉은 대성공이었다.

동족에 대한 윤이상의 헌신이 눈부신 성과로 나타나자, 북한 김일성 주석은 윤이상을 더욱 각별히 예우해주었다. 그는 "윤 선생은 전 세계에서 가장 높은 자리를 차지하는 예술가이지요"라며 자랑스러워하곤 했다. 그는 여러 사람이 모인 자리에서 "윤 선생은 우리 민족의 예술성을 온 세상에 널리 알리는 분이오. 우리가 더 많이 아껴 드려야 할 것

오선지를 펼쳐놓고 작곡에 몰두하다 잠시 안경을 벗어들고 생각에 잠긴 윤이상.

이오"라며 윤이상을 향해 박수를 치기도 했다.

1990년 10월 1일, 윤이상음악연구소는 독립된 특수기관이 되어 산하에 수많은 기구를 두었다. 산하 기구는 크게 보아 연구 분야, 출판 분야, 음악 분야, 기획 관리 부서로 나뉜다. 연구 분야에는 윤이상음악연구실, 민족음악연구실, 외국음악연구실, 작곡연구실 등이 속해 있었다. 출판 분야에는 음악 잡지 및 도서 출판을 위한 편집·출판 부서들이 소속되어 있었다. 음악 분야에는 40여 명의 실내관현악단이 별도로 구성되어 있었고, 기획 관리 부서로는 통일 음악 교류 분야의 기구가 독립적으로 운영되었다. 이 모든 독립 기구를 포함한 윤이상음악연구소는 상주 인원이 150여 명에 달할 만큼 큰 연구소로 자리 매김하게 되었다.

1984년 한민련 유럽 본부 의장직에서 물러난 윤이상은 잠시 미뤄두었던 작곡에 다시 박차를 가했다. 사실, 의장직을 수행하고 있을 때에도 마냥 쉬고 있었던 것만은 아니었다. 혼성 합창과 타악기를 위한 〈오 빛이여……〉(1981), 〈클라리넷과 소관현악을 위한 협주곡〉(1981), 〈바이올린 협주곡 1번〉(1981), 혼성 합창곡 〈주는 나의 목자시니〉(1981), 피아노를 위한 〈간주곡 A〉(1982), 베이스 클라리넷을 위한 〈독백〉(1983), 아코디언과 현악 4중주를 위한 〈소협주곡〉(1983), 두 대의 바이올린을 위한 〈소나티나〉(1983), 두 대의 오보에를 위한 〈인벤션〉(1983)을 줄기차게 써왔다.

하지만 1983년부터는 이제까지 썼던 것보다 훨씬 중량감 있는 교향곡 작곡에 매달리기 시작했다. 전 4악장으로 이루어진 〈교향곡 1번〉은 1984년 5월 15일 베를린 필하모니 교향악단의 연주로 초연되어 커다란 호평을 받았다.

윤이상은 64세가 된 1983년부터 68세에 접어든 1987년까지 매년 교향곡을 한 곡씩 써서 총 다섯 곡을 완성했고, 1984년부터 해마다 교향곡을 꾸준히 발표하기 시작했다. 윤이상은 이들 교향곡을 통해 인류 전체에게 폭력의 부당함과 그로 인해 발생하는 처절한 슬픔을 이야기하고자 했다. 윤이상은 교향곡 다섯 편에 매우 큰 의의를 두었다.

이 교향곡들은 비탄과 절망으로 얼룩진 동백림 사건을 뚫고 일어선 뒤 최고의 완성미를 추구했다는 점에서 윤이상 음악의 산맥을 이루고 있다. 이 음악들은 다름슈타트와 빌토벤에서의 화려한 데뷔 이후, 무조음악과 음렬주의에서 출발한 12음기법의 탄탄한 구축 위에서 자신만의 음악 어법인 주요음 개념을 통해 활짝 열어젖힌 윤이상 음악의 특질을 성공적으로 구현하고 있다는 점에서 매우 빼어난 예술성을 획득하고 있다. 또한 동양 고전의 미학적 토대에서 출발하여 서양 현대 음악과의 절묘한 만남을 통해 동양과 서양을 잇는 지적이며 철학적인 교류를 자신의 음악 속에 구현하고 있다는 점에서 도저한 사상적인 깊이에 도달하고 있다. 이 중량감 있는 교향곡들이 이룬 성취는 곧 윤이상 음악이 어느 한 지역에 머무르지 않고 세계성의 영역에 도달했음을 의미한다. 그런 점에서 이 다섯 편의 교향곡은 윤이상의 후반부 인생 혹은 그의 후기 음악에 매우 중대한 분수령이 된다.

윤이상 음악의 방향성은 이미 1958년 다름슈타트에서 발표된 전위 음악들을 볼 때부터 결정되었는지도 모른다. 그는 그날 "나는 산더미를 준다 한들 이런 음악을 쓰기 싫"다고 분명히 말한 바 있다. 그는 이후, 부단한 도전과 응전의 시간을 보내면서 자신만의 음악을 향해 나아갔던 것이다. 윤이상의 후기 음악은 서양 전위주의의 모방과 흉내내기에서 벗어나려는 몸부림 속에서 탄생했다. 그의 음악 속에서는 존 케이지나 백남준과 같은 기상천외함 혹은 과격성이 없다. 또한 훗날 전자음악의 잉태를 가능케 한 기술적인 부분을 음악에 접목하려는 시도도 찾아볼 수 없다. 그는 오히려 고전음악과의 조우를 시도하는 적극성을 보였다. 이 같은 과감한 시도는 자신만의 목소리를 내고자 하는 장인정신에서 비롯되었다.

1960대 중반 이후 윤이상의 음악적 관점은 자신을 개방하는 쪽으로 바뀌었다. 그것은 자연스럽게 서양 고전음악을 자신의 내부로 수용하는 방법적 변화를 불러일으켰다. 가장 특징적인 것은 윤이상이 "푸가 기술, 구조를 만들고 형성하는 것, 그래서 음악 제재를 전략적으로 지배하는 것을 바흐에게서 배웠고, 그런 바흐를 스승으로서 존중"[14]했다는 점이다. 그는 젊은 시절부터 말러나 슈베르트에게 매력을 느꼈으나, 음악적 완성을 위해 자신의 미학 취향을 과감히 버릴 줄 알았다. 윤이상이 오늘날 현대음악의 거장으로 우뚝 선 배경에는 '버림의 미학'과 '고전에서 새로움을 찾는 자세'를 적절한 균형감 속에서 유지, 발전시켜 결국 '자신의 음악 영역'을 확고히 구축했기 때문이다.

전 3악장으로 이루어진 교향곡 제2번은 1984년에 완성했다. 이 곡은 그해 12월 9일 베를린 라디오방송교향악단의 연주로 초연되었다. 교향곡 2번의 주제는 세계 속에 존재하는 나 자신에게 관심을 집중해야 한다는 대자아의 인식론에 맞춰졌다. 음악학자 크리스티안 마틴 슈미트Christian Martin Schmidt는 「제2번 교향곡 연구」라는 글에서 윤이상 교향곡 2번의 제3악장에 대해 언급하며 "1970년대까지 그의(윤이상의) 음악을 특징지었던 주요음, 음복합체 내지는 음향복합체의 구성 법칙

14) 윤신향, 『윤이상 경계선상의 음악』, 한길사, 2005, 241쪽.

에서 벗어난 것"[15]으로 파악했다.

윤이상의 음악 속에는 유교적 덕목과 불교적 내세관이 들어가 있다. 또한 도교적 이상향이 표현되어 있다. 그의 음악 속에는 한국식 음악을 유럽 악기들로 표현하는 독특한 세계가 창출되어 있다. 그는 또한 바흐로부터 배운 서양 고전음악의 체계를 자신만의 음악 문법으로 재창조해내고 있다. 첼로 협주곡을 비롯한 여러 기악 협주곡을 쓰면서부터는 동시대인들의 아픔과 절규, 분노와 희망을 음악 속에 갈무리하는 윤이상의 선 굵은 무늬가 아로새겨져 있다. 그는 정치적인 면에서 남한과 북한의 경계에 서 있으며, 사상적인 면에서 동양과 서양의 경계에 서 있다. 또한 음악 기법상의 면에서 현대음악과 고전음악의 경계에 서 있다. 그는 여러 다층적인 차원의 경계에 서서 어떤 합일 혹은 융합과 상호 보완의 경지를 개척하기 위해 고심하는 개척자인 셈이다. 이 같은 점에 비추어봤을 때, 윤이상을 "다원적 세계주의자"라고 명명한 슈미트의 견해는 수긍할 만한 점이 매우 크다고 할 것이다. 하지만 더욱 유념해야 할 대목은 윤이상이 일련의 기악 협주곡에서 나아가 다섯 편의 교향곡을 쓰면서 자신만의 고유한 유파를 창조한 개조開祖가 되어 있다는 사실이다.

전 4악장으로 된 교향곡 제1번은 1983년에 작곡을 시작, 1984년에 완성했다. 이 곡은 1984년 5월 15일, 베를린 필하모니 교향악단의 연주로 초연되었다. 교향곡 1번의 주제는 핵폭탄으로 인한 인류 파멸에 대한 강력한 경고를 담고 있다. 그런 만큼 매우 큰 규모의 곡이다. 베를린 비교음악연구소 소장이자 음악학자인 볼프강 부르데Wolfgang

---

15) 크리스티안 마틴 슈미트, 「제2번 교향곡 연구」, 김용환 편저, 『윤이상 연구』, 시공사, 2001, 211쪽.

Burde는 "윤이상의 교향곡 1번은 공자 사상의 근엄함을 반영한다. (……) 윤이상은 이러한 모든 전통, 심지어는 민속음악이 지니는 거칠고, 폭발적이며 감정적으로 체념하는 전통마저도 그의 교향곡의 대우주(마크로 코스모스)에 용해시켰다"[16]고 평했다.

윤이상은 조국의 민주주의를 위해 헌신하면서도 작품 창작에는 결코 양보하는 법이 없었다. 그는 자신의 작품 안에서 늘 진취적인 세계를 열어젖혔고, 동양적 사유의 깊이와 폭을 거느린 대가의 경지에 이르러 있었다. 1985년 1월 15일, 남부 독일의 튀빙겐 대학에서는 윤이상 음악이 성취한 뛰어난 예술성과 높은 격조에 경의를 표하며 그에게 명예 철학박사 학위를 수여했다. 명예 박사 학위 수여식은 튀빙겐 대학의 쿠퍼바우 강의실 22호실에서 개최되었다. 「윤이상 교수에 대한 명예 박사 학위 수여에 관하여」라는 제목이 붙은 튀빙겐 대학의 공표문 첫머리에는 "1985년 1월 15일에 튀빙겐대학 문화학부는 베를린예술대학 작곡 교수 윤이상 씨에게 명예 철학박사 학위를 수여하기로 했다. 윤이상 씨는 우리 시대에 살아 있는 탁월한 작곡가 중의 한 사람이다"라고 적혀 있다.

> 1981년 바이올린 협주곡과 1984년에 초연된 두 개의 교향곡은 그의 작품의 최정수를 보여준다.
>
> 윤이상 씨의 특수한 업적은 동아시아와 유럽의 음악문화를 그 자신 특유의 방법으로 연결시킨 데에 있다. 많은 다른 작가들이 동양

---

16) 볼프강 부르데, 「윤이상의 주요음 기법과 유럽식 작곡: 교향곡 제1번(1982~1983)을 중심으로」, 같은 책, 183쪽.

악기를 사용함으로써 서양음악에 새로운 색채감을 시도한 데 반하여, 그는 한국음악을 서구 악기에 맞추어 사용하는 동·서 작곡기법의 실질적인 개조를 시도했다.

동양음악의 특수성은 개체음의 의미가 서양음악에서보다 훨씬 더 부각된다는 것이다. 개체음은 하나의 확고한 핵으로 그의 시작과 끝을 살려나감으로써 양과 음의 일원원칙을 실현한다. 윤이상 씨는 자신의 민족음악 문화의 이러한 특수성을 다음악적 체계에 연결시켰다. (……) 우리 문화학부는 이러한 지적인 업적을 낳고, 또한 양대 문화 상호간의 이해를 가능케 한 중요한 업적을 실천한 이러한 정신을 위해 이 작곡가에 영예를 표하고자 한다. 왜냐하면 문화 상호간의 이해를 증진시키는 것이 이 학부의 특수한 관심사이기도 하고 또한 음악학과 한국학이 여기에 동시에 대표되고 있으므로 튀빙겐대학 문화학부가 윤이상 씨의 공적을 인정하기 위해 명예박사를 수여한다는 것은 아주 당연한 처사이기 때문이다.[17)]

공표문이 낭독된 뒤, 튀빙겐 대학의 학장 볼프강 셍켈Wolfgang Schenkel 교수, 튀빙겐 대학의 음악학 교수 우얼리히 지겔레Urlich Siegele 교수가 차례로 나와 축사를 했다.

마지막으로 이날의 주인공인 윤이상이 연단에 나가 「정중동-유럽에서 나의 작곡 발전상에 관하여」라는 제목으로 강연을 했다.

저에게, 아니 더 정확히 말하면 저의 작품에 주어진 이 영광은 동

---

17) 이수자, 『내 남편 윤이상』 하권, 창작과비평사, 1998, 217~218쪽.

양과 서양을 연결하는 중개자의 역할에 관한 것입니다. 저의 음악에 대해서 되풀이 언급되는 바는 그것이 동아시아 전통을 서유럽 예술음악의 언어로 개조했다는 점입니다. (……)[18]

내용과 형태(구성)의 엄격성이라는 점에서는 1981년의 교향시곡 〈광주여 영원히!〉가 특별한 위치를 차지합니다. 저는 이 작품을 광주의 시민봉기가 잔혹하게 진압당한 것에 항의해서 썼습니다. 광주의 시민봉기는 독재자 박정희가 살해된 후 제 조국의 민주화를 위해 일어난 해방운동이었으며, 이 운동은 그 후계 정권에 의해서 1980년 5월에 일대 유혈극을 치른 후에 진압되었습니다. 나치의 박해에 희생된 알브레히트 하우스호퍼와 넬리 작스의 시를 주제로 한 칸타타 역시 이러한 맥락에 속하는 것들입니다. 이 작품들은 그러나 정치적인 음악이라고 하기보다는 오히려 저의 내적인 신념에 음악적인 표현을 주고자 했던 것들입니다.[19]

명예 철학박사 학위 수여식이 끝난 뒤 윤이상은 학장을 비롯한 수많은 교수들에 둘러싸여 축하 인사를 받았다. 68세의 윤이상은 소년처럼 홍조를 띠며 활짝 웃었다. 그로부터 열이틀 뒤인 1월 27일, 축하연이 열렸다. 이 자리에서 베를린 예술대학 교수이자 베를린 비교음악연구소 소장인 볼프강 부르데가 축사를 했다.

우리는 지난해에 두 개의 작품이, 즉 제1, 2교향곡이 초연됨으로

18) 같은 책, 225쪽.
19) 같은 책, 233쪽.

해서 베를린 음악생활에 커다란 사건이 되었던 것을 본 증인들입니다. 그리고 저는 윤이상 씨의 제1교향곡이 하나의 대가의 작품으로 절대적인 지위를 차지한다는 것을 기꺼이 인정합니다. (……) 튀빙겐 대학은 며칠 전에 작곡가 윤이상 씨를 명예박사로 선정했습니다. 윤이상 박사님, 베를린 예술대학은 이러한 영광을 귀하와 함께 기뻐하며, 이 표창에 대해 진심으로 축하의 말씀을 드립니다.[20]

볼프강 부르데의 축사는 인간미가 넘치는 훈훈한 것이었다. 참석자들은 윤이상에게 존경과 감사의 마음을 담아 오랫동안 박수를 쳐주었다. 윤이상의 가슴 깊숙한 곳에서 뭉클한 감회가 솟아올랐다.

5공 군사정부의 폭압이 계속되는 동안 한국에서는 민주화의 열기가 점점 더 뜨거워지고 있었다. 윤이상은 꿈에서도 조국의 민주화가 달성되기를 염원했다. 1987년 2월, 그는 이 같은 마음으로 교성곡 〈나의 땅, 나의 민족이여!〉를 써내려 갔다. 작곡이 본궤도에 오르는 동안 윤이상은 문익환 목사의 시집을 읽으며 굵은 눈물을 떨어뜨렸다. 이수자가 소설가 조정래의 『태백산맥』 속에 나오는 이야기를 들려주자 그는 또 한 번 뜨거운 눈물을 흘렸다.

이 곡을 쓰는 동안 윤이상의 가슴은 용솟음치는 정열과 조국에 대한 지극한 마음으로 넘실거렸다. 머릿속에서 오랫동안 곡을 구상한 뒤였기에, 정작 책상 앞에 앉자 거침없이 음표가 솟아올랐다. 모든 일을 젖혀놓고 이 곡에 매달린 그는 두 달 만에 교성곡을 탈고했다. 윤이상은

---

20) 같은 책, 224쪽.

기회가 닿는 대로 겨레의 아픔을 어루만져주고, 이 땅의 상한 곳을 쓰다듬어주는 곡을 쓰고 싶었다. 그러한 의미에서 〈나의 땅, 나의 민족이여!〉는 민족에 대한 윤이상의 변함없는 충정이 담긴 곡이다.

한반도에는 오랫동안 지속되어온 군사정권에 의해 핍박받는 문인들이 있었다. 그들은 우리 앞에 놓인 비인간적 상황의 질곡을 직시하고 야만의 세월에 맞서 투명하고 견결한 시를 써온 지사들이었다. 그들은 이 시대의 모순과 야수적인 권력에 대항해 민주적인 세상을 노래하는 투사들이었다. 군사정권은 그들이 옳은 시를 썼다는 이유만으로 붙잡아갔다. 군사정권은 그들이 우리 민족의 바른 미래를 노래했다는 이유만으로 고문을 가했고, 사형을 언도했으며, 무기징역을 선고했다.

그들은 투옥된 상황 속에서도 억압에 굴종하지 않고 빛나는 저항시를 써왔다. 지하에서, 거리에서, 감옥에서, 보이지 않는 담벼락마다 민주주의를 노래하는 시인들은 우리 시대의 양심이었고, 살아 있는 저항정신의 결정체였다. 그들은 우리 민족의 자부심이었고, 우리의 긍지였다. 그들이 써낸 옥중시와 저항시 들은 우리를 겹겹이 둘러싼 어둠을 들부수는 빛이었다. 그들이 부르는 노래는 우리 겨레의 가슴을 적시는 희망의 노래였다. 한국의 감옥에는 남민전南民戰 사건으로 1979년 투옥된 뒤 당시 8년째 수감 중인 김남주 시인이 있었다.

남민전 사건은 1979년 11월 세상을 발칵 뒤집어놓은 대표적인 공안사건이다. 수사 당국에 따르면, 1976년 2월 이재문, 신향식, 김병권 등이 남조선민족해방전선준비위원회의(남민전)라는 비밀단체를 결성했다. 이들 조직은 유신체제 비판과 민주화운동 및 민족 해방을 기치로 내걸며 반유신 유인물과 기관지를 제작하여 배포했다는 것이다. 이들의 활동을 면밀히 주시하던 공안기관은 1979년 10월 4일 이재문,

이문희, 차성환, 이수일, 김남주 등을 일차로 체포했다. 한 달 뒤인 그 해 11월, 수사기관은 84명의 조직원 모두를 체포했다. 안기부는 곧 이 사건이 '북한과 연계된 간첩단 사건'이며, 이들이 '무장 도시게릴라 조직'이라고 발표했다. 공안 당국은 남민전을 1964년 인혁당 사건, 1974년 민청학련 사건과 더불어 국가를 전복시키기 위한 중대한 공안사건으로 규정하고 국가보안법 및 반공법 위반 사건으로 처리했다.

이때 체포된 이재문은 1981년 11월 22일 감옥에서 사망했고, 신향식은 1982년 10월 8일 사형이 집행되었다. 안재구, 임동규, 이해경, 박석률, 최석진 등은 무기징역을 선고받았으며, 김남주 이수일 등은 징역 15년 형을 선고받았다.

사건 발생 27년 만인 2006년 3월 13일, 민주화운동관련자 명예회복 및 보상심의위원회(위원장 하경철)는 이 사건이 공안 당국의 과도한 개입으로 그 내용이 실제보다 부풀려졌음을 확인했다. 아울러, 남민전 관련자 중 최석진, 박석률, 김남주 등 29명이 반유신 활동을 했다는 점을 근거로 들어 민주화운동 관련자로 인정했다.

김남주 시인은 감옥에 갇힌 상황 속에서도 우유갑에 못으로 꾹꾹 눌러 시를 썼다. 그 시는 우여곡절 끝에 교도소 밖으로 빠져나가는 데 성공하여 시집 『진혼가』, 『나의 칼 나의 피』라는 걸출한 시집으로 묶여 나왔다. 그를 그리워하는 문우들과 그의 헌걸찬 시 정신을 애타게 찾던 독자들은 「진혼가」[21)]를 비롯한 김남주의 시를 읽으며 암흑을 찢어 놓을 신새벽을 예감했다.

---

21) 김남주, 『진혼가』, 1984, 청사, 31~32쪽.

1

총구가 나의 머리숲을 헤치는 순간
나의 양심은 혀가 되었다
허공에서 헐떡거렸다 똥개가 되라면
기꺼이 똥개가 되어 당신의
똥구멍이라도 싹싹 핥아 주겠노라
혓바닥을 내밀었다
나의 싸움은 허리가 되었다 당신의
배꼽에서 구부러졌다 노예가 되라면
기꺼이 노예가 되겠노라 당신의
발밑에서 무릎을 꿇었다 나의
양심 나의 싸움은 미궁迷宮이 되어
심연으로 떨어졌다 삽살개가 되라면
기꺼이 삽살개가 되어 당신의
손이 되어 발가락이 되어 혀가 되어

삽살개 삼천만 마리의 충성으로
쓰다듬어 주고 비벼 주고 핥아 주겠노라
더 이상 나의 육신을 학대 말라고
하찮은 것이지만 육신은 나의
유일唯一의 확실성確實性이라고 나는
혓바닥을 내밀었다 나는
무릎을 꿇었다 나는

손발을 비볐다 나는

윤이상은 교성곡을 쓰기에 앞서 김남주, 문익환, 고은, 정희성, 백기완, 박봉우, 박두진, 문병란, 양성우 등의 시집 48권을 꼼꼼히 읽어 나갔다. 대부분은 군사정권에 의해 고초를 겪거나 투옥된 경험이 있는 시인들이 쓴 시였다. 윤이상은 여기서 시 열한 편을 선택해 한 편의 거대한 장시를 구성, 교성곡의 흐름에 맞도록 재편성했다. 전 4악장으로 구성된 교성곡은 '민족의 역사', '현실 1', '현실 2', '미래'라는 네 개의 주제가 합창과 독창, 관현악과 어우러졌다.

윤이상은 이 곡의 초연만큼은 꼭 한국에서 하고 싶었다. 그러나 전두환 정부는 정치적인 사슬에 묶인 자신을 여전히 입국 금지자 명단에 집어넣고 있었다. 결국, 한국에서의 초연은 포기하는 수밖에 없었다. 그 대신 북한에서 이 곡을 초연하는 쪽으로 가닥을 잡았다. 1987년 10월 5일 〈나의 땅, 나의 민족이여!〉는 김병화의 지휘와 평양 국립교향악단의 연주로 만수대예술극장에서 세계에 초연되었다.

1. 역사

장엄하여라 백두산 억센 줄기
삼천리를 내리뻗어
수려한 내 나라는 동방의 금관
구만리 눈부신 하늘은 대지의 영원한 미소
너울지는 바다는 나부끼는 옷
우리 겨레는 하나이다 (정련)

나는 땅이다
오천년 기나긴 빗물을 받아먹고
걸걸한 백성의 눈물을 받아먹고
슬픈 씨앗을 키워온 가슴 (문병란)

백두여 천지여
많은 샘물 넘쳐흘러라
… …사람이 하늘이요
일하는 자가 주인인
조상의 넋을 나부껴라 (백기완)

하늘과 땅의 축복으로
비와 눈과 바람과 이슬의 축복으로
자유와 평등, 정의와 평화를 누리는 나라
…… 그래서 겨레 사랑을 말로 하지 않고
얼싸안고 비벼대는 몸으로 하고
온몸으로 노래하는 나라 (문익환)

2. 현실(1)

한반도는 어둠과 아픔으로 운명을 깨달았다
그리하여 아침해 부챗살처럼 빛나는 진리 내세울지어다
이제 때가 왔다
……아 그 언제인가 가장 자연스럽게 외인부대 떠나는 날

그날이 닥칠지어다 (고은)

우리는 다시 만나야 한다
우리는 은하수를 건너야 한다
오작교가 없어도
가슴을 딛고 건너가 다시 만나야 할 우리…… (문병란)

……오는 봄에 나무 끝을 쓰다듬어주는
작은 바람으로 돌아온다면
지금은 결코 꽃이 아니라도 좋아라 (양성우)

녹슨 철로 위에 무성한 잡풀들의 철로 위에
나의 사랑은 빗발쳐야 하는 것
사형대 위에 사라져야 하는 목숨일지라도
나에게는 어머니 조국의 사랑의 손이 있는 것 (박봉우)

3. 현실(2)

우리는 아직도
우리들의 깃발을 내린 것이 아니다
우리들의 깃발을 내릴 수가 없다
그 붉은 선혈로 나부끼는
우리의 깃발을 내릴 수가 없다…… (박두진)

4. 미래

……이제 빼앗는 자가 빼앗김을 당해야 한다
이제 누르는 자가 눌림을 당해야 한다
바위 같은 무게의 천년 묵은 사슬을 끊어버려라
싸워서 그대가 잃을 것이라고는 아무것도 없다
……삭풍에 의젓한 우리나라 상수리나무여 (김남주)

북을 쳐라
새벽이 온다
새벽이 오면 이방인들과 그 추종자들이
무서움에 떨며 물으리니
누가 아침으로 가는 길을 묻거든
눈 들어 타오르는 해를 보게 하라
…… 북을 쳐라 바다여 춤춰라
오 영광의 나의 땅, 나의 민족이여! 통일이여! (정희성)

여러 시인의 시가 독창과 합창의 형태로 흘러나오면서 교성곡의 뜨거운 가락이 만수대예술극장의 넓은 홀을 가득 채웠다. 독재의 채찍과 싸워가며 평화와 인간 존엄의 언덕을 향해 한 발 한 발 내딛는 고난의 발걸음이 장엄하게 혹은 처절하게 그려졌다. 이 세상의 깊은 슬픔이 합창으로 표현되었고, 합창의 거대한 음을 뚫고 심장을 쥐어뜯는 듯한 독창이 무대 위에서 터져 나왔다. 오케스트라의 연주가 독재정권의 만행을 규탄하는 격렬한 음향을 작열시켰다. 연주는 대성공을 거두었다.

윤이상의 심장병 증세는 점점 심해졌다. 하지만 그는 자신의 내부에서 울려 퍼지는 소리를 채집하는 데 더 열중했다. 농부가 수확하는 시기를 알고 있듯, 윤이상도 분출하는 작곡의 시기를 알고 있었다. 그는 몸이 아프다고 해서 결코 작곡을 멈추지 않았다.

1987년 4월 8일 윤이상은 함부르크에서 우어줄라 홀리거의 연주로 하프 독주를 위한 〈균형을 위하여〉를 초연했고, 이틀 후에는 같은 장소에서 빈프리트 뤼스만Winfried Rüssmann의 연주로 바이올린 독주를 위한 두 개의 소품 〈대비〉를 초연했다.

1987년, 뮌헨의 '텍스트 운트 크리틱'사가 윤이상의 70세 생일을 기념으로 『작곡가 윤이상』이라는 제목의 논문집을 발간했다. 텍스트 운트 크리틱사는 베토벤, 슈만, 바그너, 슈트라우스, 말러, 쇤베르크, 스트라빈스키, 알반 베르크, 올리비에 메시앙Olivier Maessien 등 걸출한 작곡가들의 작품 및 예술관을 상세히 기술하는 시리즈를 기획, 출판해온 명문 출판사로 잘 알려져 있다.

그해 9월 17일에는 베를린 탄생 750주년 기념행사의 일환으로 위촉받은 작품 〈바리톤 독창과 대관현악을 위한 교향곡 5번〉을 초연했다. 1983년부터 꼬박 4년 동안 한 해에 한 편씩 쓰기 시작한 교향곡은 이번 작품까지 모두 다섯 편에 이르렀다. 이로써 윤이상의 후기 작품 가운데 기념비적인 작품 목록에 해당하는 교향곡이 최종 5번으로 마무리되었다. 윤이상은 이날 기념 논문집과 5번 교향곡의 초연이라는 두 개의 생일 선물을 받은 것이다. 5번 교향곡은 바리톤 디트리히 피셔 디스카우Dietrich Fischer-Dieskau의 독창, 한스 첸더의 지휘, 베를린 필하모니 교향악단의 연주로 세계에 초연됐다.

다섯 편의 교향곡은 윤이상의 음악 인생이 집대성된 대작이다. 이 교

1988년 5월 21일 독일 본에서 리하르트 폰 바이츠제커 대통령으로부터 '독일연방공화국 대공로훈장'을 받는 윤이상.

향곡 한 편 한 편마다에는 인류에 대한 각각의 메시지가 담겨 있다. 3번 교향곡은 환경과 자연 파괴에 대한 경고를 담았고, 4번 교향곡은 불행한 삶을 지닌 동양의 모든 여인들을, 그리고 그들이 품어야 할 희망을 노래했다. 4번 교향곡은 특히, 자신의 어머니에 대한 존경과 사랑을 아울러 제시한 남다른 곡이기도 하다. 5번 교향곡은 독재의 폭압을 비판함과 동시에 무기 대신 농기구를 들자는 화해와 평화의 메시지를 담아냈다.

1988년, 71세가 된 윤이상은 영원히 잊지 못할 상을 받았다. 그해 5월 21일, 윤이상은 독일 본에서 리하르트 폰 바이츠제커 대통령으로부터 '독일연방공화국 대공로훈장'을 받게 된 것이다. 그것은 이미 세계 현대음악의 거장으로 추앙받는 자리에 오른 윤이상에게 주어진 또 하나의 명예였다.

제7장

—

통일을 위한 음악축전

윤이상의 평생소원은 한국의 민주화와 통일된 조국을 두 눈으로 직접 보는 것이었다. 작곡가로서의 삶은 유학 떠나기 전에 세웠던 계획표대로 되어갔다. 베를린 예술대학의 정교수로서 학생들을 가르치고 있었으니 교육자로서의 삶도 성공적이었다. 하지만 조국 통일만큼은 소원하는 대로 되지 않아서 늘 안타까워했다. 윤이상은 평소에 늘 아내에게 말하곤 했다.

"38선에서 남북한 음악회를 열면 얼마나 좋을까?"

이수자는 남편의 말에 힘이 있다고 생각했다. 다른 사람들은 남편의 생각을 낭만주의자의 허황한 기대 정도로 넘겨버리곤 했지만 이수자만큼은 그렇게 생각하지 않았다. 얼마 안 가서, 이수자의 예견대로 남편의 소망은 결국 이루어졌다. 윤이상의 꿈은 강한 열망이 밑받침되어 현실로 나타나고야 마는 비전이 있었던 것이다. 윤이상은 원칙주의자이면서도 이상주의자로서의 면모를 늘 드러내곤 했다. 또한 그는 도전을 즐기는 모험가였다.

1987년 9월, 윤이상은 일본에 있었다. 그는 24일과 25일 이틀간 〈민족문화와 세계 공개성〉이라는 제목으로 열린 제8회 국제 심포지엄에 참석한 뒤 일본 「마이니치신문」과 인터뷰를 했다.

"남북이 분단된 지 43년이 되었습니다. 우리는 어떤 형식으로든지 통일의 기운을 북돋아야만 합니다. 정치로 넘을 수 없는 벽이 있다면 음악으로 넘어야 합니다. 그런 의미에서 저는 38도선 상에서 평화의 음악축전을 열 것을 제안합니다."

이것은 "정치가는 음악가가 될 수 없지만 음악가는 정치가가 될 수 있다고 생각한다"는 윤이상의 평소 지론에서 나온 발상이었다. 그는 "제가 제안하는 음악제는 민족 화해, 민족통일로 향하는 대도大道일 뿐 아니라 세계 평화를 구축하는 역사적인 행위로서의 의미를 가집니다. 따라서 남북 음악회가 개최된다면 전 인류로부터 양심의 지지를 받을 것입니다. 음악이란 것은 이러한 정치적 화해와 통일을 가져오게 하는 데서 결정적 돌파구를 여는 힘이 될 것입니다"라고 덧붙였다.

윤이상의 남북한 합동 음악축전 제안을 담은 기자회견은 전 세계에 큰 화제를 불러일으켰다. 한국의 여론은 매우 호의적이었고, 북한에서는 즉각 환영한다는 응답을 발표했다. 남북한에서는 화해 분위기가 조성되어가고 있었다. 1988년 7월 1일, 윤이상은 남북한 정부에 민족 합동 음악축전을 공식적으로 제안했다. 그런 다음 7월 22일에 서베를린에서 기자회견을 열었고, 이 음악회를 어떻게 개최할 것인지를 놓고 실무적인 절차를 담은 안건을 남북한 정부에 제출했다.

음악축전 제안에 대해 한국에서는 한국예술문화단체총연합(예총) 차원에서 동의를 표명해왔다. 당시 예총은 정부 쪽과 긴밀하게 연계된 관변단체 성격의 기관이었기 때문에 정부의 입장을 대변한다고 보면 틀림없었다. 이 음악회에 들어가는 비용 문제는 중앙일보사와 동아일보사가 부담한다고 약속했다. 하지만 안기부의 눈초리는 여전히 곱지 않았다.

"윤이상이 국내에 들어와 학생 소요가 일어나면 누가 책임지겠는가?"

안기부는 신문사 측에 협박성 질문을 던졌다. 신문사 고위 인사는 이 질문에 말문이 막혔다. 한국의 재야 단체에서는 공안 기류를 감지하고 윤이상의 귀국을 만류하는 편지를 보내왔다.

비슷한 시각, 전봉초 예총 회장의 편지가 도착했다. 그는 윤이상이 귀국해 광주를 방문한다면 그곳에서 불상사가 일어날지도 모른다고 암시했다. 광주에 가면 윤이상을 이용해 데모할 가능성이 있으니 광주에는 가지 말아달라는 내용이었다. 윤이상은 기왕에 귀국하게 되면 어떤 상황 속에서도 광주 망월동 영령 앞에 참배하는 것이 도리라고 생각했다. 그런 까닭에 그는 "대의명분이 서는 일이라면 설령 내가 이용당해도 어쩔 수 없소"라고 답신을 보냈다. 하지만 국내 신문에는 앞뒤 딱 자르고 그저 "이용할 수 있소"라고만 말한 것처럼 둔갑해 보도되었다. 그 기사를 본 윤이상은 분노가 치밀었다. 말 몇 마디를 교묘히 짜깁기해서 사실을 왜곡 보도했기 때문이다. 이것은 윤이상에게 음악회 무산의 책임을 전가하려는 고도의 술책이었다. 이 기사를 본 시민들은 혼란스러워했다. 작지 않은 오해와 불신이 생긴 것이다. 결국 38선에서 개최하려던 초유의 남북 합동 음악축전은 노태우 정부와 안기부의 공작에 의해 무산되었다.

하지만 윤이상은 포기하지 않았다. 휴전선 위에서 열지는 못했지만 남한과 북한에서 서로 한 차례씩 음악축전을 열면 된다고 생각했다.

1989년, 평양을 방문한 그는 윤이상음악연구소의 일과 관련하여 김일성 주석을 면담했다. 그는 이 자리에서 통일음악회에 관한 구상을 소상히 밝혔다. 김일성은 이 제안을 선뜻 받아들였다. 1990년 4월, 김일성은 통일음악회를 평양에서 개최하라고 측근들에게 지시를 내렸다. 3년 전 38선에서 개최하려던 남북 합동 음악축전이 이제 통일음악회로 명칭을 바꾼 뒤 평양에서 열릴 채비를 갖추고 있었지만, 이 무렵 윤이상은 지병이 악화되어 몹시 힘든 나날을 견디고 있었다.

1990년 8월, 클라도우 자택으로 한국의 성악가 윤인숙이 찾아왔다. 소프라노 윤인숙은 프랑크푸르트 음악대학에서 성악을 전공한 유망주였다. 그녀는 학교 행사에서 윤이상 작곡의 〈가곡〉(1972)을 부르려다가 본의 한국 대사관 직원으로부터 "윤이상의 음악을 부르면 당신 신상에 좋지 않은 일이 일어날 것이다"라는 내용의 협박을 받았다. 하지만 윤인숙은 용감하게 윤이상의 곡을 불렀고, 이 일을 빌미 삼은 안기부로부터 보복을 당했다. 윤인숙이 이 일을 계기로 클라도우 자택을 자주 찾게 되면서 그녀는 윤이상 내외와 각별한 친분관계를 쌓게 되었다.

윤이상은 몸이 아픈 상황이었지만 남북 통일음악회의 준비위원장으로서 클라도우 자택에서 음악회의 구상을 구체화하고 세부 일정을 짜나갔다. 음악축전은 남북한의 화합을 기초로 이루어져야 했다. 평화와 화해, 상생은 이 음악축전이 지향해야 할 중요한 덕목이었다. 통일을 지향하는 만큼 남북한 민족의 동질성을 확인하는 것이 음악축전의 기둥이어야 했다. 이 음악회의 주요 관객은 남북한 민중, 그중에서도 별리의 아픔을 간직한 이산가족이 중심이 되도록 기획했다.

윤이상은 이화여자대학교 국악과 교수인 황병기를 단장으로 한 남측 참가자 명단을 구성했다. 당초 윤이상은 윤인숙과 상의하는 과정에서 황병기를 남한 측 대표로 선정했다. 황병기 교수는 뛰어난 가야금 연주자 겸 작곡가로서 신망이 두터운 음악가로 알려져 있었다. 이 때문에 윤이상은 황병기와 좋은 파트너가 될 수 있다고 여겼다.

1989년 겨울, 윤이상은 황병기에게 1990년 10월에 평양에서 열릴 〈범민족통일음악회〉에 참여해달라는 내용의 편지를 썼다. 윤인숙은 황병기를 만나 이 편지를 직접 전달했다. 황병기는 남북한 민족이 함께 하는 잔치이니 꼭 참석하겠다는 취지의 답장을 보내며 쾌히 응낙했다. 당시의 국내 상황은 경색 국면이었다. 문익환 목사의 방북이 있고 나서 얼마 안 된 시점에 임수경이 북한에 들어간 일로 온 나라가 떠들썩했다. 당시 한국외국어대학교 4학년에 재학 중인 임수경은 단신으로 북한으로 가서 평양 세계청년학생축전에 참석한 뒤 광복절 당일 판문점을 통과해 남한 땅으로 들어왔다. 안기부는 임수경을 서울로 압송해 국가보안법을 적용, 감옥으로 끌고 갔다.

황병기는 남측 단장 자격으로 연주자들을 구성하기 시작했다. 김덕수 사물놀이패, 오정숙(판소리), 오복녀(서도소리), 김월화(여창 가곡) 등에게 남북한 통일음악회에 참여할 의향을 물었다. 인간문화재인 그들 모두가 선선히 동참하겠다고 답했다. 황병기 단장은 열네 명의 음악인과, 세 명의 신문기자를 포함한 총 열일곱 명의 명단을 확보해 '서울전통음악연주단'을 꾸렸다. 황 단장은 이들 음악인과 더불어 연주 프로그램을 제작하고 인쇄하는 등 준비를 갖춰나갔다.

남측 참가자 명단은 다음과 같다.

황병기(이화여자대학교 음악대학 교수), 오정숙(국립창극단 지도위원), 정화영(국립창극단 단원), 김정수(추계예술학교 국악과 교수), 홍종진(이화여자대학교 음악대학 교수), 김월하(전국 시우단체 총연합회장), 오복녀(중앙대학교 음악대학 강사), 김광숙(국립국악원 단원), 윤인숙(단국대학교 음악대학 교수), 김덕수(한국전통예술보존회장), 이광수(한국전통예술보존회 운영위원), 강민석(한국전통예술보존회 운영위원), 김운태(한국전통예술보존회 회원), 노동은(목원대학교 음악대학 교수), 안정숙(「한겨레」 기자), 김경희(「중앙일보」 기자), 임연철(「동아일보」 문화부 차장).

남측 참가자 명단이 도착하자 윤이상은 이 명단을 제자 윤인숙에게 건네주었다. 윤인숙은 귀국하자마자 남측 참가자 명단을 한국의 통일원에 제출했고, 통일원은 곧 열일곱 명에 대한 방북을 최종 승인해주었다.

전두환을 정점으로 한 5공 정권은 1987년 6월 항쟁 이후 이른바 '6.29 선언'을 발표했다. 하지만 이것은 거짓 항복선언이었다. 비록 국민들의 뜻에 따라 직선제 개헌을 했지만, 직선제로 당선된 노태우 대통령 역시 12.12 군사 반란의 주역이라는 점은 변하지 않는 사실이었다.

노태우는 국면 전환을 위해 '북방정책'이라는 카드를 내걸었다. 공산권과의 교류를 통한 외교 전략을 구사한 이유는 자신이 유화주의자이며 국제적인 외교를 다변화함으로써 국가 발전을 꾀하려 한다는 인상을 심어주기 위해서였다. 그러나 전두환 정권에서 민정당 총재를 지냈던 그는 쿠데타의 주역이자 부패로 얼룩진 5공 정권의 주축 세력이었다. 그러한 인상을 만회하기란 힘든 노릇이었다.

이런 상황에서 노태우가 남북한 통일음악회 참가를 승인해준 까닭은, 이것이 북방정책의 연장선상에서 남북한 간의 긴장 완화와 유화정책을 대내외에 과시할 수 있는 기회라 여겼기 때문이다. 더구나 이미 만들어놓은 '남북교류법'을 사용할 절호의 기회이기도 했다. 이 법을 위해 비축해놓았던 가용 자금은 오랫동안 창고에서 햇빛을 보지 못하고 있었다. 노태우 정부는 남북한 간의 통일음악회가 열리는 것을 기회로, 남북한이 음악으로써 교류하는 것을 관용해준다는 선전 효과를 노릴 수 있었다. 이 모든 노림수를 충족시킬 수 있었기에, 통일원은 〈범민족통일음악회〉 참석을 요청하는 남측 참가자의 방북에 신속하게 승인 허가를 내준 것이다.

비로소 윤이상이 기획한 남북한 통일음악회가 두 정부의 합법적인 승인하에 출범하게 되었다. 이에 따라 국내 여러 신문에 〈범민족통일음악회〉(일이 진행되는 동안 남북한 간의 통일음악회는 〈범민족통일음악회〉라는 정식 명칭을 얻게 되었다) 관련 보도가 봇물을 이뤘다.

〈범민족통일음악회〉를 개최하기에 앞서, 평양에서는 〈윤이상음악제〉가 먼저 준비되었다. 윤이상은 외출을 금한 주치의의 경고를 무릅쓰고 1990년 10월 11일 평양에 도착했다. 숙소에 도착한 윤이상은 먼저 주치의에게 치료를 받았다. 그는 병세가 악화되어 산소호흡기를 끼고 안정을 취해야 했다. 이틀 뒤인 10월 13일, 〈윤이상음악제〉가 열렸다. 17일까지 닷새 동안 열리는 〈윤이상음악제〉는 성대히 거행되었으며, 윤인숙은 이 음악제의 출연자로서 무대에 섰다.

1990년 10월 14일 오전 열한 시, 황병기 단장이 판문점 남북한 군사분계선을 넘었다. 군사분계선은 손가락 두 마디 높이의 시멘트 선이었다. 황병기는 분단 45년 만에 남북한을 가르는 경계를 넘어 북한 땅을 밟게 된 최초의 민간인이 되었다. 그 뒤를 이어 서울전통음악연주단 일행이 남북 사무실을 지나 군사분계선을 넘어 북한 땅으로 들어왔다. 북한 땅을 밟자마자, 거기에 미리부터 나와서 기다리고 있던 수많은 사람들이 그들을 따뜻하게 맞아주었다. 그날 하늘 위에는 푸른 바다색을 닮은 가을 하늘이 남북한의 경계를 지우며 끝없이 펼쳐져 있었다. 평양으로 가는 길마다 연도沿道에 북한 사람들이 환영하는 의미로 손을 흔들어주었고, 〈조선은 하나다〉와 〈우리의 소원은 통일〉을 불러주었다.

서울전통음악연주단 일행은 북측 준비위원회로부터 뜨거운 환영을 받았다. 남북한 예술가들이 분단된 이후 처음으로 만난 뜻깊은 자리였다. 연회장인 옥류관에서 열린 환영연회에서는 만수대예술단 예술인들이 〈도라지〉, 〈고향의 봄〉, 〈평북 영변가〉, 〈봉선화〉, 〈노들강변〉, 〈볏가을하러 갈 때〉 등 우리 민요를 불렀다. 한 곡조씩 부를 때마다 그 자리에 모인 남북한 예술인들은 자연스럽게 하나가 되어갔다.

1990년 10월 14일 평양에서 열리는 '〈범민족통일음악회〉'에 참가하기 위해 황병기 단장 등 17명이 판문점을 통해 입북하자 판문각에서 문예봉, 유원준 등 인민 배우를 비롯한 북측 예술인 100여 명과 개성 시민 등 600여 명이 나와 환영하고 있다.

피는 물보다 진했다. 남북한 예술인들은 처음에는 서먹했지만 금세 친해졌다. 공연이 끝나고 뒤풀이 때에는 서울전통음악연주단의 예술인들도 답가 형식의 노래를 불렀다. 남도창의 〈물레야 물레야〉를 북한 예술인이 부르면, 서울 측 참가자가 남한에서는 이 노래를 어떻게 부르는지 알려주며 서로 주거니 받거니 했다. 흥겨운 노래잔치 속에서는 북한도 남한도 없었다. 모두가 한 겨레요, 한 핏줄이었다.

흥이 무르익자 명창 오정숙이 앞으로 나와 말했다.

"제가 이번 축전에 부를 노래는 윤이상 선생님이 특별히 주문한 곡입니다. 오늘 밤 한번 불러보겠습니다."

육자배기 가락이 구성지게 흘러나왔다. 이 나라 이 겨레의 슬픔을 넓디넓은 흰 광목 위에 펼쳐놓은 듯 깊은 비애가 서린 곡조였다. 모두가 숙연해진 상황에서 이 모습을 바라보던 윤이상과 이수자의 눈에서 뜨거운 눈물이 쉴 새 없이 흘러내렸다.

1990년 10월 18일, 이 역사적인 날, 평양의 2.8 문화회관에서 〈범민족통일음악회〉의 개막식이 거행되었다. 맨 먼저 서울전통음악연주단이 입장했고 뒤이어 미국 동부민족문화예술인협회 대표, 서부민족문화예술인협회 대표, 미주민족문화예술인협회 대표가 입장했다. 캐나다, 독일, 소련에서 온 여덟 개 단체와 중국, 일본에서 온 단체까지 모두 합해 열다섯 개 해외 동포 연주단의 대표들이 입장을 마치자, 마지막으로 평양음악단이 입장했다. 개막식을 알리는 음악 소리에 맞춰 2.8문화회관의 6000석을 가득 메운 문화예술인들이 일제히 환호성을 지르며 박수를 쳤다.

이날 개막식에는 〈범민족통일음악회〉 총준비위원장 윤이상, 서울전통음악연주단 단장 황병기, 평양음악단 단장 김원균, 장철 북한 부총리 겸 문화예술부장, 여연구 조국평화통일위원회 부위원장, 백인준 한국문화예술교육총연합회 위원장, 안용구 미주 동포 대표 단장을 비롯해 해외 동포 예술단 이외에도 평양 주재 외교사절 20여 명이 참석했다.

맨 첫 번째 순서로, 〈범민족통일음악회〉의 총준비위원장인 윤이상이 연단에 나와 개막연설을 시작했다.

> "오늘 〈범민족통일음악회〉가 여러분들의 한결같은 지지와 협력에 의해 오늘과 같은 빛나는 개막식을 하게 된 데 대하여 매우 기쁘게 생각합니다. 뜨거운 통일열망을 안고 45년 만에 처음으로 민간인으로서 판문점을 통과하여온 서울전통음악연주단과 먼 이국땅에서 조국 통일과 민족음악의 통일적 발전을 위하여 뜨거운 애국 충정과 혈육의 정을 안고 불원천리 달려온 해외 동포 음악예술인 여러분들을 열렬히 축하합니다. (……)
>
> 여러분, 음악회에 참가한 모든 음악예술인들은 동포애의 사랑과 훌륭한 기술로 자주, 평화, 단결의 노래를 목청껏 불러 통일의 새 아침을 앞당기는 지름길 위에 새로운 이정표를 세워야 할 것입니다. 우리 모두 즐거운 노래와 통일의 힘찬 외침으로 7천만 민족에게 다시 한 번 통일을 호소하고 우리 민족의 단결과 세계 평화에 기여할 것을 온 세계에 행동으로 표시하십시다.
>
> 저는 이번 음악회의 성공을 굳게 확신하면서 〈범민족통일음악회〉 개막을 선언합니다."[22]

---

22) 이수자, 『내 남편 윤이상』 하권, 창작과비평사, 1998, 154~155쪽.

개막 연설 순서에 뒤이어 이번 〈범민족통일음악회〉를 상징하는 노래 〈조국은 하나다〉가 천지를 진동하는 우레와 같이 장내를 가득 채웠다. 노랫소리가 울려 퍼질 때 〈범민족통일음악회〉의 상징 깃발인 한반도 기旗가 게양대 위로 천천히 올라갔다.

다음 순서로 북한의 장철 문화예술부장과 서울전통음악연주단 대표인 황병기 교수의 축하연설이 이어졌고, 계속해서 미주지역, 소련, 일본, 중국 등 해외 대표들의 축사가 그 뒤를 이었다. 축사가 끝난 뒤에는 〈조국통일행진곡〉의 합창이 있었고, 그다음에는 총인원 5000명이 출연하는 〈행복의 노래〉 공연이 있었다. 〈행복의 노래〉는 인민상 개관 작품으로 수많은 무대 경험이 쌓인 까닭에 공연이 이루어지는 80여 분 동안 단 하나의 오차도 없이 순조롭게 진행되었다. 개막식의 모든 순서가 일사불란하게 진행되었지만, 그 열기는 축제 분위기를 방불케 했다.

이날 공연은 〈수령님께 드리는 행복의 노래〉, 〈수령님 사랑 속에 행복할수록〉, 〈햇빛 넘친 인민의 낙원〉, 〈수령님과 당을 따라〉, 〈만수축원의 노래〉 등의 순서로 진행되었다.

서울전통음악연주단으로서는 처음 들어보는 노래, 처음 접하는 분위기여서 매우 낯설었다. 더구나 '당'을 노래한다거나 '수령님'을 예찬하는 것은 매우 생경했고, 소화하기 어려운 주제였다. 하지만 남한과 북한이 서로 나뉘어 살아온 지 어언 45년이 흘렀으니, 서로 다른 환경 속에서 지향하는 바 또한 같을 리가 없었다. 남북한이 이념과 처한 상황이 상이한 데도 같은 자리에서 만났으니, 우선 그것만으로도 서로가 진일보한 것이 아니겠는가. 서울 측 참가자들은 이 같은 생각을 가다듬으며, 낯선 풍경을 있는 그대로 바라보고자 했다. 어쩌면 있는 그대로 서로를 바라보는 데서 통일의 작은 발걸음이 시작되는지도 모른다.

있는 그대로 서로를 바라볼 때, 그것을 인정하고 새로운 길을 모색할 때, 통일의 씨앗은 비로소 싹트게 될 것이다.

윤이상은 개막식 연설을 한 다음부터 목이 잠겨버렸다. 산소호흡기를 쓴 채 안정을 취했지만 목이 쉬어서 아무런 말도 나오지 않았다. 주치의는 급히 약을 처방하는 등 치료에 만전을 기울였으나 얼른 차도가 나타나지 않았다. 그래도 마음만은 한없이 행복했다. 꿈에도 소원하던 남북한 통일음악회를 자신의 두 눈으로 보게 된 것이 대견하기만 했다.

18일 밤, 인민문화궁전에서는 합수제가 있었다. 백두산 천지의 물과 한라산 백록담의 물을 하나의 물병에 쏟아부어 합치는 의식이었다. 통일을 기원하고 남과 북의 하나 됨을 기원하는 상징 의식이었다. 남한 대표 황병기와 북한 대표 김원균이 백자 꽃병단지에 물을 부어 합수할 때, 〈범민족통일음악회〉 총준비위원장인 윤이상은 두 손을 높이 들어 합장한 채 천지에 축원을 올렸다.

조선의 기상을 안고 장엄하게 서 있는
백두산 천지 물아!
조국 남단의 한라산 백록담 물아!
이 나라 수난의 역사의
목격자이고 증견자인 너희들은
기나긴 세월 외세에 의하여 이 나라가 억압받고
약탈당하던 때 피눈물을 얼마나 흘렸으며
또 외세에 의해 이 나라가 동강이 났을 때
얼마나 가슴 아파하며 몸부림쳤느냐
(……)

이 합수된 물을 우리의 정기로 삼아
우리는 1990년대에 조국통일을 위한
성업에 모든 힘을 바쳐 가리라
그리하여 우리 민족이 모두
화목하고 단란하게 살아가게 하거라
조국 통일 만세![23]

인민문화궁전 대연회장에는 참가자 모두가 청자기 컵을 하나씩 들고 있었다. 북측 준비위원회에서 기념선물로 준 컵에는 '조국 통일'이란 글씨가 새겨져 있었다. 그들은 저마다 통일 물을 받아 잔을 높이 들고 축배를 외쳤다. 잔을 들어 마실 때 모두의 가슴마다 통일 물이 넘실거렸고, 모두의 눈에서 통일 물의 반짝임을 비추는 뜨거운 눈물이 솟구쳐 흘렀다.

1990년 10월 19일, 여섯 개 조로 나뉜 남한과 북한, 해외 동포 음악인들은 〈범민족통일음악회〉 공연을 본격적으로 시작했다. 맨 먼저 서울전통음악연주단이 무대에 올랐다. 출연자들은 휘몰이로 〈창 내고자 창을 내고자〉를 비롯해 단소 연주 〈청성곡〉, 사물놀이, 평시조 〈마음이 지척이면〉, 창작가곡 〈고향의 달〉, 서도민요 〈엮음수심가〉 등을 불렀다. 심 봉사가 눈 뜨는 대목을 판소리로 부를 때에는 참석자 모두가 눈시울을 붉혔다. 유난히 고난으로 얼룩진 역사적 배경을 공유한 겨레여서인지, 민족적 비애와 정한이 담긴 노래에서는 금세 공감하는 눈물이

---

23) 이수자, 『내 남편 윤이상』 하권, 창작과비평사, 1998, 156쪽.

배어 나왔다.

서울전통음악연주단의 공연 가운데 가장 인상 깊은 것은 황병기가 작곡한 〈우리는 하나〉라는 곡이었다. 소프라노 윤인숙은 그리움을 담뿍 실어 매우 작은 실오라기와 같은 여린 음으로 노래를 부르기 시작했다.

"우리는 하나…… 우리는 하나……"

곡의 첫 부분에서 마지막 부분까지 가사는 그저 '우리는 하나'뿐이었다. 하지만 가장 여린 음으로 시작한 '우리는 하나'는 점점 뚜렷해지면서 우리 민족이 하나가 되어야 함을 여실히 드러내고 있었다. 시작도 끝도 없는 무극無極에서 우리는 하나였고, 잠시 헤어져 있지만 우리는 다시 하나가 되어야만 한다는 민족적 당위가 담긴 노래였다. 우리 겨레, 남과 북이 하나가 되어 온 세상이 하나로 화합하는 대동 세상에 대한 염원이 곡의 후반부에 이를수록 폭포수처럼 강한 음으로 울려 퍼졌다.

황병기는 이 곡을 쓰고 가사를 붙이면서 슬픔과 증오가 없는 세상을 간절히 바랐다. '우리는 하나'라는 가사처럼 우리 민족은 원래 둘이 아니라 하나임을 새삼 되새기고자 했다. 그러한 황병기의 생각이 참석자들의 가슴에 공명을 일으켰다. 공연이 끝났을 때, 세종문화회관 두 배 넓이의 홀 안을 가득 메운 참석자들은 눈물을 흘리면서도 기쁨과 행복이 교차하는 것을 느꼈다.

만수대예술극장과 평양대극장에서도, 청년중앙회관과 모란봉극장, 봉화예술극장에서도 동시에 공연의 막이 올라갔다. 19일에 시작된 이 공연은 23일의 폐막식 때까지 닷새 동안 우리 겨레의 동질성을 확인하고 남북한 민족의 하나 됨을 한껏 표현하는 축제이자 잔치였다.

1990년 10월 23일, 2.8 문화회관에서 폐막식이 열렸다. 모든 잔치를 끝낸 뒤의 아쉬움을 뒤로하고 남북한 대표들의 폐막연설이 줄을 이었다. 이윽고, 〈범민족통일음악회〉 총준비위원장인 윤이상의 폐막연설이 시작되었다.

"우리는 이번 통일음악회를 통하여 동포 음악가들이 비록 서로 갈라져 살고 정견과 신앙의 차이는 있을지언정 전통적인 민족음악의 고유한 열광은 그대로 살아 있으며 민족음악을 통일적으로 발전시켜나가려는 우리 예술인들의 지향과 염원이 하나로 고동치고 있음을 내외에 다시 한 번 확인하였습니다.

우리 동포 음악인들이 앞으로 통일의 노래를 더 많이 지어 통일의 노래가 조국 강산에 높이 울려 퍼지게 하며 전체 동포 음악가들이 도도히 굽이치는 민족의 통일운동에 과감히 나감으로써 조국과 민족 앞에 음악예술인으로서의 사명과 임무를 영예롭게 수행할 것임을 굳게 확신합니다."[24]

폐막연설이 끝나자 〈범민족통일음악회〉에 참가한 사람들은 그 순간 모두 하나가 되었다. 사람들은 저마다 '조국 통일'이라 쓴 머리띠를 둘렀고 '민족은 하나다'라고 쓴 어깨띠를 둘렀다. 그들 전체가 평양 거리를 걷기 시작했다. 도로 양쪽 인도에는 수를 헤아릴 수 없을 정도로 빼곡하게 들어찬 평양 시민들이 꽃다발을 흔들며 한목소리로 외쳤다.

"조국 통일!"

그들의 외치는 소리가 하늘과 땅을 울렸다. 인도에서 연호하는 시민들이 서울전통음악연주단과 해외 동포 연주단에게 다가가 청자 꽃병

24) 이수자, 『내 남편 윤이상』 하권, 창작과비평사, 1998, 158쪽.

을 건네주었다. 평양 시민들이 연주단에 청자 꽃병을 건네는 행위에는 통일을 위한 기원이 담겨 있었다.

윤이상도 연주단 행렬의 맨 앞에서 걸으며 하염없이 뜨거운 눈물을 쏟아내고 있었다. 주치의가 여러 번 "선생님!" 하고 불렀지만 윤이상은 그대로 걷고 또 걸었다. 불안했던 주치의는 윤이상을 붙들고는 차에 태워 숙소로 데려갔다. 윤이상은 그 옛날 병원에서 해방을 맞은 뒤 사흘 동안 만세를 부르며 서울 거리거리를 헤매고 다녔던 것처럼, 이번에도 벅찬 감격에 겨워 마냥 평양 거리로 나서려 했다. 숙소에 들어간 윤이상은 침대에 눕자마자 꼼짝도 못한 채 겨우 숨만 몰아쉴 뿐이었다. 올해로 73세, 쇠잔해진 육체의 어디에서 그런 정열이 다시 솟구쳤는지 도무지 짐작조차 가지 않았다. 하지만 평생 잊지 못할 환희의 순간이 아니었던가. 윤이상은 걱정이 담긴 이수자의 눈을 가만히 바라보며 희미하게 웃음 지었다. 마음 같아서는 숙소가 떠나갈 듯이 웃어젖히고 싶었다. 큰 소리로 웃을 기운조차 없었지만, 온 세상을 준대도 바꿀 수 없는 희열이 그 작은 미소 속에 들어 있었다.

며칠 후, 서울전통음악연주단이 아파 누워 있는 윤이상에게 병문안을 왔다. 그들은 금강산 구경을 가고 싶다고 했다. 윤이상은 그들의 바람을 북한 대표에게 전달했다. 북한 대표는 이를 흔쾌히 받아들였다. 윤이상은 몸이 성치 않았지만 서울전통음악연주단과 함께 금강산에 올랐다. 한반도의 천하 절경 가운데 가장 으뜸인 금강산, 그중에서도 가을 금강을 일컬어 풍악산이라 했다. 그 풍악산 1만 2천 봉우리마다 울긋불긋 단풍이 절정을 이루고 있었다.

일행이 평양으로 돌아온 뒤, 황병기가 북한 이성철 시인의 시에 곡을 붙인 〈통일의 길〉을 썼다. 북한의 조선음악가동맹 인민 예술가이자 저명한 작곡가인 성동춘이 조금 고쳤으므로, 이 곡은 최초의 남북한 합작 통일 노래인 셈이다.

우리 겨레 대대로 오고 가던 길
산이 높아 오가지 못하는가
네가 오고 내가 갈 통일의 길을
우리 서로 손잡고 열어 나가자

우리 겨레 대대로 오고 가던 길
우리 아닌 그 누가 열어주랴
온 겨레 모여 살 통일의 길을
백두와 한라에 이어놓으리[25)]

9월 23일, 마지막 만찬의 날, '통일잔칫상'이 꽃으로 장식된 연회장의 무대 앞에 황병기와 성동춘이 나왔다. 두 사람은 아코디언 반주에 맞춰 〈통일의 길〉을 불렀다. 통일의 염원과 겨레의 하나 됨을 다짐하는 노래를 듣는 참가자들의 가슴마다 뜨거운 감회가 굽이쳤다.

〈범민족통일음악회〉가 성공적으로 끝난 뒤, "서울에서 송년음악회를 개최하자"는 이어령 문화부장관의 제의가 신문에 보도되었다. 북측은 이를 무시했다. 급기야 황병기가 편지를 써서 북측에 전달하자, 북측은 편지를 긍정적으로 검토했다.

---

25) 이수자, 『내 남편 윤이상』 하권, 창작과비평사, 1998, 160쪽.

북한은 윤이상과 함께 황병기의 편지에 대해 의논했다. 〈범민족통일음악회〉를 성공리에 마친 윤이상을 존중해서였다. 윤이상은 황 단장의 제안을 수락할 것을 권고했고, 북한측이 이를 받아들였다. 윤이상은 이번에도 북한의 연주단을 구성하는 등 이 일을 주관했다. 남한에서는 '서울 송년음악회'를 황병기 단장이 전적으로 책임지고 진두지휘했다.

1990년 12월 9일, 예술의전당에서 평양의 대표단 33명이 참여한 가운데 '서울 송년음악회'가 열렸다. 평양에서 열린 〈범민족통일음악회〉에 참가한 서울전통음악연주단이 판문점을 넘어 북한 땅을 밟았던 것처럼, 북측 대표단도 판문점을 넘어 남한 땅을 밟았다.

〈90' 송년통일음악회〉라는 제목으로 개막된 첫 공연은 1부와 2부를 남측과 북측이 각각 연주했다. 윤이상은 황병기 단장에게 "이 음악회는 노래자랑이 아니니, 경쟁하지 맙시다"라는 내용의 편지를 보내왔다. 황병기도 처음부터 이 음악회가 남북 간 실력대결로 변질되는 것을 매우 우려하던 터였다. 그런 면에서 두 사람은 뜻이 잘 통했다. 이처럼 서로 간의 뜻이 잘 맞았기 때문인지, 서울 송년음악회는 남북한의 동질성을 재확인하고, 민족의 화합과 하나 됨을 염원하는 멋진 음악회가 되었다. 공연이 모두 끝나자 남북한 참가자들은 모두가 한마음이 되어 통일의 노래를 열창했다. 손에 손을 꼭 잡고 부르는 합창은 지금까지 불렀던 어떤 노래보다 큰 감격을 주었다.

〈범민족통일음악회〉가 끝난 뒤 윤이상의 병은 몹시 악화되었다. 베를린으로 당장 비행기를 타고 가기에는 건강상 무리였다. 윤이상은 할 수 없이 몸을 가눌 때까지만 북한에서 더 지내기로 했다. 북한 측에서는 윤이상의 숙소를 평양 근교로 옮겨주었다.

얼마쯤 지난 뒤, 김일성 주석이 숙소로 찾아왔다. 김일성은 이번 〈범민족통일음악회〉 일을 잘 마무리지어준 점을 치하하면서, 조국에 돌아와도 거처할 마땅한 곳이 있어야 한다며 살 집을 하나 마련해주었다.

11월에는 베를린에서 평양으로 건너온 소설가 황석영이 윤이상을 찾아왔다.

"저는 지금 베를린에서 조국통일범민족연합(범민련) 결성을 추진하고 있습니다. 선생님께서 범민련 해외 본부 의장을 맡아주십시오."

"누가 후보에 올라 있습니까?"

"선생님과 임창영 선생입니다."

임창영은 청년 시절 상하이 임시정부와 관계를 맺으면서 독립운동에 참가했던 애국지사였다. 1949년 미국에 건너가 재미 통일운동가로 활약해오다 1975년부터 재미민주한인협회 의장으로서 한국의 반독재 민주화운동을 앞장서 이끌었던 민주투사였다.

"저는 지금 중병에 걸려서 어려우니 임 박사에게 맡아달라고 하시오. 건강이 나쁜 제가 이름만 올릴 수는 없어요."

"예, 선생님. 잘 알겠습니다."

그 무렵 윤이상의 몸 상태는 종합병원이나 마찬가지였다. 당뇨병과 만성기관지염, 거기서 파생된 천식이 그를 괴롭혔다. 그는 매우 까다로운 식이요법으로 식단을 조절해야 했고, 천식을 완화해주는 치료를 날마다 받아야만 했다. 그의 가장 무서운 적은 한겨울이었다.

그는 베를린으로 돌아가지도 못한 채 요양생활을 했다. 바로 이 무렵 스위스 취리히에서 열린 국제현대음악협회(IGNM) 총회에서는 윤이상을 명예회원으로 추대했다. 국제현대음악협회 명예회원은 전 세계를 통틀어 여덟 명뿐이었다. 동양인으로서 윤이상이 유일하게 추대된 것은 그의 음악에 대한 지극한 경의에서 비롯되었다.

세상은 그에게 또다시 무거운 짐을 맡겼다. 범민련 결성이 순조롭게 이루어진 뒤 윤이상에게 범민련 해외 본부 의장을 맡긴 것이다. 당초 의장 후보로 올라 있던 사람들은 윤이상이 후보로 거론되자 모두 후보 사퇴 의사를 밝혔다. 1990년 12월 16일, 윤이상은 만장일치의 합의 속에 범민련 해외 본부 의장직에 추대되었다. 병석에 누워서 이 소식을 들은 그는 자신을 "경마장에서 달리던 병들고 늙은 말"에 비유하면서도 민족을 위해서는 이 일을 감당해야만 한다는 막중한 사명감을 느꼈다.

제8장

—

지상의 마지막 발걸음

윤이상은 성실한 음악가다. 그리고 열정의 음악가이기도 하다. 어느 정도로 열정적인지는, 깊은 병을 앓고 있으면서도 지독할 만큼 작곡에 열중했다는 사실만 봐도 알 수가 있다. 그가 병상에서 쓴 작품들은 〈오보에와 관현악을 위한 협주곡〉(1990), 〈목관 5중주〉(1991), 〈바이올린과 피아노를 위한 소나타〉(1991), 〈현악 4중주 6번〉(1992), 바이올린과 소관현악을 위한 〈협주곡 3번〉, 관현악을 위한 전설 〈신라〉(1992), 클라리넷, 파곳과 호른을 위한 〈3중주〉(1992), 첼로와 피아노를 위한 〈공간 1〉(1992), 호른, 트럼펫, 트롬본, 피아노를 위한 〈4중주〉 등 헤아릴 수 없이 많다.

윤이상은 1990년 〈범민족통일음악회〉 이후 극도로 건강이 악화되었다. 어찌 보면, 민주화운동에 투신할 때부터 윤이상의 건강은 회복 불가능의 상태로 점점 빠져들어 갔다는 것이 옳은 표현일 것이다. 그는 최악의 병세 속에서도 초인적인 노력을 발휘해 놀라울 정도로 치밀하고 정교한 음악의 세계를 창조해냈다. 이것은 윤이상 음악의 불가사의한 점이다.

윤이상은 평소에 말수가 적었다. 근엄한 표정 속에 잠겨 있을 때도 많았다. 하지만 그는 반드시 그러한 면만 지니고 있는 것은 아니었다. 예컨대, 〈리나가 정원에서〉를 작곡할 때는 어린 손녀를 위해 바이올린 연습의 단계를 자상하게 고려해 다섯 개의 소품을 썼다. 그리고 거기에는 제1곡 '배고픈 고양이', 제2곡 '들토끼들', 제3곡 '다람쥐', 제4곡 '이웃집의 불독', 제5곡 '작은 새'라는 제목을 달았다.

윤이상은 이 곡에 스스로 다음과 같은 해설을 붙였다.

> 이 다섯 곡은 바이올린 연주 기술의 숙달을 위해, 그러니까 연주자가 꽤 높은 수준까지 점차적으로 연습 과정을 통해 도달하도록 씌어졌다. 제1곡이 가장 쉬운 것은 사실이나 난이도를 보자면 그 다음이 제5곡, 다음이 제3, 제4, 제2곡의 순서가 된다고 보면 되겠다. 이 곡은 반드시 소년 소녀들뿐만 아니라 성인도 연주할 수 있다.[26]

윤이상이 이 곡을 쓴 것은 외손녀 리나 첸을 위해서였다. 해설의 첫머리에는 이 곡을 쓰게 된 상황적 동기가 좀 더 자세히 나와 있다.

> 나의 외손녀 리나 첸은 1974년 서베를린에서 태어나 8살 때부터 부모를 떠나 외조부모와 함께 살고 있다. 리나가 9살 때 '청소년음악콩쿠르'에 바이올린으로서 참석할 때 콩쿠르의 규칙상 20세기의

---

26) 윤이상 10주기 추모 음악회 〈윤이상의 귀환〉 팸플릿, 2005년 11월 3일, 7쪽.

작품 하나를 연주해야만 했다. 나는 여러모로 적당한 곡을 찾아보았으나 내가 결국 한 곡 쓰는 수밖에 없다고 생각하여 제1곡 '배고픈 고양이'를 썼다. 그런데 2년 뒤 같은 문제가 생겼다. 리나가 좀 더 컸다. 그래서 나는 이때에 소년, 소녀들을 위한 적당한 곡이 흔하지 않다는 것을 통감하고 이 기회에 아예 본격적인 곡을 하나 쓸 생각을 하고 다시 네 곡을 더 썼다. 그래서 모두 다섯 곡을 묶어 이 작품을 만들어내게 되었다.

우리 집에는 비교적 넓은 정원이 있고 거기에 온갖 작은 짐승들이 모여들며, 또 리나는 어려서부터 이런 동물들을 퍽 사랑하여 정원에 나와 놀기를 좋아하였다.[27]

〈리나가 정원에서〉에 붙인 해설을 읽다 보면 유럽 유학 초기의 윤이상이 떠오른다. 그때 윤이상은 일곱 살짜리 어린 딸 정과 세 살짜리 아들 우경에게 파리에서 재미있는 그림엽서를 보내며 자상한 아버지의 면모를 보여주었다. 아들에게 보낸 엽서에는 양복 입은 원숭이 그림이 그려져 있었는데, 윤이상은 엽서에 이렇게 써놓았다.

우경아.

이 아이는 원숭이인데 어느 집 머슴살이를 하다가 하도 말을 잘 들어서 사람을 만들어주었다. 그래서 꽃에 물을 주는 일을 하는데 너무 부지런히 일을 해서 옷이 이렇게 떨어졌다. 인제 주인은 좋은 양복을 줄 것이다.

---

27) 같은 곳.

우경이 말을 했더니 한번 만나보자고 하더라.

1957년 7월 26일 본에서 아버지가.

딸에게 보낸 엽서에는 남자아이와 여자아이가 물가에 앉아서 꽃과 오리를 안고 있는 그림이 그려져 있었다.

정아, 우리 정아.

네가 쓴 편지 아버지가 읽고 이 그림 사 보낸다. 더 이쁜 게 없어서 이것을 보낸다. 이쁜 게 나면 곧 사서 보내줄게.

요새도 어머니 말 잘 듣고 공부 잘하고 착한 학생이라고 누가 전해주더라. 누구냐 하면 아침마다 아버지 창문 앞에 와서 지저귀는 새 한 마리. 이 새는 늘 한국에 왔다 갔다 한다.

보고 싶은 정아야.

그래도 아버지는 하는 일을 다 마쳐야 간다. 그럼 또 다음 그림 보낼 때까지 잘 있어라 응?

불란서 파리에서 아버지가.

윤이상은 아이들에게 보낸 편지에서 특유의 재치와 유머감각으로 상상의 날개를 폈다. 그림엽서에 담긴 그림을 바탕으로 한 편의 작은 동화를 연상시키는 글을 구성하는 능력은 그의 문학적 재질에서 나왔다. 이 편지에는 그의 낙천적인 성격이 잘 드러나 있다.

1986년에 쓴 관악기, 타악기, 콘트라베이스를 위한 〈무궁동無窮動〉의 작곡 동기는 매우 특이했다. 6월에 열릴 함부르크 국제펜클럽대회를 앞두고 함부르크 오페라극장으로부터 작품 위촉을 받은 윤이상은 처음에는 매우 심드렁한 반응이었다. 그때, 친구인 한스 첸더의 말 한 마디가 귀를 자극했다.

"윤 선생, 이번 함부르크 국제펜클럽대회에는 한국 문인들이 많이 온대요."

그 말을 듣고는 생각을 바꾸었다. 그는 1986년 내내 한국에서 격렬하게 진행된 학생운동을 상징하는 음악으로 〈무궁동〉을 작곡했다.

"당신과 나는 1974년부터 조국의 민주화를 위해 일해왔소. 그 덕분에 우리는 국내 사정에도 밝은 편이오. 한국의 지식인들이 그러더군. 한국펜클럽 회원 가운데엔 보수적인 어용 문인들이 상당수 있다고 말이오. 나는 〈무궁동〉을 그들에게 꼭 들려주고 싶소."

작품을 다 쓴 그가 장난기 가득한 표정으로 아내에게 한 말이다. 윤이상의 생애에서 가장 익살스러운 장면을 뽑으라면 바로 이 대목이 꼽힐 것이다.

1986년 6월 22일, 함부르크에서 국제펜클럽대회가 개최되는 것을 기념하는 음악회가 성대한 막을 올렸다. 바이츠제커 독일 대통령, 함부르크 시장을 비롯한 정치인들과 세계 여러 나라에서 온 문인들이 음악회에 참석해 대성황을 이루었다. 음악회장에는 20여 명의 한국펜클럽 회원이 참석해 있었다. 이들은 다음번 국제펜클럽대회를 서울에 유치하기 위해 온 힘을 기울이고 있었다. 이들뿐만 아니라 다른 나라 문인들도 자기네 나라에서 국제펜클럽대회를 유치하기 위해 치열한 신경전을 벌였다.

겉으론 평온하지만 속으론 각자의 사정으로 분주하고 뜨거운 음악회장에서, 앙상블 모데른Ensemble Modern의 연주로 〈무궁동〉이 초연되었다. 윤이상은 이 곡에 대해 다음과 같은 해설을 붙였다.

이 곡은 한국의 학생들이 독재에 반대하여 뿌리 깊게 투쟁하여 새로운 민주사회를 건설하려고 노력하고 노력하는 그 움직임을 묘사한다. 해방 후부터 오늘날까지 학생들은 독재정권이 생겨나면 타도하기 위해서 일어나고 탄압받으면 또다시 일어선다. 그러한 움직임은 대해大海의 파도와 같이 끊임없이 싸워 정의의 사회를 세우려 한다. 그러한 학생운동을 상징적으로 묘사한 것이다.[28]

〈무궁동〉의 초연은 대성공이었다. 이 음악은 국가적인 폭력이 시민들의 삶을 얼마나 피폐하게 하는지 성찰할 계기를 가져다주었다. 관중들은 이 곡을 계기로 극동아시아의 한국에도 관심을 기울이게 되었다. 무엇보다도 압제의 사슬에도 굴하지 않고 끊임없이 일어서는 학생들의 새파란 결기에 깊이 감동했다. 제일 뿌듯한 사람은 윤이상이었다. 그는 한국의 보수적인 문인들에게 민주화의 푸른 불꽃을 제대로 보여준 것을 내심 흡족하게 여겼다.

윤이상은 전 생애를 통틀어 불가능성과의 싸움을 늘 계속해왔으며 그 불가항력적인 도전 앞에 무릎을 꿇은 적은 단 한 번도 없었다. 그는 항상 전력투구해 운명과의 한판 싸움을 승리로 이끌어왔다.

〈범민족통일음악회〉 이후 몸져누워 있던 윤이상은 미국 미의회도서관의 위촉을 받은 뒤 오보에 협주곡을 기어이 완성하는 투혼을 보였다. 그는 1991년 1월 15일에야 베를린 클라도우 자택으로 돌아왔다. 오보에 협주곡이 1991년 9월 16일 베를린 예술제에서 초연된 뒤, 윤이상은 8개월 동안 세 차례나 병원에 입원했다.

---

28) 이수자, 『내 남편 윤이상』 하권, 창작과비평사, 1998, 206쪽.

마지막 힘을 짜내어 주옥같은 명작들을 써내던 윤이상은 1992년 만 75세 생일을 맞았다. 이와 때를 같이해 윤이상 탄생 75주년을 축하하는 음악회가 유럽 각국의 여러 도시에서 성대하게 개최되었다.

6월 22일 열린 네덜란드 암스테르담 페스티벌에서는 바이올린과 소관현악을 위한 〈협주곡 3번〉(1992)이 베라 베스Vera Beths의 독주로 초연되었다. 10월 3일 하노버에서 사흘간 열린 윤이상 페스티벌에서는 관현악을 위한 〈신라〉(1992), 클라리넷, 파곳과 호른을 위한 〈3중주〉가 각각 초연되었고 12월 7일 함부르크에서는 첼로와 피아노를 위한 〈공간 I〉(1992)이 초연되었다.

이 무렵 독일, 스위스, 일본, 북한 등 여러 나라에서는 윤이상 탄생 75주년 기념 음악회와 축제 및 강연회가 열려 그 의의를 더욱 크게 환기해주었다. 때마침 베를린의 보테 운트 보크 출판사에서는 『윤이상』이라는 제목으로 75세 기념 논문집을 발간했다. 1987년 윤이상 탄생 70주년 기념 논문집 발간 이후 5년 만에 나온 이 책은 베르크마이어Bergmeier가 편집한 무게 있는 저서였다. 또한 뮌헨의 텍스트 운트 크리틱 출판사도 논문집 『윤이상 시대의 작곡가』를 발간했다.

일본에서는 그해 11월 5일부터 16일까지 약 열흘간 〈윤이상 탄생 75주년 기념 페스티벌〉이 개최되었다. 이 페스티벌에서는 실내악, 관현악 연주 및 강연회 등이 열려 윤이상 음악을 새삼 되짚어보는 계기를 마련했다.

윤이상의 생일 전날인 9월 16일 베를린 시와 베를린 축제위원회가 주관한 베를린 축제에서는 베를린 필하모니 음악 홀에서 호른, 트럼펫, 트롬본, 피아노를 위한 〈4중주〉(1992)가 초연되었다. 연주회가 자정을 넘겨 9월 17일 새벽을 맞이하자 주최 측에서 샴페인을 터뜨리며 윤이상의 생일을 축하해주었다. 그날, 리하르트 폰 바이츠제커 독일연방공화국 대통령이 축전을 보내왔다.

"75세의 생신을 축하합니다. 선생님의 예술과 인간성에 대한 끝없는 기여에 깊은 존경과 감사를 표합니다."

1992년 12월 7일, 윤이상은 전년도 노벨문학상 수상자인 귄터 빌헬름 그라스Günter Wihelm Grass와 더불어 함부르크 자유예술원의 공로상을 수상했다. 하지만 병을 치료하고 있던 윤이상은 시상식에 참석할 수 없었다. 베를린의 축제위원장인 울리히 에카르트 박사가 윤이상에 대한 헌사를 낭독했고, 윤이상은 첼로와 피아노를 위한 〈공간 1〉을 연주하게 함으로써 헌사에 화답했다.

그즈음, 겨울 혹한이 길어지면서 윤이상의 심장을 시시때때로 위협했다. 설상가상으로 폐에도 이상이 생겼다. 시름시름 한 해를 보낸 뒤 새해를 맞았다. 윤이상의 몸에는 심각한 현상이 발생했다. 1993년 1월, 윤이상은 따뜻한 곳에서 휴양하라는 주치의의 권고에 따라 카나리아 제도로 떠났다. 그곳은 연중 따뜻한 날씨여서 좋은 휴양지임에는 틀림없었으나 윤이상의 병세는 큰 차도가 없었다. 연주 일정상 그곳에 오래 머무를 수 없었던 윤이상은 한 달쯤 휴양한 후 집으로 돌아왔다.

4월이 되자 윤이상은 숨쉬기가 더욱 힘들어지고 가슴이 답답해졌다. 어느 날, 외손녀 리나가 잠에서 깬 뒤 무서운 꿈을 꾸었다고 말했다.

"할머니, 마른하늘에서 번개가 치더니 굴뚝이 무너졌어요."

이수자는 손녀의 꿈 이야기가 예사롭지 않다고 판단하고는 곧장 윤이상을 병원으로 데려갔다.

"기흉氣胸이군요. 치료를 해야겠습니다."

의사는 다행히 폐에 뚫린 구멍이 크지 않다면서 수술이 아닌 응급처치로도 치료가 가능하다고 했다. 윤이상은 입원 후 여러 날을 병상에서 지냈다. 퇴원 후, 이수자는 윤이상을 태우고는 하르츠 휴양지로 갔다. 하르츠는 독일의 브로켄 산을 중심으로 남동쪽에서 북서쪽으로 95킬로미터에 걸쳐 넓게 펼쳐진 산지다. 한때 광산업이 성행했으나 쇠퇴한 이후에 휴양지로 자리 잡았다. 시인 하인리히 하이네Heinrich Heine가 이곳을 여행하고 나서 쓴 여행 산문집 『하르츠 기행』으로 더욱 유명해진 곳이다.

윤이상은 하르츠에서도 작곡을 멈추지 않았다. 그는 아마도, 목숨이 붙어 있는 한 악보를 쓸 것이다. 그는 이곳에서 블록 플루트Blockflote, (또는 리코더) 독주를 위한 〈중국의 그림〉을 작곡했다. 이 곡은 그해 여름 노르웨이 스테방에르에서 개최될 국제실내악축제에서 연주될 예정이었다. 주최 측은 "윤이상 선생님. 오는 8월 14일, 아름다운 항구도시 스테방에르에서 열릴 예정인 국제실내악축제에 꼭 참석해주십시오"라는 초대장을 미리 보내온 터였다. 그는 아픈 몸을 정신력으로 버티며, 작품을 기어이 완성했다.

윤이상은 쉬는 법도 없이 플루트 곡을 쓰기 시작했다. 이 곡은 네덜란드의 플루트 연주자 발터 판 하우베Walter van Hauwe를 위한 곡이었다. 윤이상은 독주곡을 써달라는 하우베의 요청을 오래 묵혀둘 수 없었다. 그는 머릿속에서 곡을 오랫동안 구상했다. 이윽고 구상이 끝나자 쓸 때는 매우 빠르고 정확하게 작곡을 매듭지었다. 그는 하루에 한 편씩 멋진 플루트 곡을 척척 써나갔다. 동양의 서정미가 물씬 풍기는 이 곡들은 나중에 플루트 주자들 사이에서 대단한 인기를 끌었다.

이 무렵 이수자는 갑자기 끊어질 듯한 허리 통증에 시달렸다. 주치의에게 급히 전화를 하여 몇 차례 주사를 맞고 나서 이튿날에야 간신히 거동을 할 수 있었다. 낮이나 밤이나 남편의 건강을 챙겨주느라 무리한 탓에 몸이 고장 난 것이다. 이수자는 남편을 데리고 베를린 집으로 돌아왔다. 윤이상은 다시 병원으로 직행했다. 이수자는 집과 병원을 시계추처럼 오가는 생활을 해야 했다. 참으로 고달프고 슬픈 나날이었다. 아들 우경은 외국인에게 배타적인 독일에 정이 떨어졌다며, 가족들을 데리고 미국 이민 길에 올랐다. 그는 현재 로스앤젤레스 근교에서 가족들과 함께 살고 있다.

8월 한 달간 병원과 집을 오가는 생활이 계속되면서, 결국 스테방에르 음악축제 참가는 물 건너가고 말았다. 1993년 8월 14일, 노르웨이 스테방에르에서 국제실내악축제가 열렸다. 주최 측은 윤이상의 건강을 염려하면서도, 그가 참가할 수 없는 사실을 매우 아쉬워했다. 윤이상이 병마에 시달리면서 끝내 완성한 〈중국의 그림〉은 이날 하우베에 의해 초연되었다.

윤이상의 병상에서의 작곡 행진은 그 뒤로도 계속되었다. 윤이상은 1993년을 맞아 70세가 된 친구 프로이덴베르크 교수의 생일을 축하해주기 위해 첼로와 하프, 오보에를 위한 〈공간 2〉를 작곡했다. 그는 이 곡을 오랜 친구 프로이덴베르크에게 헌정했다.

1993년 9월 17일, 윤이상의 76세 생일에 맞춰 〈공간 2〉의 작곡 발표회가 있었다. 윤이상은 원래 프로이덴베르크 교수의 생일날인 16일에 연주회를 개최하려 했다. 하지만 프로이덴베르크는 만류했다.

"윤 선생, 내 아내의 생일이 15일이네. 내 생일이 16일이니, 윤 선생의 생일인 17일에 연주회를 열면 우리 모두가 축하를 받는 자리가 될 것이야."

"매우 멋진 생각일세, 프로이덴베르크. 자네는 역시 좋은 친구야."

연주회는 프로이덴베르크의 의견을 받아들여 17일로 정했다. 연주회 장소는 슈바르츠발트의 자그마한 도시에 위치한 가톨릭교회 축제 홀이었다. 이 뜻깊은 음악회를 축하하기 위해 작가 루이제 린저를 비롯한 많은 지인들, 명사들이 찾아왔다. 노년에 이른 윤이상과 친구들의 빛나는 음악회는 그들의 오랜 친구이자 세계적인 오보에 주자 하인츠 홀리거와 그의 아내 우어줄라 홀리거, 첼로 연주자 안드레아스 슈미트Andreas Schmidt의 빼어난 연주로 천상의 하모니를 이루었다. 이 곡은 불세출의 연주자인 이들 세 사람을 위해 특별히 작곡한 곡이기도 했다.

1993년 말, 윤이상은 북한에 가서 세밑을 보냈다. 1994년 새해를 맞아 다시 병이 악화되자 그는 평양의 병원에 입원해 두 달간 치료를 받은 뒤 일본으로 건너갔다. 윤이상은 범민련 해외 본부 의장직을 그만두겠다고 일본 본부에 말해온 지 꽤 오래되었으나 사의 표명은 번번이 반려되었다. 하지만 이번만큼은 공식 석상에서 분명한 어조로 사의를 표명했다. 범민련 의장직을 반납하는 의사를 표명하는 자리에서, 윤이상은 아내에게 깊은 감사를 표했다.

이 무렵 한국에서는 윤이상음악제를 개최하려는 움직임이 있었다. 이 일은 1992년 11월에 일본에서 열린 〈윤이상 탄생 75주년 기념 페스티벌〉에 참가한 예음문화재단의 김용현에 의해 조용히 추진 중이었다. 여기에 월간 『객석』과 동아그룹 최원영 회장의 뜻이 모아졌다. 이들은 2년간의 준비 기간을 거쳐 서울과 부산, 광주 등 대도시에서 윤이상음악제를 열 계획이었다.

이때는 3당 야합을 통해 탄생한 반쪽짜리긴 했지만, '문민정부'를 표방한 김영삼 정부가 들어서 있었던 때였다. 윤이상은 이제야말로 과거 군사정부와는 다른 개혁이 이루어질 것을 기대했다. 그리고 예음문화재단의 뜻을 받아들여 한국에서 개최하고자 하는 윤이상음악제 참가를 적극적으로 고려하고 있었다. 음악제는 1994년 가을로 잠정 예정되어 있었다.

윤이상은 이번에 귀국한다면 선산에 꼭 찾아가 조상들의 묘를 둘러봐야겠다고 마음먹었다. 생각해보니, 종가의 3대 장손이면서도 거의 40년 가까이 해외에 거주하느라 선산을 돌보지 못했으니 조상들께 큰 죄를 저지른 셈이었다. 그는 조상들의 묘를 돌봄으로써 생애의 마지막 불효를 씻고 싶었다.

기다리던 가을을 앞두고 윤이상은 당뇨 합병증인 신장 기능의 이상으로 5월과 6월, 두 달 동안 연달아 병원에 입원했다. 이수자는 윤이상의 옆에 꼭 붙어서 병간호를 하느라 다른 일은 일절 신경을 쓸 수가 없었다. 이수자의 고생도 이만저만이 아니었다.

윤이상은 조금만 기력이 회복되면 곧장 병원 침대의 간이 탁자에 오선지를 펼쳐놓고 작곡을 시작했다. 이수자가 보기에는 참으로 기가 막힐 노릇이었다. 하지만 작곡이 그의 전부인 것을 잘 알기에, 안타까운 눈으로 바라만 볼 뿐 곡을 써나가는 것을 막을 수는 없었다. 병상에서 지내는 동안 그는 오보에와 현악 3중주를 위한 5중주, 클라리넷과 현악 4중주를 위한 5중주를 썼다. 그는 이 곡들을 완성한 뒤에도 계속해서 오보에와 첼로를 위한 〈동서의 단편 1~2〉, 〈목관 8중주〉를 썼다.
그해 가을, 북한의 김일성 주석이 사망했다. 윤이상은 이 소식을 듣고는 깊은 애도를 표했다.

윤이상음악제의 준비가 조금씩 진전을 보고 있을 때 한국에서 성악가 윤인숙과 한의사 최형주가 클라도우 자택을 찾아왔다. 최형주는 "김영삼 대통령께 고향 방문과 음악제 참가 의사를 밝히는 팩스 한 장을 보내는 게 좋겠습니다"라고 말했다. 윤이상은 "그런 문제로 대통령에게 편지까지 쓸 게 뭐가 있느냐"며 일축했다. 하지만 최형주가 "편지를 보내야 윤 선생님이 명예 회복을 할 수 있습니다"라며 재차 요청하자 그의 뜻대로 편지를 한 장 써서 팩스로 부쳤다.

> 존경하는 김영삼 대통령 각하
>
> 대통령께서만 저의 명예를 회복하여 주시면 저의 고국 방문은 성공할 것입니다. 꿈에도 잊지 않던 그 고향의 앞바다가 저를 부르고 있습니다. 고향에 가서 선산의 묘 앞에 향을 피우고 무릎을 꿇어야 하겠습니다. 또 저희 여생을 통일을 위해 마지막 힘도 바쳐야 하겠습니다.
>
> 1994년 6월 26일
>
> 베를린에서 윤이상 드림

윤이상은 그 무렵 『객석』에 보낸 기고문에 귀국의 꿈에 부풀어 있던 심경을 담담한 필체로 표현했다.

> (……) 작곡가는 전 세계가 위기에 처해 있을 때 태연히 혼자서 순수한 음의 나열만을 고집할 수 있는가? 이런 모든 것을 피하는 그 자체가 양심의 심한 고통이 아닐 수 없다. 그러나 나의 작품이 주류를 이루는 순수한 미학과 승화된 철학에서도 탈선하지 않았다. 여러 기악 협주곡을 거쳐 5개의 교향곡은 나의 작곡생활의 자산적資産的 총결산이다. 그 뒤에는 나의 작품의 폭을 줄이고, 어법은 훨씬 부드러워지고, '노후의 현명'이라고나 할까. 평화와 지혜와 사랑을 노래하게 된다.
>
> 나는 이번 9월에 있을 나의 음악축전에 많은 기대를 걸고 있다. 대

부분은 한국서 초연되는 것이고 단막 오페라도 2편이 상영된다. 어려운 곡들을 해내는 동료 음악가들에게 깊은 감사를 드린다. (……)

나는 힘 있는 대로 음악을 통하여 남북교류사업을 추진할 수 있을 것이다. 이것은 우리 민족분단의 비극의 현실을 종식시키고 우호와 평화적 방법을 통하여 정치에 효과적인 영향을 줄 것이다. 그때 흙 가까이 입을 대고 나는 이렇게 말할 것이다.

"나는 당신을 사랑합니다. 나의 충정은 변함이 없습니다."

7월 하순이 되었으나 윤이상의 팩스에 대한 청와대의 반응은 오리무중이었다. 윤이상은 불쾌한 마음이 들었지만 건강이 악화되어 또 입원해야 했다. 8월 16일에야 부총리 겸 통일원장관 이홍구의 편지가 팩스로 도착했다.

윤이상 선생님 전.

오는 9월 예음재단이 준비한 '윤이상음악축제'에 선생님께서 참석을 고려하신다는 반가운 소식을 들었습니다. 선생님께서 음악세계에 공헌하신 큰 업적은 우리 모두의 자랑이며 저의 존경의 뜻을 표하는 바입니다. 조국 분단의 딱한 상황에서 선생님께서 겪으신 곡절과 어려움을 안타깝게 생각하며 위로의 말씀을 올립니다. (……)

선생님께서 어려우시더라도 지난날 국민들에게 심려를 끼쳐 미안하다는 것과 앞으로는 예술에만 전념하시겠다는 뜻을 밝혀주시면 저희들이 일하는 데 크게 도움이 되겠습니다.

1994년 8월 11일

부총리 겸 통일원장관 이홍구

윤이상은 이홍구의 편지를 받고 매우 불쾌했다. 동백림 사건에 대한 이해가 전혀 없는 문구 때문이었다. "지난날 국민들에게 심려를 끼쳐 미안하다"고 하는 것은 일종의 반성을 의미한다. 도대체 윤이상이 국민들에게 심려를 끼친 것은 무엇인가?

동백림 사건은 애당초 박 정권이 체제 안정을 위해 조작한 공안사건이었다. 이 사건을 조작하기 위해 중앙정보부는 베를린과 파리 혹은 해외 곳곳에서 예술가들과 학자들과 유학생들을 납치했다. 그것은 국제적 외교 관례에 비추어 중대한 국가적 범죄였다. 그들은 납치된 사람들에게 평생 씻을 수 없는 인격적 모욕과 상처를 주었다. 다짜고짜 끌고 와서 구타와 물고문으로 정신과 육체를 황폐화시켰다. 그 가족들에게는 보이지 않는 연좌제라는 올가미를 씌워 수십 년 동안 괴롭혔다. 적어도 문민정부를 자처한다면, 지난 정권의 씻을 수 없는 과오에 대해 국가적 차원에서 사의를 표명하고 동백림 사건의 피해자들에게 명예 회복을 해줘야 마땅한 것이었다.

"앞으로는 예술에만 전념하겠다"는 문구를 강요하는 것 또한 유치하기 짝이 없는 발상이었다. 한 예술가의 신념을 억누르고 표현의 자유를 침해하는 전제주의적인 간섭이자 모욕이 아닐 수 없었다.

며칠 후, 윤이상은 이홍구에게 답장을 보냈다.

> 오늘 보내주신 팩스 감사히 받았습니다.
>
> 나는 평생 깨끗하게 살아왔으며 민족 전체의 공통된 양심이 있다면 그 양심에 조금도 죄지은 일이 없으며 티끌만치도 음흉한 자취가 없습니다. 정권은 잠시 지나가지만 민족은 영원한 것입니다. 나는 남이나 북이나 똑같이 사랑할 권리와 의무가 있습니다. 그런데 오랫

동안 남한 군사정권들은 나에게 가해자였으며 이북은 나에게 조금도 명예를 손상하지 않았습니다. (……)

저는 오래 살아온 저의 신념과 생활태도를 바꿀 수 없습니다. 저는 나이 만 77세, 게다가 병들어 있습니다. 저에게 명예 회복 외에 또 무어가 필요하겠습니까?

제가 6월 26일 대통령께 드린 팩스의 회답을 아직도 기다리고 있습니다. 그리고 대통령의 확실한 명예회복이 공개적으로 발표되지 않으면 저는 이번에도 또 앞으로도 영원히 고향땅을 밟을 수 없을 것입니다. 더 이상 저에게 어떠한 의사 표시도 요청하지 말아주셨으면 합니다. (……)

1994년 8월 16일

베를린에서 윤이상

윤이상은 문민정부의 모욕적인 태도에 분개했다. 명예 회복이 되지 않은 이상 귀국 문제는 백지화할 수밖에 없었다. 이로써, 자유인으로서 38년 만에 고향 산천을 보려던 계획은 물거품이 되었다. 선산에 흩어져 있는 조상들의 묘를 돌보려던 갸륵한 마음도 접어야 했다.

이렇게 우울한 나날을 보내고 있던 중 그나마 반가운 일도 있었다. 1994년 9월 1일, 고국에서 12년 만에 열릴 윤이상음악제를 취재하기 위해 한국 신문의 특파원들이 클라도우 자택에 몰려들었다. 유럽 및 독일 주재 한국 특파원과 회견이 끝나고 윤이상과 기자들 사이에 이런 저런 이야기가 오고갈 때였다. 그 자리에 참석한 통영 출신의 한 남자가 불쑥 종이봉투를 내밀며 말했다.

"선생님 드리려고 통영에서 가져온 멸치입니다."

그 남자의 말을 듣는 순간 윤이상은 자리에서 벌떡 일어나며 소리쳤다.

"통영 멸치? 이게 정녕 통영 멸치가 맞소?"

"예, 이거, 선생님의 제자였던 제 누이가 직접 보낸 것이 맞습니다."

그가 말한 제자는 윤이상이 통영여자고등학교에서 근무할 때의 제자였다. 까마득한 세월 저편에서 갑자기 단발머리 제자가 튀어나온 듯 반가웠다. 불현듯 고향 통영의 넘실거리는 푸른 바다가 떠올랐다. 감정이 북받쳐 올랐다. 멸치 봉투를 두 손으로 받아 든 윤이상의 눈시울이 금방 붉게 물들었다. 그는 떨리는 목소리로 몇 번이고 "통영 멸치가 맞느냐?"고 되물었다. 울먹이는 그의 눈에는 감격의 빛이 서려 있었다. 그 자리에 있던 특파원들도 모두 숙연한 분위기가 되었다.

이듬해인 1995년에는 더욱 기가 막힌 일이 벌어졌다. 『월간조선』에 "윤이상이 귀국을 애원하는 편지를 보냈다"는 왜곡된 기사가 실린 것이다. 자신의 명예에 먹칠을 가하는 기사로 인해 윤이상은 몹시 분노하며 괴로워했다.

어느 날, 윤이상의 집에 젊은 청년 부부 두 쌍이 찾아왔다. 그들 네 사람은 사뭇 상기된 표정으로 윤이상에게 귀국하지 말 것을 종용했다.

"윤 선생님께서는 한국에 가시면 안 됩니다. 만약 선생님께서 한국행 비행기를 타신다면 공항에서 두 사람이 분신자살할 것입니다. 그렇게 되면 저희들은 수단 방법을 가리지 않고 선생님의 명예를 떨어뜨릴 것입니다. 각오하십시오."

자칭 통일운동을 한다는 사람들의 입에서 나온 말치고는 끔찍한 협박이었다. 이들로부터 정신적인 테러를 당한 윤이상은 심장 발작을 일으켜 응급실로 실려 갔다. 그로부터 한 달간 치료를 받은 뒤에야 그는 간신히 회복되었다. 이 무렵 미국에서 베를린으로 온 딸 정이 이수자와 더불어 정성껏 아버지의 병간호를 맡았다. 퇴원 후, 윤이상 내외는 딸을 데리고 휴양지 하르츠로 갔다.

윤이상은 이제 자신의 때가 다했다는 것을 깨달았다. 그는 기력이 모두 없어지기 전에 한국의 민주화를 위해 목숨을 바친 청년들을 위로하는 진혼곡을 쓰고 싶었다. 그것은 자신의 마지막 작품이 될 터였다. 만약 진혼곡을 완성하게 되면, 그 작품을 조국에 영원히 헌정하고 싶었다. 하르츠에서 휴양하면서도 윤이상의 마음은 내내 그 생각뿐이었다. 그는 베르디의 〈레퀴엠〉을 듣고 또 들었다. 윤이상은 머지않아 하늘의 부름을 받으면 미련 없이 먼 길을 떠날 생각이었다. 그리하여 미리 그 길을 익히기 위해 〈레퀴엠〉의 곡조를 날마다 들었다. 그 모습을 바라보던 이수자는 마음이 찢어지는 듯했다.

윤이상은 가을 동안 〈클라리넷과 현악 4중주를 위한 5중주 2〉를 썼다. 이 곡은 일본 기타큐슈 페스티벌에서 연주될 예정으로 그곳에서 위촉받은 작품이었다. 그는 평생 동안 마감 시한을 넘기지 않는 지독한 장인정신의 소유자였다. 생애의 마지막 작품은 교향시곡 〈화염 속의 천사〉와 〈에필로그〉였다.

1991년 봄, 노태우 정부는 3당 야합으로 탄생한 거대 민자당을 내세워 민주화운동 세력에 대한 공세를 강화해나갔다. 특히 문익환 목사, 서경원 의원, 임수경의 방북을 빌미로 공안 정국의 고삐를 쥔 노태우 정권은 전민련, 전대협을 비롯한 민주화운동 전반에 대해 대대적인 탄압을 가했다. 5기 전대협에 이르러 반反민자당 투쟁이 본격화되자 경찰은 살인적인 진압으로 강경 노선을 걸었고, 4월 26일 시위 도중 명지대학교 학생 강경대가 경찰의 쇠파이프에 맞아 사망하는 사고가 발생했다.

이튿날 전민련과 전노협을 비롯한 55개 단체와 재야 단체, 야당인 평민당이 '고 강경대군 폭력살인 규탄과 공안 통치 종식을 위한 범국민대책회의(대책회의)'를 결성, 범야권의 본격적인 대여 투쟁 국면에 들어섰다. 대책회의가 중심이 되어 벌인 국민대회에는 매일 수십만 명의 군중이 모여 대규모 시위를 벌였다. 시위대를 향한 백골단의 쇠파이프 진압이 일상화되었다. 최루탄과 최루가스로 인해 거리 전체는 늘 안개를 뿌려놓은 듯 자욱했다.

이 격앙된 분위기 속에서 경찰의 강경 대응과 노태우 정부의 반민주적 학정에 항의하는 학생과 시민 들의 분신이 잇따랐다. 1991년 4월 29일 전남대학교 학생 박승희, 5월 1일 안동대학교 학생 김영균, 3일 경원대학교 학생 천세용이 분신했다. 여기에 6일 한진중공업 노조위원장 박창수의 의문사, 25일 성균관대학교 학생 김귀정이 경찰에 밟혀 압사당하는 사고에 6월 1일 전남 보성고등학교 학생 김철수의 분신까지 겹쳤다. 민주화를 위해 목숨을 바친 사람의 수가 점점 늘어나면서, 한국 사회는 깊은 슬픔과 충격 속으로 빠져들어 갔다.

민주화와 민족 통일을 위한 그들의 마음을 헛되이 할 수는 없었다. 그 젊은이들과 같은 극단적인 방식을 결코 찬성하는 바는 아니지만, 조국을 사랑하는 그들의 순결한 마음만큼은 위로해주어야 한다고 믿었다. 윤이상은 젊은이들의 넋을 달래는 마음으로 〈화염 속의 천사〉를 썼다. 그는 "나의 염원은 그들의 행동을 나의 음악을 통하여 기념하여 보여주는 것이었다. 그것이 나의 양심을 편하게 하기 때문이다. 이것은 내가 나의 동포를 위하여 쓴 최후의 관현악곡이다"라고 작곡 동기를 밝혔다. 1994년 9월 17일, 윤이상은 필생의 작품을 완성했다. 이날은 자신의 일흔일곱 번째 맞는 생일날이었다.

소프라노 3성부의 여성 합창과 플루트, 오보에, 첼레스타celesta(종소리와 비슷한 음색이 특징인 건반악기), 바이올린, 첼로를 위한 〈에필로그〉는 〈화염 속의 천사〉와 더불어 윤이상이 쓴 생애의 마지막 작품이었다. 〈에필로그〉는 〈화염 속의 천사〉로 마침표를 찍는 동시에 새로운 시작을 암시했다. 윤이상의 작품은 자신의 생애에서 끝나는 것이 아니라, 윤이상 음악을 사랑하는 전 세계 모든 사람들의 가슴속에서 불멸의 곡조로 굽이칠 것이었다. 〈에필로그〉를 작곡한 의도는 세대에서 세대로 이어지는 영속성에 대한 희구를 담아놓기 위함이었다.

1994년 9월, 한국에서는 윤이상 없는 윤이상음악제가 성대히 치러졌다. 하지만 안기부의 파렴치한 공작은 끝없이 이어졌다. 안기부 요원들은 미국에서 북한으로 투서를 보내 "윤이상이 한국의 안기부에 매수되었다"고 흑색선전을 했다. 북한에서는 이들의 말을 곧이듣고는 윤이상을 멀리했다. 윤이상은 남한 사회의 공작정치에 생의 마지막 순간까지 짓밟혔고, 북한 사회의 냉담한 태도에 적지 않은 상처를 받았다.

1994년 12월 하순, 윤이상은 베를린의 혹한을 피해 도쿄에서 휴양 중이었다. 범민련 해외 본부 의장직을 반납한 그는 조국의 민주화라는 중압감에서도 놓여났다. 그는 이제 정말로 먼 길을 떠나야 한다고 생각했다.

그 전에, 그는 고향을 한 번 더 보고 싶었다. 하지만 조국은 그의 갸륵한 마음에 벽을 둘러쳤다. 갈 수 없는 조국이라면, 조국의 근처에라도 최대한 가까이 가고 싶었다. 그는 가족과 친지들에게 부탁해 생의 마지막 항해를 했다. 작은 배에 올라탄 그는 현해탄을 지나 공해상까지 나아간 다음, 통영이 바라다보이는 남해안 근처에서 고향 하늘을 더듬었다.

"저곳이 내 고향이오. 내가 나서 자란 곳, 내 고향 통영이란 말이오."

그는 겨우 가슴속에 치밀어 오르는 그리움을 가라앉힐 수 있었다. 하지만 이 바다 여행이 그의 건강을 결정적으로 악화시켰다. 여행 이후, 그는 도쿄에서 6주 동안 입원했다. 폐렴이었다. 윤이상은 아내에게 부탁했다.

"여보, 나는 일본 땅에서 죽기 싫소. 집으로 나를 데려다주오."

1995년 2월, 베를린으로 돌아온 윤이상은 곧바로 병원에 입원했다. 그리고 10개월 동안 네 차례나 입원하면서 병마와 씨름했다. 독일 바이마르에서는 '현존하는 세계 5대 작곡가' 중 한 사람인 윤이상에게 괴테상을 수여했다. 이 시상식에는 딸 정이 참석해 영광의 메달을 받았다. 비슷한 시기에 독일 자르브뤼켄 방송국에서는 '20세기를 이끈 음악인 20명'에 윤이상을 선정하여 향후 2000년까지 여기 뽑힌 20명의 음악을 집중하여 연주하겠다고 포부를 밝혔다. 윤이상은 '20세기를 이끈 음악인 20명' 중에서 유일한 동양인이었다.

1995년 5월 9일, 도쿄 산토리 홀에서 도쿄 필하모니 교향악단의 연주로 〈화염 속의 천사〉와 〈에필로그〉가 초연되었다.

제1부에서는 밝은 곡조로 대학생들의 풋풋한 이야기들이 펼쳐지고, 잠깐의 정지 이후 제2부가 시작되면서 갈등 국면이 흐르기 시작한다. 제3부는 강렬한 하프의 선율과 함께 비극이 표현된다. 도저히 믿을 수 없는 참극은 학생들이 자신의 몸에 불을 붙임으로써 최고조에 달한다. 이어서 불은 꺼지고, 침묵 속으로 빠져들면서 사람들의 탄식, 양심에 호소하는 소리가 표현된다. 이 같은 비극이 결코 되풀이되어서는 안 된다는 깨달음 속에서 교향시가 끝난다.

하지만 아직 완전히 끝난 것은 아니다. 고요함 가운데 〈에필로그〉의 문이 열린다. 이것은 그의 음악이 멈추는 것이 아니라 새롭게 시작되는 것을 의미한다. 소프라노 독창자가 분신으로 세상을 떠난 젊은이들의 어머니, 그 어머니들의 애통한 심정을 노래한다. 이어서 이어지는 여성 합창은 이승을 떠나 저 먼 세계에 도달한 젊은이들의 영혼을, 그 영혼의 자유로운 음을 노래하며, 이 노래는 피아니시모로 허공중에 흩어진다.

"브라보!"

연주가 끝난 뒤, 사람들은 처절한 슬픔을 공유하는 가운데 연주자들에게 열렬한 박수갈채를 보냈다. 비록 윤이상이 참석하지는 못했지만, 그들은 윤이상의 내면에 흐르는 따뜻한 마음을 곡조를 통해 확인할 수 있었다. 청중들은 말로 표현할 수 없는 감회에 젖어 한동안 자리에서 떠날 줄을 몰랐다. 연주회는 대성공이었다.

윤이상은 남한과 북한, 동양과 서양의 두 세계에 몸담아온 특이한 존재였다. 그는 서로 다른 체제와 이념 사이를 거닐었다. 뿌리와 과정이 다른 두 세계의 문화 사이에서 사유의 뜨락을 넓혀나갔다. 빛깔과 무늬가 서로 다른 동양과 서양의 음악 사이에서 창조의 고뇌를 끌어안은 장인 기질의 소유자였다.

결국 그는 조국으로부터 배척당한 유배자가 되어 고립되었다. 하지만 그는 더욱더 다원주의적인 세계인으로서 자기 생의 지평을 넓혀갔다. 그는 이 역설의 현실을 딛고 불멸의 예술혼을 길어 올렸다. 기나긴 여정의 끝에서, 그는 자신만의 독창적인 음악 세계를 빚어내는 데 성공했다. 그는 음악을 통해 동양과 서양을 하나로 잇는 다리가 되었다. 그는 늘 두 문화가 만나는 중간 지대를 형성하고자 노력했다. 아무리 어려운 일이 닥쳐도 남과 북을 기어이 하나로 아우르는 화합의 상징이 되었다. 그는 이제 상처 입은 용이 아니었다. 두 날개를 활짝 펴서 높고 푸른 하늘을 훨훨 날아가는 대자유인이었다.

독일 베를린 공동묘지에 있는 윤이상의 묘. 묘비에 새겨진 '처염상정'이라는 글은 '어떠한 환경에 처해 있더라도 더러움에 물들지 않고 늘 깨끗하다'는 뜻이다.

'처염상정處染常淨'

독일 베를린 공동묘지에 있는 윤이상의 묘비에 새겨진 글이다. '어떠한 환경에 처해 있더라도 더러움에 물들지 않고 늘 깨끗하다'는 뜻이다. 윤이상이 파란만장한 이 세상의 삶을 끝낸 뒤, 그의 장례식에 참석한 설정스님이 써준 글귀다. 영면에 들기 한 해 전인 1994년, 윤이상은 인천 용화사 송담스님에게서 '청공靑空'이란 법명을 받았다.

"내가 죽거든 불교식으로 장례를 치러주시오."

건강이 악화되었을 때, 윤이상은 아내 이수자에게 말했다. 그의 뜻은 이루어졌다. 그의 혼백이 이승을 떠나 머나먼 강물 저편으로 갈 무렵, 낭랑한 목탁 소리가 길동무를 했다.

윤이상은 떠났지만, 그의 마음만은 여기에 있다. 독일 집 책상 위에 태극기를 펴놓고, 조국의 민주화와 통일을 간절히 염원했던 뜨거운 마음만은 우리와 함께 있다. 통영의 바다를 그리워하며 곡을 쓰던 비상한 예술혼은 도천동을 떠나지 않았다. 그가 서울로 이사하여 아내와 더불어 오순도순 살았던 성북동의 골목, 시인 조지훈과 더불어 크리스마스 저녁나절 노래를 부르며 올랐던 그 언덕길에서 풋풋하게 빛났던 그 젊은 열정도 오롯이 남아 있다.

어찌 성북동의 언덕뿐이랴. 그가 탯줄을 묻었던 경남 산청군, 그가 해방 후 우리말로 된 교가 지어 부르기 운동을 앞장서서 전개하던 부산, 그가 무전여행으로 발이 부르트도록 돌아다녔던 남녘의 온 땅, 북녘 신의주에 이르기까지 그의 발길이 닿은 모든 곳에 그의 맑은 마음이 있다. 그는 우리나라의 음악인치고는 드물게도 유럽에서 서구 현대음악의 계보를 당당히 이어받았고, 독창적인 음악 세계를 열어젖혀 제2빈악파의 주역이 되었다. 하지만 아직도 조국에서는 그에 대한 갖가지 억측과 비난으로 그를 끌어내리려는 암투가 진행 중이다. 생전의 그가 "이데올로기란 가을날 떨어지는 낙엽과도 같은 것이다. 그러나 민족은 저 푸른 창공처럼 푸르른 것이다"라고 말했듯이, 온갖 색깔로 덧칠하려는 모든 음모는 언젠가는 낙엽처럼 떨어지고 말 것이다. 그가 사랑해마지않던 조국, 그가 그리워하던 겨레는 정녕 창공처럼 푸르게 푸르게 그의 혼을 적실 것이다.

윤이상 연보

1917년
9월 17일 경상남도 산청군 덕산면 외할아버지 댁에서 부친 윤기현과 모친 김순달 사이의 장남으로 태어나다.

1920년
네 살 때 통영의 본가인 아버지 집으로 옮겨와, 이후 쭉 그곳에서 성장하다(경남 통영시 도천동 157번지).

1933년
통영에서 서당과 보통학교를 마친 뒤 아버지의 강요로 통영협성상업학교에 입학하다. 서울에서 프란츠 에케르트의 제자인 바이올린 주자 최호영에게서 2년 동안 화성학을 비롯한 음악교육을 받다.

1935년
일본 오사카음악학교에 입학해 2년간 작곡과 음악이론, 첼로 등을 배우다. 어머니의 부고를 듣고 고향으로 돌아오면서 학업이 중단되다.

1937년
화양학원에서 교사생활을 시작하다.

1939년
도쿄에 건너가 작곡가 이케노치 도모지로에게서 작곡을 배우다.

1941년
태평양전쟁이 일어나기 직전에 귀국하다.

1944년
징용에 걸려 미곡창고에서 일하던 중 반일 혐의로 체포되어 두 달간 투옥되다.

1945년
8월 15일 서울에서 해방을 맞은 뒤 통영으로 내려가다. 통영문화협회의 간사를 맡아 문화예술인들과 함께 문화사업을 벌이던 중 부산 시립 고아원 원장으로 약 1년간 헌신하다.

1947년
정윤주, 최갑생, 최상우와 함께 '통영 현악 4중주단'을 만들어 첼로 주자로 활동하다.

1948년~1952년
통영여자고등학교, 부산사범학교, 부산고등학교에서 음악 교사로 재직하다. 유치환, 김상옥 등과 함께 통영 지역의 수많은 초·중·고 교가를 작곡하다.

1949년
부산사범학교 교사로 재직하던 시절 결핵으로 인한 심한 각혈로 3주간 병원에 입원한 뒤 3개월간 요양을 하다.

1950년
1월 30일 부산사범학교에 재직 중이던 국어 교사 이수자와 결혼하다. 6월 25일 한국전쟁이 일어나다. 11월에 첫딸 정이 태어나다. 부산대학교에서 서양음악사 강의를 맡는 한편, '전시작곡가협회'를 조직하여 '한국작곡가협회' 회원으로 활동하다. 부산에서 가곡집 『달무리』(〈편지〉, 〈그네〉, 〈고풍의상〉, 〈달무리〉, 〈나그네〉 다섯 곡 수록)를 출판하다.

1953년
휴전협정 뒤 가족과 함께 서울 성북동으로 이주하다. 음악인들뿐 아니라 조지훈 시인 등 문인들과도 폭넓게 교류하다. 여러 대학에서 작곡을 가르치며 가곡, 실내악곡 등을 발표하다.

1954년
1월에 아들 우경이 태어나다. '한국작곡가연맹' 상임위원에 선임되다.

1955년
4월 11일 작곡가로서 최초로 〈현악 4중주 1번〉과 〈피아노 3중주〉로 1955년 제5회 서울시문화상을 수상하다.

1956년
6월 프랑스로 유학을 떠나다. 파리 국립고등음악원에 입학해 토니 오뱅에게서 작곡을, 피에르 르벨에게서 음악이론을 배우다.

1957년
7월 독일로 옮겨가 베를린의 서베를린 음악대학에 입학하다. 슈바르츠-실링에게서 음악이론을, 요제프 루퍼에게서 12음기법을, 보리스 블라허에게서 작곡을 배우다.

1958년
9월 서독 다름슈타트에서 열린 국제현대음악제 하기 강습회에 처음으로 참가하다. 이곳에서 스물일곱 살의 백남준을 만났으며 슈토크하우젠, 노노, 불레즈, 브루노 마데르나, 케이지 등과 교분을 가지다.

1959년
7월 서베를린 음악대학을 졸업하다. 9월에 네덜란드의 빌토벤에서 〈피아노를 위한 다섯 개의 소품〉을, 다름슈타트에서 〈일곱 악기를 위한 음악〉을 프랜시스 트래비스 지휘로 초연하다. 이 연주가 큰 성공을 거두어 유럽 현대음악계의 주목을 받기 시작하다.

1960년
서독 프라이부르크로 이주하다. 여러 방송국에서 한국과 중국의 궁중음악에 관해 강연활동을 벌이다.

1961년
9월 부인 이수자가 독일에 와서 합류하다.

1962년
1월 29일 관현악곡 〈바라〉가 베를린 라디오방송교향악단의 연주로 초연되다.

1963년
쾰른으로 이주한 뒤 북한을 방문하다. 바이올린과 피아노를 위한 〈가사〉와 플루트와 피아노를 위한 〈가락〉을 발표하다.

1964년
포드 재단의 예술가 지원 프로그램에 초청되어 베를린-슈마르겐도르프로 이주하다. 포드 장학금을 받아 생활이 안정되는 가운데 한국에서 딸 정과 아들 우경을 독일로 불러와 비로소 온 가족이 한데 모여 살게 되다.

1965년

오라토리움 〈오 연꽃 속의 진주여!〉가 하노버에서 초연되다.

1966년

여름에 미국으로 건너가 두 달간 탱글우드, 애스펜, 샌프란시스코, 로스앤젤레스, 시카고, 뉴욕 등지를 방문하며 각종 음악회와 강연회에 참여하다. 10월 서독 도나우에싱겐 음악제에서 에르네스트 부어의 지휘로 〈예악〉이 초연되다.

1967년

6월 17일, 한국 중앙정보부 요원들에 의해 베를린에서 서울로 납치되어 이른바 '동백림 간첩단 사건'에 연루되다. 10월부터 교도소에서 작곡활동을 허락받은 뒤 오페라 〈나비의 미망인〉 작곡을 시작하다. 12월 13일 남편과 비슷한 방식으로 납치된 부인 이수자도 함께 기소되다. 윤이상은 제1심에서 무기징역 형을 선고받고, 부인 이수자는 5년 형을 받았으나 집행유예로 석방되다.

1968년

2월 5일 오페라 〈나비의 미망인〉을 감옥 안에서 완성하다. 건강이 악화되어 서울대학병원으로 이송되다. 서울대학병원에서 클라리넷과 피아노를 위한 〈율〉과 플루트, 오보에, 바이올린, 첼로를 위한 〈영상〉을 창작하다. 3월 13일 제2심에서 15년 형으로 감형을 처분받다. 5월 서독 함부르크 자유예술원에서 윤이상을 정식 회원으로 선출하다. 12월 5일 제3심에서 10년 형으로 다시 감형을 받다.

1969년

2월 23일 서독 뉘른베르크 오페라 극장에서 윤이상의 이중 오페라 〈꿈〉(〈류통의 꿈〉, 〈나비의 미망인〉)이 공연되다. 2월 25일 대통령 특사로 석방되다. 3월 30일 유럽과 미주지역의 동료 작곡가, 교수, 음악가들의 국제적인 항의와 독일 정부의 조력 등에 힘입어 석방된 뒤 서베를린으로 돌아오다. 6월 23일 킬 문화상을 수상하다. 하노버 음악대학의 강사로 출강하면서 학생들에게 작곡을 가르치다.

1970년

하노버 음악대학의 작곡 강사를 사임하다.

1972년

서베를린 음악대학의 명예교수가 되다. 8월 1일 뮌헨 올림픽대회 문화행사의 일환으로 위촉받은 오페라 〈심청전〉이 볼프강 자발리슈의 지휘, 귄터 레너트의 연출로 초연되다.

1973년
7~8월 미국 콜로라도 주 애스펜 음악제에 참가하다. 여기서 윤이상의 많은 작품들이 연주되다.

1974년
해외 민주화운동에 적극 참여하다. 서베를린 예술원 회원으로 추대되다.

1976년
3월 25일 프랑스 로얀에서 〈첼로협주곡〉이 세계적인 첼리스트인 지크프리트 팔름의 연주와 프리드리히 체르하의 지휘로 초연되다.

1977년~1987년
8월에 한국민주민족통일해외연합(한민련) 유럽 본부 의장으로 추대되다.
베를린 예술대학의 정교수로 재직하다. 루이제 린저와의 대담집 『윤이상, 상처 입은 용』이 출판되다.

1979년
북한을 방문하다.

1981년
5월 8일 쾰른에서 교향시 〈광주여 영원히!〉가 서부독일라디오방송교향악단의 연주로 초연되다.

1982년
8월 북한에서 〈광주여 영원히!〉가 연주되다. 그 후 북한에서 해마다 정기적으로 윤이상음악제가 개최되다. 9월 제7회 대한민국음악제에서 이틀간 윤이상 작곡의 밤이 공연되다. 9월 24일 세종문화회관에서 열린 관현악의 밤에서 프랜시스 트래비스의 지휘와 KBS 교향악단과의 협연으로 〈서주와 추상〉, 〈무악〉, 〈예악〉, 오보에와 하프, 소관현악을 위한 이중 협주곡 〈견우와 직녀 이야기〉 등이 오보에 연주자 하인츠 홀리거와 하프 연주자 우어줄라 홀리거 부부의 협연으로 연주되다. 9월 25일 국립극장에서 열린 실내악의 밤에서는 하인츠 홀리거와 우어줄라 홀리거 등 세계 정상급 연주자들이 〈로양〉, 〈피리〉, 〈오보에와 하프, 비올라를 위한 소나타〉를 연주하다. 이후 남한에서 윤이상의 작품이 비정기적으로 연주, 소개되다.

1983년~1987년
매년 교향곡을 한 곡씩 발표하다(총 5곡).

1984년
5월 15일 〈교향곡 1번〉(1982~1983)이 베를린 필하모니 창단 100주년 기념으로 라인하르트 페터스의 지휘로 초연되다. 12월 5일 평양에서 윤이상음악연구소를 개관하다. 한민련 유럽 본부 의장직을 그만두다.

1985년
1월 15일 서독 튀빙겐 대학에서 명예 철학박사 학위를 받다.

1986년
10월과 11월에 일본과 중국에서 작곡 강습회를 가지다.

1987년
윤이상의 만 70세 생일을 기념으로 뮌헨의 '텍스트 운트 크리틱'사가 『작곡가 윤이상』이라는 제목으로 그의 작품에 대한 논문집을 발간하다. 9월 17일 베를린 탄생 750주년 기념행사의 일환으로 위촉받은 작품 〈교향곡 5번〉을 작곡하다. 이 곡이 바리톤 디트리히 피셔 디스카우의 독창과 베를린 필하모니 교향악단(한스 첸더 지휘)의 연주로 윤이상의 생일날 초연되다. 9월 24~25일 일본 오사카에서 열린 국제 심포지엄 '민족문화와 세계 공개성' 토론자로 참석하다. 9월 26일 일본 「마이니치신문」과의 인터뷰에서 38선상에서의 민족합동대축전을 제의하다. 베를린 예술대학의 교수직을 건강상의 이유로 사임하다.

1988년
5월 21일 리하르트 폰 바이츠제커 대통령으로부터 '독일연방공화국 대공로훈장'을 받다. 7월 1일 도쿄에서 '민족합동음악축전'을 휴전선상에서 개최할 것을 남북한 정부에 정식으로 제안하다. 10월 서베를린이 '유럽의 문화도시'로 지정되어 베를린 축제 주간 때 윤이상음악회가 열리다.

1989년
평양의 윤이상음악연구소에서 『윤이상 음악 연구논문집』을 간행하다.

1990년

10월 분단 45년 만에 남북통일음악제를 주관하여 서울전통음악연주단(단장 황병기)이 처음으로 평양에서 열린 제1회 〈범민족통일음악회〉에 참가하다. 12월 평양음악단(단장 성동춘)이 서울송년음악회(90' 송년통일전통음악회)에 참가하다. 12월 16일 베를린에서 발족한 조국통일범민족연합 해외본부 의장에 당선되다.

1991년

최성만, 홍은미 편역으로 『윤이상의 음악세계』가 한길사에서 간행되다. 국제현대음악협회 명예회원으로 추대되다.

1992년

만 75세 생일 기념으로 뮌헨의 텍스트 운트 크리틱 출판사에서 『윤이상 시대의 작곡가』라는 논문집을 발간하다. 전 세계적으로 윤이상 탄생 75주년 축하 음악회가 이루어지다. 11월 5일부터 16일까지 일본에서 실내악, 관현악 연주 및 강연회 등으로 〈윤이상 탄생 75주년 기념 페스티벌〉이 개최되다. 11월 9일 일본 영서방影書房 출판사에서 『윤이상, 나의 조국 나의 음악』이 출간되다. 12월 7일 함부르크 자유예술원의 공로상을 수상하다.

1993년

10월 22일 서울에서 열린 20세기 음악축제 기간 중 한국 페스티벌 앙상블이 윤이상의 작품을 집중적으로 연주하다.

1994년

범민련 의장직을 그만두다. 9월 예음문화재단 주최로 서울, 부산, 광주 등지에서 '윤이상음악축제'가 개최되다. 함부르크와 베를린예술원의 회원, 국제현대음악협회의 명예회원이 되다. 도서출판 HICE에서 『윤이상의 음악, 미학과 철학』이 출판되다.

1995년

5월 9일 분신자살한 한국의 학생들을 위해 지은 교향시 〈화염 속의 천사〉 및 〈에필로그〉를 일본에서 발표하다. 독일 바이마르에서 괴테 상을 수상하다.
11월 3일 베를린에서 세상을 떠나다.